FANTASY

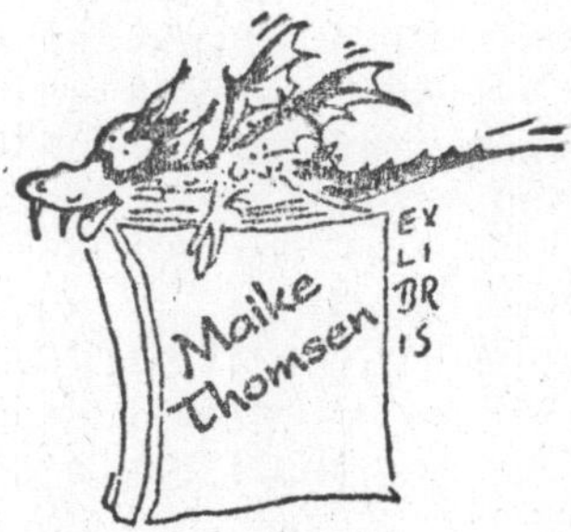

Buch

Mit Besorgnis beobachten Dione, die Heilerin und Wolfsläuferin, ihr Gefährte Aranur, der Waffenmeister Gamon und die anderen Bewohner von Ariye, wie Longears Jäger einen Grenzübergang nach dem anderen besetzen und Befestigungsanlagen errichten. Immer mehr Menschen ergreifen verzweifelt die Flucht – und mit ihnen fliehen die Wölfe. Als der vielstimmige Rudelgesang nach und nach verstummt, erkennt Dione, daß die Vernichtung droht und daß es höchste Zeit ist, sich gegen die Jäger zur Wehr setzen. Sie schließt ein Bündnis mit den Partisanen, doch es will ihr nicht gelingen, das Schweigen der Wölfe zu durchbrechen. Die letzte Hoffnung ist ein uraltes Ritual, das seit Generationen nicht mehr ausgeübt wurde: die Anrufung der Wölfe …

Tara K. Harper entführt die Leser in eine atemberaubende »Science-Fantasy«-Welt und lüftet nach und nach die Geheimnisse einer zukünftigen Vergangenheit. Der Abenteuer-Zyklus der Wolfwalker-Romane steht in der Tradition der DRACHENREITER VON PERN von Anne McCaffrey.

Autorin

Tara K. Harper studierte an der Universität von Oregon und lebt heute im Südwesten des US-Bundesstaates. Zu ihren Lieblingsbeschäftigungen zählen neben dem Schreiben von hochkarätigen SF- und Fantasy-Romanen das Bergsteigen und Wildwasserfahren, außerdem betreibt sie Kampfsportarten. Die Freizeit verbringt sie am liebsten in der ungezähmten Natur ihrer Heimat West-Oregon.

Bereits erschienen:

Tara K. Harper: Wolfwalker 1. **Die Herrin der Wölfe.** Roman (24772)
Tara K. Harper: Wolfwalker 2. **Die Fürstin der Nacht.** Roman (24770)
Tara K. Harper: Wolfwalker 3. **Die Hüterin der Zeit.** Roman (24769)

Weitere Bände sind in Vorbereitung.

FANTASY

TARA K. HARPER

WOLFWALKER 3

Die Hüterin der Zeit

Aus dem Amerikanischen
von Gerald Jung

GOLDMANN

Die amerikanische Originalausgabe erschien 1993
unter dem Titel »Stormrunner«
bei Del Rey/Ballantine Books, New York

Umwelthinweis:
Alle bedruckten Materialien dieses Taschenbuches
sind chlorfrei und umweltschonend.
Das Papier enthält Recycling-Anteile.

Deutsche Erstveröffentlichung 12/98

Umschlaggestaltung: Design Team München
Umschlagmotiv: Agt. Schlück/Lagana
Satz: deutsch-türkischer fotosatz, Berlin
Druck: Elsnerdruck, Berlin
Verlagsnummer: 24769
Redaktion: Cornelia Köhler
V. B. · Herstellung: Peter Papenbrok
Printed in Germany
ISBN 3-442-24769-1

1 3 5 7 9 10 8 6 4 2

Für Mom und Dad
in Liebe

1

Die Faszination einer Stimme,
die im Schatten singt;
zerrissen vom Atem, der
in der Kehle stockt …

Mit äußerster Vorsicht schob sich Dion einen Meter nach vorn. Der Duft der feuchten Erde zwischen dem jungen Frühlingsgras stieg ihr in die Nase. An ihren Handgelenken scheuerten die scharfen Ränder alter, trockener Blätter, scharfkantiges Gesträuch streifte ihr Gesicht. Einer der hohlen Stengel verfing sich unter ihrer Kriegshaube und stach sie schmerzhaft in die Wange, bis sie sich weiter vorwärtsbewegte. Lautlos, langsam, erst ein Knie, dann einen Ellenbogen, dann folgte der ganze Körper. Ihr Herz pochte, aber sie wußte, daß die Sklavenjäger sie nicht hören konnten. Sie hatte gelernt, sich so unauffällig wie die Wölfe zu bewegen. Auf der anderen Seite des Flusses glommen Hishns gelbe Augen am Waldrand. Obwohl sie durch die Schlucht getrennt waren, blieben ihre Sinne in Verbindung. Die Graue atmete mit Dions Lungen und sah mit ihren Augen, die behutsame Pirsch der

Wolfsläuferin erfüllte Hishns wölfisches Wesen mit Jagdlust. Als die graue Wölfin ein tiefes Grollen verlauten ließ, erschauerte Dion. Erst war der Geruch des Jägerlagers nur schwach, dann wurde er durch den Wind verstärkt. Als die Brise wieder auffrischte und die Gräser wie Wellen auf und ab wogten, grub Dion die Zehen in den Boden und schob sich erneut vorwärts.

Hinter ihr bewegte sich Yagly vorsichtig im Schatten des späten Nachmittags. Er orientierte sich an den tanzenden Streifen, streckte sich und verbarg seine lauernde Gestalt in den langen schwarzen Fingern, die die Bäume ausstreckten. Für die Augen der Sklavenjäger waren Dion und er nur Geister im Gras. Vor drei Tagen hatte sich Yagly bis auf zehn Meter an den Wachposten der Sklavenjäger herangewagt. Wachsam wie sie waren, hielten die Jäger zwischen den Felsen und im Gebüsch nach ihren Feinden Ausschau, aber sie rechneten nicht damit, daß ein Kundschafter sich über nahezu ebenes Terrain heranpirschte.

Yaglys Blick aus fahlbraunen Augen zuckte zwischen dem Lager der Jäger und der Brücke, die sie bewachten, aufmerksam hin und her. Die Sklavenjäger waren wachsam, und sie taten gut daran. Seit einem Jahr schon hatten sich Yagly und die anderen Krieger von Ariye immer wieder über den Fluß geschlichen, ihre Leute zurückgeholt und versucht, die Sklavenjäger zu vertreiben. Der dunkelhaarige Mann grinste. Man konnte die Brücke vielleicht nicht überqueren, aber er und Dion waren auf die erhöhten Steinstraßen nicht angewiesen; sie wateten durch den unteren Teil des Flusses und stiegen dann zwischen den Klippen in einem der Kamine hinauf, um das Gebiet der Jäger zu erreichen. Die Sklavenjäger stammten nicht aus den Bergen. Sie dachten nicht daran, die Klippen zu bewachen.

Von Yaglys anerkennendem Blick verfolgt, zwängte sich Dion vor dem Späher zwischen den Wurzelballen zweier Büsche hindurch. Die Wolfsläuferin war lautlos wie ein Gedanke. Ihr schwarzes Haar verschmolz mit der Dunkelheit, als wäre es selbst ein Teil davon, und ihre geschmeidige Gestalt wand sich wie ein biegsames Stück Seil von Schatten zu Schatten. Die Spur, die sie zurückließ, war schmal wie die eines Wurms, und das Gras darin richtete sich wieder auf, bevor Yagly es erneut zu Boden drückte.

Mit einer Hand auf dem Knauf zog Dion ihr Schwert aus der Scheide. Sie deckte die volle Länge der Klinge mit ihrem liegenden Körper ab und verharrte reglos in dieser Stellung. Ein Stein drückte gegen ihr Knie, und sie bewegte sich vorsichtig um ihn herum. Sie glitt zur Seite, damit Yagly ihr folgen konnte, und einen Moment später lag seine langgestreckte Gestalt neben ihr.

Dions Blick verfinsterte sich, und sie rückte ihre Kampfhaube mit einer langsamen Bewegung ihrer Schulter zurecht. Das Stirnband der Heilerin war unter dem Gewebe aus Leder und Metall wohlverborgen, aber ihr Pferdeschwanz rutschte immer wieder dazwischen. Der aufkommende Wind blies ihr lose Haare in die Augen und auf die Nase, bis ihr ganzes Gesicht von der Stirn bis zum Kinn davon gekitzelt wurde. Sie blinzelte. Alte Blätter wirbelten vorüber, gefolgt von den langen, hohlen Halmen des Wintergrases, die versuchten, sich vom Boden loszureißen. Schon neigte sich die blasse Frühlingssonne am Horizont. Noch eine Stunde hatten sie, nicht mehr, bevor sie vorsichtig zurückkriechen und den Fluß überqueren mußten, um wieder nach Ramaj Ariye zu gelangen. Dions Augen wurden schmal. Von hier aus konnte sie zehn, vielleicht zwölf Jäger im Lager erkennen. Die Unterkünfte waren robust gebaut, die Vorräte ordentlich aufgestapelt, das Ganze glich eher einer Soldatenfestung als einem Vorposten der Sklavenjäger. Sie schob sich noch einen Meter vorwärts und verbarg sich dann in einem größeren Schatten. Wenn es nicht so windig gewesen wäre, hätten sie jedes Wort der Jäger verstehen können, aber der böige Wind trug ihnen Geräusche nur abgerissen zu und trieb sie gleich wieder davon. Ein Wort, ein Satz – das war nicht genug, um Genaueres sagen zu können.

»Ich kann nichts verstehen«, raunte ihr Yagly ins Ohr, »aber ich würde bei allen neun Monden wetten, daß da etwas im Gange ist. Sieh dir nur an, wie sie dastehen. Die letzten neun Tage – einen ganzen Ninan lang – haben sie die Brücke nach Ariye bewacht. Jetzt haben sie sich so postiert, daß sie die Übergänge in ihr eigenes Gebiet beobachten können.«

»Aber die Flüchtlinge werden mindestens noch drei Tage brauchen«, erwiderte Dion flüsternd. »Woher wissen die Jäger, daß sie den Übergang schon so früh bewachen müssen?«

»Vielleicht ist wieder so ein armer Teufel aus einem Lager ausgebrochen.«

»Aber wenn die Sklavenjäger jetzt schon so wachsam sind, schaffen es die Flüchtlinge niemals durch das Teufelsknie.«

»Wenn sie überhaupt den Weg dahin finden«, gab der dunkelhaarige Mann zurück, ohne das Lager der Sklavenjäger aus den Augen zu lassen.

»Sie kennen ihn«, flüsterte sie. »Der Späher aus dem Norden ist gestern nach Ariye zurückgekehrt. Er hat ihnen die Botschaft hinterbracht. Aber es war nicht einfach – es wimmelte überall nur so von Sklavenjägern.«

»Wo hast du das denn aufgeschnappt?« Yagly warf einen Blick zurück über den Fluß. »Von dem Wolf?«

Sie nickte nahezu unmerklich. Ihre Verbindung zu den Grauen war stark genug, daß sie ebenso wie die anderen Wolfsläufer den Gesang des Rudels auf weite Entfernung hin vernehmen konnte. Auch jetzt hinterließen die schwachen grauen Stimmen in ihren Gedanken ein deutliches Echo, wie ein Winterwind, der durch den Wald streicht.

»Das muß Spaß machen«, flüsterte Yagly und sah wieder zum Lager hinüber. »Ich muß auf Botenvögel oder einen Läufer warten, um irgend etwas Wichtiges herauszufinden.«

Sie zog eine Grimasse und lächelte dann. »Immerhin haben sie dich nicht in den Süden geschickt. Gamon sagt, dort sei der Schlamm so zäh, daß sogar die Läufer langsam gehen müssen.«

»Du wirst bald selbst durch den Schlamm stapfen, wenn wir nicht bald umkehren.« Der Kundschafter sah flüchtig zum Himmel auf. »In einer Stunde fängt es an zu regnen.«

Dion folgte seinem Blick. »Ich habe noch vierzig Meilen vor mir, ehe ich auf dieser Route auf den nächsten Kundschafter treffe.«

Yagly warf ihr einen verstohlenen Blick zu. »Und dann noch mal zehn Meilen?«

Sie errötete ein wenig. »Ja«, antwortete sie mit fester Stimme. »Soll ich irgendwelche Nachrichten überbringen?«

Der Mann verbarg sein Lächeln. Wenn Dion in den Krankenhäusern arbeitete, war sie so respekteinflößend wie alle Heiler, aber hier draußen in den Wäldern konnte er sie zum Erröten bringen wie ein junges Mädchen. »Sag Aranur – und Gamon«, fügte er hinzu, während sie noch tiefer errötete, »daß es noch vier weitere Lager wie dieses vor und hinter dieser Brücke gibt. Weiter nach Süden wimmelt es vor Jägern wie Fliegen auf einem toten Hund. Von nun an werden wir keinen Übergang unterhalb der Himmelsbrücke benutzen können.«

»Die Übergänge oberhalb der Brücke sind auch nicht mehr sicher«, sagte sie bedächtig.

Yagly überlegte einen Augenblick. »Ziehen sich die Jäger jetzt auch dort zusammen?«

»Sie haben noch keine dauerhaften Lager eingerichtet; jedenfalls, soweit wir wissen«, fügte sie hinzu, »aber Gamon denkt, daß es nur eine Frage der Zeit sei. Sogar der Schacht sei nicht mehr richtig sicher.«

Erbittert preßte Yagly die Lippen aufeinander. »Die Flüchtlinge würden es sowieso niemals durch den Schacht schaffen, jedenfalls nicht, wenn sie Kinder bei sich haben. Selbst wenn es ihnen gelingt, zu entkommen, bleiben ihnen die Jäger dicht auf den Fersen. Egal, welchen Weg sie wählen, sie müssen so schnell wie möglich einen der Übergänge erreichen.«

»Das bedeutet, daß sie keine andere Wahl haben. Sie müssen durch das Teufelsknie«, erwiderte Dion und registrierte die Wolken, die am Horizont aufzogen. Dann widmete sie ihre Aufmerksamkeit erneut dem Lager.

Oder sie wählen den Tod, ergänzte Yagly im stillen.

Im Licht dieses trüben grauen Morgens blitzte die Oberfläche des Flusses jedesmal auf, wenn das Wasser gegen das lehmige Ufer schlug. Die klatschenden Geräusche klangen wie das Schmatzen eines fressenden Dachsbären und jagten einen Schauer über Moiras ausgemergelten Rücken. Dort, wo der Fluß tiefer war, weigerten sich die wütenden Wellen, das Licht des Himmels widerzuspiegeln; statt dessen wurden sie von den Schatten der Schlucht verdunkelt. Heute brachte die Morgendämmerung keine Wärme. Moira bekam ihr Zittern nicht in den Griff und schlang die Arme fest um sich, als könnte sie sich auf diese Weise an ihre innere Vorstellung von Wärme klammern. Gestern war die bleiche Sonnenscheibe in dünnen Wolken und eisigen Windstößen verschwunden, und Moiras nackte Beine hatten sich mit Gänsehaut überzogen; die Kälte hatte die Kinder dazu gezwungen, sich im Moos dicht aneinanderzudrängen, so wie sie schon in der Nacht zuvor geschlafen hatten. Als sie jetzt auf dem Pfad stand, drehte sich Moira mit einem stumpfen Blick aus ihren eingesunkenen Augen zu ihnen um. Wie alle anderen auch, hatte sie ihre Füße in Lumpen und Rinde gehüllt. Sie trug nur eine dünne Tunika. Weder Beinkleider noch eine Jacke gegen die schneidende Kälte des Windes, der durch die Schlucht blies und ihr das Hemd gegen die Haut preßte und die Kälte tiefer in ihren Körper trieb – nur die Tunika, die ihr bis zu den Oberschenkeln reichte und die blassen, blaugefrorenen und striemenbedeckten Beine dem Wind aussetzte.

Sie richtete den Blick empor. Die umwölkten Ränder der Schlucht wirkten jetzt eher grau als grün, aber diese Steine verhießen keine Sicherheit – das wußte sie. Ihre Waden brannten, als sie sich auf dem Pfad vorwärtsquälte, ihre Füße waren jetzt taub vom Schlamm; ihr Atem pfiff durch ihre Zahnlücken. Sie flehte die Götter an, ihren Körper noch ein wenig durchhalten zu lassen. Sie durfte jetzt nicht aufgeben; sie mußte an die Kinder denken. Die Kinder, mit ihren verängstigten, eingesunkenen Augen …

Der alte Jered stolperte neben ihr her und hielt die knotigen Hände fest gegen die Hüften gepreßt. Der stechende Schmerz in seiner Seite war inzwischen unerträglich geworden, und die Geste war nur ein Reflex. Er wußte nicht mehr, wann er es aufgegeben hatte, sich darüber Gedanken zu machen. Er deutete mit dem Kinn flußabwärts.

Moira schüttelte heftig den Kopf. Die Wölfe folgten ihnen. Sie war sich sicher, kurz vor der Morgendämmerung einen Grauen gesehen zu haben, obwohl sie und Jered keine Spuren hatten finden können. Spuren? Ihr Gesicht zuckte. Als ob sie Spuren ebenso lesen könnte, wie sie einst ihre Ratsbücher gelesen hatte. Aber kam es darauf an, ob sie sich in den Wäldern auskannte? Selbst wenn sie es verstünde, ihre Spuren zu verwischen, die Wölfe würden sie wittern. Ihr blieb nichts anderes übrig, als zu laufen – sich zum Fluß durchzuschlagen und zu beten, daß die Wölfe nicht angriffen, während sie darauf warteten, daß man sie von der anderen Seite her bemerkte. Warten. Das bedeutete den sicheren Tod. Mochten die Monde ihnen gnädig sein, aber sie waren zu früh aus dem Lager geflohen. Die Leute von Ariye erwarteten sie erst in zwei Tagen, und die Sklavenjäger waren ihr und den anderen vom Moment ihrer Flucht an auf den Fersen gewesen. Ihre Gruppe hatte ein wenig Zeit gewonnen, indem sie sich in einem Sumpf versteckt hatte. Noch mehr Vorsprung hatte es ihnen eingebracht, als sie in eine alte Lepahöhle gekrochen waren: die Wölfe waren an ihnen vorbeigezogen. Jered war der Ansicht, der ölige Gestank der Raubvögel überdecke den Geruch der Kinder. Aber, fragte sich Moira, während ihr Blick unruhig von den Bäumen zu den Steinen irrte, wo konnten sie sich hier, am Flußufer, verstecken? In dieser Höhe waren die Bäume spärlich, und je weiter der Weg führte, desto höher ragten die Klippen auf; bald blieben ihnen nur noch die Felsen, um sich zu verbergen.

»Noch zwei Tage«, flüsterte Jered, als hätte er ihre Gedanken erraten. »Zweiundsechzig Stunden, um uns zu verstecken und zu beten, daß die Wölfe uns nicht bemerken und vorbeilaufen.«

Moira blickte auf den Fluß, diese schmale Grenze, die sie mit der Aussicht auf Sicherheit und Geborgenheit an ihrem anderen Ufer zu verhöhnen schien – sie konnte sehen, wie das Wasser die Baumstümpfe, die es in diesem Frühling mit sich gerissen hatte, umherschleuderte und wie Stäbchen durcheinanderwirbelte. Jered folgte ihrem Blick. »Hier können wir ihn niemals überqueren«, murmelte er. »Wir würden fortgerissen wie welkes Laub.«

Aber wäre es nicht besser, fragte sie sich, die Kinder ertrinken zu lassen, anstatt sie den Sklavenhändlern zu überantworten? Acht Kinder gingen mit ihr, und jedes von ihnen trug dieselben purpurroten Male, die ihr eigenes Gesicht verunstalteten. Die Sechsjährige, die sich an Moiras Tante klammerte, war für den Rest ihres Lebens gezeichnet. Jereds eigener Enkel, ein Junge von nur fünf Jahren, umklammerte die Hand eines anderen Erwachsenen; sein linkes Auge war von einer bösartigen, zwischen Rot und Rosa changierenden Zyste geschwollen. Und Eren, Moiras letztes überlebendes Kind mit den aufgeplatzten Blasen an den Füßen und der teilnahmslosen Stimme, die nicht einmal mehr die Kraft hatte zu wimmern ... Eren hätte in diesem Jahr erwachsen werden sollen, dachte Moira traurig. Sie hätte in die Höhe schießen sollen wie eine rasch treibende Pflanze in einem Garten. Aber es hatte für sie weder gehaltvolle Mahlzeiten gegeben noch Stunden sorglosen Schlafs – nur Stockschläge und Peitschenhiebe, die sie zur Arbeit antrieben, und die quälende Angst bei Nacht. Etwas machte Moira für einen Moment lang blind.

Erst als Jereds Flüstern sie wieder zu sich brachte, wurde ihr klar, daß es der Haß war. Kalte Wut, noch nicht einmal sosehr auf die Sklavenjäger, sondern auf diejenigen, die sie ins Land gebracht hatten. Wut auf die Gesichtslosen, die ihre Zukunft auf den Gräbern von Kindern errichteten. Diesmal biß sie sich heftig in die Lippe und schmeckte das süße Blut mit wilder Befriedigung.

Jered sah sie an, dann warf er einen Blick über die Schulter zurück und ließ ihn über die Schwarzherzbäume, das helle Grün des Bodens und die Klumpen verrottender Blätter, die sich selbst in der lehmigen Erde begraben hatten, wandern. »Seit sechzehn Generationen war meine Familie in diesem Land zu Hause«, sagte er still. »Doch jetzt ist es nicht mehr unsere Heimat.«

»Laß davon ab, Jered«, erwiderte Moira schroff. »Häng dein Herz nicht länger daran. Es gehört jetzt den Sklavenjägern.«

»Ja, den Sklavenjägern«, er nickte bedächtig, »und dem Mann, der drei der neun Länder sein eigen nennt, dem Lloroi Conin.« Er spuckte den Namen förmlich aus. »Ein Lloroi, wie schon sein Vater einer war. Ein Lloroi, der fremdes Land und das Leben fremder Menschen an sich reißt. Ein Lloroi, der des eigenen Vorteils wegen sein eigenes Volk aussaugt.«

»Man sagt, sein Vater wurde vom flinken Schwert eines Ariyaners getötet.« Moira lächelte freudlos. Sie blickte auf ihre knochige Hand, ballte sie zur Faust und preßte sie gegen ihren Magen. »Mich hungert«, sagte sie leise, »nach Feuer oder dem Gift der Sandschlangen, das die Gerechtigkeit der Monde über diesen neuen Lloroi walten lassen könnte. Aber die rasche Erlösung, die seinem Vater widerfuhr, gönne ich ihm nicht.«

»Daß er jetzt hierher, an die Grenze kommen mußte, um sein Werk zu betrachten, um sich an seiner Macht zu weiden … Ihr Götter, ich verfluche ihn. Ich verfluche seinen Namen bis in die neunte Hölle. Verdammt sollst du sein, Conin«, flüsterte Jered unversöhnlich. »Herrscher über die Sklavenjäger. Herrscher über die Wölfe.«

Moira bewegte sich leicht. »Nicht über alle Wölfe, Jered. Nur über die, die zurückgeblieben sind. Die anderen sind nach Ariye geflohen, so wie wir jetzt.«

»Spielt das eine Rolle?« fragte er. »Welches Band es auch immer zwischen ihnen und den Alten gegeben haben mag, es ist zerrissen. Die Wölfe jagen uns wie Hasen – und sie tun es auf Geheiß der Sklavenjäger!«

»Wir haben jetzt eine Nacht, einen Tag und noch einen Morgen überlebt«, sagte Moira entschieden. »Die Monde werden uns noch ein paar Stunden beschützen.« Sie blickte in die Dunkelheit und erwartete jeden Augenblick, von einem Paar gelber Augen beobachtet zu werden. Sie wußte, daß die Wölfe nicht weit waren. Warum sie die Flüchtlinge nicht an die Sklavenjäger verrieten, wußte sie nicht, und sie wagte nicht, danach zu fragen. Es genügte vollauf, daß sie noch immer frei waren.

Sie machte einen Schritt in Richtung der Weggabelung und hielt den Atem an, als sich ihre schmerzenden Beine der Bewegung widersetzten. Sie biß die Zähne zusammen und verfluchte die schier unermüdliche Ausdauer der Wölfe. Die Grauen, die diese Gegend verlassen hatten, hatten kräftige Beine, die sie zur Grenze brachten – starke Beine und starke Fänge, um den Hunger aus ihren Mägen zu vertreiben, während sie liefen. Diese Kinder verfügten weder über die Kraft der Wölfe noch über ihre Fähigkeit zum Überleben. Sie hatten keine Nahrung, die sie aufrecht hielt; keine Kleider, um sich zu wärmen. Und sie konnten bald nicht mehr weiter.

Welchen Weg sollten sie wählen? Welcher führte sie in Sicherheit? Bis zur Himmelsbrücke waren es noch zwei Meilen, acht bis zum Teufelsknie. Zwei Meilen, das konnten sogar die Kinder schaffen. Peyel, die Wirtin, hatte Moira erzählt, daß die Himmelsbrücke momentan sicher wäre – sicher genug, um sie zu überqueren. Seit drei Tagen keine Sklavenjäger, hatte Peyel gesagt, und daß sie nach Norden beordert worden seien, in die neuen Lager. Moira mußte ihr glauben. Peyel hatte den Leuten schon fast solange geholfen, aus den Lagern zu fliehen, wie es überhaupt Lager gab. Sie hatte genug von den Jägern erdulden müssen, um ihre Rachegelüste in Widerstand umzumünzen. Die Himmelsbrücke, hatte sie zu Moira gesagt.

Wenn Peyel recht hatte und die Sklavenjäger nicht die ganze Brücke bewachten, was dann? Es war ein einhundert Meter breiter steinerner Brückenbogen, dreihundert Meter lang. Die Sklavenjäger konnten ihr Lager nur auf einer Seite aufschlagen. Sie ließen die Händler durch, während Schatten, abgezehrte, zerschundene Schatten, am Rande vorbeikrochen ...

Nein. Woss mußte sich nach Ariye durchgeschlagen haben. Sein Botenring und die Karte, die man ihr vor drei Tagen ausgehändigt hatte, bewiesen das, und sie verhießen Sicherheit nur am Teufelsknie. Ihr Monde, flehte Moira, auf wen soll ich mich verlassen? Auf Peyel oder auf Woss? Wenn sie die falsche Wahl traf, warteten hier keine Krieger, die die Kinder beschützen konnten. Die Widerstandsgruppe, die die Sklavenjäger bekämpft hatte – ihre Führerin selbst, die Seiker genannt wurde –, würde nicht wissen, daß Moira mit den Kindern geflohen war. Woss konnte nicht zurückkommen, um ihnen zu helfen. Die Ariyaner würden erst Tage später bereit sein. »Bei allen Göttern«, flüsterte sie, »wenn es noch einen Mondkrieger gibt, der die Sterne überqueren kann, einen Kämpfer der Alten, der aus der Erstwelt stammt, laßt ihn jetzt nach Bilocctar kommen. Laßt ihn die Sklavenjäger mit der Macht der Götter zermalmen und die Toten meines Volkes rächen.«

Sie starrte auf die Weggabelung. Wenn sie nach Norden, weiter in die Berge hineinging, führte sie der Weg zum Teufelsknie. Im Süden war es nicht so windig, das wußte sie; nicht so kalt, und der Übergang war nur eine Stunde entfernt.

Götter, aber was war eine Stunde, wenn sie die Augen der Kinder seit Monaten verfolgten? Ihre kleinen Körper folgten ihr auf dem Fuße wie zerbrechliche Geister. Würden die Monde ihnen genug Kraft verleihen, um diesen Pfad zu erklimmen? Noch etwas Willenskraft, um es bis zur Schlucht des Teufelsknies zu schaffen? Die Wasserfälle am Teufelsknie waren legendär, ein wahres Schreckgespenst für Kinder und Erwachsene. Gefährlicher als ein Dachsbär, nannte man den Ort, an dem die Felsen bis zu den Göttern aufragten und die Mondmädchen mit dem Gleichgewicht der Menschen spielten, um zu sehen, ob auch die Tapferen ausrutschen und sich zu Tode stürzen würden. Bedrohlich waren auch die Ränder der Felsen, an denen die Schatten der Klippen sicheren Tritt verhießen, wo keiner war. Sie schloß die Augen. Schon jetzt konnte sie den donnernden Wasserfall sehen, den man das Teufelsknie nannte – den reißenden Strom, der sich aus schwindelnder Höhe auf die dröhnenden Felsen am Fuße der niederstürzenden Kaskade ergoß. Ja, gefährlich war das Teufelsknie, gefährlich und nur mit Wagemut zu bezwingen. Es ließ sie Peyels geflüsterten Rat in den Wind schlagen, zwang sie zu hoffen, daß Woss noch am Leben war. Verhöhnte sie angesichts der Tatsache, daß sie wie ein Gott über ihr aller Leben entschied.

Hinter ihren Augen tanzten die Geister: die ihrer eigenen Söhne, ihrer ältesten Tochter … der Kummer drohte sie zu ersticken, und sie zwang sich, tief Luft zu holen, damit Jered nicht erriet, was in ihr vorging. Sie biß die Zähne zusammen und verfluchte sich im stillen, sie benutzte Kraftausdrücke, die sie noch vor einem Jahr vor Empörung hätten schwindeln lassen. Trotz ihrer Wut gelang es ihr, sich wieder unter Kontrolle zu bekommen. Der Tod war nur ein Schritt, ein Moment, eine Kleinigkeit, sang sie vor sich hin. Der Tod war nicht von Bedeutung. Der Tod war nur ein Umstand, nichts weiter. Man mußte sich um die Lebenden kümmern, die Kinder, die noch immer vor den Schwertern der Sklavenjäger auf der Flucht waren. Und irgendwo, hinter ihrem eintönigen Todeslied, betete sie, daß sie Zeit für ihre eigenen Tränen finden würde, sobald die ihr Anvertrauten in Sicherheit waren.

Moira blickte auf den Pfad. Sie hörte die Jäger näher kommen, als hätten sie sie bereits umzingelt. Nur ein Fehler, ein lautes Geräusch, das die Aufmerksamkeit eines verborgenen Verfolgers auf sich zog … Wie viele aus ihrer Gruppe würden sie dann verlieren? Annoc und den jungen Lyo hatten sie in jener Nacht mit Pfeilen im Rücken tot zurücklassen müssen. Die kleine Nita mit ihren übel zugerichteten blauen Augen und dem struppigen Haar war am vergangenen Morgen an einem Schlangenbiß gestorben, nachdem sie Jereds Enkel von einer Viper weggestoßen hatte. Die beiden jüngsten Knaben, fast wahnsinnig vor Hunger, hatten sich gegenseitig mit den süßen Blättern einer Burrberry-Pflanze gefüttert, woraufhin sie ihre verkrümmten, mit Schaum bedeckten Körper im Schutz der Schwarzherzbäume hatten zurücklassen müssen. Sie hatte die Kinder in den Armen gehalten und ihr Sterben miterlebt, sie hatte im stillen die Monde nach Ovousibas angefleht, nach dem Wunder einer Heilung, wie die Alten sie beherrschten. Sie hatte den grauen, verdammten Himmel nach einem Heiler angeschrien, nach irgend jemandem, der die Todesqual beenden konnte, die das Gift in ihren Nerven verursachte. Sie hatte geschworen, sie würde ihre Seele für einen Heiler geben, der Ovousibas beherrschte, die alte Heilkunst, die über die Widerhaken der Kriegspfeile und die Gifte, über die Wunde des Schwerthiebs siegte und den Körper wieder unversehrt machte. Sie ballte die zitternden Fäuste beim Gedanken an die vergangene Nacht, in der Yanas Tochter gestorben war. Ganz still, ganz rasch, niemand hatte es bemerkt, bis sie versuchten, sie zu wecken. Erst dann hatten sie das Nest der Nachtspinnen gesehen, die hinter ihr Knie gekrochen waren. Der Anblick der schwarzgeränderten Bißspuren brachte Moira zum Würgen, während sie beobachtete, wie sie ihre Eier in das Loch legten, das sie in das Fleisch des kleinen Mädchens genagt hatten. Luters Bein blutete noch immer an der Stelle, an der ihm ein Schnitt den Schenkel aufgerissen hatte. Wenn sich Wundkäfer darin einnisteten, würden sie auch ihn verlieren. Wundkäfer, schnaubte sie wütend. Wie einfach für einen Heiler, ihnen vorzubeugen, aber Moira hatte keinen Heiler zur Hand. Wahrscheinlich schwärmten die winzigen Käfer schon jetzt in seinen Adern, verdickten sein Blut, verstopften seine Kapillargefäße, legten ihre Eier in seinem Blut ab, während er sich vorwärtsschleppte. Ein Heiler, der Ovousibas beherrschte, jemand, der die alte Kunst anwenden konnte, flehte sie ohne Hoffnung. Ein solcher Heiler konnte ihn retten. Aber so etwas gab es nicht. Ovousibas war nur eine Farce falscher Wunderheiler.

Vor langer Zeit, vielleicht, war das Wunder von Ovousibas einmal Wirklichkeit gewesen – eine Kunst, erlernt von den Vogelmenschen, die einst über diesen Kontinent flogen. Aber seit jenem Tag vor achthundert Jahren, an dem die Menschen von den Sternen herabgestiegen waren und sich diese Welt zu eigen gemacht hatten, waren die Vogelmenschen nach Norden gezogen. Man hätte dieses Wunder der Heilung, diese alte Kunst am Leben erhalten können, so daß Kinder wie die kleine Nita nicht hätten sterben müssen und verwundete Männer wie Annoc ihr Leben nicht auf der trockenen und hungrigen Erde hätten verströmen müssen. Aber die Kunst des Ovousibas war verlorengegangen.

Besorgt ließ Moira den Blick über ihre Gruppe wandern. Mit ihr waren ein Dutzend Kinder und halb so viele Erwachsene aus dem Lager geflohen. Jetzt waren nur noch dreizehn von ihnen übrig. Überraschenderweise hatten sie und Jered sich als die Fähigsten erwiesen. Fähig. Sie schnaubte verächtlich. Fähig zu was? Zum Weglaufen? Sie hinkte. Zum Kämpfen? Ihre Faust schloß sich um den Knauf des gestohlenen Messers. Zwei stumpfe Klingen für dreizehn Leben. Sie starrte die Kinder an, und Jered folgte ihrem Blick.

»Die Himmelsbrücke, Moira«, sagte er sanft. »Es sind nur

zwei Meilen. Soweit schaffen wir es alle. Und du kannst nicht sicher sein, daß das Zeichen auf dem Botenring nicht an der Brücke war. Peyel hat gesagt, die Brücke sei passierbar. Du hast nur einen kurzen Blick auf den Ring und die Karte werfen können, bevor sie verbrannt wurden.«

Sie schüttelte störrisch den Kopf.

»Hör mal, Moira, selbst wenn wir das Knie erreichen, haben wir keine Möglichkeit, die Schlucht zu überqueren. Die Jäger sind uns schon zu nah; wir können uns nicht zwei Tage verstecken und hoffen, daß sie uns nicht sehen. Die Leute aus Ariye wissen noch nicht einmal, daß wir kommen.« Er packte ihren Arm. »Jetzt ist es früh am Morgen. Wir können in zwei Stunden an der Brücke sein.«

»Nein.« Sie befreite sich aus seinem Griff und bedeutete den anderen nachdrücklich, ihr zum Weg zu folgen. Sie erhoben sich schwerfällig, bewegten sich mit schleppenden Schritten. Ob sie wohl wußten, daß sie dem Tod geweiht waren? Der leere Blick des kleinen Tomi erinnerte sie plötzlich an die Augen seines Vaters, blicklos und still, so wie sie sie zuletzt gesehen hatte, und wieder sah sie mit heftigem Schmerz in die Augen des Kindes. Wenn sie nun für diese kleinen Kinder falsch entschieden hatte? Mochten ihr die Götter beistehen. »Nein«, wiederholte sie noch einmal eigensinnig. »Die Karte war echt. Der Botenring auch. Wir vertrauen auf den Schutz der Monde.«

Jered packte sie wieder und hielt sie fest. Sie blickte auf die Finger, die sich wie Klauen in das dünne Fleisch ihres Oberarms gruben. »Was glaubst du, wie weit wir kommen können, mit nur zwei Stunden Vorsprung vor den Jägern und den Wölfen, die auch jetzt noch unsere Spuren wittern? Sieh dich doch an. Du bist ebensowenig ein Held wie ich. Wie willst du sie aufhalten, wenn sie uns einholen?«

»Da fragst du mich zuviel, Jered«, antwortete sie ruhig. Einer der Älteren hinter ihnen schaute warnend zum Wald hinüber, und Jered redete mit gedämpfter Stimme weiter.

»Wir haben nur zwei Messer und nicht ein einziges Schwert für fünf Erwachsene. Selbst wenn wir bessere Klingen hätten, wüßte ich nicht, wie ich es mit meinem einen guten Arm« – er deutete auf das verwundete, abgestorbene Glied – »mit einem geübten Sklavenjäger aufnehmen sollte. Welche Worte sollen die aufhalten, die uns finden?«

Moiras Herz klopfte ihr bis zum Hals, und sie schauderte nicht nur vor Müdigkeit. Nachdrücklich blickte sie auf die Finger um ihren Arm, dann wieder in Jereds Gesicht, und forderte ihn so lange wortlos auf, bis er sie losließ und sich die Hände an seiner zerlumpten Tunika abwischte.

»Sie erwarten uns an der Brücke«, sagte sie leise. Sie wußte jetzt, daß sie recht hatte. Von den anderen Flüchtlingen, die die Lager verlassen hatten, war keine Botschaft gekommen, weil keiner von ihnen es über die Grenze geschafft hatte. Sie starrte auf den aufgewühlten Fluß. »Niemand wird vermuten, daß wir auf dem Weg zu den Wasserfällen sind – sie wissen ebenso wie wir, daß die Himmelsbrücke der einzige sichere Übergang ist, wenn man Kinder dabeihat. Außerdem«, fügte sie müde hinzu, »können die Sklavenjäger lange vor uns an der Brücke sein. Sie müssen nicht mit wundgelaufenen Füßen auf Wildwechseln gehen, wenn sie sich auf Reittieren über eigene, sichere Straßen fortbewegen können.«

»Und wenn die Leute von Ariye nicht am Knie auf uns warten?« Sie starrte ihn an. Hatte Jered erraten, was sie tun würde, wenn die Leute von Ariye ihnen nicht helfen konnten? Wußte er, daß sie sogar in diesem Augenblick die Monde um den Willen – und die Kraft – bat, die Kinder mit eigener Hand von dieser Welt zu erlösen? »Wenn sie nicht am Teufelsknie sind«, erwiderte sie ruhig, »waren wir schon von Anfang an verloren. Es gibt keine Zuflucht für uns«, sie bemühte sich, mit fester Stimme zu sprechen, »in einem Land, das seinen Kindern den Rücken zukehrt.«

Jered befeuchtete seine trockenen Lippen mit der Zunge und betrachtete den Fluß, der ihnen den Blick nach Norden versperrte. »Du urteilst immer noch mit der Macht des Rates, Moira«, sagte er langsam und gewichtig, »obwohl die Legitimation deiner Worte in jenen flachen Gräbern hinter uns liegt. Aber selbst wenn es nur aus dem Grund wäre, daß deine Tochter bei uns ist – ich muß deinem Urteil vertrauen.«

»Und wenn es nur aus dem Grund wäre, daß dein Enkel bei uns ist, Jered, vertraue ich dir, daß du mir folgen wirst.« Sie drehte sich um und trat zurück auf den Pfad, versuchte weiterzulaufen. Nach ein paar Schritten verfiel sie wieder in eine langsamere Gangart und versuchte erneut, ihr Tempo zu steigern. Hinter ihr wimmerte einer der Jungen, und die sanfte Stimme einer Erwachsenen beruhigte das Kind. »Na, komm schon. Siehst du die Felsen da drüben? Nur bis auf den roten«, hörte sie die alte Tante sagen. »Es ist nur noch ein kleines Stück. Du hast noch genug Kraft für die zehn Meter. Soviel Kraft wie die Mondmädchen, die uns beschützen.« Die Alte deutete auf den Mond, der geistergleich hinter einem Wolkenschleier hervorschaute, und die Blicke der Kinder folgten teilnahmslos ihrem Finger. »Seht ihr?« sagte sie. »Die Monde sind noch mit uns. Nun wißt ihr, daß ihr es bis auf diesen kleinen Hügel schaffen könnt, ja? Na, kommt.«

Auf der östlichen Seite des Flusses witterte Gray Hishn den anderen Späher schon lange, bevor Dion den Mann sehen konnte. Sie winkte dem Busch zu, in den er gekrochen war, und er stand grinsend auf. »Die Grauen kannst du nicht hinters Licht führen«, rief er leise und bedeutete ihr, zu ihm zu kommen.

»Nicht solange du Gewürzkraut zum Frühstück ißt«, gab sie mit einem Lächeln zurück. Sie umarmten sich zur Begrüßung, und als die graue Wölfin wieder mit dem Wald verschmolz, nickte Dion zum Fluß hin. »Ich bin von Yaglys Seite gekommen. Gibt's was Neues?«

Er verzog das Gesicht. »Sie hocken noch immer auf der

Himmelsbrücke, als hätten sie dort in den Steinen Wurzeln geschlagen.«

Die beiden starrten auf den weißen Bogen, der sich über die Schlucht wölbte. »Auf der nächsten Brücke sind auch haufenweise Sklavenjäger«, erwiderte Dion langsam.

»Mir gefällt das nicht«, sagte der andere Kundschafter. »Sie sind für gewöhnlich nur so wachsam, wenn jemand versucht, über die Grenze durchzubrechen. Wenn die Gruppe, zu der wir Kontakt aufgenommen haben, versucht, sich durch diesen Haufen von Schurken durchzuschlagen, sind sie tot, bevor sie sich noch eine Meile von ihrem Lager entfernt haben. Womöglich müssen wir unsere Pläne ändern.«

»Das können wir nicht«, sagte Dion kurz. »Wir haben drei Tage gebraucht, um ihnen die erste Botschaft zu schicken. Sie werden heute nacht fliehen. Es gibt keine Möglichkeit, sie zu erreichen, bevor sie sich nicht befreit haben.«

»Du bist Wolfsläuferin. Können die Wölfe uns nicht helfen?«

Sie lachte freudlos. »Nach allem, was ich gehört habe, haben die Leute in Bilocctar ebensoviel Angst vor den Wölfen wie vor den Sklavenjägern.«

»Angst?«

Sie nickte. »Erinnerst du dich an den Mann, von dem ich dir erzählt habe, den wir auf dem Weg in den Norden aufgegriffen haben – oben am Schacht? Er hatte soviel Angst vor den Wölfen, als wären es Mörderkäfer. Er behauptete, sie liefen mit den Jägern.«

»Hatte er Fieber?«

Sie schüttelte langsam den Kopf. »Es ging ihm gut genug, uns den Weg zu seinem Lager zu beschreiben und wie man mit den Ältesten dort Kontakt aufnehmen könnte.«

Der Mann runzelte die Stirn. »Aber Wölfe und Sklavenjäger? Das ist doch Unsinn. Ich dachte, die Grauen laufen mit denen, die für sie empfänglich sind, so wie du oder Sobovi. Du willst mir doch nicht erzählen, daß sich solche Leute in den Reihen der Jäger tummeln? Wie könnte jemand, dessen Gefühle besonders stark ausgeprägt sind, einer Frau die Hände wegbrennen? Oder ein Kind an einen Pfahl binden, damit die Lepa es zerreißen?«

Dion überspielte ihr Grausen mit einem Achselzucken.

»Ehrfurcht, das könnte ich verstehen«, fügte der Mann hinzu. »Zur Hölle, das habe ich selbst schon gefühlt, wenn deine Gray Hishn mir in die Augen blickt und es mir selbst schon so vorkommt, als wäre mein Kopf plötzlich mit Gerüchen und Geräuschen vollgestopft. Wölfe sollen mit den Sklavenjägern laufen? Das würde selbst in der neunten Hölle nicht geschehen.« Er gab Dion ein Zeichen, ihm zu folgen, dann schritt er auf dem Weg zur Schlucht voran. »Was ist, wenn gerade jetzt jemand an der Grenze steht?« fragte er über die Schulter. »Kannst du das feststellen?«

Dion dachte nach. »Wenn Wind aufkommt, vielleicht.« Sie versuchte, mit ihren Gedanken die Graue im Wald hinter ihr zu erreichen. In Hishns Nase war ein dicker, süßer Geruch, und Dions eigene Nasenflügel weiteten sich, als sie die Witterung eines Graber-Baus aufnahm. Ihr Magen krampfte sich mit dem Hungergefühl des Wolfes zusammen. Dion zwang sich, nicht darauf zu achten.

»... was ist mit dem Übergang am Teufelsknie?«

Sie hörte gerade noch das Ende des Satzes und schüttelte den Kopf. »Es wird noch zwei Tage dauern, bevor er fertig ist.«

Sie machten an der Baumgrenze halt. »Hier kommen sie auf keinen Fall rüber«, sagte Dion ruhig, während sie den Trupp Sklavenjäger im Auge behielt, der in einiger Entfernung das andere Ende des Steinbogens besetzt hielt.

Der Späher folgte ihrem Blick. »Du weißt, daß ich fast mein ganzes Leben in Ramaj Ariye verbracht habe. Noch vor einem Jahr wären die Jäger nicht gut genug organisiert gewesen, um die Spur eines verirrten Reittieres aufzunehmen. Und jetzt sieh dir das an: die sind jetzt eine verfluchte Armee.« Er schüttelte langsam den Kopf. »Ich dachte, ich würde den Tag nicht erleben, an dem die Jäger für einen Lloroi reiten.«

Dion warf ihm einen Blick zu. »Sie reiten nicht für den Lloroi Conin. Sie reiten für Longear«

»Longear? Die für seine Sicherheitskräfte zuständig ist?« Er schürzte die Lippen und versuchte, sich zu erinnern. »Du bist ihr einmal begegnet. Sie ließ dich auspeitschen.«

Dion nickte mit ausdruckslosem Gesicht. »Wenn irgendeine Person sämtliche Bösartigkeiten der Sklavenjäger verkörpert«, sagte sie leise, »dann ist es Longear.« Sie schüttelte sich. »Mir läuft es eiskalt den Rücken herunter, wenn ich nur ihren Namen ausspreche.« Sie lachte gequält.

»Das ist kein Wunder.« Die Augen des Spähers streiften Dions linken Handrücken. Die zerfetzte Haut war nie wieder vollständig verheilt, sondern leicht verzogen und vernarbt; sie sah aus wie von Würmern zerfressen. »Aranur sagte, wenn du keine Heilerin wärst, hättest du die Hand nie wieder benutzen können …« Dion unterbrach ihn: »Aranur redet zuviel«, sagte sie kurz. Als er sie ansah, zuckte sie mit den Achseln. »Ich bin eine Wolfsläuferin. Bei mir heilt alles immer schneller als bei anderen Leuten.«

Der Mann musterte sie einen Moment lang schweigend, dann wandte er den Blick wieder der Himmelsbrücke zu. »Wenn Longear auch hinter den Aktionen dieser Jäger steckt«, meinte er schließlich, »haben wir Glück, wenn wir am Teufelsknie auch nur einen einzigen Flüchtling antreffen.«

Dion zog sich die Kriegshaube fester über den Kopf und schob das Silberband von der Stirn unter das Ledergewebe. Ihre violetten Augen waren verschleiert. »Wir werden Glück haben. Die Monde würden nichts anderes zulassen.«

Die Kinder schafften nur zwei Meilen, dann mußten sie wieder anhalten. Als der Weg steiler wurde, gab Luters Bein nach, und Jered mußte den Mann den restlichen Weg bis zum

Kamm halb tragen, bis seine eigene Schulter sich so sehr verkrampfte, daß er den gesunden Arm nicht mehr ausstrecken konnte. Moira starrte zum Himmel. Nur noch eine knappe Stunde bis zum Nachmittag. Hatten die Leute von Ariye die Flußufer beobachtet, wie sie es versprochen hatten? Oder würden die Wölfe, die ihre Gruppe jagten, diese Kinder verraten, bevor sie in Sicherheit waren?

Sie nickte widerstrebend, als ihre Tante sie mit fragendem Blick ansah. Ja, sie konnten eine Pause machen. Die Kinder schleppten sich still leidend voran. Gegen ihren Hunger konnte sie nichts unternehmen, aber sie konnten zumindest etwas trinken. Hier war die letzte Stelle, an der der Fluß bis an den Pfad reichte. Flußaufwärts ragten die Felswände immer steiler auf, bis die Schlucht ausah, als hätte ein Messer eine schmale Kerbe in den Stein geschnitten. Dort wirkten die Felsen blau von den Schatten und schwarz von der Nässe der Wasserfälle. Sogar hier war das Wasser noch tief genug, fürchtete sie; gefährlich reißend und silbern, mit vielen Felsbrocken durchsetzt, die aus seiner Oberfläche hervorbrachen.

Eine sanfte Berührung brachte sie wieder in die Gegenwart zurück, und sie zwang sich, die Lippen zu entspannen, als Erens kleine Hand sich in ihre stahl. »Noch einen Augenblick, dann geht Tante Giela mit euch zum Wasser«, sagte sie und drückte die Hand ihrer Tochter. »Dann wickle ich deine Füße neu und sehe zu, was ich tun kann, damit sie sich ein bißchen besser fühlen, ja?«

Das kleine Mädchen schob sich das zerzauste Haar aus dem Gesicht und zog noch einmal schweigend an Moiras Hand.

Moiras Herz krampfte sich zusammen. »Geh mit der Tante, mein Kind«, stieß sie hervor. »Ich komme gleich.«

Sie sah der stolpernden Gruppe nach, die der Tante zum Ufer folgte. Jered, der dort bereits auf sie wartete, zog zwei Rindenbecher aus einem Knoten in seiner zerlumpten Tunika und reichte sie Giela. Moira mußte beinahe lächeln. Jered konnte nicht einen Tag wandern, ohne in irgendeinen Gegenstand, den er unbedingt mit sich tragen wollte, seine Botenzeichen zu schnitzen. Sogar als Luters Gewicht seine Schulter verkrampfte, trennte er sich nicht von seinen Holzbechern. Fast konnte sie das verstehen. Seine Hände mußten schmerzen vor Verlangen, die rauhe, ungleichmäßige Oberfläche zu glätten, sie mit den Mustern seiner Kunstfertigkeit, den Zeichen seiner Kunst zu verzieren. Noch vor zwei Jahren war Jered einer der herausragendsten Handwerker ihres Dorfes gewesen; seine Botenringe waren von bestechender Schlichtheit, in Holz oder Stein geschnitzt und eingefärbt, manchmal mit Stoff versehen; sie wurden sogar bei den Ringtänzen zur Sonnenwendfeier verwendet. Nun hingen die verkrümmten Finger seiner linken Hand ebenso nutzlos herab wie sein verwelkter Arm. Sie beobachtete ihn, wie er auf einem Felsen hockte, die Becher in den Fluß tauchte und den Kindern reichte. Er wartete geduldig, während sie tranken. Es würde seine Zeit dauern, bis jedes Kind an der Reihe gewesen war – Zeit genug für sie alle, um sich auszuruhen. Aber Moira blieb stehen, obwohl ihre Beine sich taub anfühlten und zitterten.

Wie lange war es her, seit sie zuletzt die Augen hatte schließen können? Wie lange ohne Träume und Alpdrücken? Sie hatten eine Nacht Zeit gehabt, ihre Flucht zu planen, die zerrissenen Tuniken von zwei der mißhandelten Toten zu stehlen – Tuniken von Leichen, um daraus ihre Schuhe zu machen. Dann eine Nacht und einen Tag … Dieser alptraumhafte Tag, an dem sie mitansehen mußte, wie die anderen fortgeschleppt wurden … die anderen, die mit ihnen hätten fliehen können, wenn sie das Feuer überlebt hätten. Und dann kam die Nacht selbst, in der sie die Kinder aus ihren schäbigen Schlafstellen gezogen und sie durch die dunklen Wälder geführt hatte. Ein Morgen, ein Tag, noch eine Nacht … Noch vier Tote. Und jetzt? In dieser Nacht war sie nur zwischen dem zweiten und dem fünften Mond in einen kurzen unruhigen Schlaf gesunken, aber dann kam ein Morgen, den sie nicht mehr erleben wollte.

Sie schwankte, sie konnte kaum glauben, daß sie durch ihre schmerzenden Lungen noch atmen konnte. Wenn sie sich hinsetzte, um sich auszuruhen, würde sie nicht mehr aufstehen können. Sie kniff die Augen zusammen, um das Brennen zu lindern, und horchte, spitzte die Ohren, um die Geräusche zu hören, vor denen es ihr graute. Kein Geheul. Keine Rufe in der Ferne. Der Fluß übertönte jeden Laut außer Tante Gielas: »Langsam. Trink langsamer.« Schließlich ging Moira selbst mit stolpernden Schritten zum Ufer und nahm den Becher. Einer der Älteren entlockte ihrer Tochter ein teilnahmsloses Lächeln, indem er sie spielerisch ein bißchen naßspritzte.

»Laßt eure Füße nicht zu lang im Wasser«, warnte sie ruhig. »Das macht sie zu weich fürs Laufen. Trocknet sie jetzt ab und laßt die Tante wieder die Lappen darumbinden.« Zwei der Kinder schälten langsam die Rinde von einem Fadenbaum, um ihr einfaches Schuhwerk zu verstärken. Moira zählte die kleinen Gesichter, als sie sich umsah, und blickte nach rechts. »Cal, Eren, da ist das Wasser zu tief. Kommt zurück.«

Gehorsam kletterte Eren das Ufer wieder herauf. Ihre feuchten Zehen glänzten in dem schwachen, trüben Licht.

»Cal, sei vorsichtig«, sagte Moira scharf.

»Eren!« schrie die Tante, als die Füße des Mädchens ausglitten.

»Mama …« Der Schrei des kleinen Mädchens brach jäh ab. Sie fiel. Das Wasser spritzte auf und schloß sich dann über dem Kopf des Kindes.

»Tomi, halt sie fest!« Moiras verzweifelter Schrei brach ab, als Tomi sich das Ufer hinab und in den Fluß warf, dem anderen Kind hinterher.

Eren trieb an die Oberfläche, von ihrem Gesicht strömte das Wasser. Der dünne Schrei aus ihrem von Todesangst verzerrten Mund verstummte schlagartig, als der Fluß sie wieder hinunterzog. Ihre Arme schlugen wild auf die Wasseroberfläche. Sie wurde abgetrieben. Bis zur Brust in den Wellen, packte Tomi ihren dünnen Arm. Unter ihm riß der Fluß an seinen Füßen. Er glitt aus, und als er unter Wasser gezogen wurde, füllten sich Mund und Augen mit Wasser. Seine Knie krachten gegen einen Felsen, und er trat wild um sich, versuchte hochzukommen, rutschte aber immer wieder an den glitschigen Steinen ab. Er griff nach Eren, nach irgend etwas. Dann riß ihn der Fluß wieder unter Wasser.

Moira war schon zur Stelle. Sie stemmte ihre fast gefühllosen Beine gegen den Boden und versuchte, den Jungen zu erreichen.

Tomi war nur wenige Zentimeter von ihren bis zum Äußersten ausgestreckten Händen entfernt. Mit einem Arm schlug er auf das Wasser, versuchte, den Zwischenraum zu überbrücken, während er mit seiner anderen Hand Erens Haar gepackt hielt. Die Verzweiflung in seinen Augen jagte Moira noch einen Schauder über den Rücken, als er auch schon abgetrieben wurde, würgend, erst nur eine Handbreit, dann ganz außer Reichweite. Eren krallte ihre Finger in seine Arme. Der Fluß brandete auf. Die Kinder gingen unter. Moira spürte den eiskalten Schock nicht, mit dem das Wasser des Gebirgsflusses ihre Haut erstarren ließ, und nicht das eisige Brennen, das ihren Bauch versengte. Sie rutschte weg und verlor den Halt, als die Strömung nach ihren Beinen griff und sie gegen einen Felsen schleuderte. Ein unerträglicher Schmerz schoß erst in ihren Knöchel, dann in ihre Wade. Sie schnappte nach Luft, schluckte Wasser. Die Strömung zog sie hinab, bevor sie sich wieder an die Oberfläche kämpfen konnte. Dann würgte sie selbst, und Jereds Fingernägel gruben sich in ihre Schultern. Es gab einen Ruck, dann riß er sie aus dem Sog des Flusses. Aber sie wehrte sich gegen ihn, ihre Augen starrten in die Strömung, sie bemerkte seine verzweifelten Kraftanstrengungen nicht. Tante Giela riß den Mund zu einem Schrei auf, als die beiden Kinder kurz vor einer hohen, aufbrandenden Welle wieder an die Oberfläche geschleudert wurden. Moira klammerte sich mit der einen Hand an Jered und machte einen Satz ans Ufer, die andere Hand preßte sie auf den Mund ihrer Tante. Sie beobachteten starr vor Schreck, wie die kleinen Köpfe aufstiegen, überspült wurden und wieder verschwanden.

Jered blickte Moira ausdruckslos an, und ihre Tante versuchte, ein Aufschluchzen zu unterdrücken. »Eren … Tomi …«

Moira starrte mit leeren Augen auf den Fluß, dann stand sie auf. Sie half ihrer Tante auf, dann trat sie zu den anderen Erwachsenen, die die restlichen Kinder vom Wasser ferngehalten hatten.

»Moira«, hob Jered eindringlich an.

Sie drehte sich auf dem Absatz um, ihr Gesichtsausdruck ließ den alten Mann verstummen.

Er fuhr sich nervös mit der Zunge über die Lippen.

»Moira, sie werden ertrinken«, sagte Tante Giela.

Die große Frau starrte sie an, ohne sie wahrzunehmen. »Sie sind schon tot. Keiner von uns kann es mit dieser Strömung aufnehmen. Die Wasser des Phye werden … werden sie verschlingen oder sie den Sklavenjägern zurückgeben, bevor wir ihre Leichen holen können.«

»Wir könnten nach ihnen suchen, Jered und ich …«

»Jered und du und ich sind die einzigen, die noch übrig sind, um den Rest dieser Kinder zu retten, die uns immer noch ihr Leben anvertraut haben.«

»Moira«, flehte die Ältere.

»Es gibt noch andere Kinder … lebende Kinder.« Moiras Stimme war scharf.

Jered wischte sich die Hände an seiner Tunika ab, ihre Feuchtigkeit verwandelte den Staub in Schlamm. »Du führst uns auf einem harten Weg, Moira«, sagte er mit ausdrucksloser Stimme, ohne jede Anklage.

»Jered«, begann sie. Sie hielt inne, als er sich wieder umdrehte, und sah ihm ins Gesicht, aber als er die Trauer und das Entsetzen tief in ihren Augen sah, war es Jered, der den Blick abwandte.

2

Dort, über den Schwarzherzbäumen;
Dort, wo der Himmel sich wölbt;
Dort, über den zartesten Zweigen,
Wo selbst die Luft verblaßt,
Ist Eis in deinem Atem,
Ist Eis an deinen Händen.
Steig höher hinauf,
Noch höher,
Dort, wo der Elchbulle klagend ruft,
Schlägt dein Herz, schlägt auf dem steilen Weg.

Es war Vormittag geworden. An Dions Standort übertönte der Wind der Schlucht fast alle Geräusche aus dem Wald. Solange sie sich nicht vom Fluß entfernte, konnte sie auch bei größter Anstrengung das Geheul des Wolfsrudels auf dem Gebirgskamm kaum wahrnehmen. Wachsam ging sie zum Hauptweg zurück. Ein Zweig knackte; Hishns Ohren richteten sich auf, Dion erstarrte, und ihre Augen zuckten nach rechts. Es war nur ein kleiner Chunko, der mit seinen Nagezähnen den Ast zerkleinerte und ihn sich ins Maul stopfte. Dion bewegte sich nicht. Hier hatte der Tod viele Gesichter: Sklavenjäger, Dachsbären, Worlags, Schlangen … In all den Jahren, die sie jetzt in den Wäldern lief, ließ eine Gefahr ihr das Blut noch immer gefrieren: Worlags. Diese insektenähnlichen Tiere konnten einem die Haut wie Papier zerfetzen – was sie mit ihren eigenen Narben belegen konnte. Die Spuren, an denen sie vor einer Stunde vorbeigekommen war, zeigten deutlich, daß sie in der Nähe waren.

Lautlos verschmolz sie mit dem Unterholz, bewegte sich vom Rand der Schlucht fort. Ihr grauer Umhang war wie sein eigener Schatten, und die Grüntöne und das ledrige Braun ihrer Tunika und ihrer Beinkleider machten sie in den Farben des Waldes fast unsichtbar. Der kalte Atem der Schlucht gab ihren Wangen Farbe, und das Violett ihrer Augen blitzte auf, als die bleiche Sonne zwischen den vom Wind bewegten Blättern auf sie traf. Mit einer Hand in Hishns dichtem Pelz reagierte sie besänftigend auf die Ungeduld der grauen Wölfin. Die Wölfe des Rudels witterten keine Gefahr, aber der Wind stand falsch. Hishn hob die Schnauze erst zur einen Seite, dann zur anderen, und dann blickte sie wieder die Wolfsläuferin an.

Ein letztes Mal glitt Dions wachsames Auge über den Wald und den zerklüfteten Kamm. »Gut«, sagte sie leise. »Weiter.«

Die gelben Augen der Wölfin glänzten. *Laufen wir mit dem Rudel?* fragte sie. Die graue Stimme fand ihr Echo in Dions Gedanken.

»Wir haben nicht genug Zeit, uns ihnen anzuschließen«, gab Dion zurück. »Wir haben erst die Hälfte des Weges zurückgelegt.«

Wenn du durch meine Augen siehst und durch meine Ohren hörst, schaffst du die doppelte Strecke in der Hälfte der Zeit.

Dion versetzte der Grauen einen leichten Klaps. »Solange du etwas im Magen hast, ist es dir egal, wie weit wir zu laufen haben. Ich allerdings muß den Zustand meiner Füße bedenken; und meine Füße müssen noch fünf Meilen laufen, bevor ich eine Pause machen kann.«

Hishn knurrte leise tief in der Kehle, und Dion lächelte. Die Ungeduld der Grauen betraf nicht nur den Weg. Hishns Gefährte war dabei, sie einzuholen. Er war schon in der Nähe – die grauen Fäden seiner Gedanken hallten in Hishns geistiger Stimme fast ebenso stark wider, als stünde er direkt neben seiner Gefährtin.

Hishns Augen funkelten. *Yoshi und ich haben bessere Ohren als du,* versuchte sie Dion zu überzeugen. *Warum willst du dich nicht meiner Sinne bedienen, um den Gesang des Rudels zu hören?*

»Ich möchte durch Menschenohren hören, Graue, so wie es die Flüchtlinge seit zwei Tagen tun müssen.« Dion kraulte Hishns Ohr. »Wenn sie so wie ich den Gesang des Rudels hören könnten, bräuchten wir uns um sie keine Sorgen zu machen.« Sie blickte den Wolf freundlich an. Seit drei Jahren waren sie jetzt zusammen, und sie konnte sich schon nicht mehr vorstellen, ohne die grauen Verbindungen in ihren Gedanken zu leben. Hishn begleitete sie fast überallhin. Nur wenn die Wölfin mit ihrem Gefährten laufen wollte, ließ sie Dion zurück. Zumindest hatte Yoshi seinen eigenen Wolfsläufer, sonst wäre Hishn vielleicht mit einem Gefährten außerhalb von Ariye gelaufen. Nicht nur die Menschen, auch die Wölfe machten Zugeständnisse, wenn sie sich banden. Dion kraulte Hishn noch ein letztes Mal und versuchte erfolglos, die Haare des Winterfells abzustreifen, die auf ihren Beinkleidern zurückgeblieben waren.

Schwacher Duft von Schweiß scharf in meiner Nase. Süßes Leder. Das Tier sandte Dion automatisch seine Eindrücke und ließ die Frau selbst durch seine Sinne riechen. Die Wölfin grub ihre Schnauze in die Erde. *Frischer Kaninchendung – wie ein Ruf zur Jagd …* echote die graue Stimme wehmütig. Dion seufzte. Sie sog die Gerüche mit geblähten Nüstern ein. Dieser Wald, alles, was es zu sehen und zu riechen gab … Hishn ließ nicht zu, daß Dion das alles ignorierte: die Bindung an einen Wolf zeitigte besondere Lebensumstände. All die Wölfe, die aus Bilocctar geflohen waren, waren wie ein grauer Sturm über Ariye gefegt und hatten im Vorüberziehen die Sinne des halben Bezirks mit sich genommen. Es hatte viermal mehr Verbindungen mit Wölfen gegeben als in den zwei Dekaden zuvor. Immerhin, dachte Dion, war sie selbst schon eine Waldläuferin gewesen, bevor sie Hishn als Welpen gefunden hatte. Die Veränderungen in ihrem Leben waren nicht so einschneidend gewesen wie für ein paar der Geschäftsleute in Aranurs Heimatstadt. Als sie an einen der wohlbeleibteren Männer dachte, der hinter seinem Grauen hertrottete und dabei schwitzte wie ein Winterhase im Sommer, konnte sie sich ein Lächeln nicht verkneifen.

Ihr eigener Magen knurrte, und Hishns Augen glänzten triumphierend. Die Wolfsläuferin schüttelte den Kopf. »Wir beide werden später jagen«, versprach sie. »Jetzt muß ich mich erst einmal umhören. Wenn ich die Wölfe hier so deutlich hören kann wie jetzt, ist es möglich, daß der Wind die Geräusche zu den Flüchtlingen über den Fluß trägt. Und wenn das so ist, vergessen sie womöglich das Teufelsknie und stürzen statt dessen Hals über Kopf zur Himmelsbrücke. Und die Himmelsbrücke«, fügte sie hinzu, »wie wir gesehen haben …«

Riecht, warf Hishn unverzüglich ein und nieste in den Staub.

Dion schnitt den gelbglühenden Augen eine Grimasse. »… stinkt von diesem Haufen Sklavenjäger, die dort lauern wie Ratten am Kai.« Meistens gab das graue Tier Bilder wieder, erfüllte Dions Gedanken mit der Stimme eines sanften, unaufhörlichen Regens. Manchmal schrak sie vor der Wucht der Gerüche und der Stärke der Instinkte der Wölfin zurück.

Hishn kratzte sich mit einem Hinterbein am Bauch, dann nahm sie eine andere Stellung ein und kratzte die andere Seite mit einem Vorderbein. *Ich könnte heulen,* schlug sie vor, *und du könntest die Leute, die auf dem anderen Ufer sind, fragen, ob sie mich hören.*

Dions Lächeln verschwand. Die Leute, die jetzt dort auf der Flucht waren … die Spuren, die sie auf dem Flußufer zurückließen, waren tief, als ob sie nicht wüßten, wie todbringend diese Zeichen sein konnten. Und die Frühlingsflut des Flusses war dabei zu sinken, nicht anzusteigen, die Spuren würden also bis zum nächsten starken Regen zu sehen sein. Dion warf einen Blick auf den Himmel. Er war kaum bedeckt, keine einzige gewitterschwere Frühlingswolke türmte sich auf. Die Spuren würden nicht schnell genug ausgelöscht werden. Sie konnte nur hoffen, daß die Flüchtlinge, die in zwei Tagen dort eintreffen sollten, ihre Schritte vorsichtiger lenkten.

Hishn trottete auf dem Pfad voran. *Staub und Blut,* gab sie aus ihrem Gedächtnis weiter. *Getrockneter Schweiß. Der beißende Geruch von Angst und schlechtem Atem.*

Das Bild des zerschlagenen Mannes, der den Fluß einen Ninan zuvor überquert hatte, ließ Dion langsam nicken. »Noch so ein armer Narr«, wiederholte sie wie ein Echo die Worte des Kundschafters, den sie gestern getroffen hatte. »Wahrscheinlich will er flußaufwärts. Nach Norden – zum Teufelsknie.«

Über dem Wasserfall ist der Donner leiser als an seinem Fuße, sagte die Wölfin.

Dion nickte. »Wenn ich hier über dem Knie mit ihnen Kontakt aufnehmen könnte, würde ich sie weiter nach Norden schicken, zum Schacht.«

Warum warten sie nicht in ihrem Versteck, bis du ihnen helfen kannst, den Fluß zu überqueren?

Dion verbiß sich ein Lachen. »Es gibt keine Höhle, die sicher genug wäre, um sie vor den Jägern zu schützen, Hishn. Könntest du dich verstecken, wenn dir Worlags auf den Fersen wären?«

Die graue Wölfin zog die Nase kraus und entblößte dabei ihre Zähne. *Du kannst die Jagd nicht überleben, wenn du dich da versteckst, wo man leicht hinkommt.*

»Eben.« Dion schürzte die Lippen. »Wenn sie so langsam vorankommen, wie ich vermute, haben sie noch zwei Tagesreisen bis zum Schacht vor sich, aber sie können einen Gutteil an Sicherheit gewinnen, wenn sie dort versuchen, den Fluß zu überqueren.«

Wenn die Sklavenjäger wie Worlags sind, werden sie deine Flüchtlinge bis zum Schacht und wieder zurück verfolgen.

»Nicht, wenn Gamon ein paar Reiter schickt, um sie in

Empfang zu nehmen. Wenn sie erst einmal den Schacht überwunden haben, sind sie in Ariye, und wir können sie schützen.«

Sie schob ihren Bogen über die Schultern und prüfte automatisch den Riemen über ihrem Schwertknauf.

Hishns gelbe Augen funkelten. *Jagen wir?*

»Wir laufen weiter. Nur bis zum Teufelsknie.«

Am Teufelsknie zieht einen das Wasser mit sich wie ein Schlammsauger.

»Wir sind nicht diejenigen, die den Phye überqueren müssen«, beruhigte sie den Wolf. »Alles, was wir zu tun haben, ist, Aranur die Nachrichten der Kundschafter zu überbringen.« Und etwas Zeit für uns zu haben, fügte sie im stillen hinzu. Hishn warf ihr einen verschlagenen Blick zu. Errötend gab Dion den weichen Ohren der Wölfin einen Klaps. »Keine abfälligen Bemerkungen«, warnte sie.

Dein Gefährte ist nah, gab die Graue zurück und sprang rasch zur Seite.

Aber mein Gefährte, Yoshi, ist noch näher. Ich werde ihn viel früher begrüßen können als du den deinen.

Dion grinste und sah der Wölfin nach. Der Graue Yoshi, der sich beeilte, zu Hishn zu gelangen, würde vielleicht in zehn Minuten hier eintreffen; Aranur dagegen war noch eine Stunde entfernt. Dion zwang sich, ihr Tempo zu mäßigen, und lächelte wehmütig, als sie bemerkte, daß sie, wie immer bei dem Gedanken an ihn, ihre Schritte beschleunigt hatte. Aber wir sind jetzt schon tagelang getrennt, erinnerte sie eine leise innere Stimme und ließ sie sofort wieder schneller werden.

Tage ... zwei Tage, dachte sie wieder. Sie konnte nicht anders, als sich eine zerlumpte Gruppe von Leuten vorzustellen, die der Grenze entgegenliefen, die zu einem verborgenen Übergang flohen, auf dessen Existenz sie vertrauten. Sie flüchteten nach Norden, vielleicht taumelten sie auch nur den Fluß entlang, der den Sprung in die Sicherheit verhinderte. In

Ariye hatten Aranur und Gamon nur neun Tage Zeit gehabt, um den Übergang zu bauen – einen Ninan, um das Versprechen auf Sicherheit einzulösen. Aber die Menschen waren jetzt auf der Flucht: Menschen, die sie nicht erreichen, denen sie nicht helfen konnte.

Ihre Hand suchte unbewußt nach dem silbernen Stirnreif, der unter ihrer Kriegshaube hervorgerutscht war. Es bestätigte ihre Fähigkeiten, eingeritzt in der Sprache der Alten, der Sprache der Erstwelt. Jedenfalls die meisten ihrer Fähigkeiten, gab sie im stillen zu. Eine Fähigkeit wurde auf dem Stirnband nicht erwähnt – eine Fähigkeit, die sie selbst vor den Leuten in Ariye verbergen mußte. Nicht einmal der Lloroi von Ariye wußte, daß sie seinen Sohn mit der alten, geheimen Kunst von Ovousibas geheilt hatte. »Blick nach links«, das bedeutete Ovousibas. Nur Aranur und vielleicht auch Gamon wußten, wieviel Anstrengung es sie kostete, Ovousibas anzuwenden.

Aranur. Ihre Hand fiel auf ihre Brust, wo ein kleiner Edelstein in ihr Brustbein eingelassen worden war. Mit jedem Laufschritt streiften ihre Finger seine Ränder und zupften daran. Er war purpurn, die Farbe für das Wartejahr. Ein Jahr, das beinahe um war. Sie lächelte in sich hinein. Sie war versprochen. In zwei Monaten würde Gamon nicht länger nur ein Freund sein, sondern ihr Onkel. In zwei Monaten würden Aranur und sie heiraten.

Versprochen. Sie wiederholte die Worte wie eine Beschwörung. Aranur, so groß und schlank, mit den breiten Schultern eines Kriegers und den schmalen Hüften eines Läufers. Er hatte graue Augen, die kalt wie Eis funkeln konnten, wenn er zornig war, und sich gefühlvoll verdunkelten, wenn sie zusammen waren. Sein Witz, so scharf wie sein Schwert, brachte sie beide zum Lachen, und die Kraft, die von seiner Persönlichkeit ausging, war wie der Wind, der durch die Wälder peitscht.

Sie stritten oft. Vermutlich mehr als nötig, dachte sie sarkastisch, aber sie konnte keine Partnerschaft ohne Konflikte erwarten, wenn sie beide stur wie zwei Winterochsen waren. Sie konnte sich nur glücklich schätzen, daß er, sogar wenn er nicht ihrer Meinung war, zu ihren Entscheidungen stand und ihr vor dem Rat Rückendeckung gab, genauso,wie sie es umgekehrt hielt. Ihre Ehe würde wohl nie besonders ruhig verlaufen, gestand sie sich ein; aber vielleicht, dachte sie mit plötzlicher Hellsicht, zog sie ja den Sturm der Ruhe vor.

Sie erreichte eine Anhöhe und vertrat sich die Beine, da es von der Schlucht empfindlich kalt heraufzog. Sie blickte zurück und suchte den Pfad hinter ihr automatisch nach irgendeiner Bewegung ab. Die Schlucht, die der Fluß gegraben hatte, zerschnitt den Wald und verlief zu ihrer Linken wie ein schwarzes Band durch die hochaufragenden Baumstämme. Zu ihrer Rechten und vor ihr erhoben sich weitere Hügelkämme, die in die Berge von Ariye übergingen. Die anderen Kundschafter hatten recht: dieser Pfad war von Männern und Frauen verlassen; die Morgen waren noch immer feucht und kühl und die Nächte fast schwarz und undurchsichtig unter dem wolkenschweren Frühlingshimmel. Aber nur hier, entlang der mittleren Grenze, war sie Aranur nahe genug. Nur noch eine Stunde, ermahnte sie sich. Eine Stunde, bis sie ihn wiedersah, ihm über die Jäger berichten und ihn über die Furcht der Flüchtlinge vor den Wölfen befragen würde. Und dann, wenn sie ihre Pflicht getan hatten, würden sie im Schutz des Waldes auch sicherlich endlich Zeit füreinander finden.

In Bilocctar, im letzten, Herbst als die sterbenden Blätter noch an den Bäumen hingen und der Frübling nur ein Traum des neuen Jahres war …

Der Mann hinter Conin bewegte sich wie sein Schatten. Nervös sah Namina den jungen Wächter an. Schattenmann, so nannte sie ihn insgeheim. Er versuchte, ihrem Gespräch nicht zuzuhören, sondern statt dessen Augen und Ohren für jedes Anzeichen von Gefahr offenzuhalten, und Namina wußte, obwohl sie sich für ihre Feigheit haßte, daß er sie ignorierte, weil sie die letzte Person war, die jemand für bedrohlich halten würde. Sogar ihre Macht als Gemahlin des Lloroi machte sie nicht gefährlicher; sie konnte sich bei niemandem durchsetzen, eingeschlossen Conin, ihrem Mann.

Ihr Blick fiel auf ihren Gemahl. Sie müßte eigentlich dankbar sein, daß er sich ihr versprochen hatte, und sie tat auch ihr Bestes dazu: so wie sie einst eine pflichtbewußte Tochter gewesen war, war sie jetzt eine pflichtbewußte Ehefrau. Sie begleitete ihn überallhin, hörte bei seinen Ratssitzungen zu, lauschte seinen Reden, sorgte sich, wenn er nicht da war. Dafür gab er ihr ein Heim, eine gesellschaftliche Stellung, Respekt und Zuneigung, hübsche und merkwürdige Geschenke aus allen seinen drei Ländern ... Sie hob die Hand und berührte die beiden Edelsteine, die ihre Brust zierten. Nach einem Jahr Ehe nahm sie an, daß sie ihn liebte.

War ihr Versprechen solch ein Gefängnis? Sie blickte auf. Wenn dem so war, dann war Conin hier in Bilocctar genauso gefangen wie sie. Er war der Lloroi von Ramaj Bilocctar, aber er hatte keine Kontrolle über seine eigenen Ländereien. Er war nur ein Strohmann. Es war Longear, die die wirkliche Macht in Händen hielt, Longear, die kleine, dunkelhaarige Frau, die seinen Geheimdienst leitete, seinen Soldaten Befehle erteilte und die Sklavenjäger an der Grenze überwachte. Sie schrieb Conin jede Handlung vor. Mit Longear hinter dem Thron waren Conins Hände wie mit Ketten gebunden.

Namina runzelte die Stirn, als ihr Blick auf das Schriftstück fiel, das Conin in der Hand hielt. Seine Hände waren so jung wie sein Gesicht. Sein Haar war gewellt und braun mit einer Spur von Rot, seine Augen tiefschwarz, sein Knochenbau eher zart. Aber seit sie geheiratet hatten, hatten sich zwischen seinen Augen zwei Falten eingegraben. Er lächelte nicht mehr, sein Gesicht trug den müden und verbitterten Ausdruck eines Mannes, der von den Gedanken an das Unglück verfolgt wird, das er mit seinen guten Absichten angerichtet hat.

Namina sah ihm so ähnlich, daß sie ohne weiteres als seine Schwester durchgegangen wäre. Ihr dichtes braunes Haar war dunkel und wellig, und ihre zierliche Gestalt ließ sie hübsch erscheinen. Mit der Zeit würde sie sich sogar in eine richtige Schönheit verwandeln. Ihre Augen waren blau und groß, nicht so müde wie die Conins, aber wachsam und fast ängstlich, wie ein Hase, der nicht weiß, ob das Feld sicher ist. Als Namina die verhaltene Geringschätzung auf dem Gesicht des Schattenmannes sah, wußte sie, daß man ihr ihren Mangel an Selbstvertrauen ansah. Sie besaß keine der Fähigkeiten, mit denen ihre Schwestern oder ihre Cousinen glänzten. Ihr Geschäftssinn war mehr als unterentwickelt. In der Ratsversammlung war sie nutzlos, denn sie bekam den Mund nicht auf, um über irgendein Thema so zu diskutieren, als ob ihr Leben davon abhinge. Auch Leute, die organisieren konnten, besaßen Autorität, doch niemand hatte sie je dieser Eigenschaften verdächtigt. Ihre Finger stellten sich bei jeder handwerklichen Tätigkeit, die Geschicklichkeit verlangte, plump und ungelenk an – was nur eine höfliche Umschreibung dafür war, daß es ihr an einem Minimum an Gefühl für Verzierungen und kleine Details mangelte. Sie konnte noch nicht einmal ein Kampfmesser führen, wie es eine ihrer Cousinen gelernt hatte. Reittiere jagten ihr Angst ein, vor Minenwürmern schauderte ihr, und obwohl ihr das restliche Vieh nichts getan hatte, hatte sie mehr als genug Angst vor seinem unberechenbaren Verhalten, so daß sie nicht einmal die Verantwortung für das Füttern übernehmen konnte. Was das Reisen betraf, so hatte sie für den Rest ihres Lebens genug davon. Die unvermeidlichen Begleitumstände wie stechende Insekten, widerlicher Schlamm und brennende Blasen ließen sie längere Reisen heftiger scheuen als den Gedanken an Wundkäfer in ihrem Bett. Das einzige, was sie wirklich gut konnte, dachte sie sarkastisch, war Zuhören. Dem Rat zuhören und Conin zuhören. Inzwischen war sie so weit, daß sie sogar das gesprochene Wort hassen gelernt hatte.

Conin blickte von seinem Brief auf und sah, wie sie ihn von Kopf bis Fuß musterte. Er runzelte die Stirn und wandte sich wieder dem Bogen in seiner Hand zu.

Namina beobachtete ihn verstohlen. Der zerknitterte Brief hatte ihrer Angst neue Nahrung gegeben. Es war nicht ihr erster Brief von zu Hause; im letzten Jahr hatte ihre Mutter ihr sechsmal geschrieben, ihre Cousine zweimal. Namina hatte ihnen bis jetzt nicht geantwortet, aber diesmal konnte man den Inhalt des Schreibens nicht einfach ignorieren. Nicht einmal sie konnte das.

Als Conin mit Lesen fertig war, gab er ihr den Brief zurück. »Klingt, als ob es ihr gut geht«, sagte er höflich. Namina nahm den Brief, aber sie bewegte sich nicht, und Conin musterte sie eindringlich. Seine Frau fragte nie etwas, verlangte nichts. Er nahm an, daß es das war, was ihn dazu trieb, ihr mit aller Macht gefallen zu wollen. Nachdem ihre Schwester gestorben war, hatte sie sich in sich selbst zurückgezogen – das hatte ihm jedenfalls ihre Cousine einmal erzählt –, aber er vermutete, daß sie schon immer schüchtern gewesen war. Jetzt konnte er förmlich sehen, wie sie um Worte rang.

Namina zögerte. »Meine Mutter …« Ihre Stimme verlor sich. Sie versuchte es noch einmal. »Sie schreibt …« Sie verfluchte sich innerlich, haßte ihre Feigheit, haßte ihre Unfähigkeit zu sprechen. Sie hatte ihre Worte tagelang einstudiert, und jetzt brachte sie nicht einmal drei davon zusammenhängend heraus.

Conin beobachtete sie geduldig. Sie war so zerbrechlich wie eine Seiker-Blume, dachte er. Neben ihr kam er sich stark vor, fast mächtig. Das war vermutlich der andere Grund, weshalb er sie sosehr brauchte, dachte er bitter. Wenn ihn Longear auch zu ihrer Marionette machte, so fühlte er sich bei Namina wie ein Mann. Namina, die ihn ansah, biß sich auf die Lippen, und er versuchte zu lächeln.

»Wie immer«, versuchte er ihr zu helfen, »schreibt deine Mutter, daß es deinem Bruder gutgeht, daß deinem Onkel Gamon sein Bein weniger zu schaffen macht, weil das Wetter wärmer wird, daß die Minenwürmer gut gedeihen und«, damit deutete er auf sich selbst, »daß dein Vater dich gern wiedersehen und den Mann kennenlernen würde, dem du dich vor einem Jahr versprochen hast.«

Namina senkte den Blick. Das war nicht alles, was ihre Mutter geschrieben hatte, versuchte sie ihm stumm mitzuteilen und bemühte sich redlich, die Worte einfach hervorsprudeln zu lassen.

Conin betrachtete sie aufmerksam. Er hätte schwören können, daß sie zitterte. Beinahe wäre er in Lachen ausgebrochen. Was hatte Namina denn von ihm zu befürchten? Er war der Lloroi, und doch war er der machtloseste Mann im ganzen Land. »Namina«, sagte er sanft, »was ist denn los?«

»Meine Mutter schreibt, daß … daß die Grenzen zwischen den Außenbezirken und Ramaj Ariye geschlossen sind«, stotterte sie.

Er erstarrte. Also hatte Longear es getan. Hatte die Grenze mit ihren Jägern besetzt und die Menschen im Land eingeschlossen. So wie sie es angekündigt hatte: mit seinem Siegel hatte sie seinen Befehl mit den Klingen ihrer Jäger an den Grenzen ausgeführt. Handel, Post, Verkehr – das hatte sie jetzt alles unter Kontrolle. Und wie lange hatte sie dafür gebraucht? Zwei Monate? Drei? Wie viele Leute hatten es gewagt, ihr Widerstand zu leisten? Und wie viele Tote hatte er jetzt auf dem Gewissen?

Da er schwieg, schöpfte Namina neuen Mut. »Sie sagt, es wird zwischen unseren beiden Ländern Probleme geben.«

Conin blickte sie kalt an. »Die Grenzen gehen dich nichts an«, antwortete er schroff. Namina erbleichte, und er verfluchte sich wieder. Verdammt sei Longear, dachte er wütend. Zur siebenten Hölle mit ihr. Namina war die einzige Person im ganzen Land, die ihm glaubte, ihn sogar liebte, und nur wegen Longear konnte er Namina nicht vor seiner eigenen Dummheit schützen.

Namina blickte nicht auf, aber ihre Stimme klang eigensinnig, als sie erneut die Stimme erhob. »Ich frage mich«, sagte sie ruhig, »wie lange es noch dauert, bis meine Familie ihr Leben riskieren muß, wenn sie mir eine Nachricht schicken will.«

Conin sah sie erstaunt an. Namina hatte eine andere Meinung als er. Namina, die noch nicht einmal wußte, was *streiten* hieß.

»Deine Mutter hat unrecht. Sie haben wohl kaum ihr Leben aufs Spiel gesetzt«, erwiderte er schließlich. »Die Grenzen sind nicht geschlossen, sie werden nur überwacht. Die Handelskarawanen kommen nach wie vor durch. Die Post ist nicht betroffen. Niemandem, der diesen oder einen anderen Brief befördert, wird ein Leid zugefügt.«

Namina ballte die Fäuste in den Taschen ihrer locker fallenden Hose. »Das ist nicht wahr. In Ariye wurden Menschen umgebracht.«

»Namina …«

»Nein. Hör mir jetzt zu, Conin.« Namina war selbst von ihrem Ausbruch überrascht. Ihr Magen flatterte, aber sie sah Conin tapfer in die Augen. »Und was ist das?« Ihre Hände zitterten, als sie den Brief hochhielt. »Die Leute fliehen über die Grenzen? Mit Ausnahme der Händler töten die Sklavenjäger jeden, der versucht, die Himmelsbrücke zu überqueren?«

Conin zuckte unbehaglich mit den Schultern. »Wir haben seit fast drei Jahren keine guten Beziehungen mehr zu Ariye.«

Gute Beziehungen? Das war eine glatte Untertreibung. Die Wörter jagten sich in Naminas Kopf, aber als sie sie endlich aussprach, sagte sie nur: »Ich möchte nach Hause.«

Conin starrte sie an.

Ihre Entschlossenheit schwand. Sie zitterte. »Ich möchte meine Familie wiedersehen«, flüsterte sie.

Conin erhob sich. Dann setzte er sich wieder ohne ein Wort.

Er öffnete den Mund, schloß ihn wieder. »Dies hier ist dein Zuhause«, entgegnete er schließlich. »Ich bin jetzt deine Familie.«

»Ich möchte nach Hause. Nach Ariye.«

»Nein!« explodierte er. Mit einem gemurmelten Fluch bedeutete er ihr abrupt, ihm zu folgen. Er ging steifbeinig zu der Tür, die zu ihren privaten Räumen führte. Namina ging schweigend hinter ihm her. Der Schattenmann folgte dem jungen Lloroi, bis Conin ihm über die Schulter einen giftigen Blick zuwarf. Der Wächter verschwand im Dunkeln.

Sobald sich die Tür geschlossen hatte, sprach Namina wieder. »Conin«, sagte sie sanft, »ich habe nicht vor, dich zu verlassen.«

Er drehte sich auf dem Absatz um, und dann brach es aus ihm hervor: »Doch, genau das wirst du tun. Du wirst zu ihnen zurückkehren, zu deinen Eltern, zu deinem Cousin Aranur, und sie werden deinen Kopf mit Lügen über mich vollstopfen. Du wirst eine Ausrede nach der anderen finden, um noch zu bleiben, und schließlich wirst du dich weigern, zu mir zurückzukommen.«

»Wir sind verheiratet«, protestierte sie.

»Longear hat gesagt …«

»Longear.« Naminas Stimme war leise und hart. »Es ist immer Longear, nicht wahr?«

»Ich weiß nicht, was du meinst«, entgegnete er.

»Sie vergiftet die Beziehungen zwischen dir und meiner Familie«, sagte sie eigensinnig. »Ja, sogar zwischen mir und dir.«

Conin konnte sie nicht ansehen. »Sie ist wichtig für mich, um das Land zu regieren. Sie weiß alles über meines Vaters Herrschaft über Bilocctar. Ich … brauche sie.« Er schluckte bei den letzten Worten.

»Longear leitet deinen Geheimdienst«, flüsterte Namina. »Und sonst gar nichts.«

»Sie berät mich bei allem: hinsichtlich des Handwerks, der Siedlungspolitik, wirtschaftlicher Belange …«

»Und hinsichtlich der Grenzen.«

»Und hinsichtlich der Grenzen«, stimmte er düster zu.

»Warum hast du sie wieder in deine Dienste aufgenommen?« Die Verzweiflung in Naminas Stimme war fast greifbar.

»Hätte ich es nicht getan«, flüsterte er, »hätte sie mir das Land weggenommen; sie hätte mir alles weggenommen. Sie hätte sich sogar deiner bemächtigt.«

Namina ging einen Schritt auf ihn zu. Zögernd legte sie den Kopf auf seine Schulter. Sie hatten ihre Hände locker in Gürtelhöhe ineinandergelegt. »Ich habe mich dir versprochen«, sagte sie mit ruhiger Stimme. »Ich habe dich geheiratet. Meine Worte binden mich stärker an dich, als Stahl es je vermöchte.«

Als sie das sagte, zuckte Conin zusammen. Es war Stahl gewesen, nicht Liebe, was sie vor einem Jahr zusammengebracht hatte. Der Stahl des Schwertes, die eisernen Ketten in den Gefängnissen seines Vaters. Er hatte Namina nie über ihre Zeit im Gefängnis befragt, und sie hatte nie ein Wort darüber verloren. Er hätte alles herausfinden können – wie sie ausgesehen hatte, als sie ins Gefängnis kam, ob die Wächter sie belästigt hatten, ob sie unter dem üblen Gestank gelitten hatte. Er wollte es nicht wissen. Nach ihrem ersten Zusammentreffen, als er sie zum ersten Mal gesehen und den verlorenen Ausdruck ihres Gesichts als seinen eigenen erkannt hatte, hatte er seinen Vater angefleht, sie ihm zu überlassen. Und nachdem man sie freigelassen hatte, war sie bei ihm geblieben. Sogar als ihre Familie nach Ramaj Ariye zurückkehrte, war sie geblieben, war geblieben und hatte sich ihm versprochen, damit man ihre Familie ungehindert ziehen ließ. Die Monde mochten seine Schwäche verfluchen, aber es war in erster Linie Longear gewesen, die Namina ins Gefängnis werfen ließ. Und es war Longear gewesen, die seinen Vater davon überzeugt hatte, daß die Leute von Ariye sich gegen den Lloroi verschworen hätten. Ebenso wie es Longear gewesen war, die einen Ninan darauf versucht hatte, Conin zu töten – kurz, nachdem er die Macht übernommen hatte.

Longear. Eine dunkelhaarige Frau mit scharfer Zunge und bitterem Wissen. Eine Frau, die ihm kaum bis zu den Schultern reichte, die aber seine Träume mit ein paar Worten wie mit einer Axt zertrümmern konnte. Nachdem ihr Anschlag auf ihn mißlungen war, hatte er seine Truppen ausgeschickt, um sie zu töten. Sie kehrten nie mehr zurück. Einen Monat später war sie wieder aufgetaucht, hatte über seine armseligen Versuche, die Führung zu übernehmen, gelacht und gespottet – damals, als das Land im Chaos versank und er noch nicht einmal mit einer der Handwerksgilden zurechtkam, alleingelassen mit einfachen Fragen wie dem Warenverkehr in die Stadt oder der Umsiedlung zweier zu klein gewordener Schulen auf freie Grundstücke. Alle Probleme hingen auf die eine oder andere Art zusammen. Er konnte nicht eine einzelne Frage beantworten oder jemandem etwas bewilligen, ohne damit die Lebensgrundlage eines anderen zu zerstören. Und dann waren da noch die Hauptschwierigkeiten: die Tonniswurzel, die Dator-Drogen, die wie eine Flut in die Städte schwappten. Die Unzufriedenheit der Truppen, die plötzlich gelangweilt waren, bankrott und gefährlich unruhig. Die Banden, die die Läden plünderten, die Häuser anzündeten, Kinder stahlen, deren Leichen man auf den Stufen seines eigenen Ratsgebäudes finden konnte. Das waren die Probleme, die ihn erdrückten, seit sein Vater tot war.

Der alte Lloroi war kein Held gewesen, das wußte Conin. Aber er war eine Führerpersönlichkeit. Niemand hatte sein Urteil in Zweifel gezogen. Sie hatten sich darum gerissen, seinem Vater von einem Feldzug zum nächsten folgen zu dürfen. Er hatte sie bezahlt, ernährt, beherbergt und ihnen Selbstwertgefühl gegeben. Sie hatten ihn angebetet wie einen Gott. Auch wenn sich dieser Stolz darauf gründete, andere zu schikanieren oder zu töten; das spielte keine Rolle. Er gehörte ihnen. Zur Hölle, sogar die Länder, die er besetzt hatte, hatten keinen Widerstand geleistet. Die Truppen, die der alte Lloroi aufgestellt hatte, hatten keine einzige Schlacht schlagen müssen; sie besetzten die Länder wie eine Polizeimacht. Wenn es Unruhen gab, kamen zwanzig Soldaten auf drei oder vier Leute. Die wenigen, die Widerspruch wagten, waren jetzt tot. Conin schüttelte den Kopf. Sein eigener Vater war ein Tyrann gewesen. Longear hatte die Sklavenjäger scharenweise ins Land gebracht, ohne daß jemand dieses Tun in Frage gestellt hätte.

Und was war mit ihm selbst? Was war mit Conin? Er war ein Bastard, ein Unfall. Als er aufwuchs, nahm sein Vater nicht einmal Notiz von ihm. Keine Raufereien in der Waffenhalle. Keine Ermutigung für seine Studien. Kein Rat, der dem Heranwachsenden geholfen hätte, nach dem er sein Leben hätte ausrichten können. Der alte Lloroi hatte ihm nur zwei Dinge gegeben: an seinem dreiundzwanzigsten Geburtstag die Herrschaft über das Land und ein Grab, das die Passage seines Vaters zu den Monden markierte. Das, schnaubte er, und die Erinnerungen der Leute, die Conin den Mann nicht vergessen ließen, in dessen Fußstapfen er getreten war.

Was hatte seinen Vater regieren lassen, was war es, das ihm versagt blieb? Seinen Vater hatte es nicht interessiert, ob hier ein Mann anderer Meinung war, ob dort eine Frau durch eine Entscheidung verletzt wurde. Aber kaum erteilte Conin einen Befehl, schon erhob sich ein Dutzend Stimmen zum Widerspruch. Er versuchte zuzuhören. Er versuchte, gute Entscheidungen zu treffen. Aber er war nervös, und sie waren wie die Haie. Sie fanden heraus, wo er unsicher war, und erklärten ihm so lange, daß er hier und dort Hilfe brauche, bis er so viele Leute hatte, die das Land regierten, daß er noch nicht einmal mehr wußte, wer die Gilden vertrat. Daß einer so korrupt war wie der andere, daran zweifelte er nicht. Aber wie sie ersetzen, wie sie loswerden? Wenn er die Monde um eine Antwort hätte anflehen können, er hätte es getan, aber er glaubte nicht mehr daran, daß sie ihm wohlgesonnen waren. Nicht mehr, seit er zu Longears Marionette geworden war.

Es hatte nur vier Ninans gedauert, bis sie ihn zu ihrem Spielzeug gemacht hatte. Einen Monat, nachdem er Lloroi geworden war, hatte er auf seinem Balkon gestanden und auf die Stadt geblickt, und er hatte gesehen, wie eine Meile entfernt ein weiteres Feuer aufloderte. Er konnte den Übergriffen nicht Einhalt gebieten. Von den zwei Leuten, auf deren Hilfe er ursprünglich vertraut hatte, war einer nach einem Streit mit einem anderen Anführer verschwunden, und der andere war zurückgetreten. Der erste war sicher tot. Der zweite, davon war Conin überzeugt, war zum Rücktritt gezwungen worden. Wer steckte dahinter? Wer hatte das Zusammenbrechen seiner Macht so gerissen gesteuert, daß er nichts dagegen unternehmen konnte?

Dafür kam nur eine Person in Frage.

Longear.

Und Conin war ihr Sklave. So unfehlbar, als hätte er sich selbst ihre Ketten um den Hals gelegt, führte er ihre Anweisungen aus. Er hatte keine andere Wahl.

Das alles dauerte nun fast schon ein Jahr. Ein ganzes Jahr in der Hölle, seit sie wieder aufgetaucht war. Sie hatte sich in sein Arbeitszimmer geschlichen, als er allein war. Er hätte noch nicht einmal um Hilfe rufen können, denn während sie ihm gegenüberstand, hatten ihre Leute seine Frau, Namina, als Geisel.

Warum hatte er nicht mehr Widerstand geleistet? Warum nicht einen Messerstich riskiert? Warum nicht gekämpft? Warum hatte er nachgegeben und Longear wieder bei sich aufgenommen? Nacht für Nacht, in den Stunden, bevor der erste blasse Schimmer der Morgendämmerung sein Fensterbrett streifte, erwachte er aus seinen Alpträumen und fragte sich, ob er allein die Herrschaft über das Land hätte übernehmen können. Und an jedem Morgen, wenn die Schatten, die den Tag ankündigten, klarer wurden und er die Nacht nicht länger abschütteln konnte, schlief er wieder ein, denn er wußte, ohne sie hätte er nicht Lloroi bleiben können. Longear war seine einzige Wahl gewesen. Ja, er hätte auch zurücktreten können. Und seine Feinde wären wie die Aasgeier ausgeschwärmt und hätten sich gegenseitig in ihrer Machtgier zerfleischt. Und Longear hätte abgewartet, bis sie schwach geworden wären, und hätte dann alles an sich gerissen.

Ja, er mochte nur ein Strohmann sein, räumte er zornig ein – aber er war nicht völlig hilflos. Er sah Namina an. Ihre blauen Augen beobachteten ihn unablässig. Wie konnte sie nur so ruhig bleiben? Wie konnte es sie kaltlassen, was es bedeutete, Longear ständig im Rücken zu haben, die ihn mit ihren Ratschlägen erstickte?

»Ich verstehe dich, Conin«, sagte sie leise.

Seine Züge wurden weich. Namina kannte ihn. Aus diesem Grund war sie geblieben. Sie kannten einander so gut, als ob jeder im anderen einen Teil seiner selbst gefunden hätte. Sie hatte ihn gelehrt, wie er der Lloroi von Bilocctar sein konnte – wie er Longear Widerstand leisten konnte, gegen sie arbeiten konnte, selbst wenn es so schien, als halte diese Frau jeden Schlüssel des Landes in ihren Händen. Und für Namina verkörperte er Sicherheit. Stärke. Einen gewissen Lebensstil. Er beschützte sie, gab ihr ein Zuhause, das das andere ersetzen sollte, aus dem sie geraubt worden war. Er blickte sie an und ballte die Fäuste. Sie war vielleicht keine starke Frau, aber sie gehörte ihm.

»Gut«, sagte er plötzlich. »Wir werden nach Ariye gehen.«

Sie hob die Hand und berührte sanft seine Lippen, und er mußte beinahe lächeln.

3

Streck dich aus im tiefen Grün des Waldes,
Erfülle deine Nase mit ihren Sinnen,
Lauf mit uns –
Jage mit uns –
Wolfsläuferin!

Hishn kehrte auf den Pfad zurück und stupste Dion an den Oberschenkel. Wieder einmal standen sie am Rand der Schlucht und starrten hinunter auf den Fluß, sahen zu, wie das weiße Wasser über die Felsen schäumte. Dion hatte auf der anderen Seite des Flusses keinerlei Hinweise auf die Flüchtlinge entdeckt. Sie wußte nicht, ob das bedeutete, daß sie von den Jägern bereits geschnappt worden waren, oder ob sie noch immer durch die Wälder flohen.

Was versuchst du zu hören? fragte Hishn. *Ich höre nur die Spechte in den Bäumen und das Geräusch der Largonkäfer, die an den Knochen einer Ratte nagen.*

Dion wandte den Blick nicht ab. »Graue, gibt es dort am anderen Ufer Wölfe?«

Hishn hob den Kopf. *Ja,* antwortete sie, *aber das Rudel ist nur klein.*

Dion nickte langsam. Sie hätte schwören können, daß sie Wolfsgeheul gehört hatte, aber der Wind konnte täuschen. Sie rieb den Stiefel gegen einen Stein und klopfte den Schlamm von ihrem Absatz. Manchmal, gestand sie sich mit einer gewissen Bitterkeit ein, wünschte sie, daß sie sich nicht in einen Waffenmeister verliebt hätte. Aranur war ein noch strengerer Zuchtmeister, als es sein Onkel Gamon vor ihm gewesen war, und die Route, entlang der er seine Späher aufgestellt hatte, war der beste Beweis dafür. Auf und ab entlang des Flußlaufs, über die Kämme und die Klippen hinunter hatte sie die Spuren der Tiere gelesen, die die Alten über die Sterne hierhergebracht hatten, und die Spuren der Kreaturen dieser Welt verfolgt; hatte die Zeichen von Menschen auf jedem Pfad gesehen; hatte sich über den gefrorenen Phye geschleppt, nur um zur Kenntnis zu nehmen, daß die Sklavenjäger die Brücke immer noch besetzt hielten. Ihre Route war länger als die eines jeden anderen Spähers, mit Ausnahme Sobovis, des anderen Wolfsläufers. Sie verzog das Gesicht. Niemand, dachte sie ironisch, konnte behaupten, daß sie bevorzugt behandelt wurde, weil sie und Aranur einander versprochen waren.

Angesichts des Schlamms, der noch immer an ihrem Schuhwerk klebte, verzog sie das Gesicht. Immerhin bestand Aranur nicht länger darauf, sie zu begleiten, dachte sie. Während ihrer ersten Zeit in diesem Land hatte er ihr nicht geglaubt, daß die Verbindung zu einem Wolf einen besonderen Schutz darstellte. Es hatte einigen Erfindungsreichtums bedurft, ihn davon abzuhalten, ihr ständig an den Fersen zu kleben – einer Menge Einfallsreichtums sowie einer Wiese Feuerkrauts, eines Schwarms stechender Insekten und eines Nests blauer Nattern. Sie lächelte in sich hinein. Sie hatte nicht gewußt, wie stur er sein konnte. Nachdem er vier Ninans lang die Lea und die Nachtspinnen, die Dachsbären und die wilden Schweine überstanden hatte, war es der Giftsleyva, der ihm endlich den Rest gab. Es hatte zwölf Tage gedauert, bis die Schwellung zurückgegangen war, und sein Gesicht war die ganze Zeit mit Pusteln übersät gewesen, als hätte er die Pest gehabt.

Sie blickte jetzt auf, sah zu dem buntgefärbten Wald auf der anderen Seite des Flusses. Was würde er von den Wölfen halten, die auf dem anderen Ufer waren? Es schien merkwürdig, daß sich dort noch immer Graue aufhielten. So viele Wölfe waren im letzten Jahr aus Bilocctar geflohen. Warum waren ihnen diese wenigen nicht gefolgt?

Als ob ihre Frage die Tiere dazu gebracht hätte, Laut zu geben, trug der Wind jetzt Wolfsgeheul mit sich, und Dion hob den Kopf und lauschte gespannt, versuchte, durch Hishn weit genug zu hören, um die dünne Verbindung zu deuten, die heftig an ihrer Aufmerksamkeit zerrte. *Schmerz,* lautete ihre schwache Wahrnehmung. *Trauer wie über den Tod eines Welpen, wie bei einem großen Verlust. Hilflosigkeit – wie ein eingesperrter Wolf sie fühlt, der den außer seiner Reichweite aufgehängten Körper eines Elchs wittert, noch warm von Blut …*

Dion warf Hishn einen Blick zu. Die gelben Augen des Tieres funkelten zurück, als es den Gesang des Rudels an Dions geistiges Ohr weitergab.

»Hishn«, sagte sie leise. »Ich habe diesen Klang schon im Gesang eines einzelnen Wolfs gehört – wie die Mutter, die wir getroffen haben, die ihren Wurf verloren hatte. Aber das hier … du singst den Gesang eines ganzen Rudels, nicht eines einzelnen Wolfes, und dieser Trauergesang ähnelt keinem anderen, den wir bis jetzt gehört haben.«

Hishn nieste auf den staubigen Boden. *Einmal, als ein Wolfsläufer gestorben war,* gab sie zurück, *haben wir das Geheul des Rudels gehört.*

»Das hier ist nicht die Trauer über den Verlust eines Gefährten«, murmelte sie. »Das hier klingt anders.« Sie zitterte, als sie ihren Umhang enger um sich zog, aber es war ein inneres Frösteln. Denn jetzt, nachdem sie die Bedeutung des Gesanges identifiziert hatte, wurde ihr klar, daß es nicht nur Trauer war, was sie hörte. Es war eine furchtbare Verzweiflung. »Kannst du mit ihnen sprechen, Hishn? Sie nach dem Grund für ihr Geheul fragen?«

Hishns Ohren zuckten in Dions Richtung. *Sie haben sich mir verschlossen. Wollen meine Stimme nicht hören.*

Verschlossen? Die Grauen mochten einen anderen Wolf nicht körperlich in ihrem Rudel begrüßen, aber für gewöhnlich wurden alle in ihren geistigen Gesang aufgenommen; so etwas wie ein Rudel, das für sich bleiben wollte, gab es gar nicht. Verwirrt versuchte Dion, den grauen Sturm auf ihrer Seite des Flusses zu erreichen; die schwachen Stimmen wurden lauter, als sie sich auf ihren Klang konzentrierte. Hishns Stimme hörte man deutlich aus ihrem eigenen Rudel heraus, Gray Yoshi war eine klare graue Linie, die sich durch den Klang seiner Gefährtin zog. Dann der Rest des Rudels: sechs männliche Wölfe, drei weibliche, drei Jährlinge. Aber auch in ihrer Erinnerung war eine Verletzung, eine tief vergrabene Verletzung, die von mehr als einfachem Schmerz sprach. Das Gedächtnis ihrer Rasse gab auch den Gesang vom anderen Ufer des Flusses wieder. Dion blickte düster vor sich hin, versuchte, die Bilder in Worte zu verwandeln. Was sie fühlten, war mehr als eine Verletzung. Das Gefühl des Betrogenseins traf es schon eher, aber wer konnte die Grauen betrügen? Der alte Bund mit den Menschen war heilig – niemand tat einem Wolf etwas zuleide. Auch konnte kein Wolfsläufer einen Wolf jemals dazu bringen, seine Befehle auszuführen. Die Grauen ehrten Menschen mit ihren Sinnen, aber sie waren weder Schoßtiere noch Sklaven; sie waren Gefährten. Was sie taten, taten sie aus Liebe. Wenn diese Liebe nicht mehr da war, verschwanden auch die Wölfe.

Dion veränderte leicht ihre Haltung, als der Wind den Gesang nur noch schwach über die Schlucht trug. Sie wanderte langsam zu ihrem Pfad zurück und nahm ihr Tempo wieder auf, als sie den glatten Weg erreichte. Nur ein Jäger, dachte sie bitter, konnte so viel Trauer über die Seele eines Grauen bringen.

Plötzlich blieb sie stehen.

Auch Hishn, die vor ihr gegangen war, drehte sich im selben Moment nach ihr um.

Nein, das war ganz unwahrscheinlich. Sie hatte Gerüchte über Jäger gehört, die versucht hatten, die Wölfe unter ihre Herrschaft zu bringen, Gerüchte, die schon lange, bevor Dion nach Ariye gekommen war, aufgekommen waren. Sie konnten nicht wahr sein. Mit einem Mörder laufen, einem Folterknecht? Das würden die Wölfe niemals tun.

Aber irgendwo dort drüben am Waldesrand, unter den Bäumen, die sie von hier aus nicht mehr sehen konnte, jagten die Grauen. Sie jagten ... Menschen. War das wirklich möglich? Dieser Klang im Gesang des Rudels, das Betrogensein – konnte das der Gesang eines Wolfes sein, der sich selbst verriet? Der mit einem Jäger lief? Sie hatte so etwas noch nie gehört. Vielleicht, dachte sie, und ihre Lippen verzogen sich vor Abscheu, hatten sogar die Sklavenjäger einen unter sich, der die Wölfe wahrnahm. Aber ein ganzes Rudel? Nein, rief sie sich zur Vernunft, noch nicht einmal ein einzelner Wolf, der mit einem Jäger lief, war wahrscheinlich. Die Jäger kämpften nicht, um sich selbst zu verteidigen, sie kämpften für Gold, für Waffen, für weltliches Gut. Sie griffen Dörfer an, sie quälten ihre Gefangenen aus purer Lust an der Grausamkeit. Wie konnte ein Wolf einen Mörder ehren? Würde er denn den Unterschied nicht spüren? Das, was die Jäger taten, verstieß so sehr gegen die Bindung an einen Wolf, wie man es sich nur vorstellen konnte. Dion suchte das gegenüberliegende Ufer unruhig mit den Augen ab. Trotzdem würden die Sklavenjäger die Flüchtlinge ganz in ihrer Nähe zu Tode hetzen. Vielleicht liefen sie gerade jetzt am Westufer des Phye um ihr Leben, flohen vor der Brücke, die die Sklavenjäger bewachten, flohen vor den Wölfen, die mit ihnen gemeinsame Sache machten.

Dion kniete sich nieder und streckte beide Hände nach Hishn aus. Sie begrub das Gesicht in ihrem Pelz. »Graue«, flüsterte sie, »weißt du etwas darüber? Die Wölfe am anderen Ufer … mit wem laufen sie? Worüber trauern sie?«

Hishns gelbe Augen schienen verwirrt. Sie stieß Dion so lange an, bis die Wolfsläuferin sie enttäuscht losließ. Nach drei Jahren hätte Dion es besser wissen sollen. Die Grauen urteilten anders als die Menschen. Wenn ein Wolfsläufer Sklavenjäger war, würden die Wölfe das nicht merken. Für sie kam es nur darauf an, daß der Läufer genauso wie Dion ein Mitglied des Rudels war.

Hishn stieß erneut mit der Schnauze gegen Dions Oberschenkel und versuchte, Dions Wünsche zu verstehen. *Ihr Gesang ist schwach*, sandte sie. *Sie wollen nicht, daß ich mit ihnen singe.*

»Aber warum nicht?« Es gab nur wenige Wölfe auf der Seite des Phye, auf der sich die Jäger aufhielten; allerdings hätte auch einer allein den von Menschen benutzten Pfad gefunden.

Dion versuchte, Hishn mit ihren Sinnen zu erreichen, versuchte mit aller Macht die drei Geschöpfe zu erreichen, die auf der anderen Seite der Schlucht heulten. Dunkelgrau und schwach, sehr leise war ihr Lied, sogar wenn sie es durch Hishn wahrnahm. Dion berührte den Gesang, wob ihre Stimme zwischen die Fäden …

… und wurde davon abgeschnitten, als wäre sie selbst keine Wolfsläuferin! Sogar ihre Ohren wurden von dem Geheul zurückgewiesen, als die grauen Bänder sich zu einem entfernten Nebel verdichteten. Dion lehnte sich verdutzt zurück. Abgewiesen! Hishn war in ihrem Rudel nicht willkommen, und sie, Dion, wurde ganz ausgeschlossen? Noch nie, seit sie sich mit Hishn verbunden hatte, war ihr der Gesang der Wölfe verwehrt gewesen. Sie fühlte Wut in sich aufflammen. Kein Wolf, der bei klarem Verstand war, würde vorsätzlich einem Wolfsläufer den Gesang des Rudels verweigern.

Kein Wolf, der bei klarem Verstand war … Ein langsamer

Schauder kroch über Dions Rücken. Was, wenn die Wölfe nicht aus eigener Entscheidung mit den Jägern liefen, sondern dazu gezwungen wurden? Wenn die Jäger die Wölfe mit Gewalt dazu gebracht hatten, ihren Befehlen zu folgen? Sie erhob sich langsam und ließ den Blick über die Schlucht wandern. Bei allen Höllen, das konnte nicht wahr sein. Der Ehrenkodex der Grauen war sehr streng. Es hatte Fälle von Wolfsläufern gegeben, die zu Verrätern geworden waren, doch dann hatten ihre Wölfe sie sofort verlassen. Was könnte einen Wolf wohl dazu zwingen, mit einem Sklavenjäger zu laufen?

»Seit achthundert Jahren«, murmelte sie. »Was hat sich bloß verändert?« Vor acht Jahrhunderten, als die Alten auf dieser Welt gelandet waren, waren Bindungen an die Wölfe nichts Besonderes gewesen. Aber die Seuche in den Genen der Grauen – die Seuche, die die Vogelmenschen ihnen eingepflanzt hatten – war von Generation zu Generation weitergegeben worden, bis jetzt nur noch wenige Wölfe und noch weniger Wolfsläufer übrig waren. Doch in all diesen Jahrhunderten, ob es nun viele oder wenige Wölfe gab, hatten sie den Menschen stets vertraut. Sie hatten niemals auf Menschen Jagd gemacht, hatten sie nie angegriffen – es sei denn, um ihre Wolfsläufer zu verteidigen. Also, fragte sich Dion erneut, was hatte sich verändert? Oder, dachte sie plötzlich, um es anders auszudrücken, was hätte selbst Hishn dazu bringen können, im Auftrag eines Jägers Flüchtlinge aufzuspüren?

Stirnrunzelnd betrachtete sie das graue Tier. Hishn blinzelte sie an, und die Wolfsläuferin erstarrte.

Es gab nur einen Grund, aus dem Hishn mit einem Jäger laufen würde. Dion selbst.

Ihre Lippen wurden schmal und verzerrten sich zu einem grimmigen Lächeln. Wenn sie gefangengenommen würde, wenn sie Schmerzen litte, würde Hishn alles tun, was Dion von ihr verlangte. Und wenn Dion sie bat, Menschen zu jagen, das alte Vertrauen zwischen den Wölfen und den Menschen zu verraten, würde Hishn ihr gehorchen – um ihrer Wolfsläuferin das Leben zu retten?

Ich laufe mit dir, Wolfsläuferin, knurrte Hishn. *Ich jage so, wie du es willst.*

»Hishn«, sagte Dion eindringlich. »Die Wölfe dort drüben …« Sie wies mit dem Kinn nach Westen. »Laufen sie dort, weil ihre Wolfsläufer verletzt sind?«

Das Rudel läuft, wohin es muß.

Dion ließ nicht locker: »War ihre Jagd glücklos?«

Hishn zögerte. *Die Jagd ist so, wie sie eben ist.*

»Sind sie … ist der Schmerz in ihrem Gesang … normal?«

Die Wölfin blickte sie verwirrt an. *Der Gesang ist so, wie er eben ist.*

Dion biß sich auf die Unterlippe. Hishn verstand ihre Fragen nicht, und die Wolfsläuferin konnte den Gesang des Rudels nicht deuten. »Aber wenn dem so wäre«, murmelte sie, »was machte es dann noch aus, ob ich den Gesang verstehe oder nicht?«

Ob die Wölfe sich nun mit den Jägern verbunden hatten oder ob sie zum Jagen gezwungen wurden, war einerlei. Aranur mußte es auf alle Fälle erfahren. Und wenn die Wölfe verraten worden waren, konnte Ramaj Ariye nicht ruhig zusehen. Das Vertrauen der Wölfe war etwas, das auch die Menschen ehren mußten.

Hishn winselte leise, und Dion bemerkte, daß sie die Fäuste in ihrem Pelz geballt hatte. Sie gab die Wölfin frei und kraulte liebevoll das graue Fell, um den Schmerz, den sie unbewußt verursacht hatte, zu lindern. Die Wölfe auf dem anderen Ufer der Schlucht zogen weiter, ihre Stimmen wurden leiser, während der Gesang des Rudels auf Dions Seite anschwoll. Sie waren jetzt deutlich näher; ihre Wolfspfoten trommelten in Dions geistigem Ohr auf den Boden, ihre Stimmen waren wie ein lärmendes graues Durcheinander, von dem sich Hishns scharfe Bilder abhoben. Als Dion zu der zerstörten Brücke blickte, die sich über dem Fluß erhob, hingen neben einem der steinernen Türme zwei der neun Monde am Himmel und schienen darauf zu warten, daß sie ihnen folgte. Sogar die Monde, dachte sie erbittert, forderten sie auf, mit den Wölfen zu laufen. Sie machte das Zeichen des Mondsegens. Die Flüchtlinge können es sicher gut gebrauchen, dachte sie, während sie ihren Umhang abschüttelte und den kalten Wind willkommen hieß, der unter ihre Weste fuhr und ihren Schweiß kühlte.

Gray Hishns beunruhigte Stimme berührte ihren Geist, und Dion senkte den Blick. Hishns Bild von den anderen Wölfen war zu nahe, zu wirklich, obwohl ihr Gesang ihr jeden Trost verweigerte. *Wolfsläuferin,* schnaubte die Graue. Sie war nicht in der Lage, den Schmerz, den sie fühlte, auszudrücken.

Dion griff in den grauen Pelz. Die Stimme in ihrem Geist war für sie wirklicher als die rauhen Haare zwischen ihren Fingern.

Hishn winselte, und Dion schüttelte den Pelz von den Händen. »Komm«, sagte sie resolut. »Wenn der Übergang nahe genug ist, könnte ich heute noch über die Grenze nach Bilocctar klettern.«

Die Wölfin knurrte leise. *Das Land auf der anderen Flußseite ist eine Worlaghöhle. Du kannst dort nicht mehr hin.*

Dion warf ihr einen Blick zu. »Aber wenn ich die Grauen sehe, die in Bilocctar auf der Jagd sind, könnte ich mit ihnen sprechen. Ich könnte ihnen Fragen über ihren Gesang stellen und herausfinden, warum sie uns abweisen.«

Hishn sträubte sich. *Nein.*

»Jemand muß es tun«. Dion bestand darauf. »Von hier aus kannst du sie nicht erreichen, also kann ich es auch nicht. Und ich … nein, alle in Ariye müssen wissen, ob die Grauen irgendwie hintergangen worden sind.«

Du wirst nicht mit ihnen laufen. Hishns geistige Stimme war unnachgiebig.

Dion sah sie überrascht an. »Ich werde nicht lange weg sein, Hishn. Es wäre mir lieber, du kämst mit mir, aber du kannst nicht wie ich unter den Wasserfällen hindurch. Und in der gleichen Zeit, in der du zum Schacht und wieder hinunter zum Knie läufst, bin ich wieder zurück in Ariye.«

Hishn knurrte lauter. Ihre eben noch deutlichen Bilder verwandelten sich unwillkürlich in ein Chaos. Sie konnte ihrer eigensinnigen Weigerung keinen Ausdruck mehr verleihen.

»Mach dir keine Sorgen, meine Graue«, beruhigte Dion sie. »Selbst wenn sie mich nicht in ihrem Land haben wollen, bin ich doch eine Wolfsläuferin. Bei den anderen Wölfen werde ich in Sicherheit sein.«

Jagdlust in meinem Bauch. Der heiße Duft von Blut, das brennt, in den Flammen brennt. Fleisch, frisch, menschlich. Warmes Öl auf dem Pfad, heißer Geruch auf dem Boden, auf den Blättern. Schreie, die meine Ohren füllen und nicht enden wollen. Und Hunger, Hunger nagt in meinem Bauch …

Dion runzelte die Stirn. Hishns Beunruhigung war nicht nur bloße Sorge; es war eine Warnung. »In Ordnung, Hishn«, beschwichtigte sie das Tier. »Ich werde nicht mit den Wölfen auf dem anderen Ufer laufen.« Hishns Bilder wurden ruhiger, blieben aber noch immer turbulent, und Dion wunderte sich darüber, daß ihr Vorschlag bei der Wölfin fast eine Panik ausgelöst hatte.

Obwohl ihre Muskeln vom langen Stehen schon steif waren, lief sie eilig weiter auf dem Pfad, erst im Marschschritt, dann in lockerem Trab, während der Pfad anstieg und wieder abfiel. Vor ihr trottete die Wölfin. Ihr Knurren hallte immer noch in den Gedanken der Wolfsläuferin nach. Der Morgen hatte heute erst spät gedämmert, und selbst jetzt, am frühen Vormittag, verbarg sich die kleine, bleiche Bergsonne hinter grauen Wolken. Dion blickte auf den schweren Himmel über sich und schürzte die Lippen. Anscheinend hatte es im Norden geregnet. In der östlichen Flußgabelung war das Wasser höher angestiegen, als es der Jahreszeit entsprach, obwohl es stündlich wieder fiel. Sogar auf diese Entfernung zur Schlucht konnte sie die Stimme des Flusses deutlich hören.

Sie kroch die Schlucht hinauf und grollte so laut wie der Wolf an ihrer Seite. Die Geräusche waren ihr willkommen. In zwei Tagen würden Kinder am Übergang sein, und der Lärm, den sie machten, würde in dem des Flusses untergehen, so wie die Unaufmerksamen in seinen Fluten. Der Fluß würde auch ihre eigenen Geräusche auf dem Pfad übertönen. Denn seit die Menschen Hirsche und anderes Wildbret von diesem Wasserlauf vertrieben hatten, waren die Worlags hungrig. Dion unterdrückte ein Schaudern. Sie würde ihre Stimme von nun an nicht mehr gebrauchen. Jeder Laut, der von den Felsen und von der Wasseroberfläche abprallte, konnte innerhalb von Sekunden die Zahl der Jäger, die auf der Suche nach ihr waren, verdreifachen.

Sie rieb geistesabwesend über ihr Brustbein, als sie eine Pause machte und den Weg musterte, seinen vertrauten Lauf im Geiste bis hinauf zum Kamm verfolgte. Unter ihrer Weste schmerzte die Stelle auf ihrer Brust, wo der purpurne Stein im letzten Herbst in ihr Fleisch eingesetzt worden war. Neben ihr kam Hishn plötzlich zum Stehen und hob ein Hinterbein zur pelzigen Brust an, um sich nachdrücklich zu kratzen. Erst als sie fast über die Wölfin gefallen wäre, bemerkte Dion, daß sie noch immer ihr Brustbein rieb. Ein verwirrter Ausruf entfuhr ihr. Gray Hishn warf ihr einen verletzten Blick zu und rappelte sich hoch.

»Das ist kein Floh, Hishn; das bin ich«, teilte sie dem Wolf knapp über die Schulter mit.

Hishn kratzte sich wieder. *Es juckt aber immer noch,* protestierte sie.

Dion schnaubte, und Hishn lief weiter, nachdem sie der Wolfsläuferin einen rachsüchtigen Blick zugeworfen hatte.

Dion schnitt ihr eine Grimasse. Sie tastete nach ihrem Wassersack, dann legte sie wieder eine raschere Gangart ein. Sie mußte den Fluß bald erreichen, denn ihr Bota-Beutel war fast leer, und auch Hishns Durst wurde immer größer. Weiter vorne gab es Stellen, an denen sich der Fluß verbreiterte und seicht wurde. Dort konnte man leicht die Klippen hinunter bis zum Wasser klettern. Jenseits davon ergossen sich mehrere kleine Flüßchen in den reißenden Phye. Und ein Stück weiter waren die Wasserfälle, wo Aranur auf sie wartete.

Aranur. Sie lächelte in sich hinein. Nur noch eine Stunde. Die Wölfe in Ariye hatten natürlich auf die Minute genau gewußt, wann er das Lager verlassen hatte. Sogar noch bevor Hishn sein Bild empfangen hatte, hatte Dion gespürt, wie ihr Gesang seine wohlbekannte Fährte auf dem grauen geistigen Pfad hinterlassen hatte. Um die Mittagsstunde würde er sie auf dieser Seite des Teufelsknies erwarten. Sie strich geistesabwesend das Haar von dem silbernen Heilerband zurück, das auf ihrer Stirn unter dem Rand ihrer Kriegshaube hervorlugte. Wolfsläuferin und Heilerin ... Kämpferin und Heilerin. Ihre Hand tastete nach dem Schwert. Sie fand es schwierig, sich zu beiden Fähigkeiten zu bekennen. Beide brauchte sie, mit beiden kämpfte sie, um zu überleben. Jede von ihnen verfolgte sie mit ihren Schreckgespenstern.

Bilder stiegen vor ihr auf: ein Junge, der in ihren Armen am Fieber stirbt; zwei Männer, zerschmettert am Fuße der Felsen, die unter fürchterlichen Schreien ihr Leben aushauchen. Eine Frau, vergiftet von einer Feuerameise, die sich krümmt und windet und Dion anfleht und ihr alles verspricht, wenn sie nur den Schmerz lindert. Menschen, denen sie nicht helfen kann. Menschen, die sterben müssen, weil Dion Ovousibas noch nicht erlernt hatte. Dann gab es da noch die anderen Gesichter. Gesichter, die die Sklavenjäger zurückgelassen haben: bleich, zerschnitten und blutig, mit ausdruckslosen Augen, die ihr direkt in die Seele starren. Dion ballte die Fäuste und versuchte, die Erinnerung zu verdrängen. Wenn sie damals schon die Möglichkeiten gehabt hätte, die sie jetzt besaß, hätte sie diese Leben retten können. Ovousibas, die Heilkunst der Alten. Wie ihre Fähigkeit, sich unbemerkt zu bewegen, hatte Dion auch die Heilkunst von den Wölfen gelernt. Ovousibas war jetzt ihre Kunst – oder ihr Fluch, wie Gamon es einmal genannt hatte.

Es war kein Wunder, wie die meisten Leute glaubten. Nur eine Kunst, die die grauen Verbindungen zu den Wölfen anzapfte und sie darauf konzentrierte, menschliche und nichtmenschliche Körper zu heilen. Nur wenige Menschen wußten, daß Ovousibas wirklich existierte. Sogar wenn Dion es jetzt mit den traumatischen Verletzungen nach einem Sturz von einem Felsen oder den tiefen, tödlichen Wunden durch die Bisse eines Dachsbären zu tun hatte, versuchte sie zu verbergen, was sie eigentlich tat, versteckte es hinter Begriffen wie Chirurgie und Therapie und entschuldigenden Bemerkungen. Die Wenigen, die sie eine Heilung hatten durchführen sehen, sprachen nicht darüber. Sie kannte nur zwei Heiler, die außer ihr diese Kunst erlernt hatten, und sie setzten sie ebenso sparsam ein wie Dion. Wieder tasteten ihre Finger nach dem Schwertknauf. Hier, umgeben von den Augen des Waldes, war weniger das silberne Band, sondern die stählerne Klinge gefragt.

Vor ihr, außer Sichtweite, knurrte Hishn kehlig, und Dion übermittelte ihr einen beruhigenden Gedanken. Die graue Kreatur lebte ebensosehr durch Dions Sinne wie Dion durch die ihren; wenn Dion eine Gefahr spürte, sträubte sich Hishns Nackenfell. Die Wolfsläuferin lachte leise, aber mit bitterem Unterton. Es verlieh einem nur wenig Sicherheit, wenn man das Schwert ebensogut zu gebrauchen wußte wie das Skalpell. Die Fähigkeiten, die sie einst vor den Jägern gerettet hatten, setzten sie jetzt der härtesten Verfolgung aus. Als Kämpferin machte sie ihnen einen Strich durch die Rechnung. Als Heilerin versuchte sie, die Folgen ihrer Grausamkeiten rückgängig zu machen. Und als Wolfsläuferin war sie eine Bedrohung für sie, wann immer sie sie mit ihren Sinnen erreichte. Sie schob den Reif der Heiler unter die Kriegshaube zurück. Wenn dort drüben Jäger waren, die die Grenze nach Ariye genausogut beobachteten wie sie, dann war es Dion lieber, wenn sie sie nicht erkannten.

Hishns Stimme klang plötzlich angespannt. *Wolfsläuferin …*

Der Klang ließ Dion erstarren. Sie hielt inne, suchte den Wald mit den Augen ab, lauschte. »Was ist los?« Sie wartete nicht auf die Antwort, sondern versuchte gleich, die Sinne des Wolfes mit ihrem Geist zu erreichen.

In Hishns körperloser Stimme spiegelten sich Überraschung und Besorgnis wider. *Ein Junge.*

Dion war verblüfft. Aus dem Chor grauer Stimmen, der mit Hishns Warnung immer lauter wurde, las Dion den beißenden Geruch menschlicher Angst heraus. »Ein Junge?«

Hishns Bild war klar. *Er rennt wie ein Kaninchen, das versucht, den Klauen eines Lepa zu entkommen.*

»Wo?« Dion holte Luft, ihre Augen und Ohren folgten denen der Wölfin.

Am Fluß, wo das Wasser hart auf der Zunge ist. Die Graue hielt inne. *Er wird verfolgt.*

Das Bild der Worlags war unmißverständlich, und Dions Hand umklammerte ihren Schwertknauf. Was mochte das für ein Junge sein? Und woher war er gekommen? Niemand hätte versuchen können, den Fluß an dieser Stelle zu überqueren – ohne Hilfe würden die Flüchtlinge die verborgenen Seile niemals finden; außerdem wurden sie erst in zwei Tagen erwartet. Waren es die Leute, deren Spuren sie am Morgen gesehen hatte? Vielleicht, aber diese Antwort befriedigte sie nicht. Sie mußten wissen, wie tückisch der Fluß war. Selbst wenn sie ihre eigenen Seile dabeihatten, war jeder Versuch sinnlos, den Strom unterhalb der Fälle zu überqueren.

»Wie viele Worlags, Hishn? Und wie dicht sind sie dem Jungen schon auf den Fersen?«

So viele wie ein ganzes Wolfsrudel. Hishns Antwort war unbestimmt. *Sie sind ganz nah. Sie lesen die Wärme seiner Füße und Beine aus seiner Spur. Sie riechen die Hitze seines Kopfs und seiner Hände.*

Ja, die Öle, mit deren Hilfe auch die Wölfe eine Spur verfolgten. Der Junge mußte fast nackt sein, um eine solche starke Witterung zu hinterlassen. Und vor Angst schwitzen.

Die Bilder, die durch andere Wolfsaugen bei ihr ankamen, wurden durch sich bewegende Schatten undeutlich, aber die Botschaft war klar. Dion hob ihren Umhang auf und wickelte ihn fest um einen Arm, das lose Ende nahm sie in die Hand. »Schnell, Hishn, bitte deine Brüder und Schwestern, ihn außer Reichweite der Worlags zu führen.«

Hishn grollte dumpf. *Er hört nicht auf sie.* Ihre Nüstern weiteten sich, als sie mit dem Rudel sprach. *Seine Angst sitzt ihm im Hals wie ein Kloß.*

Dion hatte sich schon in Bewegung gesetzt und rannte in Richtung des Wolfsrudels. »Dann müssen wir ihn selbst finden.«

Sieh mit den Augen des Rudels, befahl die Graue. *Folge mir, Wolfsläuferin.*

Dions Füße stampften den Boden, und sie öffnete ihren Geist. Der Gesang der Grauen strömte herein. Im Getöse ihrer Stimmen weiteten sich Dions Sinne. Auf dem Kamm waren vierzehn Wölfe; Gray Yoshi war ganz in der Nähe, und noch zwei andere weiter östlich. Dion konnte sie alle fühlen. Und weit entfernt, hinten im Nebel, tief in ihrem Geist, konnte sie die anderen Wölfe hören – die Vorfahren, das Gedächtnis der ganzen Spezies, das ein Geheul von sich gab wie dumpfer Donner, verloren durch viele Zeiten und Leben. Sie verschloß ihre Gedanken gegenüber ihnen allen mit Ausnahme von Yoshi und den zwei Wölfen in ihrer Nähe. Sogar mit diesen wenigen Stimmen in ihrem Geist fühlte Dion, wie sich die feinen Härchen auf ihrem freien Arm wie ein Pelz sträubten. Ihr Geruchssinn, plötzlich geschärft, nahm Staub und Schweiß und den süßen Duft der Pflanzen, die ihr Gesicht peitschten, wahr. Hishn, die zu ihrer Linken trabte, lief mit dem Wind, und Dions Nase füllte sich mit ihren eigenen Ausdünstungen. Die grauen Stimmen anderer Wolfsrudel drängten sich in ihrem Geist, und sie lief mit langen, federnden Schritten.

Beißende Angst, bestätigte der Gesang des Rudels, er erfaßte den Jungen und gab dieses Wissen an die anderen Wölfe weiter. *Süßer Gestank. Dicker Schlumm, der nach zerdrücktem, frischem Entenfuß stinkt. Plötzlich der scharfe Duft eines Weißholzbaums …*

Laßt ihn umkehren, rief ein grauer Wolf dem anderen zu. *Die Worlags sammeln sich …*

Er fällt, antwortete eine weibliche Stimme.

Ein Jährling nahm Dions Gesang in seinen eigenen auf und rief, als er ihre Stimme erkannte, fröhlich: *Wolfsläuferin!*

Du ehrst mich, sagte sie atemlos. Die ersten beiden Stimmen fielen wieder ein. *Dein Junges läuft blindlings,* sang die tiefe Stimme eines Rüden.

Es ist blind vor Angst, heulte die alte Wölfin.

Dion biß die Zähne zusammen. Bleibt bei ihm, ihr Grauen. Die Dringlichkeit ihrer Bitte bohrte sich wie ein Speer in die Mitte ihres Gesanges, und die grauen Tiere drängten sich um den flüchtenden Jungen.

Lauf mit uns, Wolfsläuferin, heulten sie ihr zu. *Sing mit unserem Rudel …*

Die Stimmen verschmolzen und verwirrten sich in ihrem Geist, so daß sie den Fluß sah, die Felsen, die Worlags, die sich in die dunklen Schatten zurückzogen. Der Junge stolperte und fiel von neuem. Ein Grauer sprang mit einem Satz hinter ihm hervor, und er schrie in Panik auf, kam wieder auf die Füße und fiel noch einmal, bevor er die Flucht ergriff. Staub trocknete in Dions Nase. Ihre Ohren schienen sich an ihren Pelz anzulegen, als sie die Flucht des Jungen durch das Wolfsrudel wahrnahm. Und weiter östlich, parallel zu ihrer Fährte und inzwischen so nahe, daß die Wölfe das Klicken ihrer Kieferzangen hören konnten, jagten die Worlags.

Dions Füße glitten auf der feuchten Erde aus. Nasser Humus und weiche, frische Blätter hefteten sich an ihre Stiefel und wurden wieder abgestreift, als sie durch eine Lichtung mit Stockgras lief; die harten Blätter stachen schmerzhaft in ihre Knöchel und knackten unter ihren Füßen. Graue Schatten bewegten sich vor ihren Augen. Panik – die Worlags! Nein, noch nicht. Nur die Wölfe. Der Junge war jetzt ganz in der Nähe … sie konnte ihn riechen. Sie schmeckte seine Witterung auf der Zunge, während die Grauen sie besangen. Plötzlich brandete die Stimme des Flusses auf, als sie um einen riesigen Felsen herumschlitterte und auf eine taunasse Wiese geriet, die sich bis an den Rand des Wassers erstreckte. Der Junge? Wo war er?

Nach Osten … weg vom Fluß. Die graue Stimme gehörte Hishn, sie nahm den Gesang der anderen Wölfe auf. *Er kehrt um.* Die Stimme war eindringlich. *Er läuft genau auf die Worlags zu.*

Dion fröstelte, obwohl sie schwitzte. *Kreist ihn ein, ihr Grauen – rasch! Wir sind gleich da!*

Wolfsläuferin, sangen sie. *Seine Angst verströmt einen Gestank, der sie anlockt.*

Eine Lasche von Dions Umhang glitt von ihrem Arm, baumelte lose herab und verfing sich in den Zweigen. Sie löste sie schnell und machte sie wieder fest, dabei schlugen ihr die Blätter ins Gesicht, und sie mußte sich ducken.

Die Bäume wurden jetzt allmählich dünner, und sie konnte weitere Entfernungen überblicken. Die Wölfe erhoben sich vor ihr wie eine graue Flut, und Dion jagte ihnen nach. Sie ermutigten sie, und bald hatte sie mühelos mit freien und vollen Lungen die Spitze erreicht. Dann sah sie ihn. Ja, es war ein Junge, und er rannte voller Panik.

»Halt!« rief sie ihm zu. »Nicht da entlang!«

Er konnte sie vor Angst nicht hören. Er stolperte wieder und schluchzte, als er in einem Gebüsch von Rotholz landete. Als er sich wieder hochrappelte, schrie er auf und warf sich zurück, als ein Grauer versuchte, ihm den Weg zu versperren.

Dion lief und lief. Ihr Vorsprung vergrößerte sich, aber auch die Worlags holten auf. Sie konnte sie jetzt fast sehen, Schatten im Geist der Grauen. Ihre scharfen Ausdünstungen verstopften die Nüstern der Wölfe. Ihr Zirpen bohrte sich in Dions Ohren.

Der Junge verschwand in einem dichten Gehölz, und eine Wolke gefleckter Vögel erhob sich kreischend, floh zu einem anderen Schlafplatz. Hishn kam an ihre rechte Seite. *Hier entlang … hier haben wir freie Bahn …*

In dem Gehölz verlor sich der Pfad, und der Junge brach durch das Unterholz; kleine Nagetiere und Reptilien flohen vor seinen plumpen Füßen. Die Grauen fegten heran und verteilten sich zwischen den Bäumen. Dion und Hishn liefen am Rand des Unterholzes entlang. Hier, wo das Gebüsch sich lichtete, mußte er zum Vorschein kommen. Dion konnte sehen, wie die Zweige bei seiner panischen Flucht brachen und hin und her schlugen. Sie wich einem Wolf aus, der ihren Weg kreuzte, stolperte ein wenig und kam zum Stehen. Der Junge landete praktisch vor ihren Füßen.

»Halt. Bleib stehen …«

Bei ihren Worten erstarrte der Junge, dann schrie er auf drehte sich um und versuchte wieder, ins Unterholz zu entkommen. Dion packte seinen Arm. »Nein. Dort sind Worlags …«

Der Junge kreischte und versuchte, sich loszureißen, so daß Dion die Balance verlor.

»Hör auf, dich gegen mich zu wehren!« Dion zog ihn an sich, aber er trat ihr wild gegen das Schienbein. »Da sind Worlags, verdammt noch mal! Hörst du mich? Du läufst ihnen direkt in die Arme …«

»Verfluchte Sklavenjägerin!« schrie er. »Lieber sterbe ich, als mich zu ergeben!«

Dion packte seine Arme mit festem Griff, und der Junge schrie wieder, bis sie ihn zu Boden zwang und er sich nicht mehr wehren konnte. »Ich bin keine Sklavenjägerin«, sagte sie eindringlich. »Ich bin eine Wolfsläuferin …«

»Verfluchte Sklavenjägerin«, schluchzte er wieder.

»Jetzt hör mal zu!« brüllte sie ihn an. »Wir werden beide

sterben, wenn du jetzt nicht aufstehst und mit mir kommst. Ich bin keine Sklavenjägerin. Ich komme aus Ariye. Ich bin hier, um dir und den anderen zu helfen. Fragen stellen kannst du später, verstanden? Jetzt ist nicht die Zeit dafür. Die Worlags haben uns fast eingeholt.«

Der Junge hörte auf, sich zu wehren, obwohl von seinem Gesicht immer noch die Panik abzulesen war.

Dion brach fast das Herz, als sie ihn ansah.

»Worlags?« stammelte er.

»Auf deiner Spur. Sie sind gleich hier. Wir müssen laufen. Jetzt!« Sie zerrte ihn wieder auf die Füße.

»Aber die Wölfe ...«

»Sie haben versucht, dich von den Worlags wegzuführen.« Dion schüttelte ihn. »Du mußt mir vertrauen. Kannst du das?« Sie wartete seine Antwort nicht ab. »Lauf. Folge der Grauen vor dir.« Sie gab ihm einen Schubs in Hishns Richtung, aber er sträubte sich. »Ich laufe hinter dir.« Sie versuchte, ihn zu beruhigen, aber ihre Stimme hatte vor Angst einen scharfen Klang, als sie sich den Umhang wieder um den Arm wickelte. »Bleib auf keinen Fall stehen, egal, was passiert. Die Grauen werden dich schützen, so gut sie nur können. Lauf jetzt! Oh, ihr gnädigen Monde ...«

Er zögerte wieder, sah sich um, und sie schrie: »Lauf!«

Die grauen Stimmen in ihrem Kopf wurden lauter, ihr Gesang wurde härter, als die Jagd begann. Als der Schock über ihr zusammenschlug, schoben sich die Worlags zwischen den Bäumen hindurch wie ein schwarzer Teppich. Hishn machte einen Satz nach vorn, der Junge stolperte ihr nach, dann rannte er, als Dion ihm erneut einen Stoß versetzte. »Schneller«, stieß sie hervor. »So schnell du kannst. Dreh dich nicht um!«

Hinter ihnen verwandelte sich das Zirpen der Worlags in ihren schrillen Jagdsingsang. Die Grauen stoben auseinander. Sogar die Wölfe fürchteten sich vor den rasiermesserscharfen Beißwerkzeugen der insektenartigen Kreaturen.

Dion schlug das Herz bis zum Hals. Die Angst des Jungen, die sie durch den Geruchssinn der Wölfe scharf in ihrer Nase spürte, war nichts im Vergleich zu ihrer eigenen. Der Junge kannte die Worlags nur vom Hörensagen. Dion kannte sie aus eigener Erfahrung. »Schneller!« schrie sie, als er die Anhöhe hinaufstolperte. Sie packte seinen Arm und stieß ihn vor sich her, bevor er wieder richtig auf die Füße gekommen war. Sie drehte sich nicht um. Die Warnrufe der drei Grauen, die vor den Käferkreaturen herjagten, waren so deutlich, als riefen sie sie Dion direkt ins Ohr. Wo *sollen wir hin? Hier gibt es keine Höhle …* Hishns Frage klang fast verzweifelt. Das Jagdfieber in ihrem Blut war beinahe noch stärker als ihr Drang, Dions Befehlen zu folgen.

Der Fluß … dort war ein Felsblock. Hinter der Lichtung. Hinter Dion knurrte wütend ein Wolf, und ein Worlag kreischte auf. Die alte Wölfin wich den Klauen des Worlags aus, und das Käfervieh jagte weiter, denn es gierte nach weichem, heißem Menschenfleisch, nicht nach dem Fleisch der Wölfe. Hishn schwenkte nach rechts und führte sie zu der Wiese, auf der Dion zuvor schon einmal ausgeglitten war. Da war ein Felsblock gewesen … Sie sah ihn im Geiste deutlich vor sich … auf einer Seite war er ziemlich hoch. Wenn sie auf die andere Seite hinaufklettern könnten, wäre der Junge vielleicht in Sicherheit, und Dion könnte sie solange verteidigen, bis Hilfe kam. Worlags konnten nicht so gut auf Felsen klettern wie auf Bäume.

»Der Felsen … dort vorne«, stieß sie hervor. Sie lockerte den Riemen ihres Schwertes und riß ihr langes Messer aus der Scheide. Sie konnte das Schwert nicht im Laufen ziehen, ihr Arm würde unter seinem Gewicht erlahmen, ehe sie es noch im Kampf schwingen konnte. Das Zirpen hinter ihr wurde immer erregter. Durch die Augen der Wölfe konnte sie sehen, wie die Worlags aufschlossen. Die Worlags krabbelten erst auf sechs Beinen, richteten sich auf und jagten dann, als Dion und der Junge in ihr Blickfeld gerieten, auf zwei Beinen weiter. Sie liefen jetzt wie Menschen, ihre haarigen Vorderbeine hieben wie Macheten durch das Unterholz, die dünnen mittleren Beine hielten sie an den Körper gepreßt. Noch vierzig Meter. Fünfunddreißig. Der Junge rannte vor ihr her, die Angst verlieh ihm Flügel. Er keuchte heiser im gleichen Rhythmus wie sie selbst. »Nach rechts«, japste sie. »Da, wo die Felsen sich treffen …«

Er antwortete nicht, aber er hetzte hinter dem Wolf her zur Felswand. Das Donnern des aufgewühlten Wassers unter ihnen übertönte ihr heiseres Keuchen, und Dion schrie: »Rauf mit dir! Schnell!« Er erreichte den Felsen und versuchte verzweifelt, einen Halt auf der glatten Oberfläche zu finden, bis Dion seine Knie packte und ihn unsanft nach oben stieß. Er rutschte wieder zurück, und Dion schrie wieder: »Rauf mit dir!«

Sie wirbelte herum, mit dem Rücken gegen den Stein. Die Worlags schwärmten aus und stürmten, die schwarzroten Augen auf Dion gerichtet, direkt auf sie zu.

4

Schüre das Himmelsfeuer,
denn schnell steigen die Monde auf.
Wind bläst, braut sich zusammen;
Die Jäger sind auf der Pirsch.
Wo du Sicherheit suchst und Unterschlupf,
Trifft dich des Jägers finstere Nacht,
Dort findet dich deine Angst
Mit silbern blitzender Klinge;
Die stumpfe Schneide blutig,
Bis nur das noch übrig ist:
Das Zittern deiner Hände;
Das Hämmern deines Herzens;
Die Wildheit deiner Augen;
Bis das Licht die Dunkelheit zerbricht.

»Hishn, rette dich!« schrie sie. »Hole Aranur! Lauf! Sofort!«

Die graue Wölfin heulte auf, und Dion wirbelte zurück, schob eine Hand unter den nach Halt suchenden Fuß des Jungen. Sie warf ihn halb auf den Felsbrocken hinauf, bis zu einer Stelle, von wo aus er sich selbst zur Kuppe hinaufziehen konnte. Nach einem raschen Blick zurück auf die Worlags schob sie ihr langes Messer wieder in den Gürtel und kletterte hinter ihm her, wobei ihr der Knauf in den Magen drückte. Hishn heulte ihr nach, aber Dion konnte die Wölfin nicht mit auf den Fels nehmen. «Verschwinde! Bing dich in Sicherheit!« schrie sie das Tier an.

... Blutgier, Hunger rumort in meinem Bauch und treibt meine

Läufe rascher an ... bitteres Blut in meinen Fängen. Hishn wendete, sprang direkt vor den Anführer der Worlags und schnappte nach den Beinen der Kreatur. *Stoß zu ... zerreiße das Gelenk, zerfetze die hintere Keule ...* Das Käfervieh wich geschickt aus, holte mit einem seiner mittleren Arme aus und harkte die Klauen quer über Hishns Flanke.

Feuer, jaulte die Wölfin. *Es brennt wie Feuer in meiner Seite!* Das Bild klang zu einem scharfen Schmerz ab, und Hishn drehte auf den Hinterläufen, stürzte zurück zum Felsbrocken. Die restlichen Wölfe fegten auf die Lichtung und fielen den Worlags in die Flanke. Die Worlags zirpten aufgeregt, waren unschlüssig, was zu tun sei, und Hishn hielt sich wie eine tanzende Schlange von ihren schnappenden Kieferzangen fern. Das Wolfsrudel schnappte nach den Worlags und wich immer wieder aus. Verunsichert bildeten die Käferkreaturen einen Kreis. Sie gierten nach der weichen, warmen Beute auf dem Stein. An den Wölfen mit ihrem verfilzten Fell, den leuchtenden Zähnen und den harten, schwarzen Krallen hatten sie kein Interesse. Die Worlags ließen sich auf alle sechs Beine zurückfallen und krabbelten zum Felsen. Die unter der spärlich wachsenden violettschwarzen Behaarung liegende harte, ledrige Haut ihrer Greifarme glänzte matt. Die dicken, ledrigen Rückenschilder zogen sich von den Gesichtern bis tief in ihre Nacken hinein. Mal auf sechs, mal auf zwei Beinen drehten sie sich hierhin und dorthin und schlugen nach den Grauen, die ihre Schritte behinderten.

Oben auf dem Steinbrocken war Dion in die Knie gegangen. Das Brennen der tiefen, klaffenden Wunde in der Flanke von Hishn empfand sie so stark, als wären ihre eigenen Rippen freigelegt worden. Sie riß sich den Umhang herunter und warf ihn dem Jungen hinter sich zu. Dann zog sie einen Pfeil aus dem Köcher, spannte den Bogen und zielte. Das Geschoß traf richtig, ein glücklicher erster Schuß, den Monden sei Dank. Der verwundete Worlag brüllte auf und knickte den

Pfeilschaft ab. Dion zielte erneut – wieder auf den Worlag. Man mußte sie mehr als einmal treffen, um sie zu Fall zu bringen; und ihr stand nur ein Köcher mit Pfeilen zur Verfügung. Aber die Wölfe fielen ihn von hinten an, und der Worlag wendete sich um. Dions Schuß prallte von seinem Rücken ab. Der Worlag, der dem Felsblock am nächsten gekommen war, schob sich am Fels in die Höhe und starrte sie mit seinen knolligen, rot-schwarzen Augen an. Gegen ihren Willen mußte sie einen Schritt zurückweichen. Schon langten seine Vorderarme über den Felsblock. Dickhäutige Kiefer öffneten sich, deren innere Zangen gierig auf- und zuschnappten, und seine Mittelarme kratzten über den Stein, um Halt zu finden.

»Die Monde sollen dich in die schwärzeste Hölle verdammen!« knurrte sie. Seine Kiefer knirschten. Sie visierte ihr Ziel an. Er senkte den Kopf ein wenig, als er auf einen niedrigeren Punkt auf den Steinen äugte. Da ... an der Stelle des Gelenks, an der der schwere, ledrige Hals in den Kopf überging, war die violett-schwarze Lederhaut ziemlich dünn und weich. Sie hielt den Atem an. Der Worlag schaute zurück, verlagerte sein Gewicht, um hochzuklettern, und Dion versenkte ihren Pfeil genau im richtigen Moment in seinem Hals. Er kreischte auf, zuckte mit dem Kopf gegen den Pfeilschaft, bewegte ihn auf und ab. Schwarzes Blut, dünn wie Jauche, sickerte aus der Wunde und schoß dann in einem Strahl heraus, als der Worlag den Pfeil abkniff und den verbliebenen Schaft zuckend in seiner Kehle bewegte. Dion jagte einen weiteren Pfeil aus kürzester Entfernung in sein linkes Auge. Die käferartige Kreatur fiel nach hinten, strampelte mit den Beinen in der Luft und scheiterte bei dem Versuch, den zweiten Bolzen aus seinem Schädel herauszuziehen.

Hinter ihr schrie der Junge auf. Dion wirbelte herum und sah eine schwarze, zangenbewehrte Hand suchend über den Felsblock tasten. Den Bogen in der linken Hand, zog sie das Schwert und schlug noch aus derselben Bewegung heraus zu. Ihr Schwert klirrte auf Stein, und sie zog es mit zitternden

Händen an sich. Das Glied war jedoch sauber durchtrennt. Weil der Kneifer noch durch hauchdünne Fäden mit dem Körper verbunden war, baumelte er grotesk herum, als würde er tanzen. Während das andere Vorderbein hochzuckte, quoll die Blutjauche über den Stein.

»Da, nimm!« Dion warf sich den Bogen über die Schulter, griff nach dem langen Messer und drückte es dem Jungen in die Hand. Noch während sie das Schwert auf das zweite fingernde Glied niederfahren ließ, das über die Felskante kroch, riß sie den Bogen wieder von der Schulter. Der Worlag zuckte mit wütendem Zirpen zurück. »Halt sie von der Kante fern!« Sie wischte das Schwert rasch an ihrem Lederwams ab, dann steckte sie es in die Scheide zurück, drehte sich um und griff sich einen neuen Pfeil. »Wir haben eine gute Chance, sie bis zur Ankunft Aranurs abzuwehren.«

Ohne weiter auf Dions Worte zu achten, packte der Junge das Messer mit beiden Fäusten. Ein Messer, dachte er verblüfft. Er besaß ein Messer. Er strich über die Schneide. Sie war scharf. Nicht stumpf wie die von Jered oder zerbrochen wie Luters Klinge. Scharf, dachte er fassungslos. Ausreichend scharf, um der Haut eines jeden Sklavenjägers Verletzungen zuzufügen, scharf genug, um den Tod seines Vaters zu rächen. So scharf, daß … Er starrte erst auf die Klinge, dann auf Dion, schließlich auf die den Stein umzingelnden Worlags.

Dion ignorierte seinen Gesichtsausdruck und ließ den Blick über die Käfermeute wandern. Wo war der verwundete Worlag geblieben? Der, den sie bereits erschossen hatte. Tot könnte er ihr nichts mehr anhaben. Aber in verletztem Zustand würde er sie umbringen wollen, und müßte er dafür durch die zweite Hölle kriechen. Da … dort drüben war er. Sie prüfte den Wind. Als er einen Augenblick lang abflaute, spannte sie die Sehne und schickte den Pfeil ab. Der Worlag kreischte auf und taumelte, drehte sich um die eigene Achse und fiel dann endlich auf die Seite, wo er liegenblieb und wie eine Spinne mit den Beinen strampelte. Dion versenkte noch einen Bolzen in seinem Schalenpanzer, bevor sie dem Jungen den Bogen in die Hand drückte und erneut ihr Schwert ergriff. Der Junge stand immer noch an dem Platz, an dem sie ihn stehengelassen hatte. Den Bogen nahm er geistesabwesend entgegen, als würde er ihn nicht wirklich sehen. Es fehlte ihr die Zeit, sich darüber zu wundern, daher befahl sie nur mit scharfer Stimme: »Gib ihn mir zurück … wirf ihn notfalls, wenn ich danach rufe«. Er nickte, aber sein Blick war immer noch starr auf das Messer gerichtet.»Hast du mich verstanden?« fragte sie drängend. »Du mußt sofort handeln. Zögere keinen Augenblick.«

»Ich verstehe«, sagte er mit erstickter Stimme. Schließlich sah er sie direkt an, und plötzlich entspannte sich sein Gesicht. Dion nickte kurz.

Die Worlags hatten den Felsblock umzingelt und umkreisten ihn. Es waren jetzt noch acht. Zwei waren außer Gefecht, und einem der acht Worlags fehlte die Vorderklaue. Aber immer noch waren es viel zu viele. Auf der Suche nach Halt klapperten ihre Klauen bedrohlich an den Steinen. Jeden Augenblick würden sie anfangen zu klettern. Die humpelnde Hishn leckte sich die Wunde an der Seite, heulte vor Wut und Schmach und äugte besorgt zu dem Felsbrocken hinüber.

Hishn. In großer Bedrängnis nahm Dion erneut Kontakt mit der Wölfin auf. *Such Aranur und bring ihn her.*

Die Wölfin wagte erneut eine gehumpelte Attacke gegen die Worlags. *Er versteht die Grauen nicht so wie du. Er hört mich nicht.*

»Nein«, antwortete Dion laut, die wußte, daß Hishn ihre Worte wie Bilder empfangen konnte. »Aber er versteht dich gut genug, Hishn, wenn du ihm in die Augen siehst.« Dion bemerkte den verdutzten Gesichtsausdruck des Jungen. Sie zeigte ihm, daß sie mit den Wölfen und nicht mit ihm redete, indem sie mit dem Schwert auf die Grauen wies. »Auf ewig können wir die Worlags nicht abwehren«, gestand sie sich und den Wölfen ein, »und selbst von hier oben habe ich Zweifel, ob es mir gelingt, sie alle zu töten. Man braucht für jeden einzelnen zwei, hin und wieder sogar drei Pfeile. Zehn Pfeile habe ich noch übrig. Angenommen, ich schieße nicht daneben – und bei dem Wind schieße ich ganz gewiß daneben –, so kann ich mit dem Bogen höchstens drei, vielleicht vier Worlags niederstrecken. Damit bleiben mindestens vier oder fünf Worlags für die Klinge übrig. Und wenn sie zu mehreren gleichzeitig angreifen, kann es gut sein, daß sie mich überwältigen.«

Dann weigere ich mich zu gehen. Hishns hartnäckige Stimme wurde auf einmal schwächer. Sie hatte sich herumgedreht und war dem ungezielten Schlag eines Worlags rasch ausgewichen. Jetzt sprang sie wieder vor, kreiste mit den anderen Wölfen und starrte auf den Felsblock.

Dion ging in die Knie, drehte sich langsam um die eigene Achse und beobachtete die Felskante. »Wir können sie für eine Weile abwehren«, argumentierte sie. »Für dich bleibt gerade genug Zeit, um Aranur zu finden. Er müßte eigentlich auf dem Weg zu mir sein. Du findest ihn vier oder fünf Meilen nördlich von hier.« Sie stach nach einem vorwitzigen Arm. »Hishn, versteh doch«, sagte sie mit fester Stimme, »noch können sich die Worlags nicht sicher sein, daß sie uns erwischen. Sie versuchen immer noch, einer nach dem anderen heraufzukommen, und ich kann sie mir im Augenblick vom Leib halten. Auf Dauer stehe ich das jedoch nicht durch. Ich brauche Aranur.«

Plötzlich riß Dion den Jungen mit einem Ruck von der Kante weg und hieb auf die Zangenhände ein, die an der Stelle, an der eben noch seine Füße gestanden hatten, in den Fels schnappten. Sie blinzelte, als sie sah, daß seine Fußknöchel blutig und die Fußlumpen rot verfärbt waren. Das Stockgras, fiel ihr wieder ein. Auf dem Rückweg zu den Felsen waren sie über die Wiese gelaufen.

Wolfsläuferin ... Hishn heulte, und der Rest des Rudels nahm die Enttäuschung in sein Lied auf. Die schmerzenden

Risse in Hishns Flanke ließen Dion vor Schmerz zusammenzucken.

»Lauf, Hishn. Überlaß es den anderen Grauen, mir zu helfen. Mit der Wunde kannst du den Worlags nicht mehr lange ausweichen. Sobald sie uns als ernsthafte Gegner einschätzen, werfen sie sich zuerst auf dich.«

Es ist eine leichte Wunde, sagte die Wölfin wütend. *Meine Zähne werden trotzdem an deine Jäger herankommen.*

Dion warf aus der Entfernung einen wütenden Blick auf das graue Tier. »Los!« befahl sie ihm auf einmal. Ihre Lage war zu kritisch, um noch länger zu bitten. *Jetzt aber sofort! Und beeil dich,* fügte sie mit weicher klingendem Befehlston hinzu. *Wir können sie nur begrenzte Zeit abwehren, und obwohl deine Fänge so scharf sind, können sie die dicken Lederpanzer nicht durchbohren. Du kannst uns die Viecher nicht vom Leib halten.*

Hishn gab ein seltsames, jaulenden Heulen von sich, drehte sich um und raste in den Wald. Dion sandte ihr einen zustimmenden Gedanken hinterher. Gray Yoshi wandte sich seiner Rudelgefährtin Hishn zu, trennte sich von den anderen, so daß zwei Wölfe vor Ort blieben und zwei wegliefen. Einen Lidschlag später waren Hishn und ihr grauer Schatten verschwunden.

»Kommen sie … kommen sie zurück?« fragte der Junge.

»Sie holen Hilfe.«

Der starre Blick des Jungen verriet ihr, daß er sich von ihr zurückzog. Sie schüttelte den Kopf. »Wir sind Ariyaner, keine Sklavenjäger.« Ihr Gesichtsausdruck änderte sich schlagartig, und sie stürzte sich auf ihn, schnappte ihn. »Auf den Boden!« Sie schwang ihr Schwert, es glitt jedoch von der glatten Lederhaut auf dem Bein des Worlags ab. Der Worlag zuckte, aber er griff nach, um doch noch den Arm des Jungen zu erwischen. Während der Junge entsetzt mit dem Messer zustach, versetzte Dion dem Worlag einen weiteren Schwertstreich, der ihm das Gelenk durchtrennte. Die Zangenhand scharrte über den Felsen. Dion ächzte unter der Wucht des

Schlags, mit dem sie das Schwert jetzt wie eine Keule auf den Panzer des Worlags niedergehen ließ, womit es ihr gelang, den Angreifer abzuschütteln. Er rollte seitlich weg und fiel vom Felsen hinab, landete auf seinen fünf restlichen Gliedmaßen und zirpte ohrenbetäubend. Sie drehte sich um und ertappte den Jungen dabei, daß er sie mit offenem Mund anstarrte. Er fixierte ihre Kriegshaube … oder wohl eher das silberne Band der Heiler, das darunter kurz zu sehen war. Dion klemmte den Silberreif wieder unter die Haube und zog sie zurecht.

»Ja, ich bin auch eine Heilerin«, murmelte sie und fragte sich, was wohl gerade in seinem Kopf vorging. Wer würde schon bei klarem Verstand einer Heilerin trauen, die sich mit dem Schwert zur Wehr setzte? Wahrscheinlich dankte er allen Monden, daß sie ihm ihr Messer gegeben hatte. In gebückter Haltung begann sie wieder, ihre Runde auf der Kuppe des Felsblocks zu drehen.. »Wie heißt du?« fragte sie ohne Vorwarnung über die Schulter hinweg.

Der Junge betrachtete sie mißtrauisch. »Tomi.«

»Ich bin Dion.« Sie schlug erneut auf eine herankriechende Zangenhand. »Nimm das Messer in beide Hände. Stoß es in die Gelenke, denn das Messer schneidet nicht durch die Panzer ihrer Arme oder Köpfe.« Das hatte ihr einmal Gamon, Aranurs Onkel, verraten. Gamon, betete sie insgeheim, wenn du doch jetzt bei mir wärst … Seine Worte kamen ihr in den Sinn, und sie wiederholte sie für den Jungen: »Ziele auf die Gelenke oder die Augen. Wenn du kannst, bohre ihnen das Messer in den Hals. Falls das nicht möglich ist, ziele auf die Schulter oder die Ellbogengelenke. Achte darauf, daß sie die Arme danach trotzdem noch bewegen, und die Gelenke mit den Zangen sind zu stark zum Zerschneiden.«

Tomi hielt den Griff der Klinge fest umklammert. Seine Augen blitzten, als sie den Rand des Felsbrockens absuchten, und diesmal fiel Dion sein Gesichtsausdruck auf. Kurz darauf sprang er auf die Füße, stellte sich breitbeinig hin und ahmte Dions federndes Wiegen unbeholfen nach, indem er auf den Fußballen hin und her wippte. Anerkennend nickte sie mit grimmiger Miene.

Unter ihnen klapperten die Worlags enttäuscht mit den innenliegenden Freßwerkzeugen, während sie den Stein abtasteten. Inzwischen waren sie vor der Klinge oben auf dem Felsen auf der Hut. Die abgetrennte Klaue auf dem Felsblock öffnete und schloß sich sinnlos im Rhythmus ihrer Klappergeräusche. Tomi behielt sie fasziniert im Auge, schließlich nahm er die Spitze von Dions Bogen und schob sie vom Felsen hinunter.

Mit zusammengekniffenen Augen musterte Dion ihren Zufluchtsort. Der Felsblock, auf dem sie knieten, war leicht abgerundet, bot hinter dem Jungen eine Schräge nach oben und flachte vor der Neigung nach unten kurz ab. An zwei Seiten erhob er sich fast senkrecht vom Boden. Auf der anderen Seite stieß ein kleiner, flacher Stein an den Block, um den herum weitere abgerundete Steine lagen. Über diesen Steinhaufen waren Dion und Tomi heraufgeklettert. Die Worlags würden bei einem Angriff, genau wie Dion und Tomi, über diese Steine kommen, denn sie folgten der Witterung ihrer Jagdbeute. Auch das hatte ihr Gamon erzählt. Beim Verfolgen ließen sie wie Ameisen ihren eigenen Moschusgeruch hinter sich, der die anderen Worlags zur Beute führte. Dion schauderte. Jetzt würde sie sich auf ihre Ohren verlassen müssen. Der Felsbrocken war an seinen Flanken zu steil, um darauf beim Blick über die Kante den Fuß abzusetzen, ohne zugleich in die Reichweite der insektenartigen Kreaturen zu gelangen.

Vor dem Felsen gegenüber schnürten die beiden Wölfe auf und ab. Auch ohne telepathische Verbindung spürte Dion deutlich den Ekel der Grauen, und da sie den scharfen Gestank der Worlags selbst in der Nase hatte, verstand sie ihr Knurren nur allzugut. Sie wies mit dem Kopf zur niedrigeren Seite des Felsens hinüber, die sie im Auge hatte. »Über die Bruchkante werden sie kommen«, sagte sie dem Jungen. Immer noch schnappte sie nach Luft. Ihr Herz, das ihr bis zum Hals schlug, beruhigte sich langsam wieder. »Sie können hier nicht so gut wie auf Bäume hinaufklettern. Paß aber trotzdem ja auf, was hinter deinem Rücken geschieht. Es wird aber nicht mehr lange dauern, bis sie den Aufstieg ausfindig gemacht haben.«

»Sind sie …«, brachte Tomi zögernd hervor, »sind sie intelligent?«

»Ob sie geschickte Jäger sind?« Dion nickte kurz, als würde ihre eigene Angst durch knappe Bewegungen weniger auffallen. »Ja. Wenngleich sie nicht, wie du und ich, Waffen führen. Aber sie wissen ebensogut wie jeder Sklavenjäger, wie sie an ihre Opfer herankommen.«

Beim Erwähnen der Jäger erbleichte der Junge, und Dion beobachtete ihn eingehend. Die seitlichen Kratzgeräusche verlagerten sich, und in Dions Kopf blitzte die Warnung des einjährigen Wolfs auf. Sie wirbelte herum. Zwei Worlags kamen seitlich über die Felskante gekrabbelt. Sie schrie, machte Ausfälle nach vorn und trieb ihr Schwert, wie Gamon es sie gelehrt hatte, wuchtig in ihre Panzer. Sie erinnerte sich, daß sie besser nicht darauf setzen solle, daß die Schwertspitze eindrang – am besten gebrauchte sie jetzt das Schwert wie einen Knüppel. Ein Worlag kippte unter ihrem Angriff nach hinten, der andere rutschte in die Tiefe, geriet wieder außer Sicht. Sie sah ihnen nach, hatte ein Knie unter sich gezogen, das andere Bein ausgestreckt, aber sie wurde von der Kraft ihres Schlags mitgerissen, rutschte auf die Ecke des abgerundeten Steins zu. Fluchend zog sie sich zurück, dann sauste sie mit gezücktem Schwert auf die andere Seite des Felsens. Soweit sie sehen konnte, war diese Seite frei.

Tomi sah sie mit ehrfürchtiger Scheu an. Beinahe mußte sie lachen, als sie die Gefühlsregung bemerkte. Sie hätte Vorsicht, Mißtrauen, ja sogar Angst erwartet. Aber Ehrfurcht?

»Sie sind völlig ausgehungert.« Es wurde immer anstrengender, mit zuversichtlicher Stimme zu sprechen. Hörte er die Angst aus ihren Worten heraus? »Zu hungrig, um geduldig zu handeln.« Wie Blitze schossen ihr Erinnerungen an Eindrücke durch den Kopf, die sich ihr in der entsetzlichen Nacht eingeprägt hatten, als die Worlags befreundete Händler in Stücke gerissen hatten. Damals hatten die Mörderkäfer die Geduld, ihnen eine Falle zu stellen. Diese hier waren zu hungrig, geradezu am Verhungern, um dergleichen fertigzubringen. Es war nicht nur der kühle, auffrischende Wind, der Dion erschauern ließ.

Sie dachte an Gamon, dann an Aranur, dachte an den Jungen, mit dem sie sich den Felsen teilte. Tomi ... wer war er? Warum war er hier? Es stand ohne Zweifel fest, daß er von Bilocctar kam. Sein magerer Körperbau, die Lumpen ... Sie blickte über die Schulter, musterte ihn, wie er sich langsam auf den Fersen im Kreis drehte. Er war jung. Zehn Jahre vielleicht, oder elf. Dunkle Haare ... es könnte bei all dem darin hängenden Schmutz heller sein, als es jetzt aussah. Überall Blutergüsse, wie bei dem anderen Flüchtling, der es geschafft hatte, sich nach Ariye durchzuschlagen. Seine Beine waren mit Striemen und Schnittwunden bedeckt, die nur zum Teil von den Büschen, durch die er gelaufen war, stammen konnten. Daß die Wölfe ihn so leicht aufspüren konnten, war kein Wunder, denn seine feuchte Bluse roch nach ranzigem Schweiß und Schmutz. Ohne Hosen war sein verschmierter Körper den Büschen ungeschützt ausgesetzt. Seine Fußbedeckung konnte man auch nicht als solche bezeichnen; sie bestand lediglich aus um die Füße gewickelten Lumpen.

»Was hast du in dieser Gegend verloren, Tomi?« fragte sie ihn, als sie um ihn herumging und nach einer blind schnappenden Hand schlug. »Woher kommst du?«

Der Junge wollte etwas sagen, schien es sich dann aber anders zu überlegen und begegnete ihrem Blick statt dessen mit herausfordernder Dickköpfigkeit.

»Ich bin keine Sklavenjägerin.« Wieder hieb sie klirrend seitlich gegen den Stein. »Du brauchst also keine Angst vor mir zu haben, Tomi. Ich gehöre zu den Wolfsläufern, die den Deinen die Nachricht überbrachten, daß wir ihnen bei der Überquerung des Teufelsknies helfen wollen.«

Er gab noch immer kein Wort von sich.

Sie probierte es noch einmal. »Habt ihr versucht, den Phye zur durchwaten?«

Ein verzweifelter Ausdruck flog über das Gesicht des Jungen. Der Anblick wirkte auf dem kindlichen Gesicht so fremd, daß sie sofort verstummte.

Erst nach einer Weile sagte sie langsam und bedächtig: »Tomi, du kennst mich nicht. Du bist dir nicht sicher, ob du mir vertrauen kannst. Das verstehe ich. Aber ich trage zum Teil die Verantwortung für die Überquerung des Teufelsknies. Man erwartet von mir, daß ich den Meinen sage, ob die Überquerung auch für uns, nicht nur für dich, sicher ist. Die Jäger können nur einen Übergang überwachen, den sie kennen, und dann an beiden Seiten des Flusses einen Hinterhalt legen – und genau das haben sie bei der Himmelsbrücke getan. Sie wollen euch auflauern, aber mindestens ebenso wichtig ist für sie der Tod unserer Kämpfer. Verstehst du das?« Ein gieriges Vorderbein kroch über den Rand des Felsblocks. Sie schlug danach. Als sie es verfehlte, stieß sie einen leisen Fluch aus. An der Stelle, an der die Klinge ihres Schwertes vom Blut der Worlags klebrig war, haftete ein vereinzeltes, violettschwarzes Haar. Das Bein zog sich zurück.

Der Junge schlug die Augen nieder.

Dion sah ihn an. »Du bist den Arbeitslagern entflohen; das weiß ich. Dein Hemd verrät dich. Den Übergang bei der Himmelsbrücke wirst du auf keinen Fall gewagt haben, denn sie wird schon seit Ninans von den Jägern überwacht.« Nachdenklich knabberte Dion an ihrer Lippe. »Nein«, sagte sie bedächtig, »entweder du bist zum Fluß gerannt, hast versucht, ihn da, wo er flach zu sein schien, zu durchwaten, oder du kamst vom Schacht her. Ich glaube nicht, daß du vom Schacht kommst, weil sonst einer der Wölfe deine Fährte in die Spürnase bekommen hätte.« Oder einer der Wölfe von Gamons Spähern; schließlich befanden sich drei von ihnen dort oben, und einer von ihnen war wie sie ein Wolfsläufer. Sie schüttelte den Kopf. »Hast du es am Fluß versucht?« fragte sie. Sie unterbrach sich, beobachtete ihn scharf. »Du hast versucht, den Fluß zu durchwaten«, wiederholte sie, eher an sich selbst gewandt, »und die Strömung schwemmte dich stromabwärts.« Sie hackte erneut nach der unersättlichen Zangenhand. »Ganz auf dich selbst gestellt hättest du jedenfalls keine Chance zur Flucht aus den Lagern gehabt«, argumentierte sie, während sie sich wachsam im Kreis drehte. »Du mußtest durch einen so großen Wald hindurch, überall Jäger und Worlags, Dachsbären und Wölfe, und das alles ohne Hilfe, ohne Karte?«

Dem Jungen schien sich ein Schluchzen zu entringen, und Dion blickte ihn mit zusammengekniffenen Augen an. »Tomi ...« Sie unterbrach sich. Die Jäger hatten sich längs des Flusses verteilt ... eine Gruppe von Menschen war seit letzter Nacht am Ufer des Flusses entlang geflüchtet ... War es nicht möglich, daß der Junge zu der Gruppe gehörte? Aber wie hatten sie es angestellt, daß Tomi auf dieses Ufer herübergekommen war? Hatten sie den Phye unterhalb der Wasserfälle zu durchqueren versucht, dort, wo der angeschwollene Fluß sogar Brücken fortriß, die wirbelnde Baumstümpfe mürbe gemacht haben?

Dion rang um Fassung. Gab es denn eine andere Antwort? Die Wasserfälle zerbröselten selbst große Steine zu Sand — kein menschliches Wesen würde den Höllenritt überleben. Wenn Tomi den Phye durchwatet hatte, dann war ihm das zwischen hier und dem Teufelsknie gelungen. Sie kniete an der Kante nieder und drehte den Kopf zur Seite, um ihn ansehen zu können. »Du warst bei der Gruppe, die ich letzte Nacht gesehen habe.« Ein anderer Gedanke schoß ihr in den Kopf. Kinder. Die von Aranur in zwei Tagen erwarteten Flüchtlinge sollten in der Mehrzahl Kinder sein ... Kinder wie

Tomi. »Bei den Monden«, wisperte sie. »Ihr seid es. Die Gruppe … es sind die Kinder, die jetzt kommen. Was ist mit euch geschehen?« fragte sie verwirrt.

»Wußtet ihr nicht, daß ihr viel zu früh seid? Hat euer Anführer denn die Landkarte nicht bekommen … unsere Nachricht?« Unglauben spiegelte sich auf ihren Zügen, dann brach es aus ihr heraus: »Gamon hat die Brücke noch nicht fertig … in den nächsten beiden Tagen gibt es keine Brücke. Deine Gruppe kann heute, morgen und übermorgen nicht übersetzen!« Sie machte ihm den Vorwurf, schenkte seinem Gesichtsausdruck keine Beachtung. »Habt ihr an einer seichteren Stelle Seile verwendet? Wie viele von euch sind beim ersten Anlauf ertrunken? Konntest du dich als einziger auf die andere Seite retten?«

Er schüttelte schweigend den Kopf.

»Verdammt noch mal, bis in die siebte Hölle«, fluchte sie. »Ihr wußtet, daß es keine Brücke gibt, und trotzdem seid ihr zu früh gekommen. Also wo«, sie wollte es jetzt wissen und nahm keine Rücksicht mehr, »wo warten diejenigen, die überlebt haben? Bei den Wasserfällen stromabwärts? Vor den Wasserfällen? Werden sie jetzt, nachdem sie die Wucht des Phye erlebt haben, nach Norden gehen – zum Schacht? Bei den Göttern«, murmelte sie erbost vor sich hin. An der Schlucht entlang konnten sich die Flüchtlinge nicht verstecken, denn die Jäger hatten sich dick und fett wie ein Schwarm Stechmücken am Fluß verteilt. Sie sah den Jungen wütend an. »Wie konntet ihr das tun?« Sie versuchte, die Stimme unter Kontrolle zu bringen. »Was habt ihr euch dabei gedacht? Wolltet ihr den Jägern in die Arme laufen und sie um Schutz anflehen, bis die Brücke fertig ist?«

Der Junge hielt den Blick gesenkt.

Dion holte vor Wut zitternd tief Luft. Gamons ganze Planung war umsonst. Alle Männer Aranurs warteten bei den Wasserfällen. Es hatte so viel Zeit gekostet. Dennoch war das Leben der Flüchtlinge verloren, weil sie nicht die beiden Tage abgewartet hatten. Sie sah zu den Grauen hinüber, ließ zu, daß die dünnen grauen Verbindungen ihren Verstand durchdrangen. Hishns Stimme war weit weg, aber gleichmäßig und drängend; ein Rhythmus, der Dions Gedanken mit dem Stakkato der Laufschritte der grauen Wölfin überlagerte. Dion sah zum Himmel hinauf, schluckte ihren Zorn hinunter und kämpfte ihre plötzlich aufkommende Angst nieder. Sie erkannte, daß sie nicht sosehr der Ärger aufregte, sondern die von den Worlags unter ihr genährte Angst.

Schließlich sagte sie: »Dich trifft keine Schuld. Es ist nicht fair, daß ich meinen Ärger an dir auslasse.« Sie schwiegen einen Augenblick, der Fluß vermengte ihre Stimme mit dem Knurren der Wölfe und dem Scharren der Worlags. Zögernd streckte Dion die Hand aus und berührte die Schulter des Jungen.

Tomi versteifte sich. Die Knöchel, die Dions Messergriff umschlossen, traten weiß hervor. Er sah Dion nicht an. »Die Sklavenhändler …« Er holte noch einmal Luft. »Die Jäger wollten uns alle umbringen. Sie sagten, wir wären zu abgemagert, zu schwach für die Arbeit. Sie würden andere bekommen, die unsere Plätze einnähmen.« Seine ins Nichts gerichteten Augen vergrößerten sich. Er nahm Dion nicht mehr wahr; sah den Alptraum vor seinem geistigen Auge, und seine Stimme brach, als er davon zu berichten versuchte. Dann schaute er Dion an und riß die Augen vor Entsetzen weit auf. Sie waren hinter ihr.

Instinktiv wirbelte Dion herum. Der Worlag war bereits zur Hälfte über den Rand gekrochen, streckte die haarigen Vorderbeine nach ihrem Rücken aus, und seine mittleren Beine schnappten zu. Dion rollte zur Seite, schlug mit dem Schwert nach unten. Der Worlag erwischte sie an der Schulter, und sie kam ins Taumeln, hieb immer wieder auf seine nadelspitzen Klauen ein. Er drehte sich, seine knollenartigen Augen folgten ihr, die Handscheren suchten klackend nach Fleisch. Sie stieß die Schwertspitze in die Stelle, an der die

Beine aus dem Körper ragten, woraufhin die Kreatur sich krümmte. Noch einmal verkeilte sie die Spitze des Schwertes in seinem Gelenk, sie drehte die Klinge hin und her und rutschte beim Versuch, sie wieder herauszuziehen, schließlich ab und stürzte, als die Schwertspitze sich plötzlich löste, zu Boden. Tomi schrie auf. Da war etwas hinter ihr, und schon schmetterte sie die Klinge gegen den Leib des Worlags, kippte ihn vom Felsen. Und dann fuhr ihr ein neues, gieriges Zirpen in die Glieder, sie rang nach Luft, kehrte sich just in dem Moment um, als zwei weitere Worlags über den Rand des Felsblocks gekrochen kamen. Dion brachte einen Ausfall zustande, fegte einen der Angreifer wieder hinab. Tomi stach auf das Vorderbein des anderen ein. Und Dion setzte nach, stieß zu, wich zurück, stieß wieder zu, bis sie ihn vom Felsen gerollt hatte.

Die Krabbeltiere fielen. Zwei weitere Worlags wurden von ihren heruntertaumelnden Körpern mitgerissen, zirpten aufgebracht, als sie sich ineinander verhedderten. Kurz darauf waren sie wieder da, suchten mit zuckenden Gliedern nach den Vorsprüngen, von denen sie jetzt wußten, daß sie existierten.

Dion schoß wie eine Furie am Rand des Felsbrockens auf und ab. »Elendes Mondwurmgezücht!« fluchte sie. »Dreckfressendes schwarzäugiges Ungeziefer ...« Sie senkte die Schwertspitze auf den Stein und stützte sich keuchend auf die Oberschenkel. Drei waren erledigt. Blieben fünf, von denen zwei ein paar ihrer Zangen verloren hatten.

»Wir haben euch Flüchtlinge erst in zwei Tagen erwartet«, erhob sie ihre heisere Stimme. Wieder sah sie zu dem Jungen hinüber. »Was ist passiert?«

Er sah ihr offen ins Gesicht. »Wahrscheinlich ist jetzt keiner mehr von euch übrig.«

Seine matte, ausdruckslose Stimme verschlug Dion die Sprache. Die stechenden und dann wieder so in ihren blauschwarzen Tiefen verschlossenen Augen dieses Jungen bargen einen Schrecken, der sich höchstens erahnen ließ. Was war dort vorgefallen? Was war in Bilocctar geschehen? Es gab vereinzelte Nachrichten, Gerüchte … Die Situation mußte schlimmer sein, als selbst Aranur es vermutet hatte. Aber hielten sich jetzt an der Grenze noch weitere Leute auf? Menschen auf der Flucht? Starben auf der anderen Seite des Flusses immer mehr Menschen, während Dion, Aranur und das Volk von Ariye sicher auf ihrer Seite des Flusses verharrten?

»Andere?« wollte sie wissen. »Gehörten zu deiner Gruppe noch andere Menschen?«

»Sie kommen … jedenfalls versuchen sie, bis zum Teufelsknie durchzukommen.«

Sie schüttelte ihre Schwerthand aus und ergriff den Schwertknauf erneut. »Und du?«

»Ich … ich bin ins Wasser gefallen.« Sein Gesicht wurde kreidebleich. »Zusammen … mit Eren.«

Dion schwieg. Sich um die eigene Achse drehend schlich sie wieder über die Kuppe des Felsbrockens, hörte mit dem einen Ohr dem Jungen zu und bemühte sich, mit dem anderen dem Scharren der Worlags zu lauschen.

»Ich wollte sie noch packen …« Seine Stimme versagte. »Ich habe es versucht …«

»Sie ist ertrunken«, schloß Dion schroff. Sie zögerte, berührte ihn dann aber absichtlich noch einmal am Arm. »Es tut mir leid, Tomi.«

Er entwand sich ihrem Griff. »Ich habe alles versucht …« Seiner Kehle entwich ein Schluchzen, doch er bemerkte das Mitgefühl in Dions Blick.

Plötzlich verzerrte sich das Gesicht des Jungen zu einer Maske, einer derartig entstellenden Maske, daß sie sich fragte, ob sie darin tatsächlich eben noch Verzweiflung und Schmerz gelesen hatte. Wenige Sekunden zuvor hätte sie darauf schwören können.

»Tomi …«, versuchte sie. Ein kratzendes Geräusch ließ sie herumschnellen, und sofort stieß sie nach dem Panzer, der über der Kante auftauchte. »Bei allen Monden!« Tomi kletterte unbeholfen nach hinten. Dabei versuchte er, sich auf Dions Bogen zu stützen. Die Augen hatte er weit aufgerissen. Dion hieb von oben nach unten sowie rechts zur Seite. Eine Greifzange wurde abgetrennt, und Dion wurde von der Wucht des Schlages mitgerissen. Sie schlug an der Felskante auf, ihr Bein baumelte einen Moment ins Leere, bevor sie es wieder zurückziehen konnte. Etwas griff nach ihrem Fußgelenk, und sie schrie voller Angst auf, während sie es mit einem Ruck außer Reichweite bewegte. Und dann kam sie wieder auf die Beine, bohrte die Klinge zwischen die haarigen Arme des Worlags, bis sie an eines der beiden schwarzen birnenförmigen Augen herankam und der Käferkreatur den Schädel spaltete. Das Untier zappelte und zog Dion zur Steinkante. Seine Vorderarme schlugen ihr auf die Arme, Rippen, die Klauen rissen quer über das Leder und hindurch und tiefer, und sie schrie, hielt sich verbissen an ihrem Schwert fest, verbarg ihr Gesicht schutzsuchend zwischen den Ärmeln. Als die Kreatur auf vier Beine niederfiel, zwang es sie auf die Knie, seine Klauen droschen mit vernichtender Kraft auf ihre Unterarme ein. Die alte Wölfin heulte auf. Dion sah vor ihrem geistigen Auge, wie Hishn rutschend zum Stehen kam und umkehrte. Tomi sprang vorwärts, stieß das lange Messer in die Hüfte des Worlags unter ihm, drehte die dünne Klinge um, als wollte er dem Tier die Beine heraustrennen. Unter ihnen sprang der einjährige Wolf die anderen Worlags an, keilte sie am Sockel des Felsens ein.

Dion versuchte in den Armen des sie umklammernden Worlags eine Drehbewegung, dabei wurde einer der Arme unter ihrem Körpergewicht abgeknickt, und sie durchbrach die tödliche Umklammerung. Hinter ihr rutschte die Hälfte der Pfeile aus dem Köcher. Durch ruckartige Bewegungen bekam sie die Klinge frei, schwang sie in großem Bogen herum und erwischte voll den zweiten Worlag, als er sich gerade hinter ihr über die Kante tastete. Mit zuschnappenden Zangen schlidderte der erste Worlag vom Stein und fiel dann leblos hinunter. Der zweite, dessen vordere Beingruppe aus den noch frischen Wunden näßte, zog sich schlurfend über den felsigen Untergrund, und Dion kroch eilig weiter nach hinten. Blut mischte sich mit Jauche.

»Tomi!« kreischte sie. »Hinter dir …«

Der Junge schnellte herum. Dion ließ ihr Schwert wirbeln, bis es gegen die mittleren Zangen des dritten Worlags knallte. Das Untier schnappte nach ihr, fiel sie an. Sie überzog den Schlag, und wie durch ein Wunder aller Monde schlug auch der Worlag über sie hinweg. Dann fuhr ihre Klinge glatt durch sein Körpergelenk hindurch. Der Worlag schrie auf, zirpte und verspritzte Körpersäfte um sich. Tomi kreischte, als Zangenhände seinen Fußknöchel packten. Keine Zeit zum Verschnaufen. Dion ergriff Tomis Arm und zerrte den Jungen wieder los, schleuderte ihn zur anderen Seite des Felsblocks, wobei seine Ellenbogen und Knie heftig gegen den Stein prallten. Zum zweiten Mal schlossen sich die Zangen des Worlags, griffen in die Luft, und Dion schubste das Tier vom Felsen und versetzte dem dritten Worlag noch einen letzten Tritt. Aus der Drehung und fast in der gleichen eleganten Bewegung schlug sie mit dem Schwert mehrere Male auf den zweiten Worlag ein. Sie erwischte seine mittleren Klauen, und er verlor das Gleichgewicht. Zirpend und wild mit den Greifern fuchtelnd rutschte er von ihrer schmierigen Klinge ab und griff sinnlos nach den lose herumliegenden Pfeilen, bis er endlich abrutschte und im Sturz hinter der Kante verschwand.

»Mögen dich die Götter in die siebte Hölle verdammen!« stieß sie schluchzend hervor. Sie taumelte nach hinten, zog die Beine höher auf den Felsen hinauf. »Oh, bei allen Göttern«, keuchte sie. »Bei allen Monden.« Tiefe Schnittwunden klafften in ihren Waden. Sie hatte es nicht einmal bemerkt. Jetzt durchtränkte das Blut ihre Beinkleider, und der zähe Worlagsaft drang bereits brennend in die blutigen Schnitte.

»Nein … bleib, wo du bist!« brummte sie. »Halte dich vom Rand fern. Es sind immer noch drei Worlags übrig.«

Mit einiger Anstrengung setzte er sich auf; sie biß sich auf die Lippen und fluchte atemlos: »Den Bogen …«

Der hatte sich an einem Vorsprung verfangen und war klappernd umgefallen; der Junge mußte richtig klettern, um an ihn heranzukommen. Dabei hielt er noch immer das Messer in beiden Händen. »Hier!« Ungeschickt streckte er ihr den Bogen entgegen.

Sie stützte sich ab, brachte ihren Atem unter Kontrolle und nahm einen Pfeil aus dem Köcher. Ihre Hände zitterten. Sie ballte die Finger zu Fäusten zusammen, dann zog sie den Pfeil an der Bogensehne zurück. Bald schon würden sie wieder angreifen, vielleicht in einigen Minuten, vielleicht schon in wenigen Sekunden. Hishn … Sie fühlte, daß der Wolf kehrtgemacht hatte und wieder zu ihr zurücklief. *Hishn!* Verzweifelt übertrug sie ihre Gedanken auf die Wölfin. *Nein! Such Aranur. Bring mir Hilfe!*

Hishn wurde zwischen Dions Schmerzen und den Befehlen hin und her gerissen.

Dion zwang sich, ganz unverblümt zu denken. *Wenn du ohne ihn zurückkehrst, bist du für meinen Tod verantwortlich …* Sie achtete nicht auf die Schockwirkung, die diese Vorstellung bei Hishn auslöste. *Zwei Wölfe sind bei mir, und auch sie können nicht an den Klauen der Worlags vorbeikommen.* Sie ließ sich nach hinten auf die Ellbogen sacken, und der Pfeil glitt ihr durch die Finger. Sie würgte, krümmte sich. Tomi schluckte hinter ihr. Er saß auf den Knien und ballte die Fäuste um den langen Dolch.

Dion hustete und übergab sich, dann würgte sie erneut und mußte sich ein zweites Mal übergeben. Sie zog die Knie an. Wütend zwang sie ihren Magen zur Ruhe. *Selbst jetzt bist du bei mir, Hishn. Du sollst wissen, daß ich so lange durchhalte, bis du zurück bist. Los jetzt. Du hast Aranur sehr bald erreicht.*

Das graue Band zwischen Dion und Hishn vibrierte vor Anspannung. Die Wölfin heulte. *Wolfsläuferin!*

Beeil dich! Sie hustete, um der Übelkeit vorzubeugen. *Du mußt dich beeilen …*

Plötzlich rief der andere Wolf nach Hishn. Durch das graue Band warf Hishn Dion eine gebündelte Ladung Kraft und Energie zu, in der auch unterschwellig das Brennen in Hishns Flanke enthalten war; wankend kam die Wolfsläuferin auf die Füße und sah im Geiste die beiden Wölfe bereits weiterlaufen. Weiter. Ja. Immer weiter, Aranur entgegen.

Wie lange würde es bis zur Rückkehr Hishns dauern? Wie lange, bis Aranur hier wäre? Das Zirpen unter ihr klang jetzt gedämpft, verschlagener. Wie lange brauchten die Worlags wohl noch bis zur Eroberung des Felsens? Mittlerweile lagen mehrere halbtote Körper auf den Steinen, über die sie heraufklettern konnten. Dion mußte würgen. Das Gift, das in ihr Blut eingedrungen war, verursachte ihr Übelkeit.

»Dion …« Tomi kroch auf allen vieren auf sie zu.

Die Wolfsläuferin wandte nicht einmal den Kopf. »Sammle die Pfeile ein. Reiß Streifen aus meinem Umhang.«

Der Junge zögerte, dann kroch er vor und suchte die drei Pfeile zusammen, die auf dem Felsen liegengeblieben waren. Er ließ sie in den Köcher gleiten, dann drehte er sich um und tastete nach dem Kleiderbündel. Er stieß mit dem Messer hinein und ließ die Klinge so durch die Wolle gleiten, daß mehrere große, ausgefranste Stücke entstanden.

»Zerreiß es mit den Händen«, wies ihn Dion barsch an.

Tomi sah hoch.

»Mit den Händen«, wiederholte sie.

Das Messer in der einen Hand haltend, vesuchte er, den Stoff auseinanderzureißen, aber er fand keinen rechten Ansatzpunkt. Unwirsch legte er die Klinge unter seinen Fuß. Er packte den Stoff und riß mit aller ihm zur Verfügung stehenden Kraft daran. Als die Fasern sich plötzlich unerwartet leicht voneinander trennten, wurde er von der eigenen Kraftanwendung nach hinten umgeworfen. Das Messer unter seinem Fuß rutschte weg. Er ließ das Tuch fallen, stieß einen tonlosen Angstschrei aus und sprang hinterher, erwischte es an der Klinge und preßte es, als er es endlich wieder in Händen hielt, fest an die Brust. Dion runzelte verdutzt die Stirn, während sie versuchte, den Kopf trotz der Übelkeit geradezuhalten. Mit bleichem Gesicht schob Tomi die lange Messerklinge zurück unter den Fuß und zerriß weiter den Stoff. Dann durchlöcherte er den Umhang erneut, diesmal an einer anderen Stelle, an der er sich leichter zu zerreißen lassen schien. Dion konzentrierte sich weniger auf die Geräusche des zerreißenden Stoffes, sondern auf das Zirpen und Rascheln, das die Ankunft der Worlags ankündigte. Ihr Blick konzentrierte sich wieder auf die Ränder des Felsblocks.

»Wie viele Streifen?« Seine Stimme klang dünn, angestrengt.

»Vier für mich. Zwei für deine Fußgelenke«, erwiderte sie, ohne sich umzudrehen, und spannte den Bogen. Jeden Augenblick würden die Worlags es noch einmal versuchen. Der Junge kroch zu ihr, legte die Streifen neben sie, und sie nickte anerkennend.

»Ich möchte dir helfen«, sagte er zögernd.

Kopfschüttelnd verneinte sie. »Du stehst gerade zu dicht am Rand. Bleib zurück. Paß auf, was hinter meinem Rücken geschieht. Behalte die Seiten im Auge.«

Als Dion sich die Waden mit den Stoffstreifen verband, legte sie den Bogen hinter sich ab. Das Schwert ließ sie vor sich auf den Stein fallen. Die erste Verbandsschicht blutete sofort durch, dann ließen die Blutungen nach. Plötzlich zog eine neue Übelkeitswelle ihren Magen zusammen, und sie ballte die Fäuste. »Nein«, fuhr sie sich selbst an. »Ich muß jetzt stark sein!«

Sie focht den Kampf mit sich im stillen aus, bis das Brennen verschwand und sie wieder klar sehen konnte. Aber nicht sie, sondern Hishn hatte diese Auseinandersetzung siegreich durchgestanden. Sie spürte die Wölfin in ihrem Geist. Dions Augen sahen jetzt gelber als gewöhnlich aus, und es kam ihr vor, als sei der Schmerz ein wenig gelindert, wie hinter Nebelschwaden verhüllt. Der hartnäckige Eifer des Einjährigen, die Beharrlichkeit des alten Weibchens … Durch Hishn waren die grauen Bänder straff gespannt, die Verbindung blieb stark.

Eine Stunde noch? Ein Jahr? Wie lange würde das graue Band zwischen ihr und den Wölfen noch standhalten?

Wolfsläuferin …

Hishn. Dion schloß erleichtert die Augen. Die Wölfin hatte Aranur erreicht. Sein Geruch war unverwechselbar. Dion sah die Bilder so deutlich, als stünde Hishn direkt neben ihr. Sie nahm sein Erstaunen wahr, als Hishns Blicke die seinen kreuzten. Undeutlich spürte sie, daß er Angst um sie hatte …dann seinen Ärger, seine Eile. Er schrie. Er war so laut, daß Hishn die Ohren klingelten. Er rannte zum Fluß hinab. Direkt hinter ihm setzte sich eine zweite Person in Bewegung, als würde sie in seinem Kielwasser mitgerissen. Vor ihnen liefen die beiden Wölfe, einer fiel weiter zurück, hielt sich direkt vor den Menschen auf, und der andere lief weiter voraus, schon außer Sichtweite in vollem Lauf durch die Büsche, auf dem Weg zur Wolfsläuferin, die mit einem Kind an der Seite auf dem Felsen gefangen war.

»Sie kommen«, flüsterte Dion.

»Die Wölfe?«

Sie preßte die Faust an der Stelle gegen die Brust, an der die kleine Gemme ihr Brustbein bedeckte. »Aranur.«

Von unten drangen die Kratzgeräusche der Worlags an ihre Ohren. Sie fingen wieder zu klettern an. Mit zitternden Händen gab Dion die beiden verbliebenen Fetzen an Tomi zurück.

Dann nahm sie wieder den Bogen in die Hand. An welcher Stelle, auf welchem Weg würden sie kommen? Nur noch drei waren übrig. Sie hoffte, wenigstens einen guten Schuß anzubringen … Sie kamen alle auf einmal, jeder von einer anderen Seite des Felsbrockens. Dion ließ ihren ersten Pfeil auf den Panzer losfliegen, der sich zuerst zeigte, aber der Kopf des

Worlags zuckte zur Seite, und die Pfeilspitze prallte von seinem herabhängenden Kiefer ab. Ein anderer kletterte hinter Tomi hoch, woraufhin der Junge panisch auf die Vorderklauen einstach, bis die Kreatur entmutigt zurückfiel.

Dion beförderte das Käfervieh mit Fußtritten vom Felsblock, wirbelte herum und schmetterte ihren Bogen gegen den dritten Worlag, der sich gerade hinter ihr aufrichtete. Er bewegte sich hin und her und hatte sofort seine Zangen um den Bogen geklemmt. Das derartig strapazierte Holz splitterte und zerbrach. Dion duckte sich, strauchelte, hob dabei das Schwert auf und ließ es wie ein Krummschwert im Bogen auf ihren Gegner wirbeln, erwischte die Klauen des Worlags mit einem schmatzenden Laut. Sofort schnappten die Zangen um das Metall zu und rissen Dion mit einem Ruck hoch. Sie schrie auf, wurde in einem kurzen Bogen über den Rand des Felsens geschleudert und stürzte mitsamt dem Worlag hinab, der sich nach wie vor unbeirrt am Schwertknauf festklammerte. Dion schlug schwer auf dem Boden auf. Der Worlag rutschte bei der unsanften Landung von der blutverschmierten, glitschigen Klinge ab und kollerte ein Stück weg von ihr. Die Wölfe sprangen ihr entgegen, und Dion rappelte sich auf. Der Atem stockte ihr in den Lungen, als wäre ihre gesamte Seite eingedrückt. Der Worlag krabbelte auf sie zu, sein Vorderkörper kam hoch, und unerbittlich schnappten die Kneifzangen nach ihr.

Es blitzte in ihrem Kopf. Hishn schlug sich in vollem Lauf durch die Büsche. Der Worlag, vor ihm, nach rechts, nach links … die Bilder verdoppelten und verdreifachten sich in der Überlagerung mit den Eindrücken des Einjährigen und des alten Weibchens auf der anderen Seite. Der Worlag zirpte drohend, schob sich immer näher heran. Dion hob das Schwert, hieb dem Angreifer quer über die Vorderbeine, doch er schlug die Klinge zur Seite, bohrte eine Klaue in ihren Oberschenkel. Der Einjährige sprang sein Hinterende an, der Worlag drehte sich um. Irgendwie gelang es dem Einjährigen, seine Reißzähne in das ledrige Beingelenk des Worlags zu versenken. Mit einem wütenden Heulen packte das alte Weibchen jetzt am anderen Bein zu, ließ sich von der Kreatur mitschleppen. Dion drehte sich um und flüchtete zu dem Felsen.

Jetzt kamen die anderen Worlags von der Rückseite des Felsbrockens herangetrippelt. Dion vollführte einen Satz nach vorn und stieß demjenigen, den sie zuvor bereits verwundet hatte, in die hervorstehenden Birnenaugen. Das Tier kreischte auf, konnte nichts mehr sehen. Sie sprang auf den Felsen zu. Aber der andere Worlag erwischte sie an den Leggings und zerrte daran. Sie schrie auf. Rückwärts taumelnd prallte sie gegen das geblendete Käfertier. Mit Zangen bewehrte Beine traten und schlugen auf sie ein, und sie strampelte verzweifelt um sich, um wieder freizukommen.

Wolfsläuferin. Eine graue Schnauze blitzte neben ihr auf.

Sie rollte sich zur Seite, kroch davon, dem Stein entgegen. Verzweifelt zerrten die Wölfe an den Gliedmaßen des anderen Worlags, aber ihre schimmernden Zähne zeitigten an dem harten Panzer des Insektenungeheuers kaum Wirkung. Der Einjährige winselte auf, als eine Klaue sein Vorderbein erwischte und ihm den Knochen brach. Vor Schmerz jaulend wurde er zurückgeschleudert. Dion kam wieder auf die Beine, hackte auf die geblendete Kreatur zwischen ihr und den anderen ein. Ihr Schwert zerschmetterte das Verbindungsgelenk am Oberkörper des Worlags. Kreischend zog sich der Worlag zusammen und klemmte die Klinge zwischen den Segmenten seines harten Lederpanzers ein. Dion zog ruckartig nach der einen, dann nach der anderen Seite und kam mit einem letzten Ruck frei. Als die anderen beiden Käferkreaturen sie einkreisten, brach bei ihr Panik aus. Wo blieb Aranur? Wo steckte Hishn? Oh, bei allen Göttern, bei allen Monden …

Etwas schlug gegen ihren Knöchel und sie stolperte, trat mit dem Hacken auf das zuckende Beingelenk des zu Boden gegangenen Worlags. Sie zog sich zurück. Nach hinten, in die

Richtung des Felsbrockens. Paß auf die Zangen auf … achte auf die am Boden liegenden Körper. Die Tiere waren zwar außer Gefecht, aber noch am Leben. Sie waren nicht tot. Bei allen Göttern. Diese Scherenhände konnten sie selbst jetzt noch packen. Sie setzte nervös über einen Körper hinweg und landete auf einem freien Stück Boden. Das zu Boden gestreckte Käfervieh war, als es sie über sich spürte, tatsächlich herumgerollt und hatte versucht, ihre Beine zu erwischen. Die anderen Worlags krochen rücksichtslos über die halbtoten Artgenossen hinweg hinter ihr her.

»Tomi«, rief sie, »wirf mir das Messer her!«

Weiter oben hockte Tomi. Er erstarrte, als er Dion den Klauen der Worlags ausweichen sah. Er umklammerte den Griff der Klinge so, daß seine Knöchel weiß hervortraten.

»Tomi«, rief sie, »wirf mir das Messer zu!«

Er starrte auf die Hände, die den Griff fest umschlossen hielten.

Unter ihm kamen die Worlags näher. Hinter ihnen sprang die alte Wölfin über einen Körper und attackierte die Hinterbeine der Worlags. Dion stand mit dem Rücken zum Felsbrocken. Die Worlags krochen auf sie zu.

»Tomi!« schrie Dion hinauf.

Die Worlags waren heran. Sie ließ die Klinge wirbeln und die Schläge wie Feuer auf die Körper der Angreifer prasseln. Die Käferkreaturen blieben stehen, schlugen und traten nach den Wölfen hinter ihnen und richteten dann ihre birnenförmigen Augen bohrend und unerbittlich auf Dions zierliche Gestalt. Der blitzende Wall aus blutverschmiertem Stahl zwang sie zur Vorsicht, nötigte sie zu einem überlegteren Angriff. Die unsichtbaren inneren Kiefer gingen klappernd auf und zu. Dion stieß plötzlich nach ihren Gesichtern, woraufhin sich die ledernen Panzerungen nach vorn über die Augen wölbten. Sie ließ die Klinge auf ihre Körper niedergehen, aber die Taktik kannten sie bereits. Sie bogen sich zurück, schlängelten listig ihre Arme so lange um sie herum, bis sie sie abwehrte. Ob Tomi das Messer fallengelassen hatte? Sie wußte es nicht, denn ihre ungeteilte Aufmerksamkeit galt den Worlags.

Das Knurren der beiden Wölfe verband sich mit dem hinterhältigen Zirpen. Die Kampfszene verwandelte sich in einen Tanz, einen statischen, genau choreographierten Tanz. Die Wölfe machten Ausfälle, die Worlags bewegten sich hin und her. Wie ein Nest voller Schlangen wogten die fünf in die eine, dann in die andere Richtung. Dion bohrte ihnen die Schwertspitze in die Gelenke, mit dem einzigen Erfolg, daß die Klinge weggeschlagen wurde. Sie wich einen Schritt zurück, zog mit einem Ruck das Stiefelmesser aus ihrem Beinkleid und schleuderte es in derselben Bewegung einem Angreifer entgegen. Es versank in einem Gelenk, und der Worlag versuchte vergeblich, den kurzen, schlüpfrigen Griff zu fassen. Wieder machte sie einen Schritt und zog den letzten Pfeil aus ihrem Köcher, hielt ihn wie eine zerbrechliche Klinge vor sich. Dann stieß ihr Fuß gegen das Gliedmaß eines toten Worlags.

Dion stolperte und fiel auf ein Knie. Die Worlags setzten sofort nach. Sie stand rasch wieder auf, stieß nach einer schnellen Drehung einen gegen den anderen. Mit bloßer Faust versenkte sie die Pfeilspitze in einem Auge. Ein schmerzerfülltes Kreischen war die Folge. Ein Vorderarm erwischte sie an den Rippen und schleuderte sie mit brutaler Gewalt gegen den Felsbrocken. Ihr Schwert, das sie verzweifelt in ein Schultergelenk geklemmt hatte, wurde ihr dabei aus den Händen gerissen.

Wolfsläuferin. Hishns Stimme ließ sie taub werden.

Ein anderer Vorderarm erwischte sie an den Hosenbeinen, hielt sie fest. Sie trat dagegen, kam frei, drehte sich am Rande der Verzweiflung um und hetzte zur glatten Seite des Felsbrockens. Ihre von Blut glitschigen Hände fanden keinen Halt. Ihre panische Angst ließ sie gegen das Knurren und Zirpen taub werden. Sie rutschte ab, stürzte neben dem Schwert zu Boden. Ohne weiter darüber nachzudenken, ergriff sie es, schlug es gegen die Arme eines Worlags. Das Tier holte aus. Sie faßte seine Gliedmaßen mit bloßen Händen an, hakte den Schwertgriff quer zu seinen Sehnen ein und ruckte solange daran, bis das Gelenk zerbrach. Eine Sekunde später kam dem Worlag von hinten ein grauer Schatten bedrohlich nahe, und sie stieß das Schwert schräg nach oben in sein Nackengelenk hinein. Etwas schleuderte sie nach hinten. Ihr Kopf krachte auf einen Stein. Sie drehte sich um und warf sich dem Felsblock entgegen, hing für einen kurzen Moment über der Kante, dann zerschnitt ein flammender Schmerz ihren Rücken von einer zur anderen Seite und riß sie in die Tiefe. Sie glaubte, wieder zu schreien. Voller Verzweiflung schlug sie im Fallen blind um sich.

5

Heilerkunst, der Heiler Band,
Frische Kräuter, zarte Hand,
Tinkturen, Pillen, stärkender Trank –
Nichts davon heilt Todeswunden.
Nur Ovousibas, die Heilerkunst,
Ovousibas allein macht dich gesund.

Nur eine Kunst hält Schlimmes auf,
Im Lebenden des Todes Lauf.
Nur die Geheimnisse der Alten
Wecken Monde, lassen Leben walten.
Nur Ovousibas, die Heilerkunst,
Ovousibas allein macht dich gesund.

Die dunklen Flecken, die den Felsen überzogen, sahen unter dem blauem Himmel wie verschmiertes Rot und Schwarz aus. Das tosende, kollernde Lied des Flusses klang matt und lustlos. Winselnd humpelte der einjährige Wolf auf drei Beinen dem Wald entgegen. Erst führte das alte Weibchen, dann lief es kehlig und böse knurrend in einem weiten Bogen um ihr Junges herum. Dahinter sah man Hishn und den zweiten halbwüchsigen Wolf vor dem Worlaghaufen stehen. Sie knurrten und schnappten nacheinander, während sie wütend an den schwarzen, ledernen Gliedmaßen zerrten.

Noch bevor Aranur die Lichtung betrat, hatte er für einen kurzen Moment die grauweißen Felsbrocken zwischen den Bäumen hindurch erblickt; dahinter befand sich die Schlucht mit dem Fluß. »Hier … hier entlang!« rief er und änderte die

Laufrichtung, um den Wölfen in die Richtung zu folgen, in der sie vorausgerannt waren. Dort, diese dunklen Flecken … die Umrisse am Sockel der Steine – Worlags! Diese mörderischen Insektenviecher! Er zückte das Schwert und sprintete los. An seiner Seite lief eine große, weißhaarige Frau. Sie nahm den Bogen von der Schulter und hielt kurz an, um die Sehne zu spannen, bevor sie ihm nacheilte.

»Dion!« rief Aranur. »Dion!« Er erreichte den Felsen, drehte sich um die eigene Achse und schaute sich mit gehetztem Blick um. Er sah die blutigen Streifen an der Felswand; Dions Bogen lag zerbrochen am Boden. »Oh, bei allen Monden, bitte …« Dort, ihr Schwert! Es steckte noch in der Schulter eines toten Riesenkäfers. »Hoffentlich ist sie noch am Leben … « Er packte den Panzer eines Worlags und machte einen Satz zurück, als die Zangen ziellos in die Luft schnappten. Mit roher Gewalt versenkte er das Schwert im Innenskelett und riß es solange hin und her, bis das Rückenmark durchtrennt war. Dann ließ er das Untier reglos liegen. Er schleppte den Kadaver von den Steinen weg und blickte wieder um sich. Die Panik stand ihm in die Augen geschrieben. Er rief nach ihr. »Dion!«

Einer der Wölfe drehte sich um und heulte ihn an. Dann sprang Aranur zwischen den harten Rückenschilden hindurch. »Hier, hier herüber!«, rief er laut. Die Frau stieß zu ihm und fing sofort an, den Haufen beiseite zu zerren und zu stoßen und den ersten Worlag wegzuschleppen, dann zog sie einen weiteren immer noch zuckenden violett-schwarzen Körper zur Seite, während ihr die anderen zu Hilfe eilten. »Oh, bei allen Göttern«, schluchzte Aranur. »Dion!«

Er ließ sich auf die Knie fallen. Es war ihm egal, ob die blutige, soßige Flüssigkeit seine Beinkleider befleckte oder nicht. »Dion …«

Die Wolfsläuferin lag verdreht unter einem schweren Panzer, ein Bein noch immer von einer Greifzange wie von einer Schraubzwinge umklammert. Ihr ganzer Körper wurde von den oberen Gliedmaßen des Worlags umarmt. Vorsichtig löste Aranur die Zange von Dions Oberschenkel und hielt den Atem an, als dickflüssiges Blut aus Dions Bein sickerte. »Helft mir doch!« rief er über die Schulter nach hinten. Hishn sprang auf einen anderen Rückenpanzer, rutschte aus und balancierte nervös knurrend darauf herum. Der andere Wolf nieste heftig, als könnte er damit seine Nase vom Gestank der Worlags befreien.

Aranur zog die Vorderbeine des Riesenkäfers von Dion weg. Etwas öffnete sich, und ein Stiefelmesser glitt, von Blut und nasser Soße geschwärzt, aus der Augenhöhle des Worlags. Langsam streckte er Dions Körper aus und sah ihn von oben bis unten an. »Bei allen Monden.« Die andere Frau ruckelte an dem Panzer, zog die tote Kreatur mit kräftigen Rucken weg, und Aranur zwängte sich darunter, um es mit den Schultern anzuheben und Dion von seinem Gewicht zu befreien. Sobald es zur Seite gerutscht war, sprang Hishn herbei und stupste Dions Körper leise winselnd an.

»Dion«, flüsterte Aranur. Er legte zwei Finger an ihren Hals. Bei allen Monden, aber nein … das war keine Einbildung … er spürte deutlich ihren Puls unter der blutverkrusteten Haut. Er richtete sie auf, stolperte durch den groben Pfad, den sie von den toten Insektenwesen freigeräumt hatten.

»Sie lebt noch«, sagte er zu der Frau. »Schnell, hol das Verbandszeug heraus.«

Die Frau, die den Namen Mjau trug, zog das schmale Päckchen von ihren Schultern und riß es auf, tastete nach der Rolle mit den Verbänden. Mit ruhiger Hand, die lange Erfahrung verriet, schüttete sie alles auf einem Tuch aus und legte Aranur den Bota-Beutel in die ungeduldigen Hände.

Aranur ließ Dion nicht aus den Augen. Überall an Armen und Beinen entdeckte er Wunden, aber der Harnisch hatte sie an den Stellen geschützt, an denen er sie bedeckte. Die Schnittwunden waren an einigen Stellen tief eingerissen. In der Regel handelte es sich jedoch dort, wo der Metallbesatz die Treffer etwas abgefangen hatte, um vergleichsweise leichte Verletzungen. Die Blutergüsse jedoch … Er wusch ihr Gesicht und Hals und atmete auf, als sie gereinigt waren. Auf der Wange war nur ein dünner, grober Kratzer zu sehen, der quer über ihr Auge lief, aber Lid und Augapfel nicht verletzt hatte. Erleichtert schloß er die Augen.

Hishn stieß ihn mit der Schnauze an und jaulte leise.

»Es ist nicht so schlimm, Graue«, sagte er sanft. Er untersuchte Dion genauer und entdeckte eine Stelle, an der eine andere Klaue ihren Harnisch durchdrungen hatte. Eine weitere leichte Rißwunde zog sich quer über die Rippen und hatte einen verschmierten, schmutzigen Wundkanal zurückgelassen. Aber der war bereits geronnen, und als er versuchte, ihr das Hemd abzuziehen, klebte es an der Wunde fest. Weitaus schlimmer sah ihr Rücken aus. Überall war die Haut aufgerissen. Als er die Hände wegnahm, waren sie fleckig vor rotschwarzem Blut. Vorsichtig drückte er etwas zusammengeknüllten Stoff auf ihr geschundenes Fleisch. Ihr Körper regte sich in seinen Armen. »Dion?« Er berührte ihre Wange.

Sie schlug mit flatternden Lidern die Augen auf, würgte, als würde sie ersticken, hustete, und er setzte sie auf, wobei er sie jedoch an seine Brust gedrückt hielt. Plötzlich waren ihre Augen weit offen, und sie schrie. Voller Panik stieß sie ihn grob von sich, schlug mit beiden Fäusten auf ihn ein.

»Dion, ich bin's …« Er hielt ihre Fäuste fest. »Ich bin's doch, Aranur. Du bist in Sicherheit.«

Sie starrte ihn an, dann entrang sich ihr ein unterdrücktes Schluchzen, und sie barg ihr Gesicht an seiner Brust. Hinter ihm drängelte Hishn und zwängte den graupelzigen Kopf in Dions Arme. Die Wolfsläuferin griff tief in das dichte Fell, ließ nicht einmal locker, als die Wölfin zurückzuckte, und schüttelte den Pelz krampfhaft. Der leichte Riß an Hishns Flanke tat zwar weh, aber Hishn verspürte die Qualen Dions viel stärker als die eigenen Schmerzen.

Hinter Aranur blickte sich Mjau um. »Sieben oder acht Worlags«, faßte sie leise zusammen: »Was für eine Sauerei.«

Jetzt erst sah er hoch, erblickte die Kadaver, die er kurz vorher beiseite geschafft hatte. »Ein Wunder ist geschehen«, sagte er mit grimmiger Miene.

»Wenn sie es nicht geschafft hätten, auf den Felsbrocken zu klettern …«

Aranurs Miene brachte Mjau zum Verstummen, seine grauen Augen brannten wie Feuersteine. »Fang schon mal an, die Panzer zur Schlucht zu schleppen. Wir übergeben sie dem Fluß. Hier ziehen sie zu viele Aasfresser an.« Er hatte eine plötzliche Eingebung und unterbrach sich. »Warte mal. Die Himmelsbrücke liegt stromabwärts – schwer bewacht von den Jägern. Wenn wir die Leichen in den Fluß werfen, sehen die Jäger sie unweigerlich vorbeitreiben.«

»Wie wäre es mit dem Wald? Dort werden Aasfresser zwar auch auftauchen, aber von der anderen Seite des Flusses kann man ihre Anzahl im Schatten der Bäume nur schwer erkennen.«

»Gut«, raunte er zustimmend. »Fang an.« Aranur widmete sich wieder Dion, die beide Arme um seinen Hals geschlungen hatte und versuchte, sich aus eigener Kraft hochzuziehen. Sie schüttelte seinen stählernen Griff ab, stöhnte dann jedoch auf. Ihr Körper klappte zusammen, und ihr Kopf baumelte kraftlos zwischen ihren Knien.

Aranur zog ihre Hände von seinem Hinterkopf weg, starrte auf das Blut an ihren Fingern. Als er die Kriegshaube und das Band der Heilerin, das ihre Stirn umschloß, entfernte, schrie sie auf, obwohl er besonders vorsichtig war. »Es schneidet in die Haut ein«, beschwichtigte er und untersuchte die Wunde. »Dein Hinterkopf ist geschwollen wie eine Melone. Du wirst in den nächsten Tagen höllische Kopfschmerzen haben.« Er half ihr auf, diesmal langsamer. »Wie fühlst du dich?«

Sie faßte sich an den Hinterkopf. Zwei Dinge ließen sie vor Schmerz zusammenzucken: die Bewegung ihrer Arme und das Hämmern in ihrem Schädel. »Mir ist schwindlig.« Ihr Gesicht wurde blaß, und sie schloß für einen Moment die Augen. »Übelkeit.«

Er musterte sie aus der Nähe. »Gehirnerschütterung?«

»Worlagblut«, gab sie leise zurück. »Es hat sich mit meinem Blut vermischt.«

»Ganz sicher?«

»Mir war schon so schlecht, bevor ich mit dem Kopf auf den Felsen geschlagen bin.« Sie sah ihn mit getrübtem Blick an. »Ich hatte einen Jungen bei mir. Hast du … habt ihr ihn gefunden?«

»Nein.« Aranur schüttelte langsam den Kopf. »Was für ein Junge? Wo kam der denn her?«

»Tomi. Ein Flüchtling. Ihn haben die Worlags verfolgt.«

»Mjau, sie hatte einen Jungen bei sich!« rief Aranur nach hinten. »Am besten suchst du zuerst nach ihm. Womöglich ist er verletzt.« Dann sah er wieder Dion an. »Wie alt?« »Zehn oder elf.« Sie nahm das von ihm angebotene Tuch an und hielt es sich an den Kopf, schottete sich so gegen die stechenden Schmerzen ab, die aufkamen, als er das Blut von ihrem linken Arm abzuwaschen begann. Ganz gleich, wie vorsichtig er sie auch abrieb, er riß immer wieder kleine Stückchen Schorf dabei ab. Sie biß die Zähne zusammen und wies mit dem Kinn auf den Felsbrocken. »Er war dort oben, als ich hinunterfiel.«

Aranur machte Mjau auf sich aufmerksam und zeigte auf den Felsen. »Sieh da oben nach«, wies er sie an.

Erneut musterte er Dion. Wieviel Blut hatte sie verloren? Wieviel Kraft eingebüßt? Ihre Gesichtsfarbe war blasser als üblich, ihr schwarzes Haar klebte vor Blut und Dreck. Plötzlich mußte er grinsen. Wenn sie wüßte, wie sie aussah, wäre sie entsetzt. Er schnipste einen kleinen Käfer von ihrem zerzausten Zopf, wartete so lange, bis sie zur Seite sah, so daß sie nicht mitbekam, daß er sich in ihrem Haar befunden hatte. Sie war keine Ariyanerin, stammte nicht aus seinem Land. Sie war nicht an alle Bewohner dieser Wälder gewöhnt; andererseits würde auch er sich zweifellos über die in ihren Wäldern kriechenden Wesen erschrecken. Zärtlich strich er ihr Haar glatt. Er fand ihr Aussehen atemberaubend. Er wünschte sich nichts sehnlicher als sie zu berühren, in ihren veilchenfarbigen Augen zu versinken und sich mit dem Gedanken zu beschäftigen, ob die Mondreisenden, wie die Legenden sagten, ihre Nachkommen wirklich in dieser Welt zurückgelassen hatten. Er hatte gehört, daß ihr Bruder sie für gewöhnlich beim Training auf dem Kampfplatz damit aufzog, daß er ihr sagte, sie könne die Tapferkeit eines Mannes mit einem eiskalten Blick dieser dunkelvioletten Augen zum Erstarren bringen. Sie sah so aus wie der lebende Mythos einer Mondkriegerin, doch in seiner Umarmung wurde sie wieder zu einer ziemlich übel zugerichteten, verängstigten Frau, die gerade auf Leben und Tod mit einem Alptraum gekämpft hatte. Ihr Atem ging noch immer stoßweise, und bei den unsteten Knackgeräuschen der letzten Todeszuckungen in den Zangenarmen der Worlags zuckte sie jedesmal heftig zusammen. Aranur beruhigte sie, als wäre sie ein Kind, strich ihr übers Haar, ließ sie seine Stärke spüren. Je mehr seine Sorge jedoch abflaute und Erleichterung sich breitmachte, um so stärker wuchs sein Ärger. Er nahm wieder einen Stofflappen in die Hand und wischte damit grimmig über die offene Schnittwunde in ihrem Arm. Dion war damit beauftragt, entlang der Grenze zu kundschaften; es war etwas völlig anderes, ein Rudel Menschenfresser auf die eigene Fährte zu locken. Sie war Wolfsläuferin und hätte es eigentlich besser wissen müssen. Selbst Aranur würde sich nicht freiwillig mehr als einem Worlag stellen, wenn er es vermeiden konnte. Diese Mistkäfer waren erbarmungslos und gefräßig; so gnadenlos wie die Nacht nach einem langen Tag. Ihr war das durchaus bekannt. Hätte sie es nicht geschafft, auf den Felsen zu klettern … Hätten sie mehr als einer oder zwei Worlags gleichzeitig angreifen können … Sie mußte halb verrückt vor Angst gewesen sein. Sie hatte schon einmal gegen Worlags gekämpft, aber er erinnerte sich daran, daß diese Begegnung nicht etwa ihren

Kampfesmut gestählt, sondern ihr im Gegenteil einen tiefsitzenden Schrecken eingejagt hatte. Sie hatte nie darüber gesprochen, was sie vor so langer Zeit erlebt hatte, aber er konnte es sich vorstellen. Sie war eine von nur zweien gewesen, die der Mordgier und dem Hunger der Meute entgangen waren. Die Erfahrungen aber, die sie anscheinend gewonnen hatte, als sie der wilden Freßlust entkommen war... Er sah sie ärgerlich an, während sie schwach seinen Arm festhielt und verhinderte, daß er den Lappen noch einmal über die Wunden rieb. »Was ist denn?« fuhr er sie an.

»Du reibst meinen Arm noch ganz ab, wenn du nicht bald aufhörst.«

An der Stelle, an der er den Grind aufgebrochen hatte, blutete die Wunde wieder stark. »Bei allen Mondwürmern, es tut mir leid, Dion.« Er tupfte das Blut ab.

»Du bist ja fast so schlimm wie ein Worlag«, neckte sie ihn mit schwacher Stimme. »Wenn du mich schon zurechtweisen mußt, ist es mir lieber, du tust es mit Worten und nicht mit den Händen.«

Er wischte das Blutrinnsal etwas sanfter von ihrem Arm und schalt sich dabei seiner eigenen Tolpatschigkeit wegen. Jedesmal, wenn er das Tuch auf den Riß drückte, lief ihr ein Schauer über den Rücken. Er erkannte, daß ihr Zittern neben dem Schmerz noch immer panische Angst verriet, und er machte sich erneut Vorwürfe, daß er eingewilligt hatte, sie als Späherin einzusetzen. Dann lachte er über sich. Meistens konnte Dion sehr gut selbst auf sich aufpassen. Und wenn nicht, dann kümmerten sich die Wölfe um sie. Hätte er selbst auf dem Felsblock gestanden, wäre Dion bei ihrer Ankunft genauso besorgt gewesen. Als ihm sein selbstgefälliger Besitzerstolz bewußt wurde, lachte er insgeheim. Dion, seine Dion, hatte die Worlags ganz allein abgewehrt. Sie hatte ihre Angst überwunden und seine Entscheidung vor der Runde der anderen Waffenmeister bestätigt. Es kam nicht unbedingt darauf an, wie gut sie beim Training auf dem Kampfplatz focht; sie verlangten einen Tapferkeitsbeweis, weil sie aus einem anderen Land kam. Den hatte sie hiermit erbracht. Er strich einige wirre Haarsträhnen aus ihrem Gesicht und erinnerte sich daran, daß Dion ihn vor einem Jahr beim siebten Mond einen Schwur leisten ließ. Er hatte geschworen, daß auch sein Vertrauen in sie so groß war und er ihrer Stärke so vertraute wie sich selbst. Er verband ihre Unterarme und zog sie dann an sich, drückte sie an seine Brust, so daß sich das rauhe Tuch seines Wamses an dem Halbedelstein verfing, der in seine Brust eingelassen war. Er erkannte, daß er hier und jetzt vielleicht zum ersten Mal aus ganzem Herzem an den damals geschlossenen Pakt glaubte.

Dion klammerte sich an ihn, hob den Arm, um die kleine Wölbung der Gemme an seiner Brust zu berühren. Sie rieb mit ihren Fingern daran, ließ die Bedeutung des Steines durch den Stoff dringen.

»Du hast das Glück sämtlicher Monde herausgefordert, Dion«, flüsterte er rauh. »Das weißt du hoffentlich.«

»Ich weiß.«

»Dich einem Haufen Worlags auszusetzen ...«

Sie zuckte die Achseln und fuhr bei der Bewegung vor Schmerz zusammen. »Ich hatte keine Wahl.«

»Warum hast du dich nicht der Grauen bedient?«

»Das habe ich«, gab sie langsam zur Antwort. »Aber der Junge fürchtete sich mehr vor ihnen als vor der Gefahr, in die er blindlings hineinrannte.«

»Fürchtete sich ... vor den Wölfen? Genau wie jener andere Flüchtling?«

Sie nickte zustimmend. »Die Grauen versuchten den Jungen zur Umkehr zu bewegen, schickten ihn in meine Richtung, aber er geriet in Panik, als er sie sah. Er lief den Worlags direkt vor die Füße. In dem Moment, als ich ihn erreichte, waren die Worlags schon so nah, daß sie uns beide sehen konnten.«

Aranur starrte sie an. »Angst vor einem Wolf ... Das klingt wie eine der alten Legenden, in denen die Wölfe den Menschen keine Gefährten, sondern Raubtiere waren. Wie konnte der Junge bloß so große Angst haben?«

»Ganz einfach«, erwiderte Dion wütend. »Die Jäger.« Das Wort bewirkte, daß Aranurs Gesicht hart wie Stein wurde, doch Dion sprach weiter. Sie wußte, daß sein Zorn nicht gegen sie gerichtet war. »Ich glaube, das kommt von den Gerüchten, daß Wolfsläufer in den Händen der Jäger seien. Denk mal zurück. Diese Gerüchte kamen uns vor einem Jahr zu Ohren, und dann wieder im letzten Monat. Ich hatte ihnen bisher keinen Glauben geschenkt, wie meines Wissens keiner von unseren Leuten, aber jetzt ... «

»Glaubst du, daß ein Körnchen Wahrheit darin enthalten sein könnte?« beendete er den Satz für sie.

Sie deutete mit unförmig vom Wams abstehenden bandagierten Unterarmen zum Fluß hin. »Was wäre, wenn die Jäger die Wolfsläufer tatsächlich für sich arbeiten lassen? Es muß nicht einmal so sein, daß die Wolfsläufer es freiwillig tun. Es wäre möglich, daß die Jäger sie schlagen, sie foltern – mit dem Ergebnis, daß die Grauen jeden aufspüren, ganz gleich wen, jeder Fährte folgen, nur um ihr Bewußtsein vom Schmerz ihrer menschlichen Gefährten zu befreien. Die Wolfsläufer könnten per Gedankenübertragung mit dem Geist der Wölfe in Verbindung bleiben, die Fährten vom Basislager aus beurteilen, während die Grauen durch die Wälder streifen und die Flüchtlinge zu Tode hetzen.«

»Ein Wolf fügt nie und nimmer einem Menschen Schaden zu«, erwiderte er ihr schroff.

»Was würde Hishn deiner Meinung nach tun, wenn sie nur die Wahl hätte, Menschen aufzuspüren oder zuzulassen, daß mir die Jäger die Haut vom Leib brennen?«

Unwirsch antwortete Aranur: »Ich nehme an, daß sich hier eine Antwort erübrigt.«

Sie berührte seinen Arm. »Da es so viele Wölfe in Ariye gibt, können die Jäger zudem jederzeit darüber informiert sein, wo wir uns befinden. Der Gesang der Grauen war in letzter Zeit ziemlich stark. Sogar von der anderen Seite des Flusses waren die Echos deutlich zu vernehmen.« Hishn stubste ihre Hand an, und sie strich über den Kopf der Wölfin. »Eine geistige Verbindung«, sagte Aranur leise.

Sie nickte. »Klar. Daher wußte ich, daß auf der Westseite des Phye eineWolfsmeute lief. Und ebenso wissen sie, daß wir hier sind.«

»Und wissen sie aller Voraussicht nach, daß wir unterhalb der Wasserfälle einen Übergang bauen?«

Sie blickte ihm fest in die Augen. »Sie wissen jedenfalls, daß du dich oft an dieser Stelle aufhältst. Unsere Bewegungen sind Teil des Gesangs des Wolfsrudels. Sie lassen sich nicht geheimhalten. Aber von dem bißchen, das ich von den Grauen auf der anderen Seite des Flusses aufgeschnappt habe …« Sie zuckte die Achseln. »Die Jäger sind nicht mißtrauisch genug, um sich darüber den Kopf zu zerbrechen.« Und sie fügte hinzu, daß die Wölfe ihr Wissen nicht freiwillig preisgaben, »wenigstens nicht« – und damit gab sie eine Blitzfrage an das graue Tier an ihrer Seite weiter – ,»wenigstens nicht, soweit es Hishn bekannt ist.« Ihr Kopf zeigte ruckend nach Süden, flußabwärts. »Die Jäger wissen lediglich von den Übergängen südlich der Himmelsbrücke und nördlich des Schachts. Was wir an den Wasserfällen bauen, ist ihrer Aufmerksamkeit bisher entgangen.«

Mjau hatte den Worlag-Kadaverhaufen durchsucht und immer wieder widerwillig unter den Panzern nach Resten von Menschenfleisch Ausschau gehalten. Schließlich entledigte sie sich der Aufgabe, indem sie auf den Felsklotz kletterte. Halb oben, verharrte sie für einen Moment. »He!« entfuhr es ihr vor Schreck. »Der Junge … Er ist hier oben!«

Vor ihr hockte das Kind, schmiegte sich an die kleine Erhebung des Felsens und starrte die dünne, weißhaarige Frau mit weit aufgerissenen Augen an. Seine kleinen Hände hielten fest ein Messer umklammert. Mjau erkannte es als Dions Messer. Sie sah ihn einen langen Moment an. »Komm her, mein Junge«, sagte sie ruhig und streckte ihm die Hand entgegen. Aber das abgemagerte Kind sprang plötzlich vor und rutschte an den ihm angebotenen Halt vorbei an der Seite vom Felsen hinunter.

»Hey!« rief sie.

Sie erhaschte einen kurzen Blick auf das weiße, ihr zugewandte Gesicht, dann landete der Junge unten auf dem Boden, verhedderte sich taumelnd in den Worlags und lief dann Hals über Kopf davon.

»Haltet ihn auf!« schrie sie.

Aranur sah auf Mjaus Schrei hin auf und ließ Dion im Aufspringen los, was ihm sofort leid tat, denn Dion stieß einen lauten Schmerzensschrei aus. Mit seinen langen Beinen hatte er den Jungen in Sekundenschnelle eingeholt. Der Junge machte jedoch unerwartet kehrt und fuchtelte mit dem Messer vor Aranur herum. Instinktiv folgte Aranur der Bahn, die die Klinge beschrieb. Fast ohne darüber nachzudenken entwand er dem Jungen die Klinge, riß sie ihm aus den Händen. Das Kind schrie, seine Finger zuckten. Aber es war nicht Schmerz, sondern Enttäuschung, die er aus sich herausließ. Der Junge warf sich auf den Mann und kämpfte, schrie hysterisch, daß ihn eine Frau, die er ›Seiker‹ nannte, holen würde; sie würde sie alle holen. Aranur schlang verzweifelt seine Arme um den mageren Körper und hielt den Jungen fest, brachte seinen Kopf vor dem auf und nieder schnellenden Schädel des Jungen in Sicherheit und seine Arme auf Distanz zu seinem um sich beißenden Mund.

Dion kam schwerfällig auf die Knie, verdrängte die brennenden Schmerznadeln, die ihre Beine in Wellen durchfuhren, doch dann packte Hishn ihren Arm mit ihren schimmernden Fangzähnen und hinderte die Wolfsläuferin am Weglaufen. Eine Geste, die Dion schon wenige Sekunden später, als ihr Kopf sich zu drehen anfing, zu schätzen wußte. »Tomi«, rief sie, »hör auf! Du bist jetzt in Sicherheit. Laß den Mann in Ruhe. Das ist kein Sklavenjäger. Er kommt aus Ariye. Ariye!«

Der Junge hörte allmählich auf, um sich zu treten; atemlos starrte er Dion an, und sein Mund öffnete sich, um erneut loszuschreien.

Dion hielt sich den Kopf. »Ist schon gut, Tomi«, brachte sie noch heraus. Das grausame Pochen, das ihre Gedanken folterte, ließ sie aufstöhnen. »Das sind die Freunde, von denen ich dir erzählt habe. Keiner von uns ist ein Jäger«, wiederholte sie. »Wir bauen für euch den Übergang am Teufelsknie.«

Aranur betrachtete den Jungen aus der Nähe und setzte ihn mit äußerster Vorsicht ab, ließ jedoch die Hände auf seinen mageren Schultern liegen. Hinter ihnen hob Mjau das Messer auf. Die Neugier stand ihr ins faltige Gesicht geschrieben. Dion hatte das Messer zu einem Zeitpunkt abgegeben, zu dem sie jede verfügbare Klinge gegen die Worlags dringend benötigte. Mjau warf einen kurzen Blick auf den Jungen. Sie hätte es wahrscheinlich nicht getan.

»Komm zu mir.« Dion streckte dem Kind ihre Hand entgegen.

Der Junge rührte sich nicht. Ängstlich beobachtete er den Wolf, der neben ihr stand.

»Alles ist gut«, sagte Aranur betont ruhig. »Du bist jetzt in Sicherheit.«

Tomi wandte sich von ihm ab. Sein bohrender Blick wanderte von Dion zu Mjau und wieder zurück. »Ich will das Messer zurückhaben.« Seine Stimme war unverschämt, und Aranur, den der Ton aufregte, machte einen Schritt auf ihn zu.

Tomi wich zurück. »Ich will mein Messer haben.« Für Dion gab der Blick, den er ihm zuwarf, den Ausschlag, denn sie konnte die Furcht, die sie in seinen Augen las, nicht ertragen. »Mjau,« sagte sie, »bitte, gib ihm mein … sein … Messer wieder.«

Die weißhaarige Frau verstand Dions Blick.

»Na klar.« Ihre Augen suchten Tomis Blick. »Ich würde auch nicht ohne Waffe durch diese Wälder laufen wollen.«

Tomis Hände zitterten, als er die Klinge den Händen der älteren Frau entriß. Dann jedoch erstarrte sein Gesicht sofort wieder, und er stolzierte hocherhobenen Hauptes zu Dion, ignorierte trotzig den Wolf und stellte sich neben sie.

Aranur sah Dion fragend an.

Sie zuckte hilflos mit den Schultern.

»Wo sind seine Angehörigen?« erkundigte sich Aranur.

»An der Grenze«, antwortete sie. Sie sah Tomi kurz an, um sich zu vergewissern, ob der Junge dem Mann selbst antworten wollte. Nach der Art, wie er die Kiefer zusammenpreßte, war er noch nicht bereit, sich mitzuteilen. »Sie zogen in nördliche Richtung«, fügte sie hinzu. »Ich glaube, die Jäger sind ihnen bereits seit ihrer Flucht auf den Fersen gewesen.«

Aranur runzelte besorgt die Stirn. »Das kann nicht sein. Wir sind nicht auf sie vorbereitet. Eigentlich sollte in den nächsten beiden Tagen niemand die Flucht zum Knie versuchen.«

»Diese Leute konnten nicht länger warten.« Sie setzte zu einem weiteren Kommentar an, aber ihr Magen war stärker, und sie mußte sich schaudernd den Bauch halten, als ein neuer Anfall von Übelkeit sie überwältigte. Hishn knurrte. Schließlich richtete Dion sich auf. Die schlimmste Übelkeit schien vorüber zu sein. »Unsere Nachricht hinsichtlich der Himmelsbrücke hat sie erreicht«, sagte sie kurzangebunden und schob Hishns Schnauze beiseite. Der feuchte, süße Atem des Wolfes wäre ihr um ein Haar zuviel geworden. »Ihr Ziel ist das Teufelsknie, genau wie wir es angeordnet haben«, brachte sie noch heraus.

Aranur, der sie voller Sorge beobachtete, verzog das Gesicht. »Wir haben die Seile und unser restliches Werkzeug zurückgelassen, als wir dir zu Hilfe eilten«, sagte er und schätzte die Entfernung im Kopf ab. »Der Lauf zurück dauert eine halbe Stunde, dann noch einmal mehr als eine halbe Stunde bis zur Schlucht. Aber es geht nicht schneller, weil wir das Werkzeug unbedingt vor Ort brauchen, damit der Übergang fertig wird.«

Mjau legte den Kopf schief. »Das Geschirr aus Gurten und das Regenzeug sind schon da«, gab sie zu bedenken.

Aranur schenkte ihr einen kurzen Blick. »Wenn es gar nicht anders geht«, sagte er leise, »können wir bereits heute die erste Flußüberquerung versuchen ...« Er runzelte die Stirn, dachte an das dürftige Tauwerk, dem sie sich würden anvertrauen müssen. Er hätte gern einen zusätzlichen Mann dabei gehabt, der ihnen beim Spannen der Seile helfen konnte. Mjau war zwar eine geschickte Bogenschützin, jedoch nicht stark genug für die anstehenden Arbeiten. Auf der anderen Seite war es ihm unmöglich, Tomi allein auf der Uferböschung zurückzulassen, und er konnte dem Jungen auch nicht die eisige Kälte der Wasserfälle zumuten, welche die anderen würden aushalten müssen. Dion würde die Flüchtlinge zu dem Plateau oberhalb der Klippe führen und ihnen dort die Gurte anlegen müssen. Nein, die Arbeit an den Seilen blieb ihm ganz allein überlassen. Möglicherweise waren die erwachsenen Flüchtlinge ja nicht in einer so schlechten körperlichen Verfassung wie Tomi, vielleicht konnten sie ihm helfen, nachdem sie in die Schlucht abgestiegen waren. »Wie viele seid ihr in eurer Gruppe?«

Der Junge sah den großgewachsenen Mann voller Mißtrauen an.

Aranur runzelte mißbilligend die Stirn. »Tomi, wie viele? Und wie alt?«

Dion blickte das Kind aufmerksam an. »Tomi«, sagte sie leise, »dieser Mann kann euch helfen. Sieh ihn dir an. Sieh Mjau an. Und mich. Sehen wir wie Jäger aus? Benehmen wir uns so, als wollten wir deinen Tod?«

Dion kniete vor ihm nieder, und er zuckte zurück, als Hishn sein Gesicht beschnupperte. Milde sagte sie: »Hishn tut dir nichts.« An Hishn gab sie rasch durch, daß sie sich vorerst zurückhalten solle, und das graue Tier setzte sich augenblicklich auf sein Hinterteil, fuhr sich mit der Zunge über die Zähne und hechelte leise. Tomi sah nicht wie jemand aus, der sich sicher fühlte. Dion versuchte es noch einmal: »Wenn wir Jäger wären, würden wir dir wehtun, um dich dazu zu zwingen, uns alles über deine Angehörigen zu sagen. Wir würden nicht nur Fragen stellen. Deine Arme und Beine sind ein hinreichender Beweis dafür. Würden wir dein Hemd hochziehen, fänden wir weitere Beweise auf deinen Rippen. Oder etwa nicht?« Sie hob die Hand und schob die Kriegshaube nach hinten, obwohl der Schmerz ein neues, hämmerndes Sturmhoch erzeugte. »Sieh her.« Sie berührte den Silberreif, der jetzt seinen Blicken ausgesetzt war. »Ich gebe dir mein Wort als Heilerin, daß wir keine Sklavenjäger sind. Faß ihn ruhig an. Er ist echt.«

Tomi griff zögernd danach, berührte kaum das Band, bevor die Hand zurückzuckte, als hätte er sich verbrannt. »Wie … wie kannst du eine Heilerin sein?« beharrte er.

Ein feines Lächeln legte sich über ihre Züge. »Glaub mir, ich habe praktiziert.«

»Aber du führst ein Schwert … wie die Sklavenjäger. Du benutzt Schwert und Bogen.«

»Ja.« Sie schob die Kriegshaube wieder in die Stirn, und das Silber des Reifes war auf einmal nahezu unsichtbar. »Ich trage beides, das Band der Heiler und die Klinge.« Ihr Lächeln verblaßte.

»Aber warum?«

»Ich habe seinerzeit ein Gelübde abgelegt.« Ihre Stimme wurde weich. »Ich legte das Gelübde ab, daß ich mich selbst und meine Freunde vor Schaden schützen würde. Das Band der Heiler … es erinnert mich an den Schwur, die Menschen, die zu mir gehören, zu heilen. Und wenn ich das nicht tun kann, weil es Wichtigeres gibt, weil Sklavenjäger, Worlags und andere Gefahren auftauchen, denen man entgegentreten muß, dann gibt es immer noch das Schwert, um mich und meine Freunde zu verteidigen.«

»Heiler dürfen nicht töten. Schwertkämpfer können nicht heilen«, sagte er mit der Direktheit eines Kindes.

Aranur hielt den Atem an. Das Lächeln Dions wirkte plötzlich steif.

»Ich bin beides. Ich tue das Eine und das Andere«, sagte sie leise. Mit einem Mal fühlte sie sich sehr erschöpft. Aranur berührte ihren Arm mit verärgerter Miene. Sie konnte in etwa seine Gedanken lesen, und ein leichtes Lächeln leuchtete wieder auf ihren Lippen. Er wollte nicht zulassen, daß dieses Kind sie aufregte und ärgerte, las sie nicht ohne Ironie aus seiner Miene. Jedenfalls nicht, nachdem sie gerade ihr Leben eingesetzt hatte, um das seine zu retten.

Der Junge sah ihr in die Augen. »Schwörst du beim Band der Heiler, daß du keine Sklavenjägerin bist?«

Sie nickte.

»Schwörst du es beim siebenten Mond?«

»Wenn ich eine Jägerin wäre, hätte ich dich den Worlags überlassen. Frag dich selbst, Tomi. Warum sollte ich, wenn ich eine dieser Ratten von Jägern wäre, meinen Hals für einen Jungen aufs Spiel setzen, den ich hinterher ohnehin umbringen müßte?«

»Weil du Hilfe gebraucht hast.«

Er dachte einen Moment lang über seine Worte nach. »Wärst du auch gekommen, wenn du nicht das Schwert führen könntest?«

»Klar«, versicherte sie ihm sanft. »Ich wäre in jedem Falle gekommen.«

»Warum?«

»Weil ich nicht anderes kann. Ich bin so.«

Die Kiefermuskulatur Aranurs spannte sich an. Ja, sie konnte nicht anders. Selten dachte sie nach, bevor sie in Aktion trat, und ihre Wunden waren der Beweis dafür.

»Ihr habt Schwerter«, sagte der Junge verzweifelt und mit trostloser Stimme. »Wir haben keine. Wir haben nur ein zerbrochenes Messer.« Er starrte sie an. »Warum seid ihr nicht früher gekommen?« brach es aus ihm heraus. »Mein Vater ist tot. Warum kamt ihr nicht rechtzeitig? Warum habt ihr sie nicht aufgehalten?« Seine Stimme überschlug sich.

Dion versuchte, seinen verspannten Körper zu umarmen.

Aranur schloß die Augen, die kindliche Stimme hallte in seinen Ohren nach: Warum habt ihr sie nicht aufgehalten?

Tomi liefen die Tränen offen übers Gesicht, die Maske war verschwunden, heftige Schluchzer schüttelten seinen mageren Körper. »Im Kampf haben wir keine Chance. Es fehlt uns an Schwertern. Wir haben noch nicht einmal Stöcke. Wir können gar nichts tun!« rief er weinend. »Es bleibt uns nichts als der Tod.«

»Schsch«, summte Dion voller Schmerz. »Wir sind ja jetzt hier«, flüsterte sie. »Ab jetzt können wir euch helfen.«

Die Schultern des Jungen zuckten, als wollten sie sich von ihm trennen, und Dion richtete ihn auf, ähnlich wie Aranur es zuvor mit ihr getan hatte. Sie drückte den hageren Körper an sich. Das Kind schlang seine Arme um ihren Hals, als wollte es ihr die Luft abdrücken, das Messer fiel hinter ihrem Rücken zu Boden, und sein Kopf lag an ihrer Schulter geborgen. Sie wiegte ihn hin und her. Aranur gab ihr ein Zeichen, aber durch die Tränen in ihren Augen waren seine Umrisse so verschwommen, daß sie nur mit einem hilflosen Kopfschütteln reagieren konnte.

Als Tomis Schluchzen in Schluckauf überging, setzte ihn Dion auf den Boden. Er wischte sich mit dem Ärmel über die Augen und verschmierte den Schmutz zu einer Spur, die von einer Schläfe zur anderen reichte. Dion lächelte nicht mehr. Er sah sie an und bemerkte, wie ihr die Tränen über die Wangen liefen. »Du weinst ja auch.«

Sie nickte.

»Wieso das?

»Weil du mir weh tust.«

Er betrachtete sie mit für sein Alter zu erwachsenen Augen. »Moira weinte nicht mehr«, sagte er mit einem merkwürdigen Unterton. »Keiner der Älteren konnte noch weinen.«

Gequält sah Dion Aranur über den Kopf des Jungen hinweg in die Augen. »Vielleicht«, brachte sie noch hervor, »haben sie vergessen, wie es geht.«

Er schüttelte den Kopf. »Nein«, sagte er, als handelte es sich um eine unumstößliche Tatsache. »Das kommt daher, weil sie schon zu viel geweint haben.«

Dion hielt den Atem an. Tomi sah zu Aranur auf. Seine Tränen waren versiegt, nur der Schmutzstreifen zog sich als letztes sichtbares Anzeichen der Tränen quer über seine Augen. Ein zustimmendes Nicken ließ seinen Kopf zucken. »Elf«, sagte er überraschend. »Es sind noch elf außer mir übrig. Mich nicht mitgezählt.«

Aranur sah ihn aufmerksam an. »Wie viele Erwachsene?« wollte er wissen. »Wie viele Kinder?«

»Sieben Kinder.« Tomi warf sich in die Brust. »Aber sie sind jünger als ich.«

Aranurs graue Augen blieben fest auf ihn gerichtet. »Wie alt?«

Er dachte kurz nach. »Das kleinste ist fünf Jahre alt.«

»Fünf?« Aranur fluchte unterdrückt. Fünf Jahre alt und schon auf der Flucht vor Sklavenjägern? Mondwürmer. Wie kamen sie damit überhaupt zurecht? Kein so junges Kind konnte mehr als ein paar Meilen laufen oder wandern. Man mußte es tragen. Und wenn mehr als ein Kind so jung war … Er fuhr sich mit den Fingern durch das schwarze Haar und starrte zur Schlucht des Flusses hinüber, als könne er die Flüchtenden von dort, wo er sich befand, entdecken. Voller Grimm preßte er die Kiefer aufeinander. Dann fragte er: »Wie lange dauert es noch, bis sie das Teufelsknie erreicht haben?«

Der Junge blickte sich unsicher um. »Ich weiß es nicht genau. Die Wölfe kamen immer näher, so daß wir den Weg für eine Weile verlassen mußten.«

»Wölfe?« Darauf würde Aranur gleich noch einmal zurückkommen. »Wie schnell sind deine Leute unterwegs?« fragte er. »Laufen oder gehen sie?«

»Wir gingen. Die Füße taten uns weh.«

»Sie gehen …« Wenn ihre Füße so beschuht waren wie die Tomis, war es kein Wunder, daß sie weh taten. Aranur fürchtete sich vor der Entdeckung dessen, was sich unter seinen Fußlumpen und der Baumrinde befand. Blasen? Offene, wundgescheuerte Stellen? Zerrissene Fußballen? Und von ihrem derzeitigen Standort bis zum Knie waren es noch fünf, vielleicht sechs Meilen. Er drehte sich zu Dion um. »Wann bist du auf ihn gestoßen? Wie lange ist das her? Und wo?«

»Etwa eine halbe Meile von hier?« schätzte sie. »Es ging ständig durch Wald. Er sagte mir, er sei in den Phye gefallen und flußabwärts geschwemmt worden. Der Strömung nach zu urteilen muß er etwa eine halbe Meile weiter nördlich von hier hineingefallen sein.«

Aranur wandte sich wieder an den Jungen. »Du bist in den Fluß gefallen? Wo? Wie sah die Uferböschung an der Stelle aus, an der du ins Wasser gefallen bist?«

»Flach«, antwortete Tomi zögernd. »Aber ausgerechnet an der Stelle gab es weiter flußabwärts Stromschnellen. Und die Böschung war aus Sand.«

Aranur fluchte leise vor sich hin. »Das trifft auf die halbe Länge des Phye zu.«

Der Junge sah mißtrauisch zu ihm hoch. »Es gab da eine langgezogene Kurve …«

Dion biß sich auf die Lippen. Aranur sah sie scharf an.

»Vier Meilen oberhalb der Himmelsbrücke«, sagte sie nachdenklich. »Da gibt es einen toten Flußarm, der wie ein Ochsenschwanz aussieht … eine Kurve mit einer Sandbank auf der gegenüberliegenden Seite.«

Aranur nickte bedächtig. »Die kenne ich. Die Strömung ist dort sehr stark … das Wasser schießt in hohen, fast stehenden Wellen dahin, fast so hoch wie ich selbst.«

Sie bestätigte seine Worte. »Es ist die einzige Stelle mit einer weiten Kurve unterhalb der Wasserfälle und oberhalb der Himmelsbrücke.«

Mjau blickte in Richtung der Schlucht. »Wir befinden uns im Augenblick ungefähr drei Meilen nördlich der Himmelsbrücke.«

»Wir wären beinahe zur Himmelsbrücke gegangen«, sagte der Junge. »Peyel sagte, daß wir dort sicher seien.«

Aranur zog die Stirn mißtrauisch in Falten, als er das hörte. »Die Himmelsbrücke? Das ist unwahrscheinlich. Dion beobachtet bereits seit zwei Monaten, wie sich die Jäger ungefragt an der Brücke häuslich niederlassen.« Er faßte sich ans Kinn und rechnete nach. »Wie lange ist es her, daß du hineingefallen bist? Was meinst du?«

»Ich ... ich weiß nicht genau.«

Aranur fiel auf die Knie, packte den Jungen an den Schultern. »Denk nach, Tomi. Das Leben deiner Freunde hängt vielleicht von der Antwort ab.«

Dion nickte, um ihm Mut zu machen. Tomi runzelte verdutzt die Stirn, dann nickte er plötzlich abgehackt. »Es war in der Mitte des Vormittags«, sagte er langsam. »Wir waren nach dem Aufstehen bereits ein weites Stück gelaufen. Ich weiß nicht genau, wann ich hineinfiel. Ich war durstig, und wir hielten zum Trinken an. Aber seitdem sind viele Stunden vergangen.«

Mjau und Dion wechselten einen Blick. Tomi mochte es wie ein halber Tag vorkommen, aber es konnten seit dem Sturz in die Phye nicht mehr als eineinhalb Stunden vergangen sein, wenn er mitten am Morgen zum Trinken angehalten hatte. Aranur nahm seine Kriegshaube ab und ließ die Finger durch das Haar gleiten. »Wie ist es dazu gekommen? Hat jemand versucht, dir nachzuspringen?«

Tomis Gesicht wurde kreidebleich.

Dion berührte warnend Aranurs Arm, und der Mann hielt an sich, beobachtete den Jungen jedoch nachdenklich.

»Eren ist zuerst reingefallen«, sagte der Junge. Seine Stimme klang matt und ausdruckslos. »Moira schrie mir etwas zu, und ich sprang Eren hinterher. Nach mir sprang Moira. Eren war direkt vor mir ... ich konnte ihren Arm greifen. Dann war es so, als drückte mich etwas unter Wasser. Ich versuchte zu schreien, aber der Fluß ... ich schlug auf den

Grund und stieß mich ab. Wir kamen an die Oberfläche zurück, und es sog uns wieder nach unten. Eren würgte mich am Hals. Ich konnte nicht mehr atmen.« Er machte das Grauen des Erlebnisses noch einmal durch und versuchte zur Seite zu sehen, aber etwas in Aranurs Augen ließ ihn seinem Blick standhalten. »Wir wurden weiter unter Wasser gezogen«, erzählte er mit erstickter Stimme. »Es ... es drehte und wirbelte uns herum, und wir kamen nicht mehr frei. Ich versuchte vergeblich, ans Ufer zu kommen. Und dann gingen wir wieder unter, und Eren ließ mich los. Ich schaffte es nicht allein, sie zu halten.« Seine erstickte Stimme versagte. »Ich habe es versucht ... konnte sie aber nicht festhalten. Sie kam nicht wieder nach oben. Und der Fluß zog mich einfach weiter mit sich. Ich wollte ... Ich habe alles versucht«

»Du hast dein Bestes gegeben, Kind«, sagte Mjau nachsichtig. »Selbst Aranur hätte nicht mehr tun können. Du brauchst dir keinerlei Vorwürfe machen.«

»Ich hatte sie«, sagte er mit kleinlauter Stimme. »Ich habe sie wieder losgelassen.«

»Ach, Kind ...« Mjau schüttelte hilflos den Kopf.

Aranur räusperte sich. »Wo bist du herausgeklettert?«

Tomi sah auf. »Da hinten.« Er zeigte nach Norden. »Der Fluß drückte mich gegen die Felsen. Dort gab es keine Wellen, und so bin ich herausgeklettert. Ich ...« Er verstummte. Er sah zu Boden und wandte sich von ihnen ab. Dion mußte bei dieser Geste kämpfen, um ihren Atem unter Kontrolle zu bekommen. »Dort habe ich auch Eren gefunden«, sagte er mit der gleichen kleinen, eingeschüchterten Stimme.

Aranur nickte bedächtig. »Bist du dann auf die Böschung geklettert?«

»Ich kletterte so lange an den Felsen hoch, bis ich oben war. Dort fand ich einen Pfad und ging sofort wieder flußaufwärts. Ich dachte, ich könne die Stelle finden, an der man den Fluß überqueren kann.«

Aranur runzelte erneut die Stirn. »Warum bist du in den

Wald gegangen, obwohl du auf dem Pfad warst? Dion sagte, daß sie dich im Unterholz fand – nicht am Flußufer.«

Tomis Augen blitzten, als er Hishn einen raschen Blick zuwarf. »Ich habe einen Wolf gesehen.«

Hishn erhob sich, als brächte sie die Erwähnung der Graupelze auf die Beine, und Dion schüttelte den Kopf. »Auf dieser Seite des Phye mußt du keine Angst vor den Grauen haben. Anderenfalls hätten sie nicht für dich gegen die Worlags gekämpft.«

Tomi sagte nichts dazu.

Dion wies auf den Wald. »Sie haben ihr Leben für dich riskiert, Tomi. Hishn ist durch einen Klauenhieb an der Seite erwischt worden, siehst du? Und das Bein des Einjährigen ist gebrochen. Sie haben es für dich getan. Sie hätten das nicht getan, wenn sie es nicht gut mit dir meinten.«

Der Junge betrachtete seine Fußspitzen.

Schließlich zuckte Dion die Schultern. Aranur warf ihr einen Blick zu. »Wenn er oben beim Ochsenschwanz hineingefallen ist«, sagte er nachdenklich, »dann war er nicht sehr lange im Wasser. Das Herausklettern wird auch nicht viel länger gedauert haben. Du hast ihn höchstens eine halbe Meile von hier aufgelesen.«

Sie nickte und gab ihre Bemühungen, Tomi hinsichtlich der Wölfe zu überzeugen, erst einmal auf. »Wir sind, so schnell es irgend ging, zurückgelaufen.«

»Kein Wunder – mit einer Meute Worlags auf den Fersen«, sagte Mjau trocken. Ihre Lachfältchen traten hervor.

Dem konnte Dion nur zustimmen. »Ich nehme an, daß er zwanzig Minuten brauchte, um aus dem Fluß zu steigen und auf das Steilufer zu klettern. Er brauchte zehn weitere Minuten für den Weg flußaufwärts, denn er lief, so schnell er konnte«, führte sie aus. »Fünf Minuten zurück bis hierher, nachdem ich ihn gefunden hatte. Zwanzig Minuten auf dem Felsbrocken, dann fiel ich hinunter. Ich weiß nicht, wie lange ihr danach gebraucht habt, um herzukommen.«

»Die Worlags waren noch nicht tot, als wir hier ankamen«, sagte Aranur. »Ich schätze, es lag etwa eine Stunde dazwischen. Vielleicht auch mehr. Aber Tomis Angehörige werden nicht schnell vorwärtskommen; nicht mit Fünfjährigen in der Gruppe«, murrte er. Er blickte kurz in die fahle Sonne. »Mjau«, sagte er zu der älteren Frau, »wir kümmern uns jetzt um die Leichen. Dion, bring den Jungen dazu, etwas Nahrung zu sich zu nehmen. In deinem Gepäck ist noch etwas.« Er ließ ihr kaum Zeit zu nicken, bevor er mit großen Schritten hinter Mjau herging. Dion öffnete ihr Bündel und suchte darin nach einem Paket mit getrocknetem Fleisch und Früchten, das sie Tomi gab.

»Aranur, warte. Tomi ...« Dion wandte sich dem Jungen zu. »Das kleine Mädchen ... Hast du es aus dem Wasser gezogen?«

Widerstrebend nickte er.

Dion sah Aranur an. »Ihr Körper ist bestimmt von der anderen Seite des Flusses aus zu sehen. Das wäre ein sicherer Hinweis dafür, daß jemand stromaufwärts wandert.«

»Bei allen Mondwürmern«, fluchte Aranur erneut. »Tomi, du mußt uns die Stelle zeigen, an der du herausgeklettert bist. Wir bringen sie hierher und verbrennen sie bei unserer Rückkehr, so daß nichts von ihr übrigbleibt.«

Dion schnürte ihr Bündel wieder zu, warf es sich über die Schultern und war im Begriff zu gehen, als Aranur zu ihr zurückkam und sie mit einer Hand abtastete. »Wo willst du hin?«

Ihre Augen zuckten in Richtung Wald, und er runzelte besorgt die Stirn.

»Du willst dich um die Wölfe kümmern, stimmt's?«

Widerstrebend nickte sie. »Sie sind gleich da vorn im Schatten. Das Bein des Einjährigen ist gebrochen.«

»Dion«, sagte er mit leiser Stimme, »Mach kein Ovousibas. Keine innere Heilung. Hörst du mich?«

Sie sah ihn wortlos an.

»Kein Ovousibas«, wiederholte er.

Sie drehte sich zum Waldsaum um.

»Dion.«

Sie sah über die Schulter zurück.

»Es ist mein Ernst. Keine Heilung im Moment«

Ihr Gesichtsausdruck wurde zusehends starrsinniger. »Ich habe dich gehört«, antwortete sie kurz angebunden.

Er schnaubte. »Du bist ohnehin in einer ziemlich desolaten körperlichen Verfassung, auch ohne dir zusätzliche Schwächen aufzuladen. Du hast Blut verloren, dein Kopf ist geschwollen, womöglich hast du eine Gehirnerschütterung, und du humpelst wie ein Hund auf drei Beinen.«

»Und vielen Dank noch für das Kompliment«, konterte sie trocken. Wenigstens hatte er bemerkt, daß ihre Übelkeit fast weg war.

Er sah sie an. »Ovousi …« Er hielt inne, warf einen Blick auf Mjau und den Jungen und mäßigte seine Stimme. »Ovousibas greift deine Kräfte an«, sagte er stur. »Nachher bist du schwächer als ein frisch geborenes Wolfsjunges. In unserer jetzigen Lage können wir uns das nicht leisten. Wenn wir die Flüchtlinge noch heute herüberbringen müssen, werde ich die Seile bedienen, du jedoch mußt auf die andere Seite, sie finden und zurückbringen. Dafür mußt du stark genug sein. Und«, fügte er nüchtern hinzu, »du mußt genügend Energie haben, um dem Sog der Wölfe auf der anderen Seite zu widerstehen.« Tomi sah ruckartig hoch, als er Aranurs letzte Worte hörte. Sein Mund war so mit getrocknetem Fleisch gefüllt, daß er daran zu ersticken drohte. »Keine … Wölfe …« Er schluckte, bekam in seiner Eile, auf die Füße zu klettern, einen Schluckauf. »Nein«, wiederholte er, mit fast greifbarer Angst in seinen Augen. »Wölfe … man kann ihnen nicht trauen. Die Grauen laufen dort für die Sklavenjäger.«

»Mich würden sie nicht verraten«, versicherte ihm Dion. »Ich bin auch eine Wolfsläuferin. Mich zu betrügen wäre so, als lockten sie ein Rudelmitglied in eine Falle.«

»Aber genau das tun sie. Sie fangen Menschen«, stammelte er. »Die foltern uns, bringen uns um, und dann schicken sie die Wölfe los, um Neue zu fangen. Du sagst, daß eure Wölfe keine Menschen jagen, aber die da drüben tun das. Darum wußte ich … dachte ich, daß du ebenfalls eine Jägerin bist.«

Dion schüttelte den Kopf. »Niemals würden die Wölfe für die Jäger eine Wolfsläuferin jagen, Tomi. Das gibt es gar nicht, es ist unmöglich.«

»Wenn du ihnen sagst, wo wir uns aufhalten, sind sie dazu gezwungen, dich zu verraten. Sie werden die restlichen Sklavenjäger auf uns hetzen. Dann bringen sie uns alle um!«

Aranur kniete nieder und packte den Jungen am Arm. »Dion ist eine Heilerin. Sie könnte weder Mann, Frau noch Kind an die Jäger verraten.«

Dion betrachtete Tomi mit forschendem Blick. »Ich möchte nur dem Gesang des Rudels lauschen, sonst nichts«, versicherte sie ihm. »Das kann weder für dich noch für die Deinen von Schaden sein.«

Aranur zwang den Jungen dazu, ihn anzusehen. »Du warst mindestens einen Tag auf dem Pfad, ist das richtig? Glaubst du wirklich, die Wölfe hätten deine Gruppe nicht schon Minuten nach der Flucht aufgespürt, falls sie das gewollt hätten? Es gibt Mittel und Wege, die Jäger in die Irre zu führen, um Zeit zu gewinnen. Sie haben deinen Leuten zu den Stunden verholfen, die ihr bis zum Teufelsknie braucht. Das haben die Wölfe die ganze Zeit über getan, seit ihr geflohen seid. Deshalb hast du sie gesehen. Hast du je einen Jäger bei ihnen gesehen? Nein? Dann haben sie dir, so gut sie konnten, zur Seite gestanden. Sie ließen die Jäger zurückfallen, verloren sie im dichten Unterholz.«

Tomi wirkte noch immer skeptisch.

Plötzlich grinste Mjau. »Wenn man es richtig bedenkt, ist es ein guter Witz, Tomi. Du hättest sicher den direktesten Weg zum Fluß gewählt, aber ich sehe die Grauen geradezu vor mir, wie sie die Jäger durch Stockgras und Dornengestrüpp führen, durch giftige Rotpflanzen und brennendes Stechgras. Ich wette, daß die Grauen sie sogar ein paar Mal kriechen ließen, nur so zum Spaß.« Sie griente erneut. Auf ihrer faltigen Wange zeigte sich ein Grübchen.

Dion streckte ihm die Hand entgegen. »Bitte, vertraue uns.«

Er starrte wieder seine Füße an und nickte widerwillig.

»Bei allen Mondwürmern, Junge. Du siehst nicht so aus, als würden wir dir einen besonderen Gefallen tun.« Beim trockenen Klang von Mjaus Stimme sah er verdutzt auf.

Aranur klopfte ihm auf die schmale Schulter und wies auf das Stück Trockenfleisch in seiner Hand. »Komm mit. Du kannst da drauf kauen, während du uns weiterhilfst.«

Aranur hob Dions Schwert auf und gab es mit dem Stiefelmesser, das er aus dem Worlagpanzer gezogen hatte, an sie zurück. Einen Moment später nahm sie das andere verlorengegangene Stiefelmesser von Mjau entgegen. Es kostete sie einige Minuten, das Insektenblut von dem matten Metall zu wischen, aber am Ende waren sie sauber genug, daß sie wieder in die Futterale an den Waden geschoben werden konnten, ohne daß sie am Leder klebenblieben. Sie warf Aranur noch einen kurzen Blick zu, dann humpelte sie mit Hishn zum Waldsaum.

Hishn zog vor Ekel über die Düfte, die von Dions Hosenbeinen ausströmten, die Nase kraus. *Widerliches Zeug,* teilte sie Dion angeekelt mit. *Du riechst wie ein Worlag.* Dion zog eine Grimasse. »Wenn ich eine Badewanne finde, werde ich ein Bad nehmen. Solange mußt du, genau wie ich, den Gestank wohl oder übel aushalten müssen.«

Bei den Sinneseindrücken, die Hishn ihr als Antwort vermittelte, nämlich lebhaft duftende Gerüche, die sie lieber hatte, wie etwa gut verwestes Fleisch, alter Abfall, der würzige Duft der Wurzeln des Pinkelbaums und das dreckverschmierte Leder eines alten Schuhs, konnte Dion nicht anders und stieß die Wölfin in die Seite. Hishn stubste die Schnauze in ihre Hand, lief voran und sah sich mit trägem Glimmen in den Augen um.

»Schön«, murrte Dion. »Das nächste Mal, wenn du wie ein nasser Hund riechst, wird es mir eine große Freude sein, dich draußen vor der Tür zu lassen.«

Ein weiteres gelbes Augenpaar leuchtete auf, und Dion blickte zur Seite, wo der Wolfsrüde Yoshi parallel zu ihnen auf den Wald zutrottete. Die beiden anderen Wölfe warteten im Schatten der Bäume. Von ihnen stand keiner in einer besonderen Verbindung zu einem Menschen. Der Einjährige, das letzte Junge der alten Wölfin, hatte es bislang in seinem kurzen Leben nur mit wenigen Menschen zu tun gehabt. Das Weibchen war eine von denen, die im vorigen Winter nach Ariye herübergewechselt waren. Dion hatte das Paar vor einem Monat bei der gemeinsamen Hirschjagd getroffen. Jetzt machte sie ihren Geist für die grauen Bänder aufnahmebereit, die sich von den Wölfen zu Hishn und von dort zu ihr ausdehnten. Als sie sich öffnete, drangen die besorgten Töne des ausgewachsenen Weibchens stark und unmißverständlich auf sie ein. Es heulte über den Schmerz des Einjährigen.

»Graupelz«, begann Dion sanft.

Wolfsläuferin, antworte die alte Wölfin. *Mein Junges ist lahm und kann kann nicht mehr in Sicherheit laufen.*

Dion nickte bedächtig. *Er hat mir das Leben geschenkt. Jetzt möchte ich ihm helfen.*

Dann komm näher.

Der Einjährige, der mit hängendem Kopf im tiefen Walddunkel stand, sah sie mit mattem Blick an. Das Vorderbein hing geschwollen herunter. Als sie sich für ihn öffnete, spürte Dion den Schmerz in ihr eigenes Bein kriechen; sie stolperte. Er hechelte keuchend, und seine Atmung verursachte ihm dadurch, daß die Bewegungen der Brust das Vorderbein leicht anhoben, große Schmerzen.

Dion ließ ihr Gepäck fallen und kniete neben ihm nieder. »Mein Grauer«, flüsterte sie.

Er jaulte leise auf. Seine Nase suchte ihre Hand, und sie ließ ihn schnuppern; im Gegenzug berührte sie ihn, legte ihm die Hand auf. *Ich kann nicht mehr laufen,* sagte er gepeinigt. *Ich kann mich nicht hinlegen, ich kann nicht für mich oder meine Mutter kämpfen.*

Verlegen biß sich Dion auf die Lippen. Sie blickte kurz auf die Lichtung zurück, wo Aranur und die anderen mit den Leichen beschäftigt waren. Es gab weder eine Höhle noch einen anderen Unterschlupf in der Nähe. Es gab keinen sicheren Platz für diesen Einjährigen. Nichts außer einem Loch zwischen ein paar Wurzeln, wo ihn das erstbeste Raubtier, das ihn aufspürte, in eine Mahlzeit verwandeln würde. Auch mit einem geschienten Lauf blieb er ein leichtes Angriffsziel. Und sie war für seine Verletzung verantwortlich.

Hishn stieß sie mit der Schnauze an den Arm und winselte. *Sein Schmerz pocht in meinem Kopf. Er macht Nase und Ohren taub.*

Dion berührte den grauen Pelz. »Ich fühle es auch: Sein Bein … und deine Rippen.«

Wolfsläuferin, bat der Einjährige.

Sie schloß die Augen, ballte die Fäuste längere Zeit zusammen. »Es tut mir leid, Aranur«, murmelte sie, »aber ich kann ihn nicht so zurücklassen.«

Sie sah in die Augen des Einjährigen. Sie sprach laut. Die Worte, die sie im Geiste sprach, waren deutlich. »Ich kann zwei Dinge tun, um dir zu helfen«, sagte sie schließlich. »Ich kann dein Bein schienen, und es wird mit der Zeit heilen.« Sie erzeugte in ihrem Kopf ein Bild von Schiene und Verband und gab es an den Einjährigen weiter. »Aber du müßtest so lange bei mir oder einem anderen Heiler bleiben, bis dein Bein stabil genug ist, um den Verband abzunehmen.«

Der Einjährige knurrte. Sein Bein, in Tuch eingewickelt und mit Stöcken beschwert? Das mißmutige Knurren breitete sich aus, und die erwachsene Wölfin blickte Dion mißbilligend an.

Dion stimmte ihnen nickend zu. »Es gibt noch eine andere Möglichkeit.« Sie hielt den Atem an. »Ich kann dir dabei helfen, dich mit Ovousibas selbst zu heilen.«

Ovousibas. Hishn leckte erfreut Dions Wange. Das alte Weibchen streckte sich und stieß Dions Hand an.

»Du wirst verstehen, Graue, daß ich auf deine Mithilfe angewiesen bin.«

Die geistigen Bilder des Weibchens waren deutlich. *Für mein Junges würde ich jeder Gefahr ins Auge sehen.*

Dion nickte. »Hishn zeigt dir, wie wir zusammenarbeiten müssen«, sandte sie ruhig. »Je stärker du dich mit meiner Hilfe konzentrierst, desto größer ist der Heilerfolg.«

Das Weibchen stieß Dion noch einmal an und setzte sich dann wieder zu seinem Jungen.

Der Einjährige winselte. *Willst du in mich hineingehen?*

Nur wenn du es möchtest.

Er stieß ihren Arm an, und Dion ging vor ihm in die Hocke. Aranur würde vor Wut rasen, wenn er davon erfuhr. Kein Ovousibas. Seine Worte klangen ihr noch in den Ohren. Aber die innere Heilung – das Heilen unter Zuhilfenahme der körpereigenen Kräfte – war die einzige Methode, die den Wolf lang genug am Leben hielt, daß er bis zu seinem Unterschlupf durchhielt. Bis zu dem warmen Loch, das die Bilder zeigten, hatte er einen halben Tag zu laufen, und mit seinem Bein würde er es niemals durchstehen, nicht mit dem Wundschock in seinem Körper und dem Fieber, das bald einsetzen würde. Hishns heißer, riechender Atem ergoß sich über ihre Schulter, und Dion drehte den Kopf. Sie schubste den Wolf zur Seite. »Ich kann dich nicht vollständig heilen«, gab sie zu, »aber ich kann dir soviel Kraft geben, daß du es bis in deinen Unterschlupf schaffst. Ich denke, das wird reichen.«

Der Einjährige stieß sie leicht an. Er war einverstanden.

Ovousibas würde weitaus stärker an ihren Kräften zehren als zuvor das Gift des Worlags. Sie würde sich schwach und ausgehungert fühlen, aber sie hatte keine andere Wahl. Selbst

Aranur würde einsehen, daß man den jungen Wolf nicht mit dem gebrochenen Bein im Wald allein lassen konnte.

Hishn ging um sie herum und setzte sich ihr gegenüber auf den Waldboden, als die Heilerin plötzlich erschrak. Kaum einen Meter hinter Hishn nahm Gray Yoshi Platz. Das alte Weibchen setzte sich neben ihr Junges. *Lauf mit uns, Wolfsläuferin.*

Dion holte tief Atem. *Dann nimm mich mit, meine Graue.* Sie blickte in die gelben Schlitze der Augen und verschmolz ihren Verstand mit dem der Wölfin. Ein eigenes, andersartiges Bewußtsein wurde jetzt gegenwärtig – ein Kräftegefühl, eine Energie des Körpers, der ihre Sinne erfüllte. Mit Hilfe von Hishn, die sie anleitete, konzentrierten sich ihre Gedanken auf die Energie, fielen herunter, schienen nach links abzudrehen. Die Energiestrahlen führten nach unten, tief in den Leib des Einjährigen hinein. Bis tief in seine Blutzirkulation. Sie stampfte und pulsierte mit dem Herzschlag. Ihre Sinne wurden von seinem Puls gefangengenommen, als wäre sie selbst eine Blutzelle, als würde sie weiterrinnen, durch das Herz hindurch und wieder zurück. Denk nach. Sie mußte eine innere Distanz aufbauen, um mehr als seinen Pulsschlag, das Stampfen in ihren Ohren zu fühlen. Sie runzelte die Stirn, fing die Fäden anderer mentaler Energiequellen auf. Der dumpfe Schmerz der Bruchstelle in ihrem … seinem … Bein ließ sie abrutschen, verwischte die Konzentration. Als sie zauderte, drängte Hishn wie eine große graue Decke heran, wärmte sie und schützte sie vor dem kalten Schmerz. Es schien, als öffneten sich vor dem Hintergrundschmerz sämtliche Organe und Systeme im Körper des jungen Wolfes – eigens für sie, damit sie zwischen ihnen herumwandern, sie gründlich untersuchen und sie nach Anzeichen für Beschädigungen absuchen konnte. Sie ließ die Stimmen anderer Wölfe eindringen, die mit Hishn heulten, ließ sie ihre unmittelbar auftretenden Angstzustände niederkämpfen und rang sich dazu durch, ruhig zu bleiben, als der graue Schutzwall dick und friedfertig wurde. Folge dem Blut … folge dem Schmerz wie einer Landkarte. Erlaube den Wölfen, dich zu schützen. Sie ist grau, diese Schutzdecke gegen den Schmerz. Ja, sie spürte ihn noch immer, aber er hämmerte nicht mehr so überwältigend gegen ihr Bewußtsein. Der graue Schutzschild. Die Stärke der Grauen. Sie dachte sich ihren Weg durch den Körper des Einjährigen hindurch. Da ... das gebrochene Bein. Dort flossen die Körperflüssigkeiten träge zusammen, drückten gegen Nerven, dehnten Muskeln und Haut aus. Hier waren die gebrochenen Enden des Knochens – scharfe Splitter, die in die Muskeln stachen. Denk nach, sagte sie vor sich hin. Sie suchte alle ihre Kraft zusammen. Die Grauen spürten, welche Aufgabe ihr bevorstand, und erfüllten, überschwemmten sie mit der ihnen eigenen unantastbaren Macht, und Dion strengte ihren Geist erneut an. Konzentriere dich ... Dieser Knochen, der entzweigebrochen ist, muß wieder zusammenkommen. Sie schloß sich an den beiden Enden an, biß sich fest und zog, lockerte, zwang sie unerbittlich aufeinander zu. Die Körperflüssigkeit ... war im Weg. Sie zwang sie in Bewegung, massierte die Muskeln, um sie zur Seite schieben zu können. Jetzt fing die eigentliche Arbeit an. Wieder stellte sich graue Kraft ein, und sie baute zwischen den gesplitterten Knochenenden eine Brücke aus neuen Zellen. Hier ... sie mußte sie miteinander verweben ... Sie arbeitete flink, sammelte die Materialien aus dem Blut des Einjährigen zusammen und zwang die Moleküle und Körpersäuren in die neuen Formen. Kneten, pressen ... jetzt berührten sich die Knochenenden. Hielten nur schwach zusammen, ja, aber sie berührten sich. Würden sie standhalten? Sie hatte kaum noch Zeit. Der unregelmäßige Pulsschlag des Einjährigen rumorte stärker in ihren Ohren. Sie wurde müde. Der graue Schutzschild wurde schwächer, während sie die Kraft der Grauen in sich aufsog. Nur noch ein wenig mehr, nur noch ein bißchen länger, und er würde darauf laufen können. Zumindest so gut, um sich in Sicherheit zu bringen. Genug, um wieder nach Hause zu kommen. Sie massierte die Muskeln ein letztes Mal, dann spülte sie die graue Kraft auch schon wieder an die Oberfläche, neben den Blutfluß, hinaus und neben den Einjährigen, wo sie das Bewußtsein verlor und auf den Waldboden sank.

Das Einjährige jaulte leise auf und wurde von dem Weibchen mit einem Schnauzenstoß aufgemuntert. Sie leckte ihm über den Kopf, dann über das Bein. *Wolfsläuferin,* sagte sie in tiefer Dankbarkeit.

Dion öffnete die Augen. Sie fühlte sich ausgelaugt. »Ihr ehrt mich, ihr Grauen«, flüsterte sie.

Das alte Weibchen blickte sie an. *Ab jetzt läufst du in unserem Rudel, Wolfsläuferin.* Sie stieß den Einjährigen an, damit er versuchte, einen Schritt zu gehen. Er wagte es, jaulte auf, als sein Körpergewicht in dem angeschlagenen Bein einen stechenden Schmerz erzeugte.

Dion kam auf die Knie, streckte den Arm aus und berührte ihn vorsichtig. »Es tut noch weh, mein Grauer, aber du kannst damit laufen.«

Das Weibchen beschnupperte Dion und führte dann ihr einziges Junges fort.

Eine Minute später wurde Dions Schulter von einer eisernen Hand gepackt. Aranur. Dion bereitete sich darauf vor, seinem Blick standzuhalten. Ohne Worte gab er ihr eine große Scheibe Brot, von der der Honig troff, sowie ein dickes Stück Trockenfleisch. Sie nahm alles entgegen, sagte jedoch nichts, obgleich ihr Magen knurrte und mit grimmigen Zähnen in ihr nagte. Als sie taumelnd auf die Beine kam und seine Hilfe dickköpfig von sich wies, sackte sie halb zusammen, und seine starken Arme fingen sie auf, lehnten sie an seinen Körper.

Hishn beobachtete, wie die anderen Wölfe im Wald verschwanden, dann sah sie hoch. *Der Einjährige kann wieder mit dem Rudel laufen.* Die Zufriedenheit, die in ihrer Stimme mitschwang, war beinahe menschlich; und Dion mußte sich ein Lächeln verbeißen, als Aranur sie anstarrte. Er hatte bis jetzt noch nichts gesagt, aber als er sie schweigend zur Lichtung zurückführte, mußte sie den Impuls unterdrücken, weitere Bissen in ihren Mund zu stopfen. »Woher ... wie bist du drauf gekommen?« fragte sie stockend.

Aranur tat sich schwer damit, seinen Ärger zu unterdrücken. Wie konnte sie sich nur einbilden, sie könne die innere Heilung praktizieren und die Folgen ihrer Tat vor ihm verheimlichen? Verdammt noch mal, gerade jetzt hatte er gedacht, er könne ihr ein gewisses Urteilsvermögen zutrauen, und da ging sie hin und machte etwas derartig Dummes. Und wenn der Wald um sie herum in Flammen stünde, sie säße mitten im Feuer und würde versuchen, ein paar arme Tiere zu heilen, die sich verbrannt hatten. Er wünschte, sie würde nur einmal im voraus erkennen, welche Folgen es für alle anderen haben konnte, wenn sie unterwegs Ovousibas praktizierte. Jetzt war sie erschöpft, dabei hatten sie bis zum Knie noch ein halbes Dutzend Meilen Laufstrecke vor sich, mußten sich anschließend um das Problem der Flüchtlinge kümmern, zumindest erste Schritte dahingehend anstellen. Und anstatt ein paar Minuten mit ihr allein zu haben ... Er schnaubte innerlich vor Wut. Jetzt würde sie nur noch schlafen wollen.

Sein Schweigen ließ Dion erröten, und sie hielt ihn am Arm fest. »Ich mußte es tun, Aranur.«

»Ach ja, wirklich?« knurrte er zurück. »Konnte das nicht so lange warten, bis wir die Flüchtlinge über den Phye gebracht haben?«

Sie schüttelte den Kopf. »Die toten Worlags werden jede Menge Raubtiere anziehen. Er hätte keine Chance gehabt, sich zu verstecken, nicht einmal bis zum Abend. Hättest du mir etwa zugetraut, daß ich ihn mit dem gebrochenen Bein zurücklasse, mit steigendem Fieber im Blut, so daß er nur darauf warten mußte, von ein paar Dachsbären entdeckt und in Stücke gerissen zu werden?«

Aranur seufzte auf. »Nein, Dion«, sagte er schwerfällig. Hishn stieß mit der Schnauze gegen ihre Hand, und er streichelte widerstrebend ihre Schulter. »Wie auch immer«, fügte er hinzu, »es ist wohl wahr, ich hätte es dir nicht durchgehen lassen, wären da nicht drei Graue gewesen, die dir sicherlich geholfen hätten.«

Beinah hätte sich Dion, die gerade einen Bissen Trockenfleisch abbiß, verschluckt. Aranur hatte es ihr ›durchgehen lassen‹, daß sie Ovousibas anwendete? Es ihr *›durchgehen lassen‹?* Als wäre sie ein kleines Kind, das er nach Belieben herumkommandieren konnte? Nur mit Mühe beherrschte sie sich. Arme und Beine brannten vor Schmerz, ihr Kopf hämmerte mit jedem Pulsschlag, der Mangel an Nahrung verursachte ihr einen Magenkrampf, und jetzt besaß Aranur die Dreistigkeit, sie die innere Heilung anwenden zu ›lassen‹? Sie war die Heilerin – eine Meisterheilerin, um genau zu sein. Sie traf ihre eigenen Entscheidungen darüber, welche Heilmethode wann einzusetzen war. »Mir ist bekannt, daß du eine Meisterheilerin bist, Dion«, sagte Aranur barsch. Die Präzision, mit der er ihre Gedanken las, verunsicherte sie. »Aber es gibt Momente, in denen du Ovousibas einfach nicht praktizieren solltest.«

Sie blitzte ihn wütend an.

Er lachte kurz auf. »Der Zug um deine Mundpartie und dein Gesichtsausdruck verraten dich«, sagte er trocken. »Nur ein Blinder würde die gehässigen Kommentare übersehen, die sich hinter deinen wütenden Blicken verbergen.«

Dion schnaubte vor Wut.

»Mitten in der Schlacht ist kein besonders günstiger Zeitpunkt für Ovousibas, Dion.«

»Die Schlacht war längst geschlagen, Aranur.« Sie zeigte mit der Kinnspitze in Richtung des Felsbrockens und der Insektenpanzer, die immer noch überall herumlagen. »Zum Beweis dafür habe ich wohl genug Durcheinander zurückgelassen«. Jetzt war es Dion, die vorneweg stolzierte.

Er faßte sie an den Schultern, drehte sie zu sich herum und sah sie wutschnaubend an. »Wir müssen sieben Meilen laufen, darüber hinaus müssen wir Seile und Ringe zusammenbinden und ausprobieren … und es sind elf Flüchtlinge über den Fluß zu bringen. Unser Kampf fängt gerade erst an, und du laugst dich schon vorher völlig aus.«

»Ich kann es schaffen.«

»Die Frage ist nicht, ob du es aushalten kannst oder nicht«, erwiderte er mit grimmiger Miene. »Du hast um der Flüchtlinge willen keine Wahl. Ebensowenig wie ich.« Er biß die Zähne zusammen. »Seit ich dich zuletzt gesehen habe, sind drei Tage vergangen. Davor hatten wir hier mal eine Stunde, da mal eine Nacht zusammen … Ich hatte wenigstens damit gerechnet, ab und zu mit dir zu essen, vielleicht einen Spaziergang zu machen … so etwas in der Art. Und jetzt … das!« Er wies mit einer Geste der Hilflosigkeit auf die Lichtung. »Die Worlags, die Heilerei und jetzt die Flüchtlinge. Wenn wir das Abendlager aufschlagen, werden wir vor Müdigkeit nichts anderes mehr tun können als einschlafen. Und dann wird Gamon mich in Richtung Knie zurückschicken und dich zum Ausruhen in die Stadt, und es wird noch ein Ninan vergehen, bis wir wieder zusammen sind. So habe ich mir«, fügte er mit Nachdruck hinzu, »unser Wartejahr nicht vorgestellt.«

Sie starrte zu Boden.

Er starrte auf seine geballten Fäuste. »Dion.«

»Ja?«

Er suchte ihren Blick. »Nichts«, seufzte er.

Sie hob eine Hand und legte sie auf seine Brust. Er legte die seine darüber. So standen sie einen Moment lang da, ohne sich zu bewegen. Das Rauschen des Flusses übertönte das Geräusch des Windes in den Bäumen.

Einige Monate zuvor in Bilocctar, weit im Osten, kurz nach dem Mittwinterfest …

Conin ging fest entschlossen mit großen Schritten den Flur entlang. Er war innerlich aufgewühlt, und nach dem Frühstück war das brennende Feuer in seinem Magen sogar noch schlimmer geworden. Aber er hatte Namina ein Versprechen gegeben. Er würde sich mit Longear treffen und sie dazu zwingen, ihm nur dies eine Mal das zu geben, was ihm zustand. Während er ging, verdunkelte sich der Korridor, dann ging das Licht aus und leuchtete trübe wieder auf. Weiter oben war mehr Licht, aber es reichte nicht, um die düstere Atmosphäre des Raums aufzuhellen. Er haßte diesen Raum. Vielleicht deshalb, weil ihn Longear ausgesucht hatte.

Schließlich kam er in der weitläufigen Halle heraus, in der Longear ihre Audienzen abhielt. Der Raum hatte acht Zugänge, Longears Schreibtisch stand in der Mitte. Das einzige weitere Möbelstück in der Halle war der Sessel, der daneben stand. Jeder, der Longear aufsucht, hatte zu stehen – der Lloroi eingeschlossen.

Conin ging zum Tisch hinüber und übersah geflissentlich die aufmerksam vor den Zugängen stehenden Bogenschützen. Longear überließ nichts, das sie selbst betraf, dem Zufall. Er gab sich insgeheim das bittere Versprechen, daß er eines Tages trotz der Bogenschützen herkommen würde, um ihr die Kehle aufzuschlitzen. Das wäre sein sicherer Tod, aber es wäre für ihn die einzige durchführbare ›gute‹ Tat, so dachte er, mit der er sich die Passage zu den Monden mit einem gewissen Maß an Selbstachtung erkaufen konnte.

Longear sah nicht von ihren Papieren auf, und das Gesicht Conins verfinsterte sich. »Longear«, sagte er schroff.

»Einen Augenblick noch, Lloroi«, gab sie zurück, wobei sie ihre Unverschämtheit nur schlecht verbarg. Als sie schließlich aufsah, fing sie langsam zu lächeln an. Es war kein schön anzusehendes Lächeln. »Guten Morgen, Lloroi. Ich nehme an, daß du dich zu mir begeben hast, um mir mitzuteilen, daß du meiner letzten Empfehlung zustimmst?«

»Ich bin nicht wegen der Jäger hier, Longear.«

»Ach?« Sie lehnte sich zurück. Conin hatte noch nie genügend Mumm aufgebracht, um ein Thema gegen sie durchzudrücken, und er haßte das Zentralgefängnis mehr als jeden anderen Ort in Bilocctar. Was hatte ihn dazu veranlaßt, hier herunterzukommen, wenn es nicht die Absegnung des Geschäftes war, zu dem sie ihn mit hämischer Schadenfreude gezwungen hatte?

»Ich werde zur Ostgrenze reiten. Namina möchte ihre Familie besuchen, und ich erwarte, daß du mir unterwegs keine Schwierigkeiten bereitest.«

Longear sah ihn nachdenklich an, bis Conin den Eindruck hatte, er müsse sich gleich vor Verlegenheit drehen und winden. »Was ist die Ursache für diesen plötzlichen Wunsch nach Familie?« erkundigte sie sich betont freundlich. Er zuckte mit den Schultern. »Wir haben sie seit einem Jahr nicht mehr gesehen. Ist das nicht Grund genug?«

Longear schob die Papiere über den Tisch. »Sieh sie dir an, Conin. Die Ariyaner bewegen sich entlang der Grenze, die seit eh und je verbrieft ist. Hätten wir nicht ausreichend Jäger dorthin verlegt, hätten sie uns schon vor Monaten über den Phye hinweg angreifen können. Bist du sicher, daß sie nur einen Besuch machen möchte? Oder will sie dich vielleicht nach Ariye locken, damit du selbst als Geisel genommen wirst?«

Conin zuckte zusammen. »Namina ist doch nicht als Geisel hier.«

»Etwa nicht?« fragte Longear mit schleppender, unverschämt klingender Stimme. »Sie hat sich vor mehr als einem Jahr für die Freigabe ihres Cousins und ihres Bruders eingetauscht. Wie kannst du so sicher sein, daß sie nicht mittlerweile eine Chance sieht, sich zu rächen?«

»Namina ist keine rachsüchtige Frau.«

Longear legte die Fingerspitzen ihrer beiden Hände aneinander. »Das steht nicht zur Debatte. Wenn du zur Grenze willst, werde ich mit dir gehen. Es ist an der Zeit, daß ich mich noch zwei Monate in den kleineren Städten aufhalte. Außerdem«, fügte sie hinzu, während sie ihn bösartig angrinste, »dürfen wir nicht zulassen, daß unserem geliebten Lloroi unterwegs etwas zustößt, oder?«

Conin schluckte seine Wut hinunter, wobei ihm Longears Belustigung über seine innere Erregung nicht entging. Am liebsten hätte er sie geschlagen, dieses höhnische Lächeln mit der Faust aus ihrem Gesicht verjagt. Doch er wußte, daß er dazu nicht in der Lage war. Er würde ihren Unterton und ihre Worte so stehenlassen und seinen Stolz wieder und wieder herunterschlucken und innerlich dabei jedesmal ein bißchen kleiner werden. Er würde es für Namina tun, überlegte er. Wahrscheinlich konnte er für sich selbst nichts zum Besseren bewegen, aber wenigstens diese Sache mußte er für sie durchsetzen.

Zwei Tage später verließen sie die Stadt in einer kleinen Gruppe. Ein größerer Troß war nicht vonnöten, da die Jäger sie ohnehin nicht angreifen würden.

Longear ritt mit ihnen.

6

Strömt zu Tale tosend der Phye,
Steigen die Fluten, wird schwarz der Fels;
Laut dröhnt der Fluß, Baumwurzeln kreiseln;
Rasender brüllt der Donner, geh hin und sieh,
Es gibt keine Ruhe am Teufelsknie.

Aranur, Mjau und Tomi hatten es eilig. Wortlos schleppten sie die Kadaver der Worlags zum Waldrand. Der Junge keuchte unter dem Gewicht einer Ladung hartschaliger Gliedmaßen, die er wie Feuerholz hinter sich herschleppte. Vor ihm hoben Aranur und Mjau komplette Panzer – fast komplette Panzer – an den vorderen und hinteren Gliedmaßen an und trugen sie fort. Das mittlere Beinpaar klemmten die beiden Ariyaner, wenn es möglich war, den Worlags quer über den Leib, da die dürren Glieder sonst hinterherschleiften, sich in Baumwurzeln verfingen und schmale Kratzspuren im Gras hinterließen. Am Waldsaum beschlossen sie, daß es unnötig sei, tiefer als ein paar Meter in den Wald hineinzugehen, sie suchten jedoch möglichst dunkle Sellen aus, wo sie die Kadaver fallen ließen.

Dion setzte sich und sah zu. Jetzt setzte die durch die Heilung ausgelöste Erschöpfung ein. Ihre Arme schmerzten. Die Waden klopften. Der Kopf hämmerte. Ihr Rücken fühlte sich an, als hätte eine Fackel ihre Brandspur hinterlassen. Sie versuchte, den Rücken etwas zu drehen und ihn dadurch zu entlasten.

Gleichzeitig schossen ihr mit jedem Herzschlag pulsierende Schmerzen in den Schädel, die sich anfühlten, als würde ihr eine Lanze direkt ins Hirn gebohrt. In derart miserabler Verfassung konnte sie weder heute noch an einem der kommenden Tage die Verantwortung als Späherin auf sich nehmen. Sie mußte froh sein, wenn sie noch mit Aranur Schritt halten konnte.

Einen Moment lang beobachtete sie ihn neidisch. Er bewegte sich so geschmeidig wie eine Waldkatze. Wo war ihre Anmut, ihre Grazie geblieben? Sie rieb sich die Unterarme, versuchte die Blutergüsse aus den Muskeln zu massieren. Aranur trug den Kopf hoch, selbst wenn er eine Pause machte; stets suchten die Augen wachsam das Halbdunkel des Waldes ab, die Energie war nur kurzzeitig verstummt und schlummerte im Hintergrund. Wie eine Wildkatze ruhte er in sich selbst, eine Wildkatze, die einen Moment in der Bewegung innehält, um kurz danach ihr Opfer anzuspringen. Er war groß, schlank und muskulös, auf seinen Händen hatten viele Schnittwunden ihre Narben hinterlassen, doch die Hände selbst waren stark wie Stahl. Sein Haar war so schwarz wie das ihre; an den Seiten sahen die Fransen des kurzgeschnittenen Ponys unter dem Leder- und Metallgitter der Kriegshaube hervor. Ein gutaussehender Mann? Wohl nicht, das mußte sie sich eingestehen. Aber die kantige, markante Härte seines Gesichtes und das durch und durch gehende Grau seines Blickes zog sie stärker als bei jedem anderen Mann in den Bann. Sie verbarg das Gesicht in den Händen und bewahrte sich das Bild Aranurs, während sie die schmerzenden Augen schloß.

Dann sah sie Tomi vor sich, und sie dachte an die Flüchtlinge, die an der Grenze entlangliefen. Sie flohen. Wie lange wohl schon? Seit letzter Nacht? Einem Tag davor? Möglicherweise war die Gruppe mit den kleinen Kindern bereits vier Tage unterwegs. Sie hatte eine Wegstrecke hinter sich gebracht, für die Dion einen Tag gebraucht hätte. Und sie wählten mit Sicherheit nicht den kürzesten Weg; nicht, wenn ihnen die Wölfe auf der Spur waren, die Wölfe, die sie schon den ganzen Weg den Fluß hinaufhetzten. Sie blickte stromaufwärts über den Phye hinweg auf die gegenüberliegende Seite des Flusses. Auf jener Seite – der Ostseite – mußten Hishn und ihr grauer Gefährte ganz in der Nähe sein, wenngleich sie nicht zu sehen waren. Aus Sorge um Dion entfernte sich Hishn nicht mehr als wenige hundert Meter von ihrer menschlichen Gefährtin, obwohl der Wolfsrüde unbedingt zu seinem eigenen Wolfsläufer zurückkehren wollte. Gray Yoshi würde länger warten müssen, bis Hishn ihn hinauf in die Berge begleitete. Erst wenn Hishn sicher war, daß Dion schmerzfrei gehen konnte, würde sie Dion allein lassen.

Als Dion zu der Wölfin Kontakt aufnahm, überschwemmte die Graue Dions Sinne mit dem süßlichen Schweißgeruch Aranurs, dem sauren Gestank des Worlagblutes und dem Staub des Weges, den sie am heutigen Morgen gelaufen war. Dion verzog das Gesicht zu einem ironischen Lächeln. Ihre eigenen Beschwerden, das Pochen in Armen und Beinen und die immer noch leichte Übelkeit im Magen würde sie unterdrücken müssen, denn sonst würde Hishn sie wie ein Schatten auf Schritt und Tritt verfolgen, sich über ihren Schmerz sorgen und über ihren Starrsinn jaulen. Genau wie Aranur, wenn er sich vorstellen konnte, wie mies sie sich tatsächlich fühlte.

Mjau gab Dion das Zeichen, daß sie sich ihnen anschließen solle. Dion erhob sich widerwillig. Weit kam sie nicht. Ganz unerwartet wurde sie kreidebleich, die Übelkeit packte sie erneut mit eisernem Griff. Mit angespannten Nackenmuskeln, die Fäuste geballt, wehrte sie sich gegen ihren Magen, dann schluckte sie gegen die Säuren an, die sich in ihrer Kehle sammelten. Ein Schauer durchlief ihren Körper. Als der Anfall abflaute, blieben die Fäuste weiterhin geballt. Anscheinend hatte sie die Prozedur der inneren Heilung für das Gift der Worlags anfälliger werden lassen. Ihr würde, solange es in ihrem Blut blieb, weiterhin schlecht werden. Angesichts der Geschwindigkeit, die Aranur ihres Wissens vorlegen würde, dürfte es ihr schwerfallen, den Marsch durchzustehen. Sie haßte die Schwäche und die Worlags, die sie verursacht hatten, schleuderte ihr Gepäckbündel auf den Boden und kramte wutentbrannt darin, suchte nach bestimmten Kräutern, die sorgfältig in getrennten Beuteln verwahrt waren. Sie suchte ein paar Blätter zusammen und rollte sie zwischen den Handflächen zu einer kleinen, harten Kugel zusammen. Als sie einen Schluck aus dem Bota-Beutel trank und die trockenen Blättchen hinunterschluckte, verzog sie das Gesicht. Bevor sie überhaupt schlucken konnte, kratzte die rauhe Kugel am Gaumen, und der bittere Geschmack zog den Mund zusammen. Bald würde der Schmerz nachlassen, das wußte sie, und der Magen ruhiger werden. Es blieb ihr nichts anderes übrig, als bis dahin mit den Beschwerden zu laufen. Sie warf sich das Bündel wieder über die Schulter, hob den Wasserbeutel an seinem Lederriemen auf und humpelte zu den anderen hinüber.

Als sie ankam, wischte sich Aranur gerade die Hände im Gras ab. Sie waren voller Worlagblut, die Fingernägel schwarzumrändert. Angeekelt betrachtete er die Verfärbung. »Die werden jetzt tagelang stinken.«

»Besser auf der Haut als darunter«, erwiderte Dion säuerlich.

Aranur grinste, aber seine Augen sahen besorgt drein. Er war erstaunt, daß sie noch Witze reißen konnte, obwohl ihr die Übelkeit so unmißverständlich anzusehen war. »Vielleicht lehrt dich das, in Zukunft erst zu denken und dann zu handeln. Oder es bringt dir wenigstens bei, dir nicht alles ganz allein aufzubürden«, konterte er.

Sie warf ihm einen verstohlenen Seitenblick zu. »Keine Ahnung. Du gibst jedenfalls einen guten Worlagpanzerträger ab. Daraus lerne ich, daß du ab jetzt immer hinter mir aufräumst.«

Er kicherte hämisch. »Dann muß ich dir wohl gleich noch das eine oder andere mehr beibringen …« Dann wurde er sofort wieder ernst. »Dion …«

»Mach dir keine Sorgen«, sagte sie ruhig. »Ich bin soweit in Ordnung, daß ich es bis zum Knie schaffe.«

Er nickte skeptisch. »Machen wir uns also wieder auf den Weg.«

Sie wechselten einen langen Blick, dann drehte er sich um und ging davon. Als er am Fluß den Fuß auf den Pfad setzte, verfiel er mit großen Schritten in einen Laufschritt; die eine Hand hielt den Schwertgriff entgegen der Laufbewegungen ruhig, die andere schwang im Rhythmus der Schritte mit. Dion fiel hinter ihm in den gleichen Trott, hinter ihr kam Tomi, und auf den Jungen folgte Mjau. Die ältere Frau bemerkte die geballte Faust des Halbwüchsigen, die Dions Messer umklammerte. Nicht einmal beim Laufen war er bereit, den Griff zu lockern.

Dion wurde immer noch von wütenden Schmerzen gepeinigt. Schon nach kurzer Zeit rebellierte ihr Magen, bei jedem Schritt wogte der Schmerz so heftig in ihr, daß sie die Zähne zusammenbeißen mußte, um sich nicht zu übergeben. Das Gefühl flachte schließlich zu einer leichten Übelkeit ab, aber da schmerzten bereits die Waden, die sich zunächst verkrampft und kalt angefühlt hatten, weil sie beim Laufen gedehnt wurden. Blutergüsse, die sie zuvor nicht bemerkt hatte, machten sich bemerkbar, als ihr das Gepäck gleichmäßig gegen den Rücken schlug, und bei jedem Schritt ließ das Hämmern des Blutes in den Schnittverletzungen an Armen und Beinen Schmerzensschreie in ihrer Kehle aufsteigen. Sie riß sich zusammen und versuchte, den Körper einfach zu ignorieren, hielt die erste halbe Meile aus, dann die nächste, paßte den Herzschlag an den Rhythmus der Schritte an. Ganz in der Nähe lief Hishn mit weit ausholenden Schritten durch den Wald. Ihre grauen Sinneseindrücke und die des Wolfsrüden mischten und verknüpften sich mit Dions eigenen Gedanken, so daß sie durch drei Augenpaare sah und die Geräusche des Waldes durch drei Ohrenpaare vernahm.

Ihre Nase schien sich dicht über den Boden zu bewegen. Arme wurden zu Pfoten und traten, zusammen mit den Hinterbeinen, auf gutgepolsterten Ballen in den weichen Waldungergrund. Dions Mund schmeckte feuchte Erde, Schmutz drang unter Fingernägel und verfing sich an Klauen, bevor er weggeschleudert wurde. Blätter und Wind bürsteten kurzes Haar dort in ihrem Gesicht, wo die eigene, unbehaarte Haut kein Fell hatte. Aranur sah sich um und bemerkte ihre blicklosen Augen. Dion würde weder Beschwerden noch Schwäche zugeben, aber er konnte sich darauf verlassen, daß die Wölfe Dions Kräfte richtig einschätzten. Hishn würde die Wolfsläuferin nicht unter Schmerzen laufen lassen; jedenfalls nicht, wenn die Wölfin etwas dagegen unternehmen konnte. Sie würde Dions Wahrnehmungen mit den eigenen konzentrierten Sinneseindrücken überlagern und sie dazu zwingen, daß sie nicht ihren menschlichen Schmerz spürte, sondern den Schmerz aus der Wahrnehmung der Wölfe erlebte.

Gerade als der Schmerz in Dions Waden allmählich abklang, erreichte die Gruppe die Stelle, an der Aranur und Mjau ihre Ausrüstung zurückgelassen hatten. Als Aranur sich zu einer Pause entschied, blieb Dion stehen und verlagerte das Gewicht von einem Fuß auf den anderen, damit die schmerzenden Waden nicht krampften. Kurz nach ihr erschien Tomi auf der Lichtung und brach auf der Stelle zusammen. Seine schmale Brust hob und senkte sich heftig, sein Atem ging ruckartig. Dion zog den Bota-Beutel von der Schulter. Gierig griff er nach dem Behältnis, aber sie schüttelte den Kopf.

»Nur einen Schluck«, warnte sie ihn. »Du mußt es zuerst im Mund erwärmen, bevor du es hinunterschluckst.«

Er nickte widerwillig. Dion behielt die Hand am Beutel, zog ihn weg, als er zu schnell und gierig schluckte, das Wasser gedankenlos in sich hineinlaufen ließ.

»Immer einen Mundvoll nach dem anderen«, sagte sie schroff. »Sonst bekommst du Krämpfe.«

Der Junge hantierte mit dem Messer, das er immer noch umklammerte, aber Dion übersah die Bewegung.

Sie nahm einen Schluck und bewegte das Wasser im Mund hin und her, bevor sie schluckte. Sie bot ihm noch einen weiteren Schluck an und, als er fertig war, noch einen, bevor sie den Beutel wieder über die Schulter schlang.

»Du kannst dich satt trinken, sobald sich dein Körper abgekühlt hat«, fügte sie sanft hinzu.

In der Zwischenzeit hatte Aranur das Gesuchte in seinem Gepäck gefunden. »Ich wußte doch, daß ich die hier nicht grundlos mit mir herumgetragen habe«, murmelte er. Er ging in die Knie, entfernte die Fußwickel des Jungen jedoch nicht, sondern zog die Mokassins in Männergröße einfach über die behelfsmäßige Fußbedeckung, band das Leder mit den Riemen zusammen, so daß es wie angegossen an seinen Waden saß. Aranur hätten die Mokassins kaum bis an die Knie gereicht, bei Tomi gingen sie darüber hinweg. Aranur musterte die Mokassins einen Augenblick, dann krempelte er sie um, damit die Knie des Jungen frei blieben, und zog die Lederriemen wieder fest. »So kannst du darin leichter laufen«, sagte er. Mittlerweile stand Tomi auf den Beinen, probierte die viel zu großen Stiefel aus. Aranur betrachtete ihn eingehend. »Rutschen sie?«

Tomi schüttelte den Kopf.

»Hier.« Er reichte dem Jungen die übergroße Tunika, und Tomi zog sie vorsichtig an. Ein weiterer Lederriemen gürtete das Kleidungsstück um seine Taille, und dann zeigte Aranur auf das Messer des Jungen. »Die Messerscheide sollte am Gürtel hängen. Auf diese Weise hast du die Hände frei, wenn du sie brauchst.«

»Nein!« Tomi wich zurück. »Das mach ich schon selbst«, verbesserte er sich eilig, und sein Gesicht lief rot an. Kurz darauf setzte er wieder seine maskenhafte Miene auf, fädelte das lose Ende des derben Gürtels jedoch vorsichtig durch die Scheide, so daß das Messer an seiner linken Hüfte hing.

Als er sah, daß auch Mjau zum Aufbruch bereit war, drehte sich Aranur um und lief in einer Art Trab los, mit den langen Schritten des forcierten Gehens. Tomi blieb wie angewurzelt stehen, sah Aranur hinterher, kämpfte gegen das Mißtrauen an, das ihn anscheinend am Sprechen hinderte. Mjau, die ihn besorgt ansah, erkannte, daß Tomi im Begriff war, ein einzelnes Wort auszusprechen: Danke.

Die ältere Frau wies auf den Pfad, deutete ihm an, daß es weitergehe, daß er ihm nachlaufen müsse. »Er weiß schon, was du meinst«, beruhigte sie ihn mit freundlicher Stimme. Sie benötigten eine weitere halbe Stunde für den Rückweg bis zum Flußbett und blieben ständig in schneller Bewegung, immer stromaufwärts am Fluß entlang. Auf eine Geste Tomis hin hielten sie an. Aranur sah zurück, und der Junge deutete noch einmal auf die Stelle, an der er aus dem Wasser auf das hohe Ufer geklettert war. Seine Miene blieb ausdruckslos. Aranur ging vorsichtig an den Rand, prüfte den Untergrund an Stellen, die möglicherweise nicht fest genug waren, bevor er sie mit seinem Gewicht belastete. Sein Blick schweifte über die weit entfernte Böschung, suchte sie nach Bewegungen, nach irgendeinem Anzeichen dafür ab, daß jemand sie beobachtete. Nachdem er trotz seines unguten Gefühls nichts entdecken konnte, drehte er sich zu Dion um. »Nimmst du etwas wahr?«

Dion suchte Flußlauf und Wald mit ihren Sinnen ab. Selbst der Gesang der Grauen war fast verstummt, auf der Suche zwar, aber nicht in direkter Nähe. »Da ist nichts«, antwortete sie leise.

Binnen Sekunden befreite er sich von seinem Gepäck und ließ es gegen die Wurzeln eines Silberherzbaums fallen. Bevor er wie ein Schatten zum Rand der Klippe rutschte, händigte er Dion auch sein Schwert aus. Direkt an der Kante hatte die Erosion die Erde abbröckeln lassen, so daß das Netzwerk der Wurzeln über die steile, felsige Schräge hinausragte. Die Spuren, die Tomi beim Heraufklettern hinterlassen hatte, waren noch deutlich sichtbar. Wurzeln waren losgerissen und geknickt worden. Einige Wurzeläste waren an mehreren Stellen bloßgeschabt und bemitleidenswert dünn. Aranur sah sich bestätigt. Da mußte der Junge ausgerutscht sein, seine Hände hatten die dünne Haut von den Wurzeln gepellt, als er sie, um die Balance zu halten, trotz ihrer brüchigen Sicherheit umklammerte. Frisch verrutschte Erde und Steine kennzeichneten den Aufstieg, und Aranur kamen Bedenken, als er sie betrachtete. Mit seinem Gewicht würde er der Schräge doppelt so viele Narben zufügen, als es der Junge bereits getan hatte. Zumindest ganz oben gab es sehr viel lose Erde. Falls nötig, konnte er auch einen großen Felsbrocken herabrollen lassen, der die Spuren seines Aufstiegs unter natürlicheren Verwerfungen verstecken würde, sobald er wieder oben angekommen war.

Dion, die ihn beobachtete, konnte seine Gedanken geradezu hören. Dann strafften sich seine Schultern, ein kleiner Wangenmuskel zuckte. So, dachte sie, er hat das kleine Mädchen also gefunden. Sie sah Tomi kurz an, aber das Gesicht des Jungen blieb undurchdringlich wie zuvor.

Als Aranur wieder auftauchte, war sein äußerer Hemdkittel verschwunden. Er hielt ein kleines Bündel in seinen Armen. Er schwitzte stark, als er wieder am höchsten Punkt ankam, aber weder Dion noch Mjau halfen ihm, über die Wurzeln zu klettern. Er klemmte seine Last hoch oben zwischen die Äste des Silberherzes, denn hier war sie für die Raubtiere vom Boden aus schwer zu erreichen. Nachdem er die Arme gesenkt hatte, wandte er sich ohne ein Wort um und lief weiter mit großen Schritten den Pfad hinab.

Auch die anderen setzten sich in Bewegung, und Dion öffnete ihre Sinne für die Wölfe auf beiden Seiten des Phye. Die grauen Tiere im Westen ließen sie immer noch nicht an sich heran. Aber mit Hishns Hilfe hörte sie ihrem heulenden Gesang zu, wogegen die Wölfe auf der anderen Flußseite nichts tun konnten.

Sie hatten Zeit. Noch waren die westlichen Wölfe nicht dicht genug an die Flüchtenden herangekommen. Sie schnürten auf den Rudelpfaden, nahmen sich erst die eine, dann die andere Richtung zum Ziel, suchten in Wurzelhöhlen und unter Felsüberhängen, wo sich die Flüchtlinge eventuell versteckt haben konnten. Bis der Wolfsläufer aus Bilocctar mit seinen Wölfen vor Ort ankam, gab es dort für die Jäger nicht mehr viel zu sehen. Außerdem setzten die Jäger keine Spurenleser ein, weil sie glaubten, sich darauf verlassen zu können, daß die Grauwölfe ihre Opfer schon für sie aufspürten. Dion schickte für diesen Einblick ein Dankgebet an alle Monde.

Drei Meilen weiter stieg die Temperatur an. Die drückende Hitze wurde nur gelegentlich von einem frischen Wind aufgefrischt, der stoßweise aus der Schlucht heranwehte. Mittlerweile war die Klarsicht der Gedanken Dions in einem Durcheinander von Schmerzgefühlen verblaßt.

Der Boden, der bis dahin noch ziemlich eben gewesen war, ging in steil nach oben ansteigende Felsabhänge über. Hier bewegten sie sich nicht mehr im Laufschritt. Sie marschierten weit nach vorn gebeugt einen kurvenreichen Pfad hinauf. Die Steigung forderte ihnen die letzten Kraftreserven ab. Tomis Atemzüge klangen heiser. Mehr als einmal kam Dion ins Stolpern. Aranur, der Beine aus Stahl hatte, gab keinen Laut von sich, bis er auf einen losen Stein trat, sich das Fußgelenk zerrte und wie ein Blitz aus heiterem Himmel fluchte, bis der Schmerz nachließ. Als Dion ihm einen Verband anbot, lehnte er ihn ab, statt dessen schnürte er seine Stiefel neu und trat behutsam auf, bis er in der Lage war, die Schmerzen zu verdrängen, die in die Wade hochschossen. Hinter ihnen ging

Mjau gleichmäßig weiter. Ihr gestutztes Weißhaar kräuselte sich im Wind, ihre von blauen Venen durchzogene Haut zeigte kaum Anzeichen von Schweiß. Dion warf einen kurzen Blick zurück, fand Mjaus Augen, und die ältere Frau entschuldigte sich amüsiert mit einem ironischen Lächeln, als sie den neidischen Blick der Wolfsläuferin bemerkte. Ein tiefhängender Zweig schlug unerwartet zurück. Dion stieß einen unterdrückten Fluch aus, als er ihren Unterarm erwischte. »So ein vermaledeiter, von allen Mondwürmern zerfressener Schwarzwurzelzweig«, murrte sie, stieß ihn beiseite und warnte Tomi vor ihm.

In regelmäßigen Abständen suchte der argwöhnische Blick Dions die gegenüberliegende Uferböschung des Phye ab, wenngleich sie im Grunde kaum eine Böschung genannt werden konnte. Durch die Klippen, die am Fluß mehr als einhundert Meter hoch aufragten, war die Wasserrinne derartig steil, daß außer den Strahlen der Mittagssonne nichts bis in ihre Tiefen drang. Sie stolperte erneut, als sie zum Rand der Schlucht hinabsah. Die Melodie des Flusses war hier verstummt, sein Rauschen in der Schlucht gefangen. Der Phye war nicht wie der Pfad in die Höhe gestiegen; seine Wassermassen schossen jetzt gischtbedeckt weit unter ihnen dahin, als wolle er auf die Schatten der Felswände spucken. Die Sonne war noch nicht durch die Wolkendecke gedrungen, wenngleich ihr indirektes, fahles Licht mittlerweile von weiter oben durchsickerte. Oben auf der Höhe erstreckte sich in alle Richtungen spärlicher Wald, mit niedrigen Bäumen und dünnen Stämmen. Das Blätterdach über ihnen machte einen ziemlich kärglichen Eindruck und ließ nur verschwommene Lichtflecke durchdringen. Von diesem Licht ermuntert, sprossen zwischen den Stämmen überall neue Büsche in die Höhe. Dion jedoch kam es so vor, als würde im stark gebündeltem Licht jeder Schatten wie die Silhouette aussehen, die Aranur weiter hinten auf die Klippen geworfen hatte. Sie mußte sich anstrengen, um überhaupt den Boden zwischen den Bäumen zu erkennen.

Wieder wurde Aranur langsamer. Der Weg, dem sie folgten, führte sie zu mehreren, in der Landschaft verstreuten großen Steinbrocken, die Aranur mißtrauisch betrachtete. Diese Gegend war ein beliebtes Jagdrevier für eine Familie von Wasserkatzen, die ganz in der Nähe lebte. Im vergangenen Ninan hatte er ihren Schlafplatz entdeckt. Damals war er beim Transport des Nachschubmaterials, das für die Flußüberquerung gebraucht wurde, über diesen Pfad gekommen. Als er sich umdrehte, begegneten ihm fragende Blicke.

Dion schüttelte mit geweiteten, verschleierten Augen den Kopf. »Es ist ungefährlich.« Sie sprach nur widerwillig, als wäre dem Kind, das sie hinter sich zurückgelassen hatten, durch das Schweigen eine letzte Ehre erwiesen worden. »Zwischen den Steinen lauert nichts.«

Tomi sah sie an, machte ein verdutztes Gesicht. »Woher weißt du das?«

Dion zuckte mit den Schultern.

Es war Mjau, die ihm von hinten die Frage beantwortete. »Die Nase und die Ohren des Wolfs sind zehnmal so empfindlich wie die des Menschen«, erklärte sie ihm. »Dion sieht mit den Augen Gray Hishns, nicht mit den eigenen.«

Tomis Augen meldeten Bedenken an. »Ich sehe nirgendwo einen Wolf.«

Mjau lächelte amüsiert, ein schiefer Zahn wurde sichtbar und stand in befremdlichem Gegensatz zu der nahezu geraden Reihe der anderen Zähne. »Zu sehen sind sie nicht«, antwortete sie, »aber sie sind da.«

Als sie näher an die Felsen herankamen, änderten sich seltsamerweise die Geräusche um sie herum. Zunächst wurden die Ohren von einem sanften Brausen umschmeichelt, dann ließ sie der Lärm fast taub werden. Donnerschläge brüllten auf und verloren sich grollend zwischen den Steinen.

»Das ist nur der Fluß«, erklärte Dion dem Jungen. »Seine Geräusche prallen als Echo von den Felsen ab und werden hin und her geworfen.« Um sie herum wurden die Töne immer lauter, bis sie schließlich wie gedämpftes Brüllen klangen. Es hatte den Anschein, als habe das Donnern einen seltsamen, unregelmäßigen Takt, aber erst als sie aus den Felsen in das matte Sonnenlicht hinaustraten, schwoll das Geräusch zu einem dröhnenden, krachenden Hämmern an, und der Anblick der Schlucht ließ sie anhalten.

»Bei allen Monden«, sagte Mjau ehrfurchtsvoll. Heimlich machte sie das Zeichen des Wolfssegens.

Aranur ging bis zum Rand der Schlucht. Die frische Luft war feucht und wirkte durch den Wind fast eisig. Die Dunstwolken, die über den Wasserfällen hingen und die Wände der Klippen emporstiegen, drangen nicht bis über den Rand hinaus. Aranur ließ seinen Blick über die gesamte Länge des Knies unterhalb der Fälle und auch darüber schweifen, als wollte er jeden Felsen und jedes Detail in Dunst und Wasser in einer Liste festhalten.

Dion gesellte sich zu ihm, sah, wie sich seine Schultern entspannten, als er kein Anzeichen von Gefahr entdecken konnte. Sie blickte zu Tomi zurück. »Dort!« schrie sie gegen den Donner an und zeigte auf den Fluß. »Das ist schiere Energie. Hier wird der Geist der Monde für uns ausgegossen. Für das kleine Mädchen. Die Monde trauern und machen ihrer Wut über ihren Tod Luft, so daß wir sie ziehen lassen können.«

Tomi starrte sie an. Mjau faßte ihn am Arm, zog ihn vom Rand weg ein Stück nach hinten. Er machte sich steif, als er ihre Berührung spürte, und nur die Augen blieben in seinem matten, von Blutergüssen gesprenkelten Gesicht lebendig.

Dion wandte sich wieder dem Fluß zu. Von ihrem und Aranurs Standpunkt aus wölbte sich der Steilhang unter ihren Füßen weg; sie standen auf einem unterhöhlten Überhang, der kaum die Tiefe einer Armlänge hatte. Der Anblick nahm ihre Sinne gefangen, und die beiden dunkelhaarigen Gestalten jubelten über dieser tosenden Klamm, in der Luftblasen donnernd zerbarsten und die von den Frühlingsfluten ausgerissenen Baumstümpfe auf die Felsen geworfen wurden.

Hinter dem Wasserfall stürzte auch die gesamte Schlucht abrupt und steil in die Tiefe. Wassertropfen, die sich an die Wände der Felsklippen klammerten, verwandelten die Farben des Felsens in Grün und Orange. Dicht davor knickte das Teufelsknie den Fluß ab, als wäre er ein Strohhalm in der Hand einer Frau. Oben an der Klippe wurden die Wassermassen, zunächst hinausschießend und dann in einem Bogen in die Tiefe stürzend, in einen doppelten Fall geteilt, einen ohrenbetäubenden Höllentanz, der unten, wo er sich unablässig in das natürliche Steinbecken hineinbohrte, die Gischt in die folgenden Massen emporschleuderte. Zwei Baumstämme überschlugen sich, sprangen auf den Klippenrand, bevor sie, gefolgt von den Trümmern ihrer Äste und Zweige, in die Tiefe gezogen wurden. Voller Bewunderung beobachtete Dion die weiße Dunstwolke, die den Sockel des Schauers einhüllte, in den die Baumstämme sich versenkt hatten. Das Wasser der oberen Fälle fiel wie eine Scheibe in die Tiefe, zerplatzte mit lautem Knall, wenn sich in dem Becken eine riesige Lufttasche bildete und sofort zusammengepreßt wurde. Dion atmete tief ein, weitete ihre Lungen. Der Wind schmeckte wie der Fluß. Sie sah nichts anderes als … diesen weißen Wasserregen, der sich von den Klippen in die Tiefe warf und in das untere Becken prallte. Der krachende Donner des Phye übertönte jedes andere Geräusch.

Waren es zwei Dutzend Male gewesen? Drei Dutzend? Wie viele Male schon hatte sie hier am Knie gestanden und diese Energie in ihre Seele dringen lassen. Und jedesmal war der Fluß ein anderer. Die oberen Wasserfälle; die unteren, sie schwollen an und wurden schwächer und veränderten sich, und jedesmal schienen sie wie neu.

Die obere Kaskade war eine Fläche aus schierer Energie. Sie warf sich vom Rand der Klippe todesmutig hinab, prallte auf die darunterliegenden Felsen, zersplitterte, atomisierte zu einer dichten Gischtwolke, die fast die halbe Strecke wieder hinaufschoß, als sei sie fest entschlossen, noch ein zweites Mal zu versuchen, den reißenden Strom hinabzureiten. In der Wolke bildeten sich bei Tage Regenbögen, und bleich schimmernde Mondbögen bei Nacht. Jetzt, im trüben Mittagslicht, schwebte ein schwacher Regenbogen in der Mitte der Wolke, erstreckte sich über das mittlere Becken und die unteren Fälle wie das Gespenst einer Mondmaid. Den unteren Wasserfall konnte man, strenggenommen, nicht als unabhängige Einheit bezeichnen. Er war ein verdrehtes, taumelndes, bockendes Etwas, das über die Felsbrocken schoß und sich qualvoll zwischen Steinen hindurchzwängte, seine Gestalt in jeder Sekunde seines Daseins dämonisch zerstörte und neu erschuf. Dion breitete plötzlich die Arme aus und schrie in den Fluß hinein. Der Inhalt ihres Schreies war ihr nicht bewußt, es war ihr nur so, als müsse sie ihre Stimme der des Phye hinzufügen, oder durch seine Energie zerspringen. Und plötzlich hüllte ein grauer Sturm ihren Geist ein, ein Sturm, der mit ihr schrie und heulte. Sie schwankte, war geblendet, merkte nicht einmal, daß Aranur ihren Arm mit stählernem Griff packte. Ihre Augen waren blind. Der Eindruck der Wasserfälle hatte sich ihr eingeprägt, und die grauen Stimmen der Wölfe klangen in ihrem Gehirn nach, als sie die Antwort hörte. Sie lehnte sich weit zurück, legte den Kopf in den Nacken und erhob ihre Stimme mit ihnen. Die Töne, die sich ihren Lippen entrangen, waren nicht menschlich.

Aranur hielt sie am Rand der Schlucht fest. Als er sie berührt hatte, war er erschrocken zusammengezuckt – das Echo der Wölfe war in seinen Verstand eingedrungen, dröhnte in seinen Ohren. Er sah auf die Frau in seinen Händen hinunter, fühlte die vor Angst angespannten und zitternden Muskeln, starrte in die blicklosen, violetten Augen, unfähig, den wilden Ausdruck in ihrem Gesicht aus seinem Gedächtnis zu tilgen. Die Verbindung zu den Wölfen …

Was hatten die Wolfsläufer in Bilocctar erfahren, wenn es stark genug war, daß selbst er es fühlte?

Dion schauderte, ihre Stimme erstarb. Langsam kehrte das Bewußtsein in ihre Augen zurück, die über den Zähnen zurückgezogenen Lippen entspannten sich. Der Donner des grauen Sturms in ihrem Kopf vermengte sich mit dem Tosen ringsum und verwandelte sich zum Donnern der Wasserfälle. Das angenehme Frösteln, das die Meute von den Höhen herabgesandt hatte, wurde zur schneidenden Kälte des Windes in der Schlucht, die Zähne der Jungwölfe, die ihre Arme spielerisch gepackt hatten, zu den stählernen Fingern ihres Versprochenen.

Aranur. Ihr Blick klammerte sich an ihn. Er sah sie forschend an. Plötzlich fing sie an zu zittern, lehnte sich an ihn, und seine Hände streichelten sie besänftigend. Als Aranur mit ihr vom Rand der Schlucht zurücktrat, spiegelte sich Sorge in seinen Augen. Dion gehörte zu der Sorte Menschen, die sensibel auf andere Lebewesen reagierte – eine Fähigkeit, die die Alten besonders zwischen Menschen und Wölfen festgestellt und bewußt weiterentwickelt hatten. Aranur besaß nicht genügend Einfühlungsvermögen für eine Verbindung mit einem Wolf, aber sogar er konnte die umwerfende Energie dieser Wasserfälle fühlen. Wenn diese Energie für Dion jedoch durch die Grauen verstärkt wurde … Er hatte gewußt, daß ihre geistige Energie sie einholen würde, sobald sie erschöpft war, aber er hatte vergessen, wie unglaublich stark dieses Band sein konnte. Er wandte sich ab und sah wieder auf den Wasserfall. Plötzlich wurde ihm klar, daß er Dion brauchte, und nicht eine Frau, die mit der Hälfte ihres Verstandes ein Wolf war. Er brauchte sie hier, mit all ihrer Stärke, sie mußte sich auf das konzentrieren, was jetzt zu tun war. Mjau war zu alt, um den Übergang mit ihm errichten zu können. Der Junge, Tomi, war zu jung. Also mußte es Dion sein. Und Dion war nur zur Hälfte anwesend. Von irgendwoher sprachen die Grauen mit einer Kraft zu ihr, die so stark war wie die Kraft der Wasserfälle. Von irgendwoher hielten sie sie so fest, wie er selbst es gerade tat.

Mjau und Tomi beobachteten ihn neugierig. Als Dions Blick wieder aufklarte, deutete Aranur auf den Pfad, und Mjau schob den Jungen sanft vor sich her. Ohne weitere Worte folgten sie dem großen, grauäugigen Mann und der schlanken Wolfsläuferin.

7

Ausgelassen sangen die Mondkrieger inmitten des frostigen Stroms.
Streife deine Haut ab, indem du sie erkalten läßt.
Sehne dich nach unserem mondbeschienenen Pfad.
Wir lenken deine Schritte
so sanft,
so sachte von deiner Welt in die unsre.
In unseren Sternen wartet dein Tod, deine Zukunft.
Lauf nun vor deinen Jägern weg.
Bald schon wird dein Schlaf friedlich sein.
Bald schon bist du zu Haus.

Der Pfad, dem Aranur folgte, schlängelte sich vom Rand der Wasserfälle aus zurück in den Wald, umging die massiven Geröllblöcke an der Spitze des Teufelsknies, die schwer zu durchreiten waren. Dies war der Pfad der Händler – der Silberpfad – oder war es vielmehr zu den Zeiten gewesen, als das Passieren der Grenze noch keine tödliche Herausforderung, sondern ein profitables Unternehmen gewesen war. Mit Ausnahme einiger hartgesottener Karawanen, die das Risiko der Grenzräuber in Kauf nahmen, benutzten die Händler in Ariye mittlerweile nur noch die Talstraße, die zu den Küstenstädten führte. Lieber entnervt in Sidisport ankommen, als überhaupt nicht, lautete ihr Standpunkt.

Dion, die hinter Aranur ritt, geriet ins Straucheln, als ihr Blick statt auf den Boden unter ihren Füßen auf den Wasserfall gelenkt wurde. Als Aranur schließlich anhielt, warf ihm

Dion, die die Gegend scharf taxiert hatte, einen verwirrten Blick zu.

Grinsend deutete er mit dem Kopf auf die Felsblöcke an der Seite des Weges, die dem Fluß zugewandt war.

»Wir haben den Einstieg ein bißchen versteckt!« rief er über das Getöse des Flusses. Er gestikulierte in Richtung der Felsen. Erst als sie ihm folgte, erkannte Dion, was sie an dem Pfad so verwirrte. Die Gesteinsblöcke waren neu – beim letzten Mal, als sie die Wasserfälle passiert hatte, waren sie noch nicht dagewesen. Mit freudiger Überraschung sah sie, daß sich zwischen zweien der größeren Felsblöcke eine Öffnung befand. Der schmale Pfad führte nur einen Meter weiter, bevor er wiederum vor einem zufällig daliegenden Steinhaufen zu enden schien. Als Dion an Aranur vorbeistieg und den Weg erkundete, sah sie jedoch, daß der Durchgang lediglich eine Krümmung vollführte und so seine tatsächliche Richtung vor neugierigen Augen verbarg. Die Felsen waren sehr klug plaziert. Da sie an den äußersten Rändern des Canyons entlang verliefen, jenseits der Kante des steinernen Kamins, der in Richtung der Wasserfälle abfiel, verdeckten die Steine die Spalte von beiden Seiten des Flusses aus. Jeder, der sich kletternd dieser Abkürzung bediente, konnte auf dem Gipfel rasten, ohne vom Pfad aus gesehen zu werden.

Dions Freude rief bei Aranur ein zufriedenes Nicken hervor. Er hatte lange mit seinem Onkel Gamon über die Plazierung der Felsbrocken gestritten. Als sie jedoch erst einmal versetzt worden waren, hatte sogar Gamon zugeben müssen, daß die Idee gut war.

Dion bewegte sich wieder aus den Felsen heraus. Bei sorgfältigerer Untersuchung des Untergrunds konnte sie sich vorstellen, über welche Stellen die Lastdnu ihre Steinladungen gezogen hatten. Der leicht matte Eindruck der Stoppeln auf dem Untergrund rührte allerdings nicht von den Hufen der sechsbeinigen Tiere her, sondern von den Grasballen, die über die Spur gebreitet worden waren und nun im Boden Wurzeln schlugen. Sie schaute in beide Richtungen des Pfades. Wenn sie ihn vorher nicht gekannt hätte, wäre sie nicht darauf gekommen, daß hier etwas verändert worden war.

Aranur blickte in Mjaus Richtung. Seine Geste war knapp und eindeutig. Weder Dion noch die Bogenschützin brachten Einwände vor. Die ältere Frau hatte genug Ausdauer, um lange Strecken zu laufen, den Wind einzuschätzen, Knoten zu machen, mit Pfeil und Bogen zu schießen, aber nicht die, Menschen an Seilen hoch- und wieder herunterzuziehen. Von ihr zu verlangen, eine Klippe zu erklimmen, in eisiges Wasser zu springen und kampfbereit wieder herauszukommen, wäre so ähnlich, als verlange man von einem Dnu, ein Vogel zu sein – es war nicht möglich. Dion war trotz ihrer Schwäche immer noch die bessere Wahl.

Als er in ihre Richtung schaute, nahm Dion ihr Bündel ab und schleuderte es ins Gehölz, gegen einen dicken Baumstamm. Aranur folgte ihrem Beispiel, legte das Schwert und andere Waffen ab und behielt nur zwei Messer bei sich. Während Mjau und Tomi die Ausrüstung an einen trockenen Platz brachten, zog Dion ihre Tunika aus und tauschte das Wams gegen ein anderes. Die Tunika bot sie dem Jungen an, der sie dankbar annahm und unter Aranurs Hemd zog. Wenn sie zurückkehrte, wollte sie etwas Trockenes haben, und in der Zwischenzeit konnte Tomi es sich damit so angenehm wie möglich machen. Aranur war einverstanden. Sobald sie durch die Wasserfälle gingen, würden sie naß werden wie die fünfte Hölle. Während die Bogenschützin in Voraussicht dessen, was sie brauchen würden, Seile und Ringe aus dem Bündel herausnahm, wechselte er ebenfalls die Kleidung.

Die Seile und Ringe würden sie zwar mit nach unten nehmen, aber nicht auf dem Felsen anbringen. Da die Flüchtlinge jetzt hier waren, wäre es sinnlos gewesen, auf die Schnelle eine Tätigkeit zu verrichten, die nicht unmittelbar gebraucht wurde. Aranur konnte später jemanden herschicken, der die

Arbeit beendete – vielleicht morgen nacht, wenn die nächste Ladung Bauholz vom Basislager heraufgebracht wurde.

Von der Stelle aus, wo Dion wartete, war die Kreuzung nicht zu sehen. Sie lag hinter dem Teufelsknie verborgen, wurde von dem niederstürzenden Wasserfall geschützt, hinter dem sich eine enge Höhle von einer Seite der Schlucht zur anderen erstreckte. Die Wolfsläuferin rieb ihre Muskeln, zuckte angesichts der Schmerzen ungewollt zusammen. Sie mußte sich für das Erklimmen der anderen Seite des Teufelsknies stählen. Diese Seite war zwar steil, aber nicht sehr exponiert. Der Kamin hatte drei Seiten, so daß er mehr wie ein Kanal als eine offene Steilwand wirkte. Die einzige tatsächliche Gefahr, die hier drohte, war, daß die Bewegung des Wasserfalls einem das Gefühl vermittelte, zu fallen, so daß man die Balance verlieren und ausrutschen konnte. Nein, es war die andere Seite der Wasserfälle, die ihr den Atem verschlug. Dort trat die Steilwand offen hervor. Sie würde sich wie eine Ameise fühlen. Ein bekanntes Gefühl ergriff ihren Magen. Sie schluckte und wünschte plötzlich, trotz ihres Hungers nichts gegessen zu haben.

Dann breitete sich Hishn in ihrem Kopf aus. Die graue Stimme wirkte wie ein besänftigendes Polster gegen ihre Angst. Die Wölfin kroch aus dem Wald hervor, legte ihre warme Schnauze auf Dions Schenkel, und die Wolfsläuferin umarmte sie trotz des Geruchs. Zur Beruhigung wurde ihr einmal quer über das Gesicht geleckt. Als Aranur dies sah, rümpfte er die Nase. Dion schnitt beiden eine Grimasse, während sie Wangen und Kinn mit dem Ärmel abputzte.

»Du bleibst hier«, befahl sie Tomi, als der Junge Anstalten machte, ihr zur Felswand zu folgen. »Du kannst dir dahinten einen Platz suchen und mit Mjau zusammen warten.« Sie deutete auf den Silberherzhain. Widerwillig folgte der Junge der Bogenschützin. Dann wandte sich die Wolfsläuferin Hishn zu. »Bleibst du bei Mjau und dem Jungen?« fragte sie die Wölfin.

Hishn stieß Dion mit dem Kopf an und knurrte.

»Ich komme bald zurück«, versuchte sie die Graue zu überzeugen und kraulte ihr dabei die Ohren. »Du kannst nicht mit uns die Wasserfälle überqueren. Die Felsen sind glitschig und feucht, und du bist nicht in der Lage, wie Aranur oder ich an den Seilen entlangzuklettern.«

Die Augen der Wölfin leuchteten. *Nach dem Lauf über den Bergkamm bist du so erschöpft wie eine der Ältesten. Du hast keine Kraft mehr in den Gliedern.*

»Ich kann mich ausruhen, sobald die Flüchtlinge auf der anderen Seite sind.«

Du brauchst meine Fänge, um deine Hände zu schärfen, wenn du auf der anderen Seite den Jägern entgegentrittst.

»Mein Schwert und mein Messer reichen aus.«

Du hast deinen kurzen Reißzahn nicht mehr.

»Ich nehme den von Mjau.«

Hishn knurrte erneut. Unsanft umschlossen ihre Zähne Dions Arm. Die Wolfsläuferin ließ den Atem entweichen. Es dauerte einen langen Augenblick, bis Hishn Dions Blick nachgab.

Nachdem sie den Arm der Wolfsläuferin losgelassen hatte, ließ die Graue sich mit einem wütenden Laut zu Boden fallen. Ihre gelben Augen glitzerten unheilvoll.

Als Aranur Dions Arm berührte, um ihre Aufmerksamkeit zu erregen, richtete sie sich wieder auf. Sie warf Tomi einen Blick zu und betrachtete die Art und Weise, wie seine Hand angespannt am Heft des Messers an seinem Gürtel ruhte. Dann bat sie Mjau mit einer Geste um deren Messer. Mjau überreichte es ihr wortlos, und Dion gürtete es sich um.

Tomi, der vollkommen erschöpft war, beobachtete sie teilnahmslos. Seine Blicke wanderten zum Rand der Schlucht. Dort fielen die beiden felsigen Ufer des Phye steil zu den Stromschnellen hin ab. Es war leicht festzustellen, wo die Felsblöcke für die Tarnung des Kamins herkamen: An der Stelle, wo der Junge hockte, war der Boden unter dem Moos hart. Die Bäume krallten sich mit ihren Wurzeln an die Steine, als wollten sie sie herausziehen. Die Steinblöcke zwischen den Stämmen waren massig, etwa zweimal so groß wie Aranur, und rissig und zerfurcht wie das Gesicht eines alten Mannes. Die Spalten, die das Eis vieler Winter gegraben hatte, bargen Frühlingsmoos. Tomi spürte das Verlangen, seine Finger in die Risse zu legen.

Mjau hielt ihn davon ab. »Tu das nicht.«

Seine Hand erstarrte in der Bewegung, und Mjau runzelte die Stirn, den Mund geöffnet, um ihn vor Wund- und Rotkäfern zu warnen. Sie bemerkte, wie sein Körper erstarrte, und auf einmal wurde ihr bewußt, woran er sie erinnerte: An einen Hund, der zu oft getreten worden war. Ein Tier, das solange geschlagen worden war, bis es geduldig stillsaß und darauf wartete, daß die Bestrafung vorbei wäre. Mit plötzlicher Wut blickte sie auf und sah in Aranurs Augen. Auch er hatte es gesehen. Mit einer abrupten Geste bedeutete er ihr, den Jungen ein Stück weiter in den Wald zu führen.

»Komm.« Sie machte eine schnelle Kopfbewegung. »Wir warten dort hinten.«

Am höchsten Punkt der Wasserfälle stehend, schaute Dion nachdenklich zur Schlucht hinüber. Das an Strudeln und Felsen vorbeiströmende Wasser zog ihren Blick an. Ein Baumstamm trieb vorbei, gefolgt von den wirren Zweigen eines Aststumpfes. Sie beobachtete, wie sie einen Moment am Rand des Wasserfalls verharrten. Ihr Hinunterkrachen war von weniger Donner begleitet als das Getöse des Flusses. Sie stellte fest, daß sie ihre Heilkräuter aufgebraucht hatte. Und ausgerechnet jetzt waren die Kopfschmerzen wieder stärker zu spüren. Vielleicht waren die Kräuter auch von vornherein nicht stark genug gewesen, um die Schmerzen zu dämpfen.

Aranur beobachtete angestrengt das andere Flußufer.

»Kannst du sie sehen?« Um sich selbst hören zu können, mußte sie schreien. Die Anstrengung ließ sie zusammenzucken.

Aranur schüttelte langsam den Kopf.

Sie nickte verstehend und trat neben einen der Felsen, um freien Blick auf das gegenüberliegende Ufer zu haben. Dann schloß sie die Augen, um sich vor dem hypnotischen Sog des Flusses zu schützen. Die Stärke der Wölfe war nicht vollständig aus ihren Gedanken gewichen, und als sie nach Hishn rief, kehrten ihre Stimmen zurück. Eine Sekunde später tippte eine warme Schnauze an ihre Schenkel. Sie lächelte schwach, während ihre Hand automatisch zum Genick der grauen Wölfin fuhr.

Hishn ignorierte Gray Yoshi. *Wolfsläuferin,* sandte sie, erfreut über Dions Hilferuf.

»Du ehrst mich, Graue«, antwortete Dion.

Der Fluß brauste, und die Ohren von Hishn und Yoshi zuckten. Gemeinsam öffneten die beiden ihre Gedanken dem Gesang des Rudels, und ihre Stimmen verschmolzen zu einem einsamen Geheul. Bilder setzten sich zu Szenen der Spurensuche und der Jagd zusammen, unterlegt von einem Geruch, der von der gegenüberliegenden Seite des Flusses stammte. Für Dion, der die Erschöpfung den Willen schwächte, entfaltete die Tiefe der beiden Stimmen eine starke Anziehungskraft. Doch sie riß sich zusammen und gestattete schließlich nur noch Hishns Stimme Zutritt zu ihren Gedanken. *Die Jagd?* fragte sie.

Die Jagd ist nahe, entgegnete die Wölfin. *Sie wird deutlicher und lauter.*

Ein Kältegefühl durchzuckte Dion. Dieses Mal hatte es nichts mit ihrer Höhenangst zu tun. »Wie nahe?« wollte sie drängend wissen. »Wie laut?«

Die Wölfin legte ihre Schnauze an die von Gray Yoshi, und ihre Vorstellungen verschmolzen. Zusammen mündeten ihre Stimmen in einen Vielklang von Wahrnehmungen. Dions Sinne weiteten sich. Yoshis Heulen drückte den Wunsch aus, zu seinem eigenen Wolfsläufer zurückzukehren, und Hishn biß in seine Schulter. Die beiden Wölfe stimmten in die Gesänge der Rudel auf beiden Seiten des Flusses ein. Sich auf ihre Bilder konzentrierend, verharrte Dion still und bewegungslos. Der Gesang auf der anderen Seite klang immer noch dunkel, gedämpft und abgeschottet. Allerdings nicht mehr so weit entfernt; Hishn hatte recht. Ihr Gesang war voller Gestrüpp und Klumpbüsche, Staub und Wildlosung. Dion wußte, daß sie nicht exakt dem Lauf des Flusses folgten, sondern den Wildwechseln. Es ging um Zeit, das wurde ihr plötzlich bewußt: die Grauen gaben den Flüchtlingen Zeit. Sie unterbrach den Kontakt, wandte sich Aranur zu und deutete auf die andere Seite der Wasserfälle. »Sie befinden sich dort drüben. Die Sklavenjäger« – sie machte eine Bewegung gen Süden – »sind auch dort, ganz in ihrer Nähe, aber noch nicht unmittelbar an ihnen dran.«

Aranur nickte. Die Taue über die Schulter werfend, wartete er darauf, daß Dion das gleiche mit ihrem Bündel täte. Die Metallringe, die er an einer Seilrolle befestigt hatte, schlugen bei jeder Bewegung schwer gegen sein Wams. Er zog eine Grimasse, bahnte sich den Weg durch die Felsen und blieb am Einstieg des Felsenkamins stehen. Der steile, felsige Spalt fiel grob in Richtung Wasserfall ab. Obwohl Dion hinunterspähte, konnte sie den Boden nicht erkennen. Auf halbem Weg nach unten, wo der Wasserfall auf den mittleren Teil des Felsens traf, wurde die Szenerie von aufsteigendem Nebel und dem Spritzwasser der Kaskade verwischt. Glitschiger Untergrund. Schlüpfriger Halt. Sie hielt an, um die Stulpenhandschuhe überzuziehen. Aranur folgte ihrem Beispiel. Er machte eine Geste in Richtung des doppelten Seils. Dann beugte er sich über den Rand, bis er seine Beine um eins der Taue schlingen konnte. Weg war er, rutschte in gleichmäßigem Tempo abwärts in den Nebel hinein, während das andere Seil von unten hochschnellte.

Als sie ihn aus dem Blick verloren hatte, brachte Dion ihre Seilspule an und beobachtete, wie das Tau sanft über die Rolle glitt. Als es stockte, streckte sie sich vor, um danach zu greifen und Aranurs Bewegungsablauf zu wiederholen. Ihre Hände zitterten. Sie schloß die Augen und ballte die Fäuste. Mit eiserner Vorsicht hob sie ihren Körper mit Hilfe der Arme an, bis sich die Beine um das Tau schlingen konnten. Dann glitt sie nach unten, während ihr Gewicht das Seil oben durch die Rolle zog.

Zehn Meter weiter unten wurde ihre Vorderseite von windgepeitschter Gischt durchtränkt. Zwanzig Meter weiter peitschte ihr brennende Kälte ins Gesicht. Die Beinkleider aus Leder bildeten eine eisige Haut auf den Schenkeln. Das Getöse der Wasserfälle hämmerte von innen gegen die Schädeldecke, bis es ihr so schien, als habe der Lärm sogar den Herzschlag betäubt. Dreißig Meter weiter erwischte ein Wasserschwall ihre Brust und schleuderte sie seitlich gegen die Kaminwand. Die Luft außerhalb des Wassers erschien Dion mittlerweile noch eisiger als die Gischt. Dann geriet sie in eine Nebelwolke. Trübes, frostiges Wasser tropfte ihr von den Wimpern und rann über die Nase. Ihre Ponyfransen troffen, und die Rinnsale, die sich ihren Weg von den Wangen über das Kinn bis zur Brust bahnten, brachten den purpurfarbenen Edelstein in ihrem Brustbein mit einer Kälte zum Gefrieren, die bis tief in die Knochen ging.

Das Tageslicht war nur noch eine weiße Wolke. Schwarze Schatten explodierten, als die Wassermassen herunterfielen, um dann in ihrem Inneren weiter zu lodern. Der Donner hämmerte in ihren Knochen. Dann berührten ihre Füße steinigen Grund. Sie taumelte, um in der Pfütze, in der sie gelandet war, Halt zu finden. Der Wasserstrom, der in fast senkrechtem Winkel an ihr vorbeirauschte, zog ihren Blick in seinen Bann und brachte sie mit seiner Dynamik zum Schwanken. Ein Arm langte aus der Dunkelheit hinter dem Wasserfall hervor, und Aranur zog sie nach drinnen.

Schwarze, frostige Kälte. An der Rückseite des Wasserfalls war eine glitschige Felsenhöhle. Vorne bildeten scharf gezackte Felsbrocken ein Durcheinander, weiter hinten hatte sich aus mehreren Schichten eine Wand geformt. Ein beißender Wind stieß sie zurück, die Konvektion ließ die Kälte weitflächig aufspritzen. Dion rang nach Luft. Ihr eisiger Körper zitterte. Als sie vorwärtstorkelte, spürte sie kaum etwas in ihren blutleeren Füßen. Von Aranur geführt, starrte sie verwundert zur Höhlendecke.

Dion war noch nie hinter den Wasserfällen gewesen. Sie hatte erst vor einem Ninan – also vor neun Tagen – davon gehört, als Gamon, Aranurs Onkel, die Stelle für die Überquerung des Flusses ausgewählt hatte. Angesichts der enormen Felsbrocken des Doppelfalls wäre ihr nie der Gedanke gekommen, daß sich hinter der Kaskade des oberen der beiden ein Hohlraum befinden könnte. Gamon jedoch hatte sich an eine Legende über die Fälle erinnert – eine Geschichte der Alten, welche die Welt so peinlich genau kartographiert hatten, daß sogar Minenvorkommen von der Größe eines Kinderschuhs darin verzeichnet waren. Sofort entsandte er mehrere Leute in die Bibliothek der Alten, und es dauerte nur ein paar Stunden, bis sie die Karte gefunden hatten, die er benötigte. Einige weitere Stunden waren dafür aufgewendet worden, den Botschaftsring für seine Leute zu entwerfen und anzufertigen, auf dem die Karte dargestellt war. Mit der Hilfe dieses Botschaftsrings war es leicht gewesen, die Höhle aufzufinden. Die Schnitzereien des hölzernen Ringes hatten so lebendig gewirkt – blau-schwarz, mit dem herabstürzenden Wasser und den unvermuteten Steinspalten –, daß Dion in diesem Moment, da sie sich in der Höhle umsah, immer noch den Entwurf des Rings vor Augen hatte. Sie erinnerte sich an die Kälte, die sie beim ersten Anblick dieses Werks empfunden hatte, an den Schauder, der ihr den Rücken hinuntergelaufen war. Als ob der Schnitzer in irgendeiner Weise einen Teil des Phye eingefangen und den Holzstab damit umwickelt hätte. Dieser Ort entsprach exakt dem, was sie auf dem Ring gesehen hatte. Bei allen Monden, was gäbe sie dafür, über ein solches Talent zu verfügen …

In Aranurs Arme geschmiegt, stand sie da, und es war, als klammerten sich ihre Körper an der Erinnerung an die Hitze fest, die sie ineinander entfacht hatten und die ihnen jetzt fehlte. Ihre Blicke sprangen von einer dunklen Ecke der Höhle zur nächsten, registrierten deren Umrisse und verglichen sie mit dem Bild im Kopf. Hinter den Wasserfällen wurde die Höhle eng und zerklüftet. Ihre feuchte Oberfläche war von eisig kaltem Glibber überzogen, der in dem schwachen Licht glänzte, das durch die Wasserwand hindurchfiel. Es schien so, als habe der herunterstürzende Strom sowohl den Augen das Licht als auch den Ohren jegliches Geräusch geraubt. Aranurs Lippen bewegten sich, und sie konnte sich denken, daß er etwas rief. Sie schüttelte den Kopf, worauf er noch einmal ansetzte. Diesmal sah sie, worauf er sie aufmerksam machen wollte. Entlang der Steinwand verlief ein dickes Seil, das wie ein Geländer an den glitschigen Steinen entlangführte. Behauene Trägerbalken waren in neue Halterungen eingefügt worden. Hier konnte man die Laufflächen anbringen, an welchen die Seilbrücke befestigt werden sollte. Aranur folgend, drängte sie sich auf einer hölzernen Plattform entlang, in deren Mitte sich ein Strahl vom äußersten Rand der Kaskade durch einen Spalt in die Tiefe stürzte. Am Ende der Plattform stieg Dion auf eine zweite Ebene, wobei sie unversehens auf den Knien landete. Mit schiefem Grinsen half Aranur ihr auf. Das Holz in dieser Höhle war bereits nach weniger als einem Tag mit glitschigem Schimmel überzogen.

Vorsichtig überquerten sie die Plattform, dann stiegen sie auf eine andere, breitere Plattform um, die sich an der hinteren Wand der Höhle entlangzog. Die Wölbung der Höhlendecke zog sich bis auf Schulterhöhe herab. Zweimal hätte sich Dion fast den Kopf angestoßen. Das Wasser, das sich auf ihrer Stirn sammelte und die Ponyfransen hinunterrann, machte sie so blind, daß sie sich angesichts der glitschigen Schwärze der Steine nur instinktiv ducken konnte. Obwohl die Dunkelheit der Höhle das Licht schluckte, konnte sie vor sich das blasse Holz einer weiteren Plattform erkennen. Sie war sperrig und merkwürdig geformt. Erst als Dion sich schon fast darauf befand, wurde ihr klar, worum es sich handelte: ein umfangreiches System von Seilrollen, das zwischen der Höhlendecke und der Plattform installiert worden war. Ziemlich schlau, dachte sie. Die Doppelseile, die nach oben und anschließend nach draußen führten, bildeten ein Zugsystem, das einer Wäscheleine ähnelte und von einer einzelnen Person bedient werden konnte. Dann brauchte man nur noch eine weitere Person, um sich am Tau nach oben zu ziehen, die Flüchtlinge zu finden und ihnen hinaufzuhelfen …

Weder Aranur noch Dion gaben sich groß Mühe, ihr Frösteln zu verbergen. Sie kletterten auf die zweite Plattform, wo Aranur die Taue löste und mit einem Ruck daran zog. Sie glitten geschmeidig über die Rollen. Er nickte in Richtung der hinteren Ecke der Plattform, wo zwei Bündel mit Material lagen. Als Dion eines davon untersuchte, fand sie zu ihrer Erleichterung Schuhe und Regenzeug. Die Flüchtlinge würden nicht gut gekleidet sein. Der andere Ballen war ein Durcheinander aus Gurten, Haken, Pflöcken und Rollen; Nagelkästen; Tuben mit Biokleber, Korallenfestiger sowie einem Gewirr aus alten Lumpen und abgetragener Kleidung. Sie entwirrte die Gurte, um sechs Kletterriemen zu finden. Fünf davon schlang sie sich über die Schulter. In den sechsten stieg sie hinein und zog sich die Gurte um Schenkel und Hinterteil. Die Methode war so einfach, wie sie altertümlich war. Nachdem sie vorne einige der Metallringe befestigt hatte, wandte sie sich wieder Aranur zu.

Er deutete auf ein drittes Tau, das am Rand einer Steinfliese befestigt war, und vollzog eine ruckende Bewegung. Sie nickte. Sobald sie oben ankam, würde sie an diesem Seil ziehen. Sobald sich die Steinplatte leicht bewegte, wüßte Aranur, daß die ersten Flüchtlinge zum Abstieg bereit waren. Er kontrollierte ihre Gurte und deutete dann auf eine markante Stelle an dem herabhängenden Seil. Die beiden Metallösen, welche die Stelle markierten, an der die beiden Seilenden ineinandergriffen, bildeten eine enge Schlinge und formten aus dem langen Tau einen eindrucksvollen Kreis, der sich von hinter den Fällen aus durch das Wasser bis zu der Klippe auf der Westseite des Phye erstreckte. Dion hakte sich an der Stelle ein, an der sich die Doppelöse befand. Ihr Karabinerhaken hing an der oberen Öse, das Gegenstück dazu befestigte sie von hinten in Gegenrichtung zum ersten. Das vorbeiströmende Wasser der Kaskaden bildete Laufrinnen an Seil und Karabinerhaken. Zitternd schüttelte sie die Kälte mit einem Zischen ab. Dann griff sie linkisch nach dem Seil, an dem Aranur sie emporzog.

Als sie mitten in der Luft ins Trudeln kam, funkelte sie ihn empört an, weil er sie nicht vorgewarnt hatte.

Er grinste. Besser, du gewöhnst dich dran, signalisierte sein Blick. Er zog an dem Tau, und Dion schlang das rechte Bein ums Seil, um ihren Körper zu stabilisieren, während sie in spiralförmigen Bewegungen nach oben schaukelte. Das Tosen des Teufelsknies fegte Aranurs Bild aus ihrem Kopf. Das Tau fiel wie ein Lot in die Wasserwand hinein, und als sie fünf Meter weiter oben anlangte, setzte der eisige Wind ein, der den Wasserfällen entstieg, und schien ihr die Kraft aus den Gliedern saugen zu wollen. Dann baumelte sie unschlüssig neben dem Teufelsknie. Unterschwellig wußte sie, was als nächstes kommen würde. Sie atmete durch, zog den Kopf ein und schlang die Arme um den Körper.

Stählerne Fäuste hämmerten in ihrem Schädel. Eiserne Füße traten ihr in den Nacken. Gewaltige Hände aus Wasser zwangen ihren Kopf abwärts in Richtung Flußbecken. Ihre Schultern zitterten, ihre Nervenstränge wurden von herabstürzenden Eisspeeren durchzuckt. Dann war sie durch. Ein letztes Mal trommelten die Fäuste auf den Nacken ein, dann war sie draußen, fast blind angesichts der glühend weißen Nebel der Wasserfälle. Etwas klingelte ihr in den Ohren, dünn und schwach, und ihr wurde bewußt, daß sie beim Passieren der Wasserwand geschrien hatte.

Ihr Körper begann unkontrollierbar zu zittern. Die Wasserfälle hatten sie benommen gemacht, ihr die Orientierung geraubt. Nein, allein hätte sie nie am Seil emporklettern können. Sie hatte sogar Zweifel, ob Aranur es schaffen würde. Der Nebel lichtete sich, die Wasserfälle wichen zurück, und ihr wurde klar, daß sie noch weiter emporgezogen wurde. Beinahe konnte sie die Klippe schon sehen. Das Gesicht mit frostigem Ärmel abreibend, lugte sie zur Schlucht hinüber, bis sie ihre glitschige Oberfläche genauso deutlich erkennen konnte wie die Nebelwolke unter ihr. Die Seile glitten die Klippen empor, bis sie an einer dunklen Linie stehenblieben – dem Seil, das den Pfad entlang gespannt war. Sie hatten die Taue also nicht bis ganz nach oben gespannt. Nicht so wichtig. Entlang des gesamten Pfades waren Seile angebracht, an denen die Flüchtlinge sich festhalten konnten. Und sie selbst auch, erinnerte sie sich mit Unbehagen. An dieser Stelle, zwischen Himmel und Wasser hängend, wurde Dion bewußt, daß sie ihre Hände nicht mehr von dem Seil lösen konnte. Die Feuchtigkeit, die von der Nase heruntertropfte, ließ sich nicht wegwischen. Das Tau schnitt in die unbeweglichen Finger ein. Das Herzklopfen übertönte nach und nach die Wasserfälle, hämmerte bis zu ihrer Kehle herauf.

Dion starrte zur Klippe hinüber, wünschte, bereits näher daran zu sein. Sie hatte keine Kontrolle über die unerbittliche Langsamkeit, mit der sie sich vorwärtsbewegte. Es war ihr unmöglich, die Haken zu lockern und aus eigener Kraft am Seil emporzuklettern. Nicht einmal tief durchatmen konnte sie aufgrund der drückenden Angst, die ihr die Lungenflügel zusammenpreßte.

Das Seil hob sich, und die andere Seite der Leine glitt vorbei. Als von weiter oben ein kratzendes Geräusch erklang, versuchte Dion, den Kopf zu heben. Plötzlich bewegte sich ein Holzbalken direkt an ihren Augen vorbei, ein Felsvorsprung erwischte sie an der Schulter. Von Panik erfüllt, begann sie sich zu drehen, als das Seil einen Ruck machte, ihr Körper emporschnellte und zum Stillstand kam.

Dion befand sich jetzt am Sockel des Flaschenzugs. Ihre Füße baumelten auf der Höhe des Simses, einer hölzernen Plattform, die in einen Vorsprung eingepaßt war. Teile davon waren, ebenso wie die Taue und Seilrollen, an einer Reihe von Kletterhaken befestigt, die weiter oben in den Fels getrieben waren. Unten hatte man, um die Stabilität zu erhöhen, zwei Holzbalken mit dem Klippengestein verkeilt. Dion löste ein Bein vom Seil und streckte es aus, bis sie die kostbare Festigkeit der Plattform unter den Füßen spürte. Ihre Hände, deren Knöchel weiß hervortraten, waren so fest um das Seil gekrallt, daß sie geduldig Finger für Finger ablösen mußte. Nachdem sie auch noch den Karabinerhaken geöffnet hatte, zog sie sich zum hinteren Teil der Plattform zurück, wo die steinerne Felswand einen Überhang bildete.

Vor ihr erstreckte sich die Aussicht über die Schlucht. Das Donnern der Wasserfälle erschien mittlerweile als etwas Normales, betäubte die Ohren, als hätte sie niemals andere Geräusche vernommen. Ihr Körper, der vor Kälte zitterte und vor Angst schlotterte, war nur noch in der Lage, den Pfad auf allen vieren zu erreichen. Aber da gab es etwas, das sie erledigen mußte. Flüchtlinge. Ja, das war es. Die Flüchtlinge warteten am Rand der Schlucht. Ganz in der Nähe also – aber wie nah? Undeutlich machte sich Hishns graue Stimme in ihrem Kopf bemerkbar, und Dion griff danach, zog den grauen Faden der Verbindung über der Schlucht straff. Es war Zeit, sich zu bewegen. Etwas packte sie und riß sie nach hinten. Die Schlucht wirbelte unter ihr davon.

Nicht hinsehen, zischte sie sich selbst zu. Die Gurte … das war es, woran sie hängengeblieben war. Es war wohl besser, sie hierzulassen. Dion streifte die Riemen von den Schultern, löste die Zusatzkarabiner und hakte sie hinten an die Gurte. Das Bündel mit der Ausrüstung befestigte sie an dem Seil, das die Ecken der Plattform umspannte.

Ein kalter Schock. Die Gedanken verschwammen. Als sie den Kopf schüttelte, begann die Schlucht erneut zu trudeln. Ängstlich preßte sie sich mit dem Rücken an die Wand. Hishns Sinne fluteten herein. In dem Gesang der Grauen schwang ein weiteres Rudel mit, und der Blick durch Hishns Augen verdoppelte alles. Plötzlich sah sie die Wasserfälle aus der Entfernung, vom anderen Ufer aus, erblickte das Rudel, das den Fußpfad der Jäger entlanglief. Sie erblickte sich selbst, an der Wand der Schlucht hängend, zitternd wie ein Zweig.

»Mondwürmer!« brüllte sie gegen ihre Schwäche an. »Die Monde mögen euch verdammen.«

Nachdem sich Dion aus eigener Kraft emporgezogen hatte, zwang sie sich dazu, die Augen auf den Weg zu ihren Füßen zu richten. Einen Meter, mehr mußte sie nicht auf einmal schaffen. Ein Meter, drei Schritte. Sie starrte den Weg an, während sich ihre Hände an den Vorsprüngen in der Wand festkrallten. Dort drüben befand sich ein Seil, straff über die ganze Länge gespannt. Ihre Hände griffen nach dem Stück Sicherheit, die Finger krallten sich fest, als ob es sich um das Leben selbst handele. Noch einen Meter. Noch drei Schritte. Die Wasserfälle donnerten unablässig. Benommen fragte sie sich, was die Flüchtlinge wohl denken würden. Wenn sie tatsächlich so aussah, wie sie befürchtete, nahmen sie vielleicht an, die Leute aus Arriye böten ihnen einen noch schlimmeren Unterschlupf als ihre Peiniger, die Sklavenjäger.

Dann dröhnten die Wasserfälle weniger laut; der Pfad stieg gleichmäßig an.

Die Klippe bestand aus einer Reihe verwinkelter Vorsprünge, deren Erdschichten emporgedrückt und ausgewaschen waren, mit dicken roten und braunen Maserungen, die sich durch das Gestein zogen. Dort, wo sie sich gerade befand, war der Pfad etwas breiter, neigte sich zur Oberseite der Klippe hin, und damit weg von den Wasserfällen auf der anderen Seite. Dion wechselte vom Licht in den Schatten, wo die

Felsen sich zwischen sie und die Sonne schoben. Erbarmungslos blies der Wind den letzten Rest von Wärme aus ihrem Körper. Sogar mit Hishns Wärme in ihren Gedanken konnte sie nicht aufhören zu zittern. Ihre Knochen waren kalt. Aus Angst, noch länger auf der Klippe zu verweilen, begann sie zu rennen. Sie trottete so leichtfüßig über den windgepeitschten Fels, als wäre sie selbst eine halbe Wölfin.

Der Gesang des Rudels lockte Dion an und trieb sie weiter nach oben. Als sie die oberste Stelle der Felswand erreichte, rannte sie immer noch. Plötzlich endete die Steinformation, der Wind fegte über die Kante. Unter ihren Nägeln hatte sich Schmutz festgesetzt, die Wangen waren an den Stellen verschmiert, wo sich der Staub mit den feuchten Spritzern des Flusses mischte. Die Beinkleider, deren ursprüngliche Farbe ein zartes Braun gewesen war, das inzwischen von Blut und Eiterjauche befleckt wurde, waren mittlerweile schwarz vor Nässe und leierten unter dem Gewicht des Wassers aus. Die braunen Lederfransen hinterließen Tropfen auf dem Pfad, die weichen Stiefelsohlen scheuerten an den Füßen, bis sie anschwollen und Blasen bildeten. Dion warf einen Blick in beide Richtungen des Pfades. Mit der dreifachen Wahrnehmung war es ihr möglich, sich selbst, Hishn und die Jäger gleichzeitig zu sehen. Es handelte sich tatsächlich um Sklavenjäger. Sie waren ganz in der Nähe, ein Stück weiter flußabwärts. In welcher Richtung aber hielten sich die Flüchtlinge auf? Oberhalb oder unterhalb des Knies? Sie erweiterte ihr Gesichtsfeld, und Hishn stieß als Antwort ein Heulen aus. Der Wind trug die Gerüche herbei, und die Graue deutete den Gesang des Rudels auf der anderen Seite des Flusses. Flußabwärts. Immer noch flußabwärts. Dion nahm die Fährte auf und rannte los.

Ihr Wams troff vor Feuchtigkeit. Wasser tröpfelte wie Eiszapfen aus ihrem geflochtenen Zopf am Rückgrat herunter. Der Wind fegte ihr die Spuren des Wassers aus dem Gesicht und rieb sich an der darunterliegenden Haut. Jäger. Flüchtlinge. Welche? Wo? Ihre Füße bewegten sich mit jedem Schritt auf drei Pfaden gleichzeitig. Ihre Schultern schrammten an Felsblöcken entlang, Bäume schlugen gegen ihre Lenden. Die Wölfe heulten. Dumpfer Schrecken nagte an Dions Nasenflügeln … der Schweißgeruch der Flüchtlinge. Sie setzte über einen Felsen, landete und strauchelte über lose Erdklumpen. Mühsam erlangte sie das Gleichgewicht wieder. Das Gleichgewicht? Waren das da unten vier Füße oder zwei? Und welcher von denen hatte nachgegeben? Und was erwartete sie hinter diesen Felsen?

Parallel zu ihr liefen die Jäger. Ihre Ausdünstungen füllten Dions Nase. Das Leder stank nach trockenem Schweiß; die Stiefel nach Kot und Schlamm. Ein Mann lachte. Ein anderer gab ein bellendes Geräusch von sich. Der Pfad führte an tiefhängenden Zweigen vorbei steil nach oben. Mit rachgieriger Genugtuung beschleunigten sie das Tempo, die Griffe ihrer Schwerter hingen tief.

Vor ihr rannten Sklaven. Blut sickerte von ihren Füßen in den staubigen Boden. Auf den Beinen verbrannte Schweiß zu ranzigen Dämpfen. Sie griffen nach den Ästen und fegten über die Blätter. Einer von ihnen hinterließ Blutstropfen, eine Spur von Blut, eine Spur der Hitze, einen Galgenstrick um ihre Hälse, während sie weiter zum Teufelsknie flohen.

Dion rannte. Ihr Atem kam stoßweise. Der Körper zitterte vor Kälte und Hitze zugleich. Ihre Beinkleider, die der Fluß gedehnt hatte, zogen sich vom Schritt aus in die Länge und klatschten wie eine eisige Haut gegen die Beine. Die Füße rutschten in den Stiefeln mit jedem Schritt vor und zurück, wobei das Leder die Knöchel wund rieb. In ihrem Kopf und ihrem Gesichtsfeld bewegte sich Hishn voran. Die gelben Augen durchbohrten den Wald am anderen Flußufer, während die Wölfe auf der westlichen Seite durch die Büsche brachen und zwischen den Bäumen verschwanden.

Schneller. Sie muß schneller sein. Dion sog die Luft ein, als gäbe es nur einen begrenzten Vorrat davon in der Umgebung. Sie sprang auf einen Felsblock und hinab in den Schlamm – es war, als schrien die Schenkel bei dem Sprung auf. Nahe. Noch näher. Der Schweißgestank in der Nase ließ sie fast würgen. Lauft, verdammt noch mal. Lauft wie die Monde. Sie sprang um mehrere Gesteinsbrocken herum und …

Sklavenjäger! Bei allen Monden! Sie hatte den Fußpfad verpaßt und befand sich mitten unter ihnen! Ganz vorne liefen ein Mann und eine Frau. Sie bremste ab, machte einen Satz zurück, zog mit einem Ruck das Schwert aus der Scheide und griff im selben Augenblick nach einem Messer. Stahl blitzte auf. Entsetzte Augen starrten sie an. Sie holte aus …

Sie waren ganz in der Nähe. Moira spürte die Klingen im Rücken, auch wenn sie noch eine Stunde entfernt waren. Zumindest waren die Klippen hoch genug, um ihnen ein bißchen Erleichterung zu verschaffen. Bitte, bei allen neun Monden …

Moira ging vorne. Wäre Luter kräftig genug gewesen, hätte er die Gruppe selbst angeführt. Aber sein Bein war lahm. Wundkäfer hatten es befallen. Wie lange würde er durchhalten? Sie wußte es nicht. Jeden Moment konnte es mit ihm vorbei sein. Wenn die Wundkäfer genug Netze in seinen Adern gesponnen hatten, würden sich Klumpen bilden, und dann würde er sterben. War es grausam, ihn bei sich zu behalten? Nein, besser die langsame Agonie des Flüchtlingstrecks, als von den Klingen der Jäger gefoltert zu werden.

Den Monden sei Dank, wenn sie recht hatte.

Der Pfad war breit. Sie nahm zwei Kinder auf die Arme. Jered und die anderen kümmerten sich um den Rest. Ganz nah. Die Stimme des Flusses dröhnte wie Donner. Auch wenn sie die Sklavenjäger nicht hören konnte, wußte sie doch, daß sie ihnen dicht auf den Fersen waren. Wie dicht? Wie weit entfernt? Wie bald? Wieviel Zeit noch? Wieviel Leben? Wieviel Tod?

»Mögen mir die Monde beistehen.« Ihr war gar nicht bewußt, daß sie etwas sagte. Nahe. Sie waren in der Nähe. Das

Flußufer befand sich weiter oben. Das Teufelsknie. Der Übergang, der ihnen versprochen worden war. Statt dessen mußten sie nun dem Tod ins Auge sehen. Mittlerweile erhoben sich hinter ihren Schultern Felsblöcke, die den Pfad verdeckten. Waren die Jäger vor oder hinter ihnen? Verdammt, vorne oder hinten? Der Pfad?

Sollten sie auf dem Pfad bleiben? Oder sich besser seitlich in die Schatten der Bäume schlagen?

»Hilf mir«, beschwor sie mit einem sinnlosen Schrei die Kraft des Flusses. »Hilf uns … «

Es war zu spät.

Die ersten Sklavenjäger umrundeten die Felsen. Moira ergriff ihr Messer. Jered packte die Kinder, die vor ihm gingen, und wirbelte sie herum, schleuderte sie hinter sich zu den anderen Erwachsenen, zückte sein abgebrochenes Messer …

… Dion zog ihr Schwert und holte aus.

Und hielt inne.

Und biß sich auf die Zunge. Ihr Brustkorb dehnte sich, entspannte sich, und der Atem entwich in tiefen Zügen.

Die Jäger liefen seitlich von ihr. Ihr Kopf füllte sich mit grauen Bildern. Aber die, die hier vor ihr standen, waren – Flüchtlinge? Keine graue Tönung in ihrem Geruch. Ihr ranziger Dreck und die zerlumpte Kleidung waren echt. Waren hier.

Hier.

Dions Augen flatterten von einem zum anderen. So viele.

Das Gesicht einer der alten Frauen war geschwollen, die Lippen aufgeplatzt. Sie hatte ihre Hände gegen die Rippen gepreßt, als müsse sie sie festhalten, damit sie nicht einfach abfielen. Ihre Beine – bei den lebendigen Monden: die Beine sämtlicher Flüchtlinge – waren von dunklen Striemen überzogen. Eines der Mädchen kratzte an dem Wundschorf, der die Hälfte des Arms bedeckte, und als Dion sie mit einer merkwürdigen, sachlichen Faszination zu betrachten begann, erstarrte das Mädchen, ließ die Hand zur Seite sinken und schaute abrupt zu Boden. Dion trat nach vorn. Obwohl die Verbindung mit den Wölfen gerade nicht fokussiert war, sahen ihre violetten Augen immer noch doppelt. Daher hatte sie Schwierigkeiten, den Anblick dieser vor Schreck erstarrten Leute von dem Bild der Jäger zu trennen, die durch ihren Kopf rannten.

Jered erwiderte ihren ausdruckslosen Blick und erstarrte in der Bewegung. Seine Hand mit dem Messer hing vor ihm in der Luft, ein Schaudern erfaßte ihn von den Schultern bis zu den Füßen. Violette Augen. Das Teufelsknie. Bei den Göttern, jetzt, nach alldem, war die Zeit gekommen. »Mondkrieger«, keuchte er.

Moira war wie versteinert. Violette Augen, stellte sie fest.

Die Figur vor ihnen stand regungslos da. Ihre Klinge glänzte stumpf in der Mittagssonne. Das Donnern des Flusses trieb Moira jeglichen Verstand aus. Ein Mondkrieger, dachte sie. Wenn jemand ihr früher erzählt hätte, daß sie dereinst miterleben würde, wie die Legende sie von einer Welt in die andere geleiten würde, hätte sie gelacht. Nun, da sie die Wahrheit kannte, konnte sie sich nur noch wundern.

Sie waren bereits tot.

Sie konnte ihr eigenes Lachen nicht hören und vollführte eine abrupte Bewegung mit dem Messer.

Der Mondkrieger bedeutete ihnen mit einer Geste, daß sie folgen sollten. Schwarzes Haar. Violette Augen. Naß, als wenn sie dem Teufelsknie selbst entwachsen wäre, nickte die Gestalt ihnen zu.

Sie waren tot, und nun konnte niemand mehr Hand an sie legen.

Als Moira erneut auflachte, warf Jered ihr einen befremdeten Blick zu. Der Mondkrieger sah sie an und hob an zu sprechen. Moira verstand nichts. Der Mondkrieger war kleiner als sie, was ihr merkwürdig erschien. Ein Mondkrieger, der zu ihr aufschaute – zu Moira, der ehemaligen Ratsä, Sklavin der

Diebe von Bilocctar. Die Gestalt sagte erneut etwas, und Moira lachte. Der Fluß raubte ihr sämtliche Sinne. Sie konnte nichts hören. Sie roch nichts, abgesehen von der kalten Feuchtigkeit des Flusses. Irgend etwas huschte über die Gesichtszüge des Mondkriegers – waren die Legenden, ähnlich wie ihre eigenen Leute, in der Lage, Mitleid zu empfinden? Das Schwert senkte sich, das Messer kehrte in die Scheide zurück. Und als Moira dabei zuschaute, gleichgültig, gefühllos, sich nicht einmal der Agonie ihres eigenen Körpers bewußt, legte der todbringende Mondkrieger eine wohlwollende Besorgnis an den Tag. Verlangsamt, als sei die Zeit verlangsamt oder gar angehalten – was natürlich Unsinn war, da die Mondkrieger den Tod brachten und die Dahingeschiedenen auf den Pfad der Monde führten –, streckte das Wesen die Hand nach ihr aus und berührte ihr Gesicht.

Moira blinzelte.

Finger strichen ihr über die Stirn und zogen sich wieder zurück.

Finger – kalt und sanft.

Eine Hand, die wie ihre im Wind zitterte.

Eine Hand, so narbig, daß sie den Blick abwenden mußte, zurück zu diesen violetten Augen. Diesen Augen des … Todes? Des Lebens? Hoffnung loderte in ihrem Herzen auf.

»Wer bist du?« flüsterte sie.

Der Fluß entriß ihr die Stimme.

Die Gestalt machte ein Zeichen. »Hier entlang!«

Hier entlang? Eine Stimme … ein Schrei, der sich über dem Getöse des Flusses erhob. Ein Geräusch so voller Verzweiflung wie Moiras Herz? War dieses Ding … war diese Person Wirklichkeit?

»… Ariye …«

Moira sah nach unten. Ihre Beine bewegten sich nicht. Die Nebelfetzen und die frostigen Winde entzogen ihr jegliche Kraft.

Der Weg war so weit gewesen. So weit zu laufen. Sie konnte

nicht mehr. Sie waren tot. Dieser Mondkrieger würde sie den Monden überantworten. Aber warum war es dann so schwer, sich zu bewegen? Einen Schritt zu tun? Bedeutete der Tod denn nicht endlich Frieden? War Frieden nicht ein Zustand schmerzloser Ruhe?

Sie warf der Gestalt einen ausdruckslosen Blick zu.

»Kommt.«

Die Hände des Mondkriegers waren mit Narben übersät. Sein Gesicht war zerschnitten – eine gezackte Linie zog sich von den Schläfen zum Kinn –, und obwohl seine Haut von einem frostigen Weiß überzogen war, waren die Wangen rotgefleckt, als ob er bergauf gerannt wäre. Gerannt? Moira spürte dumpfe Verwunderung. Von woher gerannt? Wieso sollte ein Mondkrieger irgendwohin rennen? Hier erwartete ihn nichts anderes als das Teufelsknie und das eisige Wasser der Berge.

Neugierig musterte sie den Mondkrieger und war überrascht, Ungeduld auf seinem Gesicht zu erblicken.

»Also! Kommt jetzt endlich!«

Jered ergriff Moiras Arm. Sie wehrte sich nicht dagegen.

Während sie sich von ihm wie ein Kind führen ließ, mußte sie wieder lachen. Kinder hatten so etwas …

Ach ja. Kinder. Es gab da Kinder, die auf den Pfad zu den Monden geführt werden mußten. Moira beugte sich zu dem Mondkrieger hin und berührte ihn, worauf dieser sich umdrehte. Moira deutete auf die Kleinen hinter sich. »Kinder.« Sie rang mit sich, um das Wort sorgfältig auszusprechen, als könne ihr der Fluß nicht nur den Verstand, sondern auch die Artikulation rauben …

Der Mondkrieger nickte. »… können … das Teufelsknie überqueren …«

Worte. Er sprach in Worten. Irgendwie hatte Moira immer angenommen, diese Wesen bedürften keiner menschlichen Ausdrucksformen. Schlank war er auch, wie Moira jetzt auffiel. Und seltsam gekleidet: seine Arme und Beine waren zwischen Knöcheln und Ellbogen mit Lumpen umwickelt. Lumpen? Genauso wie ihre. Als hätte er ebenfalls an einem Kampf teilgenommen. Mann oder Frau? Sein Gesicht war zu schön für einen Mann, dachte sie, auch wenn es diesen Ausdruck von Müdigkeit im Gesicht hatte. Konnte ein Mondkrieger erschöpft sein? So erschöpft wie Moira selbst? Sie lachte leise. Schickten die Monde denen, die sterben sollten, immer Mondkrieger, die ihnen möglichst ähnlich sahen? Wenn es so war, handelte es sich hierbei tatsächlich um die geeignete Kreatur, um sie auf den Weg zu den Monden zu führen. Verwundet. Müde. Angst in den Augen. Moira lächelte und folgte, ohne zu fragen. Ein Mondkrieger. Wenn sie das denen im Arbeitslager erzählen könnte. Keine Angst, dachte sie. Keine Schmerzen mehr. Die Legenden waren wahr. Die Mondkrieger führten sie, brachten sie in Sicherheit. Geleiteten sie zurück zu den Sternen. Zu den Sternen der Alten – zur Erstwelt: zur Erde.

Jered rief ihr irgend etwas ins Ohr, und Moira runzelte die Stirn. Warum belästigte er sie ausgerechnet in diesem Moment?

Hier stand ein Mondkrieger. Sie sah die violetten Augen des Mythos vor sich. Sie schob ihn beiseite. »Laß mich in Frieden.« Ihr war nicht bewußt, daß sie schrie. Plötzlich drehte der Mondkrieger sich um.

»Komm.«

Moira nickte ungeduldig. Sie kannte den Weg. Kein Jäger konnte sie mehr anrühren. Diese Gestalt hatte jedoch etwas …

»Hier entlang.«

Gehorsam drehte sie sich um und gab den anderen ein Zeichen, ihr zu folgen. Jered hatte seinen Griff um ihren Arm nicht gelockert, und sie versuchte, sich loszureißen.

»… nahe.«

Natürlich waren sie in der Nähe. Man konnte einen Mondkrieger erst dann erkennen, wenn man sich bereits auf dem Pfad zu den Monden befand. Moira zuckte ungeduldig mit den Achseln, aber Jered ließ sie nicht gehen. Scharf bohrten sich seine Finger in das magere Fleisch ihrer Muskeln, und Moira krümmte sich unter dem schmerzhaften Kratzen seiner Nägel.

»Wohin?« rief er.

»Hier hinunter ...« Der Mondkrieger machte eine Geste, und Moira signalisierte nickend passives Einverständnis.

Zum Teufelsknie hinunter. Sie fragte sich, ob es so kalt sein würde wie das Wasser. Konnte man immer noch etwas fühlen, wenn man bereits tot war?

Der Mondkrieger bewegte sich, und Moira kam zu dem Schluß, daß es sich um einen weiblichen Mondkrieger, also um ein Mondmädchen handeln müsse. Richtig so, dachte sie. Ein Mondmädchen für Moira. Ein Mondmädchen des Todes. Sie lächelte matt.

»Hier hinunter.« Die Mondkriegerin ergriff ihre Hand, und Moira betrachtete sie ohne Neugierde. Keine Fackel der Sklavenjäger rief derartige Narben hervor ...

Dann machte sie ein paar Schritte nach unten und fand sich auf einem Felssims unterhalb der Kante des felsigen Canyons wieder. Der Fluß zog ihren Blick nach unten, der aufsteigende Nebel drang ihr in die Kehle. Sie schloß die Augen und begann zu wanken.

»Hier entlang!« brüllte Dion die Frau an. Was, zum Teufel, war bloß mit ihr los? Verstand sie überhaupt etwas? Es blieb ihnen keine Zeit zum Warten oder für Erklärungen. Der alte Mann schob ein Kind zu ihr hin. Dion packte den Jungen beim Arm und zerrte ihn mit sich, murmelte Entschuldigungen, als das Kind unter ihren Händen zusammenzuckte und sich krümmte, bis sie den Griff lockerte. Angesichts der Tatsache, daß sie alle so geschlagen worden waren, war es ein Wunder, daß sie den Jungen überhaupt berühren konnte, ohne daß er sofort zu schreien anfing. Leise fluchend schaute sie zurück. Konnten sie sich nicht beeilen? Da, die große Frau hatte mittlerweile an jeder Hand ein Kind. Wenigstens bewegte sie sich vorwärts. »Dort entlang.« Beim Schreien fragte sie sich, ob die Frau überhaupt etwas hörte. Die Augen der Flüchtlinge waren matt vor Erschöpfung. Wie lange waren sie schon gerannt? Sie schaute auf ihre Füße und erbleichte. Die Lumpen ihres Schuhwerks wurden lediglich von Lederriemen gehalten, die an den Knöcheln festgebunden waren. Die Fußsohlen waren wund und voller Blasen.

Gütige Monde, dachte sie verzweifelt.

… Wind in der Nase; Schlamm, den die Füße vor ihr aufwerfen. Schwere Stiefel, dicke Hosen, der heisere Atem der Jäger … Dion blinzelte durch die Wölfe hindurch, kämpfte gegen die Vision an.

Ihr Blick konzentrierte sich wieder auf die Kinder und die Erwachsenen vor ihr.

Die Jäger … sie befanden sich in der Nähe. Aber sie waren nicht hier. Die Flüchtlinge … Sie *waren* hier. Es war ihr nicht möglich, das Seil zu erkennen, das den oberen Teil der Wasserfälle durchschnitt. Sie konnte nicht sehen, wie Aranur in der frostigen Kälte der Höhle wartete. Aber er war dort. Die Taue waren dort. Wenn es ihr nur gelang, diese Leute bis zur Klippe zu bringen.

Eilig laufende Jäger.

Jäger auf der Pirsch.

Heule, Wolfsläuferin, sandten die Grauen ihr zu. *Sing das Lied der Jagd.* Nein! Sie war diejenige, die gejagt wurde. *Geh zurück – geh außen herum!* Sie versuchte, mit ihrer inneren Bitte den Donner zu übertönen, der ihr im Kopf dröhnte. *Gib uns Zeit!* Sie war zu nah bei den Wölfen, hatte nicht die Kraft, gegen sie anzukämpfen. Hishn war in ihrem Kopf, in ihren Gedanken. Das graue Band spannte sich wie ein dickes Tau zwischen ihnen, und Dion sah die Klippe oben und den Pfad unten aus zwei sich überlagernden Blickwinkeln gleichzeitig.

»Hishn …«

Wolfsläuferin …

Dreißig Meter noch, mehr nicht. Eine Kurve noch. Der Kamin – dort war er. Sie konnte ihn bereits sehen. Dort lagen auch die Gurte. Die Stricke hingen bereit. Bei allen Monden, konnte diese Frau sich nicht beeilen?

Sie drehte sich um, versuchte mit ihrem Schreien das Getöse des Flusses zu übertönen: »Hier entlang!«

Die hochgewachsene Frau nickte ruhig.

Dion knirschte mit den Zähnen. Sie deutete auf die Steine, die den Vorsprung vor dem Pfad verbargen, und der alte Mann nickte und nahm die anderen in Schlepptau. Dion kroch zur Seite und ließ sie passieren. Um sicher zu sein, daß sie weitergingen, beobachtete sie die Flüchtlinge einen Moment, dann raste sie in entgegengesetzter Richtung den Pfad entlang. Ein Farnwedel, der zertreten auf dem Boden lag, wurde zu einem Werkzeug, um die Spuren zu verwischen. Sie fegte über den feuchten Boden, verrieb die Abdrücke, die die Füße in der weichen Oberfläche hinterlassen hatten – immer dann, wenn jemand von den Steinen abgeglitten war, auf denen sie sich, ihrer Anweisung folgend, vorwärtsbewegt hatten. Sie legte sich auf den Bauch und blies kräftig in das lockere Erdreich hinein, verteilte die Krumen, die in den Farnwedeln hingen.

Als sie zurückschlich, bürstete sie das Gras gegen den Strich. Nach einer Weile – in wenigen Minuten bereits, so die Monde gnädig waren – würde es sich zurückbewegen, so daß vom Pfad aus nicht zu erkennen war, daß sie den Weg in Richtung Flußufer verlassen hatten.

Die Jäger waren in der Nähe. Der Gesang des Rudels in ihrem Kopf war zu einer solchen Lautstärke angeschwollen, daß Hishns Stimme davon übertönt wurde. Inmitten des Lärms der Wölfe und des Teufelsknies fühlte sich Dion wie taub. Während sie sich hinter den Flüchtlingen her Richtung Flußufer bewegte, hüpfte sie von Stein zu Stein, so wie es auch die Kinder nach ihrer Anleitung getan hatten.

... heftiger Atemrhythmus, Köpfe, beim Heulen zurückgeworfen.

Auf einen dunklen Pfad springen, Insekten, die, zu einer Wolke verschwimmend, sich auf einem aufgeplusterten Pelz niederlassen …

Dion schüttelte sich. Die Kinder … wo waren sie? Waren sie weitergegangen? Oder hatten sie gewartet, mit der gleichen abgestumpften Geduld wie die Frau, die sie anführte? Daß sich die alte Frau bereits jenseits der Erschöpfung befand, war nicht zu übersehen. Trotzdem würde ihr die Erschöpfung keineswegs das Leben retten. Mögen ihnen die Götter beistehen, wenn sie zaudernd stehengeblieben waren. Um den Augen der Jäger zu entgehen, mußten sie sich auf jeden Fall unterhalb der Kante der Uferböschung bewegen.

Das Lied der Wölfe war laut. Ihr Keuchen hallte in ihren Ohren, schien fast schon zu einem Teil des Rhythmus des Flusses zu werden. Beeilung. Sie sprang, rutschte aus und glitt hinter einen Felsbrocken am Rand der Schlucht. Als Dion die Hand nach der Kante ausstreckte und sie knapp erwischte, mußte sie einen kurzen, schrillen Schrei in der Kehle unterdrücken. Ihre Hände gruben sich in den Boden, die Finger zerpflügten die weiche Erde auf der Suche nach einem verborgenen Stück Stein. Der Farn flog davon, die Klippe hinunter, und verschwand in der weißen Wolke, die den Fuß der Wasserfälle markierte. Sie zog die Füße nach oben. Weg von der Kante, weg von diesem schmalen, tödlichen Rand. Zitternd griff sie nach dem Felsblock und schwang sich zur anderen Seite.

Von dort aus konnte sie die Flüchtlinge sehen. Sie kletterten den Pfad hinab. Erleichterung überkam sie.

Dion schloß sich ihnen an und gab Rückendeckung. Zitterte sie eigentlich vor Angst oder vor Kälte? Wie die Flüchtlinge vor ihr ergriff auch Dion das Haltetau, hielt sich verzweifelt an diesem dünnen Faden Sicherheit fest. Vorwärts, nach unten, zur Plattform. Erneut wurde der Pfad etwas breiter. Während sie sich um einen ausgemergelten Körper nach dem anderen herumschlängelte, rief sie den Flüchtlingen zu, daß sie warten sollten. Um vorbei zu gelangen, mußte Dion sich zwingen, unmittelbar am Rand der Kante zu gehen. Mit bleichen Gesichtern starrten die Flüchtlinge zu den Wasserfällen hinüber. Zwei der Kinder konnten ihren Blick nicht abwenden. Sanft berührte Dion jedes von ihnen, nahm ihre kalten Finger zu Hilfe, um die verängstigten Blicke zurück auf den Pfad zu lenken. Als sie an der Spitze der Marschkolonne angelangt war, bedeutete Dion den Flüchtlingen mit einem Wink, ihr zu folgen und führte sie bis nach unten.

Binnen Minuten erreichten sie die Plattform. Schnell zog Dion die ersten beiden Kinder nach vorne. Sie löste das Gurtbündel, das immer noch am Seil baumelte, und wählte zwei Stränge davon aus. Mittels Berührungen wies sie die Kinder an, hineinzusteigen und ruhig stehenzubleiben, während sie die Riemen ihren dürren Beinen und Hinterteilen anpaßte. Zwei auf einmal – auf diese Weise konnten sie sich aneinander festhalten. Der alte Mann warf einen skeptischen Blick auf die Seile, taxierte die Stelle, wo sie den Wasserfall kreuzten und durchschnitten. Besorgt schaute er zu ihr herüber, seine Augen musterten ihren immer noch nassen Körper. Dion nickte kurz, dann wandte sie sich um und schob zwei Kinder über die Spalte hinweg, stabilisierte das Seil dabei mit einer Hand. Der kleine Junge, der erschrocken nach dem Tau gegriffen hatte, begann zu schreien, und das kleine Mädchen stimmte etwas gedämpfter ein.

»Nein!« Dion zog ihn zurück und legte ihm die Hand auf den Mund. »Nicht schreien.« Die Kinder hörten abrupt auf, wobei der Junge wie gelähmt erstarrte. »Es wird kalt sein«, schrie sie gegen die Wasserfälle an, »aber auf der anderen Seite befindet sich eine Höhle. Dort fängt euch ein Mann auf.« Sie löste seine Finger, die das Mädchen umklammerten, legte eine Hand nach oben ans Seil, die andere um die Taille des anderen Kindes. Um ihnen zu ermöglichen, sich sowohl an dem Seil als auch aneinander festzuhalten, wiederholte sie das gleiche bei dem Mädchen. Sie drückte ihre Köpfe aneinander, so daß die erhobenen Arme sie beim Überqueren des Teufelsknies vor der Wucht des herunterstürzenden Wassers schützten. »Bleibt so«, befahl sie streng. »Bewegt euch nicht, bis ihr den Mann in der Höhle seht.« Sie versetzte dem Tau an der Steinplatte einen Ruck. Die lange Schlinge mit den Kindern löste sich und begann davonzugleiten. Langsam erhob das kleine Mädchen den Kopf und starrte Dion an, bis es hinter dem Rand der Plattform verschwand. Als das Mädchen die Frau mit den violetten Augen nicht mehr sehen konnte, versteckte sie das Gesicht an der Schulter ihres Gefährten. Dion gab den nächsten beiden das Zeichen, nach vorne zu kommen.

Wieder zwei Körper. Wieder zwei Gurte. Ein zweiter Satz Metallösen wurde an dem Seil wie an einer Wäscheleine emporgezogen, und Dion hakte die nächsten beiden Jungen daran fest. Während sie herunterfuhren, tauchte am anderen Ende der Ösen das Paar Gurte wieder auf, welches sie als erstes benutzt hatte. Eine kurze Wartezeit. Die Riemen wurden angepaßt. Dann waren die beiden nächsten Kinder startbereit; zwei Mädchen, die fast die gleiche Größe hatten. Mit verängstigten Gesichtern sausten sie die Klippen hinab, verschwanden im Teufelsknie.

Erneut schickte sie zwei Kinder nach unten, anschließend eine alte Frau, die im Hinabgleiten den letzten der Jungen in den Armen hielt. Als nächstes kam ein alter Mann, dessen Bein lahm war – wobei sich seine Arme kaum in einem besseren Gesundheitszustand befanden. Er hätte hilflos wie ein Gepäckstock in der Luft gebaumelt, wäre nicht diese große Frau mit dem geschwollenen Gesicht in einen der beiden Gurte hineingestiegen und hätte ihn sanft festgehalten – als wäre er ein Kind und nicht ein zwanzig Jahre älterer Mann. Dion wollte die beiden von der Plattform schieben, doch die Frau hielt sie davon ab und griff nach ihrem Gesicht.

»... für dich ... Mondkriegerin.« Die Worte der Frau wurden vom Donner davongetragen.

Dion zuckte mit dem Kopf Richtung Wasserfälle. »Ab mit euch. Sofort.«

Die Frau nickte und richtete ihre Aufmerksamkeit wieder auf den Mann, den sie festhielt. Dann waren sie fort, rutschten am Seil in die Tiefe. Jetzt waren nur noch zwei von ihnen übrig, und Dion half dem letzten alten Mann in die Gurte, hakte ihn am Seil fest, schlang die restlichen Riemen und Karabinerhaken um die eigenen Schultern und klemmte sich neben ihm fest.

Als sie von der Plattform schwangen, klammerte er sich instinktiv an sie. Sein Körper war knochig, hart und kantig. Zwar versuchte er, seine Angst zu verbergen, aber die Hände zitterten unmißverständlich, das Gesicht war angespannt und bleich. Er bemerkte gar nicht, daß Dion sich ebenfalls fürchtete. Da war dieser Moment, in dem man sich von dieser soliden, sicheren Plattform in die Luft abstieß – drei Sekunden bodenloser, gedankenloser Leere, in welcher der alte Mann sich an sie klammerte, während das Seil hin und her schwang, bevor es sich durch ihr Gewicht allmählich stabilisierte. Ein Moment namenloser Angst, als sie nach unten blickte und sah, mit welchem Donner das Wasser an den Felsen herunterkrachte … Ihr Monde, bitte laßt diese Sache gelingen, betete sie.

Die Furcht brachte sie mindestens genauso zum Zittern wie die Kälte, das Frösteln des Körpers brachte den Atem zum Stocken und erstickte die ängstlichen Schluchzer. Die Lippen des alten Mannes bewegten sich geräuschlos. Seine Augen waren fest zugekniffen. Dions Augen waren aufgerissen, starrten gedankenlos in den Strudel, in die endlose Leere, in die sie hinabstürzten. Klauenartige Finger bohrten sich in ihren Arm. Ihre eigenen Hände waren so fest um das Seil geschlungen, daß die Fingernägel weiß anliefen und die Haut sich um die Knöchel spannte. Abwärts. Donner brüllte. Gischt spritzte empor. Nebel verschlang sie. Frostiges Wasser peitschte im Konvektionswind, strömte über ihre Körper, rann über die Nasen, brachte die Augen zum Erblinden. Dann glitten sie in das Teufelsknie hinein. Dion schrie laut auf, vollkommen hilflos angesichts der Fäuste des Flusses, die auf die Köpfe einhämmerten, und der Kaskade, die ihre Hände vom Seil wegschlug.

Wolfsläuferin!

»Hishn!« rief sie keuchend, als sie durch die Wasserfälle stürzten. Der Donner prügelte ihre Sinne taub, ihr Körper schwankte, bis sie endlich von Aranurs Armen aufgefangen wurde.

»Dion!« Er schrie ihren Namen. »Bring sie durch den Kamin hinaus. Ich komme hinterher.«

Sie drückte sich an seine Schulter. Warum fror sie so sehr, obwohl er so warm war? Oder war sie etwa soviel kälter als er? Er fühlte sich heiß an. War das ein schlechtes Zeichen? Schwer zu sagen. Sie war Heilerin – eigentlich müßte sie so etwas wissen ... Hishn bewegte sich irgendwo draußen im Licht, und das Lied des Rudels strömte herein, umhüllte sie ... *schweißige Hitze, schweißiger Gestank. Rufe und der heisere Atem der Menschen, die hinterherrannten. Staub. Staub und der Geschmack von Kaninchendung. Hunger ... die Jagd.* Dion konnte nicht sagen, ob ihr Pelz aufgerichtet war oder nicht. Pelz – nein, sie hatte keinen Pelz. Nur nasses Leder und kalten Stoff und fröstelnde, frierende Haut.

Aranur schob Dion zu den Kindern hin, und sie nickte dumpf. Ja, ein bißchen weiter. Sie kroch an die Spitze der Reihe, griff nach dem vorderen Kind und nahm es unerbittlich in Schlepptau. Der Junge zitterte lautlos, das eisige Wasser hatte seine Haut gefährlich blau verfärbt. Wenigstens hatte er Schuhwerk an – die übergroßen Stiefel, die jedem Kind hastig übergestreift und an den Lumpen festgebunden worden waren. Das Regenzeug hatte zwar keine wärmende Wirkung, aber wenigstens würde es das kalte Wasser davon abhalten, ihre Haut zu vereisen; den Rest der Kleidung würden sie erst morgen erhalten.

Hinter ihr versorgte Aranur die übrigen Kinder mit Regenzeug und Stiefeln. Immer, wenn er mit einem fertig war, schob er es zu Dion weiter, damit die Erwachsenen die Kinder hinter sich herzogen, während Aranur am Ende den verkrüppelten Mann mitschleppte. Die in der vom Donner erfüllten Grotte zitternde und erschöpfte Gruppe folgte Dion an der Hinterwand der Höhle entlang, ertrug mit Mühen die eisige Kälte der Felsen unter den Füßen. Falls die Kinder schrien – sie konnte es nicht hören. Falls sie verwundert die Grotte oder die Rückseite der Wasserfälle anstarrten, konnte Dion es nicht sehen. Sie kroch vorwärts, glitt auf die zweite Plattform und erreichte schließlich den äußersten Rand des Teufelsknies. Die Augen reibend, entdeckte sie die Taue, die den Kamin emporführten. Sie drehte sich um und deutete auf die Felsspalte.

An der Stelle, an der sie und Aranur zuvor abwärts geschlittert und an den Felsen entlanggescheuert waren, bildeten die Steine jetzt eine grobgemeißelte Treppe. Den Pfad empor – wie Ameisen, die an einem Felsen hochkrabbeln. »Nach oben!« rief sie. »Klettert.«

Und sie kletterten, krabbelten, ließen, wenn sie ausrutschten, Blut auf den Steinen zurück, zogen sich mechanisch empor. Dion stieß sie nach vorne. Hinter ihr brachte Aranur die Nachhut nach oben, trug den alten Mann, dessen ausgemergelter knochiger Leib vom gleichen Frösteln geschüttelt wurde wie die Körper der Kinder. Irgendwo oben sang Hishn das Lied der Meute, das gewaltig in Dions Bewußtsein hallte. Die Geruchsspur des Wolfes rief bei ihr ein Nasenrümpfen hervor. Sie streckte die Hand nach einem spitzen Vorsprung aus und zog sich daran empor. Die Finger waren taub, das Wasser rann ihr unbemerkt an der Nase entlang. Sie packte das Kind neben sich und schob es auf den nächsten Halt für die Füße. Nach oben. Immer nach oben. Falls noch so etwas wie Höhenangst in ihren Eingeweiden steckte, so spielte dies im Moment keine Rolle. Da war so wenig Wärme, so wenig Energie, daß nicht einmal der Schrecken sich darin festsetzen konnte.

Und dann waren sie oben. Es dauerte eine Ewigkeit, alle durch die Felsen zu der Baumreihe zu schleppen, wo Hishn an ihre Seite glitt und Mjau die Kinder in Empfang nahm. Tomi stieß einen Schrei aus, rief etwas und rannte an ihr vorbei, um sich einem der Ältesten in die Arme zu werfen. Dion schaute nicht hin. Sie schüttelte den Kopf, als wolle sie ihn von dem Donner befreien. Da ihre Muskeln sie nicht mehr länger aufrecht hielten, sank Dion bebend nieder und lehnte den Kopf gegen die Wölfin. Ihr stoßweiser Atem wurde vom heiß glühenden grauen Pelz eingehüllt.

8

Feuer wärmt deine Haut;
Die Grauen erwärmen deine Seele.

Feuer. Sie brauchten Wärme. Aranur bettete seine bewußtlose Last ins Moos neben die anderen, fing den Kopf des alten Mannes auf, bevor er auf den Boden schlug. Die Wunde in seinem Bein war voller Blut. Kein Wunder, daß er ohnmächtig geworden war. Aranur dehnte seinen Körper nach hinten, ließ die Schultern kreisen, um die Spannungskrämpfe zu lösen, die das Gewicht verursacht hatte. Sein Brustkorb hob und senkte sich, Schweiß rann an Armen und Wirbelsäule herunter, kalt wie das Wasser, so daß er ein Frösteln nur mit Mühe unterdrücken konnte. Wenn er bereits so ausgekühlt war, wie mußte es erst den anderen ergehen, mit ihren halbverhungerten Mägen und notdürftig verhüllten Gliedern? Bei den Mondwürmern, noch nie hatte er eine Gruppe von Leuten in einem derartigen Zustand gesehen. Mit ihren Schüttelfrostanfällen und ihrem abgestumpften Verstand würden sie wohl der Unterkühlung zu erliegen drohen, bevor es ihm gelang, sie von hier wegzubringen. Und Dion … wo war sie? Nach den Strapazen des Kampfes, der Heilung und schließlich der Rettungsaktion mußte sie am Ende ihrer Kräfte sein. Sicher, wenn er es von ihr verlangte, wäre sie wohl stur genug, um weiterzumachen. Wenn er sie zu hart antrieb, würde es ihr jedoch nicht besser ergehen als diesen Flüchtlingen. Er ging die Gruppe durch, bis er schließlich Dion in der Nähe des Steinhaufens an der Öffnung des Kamins fand. Sie kauerte sich mit zitternden Schultern an die Wölfin. Als er sie berührte, bemerkte er, daß ihre Augen immer noch voller Angst waren.

Bei den Göttern, schalt er sich selbst, wie hatte er bloß Dions Höhenangst vergessen können? Er hatte sie einfach die Klippen hoch- und wieder hinuntergeschickt, und sie war ohne ein Wort des Protestes gegangen. Was war er bloß für ein Idiot! Aranur bückte sich zu Dion, um sie in die Arme zu nehmen, doch Hishn bleckte die Zähne. Verdammt sei alles bis in die siebte Hölle, fluchte er angesichts der knurrenden Wölfin. Reichte es nicht, daß er sich selbst bereits für ihre Angst verantwortlich machte, mußte ihn jetzt auch noch Hishn verwünschen?

Aranur betrachtete den Rest der Gruppe. Die Kinder drängten sich wie Fledermäuse aneinander, die kleinen Körper verloren sich fast in der übergroßen Ausrüstung. Die meisten hatten die Arme zitternd um die Brust geschlungen und wiegten sich stumm hin und her. Das Fehlen jeglicher sichtbaren Reaktion verwirrte ihn. Stirnrunzelnd begann er, etwas sorgfältiger hinzuschauen. Auch auf den Gesichtern der Erwachsenen, die Tomi umringten, zeichnete sich lediglich so etwas wie dumpfes Einverständnis ab. Sie ergriffen seine Arme, riefen Worte, die ungehört vom Donner der Wasserfälle geschluckt wurden. Eine der Frauen – die Große mit dem geschwollenen Gesicht – schüttelte den Jungen so lange, bis Mjau ihn endlich von ihr wegführte und Tomi zu den anderen Kindern brachte, die ihn vorsichtig mit nassen, eisigen Händen abtasteten.

Mjau begegnete Aranurs Blick, und er nickte in Richtung Pfad. Auch wenn sie noch so erschöpft waren, hier konnten sie nicht bleiben. So nah am Flußufer konnten sie jederzeit von den Jägern entdeckt werden, und in diesem Falle würden sie so lange suchen, bis sie den engen Pfad die Klippen hinab gefunden hätten. Das wäre das Ende ihrer Höhlendurchquerung. Ganz gleich, wie müde sie waren, sie mußten weiter.

Er berührte die Älteste, die ihm am nächsten stand, am Arm. »Du mußt dich ausziehen!« rief er ihr zu, bemüht, das Donnern der Wasserfälle zu übertönen. »Sonst wird dir die Tunika nach und nach sämtliche Körperwärme entziehen.«

Von unkontrollierbarem Zittern geschüttelt, starrte die ältere Frau ihn ausdruckslos an. Wärme? Da gab es keine Wärme mehr, die man ihr noch hätte entziehen können. Der Wind blies ihr ein eisiges Haarbüschel ins Gesicht; sie strich es hinter das Ohr. Es war so schwer, sich zu konzentrieren. Ohne seine Geste verstanden zu haben, schüttelte sie den Kopf.

Aranur starrte ihr ins Gesicht, sah die Prellungen, die ihre zwischen dünnem grauem Haar hervorscheinende Kopfhaut verdunkelten. War sie taub? Fluchend begann er, ihr mit ungeschickten Bewegungen den Regenmantel auszuziehen, schlug ihre Hände zur Seite, als sie versuchte, sich an dem Kleidungsstück festzuklammern. Er griff nach ihrer Tunika. Immer noch starrte sie ihn an, die Hand am Saum des Regenmantels. Er machte sich zunutze, daß sie sich weiterhin daran festhielt, ergriff währenddessen einen Zipfel der Tunika und versuchte, diese hochzuziehen. Die Augen der Frau flackerten voller Furcht. Plötzlich wehrte sie sich, wild vor Panik strampelnd, gegen ihn, wobei seine Bestimmtheit sie nur noch stärker in hellen Schrecken versetzte. »Mjau!« rief er.

Rasch ergriff Mjau beschwichtigend die Hände der Frau und überredete sie, sich die Tunika über den Kopf ziehen zu lassen. Als sie sie über die knochigen Arme gleiten ließ, lächelte Mjau und machte sich zunächst daran, den eiskalten Stoff auszuwringen. Dann schüttelte sie ihn aus und benutzte ihn als feuchtes Handtuch, um den Körper der Frau abzurubbeln und ihn vom Wasser und dem gröbsten Schmutz zu befreien. Wie in Trance schaute die Älteste dabei zu, stand wie eine Puppe da, während Mjau niederkniete und die Blutzirkulation in den schlotternden Beinen wieder in Gang brachte. Die ältere Frau zuckte nicht einmal zusammen, als die Bogenschützin das Blut wegwischte, das aus der klaffenden Wunde in ihrem linken Knie quoll. Als Mjau fertig war, wrang sie die Tunika ein weiteres Mal aus, faltete sie zu einem ordentlichen Bündel zusammen und stopfte sie in den zerknitterten Mantel, den sie der Frau zurückgab. Die Ältere starrte sie an. Als Mjau sich abwandte, streckte die Frau die Hand aus, berührte sie an der Schulter und murmelte stockende Dankesbekundungen. Mjau lächelte, aber dieser Ausdruck gelangte nicht bis zu ihren Augen.

Aranur trat vor den nächsten Ältesten. Der Mann fing an, Mantel und Tunika abzulegen. Da er merkte, daß er hier nicht gebraucht wurde, wandte sich Aranur den Kindern zu. Dann waren alle dabei, sich auszuziehen, ihre Tuniken auszuwringen, Blut und Wasser von den Körpern zu reiben. Zitternd versuchten sie, sich gegenseitig warmzurubbeln. Als sie fertig waren, standen alle bebend und fast nackt im Schatten des Waldes, wobei einige immer noch verstohlen Tomi berührten. Mjau gab einem der kleinen Mädchen ihre eigene Tunika, streifte sie ihm über und zog dann das Wams wieder über ihren eigenen, nackten Oberkörper. Tomi hatte auch Dions und Aranurs Tuniken an andere Kinder weitergegeben. Mjau zog ihre eigene Ersatzkleidung und Aranurs Reservehemden aus dem Gepäck hervor und gab sie denjenigen, die am meisten zitterten. Um sie anlächeln zu können, mußte Mjau die Zähne zusammenbeißen. Als einer der Jungen Dions Hemd nahm und sich dann umdrehte, um es einem anderen Kleinen überzuziehen, wandte sich Mjau abrupt ab.

Es dauerte nur zehn Minuten, bis die Gruppe startbereit war. Kaum war die trockene Kleidung verteilt, begann Aranur, sie auf den Pfad zu dirigieren. Er und Dion behielten ihre nassen Beinkleider und Oberteile an; für den Fall, daß sie sich gegen irgendwelche Waldtiere verteidigen müßten, war der Schutz durch die Kleidung wichtiger als die Wärme. Ihre Zusatzausrüstung mit eingerechnet, hatten insgesamt sechs Tuniken verteilt werden können. Tomi und eines der kleinsten Mädchen waren die einzigen Kinder, die keine abbekommen hatten. Die Ältesten, die die Kinder hinter der Bogenschützin her an der Hand führten, preßten die kleinen Ellbogen an ihre Hüften, in der Hoffnung, daß so wenigstens etwas Wärmeaustausch stattfand. Der einzige äußere Unterschied zwischen den Frauen und dem letzten alten Mann bestand darin, daß die ausgemergelten Brüste der Frauen in losen Hautfalten herabhingen, während die Haut des Alten zwischen den Knochen einfiel. Auch war kaum ein Unterschied zwischen dem verkümmerten und dem gesunden Arm des alten Mannes zu erkennen. Aranur mußte sich beherrschen, um ihn nicht anzustarren. In der Dunkelheit hinter den Wasserfällen waren die Gestalten kaum mehr als Schatten gewesen. Nun, bei Tageslicht, wirkten die schwarzen Striemen auf ihrer schmutzigen Haut wie Zebrastreifen.

»Hier entlang«, befahl Aranur erbarmungslos. »Folgt Mjau.« Die Bogenschützin, die zwei Kinder an der Hand hielt, führte sie in den Wald. Tomi folgte ebenfalls mit zwei Kleinen, dann kamen die anderen, mit Ausnahme jener großen Frau, die einfach nur dastand und auf den Fluß starrte.

»Wir müssen gehen!« brüllte Aranur gegen das Tosen des Wasserfalls an. Als sie nicht reagierte, packte er sie am Arm und zog sie vom Ufer fort. Sie riß sich los. Zunächst verstärkte er seinen Griff, doch dann hielt er inne. Da war etwas Seltsames mit ihren Augen … Bilder zuckten an seinem geistigen Auge vorüber, und plötzlich erinnerte er sich an einen Tag vor langer Zeit, als er noch ein Kind war. Heiße Sonne, ein halb gefüllter Beerenkorb … und die zuckenden, merkwürdig verkrümmten Körper seiner Eltern, die von Pfeilen durchbohrt im Sterben lagen. Der Ausdruck auf dem Gesicht seiner Schwester …

Er blinzelte. Der Körper des kleinen Mädchens, das während des Trecks ertrunken war. Sanft berührte er die Frau. Als sie ihm schließlich den Kopf zuwandte, deutete er auf den Fluß. Dann hielt er seine Hand in einer Höhe über den Boden, die der Größe des kleinen Mädchens entsprochen hätte, wenn es dort gestanden hätte. Langsam schüttelte er den Kopf. Eine Regung huschte über das Gesicht der Frau und war so schnell wie ein Windhauch wieder verschwunden. Plötzlich sackten ihre Schultern nach unten. Hätte Aranur nicht schnell reagiert, wäre sie gestürzt. Er stützte sie und half ihr wieder auf die Beine. Sie nickte apathisch. Als er zum Pfad hindeutete, torkelte sie in diese Richtung, wobei ihre immer noch in den Stiefeln steckenden Füße über den Boden schleiften.

Nachdem er sich vergewissert hatte, daß die Frau den Kindern folgte, widmete sich Aranur Dion und kniete neben ihr nieder. Die Augen der Wölfin funkelten ihn an, warnten ihn davor, die Frau zu stören, und er blitzte zurück. »Auch ich habe Rechte«, versuchte er klarzustellen. Als er in diese gelben Augen blickte, durchfuhr ihn ein grauer Bewußtseinsschock. Das Echo hallte in seinem Kopf wider; Hishns Bilder überfluteten seine Gedanken. *Kaltes Frösteln, zitternde Knochen. Nasse Haut, glitschig wie Wasser auf Glas. Brennende Augen, triefende Nasenlöcher. Angst, die den Magen befällt wie neuntägiger Hunger.*

Aranur unterbrach den Kontakt, indem der sich schüttelte. »Dion«, sagte er statt dessen zu ihr, versuchte, das Geräusch der Fälle zu übertönen. »Nur einen halben Kilometer von hier entfernt ist eine Breitblattwiese.« Sie blickte ihn angestrengt an, und erschrocken bemerkte er, wie bleich und ausgezehrt ihr Gesicht aussah. Er nahm ihren Arm, erschauerte jedoch, als ihre eisigen Hände die seinen drückten. »Komm. Nur noch ein paar Minuten. Du schaffst noch viel mehr.«

Von Hishns Bildern eingelullt, ließ Dion zu, daß er sie auf die Beine zog. Befanden sie sich immer noch in der Höhle? Nein, hier herrschte helles Licht. Und Hishn war da: das staubige Haar der Wölfin rieb sich wie Sand an ihrer Haut. Sie befanden sich oben, am Rand der Schlucht. Teilnahmslos sah sie um sich, ohne sich bewußt zu werden, daß Aranur sie hinter den anderen her in den Wald zog. Ihr war so kalt. Die Sonne brach für einen Moment aus dem bewölkten Himmel hervor, und dieser Augenblick der Wärme ließ sie heftiger frieren als zuvor.

Aranur fluchte leise. »Verdammt, Dion, lauf. Ich habe nicht die Kraft, um dich und den hier zu schleppen.« Er deutete auf den bewußtlosen alten Mann, den er zuvor getragen hatte.

Sie nickte ausdruckslos und stolperte neben ihm her, bis sich auf einmal eine massige pelzige Schulter unter ihre Hand schob.

Aranur legte sich den schlaffen Körper des alten Mannes wie einen Sack Rootwurzelpalmen über die Schultern. »Los, Dion«, wiederholte er.

Schwankend wollte sie gehorchen, als ihre freie Hand sich plötzlich in einem anderen dicken Fell wiederfand. Yoshi. Hishn und er ließen ihre kräftigen Stimmen erklingen, und fast hätte sich Dion erschrocken auf alle viere fallen lassen. Hishn schnappte kurz nach dem anderen Wolf und verjagte ihn aus Dions Kopf.

Dion bekam kaum etwas mit. Ihr Körper hatte den Zustand der Erschöpfung schon lange hinter sich gelassen. Sie bewegte sich nur deshalb den Pfad hinunter, weil sie geführt wurde und zudem nicht genug Energie hatte, um sich hinzulegen. Vor ihren Augen verschwamm alles. Immer noch rasten Wölfe links und rechts von ihr, liefen auf der Kammlinie entlang, jagten mit den Jägern, als Hishn plötzlich den Gesang auf beiden Seiten des Flusses aufgriff. Eines der Lieder war anders. Bloß welches? fragte sich Dion geistesabwesend. Ah, das, was von der anderen Seite des Phye kam: dort schwangen weniger bitterer Verrat, weniger Enttäuschung und Sorge mit. Der Hunger, der unter den anderen Gefühlen mitschwang, hatte sich nicht abgeschwächt, und Dion fragte sich, wann die Wölfe wohl fressen würden. Es war gefährlich, so lange zu laufen, ohne Nahrung zu sich zu nehmen. Daran, daß sie immer noch auf der Jagd waren, konnte kein Zweifel bestehen. Jetzt aber, dachte sie, da die Flüchtlinge sich nicht länger auf der Fährte befanden, würden sie sich wohl statt dessen wieder dem Wild zuwenden.

Wolfsläuferin, heulten sie.

Dieses Mal vernahm sie es und war erfreut, daß sie ihr gestattet hatten, zuzuhören. Sie sangen ihren Namen in ihr Rudel hinein, und sie strauchelte gegen die Wölfe an ihrer Seite. Hishns beschützendes Wesen gegen den Heißhunger der anderen Wölfe; Yoshis Kraft und Toleranz gegen die Bitterkeit des Rudels … Wie konnte sie mit diesen Wölfen heulen? Sie verstand deren Geheul nicht einmal. Ihre Hände krallten sich in Hishns Nacken, und die Lippen zogen sich unbewußt von den Zähnen zurück.

Ja. Sie hießen sie willkommen. *Sing mit uns, Wolfsläuferin.*

Ihr ehrt mich, erwiderte sie durch Hishn. Dann fuhr der Wind unter ihr tropfendes Wams und ließ die Haut gefrieren. Erneut verschloß sie ihre Gedanken gegenüber allem, außer den grauen Schatten an ihrer Seite.

Hinter ihr kämpfte Aranur mit dem Gewicht seiner Last, als der bewußtlose Körper plötzlich vor Kälte zu beben begann. Seine feuchte Kleidung scheuerte an Brust und Hals rauh auf der Haut. Die Borten seines Wamses rieben über den Halbedelstein auf seinem Brustbein, klatschten gegen das Hemd und zerrten daran.

Als er Dion so vor sich hertaumeln sah, stieß Aranur einen stummen Fluch aus. Wenn er einen Botenvogel dabeihätte, könnte er das Lager benachrichtigen und seinen Onkel Gamon veranlassen, ihnen entgegenzukommen. Hätte er mehr Wolfsläufer, könnte er dem Rudel die Nachricht schicken, daß Hilfe gebraucht wurde. Er schnaubte erbittert vor sich hin. Wenn er nur mit den Monden sprechen könnte …

Dion war zu erschöpft, um die über Hishn laufende Verbindung zu kontrollieren. Auch für den Fall, daß die Wölfin ihm zuhörte, wäre sie so sehr mit Dions Schmerzen beschäftigt, daß sie nicht in Worten, sondern in primitiveren Bildern denken würde, was ihm überhaupt nichts einbrächte.

Der Körper in seinen Armen begann erneut zu beben, und plötzlich sickerte etwas Warmes durch sein Wams. Aranur nahm einen stechenden Geruch wahr.

Das, was er gefühlt hatte, war kein Zittern gewesen. Der Mann war tot.

Aranur ließ den Körper fallen, als hätte er sich daran verbrannt. Ein Schaudern erfaßte seinen Körper und schüttelte ihn. Er hatte einen Toten getragen. Die Entleerung der Blase des alten Mannes hatte den heißen Urin auf sein Wams rinnen lassen. Er zuckte angesichts der schwachen Dämpfe zusammen und versuchte, gerade zu stehen. Schon einmal hatte er einen toten Mann getragen. Die Tatsache, daß dieser hier auf der Flucht gestorben war, machte seinen Tod nicht weniger ehrenvoll – schließlich war der Mann davongelaufen, um die Kinder zu retten, nicht sich selbst. Aranur straffte seinen Körper, beugte sich nach vorn und legte die Glieder des Alten ordentlich um den Körper. Er starrte auf das knochige Gesicht, die wenigen grauen Haarstoppeln, die eingefallenen Wangen. Wenigstens war der Mann nicht im Feuer der Jäger gestorben. Wenigstens war er in Ariye gestorben.

Weiter vorn fühlte Dion, daß Aranurs Gegenwart schwächer wurde. Dumpf blickte sie zurück, und sah, wie er sie im Laufschritt wieder einholte. Sein Gesicht wirkte verbissen, grimmig, und sie wünschte, sie hätte die Kraft, ihn nach dem Grund zu fragen. Als er vorüberlief, berührte er nur flüchtig ihre Schulter. Dann nahm er zwei der kleinsten Kinder und hob sie auf seinen Arm.

Da die beiden Kleinsten jetzt nicht mehr zu Fuß gehen mußten, beschleunigte sich das Tempo. Aranur hatte zunächst angenommen, die Bewegung würde sie wieder aufwärmen. Als er jetzt zurückblickte, bemerkte er jedoch, daß sie über keine Reserven verfügten, die sie ausschwitzen konnten. Bei den Göttern, was würde er für wenigstens zwei Reittiere geben. Kurz entschlossen wechselte Aranur die Richtung und lenkte sie auf einen von Breitblatt bewachsenen Platz.

Dion bemerkte, daß der Weg sich änderte. Wärme – Aranur führte sie zu der Breitblattwiese. Doch selbst wenn sie anhielten, um sich zu wärmen, war klar, daß die Pflanzen nicht ausreichen würden. Diese Leute waren zu ausgekühlt. Sie waren zu lange gerannt. Bereits jetzt waren drei Kinder von einem Fieber befallen, das in ihren Körpern wütete. Bis zu dem Zeitpunkt, an dem Gamon und die anderen bemerkt hatten, daß etwas nicht stimmte, konnten sie bereits einige von ihnen an den Tod verloren haben. Dions Gedanken klarten auf und konzentrierten sich auf eine bestimmte Richtung. Sie verstärkte ihren Griff in Hishns Pelz. »Graue«, flüsterte sie. »Kannst du das Rudel rufen? Es laufen so viele von ihnen auf den Bergkämmen entlang. Werden sie uns helfen, werden sie uns etwas von ihrer Kraft leihen?«

Wolfsläuferin, du gehörst zum Rudel. Hishns Stimme klang freudig erregt. *Du heulst mit ihnen. Wenn du es willst, werden sie mit dir laufen.*

Dion mußte um ihre Konzentration kämpfen. »Hishn, wir brauchen Reittiere – und warme Kleidung für die Kinder. Und Essen. Könnte einer der Grauen zum Lager gehen und mit Gamon sprechen?«

Aus Hishns Kehle drang leises Grollen, und der Gesang in Dions Kopf veränderte sich, ein stürmischer, dringlicher Trommelschlag floß in den Rhythmus ein. *Ja,* antwortete die Meute. *Wolfsläuferin,* riefen sie.

»Ihr ehrt mich«, stieß sie hervor.

Wir laufen, wir jagen mit dir.

»Ihr Grauen. Ich …« Ihre Erleichterung war spürbar. »Ich bin euch dankbar«, meinte sie einfach.

Die Antwort war eine graue Flut, die die Abhänge hinabwogte. Sie mußte gar nicht hinschauen: ihr stummes Geheul schlug in ihrem Kopf an, lief durch Hishn hindurch, so daß sie ihren Gesang verstehen konnte. Ein einzelner Wolf scherte aus und raste gen Osten in Richtung Lager.

Dann fegten die grauen Schatten durch den Wald. Einer der Flüchtlinge schrie auf, jemand kreischte schwach. Dion versuchte, sie zu beruhigen. Aranur drehte sich um. Er sah das Wolfsrudel zwischen den Bäumen hervorblitzen. Dion mußte sie gerufen haben. Trotz dieses segensreichen Gedankens verfluchte er ihr Timing. Sie hatte wohl einen der Wölfe ins Lager vorausgeschickt, um sie von der Ankunft der Flüchtlinge in Kenntnis zu setzen. Doch die Flüchtlinge liefen schon von Panik ergriffen auseinander. Angsterfüllt warnten sie sich gegenseitig mit Schreien vor den Verfolgern, vor den Jägern.

»Nein!« Aranur machte einen Sprung nach vorne, ergriff dabei einen Jungen und eine der Frauen. Während er sie auf den Pfad zurückzog, rief er: »Sie sind gekommen, um uns zu helfen. In Ariye laufen sie frei herum – nicht mit den Jägern.«

»Bleibt stehen!« schrie Dion. »Das sind unsere Freunde …«

Tomi war derjenige, der die Panik beendete. Der Junge sprang auf einen Baumstumpf und brachte mit seinem Kreischen die fliehenden Gestalten zum Halten. »Hört mir zu!« Er winkte mit den Armen. »Lauft nicht fort. Sie gehören nicht zur Brut der Sklavenjäger. Ich kenne diese Wölfe. Die Grauen sind gut. Sie haben mich vor den Worlags gerettet.« Moira und die anderen hielten inne, drückten die Kinder an ihre nackten Körper, als er fortfuhr: »Sie haben für mich gekämpft. *Für* mich. Sie wollten mich nicht töten.«

Aranur hörte auf, mit dem Kind und der Frau zu ringen. Einen Meter entfernt gab Moira einen leisen Schrei von sich und zeigte mit ihrem bloßen, knochigen Arm auf Dion. »Schaut«, sagte sie. »Tomi hat recht. Die Mondkrieger und die Wölfe.« Die anderen murmelten in sich hinein. »So, wie es bereits bei den Alten war«, sagte sie mit einem merkwürdigen Singsang in der Stimme. »Laßt sie nun uns alle in die Sicherheit geleiten.«

»Mondkrieger!« schrien die Kinder.

Dion schüttelte den Kopf. »Ich bin kein Mondkrieger, der euch geleiten wird. Ich bin lediglich eine Heilerin. Aranur ist derjenige, der uns führt.«

»Violette Augen. Wölfe …« Moira schwankte vor Erschöpfung.

Aranur rief: »Hört zu, wir sind Menschen, weiter nichts! Ich bitte euch … glaubt den Wölfen. Sie sind hier, um zu helfen, nicht, um euch zu jagen. Ich gebe euch mein Wort als Waffenmeister von Ramaj Ariye.«

Dion zog die Kriegshaube vom Kopf, so daß sich der silberne Reif schimmernd von ihrem nassen, schwarzen Haar abhob. »Und ich gebe euch das meine als Heilerin.«

Einer der anderen Alten schaute unsicher zu Dion hinüber. »Eine Heilerin, die ein Schwert trägt?« fragte er und ergriff mit einer Hand seine eigene, zerbrochene Klinge, während die andere, von einer rätselhaften Krankheit befallen, nutzlos herunterhing. »Ein Waffenmeister, der hinter einem Wasserfall auf uns wartet?« fügte er hinzu. »Wie sollen wir euch Glauben schenken?«

Moira ließ die Schultern sinken. »In uns steckt kein Quentchen Vertrauen mehr«, meinte sie mit leiser Stimme.

»Ihr müßt uns nicht glauben«, erwiderte Dion ruhig. »Ihr müßt uns nur gestatten, daß wir euch helfen.«

Ungeachtet des nackten, knochigen Anblicks, den ihr Körper bot, straffte sich Moiras Gestalt. »Ich bin Moira, Vorsitzende des Rates«, verkündete sie mit fester Stimme und trat vor. »Ich bitte um Zuflucht für diese Kinder.«

Aranur nickte und streckte den Arm zu einer Geste der Begrüßung aus. »Wir haben eure Botschaft erhalten. So wie ihr die unsere.«

Sie war nicht in der Lage, das Zittern ihres Körpers zu verbergen. »Wir konnten nicht warten.« Eine Pause machend, blickte sie zuerst Dion, dann Mjau und schließlich Aranur erstaunt an. »Schließlich handelte es sich um das Teufelsknie.«

Er lächelte schief. »Und nun, da wir wissen, daß es funktioniert, könnten wir davon erneut Gebrauch machen.«

Als ihr klar wurde, was er da gesagt hatte, schloß Moira die Augen.

»Wir hatten vor eurer Ankunft keine Zeit, den Übergang auszuprobieren«, erklärte er.

Moira nickte ernüchtert. Sie hatte die Kinder zu früh gebracht. Sie hatten nicht gewußt, ob der Übergang intakt sein würde. Ohne diese Mondkriegerin jedoch ... diese Heilerin, die sich jetzt so erschöpft an die Wölfe klammerte, als wären sie ihre einzige Kraftquelle ... Was diese Frau für sie getan hatte, was sie riskiert hatte, als sie sich durch die Wasserfälle stürzte, ohne zu wissen, ob die Seile bis zu ihrer Rückkehr halten würden ... Moira schloß die Augen und begann erneut zu schwanken.

Jered streckte die Hand nach Aranurs Arm aus, ergriff ihn, ließ ihn jedoch sofort wieder los, als ob er sich dieser Berührung nicht sicher wäre. »Ich bin Jered, der zweite Älteste.« Er warf Moira einen Blick zu und bot ihr seinen Arm an, wobei er fragte: »Wie weit ist es bis zu eurem Lager?«

»Zu weit für euch«, erwiderte Aranur offen. »Aber hinter diesen Bäumen befindet sich eine Breitblattwiese, wo wir warten können. Dion hat einen Wolf in unser Lager geschickt, um Hilfe zu holen. In ungefähr einer Stunde müßten Essen und Kleidung hier ankommen.« Er schaute ein Stück geradeaus. »Dort hindurch.« Er erhob die Stimme und zeigte in diese Richtung. »Nur noch ein paar Meter, und wir können Halt machen. Ihr könnt euch an den Wölfen wärmen.« Während er den Weg durchs Unterholz einschlug, sagte er zu

Moira: »Wir sind immer noch zu nahe am Phye, um ein Lagerfeuer zu riskieren. Bis zur Ankunft meines Onkels können die Grauen euch die Wärme ihres Fells geben.«

Moira betrachtete ihn ruhig. Schließlich nickte sie und torkelte hinter ihm her, als er sich seinen Weg durchs Gebüsch bahnte.

»Dort drüben!« rief Aranur und zeigte auf eine kleine Lichtung.

Das grüne Meer zwischen den verstreuten Bäumen war schulterhoch, seine sanften Wellen paßten sich der Form des hügeligen Bodens an. Die Schatten unterhalb der Blätter sahen dunkel und warm aus – wie Höhlen, fiel Moira plötzlich ein. Unter dem Dach der Blätter erwiderten die leuchtenden Augen der Wölfe ihren Blick. Aranur bewegte sich langsam vorwärts, schlug die Blätter leicht zur Seite, tastete sich vorsichtig durch das Laub, bevor er sich nach unten an die Stämme herantastete. Der flaumige Mantel, der die Blätter den Winter hindurch geschützt hatte, war noch nicht vollständig abgefallen. Zumindest färbten diese losen Knäuel nicht auf sein Gesicht ab, dachte er gequält, während er die Pflanzen niederdrückte und daraus einen notdürftigen Unterschlupf formte. Die flaumigen Staubfäden konnten einem tagelang in der Nase jucken. Er trat zurück und gab dem nächststehenden Ältesten einen Wink; er sollte sich und zwei der Kinder in den Unterschlupf betten. Was er getan hatte, war zwar nicht viel, aber zumindest wurde auf diese Weise ihre spärliche Körperwärme gespeichert. Aufmunternd nickte er den beiden Jungen zu, die einander zu fest an den Händen hielten. Die Frau mit dem dünnen Haar und den Flecken auf der Kopfhaut kniete sich neben sie, murmelte ihnen etwas zu, legte ihre knochigen Glieder über die der Kinder und gab ihnen so das bißchen Wärme, das sie hatte.

Moira beobachtete sie, wie sie sich zusammenrollten, dann blickte sie nach hinten, zum Ende der Kolonne. »Wo ist Luter?« fragte sie stirnrunzelnd.

Der alte Mann? Aranur richtete sich auf, und als er antwortete, klang seine Stimme schroff und entschuldigend zugleich. »Er ist tot.«

»War er … hatte er…«

»Er starb, während ich ihn trug. Ich weiß nicht, woran.« Er drückte ein weiteres Breitblatt nach unten und bedeutete Moira mit einer Geste, daß sie darunter kriechen sollte.

Sie starrte auf den winzigen Unterschlupf. »Mögen ihn die Monde mit einer schnellen Überfahrt segnen«, brach es automatisch aus ihr hervor. Aranur blickte sie überrascht an. Wäre da nicht diese müde Heiserkeit in ihrer Stimme, hätte sie, bei dem Minimum an Emotionen, das sie zeigte, genausogut das Dankgebet beim Abendessen sprechen können. Sie erriet, daß er eine heftigere Reaktion erwartet hatte. Aber sie fand in ihrem Inneren keinen Gram mehr. In dem Moment, als ihr vom Fluß ihr kleines Mädchen genommen worden war, hatte sich ihr Herz leise und endgültig geleert, ohne daß es ihr bewußt geworden wäre. »Hier«, sagte sie zu den Kindern, die bei ihr waren. »Schmiegt euch aneinander.«

Aranur fiel nichts ein, was er dazu sagen sollte, und er drückte die Pflanzenstengel nach unten, damit sie sich mit ihnen zudecken konnten. Erstaunt stellte sie fest, daß dem Flaum auf den Blättern eine sanfte Wärme entströmte. Aranur, der ihre Überraschung sah, nickte. »Sie strahlen nur im Frühling Wärme aus. Damit stoßen sie den Winterflaum ab. Wenn du sie am Anfang des Winters erntest«, erklärte er, »speichern sie Energie, und du spürst keinerlei Wärme auf ihrer Oberfläche.« Die beiden Kinder, die bei ihr waren, ein Mädchen und ein Junge, schauten ihn mit ernsten Blicken an, und Aranur begann sich plötzlich unbehaglich zu fühlen. Er nickte kurz und ging weg.

Moira drückte die beiden Kinder eng aneinander. Das Mädchen legte seine Arme um den Jungen, wich jedoch vor Moiras eisiger Haut zurück, bis die Frau die übergroße Tunika nahm, die das Mädchen trug, und zwischen ihre beiden

Körper stopfte. Sie war gerade damit fertig, das gleiche mit dem Jungen zu tun, als der sanfte, schnüffelnde Atem eines Wolfes sie erstarren ließ. Sie hielt den Atem an, als das Tier sich zwischen den Blättern hindurchdrängte, um sich neben sie zu legen. Sein Pelz berührte ihre nackte Haut. Sie zuckte zurück. Bei den Monden dort oben … Zitternd rollte sie sich vor die kleinen ausgekühlten Körper der Kinder und betete, daß der Wolf nicht beißen möge, daß das Reibeisen seiner Zunge, das gerade vorsichtig über ihre Haut fuhr, nicht tödlich war.

Der Wolf ignorierte ihre Reaktion und kuschelte sich an ihren Rücken. Sie blieb angespannt liegen und bewegte sich nicht. Kein Knurren war zu hören. Kein Angriff. Behutsam lehnte sie sich zurück und zog die Breitblätter über die Beine. Die Wärme, die dem Wolfspelz entströmte, fühlte sich auf ihrer Haut fast heiß an. Im Vergleich dazu wirkte die Wärme, die dem Winterflaum der Breitblätter entströmte, beinahe verschwindend gering. Bei den Monden, sie hatte fast vergessen, was Wärme bedeutete. Sie mußte sich zwingen, das bißchen wölfischer Hitze an die Kinder weiterzugeben. Trotzdem drehte sie sich so, daß deren Körper schließlich zwischen ihrem und dem des Wolfes lagen. Den eigenen Rücken preßte sie statt dessen gegen die wesentlich kälteren Breitblätter. Kurz danach schlich sich jedoch ein weiterer Grauer heran und drängte seinen Pelz gegen ihren Rücken. Für einen Moment erstarrte sie; dann fühlte sie sich wie in einem Kokon. Schluchzend hielt sie den Atem an. Daß die Grauen – die Jagdhunde der Sklavenjäger – ihnen Wärme spendeten …

Dion schleppte sich in Begleitung eines der Ältesten herbei. Dieses eine Mal war sie dankbar dafür, daß Aranur die Führung übernahm. Als er sich umschaute, nickte sie ihm zu. Nachdem alle bis auf Tomi sich bereits wie Kaninchen im Bau auf den Boden gebettet hatten, stolperte Dion zu ihm hinüber. Tomi, der ihr immer noch an den Fersen klebte, kam hinterher. Der große Mann warf dem Jungen einen finsteren Blick zu. Als Dion den Jungen mit einer Geste aufforderte, sich zwischen die Blätter zu legen, zögerte er einen Moment, bevor er gehorchte. Einen Augenblick später ließen Aranur und Dion sich auf die Knie nieder und krochen zu dem letzten freien Unterschlupf. Aranur bog die Blätter für Gray Hishn und Yoshi zur Seite, so daß die beiden Wölfe sich neben ihnen hindurchwinden konnten. Während er fühlte, wie Yoshis Hitze durch sein Wams drang, schlang er die Arme um Dion und drückte sie, obwohl die Kälte ihrer Haut ihn zum Frösteln brachte, fest an sich.

Ein Rascheln in den Blättern warnte ihn, daß sie nicht allein waren, und er versteifte sich. Da die Wölfe jedoch bis auf ein leichtes Zucken der Ohren keine Reaktion zeigten, war er keineswegs überrascht, als schließlich Tomi vorsichtig eines der gigantischen Blätter zur Seite bog. Der Junge erwiderte seinen Blick und kauerte für einen Moment regungslos da. Während Dion sich kaum rührte, seufzte Aranur hörbar auf. Da er jedoch nichts sagte, kroch der Junge durch die Öffnung des Unterschlupfes und drehte sich dann so, daß er mit seinen Schenkeln unmittelbar die verlockende Wärme der Wölfe spürte. Nach einem Moment des Zögerns legte er sich schließlich ungeniert zwischen Dion und Hishn, schmiegte seinen kleinen Körper von hinten an die Beine der Wolfsläuferin. Aranur bemühte sich, nicht mit den Zähnen zu knirschen. Eine Stunde, sagte er stumm. Nur eine Stunde mit Dion allein – war das etwa zuviel verlangt? Er betrachtete die dunklen Umrisse des Kindes. Dann änderte er seine Körperhaltung erneut, so daß der blättrige Unterschlupf sich um sie schloß und sowohl sie beide als auch den Jungen umhüllte.

Dion bekam kaum etwas mit. Die Geruchsmarken von Aranur und Tomi hingen in den Nasen der Wölfe. Der Körper des Jungen neben ihr fühlte sich weder warm noch kalt an. Unbewußt registrierte sie, um wen es sich handelte, zu müde, um protestierend den Kopf zu erheben. Da jeder Erwachsene zwei Kinder hatte, die sich an ihn kuschelten, war Tomi als einziger übriggeblieben. Wahrscheinlich war es auch bloß die Einsamkeit … Es spielte keine Rolle. Dion war zu müde, um sich darüber Gedanken zu machen. In ihrem Hinterkopf trommelte es ununterbrochen, der Magen wand sich in Krämpfen, aber das waren nebensächliche Unannehmlichkeiten. Als die grauen Bilder, gemischt mit winzigen Flecken von Tageslicht, allmählich in sie einsickerten, begann sie, sich treiben zu lassen – in dem Wissen, daß sie und Aranur in Sicherheit waren, sicher hier unter den Wölfen. War das auch dem Jungen bewußt? Konnte irgend jemand von ihnen begreifen, was das bedeutete? Sie waren jetzt in Sicherheit. Sie waren in Ariye.

In Bilocctar jedoch, gegen Ende des letzten Winters, als der Schnee der Höhen sich von den Feldern zurückzog …

Conin starrte den Dorfbewohner an. »Ich bin euer Lloroi«, wiederholte er. »Hast du mir nichts zu sagen? Keine Meinung? Keine Fragen? Keine Beschwerden?« Der Mann im mittleren Alter starrte weiter auf seine Füße und trat von einem Bein aufs andere. Conin fluchte angewidert.

Longear warf ihm einen Seitenblick zu. »Er ist ein alter Soldat, der im Widerstand gekämpft hat – was nicht gerade viel bedeutet«, meinte sie, gelangweilt von Conins Verhörversuch. Es gab schnellere Wege, an Informationen heranzukommen, als solche Befragungen. Sie begutachtete ihre Fingernägel und zog eine Grimasse, als sie die Schmutzränder an der Unterseite entdeckte. Einen Tag noch, dann würde sie wieder in der Stadt sein und für die Jäger den Spion spielen, während sie nach dem Mann suchte, der ihre Pläne durchkreuzt hatte. Schon bald, dachte sie und lächelte versonnen, würden die Widerstandskämpfer enttarnt, gefaßt und verbrannt sein – ein langsamer und qualvoller Tod, vielleicht garniert mit ein paar Nachtspinnenbissen, rein zum Amüsement. Es würde auch den anderen Karnickeln an der Grenze eine Lektion erteilen. Sie blickte zu Conin hinüber. Er gab sich wirklich redlich Mühe. Fast mußte sie lachen. Was war er nur für ein Trottel.

Doch jetzt war sie das Spiel endgültig leid. »Verschwendet nicht weiter meine Zeit«, sagte sie scharf zum Lloroi. »Der Mann wird nicht antworten. Er hält wohl kaum mehr von deiner Bilocctar-Brut als du selbst.«

Conin warf ihr einen argwöhnischen Blick zu. Verspottete sie ihn jetzt bereits in aller Öffentlichkeit? Er fing einen Blick von Namina auf und sah, daß eine ängstliche Warnung darin lag. Nur mühevoll zügelte er sein Temperament. »Ob ich viel von meiner Brut halte oder nicht, steht auf einem anderen Blatt«, entgegnete er ruhig. »Dazu habe ich nicht viel zu sagen.« Er blickte auf den Dorfbewohner hinunter.

Der Mann starrte immer noch auf die eigenen Fußspitzen, schien ganz und gar in ihre plumpe Gestalt versunken zu sein, so daß Conin einen Augenblick darauf entnervt sein Reittier hinweglenkte. Das sechsbeinige Dnu verfiel in einen langsamen Trott, und er folgte dem Pfad in dem Wissen, daß sich Naminas Dnu hinter ihm befand und daß Longear ihnen beiden wie ein dunkler Schatten folgte. Was sollte er tun? Er war jetzt zwei Ninans lang hier draußen gewesen, und immer noch war es ihm nicht gelungen, auch nur einen einzigen Menschen aufzutreiben, der offen mit ihm redete. Daran, daß dies Longears Schuld war, hegte er keinen Zweifel. Aber wie sie das geschafft hatte, blieb ihm unbegreiflich. Er war sowohl in Städten als auch in Arbeitslagern gewesen, hatte Räten zugehört, die über solch nebensächliche Probleme diskutierten wie etwa die Frage, welche Familie mit welcher anderen zusammenziehen sollte. Er hatte beobachtet, wie Jäger neben Dorfbewohnern standen, als wären sie freiwillige Arbeitskräfte auf den Feldern und in den Bergwerken der Bevölkerung. Die Stadtbevölkerung steckte voller Angst; er hatte diesen Ausdruck schon oft genug in Naminas Augen gesehen, um ihn falsch zu interpretieren. Und dennoch – selbst wenn er bereits viele Leute befragt und verhört hatte, war er immer noch auf der Suche nach jemandem, der die Wahrheit sprach. Mochten die Monde sie alle verdammen, fluchte er keuchend.

Naminas Mutter hatte recht. Diese Leute waren verängstigt. Ihre Augen, ihre Worte … Sie schienen fast mechanisch zu sprechen, wenn er in der Nähe war. Ihm entging keineswegs die Erleichterung, wenn er sie aus dem Verhör entließ. Wie hätte es auch anders sein können, wenn sie so offen vor seiner Anwesenheit flohen, als würden seine Worte die Seuche übertragen. Dies zu ergründen lag jenseits seiner Möglichkeiten. Bei den Göttern, wenn Longear ihn so etwas zugeben hörte, würde sie sicher lachen. Genau darauf wartete sie doch nur. Sogar in diesem Moment spürte er, wie sie grinste und sich seine Enttäuschung wie ein Dessert auf der Zunge zergehen ließ.

Bei den Monden, er würde die Wahrheit herausfinden, und zwar bald. Er mochte zwar ein uneheliches Kind sein. Er mochte zu naiv zum Regieren sein. Er mochte im Hinblick auf das, was Longear hier trieb, blind sein. Aber er war immer noch ein Mann und ein Lloroi. Er würde Longear zur Rede stellen für das, was sie getan hatte – und wenn ihn dies das Leben kostete.

Als Namina diesen Ausdruck über sein Gesicht huschen sah, lief es ihr plötzlich eiskalt den Rücken hinunter.

Longear betrachtete die beiden mit unverhohlener Genugtuung. Sie befanden sich jetzt weit draußen im Grenzgebiet. Nur noch zwei Dörfer zwischen hier und ihrer Basis. Und dann …

9

Ein Leben vergeht, ein Fluch wird geboren.
Nur Seiker weiß, was schlimmer ist.

Dion bemerkte nicht, wie sich Aranur von ihr löste und den Unterschlupf verließ. Erst als er die Blätter von ihrem zusammengerollten Körper zog und sie an der Schulter schüttelte, tauchte sie aus den Tiefen der Erschöpfung auf. »Steh auf, Erdenkind«, sagte er mit müdem Grinsen. »Du hast drei Tage lang geschlafen.«

»Was?« Sie fuhr zusammen. »Hishn … Yoshi, es tut mir leid … «, murmelte sie rasch, als sich die Grauen knurrend beschwerten. Sie raffte sich auf und rückte zur Seite.

Aranur streckte ihr die Hand entgegen. »Ich wollte dich nur ein bißchen ärgern. Es war bloß eine Stunde.«

Gerade wollte sie etwas erwidern, als ihr Kopf von einer schmerzhaften Explosion durchbohrt wurde. Stöhnend ließ sie seine Hand los und griff sich an die Stirn. Eine Stunde? Es kam ihr kürzer vor als eine Minute. Aber wie auch immer, ihr ganzer Körper hatte sich versteift, die Beine waren verspannt, die Arme wund und geschwollen. Im Rücken pochte ein stechender Schmerz, ebenso in den Waden. Die eine Fußsohle ließ sie bei jeder Bewegung zusammenzucken. Automatisch griff Dion nach Hishns Pelz, und die Graue schob sich unter die Hand der Schwankenden. Sie mußte unterwegs auf einen Ast oder Stein getreten sein. Entweder das, oder irgend etwas hatte sie durch den Stiefel hindurch in den Fuß gebissen. Sie stöhnte wie eine alte Frau.

Aranur betrachtete sie genau. Dann, als könne er ihre Gedanken lesen, sagte er: »Bald, Dion. In einer Stunde sind wir wieder im Lager.«

Sie blickte auf. »Aranur ...«

Flüchtig streifte er ihren Brustkorb. Der sanfte Druck seiner langen Finger massierte die Gemme unter ihrem Wams. Langsam hob sie die Hand, um die gleiche Stelle an seinem Brustbein zu berühren, während seine andere Hand auf der ihren lag. Als er zurücktrat, wiesen seine grauen Augen kein Lächeln mehr auf. Er betrachtete ihr bleiches Gesicht, die violetten, vor Erschöpfung getrübten Augen, die von brennenden Schmerzen halb betäubten Muskeln. »Bald, Dion«, wiederholte er. Dann drehte er sich um und schritt davon.

Dion schaute in die Runde. Immer noch spürte sie diesen Knoten im Magen. Sie brauchte mehr Essen, stellte sie fest und ließ den Blick auf der Suche nach ihrem Gepäck umherwandern. Einen Augenblick später gab sie mit einem tiefen, finsteren Seufzer auf. Die mageren Vorräte, die noch übrig gewesen waren, hatte Tomi bekommen, als sie unterhalb der Wasserfälle war. Wenigstens gab es hier eßbare Pflanzen – das Breitblatt verdeckte Dutzende verschiedener Sorten von Knollengewächsen und mindestens zwei Arten von Schattenlilien. Sie konnte einige Wurzeln ausrupfen und sie auf dem Weg ins Lager kauen. Als sie den Arm ausstreckte, mußte sie stöhnen. Neben ihr winselte Hishn, und Dion nickte gequält. Die beiden anderen Heiler, die Ovousibas ausüben konnten, standen nicht einmal in Verbindung mit den Wölfen, die sie nach der Heilung stärken konnten. Einer von beiden war ein Meisterheiler, dessen Alter schon jegliche Zeitrechnung überschritten hatte, die andere war eine junge Praktikantin. Sie benutzten Hishn als Medium; beide waren sensibel genug dafür, auch wenn keiner von ihnen jemals zuvor eine Verbindung mit einem Wolf eingegangen war. Sobald jedoch die Heilung vollzogen war, waren diese beiden anderen Heiler von der grauen Kraft abgeschnitten und der Auszehrung ihres eigenen Körpers überlassen – so, wie es Dion ohne Hishn ebenfalls ergehen würde. Während sie hinunterblickte, huschte ein zärtliches Lächeln über ihr Gesicht.

Das Lächeln ging in ein gewaltiges Gähnen über. Der nagende Schmerz im Magen steigerte sich zu Krämpfen, und sie krümmte sich. Hishn stieß sie ungeduldig an, und auch Gray Yoshi tat seine Unzufriedenheit kund. Dion warf ihnen einen schrägen Blick zu. »Das ist nicht euer Hunger, sondern der meine, den ihr fühlt«, meinte sie trocken. »Und ich würde auf den zweiten Mond wetten, daß die Steifheit eurer Muskeln auch von mir stammt.«

Versuchsweise streckte sie die Glieder und las die Erschöpfung in ihren Blicken. Ovousibas. War es nicht erst wenige Stunden her? Es kam ihr wie Tage vor. Tage der Mattigkeit. Tage des Hungers. Sie zog die Breitblätter hoch, in denen sie gelegen hatte. Diese Betätigung machte sie nur noch müder. Zumindest fühlte sie sich jetzt, nachdem sie die Augen ein paar Minuten geschlossen hatte, ein bißchen besser. Wolfsläuferin zu sein, hatte seine Vorteile: Sie gesundete schneller als die meisten; und die geschwollenen Schnittwunden in ihren Armen und Beinen waren bereits verschorft. Solange sie nicht zu sehr über ihre körperlichen Reserven hinausging, konnte sie die Kraft der Grauen anzapfen. Hishn, die ihre Gedanken spürte, stupste sie an, und Dion kraulte das graue Tier hinter den Ohren. Die Schultern, die sich ihr prompt entgegenwölbten, brachten sie fast zu Fall.

»Wenn du mich wieder zu Boden schubst«, warnte Dion säuerlich, »werde ich einen Ninan brauchen, um wieder hochzukommen.«

Dein Lager war warm genug, gab die Wölfin mit erhobenem Kopf und glänzenden Augen zurück. *Yoshi und ich haben es dir bequem gemacht. Warum gehen wir schon?*

Dion schaute nach unten auf die Breitblätter, die sich schon wieder aufrichteten und in ihre ursprüngliche Position auf Hüfthöhe zurückschnellten. Sie seufzte. Yoshis gelbe Augen bildeten einen hellen Fleck unter einer der Pflanzen. Sie zuckte mit den Achseln. »Ich muß.«

Der Wald war nämlich voller Leute. Aranur hatte Dion weiterschlafen lassen, als die anderen Ariyaner ankamen. Hishn und Yoshi waren als einzige der Grauen noch da; die anderen, die zur Hilfe geeilt waren, hatten sich bereits durch die Blätterwiese davongemacht. Das Rascheln, das sie im Vorbeilaufen hervorriefen, war nicht von den grünen Wellen des Windes zu unterscheiden. Es war leicht, die Flüchtlinge von den Ariyanern zu unterscheiden – sie waren in ein merkwürdiges Kleidersortiment gehüllt, wobei sie ihre geborgten Tuniken nicht abgelegt, sondern lediglich etwas darübergestreift hatten. Die Hälfte von ihnen saß bereits auf sechsbeinigen Reitdnu, während die anderen geduldig darauf warteten, hochgehievt zu werden. Um im Sattel die Balance zu behalten, klammerten sie sich aneinander, griffen nach Essen und stopften es gierig in ihre Münder. Sie redeten nicht, außer wenn sie angesprochen wurden. Sogar die Kinder waren ungewöhnlich still. Sie hatten sich der schlecht sitzenden Schuhe entledigt, die ihnen in der Höhle angezogen worden waren. Da sich die Stiefel immer noch naß und klamm anfühlten, waren sie durch trockene Socken ersetzt worden – das einzige, was Gamon schnell genug zur Hand gehabt hatte.

Die Dnu stampften ungeduldig. Äußerlich wirkten ihre spindeldünnen Beine nicht so, als ob sie in der Lage wären, die massigen Körper zu tragen. Die Biegsamkeit der Hufe bewirkte jedoch, daß ihre Bewegungen sogar noch sicherer waren als die von Bergziegen auf fremdem Terrain. Dion, die Gamon dabei zuschaute, wie er den Flüchtlingen und Reittieren Anweisungen erteilte, winkte, als er sich umdrehte und sie erblickte. Sie versuchte, sich abzuwenden, um den Schmerz, den die Bewegung ausgelöst hatte, zu verbergen. Aranur war bereits zu Gamon unterwegs. Dion folgte humpelnd und so schnell sie konnte, ohne laut aufstöhnen zu müssen.

Gamon sah so kräftig aus wie immer. Seine Schultern waren fast so breit wie die Aranurs, die Muskeln trotz seines Alters hart wie Stahl. Die Nase hatte im Laufe seines Lebens ziemlich viel abbekommen und wies mittlerweile einen deutlichen Schlag nach links auf, während die linke Wange von einer Reihe blasser, gerader Narben überzogen war, die sich kreuz und quer bis zur zerschlagenen Nase erstreckten. Seine Kriegshaube saß eng auf dem silbernen Haar, das vorne kurz geschnitten und hinten länger war und das zerfurchte Gesicht umrahmte, was die Ähnlichkeit mit Aranur noch stärker hervortreten ließ. Dion fand ihn ungeheuer gutaussehend.

»Dion!« Gamon packte sie mit einer bärenhaften Umarmung. Dann hielt er sie ein Stück von sich weg, drehte sie von einer Seite auf die andere, um sie genauer zu untersuchen. »Du siehst ein wenig mitgenommen aus.«

»Neben dir und Aranur ergeht es mir doch immer so«, gab sie gequält zurück, nachdem sie die Umarmung überlebt hatte und geduldig darauf wartete, daß er ihre Füße wieder auf den Boden setzte. Hinter ihr stürzte sich Hishn verspielt auf den grauhaarigen Mann.

»Komm her, du Köter«, lachte er. »Laß dir den Rücken kraulen.« Mit kritischem Blick sah er Dion an. »Aranur berichtete, daß du wieder die Heilung vollzogen hast.«

Sie nickte teilnahmslos.

»An einem Wolf?«

Erneut nickte sie.

Er grunzte. Nach einem derartigen Eingriff brauchte sie Essen und Schlaf, besonders letzteres. Die Schatten unter ihren Augen zeugten von einem Erschöpfungszustand, der nicht mit einer einzelnen Stunde Ruhe abgetan war. »Ich habe auch für dich ein Dnu mitgebracht, da ich damit rechnete, daß du den Heimweg auf die faule Tour antreten möchtest.«

Dion mußte unwillkürlich grinsen. Wenn es auf das Nötigste ankam, brauchte man bloß Gamon zu vertrauen. Sanft berührte sie seinen Arm.

Er schaute sie an, wobei die Freude über ihre einfachen Dankesbekundungen sein zerfurchtes Gesicht mit einem tiefen Rot überzog. »Ich weiß schon, Frau«, meinte er schroff. »Steig auf, damit wir losreiten können.«

Ein Blick zu Moira hinüber ernüchterte sie wieder. »Gamon, ein paar Kilometer den Fluß entlang, in einem Silberherzhain, liegt die Leiche eines kleinen Mädchens.«

Seine großen Hände umschlossen eine der ihren. »Aranur hat es uns erzählt«, sagte er ruhig. »Ich habe einen Reiter dorthin losgeschickt, um sie zu holen.«

Sie nickte, und Gamon schwieg taktvoll. Er versetzte dem Dnu einen leichten Schlag auf die Vorderflanke. Gehorsam ging es in die Knie, damit Dion leichter aufsteigen konnte. Hishn, die neben Gamon stand, stieß ein leises Knurren aus, und Dion warf ihr einen Blick zu. Die Ohren des grauen Tieres waren auf die Wiese gerichtet, und das Bild des männlichen Wolfes in ihrer Verbindung sprach eine unmißverständliche Sprache. Sie lächelte matt. »Geh«, ermunterte sie Hishn. »Gray Yoshi wird nicht ewig warten.«

Die gelben Augen glitzerten. Einen Augenblick später hatte sich die Wölfin bereits einen Weg zwischen den Menschen hindurchgebahnt und verschwand im Breitblattdschungel.

Dion sah ihr nach.

»Ich habe das Mal auf ihrer Flanke gesehen«, meinte Gamon verhalten. »Stammt das von den Worlags?«

Sie nickte, und er bemerkte ihr unwillkürliches Schaudern.

Sie würde wohl wieder von Alpträumen heimgesucht werden. Er blickte nach hinten zu seinem Neffen, sah die breite Silhouette seiner Schultern und seinen starren Gesichtsausdruck. Wenigstens war diesmal Aranur da, um sie zu trösten, sagte er sich.

In Bilocctar, in den späten Wintermonaten …

Mit versteinertem Unterkiefer starrte Conin auf die Überreste des Dorfes. Hinter sich hörte er Longear lachen. Longear. Die Hilflosigkeit ließ seine Gedanken kristallisieren. Eine Frau, die ihn in ihren grausamen Händen hielt wie ein Lepa, der mit einer Ratte spielt. Erst an diesem Morgen hatte sie Namina Wanzen ins Haar gesetzt und schallend gelacht, als seine Gefährtin aufschrie, den Zopf schüttelte und daran zerrte, um sie loszuwerden. In seinem Inneren staute sich Wut auf; er verspürte den Wunsch, Longear dieses Lachen von den Lippen zu prügeln und sie so zu behandeln, wie sie es mit seiner Gemahlin getan hatte. So, wie sie diese Leute behandelt hatte. Das hier – er schaute sich um –, das hier war ihr Werk. Er selbst hätte nie etwas so Verabscheuungswürdiges angeordnet, doch nur Longear war befugt, den Soldaten oder den Jägern Anweisungen zu erteilen. Ein derartig reiches Land so an den Bettelstab zu bringen … Dieser Zustand beschränkte sich nicht nur auf die Städte. Auch die Felder lagen brach und versanken unter winterlichem Gestrüpp. Die Saftgewinnung war unterbrochen worden. Die Bergwerkssiedlungen standen leer. Hinter einem Schuppen rottete ein Haufen Zuchtwürmer vor sich hin und wartete darauf, verbrannt zu werden. Hinter einem weiteren Stall lagen aufgerissene Säcke mit verstreutem Saatgut, das eigentlich an die Farmen verteilt werden sollte.

Die Gegensätze brachten ihn durcheinander. Die Stadt, in der sie zuvor gewesen waren, hatte sauber und ordentlich ausgesehen, die Leute waren auf eine freundliche Art und Weise distanziert gewesen, mit ihrem »Ja, mein Herr, wir führen ein anständiges Leben« und ihrem »Nein, meine Herren, es gibt keinen Ärger mit den Sklavenjägern, davon kann gar keine Rede sein«. Und als sie ihn herankommen sahen, waren sie ins Innere ihrer kleinen, adretten Häuser geeilt oder auf ihre großen, adretten Felder und hatten ihn mit der Frage, was sie wohl vor ihm verstecken mochten, einfach stehengelassen.

Die Stadt, in der sie zuvor gewesen waren, war ihm ziemlich überfüllt erschienen. Jeweils zwei Familien mußten sich ein Haus teilen, doch auch dort war alles sauber und ordentlich, und es gelang ihm nicht, den Finger darauf zu legen, was ihn so daran gestört hatte. Die Leute waren dermaßen höflich gewesen mit ihrem »Ja, meine Herren« und »Nein, meine Herren«. Sie seien wohlhabend genug, hatten sie gesagt. Genug zu essen, genug Getreide zum Ernten. Grubenwürmer, die zu dieser Jahreszeit brüteten wie die Fliegen.

Die Stadt davor? Sicher, hatten die Leute dort gemeint, sie hätten eine Ausgangssperre, was allerdings eine gute Sache sei, um zu verhindern, daß sich zwischen Soldaten, Bauern, Handwerkern und Ratsmitgliedern Ärger zusammenbraue. Verblüfft schüttelte Conin den Kopf. Sie waren genauso sauber und höflich wie die anderen, ihre Häuser ordentlich, ihre Farmen in gutem Zustand. Höflich und distanziert und so eng zusammengepfercht, als lebten sie nicht in einem Landstädtchen, sondern in einer Metropole. Und dann war er an Orte wie diesen gelangt – verlassene Arbeitslager, wie Longear sie nannte. Dreckig. Brachliegend. Wenn sich hier jemals Arbeiter aufgehalten hatten, dann hatten sie auf den Feldern nur wenig getan. Conin hatte zwei von Longears ›modernen‹ Arbeitslagern gesehen. Sie waren so sauber und adrett wie die Dörfer. Die Atmosphäre war jedoch nicht minder merkwürdig. Arbeiter spulten »Ja, mein Herr« und »Nein, mein Herr« ab und hatten sich schon wieder abgewandt, bevor er mehr als ihre Namen erfahren konnte. Die Kinder hielten sich angeblich in der Schule auf. Als er darauf bestand, sie in den Unterrichtsräumen aufzusuchen, schien es ihm, als seien die Schulen einzig und allein für ihn hergerichtet worden. Manche Tische waren mit Staub überzogen. Die lernenden Kinder wirkten nervös und überdreht, mit Gesichtern, aus denen jeglicher Ausdruck sorgfältig getilgt zu sein schien, als habe man ihr Gedächtnis ausgelöscht. Dann weiter in andere Städtchen. Ordentlich. Herausgeputzt. Keine Ansatzpunkte, um Fragen zu stellen – was Argwohn und Neugierde bei ihm noch verstärkte.

Conin hatte nicht lange gebraucht, um festzustellen, daß sich in sämtlichen dieser Dörfer nur wenige Jäger aufhielten. Als er fragte, welche Männer und Frauen Sklavenjäger seien, wurden sie ihm nur widerwillig gezeigt. Die Männer drehten sich um und grinsten ihn an, die Frauen lächelten, und er fühlte sich wie ein Brathähnchen im Anblick des Schlachtermessers. Namina, die neben ihm ritt, war nervös wie ein Flatterhuhn. Obwohl sie nichts sagte, nahm Conin an, daß es ihr ähnlich erging wie ihm. Warum blickte sie wohl sonst sooft hinter sich? Warum sonst bestand sie darauf, daß sie die Türen verrammelten, wenn sie in Gasthäusern abstiegen, um die Nächte bequem und vor den Winterwinden geschützt zu verbringen? Sie waren mit Longear unterwegs. Welche Gefahr könnte größer sein als diese, die jeden Tag an ihrer Seite ritt?

Er deutete auf die Felder zu seiner Rechten, die bereits mit Kaltwetterkräutern überwuchert waren. »Warum liegen sie brach?« wollte er wissen.

Longear zuckte mit den Schultern. »Arbeitsabläufe ändern sich. Leute gehen weg.«

Conin sah sich um. »Und die Grubenwürmer? Warum werden sie nicht in die Minenkolonien verfrachtet? Warum wurden sie ausgebrütet und dann hinter der Scheune dem Tod überlassen? Das ist nicht vor einigen Jahren passiert, sondern erst vor kurzer Zeit.«

Longear gab ein mattes Lachen von sich. »Vor kurzer Zeit? Ja, dem wird wohl so sein.«

Conin lief ein kalter Schauer über den Rücken. »Was ist da passiert?« wiederholte er seine Frage.

»Ich weiß es nicht«, gab sie mit zuckriger Stimme zurück, »aber ich bin sicher, daß ich es herausfinden kann. Gribey, bleib hier und sieh, was hier vorgefallen ist – so wie Conin es vorschlägt. Falls jemand fragen sollte, wer dich dazu autorisiert hat, kannst du ihnen ja sagen, daß es ihr eigener Lloroi war.«

Conin biß die Zähne aufeinander, bis es weh tat.

»Es tut gut zu sehen, wie du deinen Leuten so eifrig Anweisungen erteilst, Lloroi.« Sie sprach den Titel aus, als wäre er eine Beleidigung. »Es ist so schwer, die Leute zur Mitarbeit zu bewegen, wenn sie immer nur eure Stellvertreter zu Gesicht bekommen.«

Namina erschauerte. Als Conin es bemerkte, hoffte er nur, daß seine eigenen Augen nicht ganz so ausdrucksvoll waren. »Ist es sehr schwierig gewesen, Longear?« fragte er ruhig.

Sie warf ihm einen Seitenblick zu. »Schwierig genug, um mir ein gewisses Amüsement zu verschaffen.« Ihr Lächeln war durch und durch humorlos. »Es ist jedoch in gewisser Weise einfacher geworden, seitdem du den Schutz der Bezirksgrenzen in meine Hände gelegt hast.«

Conin starrte blind zu den Feldern hinüber. Sollte er wirklich so eine Art von Lloroi sein? Einer, der seine Machtposition Tyrannen überantwortete? Einer, der das, was er nicht kontrollieren konnte, einfach nicht wahrnahm, der nicht einmal in der Lage war, seine eigenen Grenzen zu bewachen? »Wo reiten wir jetzt hin?« fragte er tonlos.

Longear schaute den Weg hinunter. »Nur noch ein kleines Stück. Wie du weißt, befinden wir uns jetzt ziemlich nah bei der Grenze; sie ist kaum mehr zwanzig Meilen entfernt. Du *könntest«* – sie betonte das Wort auf eine seltsame Art – »heute abend in Ariye sein.« Sie fixierte ihn dabei genau, aber er wich dem Blick aus.

Gamons Lager bestand aus einer Ansammlung von Höhlen, die von mehreren Eulenrindenbäumen sowie kleinen hölzernen Gebäuden überragt wurden, die zwischen den Stämmen errichtet worden waren. Die Stämme selbst waren glatt, und ihre Kronen wuchsen hoch hinauf zu zeltartigen Baldachinen, und sie dienten den seltsam geformten Blockhütten als Stützbalken. Da es für Wurzelbäume zu dunkel war, bestanden die Böden aus Holzbalken, die vom oberirdischen Luftwurzelgeflecht der Eulenrinde gehalten wurden. An den Stellen oberhalb der Kabinen, wo sich die Baumäste gabelten und ausdehnten, bildeten sich Hohlräume, die Vögeln als Nester dienten. Der Kot und die ausgespieenen Hinterlassenschaften der Vögel gaben den Dächern eine fleckige Oberfläche. Im Lager selbst war es immer die Aufgabe des kleinsten Jungen, die Hüttendächer zu reinigen. In diesem Fall, die Flüchtlinge nicht eingerechnet, war der Jüngste ein Vierzehnjähriger, der von Gamon zum Schwertkämpfer ausgebildet wurde. Der letzte Wachstumsschub hatte ihn dürr wie eine Bohnenstange werden lassen, wobei sein schlanker Körper nichts war im Vergleich zu den knochigen Gestalten, die nun im Lager einritten.

Die Wolfsläuferin warf Tomi einen Blick zu. Das kleine Mädchen, das sich an ihn schmiegte, schlief immer noch. Ihr Kopf ruhte zwischen seinen dünnen Schulterblättern, die Arme waren lose um seine Hüfte geschlungen. »Hier entlang!« rief Dion ihm über die Schulter zu. Eigentlich hätte er mit den anderen Schritt halten müssen, war jedoch einfach unterwegs zurückgeblieben und hatte auf Dion gewartet, um ihrem Reitpferd wie ein Schatten zu folgen. Da die Müdigkeit immer noch wie Blei auf ihren Gedanken lag, hatte Dion darauf verzichtet, mit ihm zu streiten.

Sie warf Aranur einen Seitenblick zu. Dieses turbulente, aber gleichzeitig schweigsame Zusammensein bot wahrscheinlich für lange Zeit die einzigen gemeinsamen Momente. Sobald sie im Lager waren, würde es tausend Dinge für Aranur zu erledigen geben. Auch Dion würde sich ihren Aufgaben nicht entziehen. Gamon wollte sicher ihren Kundschafterbericht hören, und anschließend würde er sie wohl gemeinsam mit den anderen Spähern in die Stadt schicken, damit sie ihre Neuigkeiten dem Rat mitteilten. Dion ließ ihren Blick auf der Suche nach Sobovi durchs Lager wandern, dem Wolfsläufer, der für Gamon den nördlichen Pfad erkundete. Da sein Knöchel verstaucht war, befand er sich wohl in einer der Höhlen oder Blockhütten. Oder er saß an der Feuerstelle und stopfte sich mit einer der Schäferpasteten voll, die aufgetragen wurden. Beim Gedanken an den anderen Wolfsläufer begann der graue Faden des Rudels an ihren Gedanken zu zerren, und Dion ließ sich davontreiben, genoß Hishns Empfindungen, bis das Dnu plötzlich an den Zügeln zerrte und sie daran erinnerte, daß es ebenfalls hungrig war. Sie seufzte. Widerwillig verschloß sie ihr Bewußtsein vor den Wölfen.

Die ankommenden Flüchtlinge wurden von den Dnu heruntergehoben, in Decken gehüllt und ans Feuer geführt, wo sie sich hinhocken und etwas essen konnten. Andere wankten direkt in die einschläfernde Wärme der Höhle, um auszuruhen. Zu dem Zeitpunkt, als Aranur und Dion auf ihrem langsameren Dnu einritten, waren die meisten Flüchtlinge bereits versorgt. Nur die Ariyaner waren noch dabei, ihre Reittiere in den Pferch zu treiben und Ausrüstung durch die Gegend zu tragen.

Ohne sich die Mühe zu machen, leise zu sprechen, dirigierte Dion Tomi und seinen jüngeren Schützling in Richtung Koppel. Die ruckenden Bewegungen des Dnu hatten das kleine Kind noch nicht geweckt. Wenn also weder das Hufgeklapper noch die lauten Geräusche des Lagers das Mädchen dazu bringen konnten, die Augen zu öffnen, bezweifelte Dion, daß bloße Worte dies vermochten. Mit einem Nicken deutete sie auf einen Pferch, der zwischen drei Bäumen angelegt worden war. Mit großer Geschicklichkeit war einer der ausladenden Baldachine nach unten gebogen und in einen Zaun verwandelt worden. Lediglich das Tor war von Menschenhand gefertigt. »Es handelt sich um ein Dauerlager, das jeden Herbst zur Safternte benutzt wird«, erklärte sie Tomi.

Neugierig schaute er sich um. »Wir haben keine einzelnen Saftrinnen, sondern Saftplantagen«, meinte er.

»Ich weiß«, gab sie heiter zurück. Einst hatte sie in ihrem eigenen Land die Aufgabe übertragen bekommen, die Saftbäume zu hüten. Keine Arbeit, die sie unbedingt wiederholen wollte. »Auf dieser Seite des Phye gedeihen die Saftbäume nicht so gut. Der Boden ist anders. Zu steinig.« Sie zuckte mit den Schultern. »Wir haben ausreichend davon für die Versorgung des Dorfs, aber nicht genug, daß sich ein eigener Betrieb dafür lohnte.«

»Aranur!« rief ein Mann von der anderen Seite der Feuerstelle herüber. »Können wir einen Augenblick mit dir reden?«

Aranur zog eine Grimasse in Dions Richtung und schwang sich auch schon vom Dnu. »Nicht einmal abgesattelt, und schon wieder bei der Arbeit.« Er lockerte einen Gurt und fing den Sattel auf, als er nach unten glitt. Von der Last befreit, begann sich die Haut des Dnu freudig zu kräuseln. Ganz gleich, wie bequem der Sattel sein mochte, das Tier zog es vor, das Fell frei zu tragen, um sich jederzeit kratzen zu können. Es bog den Kopf herum und knabberte vorsichtig an seiner Haut, bis Aranur auch noch das Zaumzeug entfernt hatte, damit das Dnu in den Pferch laufen und sich dem Rest der Herde anschließen konnte. »Es wird nicht länger als einen Augenblick dauern«, versprach er.

Dion blickte ihm mit verzerrtem Gesichtsausdruck hinterher. Nein, es würde keinen Augenblick dauern, sondern mindestens eine Stunde, vielleicht zwei, so wie sie Aranur kannte. Sie schwang sich vom Dnu, bedeutete dem Jungen mit einer Geste, daß er einen Moment warten solle, und führte das Reittier in den Pferch. Schnell befreite sie es von Sattel und Zaumzeug, trug ihre Ausrüstung zu einem Sattelblock und kehrte zu dem Jungen zurück.

»Halte sie fest«, sagte sie und zeigte auf das kleine

Mädchen, das ihn lose umschlungen hielt. Sie versetzte dem Dnu einen kleinen Schlag hinter die Vorderläufe. Gehorsam kniete es nieder, die mittleren Beine langsam einknickend. Sobald die Kinder in Reichweite waren, nahm Dion das kleine Mädchen sanft auf den Arm. Bei den Monden – obwohl Dion kaum noch Kraft in den Armen hatte, wog das Kind so gut wie nichts. Sie spürte, wie knochig es sich unter ihren Händen anfühlte. Tomi, der sich aus dem Sattel gleiten ließ, schaute sie unsicher an. Dions Gesichtszüge entspannten sich. »Kannst du dich um die Ausrüstung kümmern?« bat sie ihn, wobei sie eine Hand auf dem Kopf des Dnu behielt, um es ruhig zu halten. »Ich warte solange.«

Tomi nickte. Mit Mühe schaffte er es, den schweren Sattel zu schleppen. Unter dem Gewicht schwankend, zerrte er ihn zum Sattelblock. Es gelang ihm nicht, ihn die ganze Strecke über auf der Schulter zu tragen, auch mußte er mehrere Male anhalten, um den Sattelgurt und die anderen Riemen in Ordnung zu bringen. Nachdem Tomi zurückgekehrt war, um das Zaumzeug abzunehmen, befahl Dion dem Dnu, sich wieder aufzurichten. Es war kaum Nachdruck erforderlich, um es dazu zu bewegen, sich der Herde im Pferch anzuschließen. Als sie das Gatter schloß, bewegte sich das Dnu bereits auf den Futterbehälter zu, was Dion erneut daran erinnerte, daß sie – auch wenn sie bereits Aranurs und Gamons Mittagessen aus deren Gepäck genommen hatte – immer noch hungrig genug war, um einen Dachsbär zu verschlingen. Und das erinnerte sie an die Flüchtlinge. Dion schaute zum Feuer und fing dabei den Blick eines der Männer auf, die in der Nähe der Neuankömmlinge herumschlenderten. Er nickte ihr herzlich zu und trat heran, um sie zu begrüßen.

»Hallo, Dion, noch ein paar Füße, die sich am Feuer wärmen wollen, was?«

Sie grinste. »Diese hier«, erwiderte sie und zeigte auf das kleine Mädchen in ihren Armen, dessen Kopf hervorlugte, »ist wohl eher an Schlaf interessiert. Aber Tomi könnte wohl mit Leichtigkeit dazu überredet werden, sich ans Feuer zu setzen.«

Der stämmige Mann reckte seinen Kopf in Richtung der dürren Jungengestalt. »Und dort ein paar Extrarationen zu vertilgen, denke ich.« Sanft nahm er das Kind aus Dions Armen. Seine kräftigen Muskeln hoben das winzige Mädchen hoch, und überrascht bemerkte auch er, wie wenig es wog. Er warf Dion einen nüchternen Blick zu. Mit dem Kopf zum Feuer hin deutend, bedeutete er dem Jungen, ihm zu folgen. »Komm, Tomi. Bevor du dich versiehst, ist es dir so warm wie in einem Wintermantel im Sommer.«

Tomi starrte zuerst die Muskeln des Mannes an, dann das mitgenommene Schwert, das von seinem Schultergurt herabhing. Er stutzte. Der untersetzte Mann hielt inne. »Was ist los, Junge?«

Tomi schaute unsicher zu Dion hin.

»Alles in Ordnung«, sagte sie leise. »Einige eurer Ältesten sind dort, siehst du sie? Und ich komme später nach.«

Er nickte widerstrebend.

Dion sah ihnen mit nachdenklich gerunzelter Stirn nach. Das Lied des Rudels, das tief in ihrem Kopf widerhallte, zog nun, da sie erneut denken konnte, ihre Aufmerksamkeit auf sich. Jetzt ließ sie es zu. Merkwürdige Zeichen … Das knochige Bild des Jungen und der Anblick der anderen Flüchtlinge fügten sich in den Erinnerungen der Wölfe zu einem verstörenden Ganzen zusammen. Als sie jedoch versuchte, die Echos zu deuten, wurde sie gestört. Von der rechten Seite der Höhle her war eine Frau an den Eingang getreten und hatte bereits zweimal nach ihr gerufen.

»Dion«, sagte die Frau erneut und erreichte endlich Dions Aufmerksamkeit. »Können wir einen Augenblick mit dir sprechen?« Ihr Körper, dessen Silhouette vom Licht aus dem Inneren der Höhle beschienen war, drehte sich für einen Moment um, als ob sie nach hinten lauschte. Dann wandte sie den Blick wieder der Wolfsläuferin zu. Dion seufzte. Die Frau war eine der Heilerinnen im Praktikum. Eine der weniger vertrauenswürdigen Praktikantinnen, wie sie sich erinnerte. Zweifellos, dachte sie unbarmherzig, wollte diese Frau mit ihr über alles reden, was sie getan hatte, seitdem sie morgens zum Pinkeln in die Büsche gegangen war. Dion grinste säuerlich. Sie konnte sich schon denken, wo sich der andere Heiler befand. Wahrscheinlich war er, sobald er von Dions Rückkehr gehört hatte, ins Dorf zurückgeritten – alles nur, um der falschen Zunge dieser Frau zu entgehen.

Dion winkte ihr zustimmend zu und bewegte sich langsam in Richtung Höhle. Mit ein wenig Glück würde jemand daran gedacht haben, eine Bettstatt für sie herzurichten. Mehrere Leute hielten sie auf dem Weg zur Höhle an, grüßten, ergriffen ihre Arme – was ziemlich weh tat – und gaben Kommentare zur Rettungsaktion ab. Sie war also diejenige gewesen, welche die Flüchtlinge hierhergebracht hatte? Noch dazu so früh? Was waren die Gründe für all das gewesen? Wie war es, die Wasserfälle zu durchqueren? War es nicht so ganz ihre Art, nicht abzuwarten, bis alle Vorrichtungen aufgebaut und erprobt waren? Oder war Aranur derjenige gewesen, der darauf bestanden hatte, der erste zu sein? Das war auch eine Methode, sich mal richtig zu duschen! Wie schlau von ihr, es bereits am Morgen getan zu haben, anstatt bis jetzt zu warten, wo sie die Waschvorrichtungen mit einem Dutzend anderer teilen mußte. Wie schön, sie wieder hier zu sehen … Als es Dion endlich gelungen war, zum Höhleneingang vorzudringen, in die warme Nische, wo die wenigen Flüchtlinge kauerten, die verletzt waren, hatte sie das Gefühl, als sei das müde Lächeln auf ihren Zügen eingefroren. Sie besaß nicht mehr die Kraft, um für jede Person den Gesichtsausdruck zu verändern. Sie hatte ebenfalls kaum noch Energie für diese Praktikantin übrig, stellte sie fest, als die Frau begann, lang und ausführlich über den Zustand der Kinder zu sprechen, die sie auf die Schlafstellen in der Höhle gebettet hatte. Sie hielt erst inne, als Dion in heftiges Gähnen verfiel.

»Oh, Dion, es tut mir leid. Ich dachte … ich wollte dir nur Bescheid sagen … »

»Schon in Ordnung«, unterbrach Dion sie. Als sie zum Reden ansetzen wollte, mußte sie erneut gähnen. Nur widerwillig schlug sie anschließend wieder die Augen auf. Dieses Brennen, das durch das Schließen der Augen nur kurz gemildert wurde, war eine Art genüßlicher Agonie. »Du machst das schon richtig«, versicherte sie. »Ihre Wunden sind nicht so schlimm. Und, wie du bereits festgestellt hast, sind sie in erster Linie hungrig und erschöpft.«

»Ich wollte bloß, daß du siehst …«

Dion schnitt ihr sanft das Wort ab. »Du kümmerst dich hervorragend um sie«, wiederholte sie. »Ich sehe schon, daß du mich hier nicht benötigst. Daher würde ich mich, falls hier noch ein Plätzchen ist, an dem ich meine Decke ausbreiten kann, einfach gerne zu den anderen legen und eine Weile schlafen.«

»Oh, bei den Göttern.« Die Frau sah sofort zerknirscht aus. »Es tut mir so leid. Bei den Mondwürmern. Ich weiß wirklich nicht, warum ich so wenig nachdenke. Tagelang als Kundschafterin unterwegs, dann noch die Überquerung der Wasserfälle – du mußt vollkommen erschöpft sein. Hier …« Sie nahm Dion beim Arm und zog sie in eine ruhige Nische. »Wir haben mehr Bettstellen als genug. Momentan schlafen wir sowieso in Schichten, da die Arbeit hinter den Wasserfällen auch nachts weitergeht. Laß dein Bündel hier… nein, mach dir nicht die Mühe, deine eigenen Laken herauszusuchen … die Betten sind viel komfortabler. Nimm meine Schlafstelle. Nein, ich bestehe darauf. Hier kannst du so lange schlafen, wie du möchtest.«

Dion lächelte schwach. »Danke. Nur eins noch, Cheya«, fügte sie hinzu. »Weck mich nicht vor dem Abendessen.«

Die Frau wandte sich wieder ihren anderen Aufgaben zu, und Dion sank auf das weiche Bett. Sie war zu müde, um sich auszuziehen. Später würde sie ihren eigenen Schlafsack aus dem Gepäck hervorholen. Für den Augenblick jedoch reichte dieses Bett voll und ganz aus.

Ihre feuchte Kleidung hatte sich zunächst an der Körperhitze erwärmt, war jedoch ebenso rasch wieder klamm geworden, sobald Dion aufgehört hatte, sich zu bewegen. Deshalb richtete sie sich auf, um ein trockenes Hemd und eine Hose aus der an die Wand gelehnten Tasche zu ziehen, die mit ihrem persönlichen Muster gekennzeichnet war. Matt stellte sie das Schwert und die restliche Ausrüstung zwischen dem Kopfende der Matratze und der Höhlenwand ab. Schwieriger war es schon, gegen die Knoten anzukämpfen, mit denen die feuchten Bänder des Wamses verknotet waren, und fast hätte Dion mit zitternden Fingern aufgegeben. Als sie sich schließlich in den Schlafsack zurückfallen ließ, befand sie sich bereits im Halbschlaf. Sie zog sich nicht einmal die Decke über die Schultern, bevor sie einschlummerte.

Träume von grauen Bändern. Ein Spinnennetz aus Bändern in ihrem Kopf …

Das Lied der Wölfe klang zwar weit entfernt, wirbelte aber gleichzeitig wie eine Gruppe Tänzer in ihrem Kopf, rannte und sprang, raste mit ihnen über Wiesen und Baumstümpfe bis hin zum steinigen Pfad. Ruhelos wälzte sich Dion von einer Seite auf die andere. Ein sanftes Schnauben drang in ihre Ohren, als die Wölfe begannen, den Boden nach Nagetieren zu durchforsten. In ihrer Nase hing der süße, schwere Geruch dampfender Erde aus den unterirdischen Bauten, die die schwarzen Klauen freilegten. Auf ihren Lippen lag der süßliche, heiße Geschmack von Blut und pulsierenden, in den letzten Zuckungen verendenden Fleischfetzen … doch plötzlich änderte sich der Geschmack. Bittere Fäden mischten sich ins Blut. Rot, dann purpurfarben sickerte Blutjauche aus dem Fleisch heraus, das sie getötet hatte. Dann begann die Beute sich zuckend aufzubäumen, und es handelte sich nicht mehr um ein Kaninchen oder ein anderes Nagetier. Bei den Göttern, es war ein Worlag. Dion versuchte zu schreien, tastete an ihrem ganzen Körper nach ihrem Messer, konnte es jedoch nicht finden. »Mein Messer, wirf mir mein Messer zu!« Der Worlag fuhr mit seiner Klaue über ihr Gesicht …

Panisch warf sie sich hin und her, der Arm fuhr über die Decke, der lose, zerzauste Zopf baumelte über den Schultern. Die zuckenden Fäuste ballten sich zusammen. Aranur sah auf sie hinunter, kniete nieder, berührte ihr Gesicht und versuchte, sie zu beruhigen. Immer noch schlafend und träumend, gab Dion ein unartikuliertes Geräusch von sich, fuhr über ihre Wange und ergriff Aranurs Hand. Er legte sich nieder, schlüpfte in den Schlafsack neben ihr und bettete seinen Kopf auf die Hand, bis auch er einschlief.

In Bilocctar, immer noch während der späten Wintermonate …

Der Nachmittag war düster und bewölkt. Als ein unerwarteter Regenschauer über ihnen niederging, kauerte sich Namina noch tiefer in den Sattel. Obwohl Conin sie in einen Poncho gehüllt hatte, fühlte sie sich elend, und er verfluchte sich selbst dafür, daß er den Wetterumschwung nicht rechtzeitig erkannt hatte. Wenn er nicht so verdammt erpicht darauf gewesen wäre, diese höflichen Städte so schnell wie möglich hinter sich zu lassen, hätten sie sich unter einem trockenen Dach befinden, eine heiße Suppe zum Mittagessen zu sich nehmen und darauf warten können, daß die Regenfälle aufhörten, bevor sie weiterritten. Aber nein, verfluchte er sich selbst, er hatte ja unbedingt Druck machen müssen. Und Longear lachte sich wahrscheinlich angesichts von Naminas Elend ins Fäustchen.

Zehn Minuten später tröpfelte der Regenschauer langsam aus und zog Richtung Norden weiter. Um sie herum hatte der Wald ein feuchtes Glitzern angenommen, der Weg aus Wurzelbäumen strahlte einen harten Schimmer aus. Der Himmel war immer noch bewölkt, weder Sonne noch Monde waren zu sehen. Conin erschauerte. Unter ihm pulsierte die feuchte Wärme des Dnu wie der Atem eines Dämons.

Plötzlich gab Longear das Signal zum Halten und sah Conin erwartungsvoll an.

»Was ist los?« herrschte er sie an. »Du sprachst von zwanzig Meilen. Wir haben kaum fünf zurückgelegt.«

»Das stimmt«, gab sie zu. »Aber weiter kommt ihr nicht.«

»Ich verstehe kein Wort.«

»Ich weiß.« Sie gluckste in sich hinein, und das Geräusch zerrte so sehr an seinen Nerven, daß er am liebsten losgeschrien hätte. »Sieh nur deine Gemahlin an. Sie weiß, wovon ich rede.«

Conin warf Namina einen Blick zu. Sie starrte mit vor Angst versteinertem Gesicht zu Longear hinüber. Ihre blauen Augen waren geweitet wie die eines geblendeten Nachtvogels. Die Zügel zitterten in ihren Händen.

»Keine Spielchen, Longear«, entgegnete er scharf. »Was hast du jetzt vor? Eine weitere Abmachung? Du besitzt bereits die Kontrolle über den gesamten Bezirk. Was könntest du mir also sonst noch wegnehmen?«

»Ach, Conin«, erwiderte sie sanft und lehnte sich im Sattel nach vorn. »Du hast immer noch so viel zu geben.«

Zwei der Jäger waren plötzlich neben ihm und trennten ihn von seiner Frau. »Wa ...«, war der einzige Laut, den Conin von sich geben konnte. Sie schlugen ihn, knüppelten auf seinen Hals und Kopf ein, als sein Regenzeug sich in ihren Händen verhedderte, zerrten ihn aus dem Sattel. Etwas wurde in sein Gesicht geschleudert, er schrie auf, bedeckte die Augen, hielt die Hände krampfhaft davor, während sein Blick sich brennend gelb, dann rot und schließlich schwarz verfärbte und die Hände von eisernen Griffen umklammert wurden. Irgendwo im Hintergrund stieß Namina schrille Schreie aus. Blind trat er um sich. Diese Schreie ... Bei allen Göttern, würden sie denn nie aufhören? Conin schlug mit dem Kopf gegen den Boden, während die Schreie allmählich eine bedrohliche Tonhöhe erreichten, um dann plötzlich in ein ersticktes, seelenloses, animalisches Winseln umzuschlagen. Jemand lachte. Ein Schrei erklang, dann schien Naminas Stimme abgewürgt zu sein. Warum konnten sie sie nicht einfach töten und dann in Frieden lassen? Er hätte ihnen ein Glied nach dem anderen ausreißen können. Wenn er jemals wieder frei käme, würde er ihnen die Seelen aus der Brust schneiden. Conin schrie und brüllte und stemmte sich gegen die Hände, die ihn festhielten, würgte an dem Knebel, den sie ihm in den Mund stopften. Sein süßer Geschmack erregte Übelkeit. Er war mit Blut getränkt. Namina … Er würgte. Jemand ergriff sein Haar, dann fühlte er, wie sich die Finger einer Frau in seine Kopfhaut gruben. Namina …

Longear betrachtete ihr Werk mit einem Anflug von Lächeln. »Na also«, meinte sie versöhnlich. »Das war doch nicht schlecht, oder?« Sie schielte zu Namina. Die Hände der Frau waren an Conins Haaren festgebunden, Mund und Unterkörper blutüberströmt. Drei Seikerdornen steckten immer noch an den Stellen in ihrer Wange, wo sie inmitten ihrer Panik aus Versehen gegen Longears Männer gestoßen war. Longear lehnte sich nach vorn und zog sie angeekelt heraus. Namina starrte sie an, winselte und zuckte ängstlich vor diesen kleinen, feingliedrigen Händen zurück. Auf eine Handbewegung von Longear hin wurden Conins Arme um Naminas Taille gebunden.

»Sagt, daß ihr euch liebt«, schlug sie vor.

Als der Jäger sich näherte, schwoll Naminas Wimmern zu einem Schrei an. Er holte aus. Conins Kopf wurde von hinten abgetrennt. Ohne ein Zucken sackte sein Körper nach unten weg. Blut spritzte zuerst über Naminas Gesicht, dann über die Brust, dann über die Schenkel, während sein Körper an dem ihrem heruntterglitt, die Arme immer noch fest an sie gefesselt. Sein Kopf hing an Naminas Händen, deren Finger in seine Haare verknotet waren, seine Augen sahen sie ausdruckslos an. Das blutige Stück Stoff, das von ihren eigenen Hosen abgerissen worden war, steckte immer noch in seinem Mund. Die Regenpfütze zu ihren Füßen füllte sich mit Blut.

Das Braun ihrer Oberfläche verwandelte sich in Rot. Die Druckwellen seines nunmehr sinnlosen Pulsschlages spritzten auf ihre Füße, und ihr Atem überschlug sie. Sie wurde ohnmächtig.

Longear lachte. Beim Wegreiten blickte sie nur einmal nach hinten. Namina schrie immer noch, aber allmählich erstarb ihre Stimme. Longear lachte noch einmal. Dann ritt sie davon.

10

Wenn deine Kinder sterben,
Wenn dein Land stirbt,
Wenn deine Tränen vor Kummer versiegen;
Wenn du nicht mehr weiter weißt und
Wenn dir nichts mehr bleibt,
Bleibt dir immer noch eines:
Das Geschenk des Todes.

Das Geräusch der Essenden war nicht laut genug, um Dion oder Aranur zu wecken. Erst als eine Hand sie an den Schultern rüttelte, öffneten sie die Augen.

»Kommt schon, ihr zwei, aufwachen. Das Abendessen wird kalt, und wir haben noch viel zu besprechen.« Es war Gamon, Aranurs Onkel, dessen graues Haar im schwachen Licht der Höhle wie ein fahler Heiligenschein leuchtete.

Dion wachte wie gerädert auf. Aranurs Wärme hüllte ihren Körper ein; sie fühlte sich lethargisch, unwillig, sich zu bewegen. Die düsteren Bilder aus ihren Träumen hielten sie noch gefangen, und erst Aranur, der sich neben sie setzte, gelang es, sie ganz wach zu machen. Der plötzliche kalte Lufthauch berührte sie unangenehm, entriß ihr die wohlige Wärme des Schlafs. Sie knurrte.

Aranur sah sie an und grinste. »Hungrig?«

Sie knurrte noch einmal und nickte entschieden. »So hungrig, daß ich ganz allein zwei Dnu verdrücken könnte.«

»Wenn das so ist ...« Er warf die Decken zurück, rollte sich aus dem Bett und hielt ihr hilfsbereit den Arm hin.

Beim Aufrichten zuckte Dion zusammen und funkelte den kichernden Gamon an. Jetzt, da Aranurs Onkel alt genug war, um ein Wetterleiden in einem seiner Beine zu pflegen, fand er es immer lustiger, wenn auch junge Leute über steife Glieder klagten. Als er sie väterlich am Kinn zupfte, verwandelte sich ihr zorniger Blick in ein abfälliges Schnauben. Sie schob seine Hand zur Seite, holte aus, um ihn spielerisch zu knuffen, und grinste, als er sich mit einem Satz in Sicherheit brachte, ihren Schlag abzuwehren vortäuschte und gleichzeitig sein faltiges Grinsen aufsetzte. Er war eine verwitterte Gestalt, das Gesicht vom Alter und den vielen Narben zerfurcht. Sein graues Haar war zur Hälfte silbern, zu anderen Hälfte stumpf grau. Im vergangenen Jahr war er wie ein Vater zu ihr gewesen. Dion blinzelte von Aranur zu Gamon, rieb sich den Schlaf aus den Augen und bückte sich, um ihr Schwert aufzuheben und es sich an den Gürtel zu schnallen. Ihr Magen krampfte sich zusammen und knurrte lautstark, woraufhin beide Männer sie ansahen und lachten. »Pscht«, sagte sie hochmütig. »Mein Magen möchte nur eine Bemerkung hinsichtlich der Tageszeit loswerden. Es ist nämlich höchste Zeit zum Abendessen.« Wieder funkelte sie die beiden unterdrückt glucksenden Burschen an. Warum knurrten eigentlich die Mägen anderer Frauen nie in solchen peinlichen Momenten? Sie nestelte ihren Zopf zurecht und zurrte ihre Tunika einigermaßen in Form. Ihr eigenes Wams war immer noch feucht, also ließ sie es liegen und durchwühlte einen Kleiderberg im hinteren Teil der Höhle nach einem Ersatzwams. Als sie sich in einem der Spiegel, die an den Wänden aufgehängt waren, erblickte, verzog sie das Gesicht. Aranur und Gamon ließen sie nicht aus den Augen.

Gamon wußte sofort, was sie so ärgerlich machte. »Wir haben vor einigen Tagen eine Dusche gebaut«, sagte er besänftigend. »Wenn du auch an die Reihe kommen willst, solltest du es noch heute abend tun. Denn morgen reitest du in die Stadt zurück.«

»Morgen?« Sie runzelte die Stirn, ließ jedoch zu, daß Aranur sie nach draußen zu den Tischen zog. Sie nahm den Teller, den man ihr hinstreckte, entgegen, akzeptierte widerspruchslos den Haufen Fleisch und gedämpften Gemüses, zog mit den Fingern sogleich ein Stück Schwarzwurzel heraus und schob es sich in den Mund. Es schmeckte so gut, daß sie leise aufstöhnte. Dann erst antwortete Gamon: »Du, Aranur und einige der Ältesten, die du heute mitgebracht hast. Es ist wichtig, daß ihr schleunigst zurückgeht und mit dem Lloroi redet.«

Sie sah ihn mißbilligend an. »Warum muß ich denn dabeisein?« Sie schob noch einen Bissen in den Mund; es war unmöglich zu warten, bis sie sich in der Nähe des Feuers niedergesetzt hatten. Je näher sie kamen, um so mehr hüllte sie die Wärme wie eine flauschige Decke ein, doch das Feuer vor ihr ließ ihren Rücken im Vergleich dazu um so kälter wirken.

Gamon warf ihr einen wachsamen Blick zu. »Aranur erzählte da etwas bezüglich der Wölfe.«

Die Grauen? Mondwürmer! Beinahe hätte sie es vergessen. Sie nickte langsam. »Richtig«, erwiderte sie. »Das sollte der Lloroi wirklich schleunigst erfahren – entweder von mir oder von einem der anderen Wolfsläufer.«

Gamon nickte. »Sobovi ist erst vor wenigen Stunden zurückgekehrt. Rede mit ihm und entscheidet selbst, wer von euch gehen soll. Obwohl ich, nachdem er mit einem verstauchten Knöchel angehumpelt kam, eher auf dich tippen würde«, fügte der alte Mann hinzu und zeigte mit der Gabel auf sie.

Sie warf dem hochgewachsenen Mann an ihrer Seite einen raschen Seitenblick zu. »Solange Aranur mitreitet«, sagte sie aufreizend, »glaube ich nicht, daß ich mich lange streiten werde.«

Gamon sah, wie sich ihre Blicke trafen, und grinste in sich hinein. Er machte es sich auf den vom Feuer angewärmten Sitzsteinen bequem und konzentrierte sich voll und ganz auf sein Abendessen. Ein alter Mann, sagte er sich, muß sich über jede Mahlzeit freuen – es könnte schließlich seine letzte sein. Er kicherte leise. Sein Schwertarm war noch immer kräftiger als der der meisten jungen Männer, mit Ausnahme von Aranur, wie er großzügig zugab. Auch sein Auge war so scharf wie immer. Der einzige Unterschied zu früher bestand darin, daß das Alter seine Haut in eine faltige Hülle verwandelt hatte. Er sah zu seinem Neffen hinüber, die Blicke aus zwei grauen Augenpaaren trafen sich voller Zufriedenheit, bis Dion, die sich die ersten heißen Happen gebratenen Kaninchens in den Mund schob, genießerisch stöhnte. Aranur grinste. Grüßend hob er eine Gabel mit Kartoffeln in die Luft.

Noch bevor sie das Mahl beendet hatten, stahl sich Tomi wieder an Dions Seite. Sie und Aranur rutschten auf ihren warmen Sitzen zur Seite, um ihm Platz zu machen. Er unterbrach ihre Unterhaltung nicht, setzte sich nur aufrecht hin, als sei er hellwach; dabei fiel ihm der Kopf innerhalb weniger Minuten zur Seite, und er sank langsam an Aranurs Schulter. Der große Mann sah ihn erstaunt an. Dion verbarg ihr Lächeln. »Jetzt hat es dich erwischt«, neckte sie ihn.

»Nicht sosehr, wie dich in einem Monat«, erwiderte er verschlagen.

Sie lachte und streckte die Hand aus, um die Stelle mit dem Edelstein auf seiner Brust zu berühren. »Denkst du etwa, ich werde mich beschweren?«

Er schüttelte den Kopf. »Wenn du auch nur den Mund aufmachst, um zu protestieren …« Er ließ die gespielte Drohung unausgesprochen zwischen ihnen stehen.

Dion grinste. »Was willst du dann tun?«

Er blickte zu dem Jungen hinab und schüttelte stumm den Kopf.

Sie lachte. »Soll ich ihn dir abnehmen?«

»Ich will, daß ihn jemand anders übernimmt. Ich möchte mit dir ein bißchen spazierengehen«, sagte er anzüglich.

Dion sah ihn schüchtern an. »Ich dachte schon, du würdest mich das nie fragen«, sagte sie und wurde wider Willen rot.

Aranur erhob sich mit dem schlafenden Jungen. Er wollte das Kind in die Höhle bringen und ins Bett legen, damit er und Dion endlich ... miteinander reden konnten. Doch Gamon, der gerade von den Abwaschtischen zurückkam, forderte ihn mit einer Geste auf, sich wieder hinzusetzen. Dion hob die Augenbrauen.

»Bleibt hier und hört zu«, entgegnete er. »Jetzt wird es wirklich interessant.« Dion lehnte sich mit unglücklichem Gesichtsausdruck zurück und parierte Aranurs Blick mit einer Grimasse. Wenn es nach Gamon ging, hatten sie und Aranur bis zu ihrer Vermählung keine einzige Minute allein miteinander.

Mißmutig ließ sich Aranur wieder auf seinem Platz nieder.

Dion hätte fast über seine Gereiztheit gelacht. »Wir können uns die Geschichte ebensogut jetzt gleich anhören«, sagte sie säuerlich.

»Wir könnten sie uns auch später anhören«, murmelte er. »In der Stadt wird sie vor dem Rat ohnehin noch einmal erzählt werden.«

Sie streckte die Hand aus, die Tomi locker festhielt, und er drückte ihre Finger inniglich. Mit der Feuchtigkeit in der Luft war der Abend empfindlich frisch und drang durch ihre Kleider, sobald der Wind die Hitze des Feuers in eine andere Richtung lenkte.

Moira, die große Frau, die die Kinder bei der Flucht angeführt hatte, stand für die ganze Gruppe Rede und Antwort. »Seht mich an«, sagte die Älteste. »Ich war einmal eine ziemlich korpulente Frau. So groß wie mein Gemahl und mit breiten Schultern. Ich habe mich im Rat wacker geschlagen, so wie mein Vater schon vor mir, und seine Mutter vor ihm. Vierzehn Jahre lang habe ich mit meinem Mann auf dem Feld gearbeitet. Zwei Jahre, im Krieg und zur Zeit des Widerstands, habe ich mit ihm Seite an Seite gestanden. Und dann …« Ihr Blick wanderte über die Gruppe. »Dann war der Krieg vorbei, und ich arbeitete wieder auf dem Feld. Doch diesmal führte mein Mann den Pflug, damit er sich aufrecht halten und seine verstümmelten Beine hinter sich durch die Furchen schleppen konnte. Und alles, was wir unserem verdammten Boden entrissen, ernährte Lloroi Conins Leute – seine Jäger und Sklavenhändler und Soldaten. Aber nicht meine Kinder.«

Sie ließ ihren verbitterten Blick von einem zum anderen wandern. »Wollt ihr wissen, warum wir uns nicht energischer zur Wehr gesetzt haben? Am Anfang wurden wir nicht ganz so schlecht behandelt«, erklärte sie müde. »Wir waren das eroberte Land, wurden lediglich besteuert, aber nicht geschunden und nicht geprügelt. Die Soldaten, die kamen, blieben. Sie machten uns keinen Ärger. Die Lieferungen an den Lloroi dienten auch ihrem Wohl. Nach zwei Jahren …« Sie hielt kurz inne. »Nach zwei Jahren waren sie unsere Nachbarn geworden. Zwei Jahre …« Ihre Stimme erstarb. Sie zitterte und setzte erneut an. »Zwei Jahre darauf wurden sie die Ehemänner unserer Töchter, die Frauen unserer Söhne, die Eltern unserer Enkel. Sie wurden sogar Mitglieder im Rat. Mitglieder der Gilden. Familienmitglieder. Es ging nach und nach, ganz allmählich.« Sie packte eine Handvoll Asche und Staub und ließ sie durch die Finger rinnen. »Es war unsichtbar, weil es sich direkt vor unseren Augen abspielte.« Sie blickte auf. »Und weil sie zu diesem Zeitpunkt bereits ein Teil von uns waren, wußten wir nicht, wie wir sie bekämpfen sollten.«

Sie starrte auf ihre Hände. Ihre langen schwieligen Finger waren von Pechflecken übersät, die nie mehr abgingen. »Zwei Jahre lang lebten wir mit diesen Frauen und Männern des alten Lloroi zusammen. Zwei Jahre lang zahlten wir immer höhere Steuern, aber wir kriegten es hin. Dann, im dritten Jahr, wurde plötzlich alles anders. Wir schickten unsere Waren wie immer mit den Karawanen auf den Weg, doch jetzt wurden sie überfallen und ausgeplündert. Unsere Betriebe wurden nicht mehr aus anderen Teilen des Landes beliefert. Unsere Grubenwürmer wurden aus den Zuchtfarmen gestohlen. Unsere Safternten wurden durch Brandstiftung vernichtet. Eingelagerte Lebensmittel verfaulten aufgrund von Wasserschäden – in trockenen Scheunen.

Im vergangenen Sommer starb der alte Lloroi. Sein Sohn übernahm die Macht. Wir riefen eine Widerstandsgruppe ins Leben, so erbärmlich sie auch war. Wir hatten einen Plan. Wir wollten zurückschlagen.« Ihr Gesicht sah jetzt noch eingefallener aus. »Wir überfielen eine Wachstation, stahlen ihre Waffen. Wir nahmen einen der Kommandeure als Geisel und forderten, daß sie die Soldaten aus einer der Städte abzogen. Als die Soldaten unserer Forderung nachkamen, waren wir wie vor den Kopf gestoßen. War es wirklich so einfach?« Sie blickte stumpf ins Feuer. »Dann zogen auch die anderen Soldaten ab, und uns wurde klar, daß der neue Lloroi alle Soldaten zurückbefohlen hatte. Er ließ uns wissen, daß wir unser Land wieder aufbauen sollten, so wie es uns gefiel. Und wir jubelten, kamen aus unseren Häusern heraus und dankten den Monden.«

Moiras Stimme klang mit einem Mal flach. »Dann kamen die Jäger.« Sie sah auf. »Wir dachten, die Soldaten seien schlimm gewesen. Wir hielten den Verlust einiger Freiheiten für unerträglich. Wir dachten, wir hätten eine große Schlacht gegen sie gewonnen, obwohl kein Blut dabei vergossen wurde.« Sie schloß die Augen und schaukelte langsam vor und zurück. »Wir hatten uns getäuscht.« Ihre Stimme nahm einen gepeinigten Klang an, und die Ariyaner zuckten bei ihrem Gesichtsausdruck zusammen. »Wir hatten keine Schlacht gewonnen. Wir hatten lediglich den Jägern Tür und Tor geöffnet, die sich auf uns stürzten wie Lepa auf eine Ziegenherde. Und plötzlich starben wir. Wer die Stadt verließ, kehrte nicht mehr zurück. Die Anführer des Widerstands verschwanden. Diejenigen, die im Rat saßen, starben. Bei Unfällen …« Sie spie das Wort förmlich aus.

Sie ignorierte das Murmeln, das im Kreis der sie umgebenden Gesichter entstand. »Nach den ersten Monaten gab es weniger Tote. Aber es traf immer die Sprecher. Einige von uns dachten, das Alter würde sie schützen, doch sogar die Ältesten starben unter den Knüppeln oder wurden verbrannt. Wir hatten fast keinen Rat mehr übrig. Die Jäger lachten uns aus und besetzten die freien Plätze. Die Plätze, die sie selbst mit ihren Schwertern freigemacht hatten. Und unseren eigenen Gesetzen zufolge mußten wir sie anerkennen.« Ihre Stimme zitterte beim Gedanken an die erlittene Schmach. »Sie haben unsere Gesetze gegen uns gerichtet.« Sie knirschte mit den Zähnen. »Sie haben uns unsere Häuser genommen«, fuhr sie fort. »Sie haben uns unsere Kinder genommen. Nichts blieb uns.« Ihre Stimme wurde zu einem heiseren Flüstern. »Nicht einmal unsere Würde.«

Moira starrte Dion an, sah die Schatten unter Dions Augen, sah die Bandagen um Arme und Beine, den gezackten Kratzer, der ihr Gesicht verunstaltete. Diese Frau, die Heilerin, hatte diese Verletzungen für Moira riskiert. Für die Ältesten, für die Kinder, die Dion nicht einmal kannte. Moira spürte, daß ihr Geist viel zu müde war. Die Mahlzeit, das Feuer – es war ein Traum, aus dem sie wieder erwachen würde. Wie Freunde begrüßt. Versorgt. Verteidigt wie kostbare Gegenstände … Das alles ergab keinen Sinn. Nicht in einer Welt, in der Jäger Kinder zu Tode prügeln und die Sterbenden auslachen durften. »Unsere Kinder«, sagte sie leise. Sie sah auf. »Unsere Söhne und Töchter, unsere Babys, wurden uns genommen und … an unserer Statt gefangengehalten … falls wir den Fehler begehen und auf den Gedanken kommen würden, wir könnten über uns selbst bestimmen. Falls wir noch einmal rebellieren würden.« Ihre Stimme erstarb plötzlich. »Meine Söhne …«

Murmeln wurde rings um das Feuer laut.

»Mußtest du deine Kinder zurücklassen?« fragte eine sanfte Stimme.

Moira blickte den Fragesteller ausdruckslos an. »Ich habe keine Kinder zurückgelassen.« Wieder nahm sie eine Handvoll Asche. »Nur Gräber.« Sie ließ den Staub durch die Finger rinnen, den der Wind sogleich in einem dunklen Wirbel über den Boden verstreute.

Dann herrschte Schweigen. Das Feuer brannte heiß. Sein Licht erleuchtete Gesichter, in denen sich Zorn und Entschlossenheit spiegelten. »Wir trauern um deine Töchter«, sagte der Mann, der zuerst gesprochen hatte. »Wir trauern um deine Söhne«, erklang es wie ein Echo rings um das Feuer.

Ein leichtes Zittern erfaßte Moira. »Trauer?« warf sie dazwischen. »Der Tod hat keine Gewalt mehr über mich. Nur die Zeit«, flüsterte sie.

»Die Zeit«, wiederholte sie. Sie hob den Blick, und diejenigen, die er traf, mußten wegsehen. Tief in ihrem ausgemergelten Gesicht lag eine Wut, die vor Gewalttätigkeit hell loderte. »Wollt ihr wissen, was passiert ist? Nicht der Krieg passierte, oder die Soldaten, oder die Jäger, die uns zugrunde richteten. Es war die Zeit. Die Zeit veränderte uns. Die Zeit machte uns duldsam. Und die Zeit …« Es schnürte ihr beinahe die Kehle zusammen. »Die Zeit nahm uns das Leben.«

Das Feuer glomm, die Holzkohle tanzte in der Hitze.

Einer der anderen Flüchtlinge rührte sich. »Einige leisten noch Widerstand«, sagte der alte Mann. »Im Wald lebt ein Trupp Kämpfer, der sich von Wurzeln und Beeren ernährt; was sie zum Essen brauchen, graben sie aus der Erde, und ihre Kleidung besorgen sie sich von den Jägern selbst. Sie werden von einer Frau namens Seiker angeführt.« Er grinste rachsüchtig. »Sie brandmarkt sie alle – die Leichen, die sie zurückläßt, damit sie von ihren Kameraden gefunden werden. Sie schlitzt ihnen die Kehle auf und durchbohrt ihnen die Wangen mit Seikerdornen. Man muß diesen Namen – Seiker – in einem Lager der Jäger nur erwähnen, und schon fangen alle zu zittern an, als hätte sie der Hauch des Todes bereits gepackt. Sie drehen richtig durch.« Er nickte voller grimmiger Zufriedenheit. »Seiker und ihre Leute setzen die gleiche Taktik gegen die Jäger ein, die sie auch gegen uns einsetzen: zuschlagen und verschwinden, sich verstecken und dann wieder zuschlagen.« Er wurde wieder nüchterner. »Es gibt nicht viele, die Seiker und ihre Leute unterstützen. Da ist einmal Josh, der die Grubenwürmer versorgt; er kundschaftet die Straßen aus, wenn er die Würmer zu den Bergwerken bringt und überprüft, wie regelmäßig die Jäger die Wege benutzen. Die Jäger schöpfen jedoch allmählich Verdacht. Er muß sich über kurz oder lang der Gruppe von Seiker anschließen, bevor es zu spät ist. Außerdem gibt es noch Peyel, die Frau, die die Taverne führt. Sie steht über die Ältesten mit ihnen in Verbindung. Mögen die Monde sie segnen, denn ohne ihren Rat wären wir niemals entkommen.«

Dion, die Moira von der anderen Seite des Feuers aus betrachtete, warf Aranur einen Blick aus den Augenwinkeln zu.

»Ist das die Frau, die euch riet, es mit der Himmelsbrücke zu versuchen?« fragte sie Moira. Die Älteste nickte, und Aranur lehnte sich nachdenklich zurück.

Die anderen Zuhörer fingen an zu debattieren, und ihre Stimmen übertönten das Knistern und Knacken des Feuers. Schließlich erhob sich eine der Frauen. »Wir müssen unbedingt unseren Rat davon in Kenntnis setzen«, verkündete sie und unterstrich ihre Worte mit ausdrucksstarken Gesten.

Eine andere Gestalt nickte. »Wir sollten mehrere Reiter zurückschicken. Nachdem Moiras Gruppe den Jägern vor der Nase entwischt ist, könnte es gut sein, daß sie ihrerseits über die Grenze kommen um nachzusehen, was hier vor sich geht.«

Gamon nickte. »Da haben wir wirklich in das reinste Lepa-Nest gestochen. Jetzt müssen wir aufpassen, daß wir nicht in die Reichweite ihrer Krallen geraten.«

Einer der anderen Männer wandte sich an ihn. »Gamon, reitest du morgen früh in die Stadt?«

Der grauhaarige Mann nickte. »Das habe ich jedenfalls vor.«

Moira warf ihm einen Blick zu. Dann runzelte sie die Stirn, und ihr müder Blick ruhte lange auf Dion, bevor sie die Wolfsläuferin nach und nach wiedererkannte. Sie sprang unvermutet auf, stolperte um die Feuergrube herum und blieb dann vor Aranur stehen, wobei sie auf den Jungen hinabsah, der tief und fest an seiner Schulter schlummerte. Sie nahm ihn ohne ein Lächeln wahr. Aranur fragte sich, ob der Leichnam ihrer Tochter schon aus der Schlucht geborgen war. So nahe an Ariye zu sein, so dicht an der Freiheit, und dann in Sichtweite der Grenze ein Kind zu verlieren …

Als könnte sie in seinen Gedanken lesen, sprach Moira ihn unverhofft an. »Tomi hat sich dir angeschlossen.«

Aranur sah auf den schlafenden Jungen hinunter. »Aber nur, weil es sich an meiner Schulter besser schlafen läßt als auf den Steinen.«

»Nimm dich seiner an.« Dann wandte sie sich an Dion und schaute tief in die violettfarbenen Augen der Wolfsläuferin. »Heilerin Dione.«

Dion nickte. Sie hatte sich schon so sehr an ihren Spitznamen gewöhnt, daß die Vollversion ›Dione‹ merkwürdig in ihren Ohren klang.

Moira war einen ganzen Kopf größer als die Wolfsläuferin, so groß wie Aranur, und ihr starrer Blick ließ Dion unruhig zur Seite rutschen. »Mondkriegerin«, sagte sie schließlich leise. »Du hast uns das Leben geschenkt.«

Dion errötete. »Ich bin keine Mondkriegerin«, protestierte sie automatisch. »Und ich habe nichts getan, was nicht jeder dieser Leute hier auch getan hätte.«

Moira achtete nicht auf ihre Worte. »Als wir am Rand der Schlucht standen«, sagte sie, »und du vor uns auftauchtest, sahst du aus, als wärst du direkt vom Himmel in den Fluß hinuntergefallen und geradewegs vom Teufelsknie heraufgestiegen. Ich spürte meinen Körper nicht mehr. Ich spürte die Kälte nicht mehr. Ich dachte, wir seien bereits tot. Und du warst der Mondkrieger, der gekommen war, um uns zu den

Sternen zu geleiten. Ich folgte dir willig. Wenn ich gewußt hätte …« Sie sah Dion staunend an. »Wäre mir nicht so kalt gewesen, daß ich nicht einmal mehr an den nächsten Schritt denken konnte, hätte ich geahnt, was du wirklich mit uns vorhattest, dann wäre ich dir keinen einzigen Meter weit gefolgt. Eine Überquerung oberhalb der Fälle … das war auf den Karten verzeichnet. Die Monde wissen warum, aber ich hatte darauf vertraut. Aber ein Übergang durch die Fälle hindurch? Der Fluß hatte bereits zwei unserer Kinder mit sich gerissen. Und du wolltest, daß wir ihm alle überlassen.«

Dion schüttelte hilflos den Kopf. »Aber der Übergang war dort. Du hast ihn gesehen. Du hast ihn benutzt. Es war kalt, ja, und dunkel, aber es war sicher.«

Sicher. Schon. Moiras Geist war erschöpft, aber sie erkannte zumindest noch, daß das hier … daß es die Wirklichkeit war. Dieses Abendessen, dieses Feuer … Die Kinder waren in Sicherheit. Und jetzt, da sie in Sicherheit waren, durfte sie bestimmt dieses Leben, das sie so lange aufrechterhalten hatte, loslassen. Es gab hier nichts mehr für sie zu tun. Ganz bestimmt durfte sie jetzt zu den Monden gehen, über den Himmel, zu dem Ort, an dem ihr Gefährte und ihre eigenen Kinder auf sie warteten. »Wolfsläuferin«, flüsterte sie. »Mondkriegerin. Gib mir Frieden. Nimm mich jetzt mit dir, zu den Monden.«

Aranur starrte die Frau an, und Dion erhob sich erschrocken. »Moira … ich …«

Moira fiel auf die Knie. »Ich flehe dich an, Mondkriegerin.«

»Steh auf«, sagte Dion mit erstickter Stimme und zog Moira hilflos am Arm. »Steh auf. Du sollst nicht vor mir knien. Und du sollst mich auch nicht so nennen.« Von der anderen Seite des Feuers kamen zwei Flüchtlinge herbei, und auch Gamon trat heran, um an Moiras anderem Arm zu ziehen.

Moira schüttelte ihn ab. »Ich habe genug getan«, flehte sie. »Ich habe die Kinder in deine Sicherheit geleitet. Ich bitte dich, du hast die Augen und das Schwert der Mondkrieger. Du hast die Stimme der Wölfe. Du bist eine Legende. Ich flehe dich an, und das ist mein volles Recht: Laß mich jetzt sterben!«

»Nein!« Dion zitterte. Aranur stand jetzt neben ihr, und der Junge blinzelte im Halbschlaf. »Ich bin keine Mondkriegerin.« Dion stieß die Frau entschlossen von sich. »Ich kann dir den Tod nicht geben, und du kannst es auch nicht von mir verlangen. Um der Monde willen! Ich bin Heilerin.«

»Violette Augen.« Moira widersetzte sich Gamons Kraft mit Schlaffheit, und er machte eine hilflose Geste zu Dion. »Ich bin bereit zu sterben«, sagte sie sanft. »Ich bitte dich.«

Dann waren die anderen Ältesten bei ihr, zogen sie hoch, redeten beruhigend auf sie ein und führten sie auf zitternden Füßen von Dion weg, obwohl sie ihr eingefallenes Gesicht noch einmal nach ihr umwandte und mit müder Stimme flehte: »Bitte.«

Aranur berührte Dion am Arm. Sie schauderte. »Ihr Götter«, flüsterte sie. »Was haben die ihr nur angetan?«

Tomi sah teilnahmslos zu, wie Moira weggeführt wurde. Dann fragte er Dion: »Warum hat sie dich Mondkriegerin genannt?«

Dion sah ihn nachdenklich an. »Vermutlich, weil ich violette Augen habe«, antwortete sie unglücklich. »Das ist nicht alltäglich. Sie müßten grau sein, oder blau oder braun. Aber ich bin keine Mondkriegerin. Auch wenn du sonst nichts glaubst: das kannst du ruhig glauben.«

»Aber Moira hat es gesagt, und sie ist die Vorsitzende des Ältestenrats.« Er betrachtete sie mit kindlicher Neugier. »Sie hat dir vertraut.«

Als Gamon die Bestürzung in Dions Gesichtsausdruck sah, knuffte er den Jungen an die Schulter. »Deshalb haben wir ja Dion zu eurer Begrüßung losgeschickt«, sagte er gelassen. »Aranur sieht so grimmig aus, daß ihr gleich wieder zu den Jägern zurückgelaufen wärt.«

Aranur warf ihm über den Kopf des Jungen hinweg einen vielsagenden Blick zu und schnaubte verächtlich. »Mit meinem Gesicht lassen sich keine Kinder vertreiben«, gab er zurück. »Das schaffen nur alte Männer mit großer Klappe, die es eigentlich besser wissen müßten.«

Dion sah immer noch Moira nach. »Sie sollte morgen mit uns reiten«, sagte sie mehr zu sich selbst als zu den anderen. »Sie sollte nicht hier zurückbleiben.«

Gamon nickte bedächtig. »Ich kümmere mich um die Dnu.«

Er schaute hinab, wo ihn eine kleine Hand am Ärmel zupfte. »Ich will auch mit«, sagte Tomi entschlossen.

Aranur sah den Jungen erstaunt an.

»Ich will mit«, wiederholte Tomi. »Ich kann kämpfen.« Plötzlich wurde er ganz rot.

Aranur zögerte, als dächte er über den Vorschlag nach. »Ein mutiges Angebot, Tomi«, sagte er nachdenklich, »aber …« – er suchte nach einer Begründung – »du hast ja nur ein Messer. Da wir durch ein Gebiet reiten, wo die Jäger uns angreifen könnten, brauchen wir Krieger, die zwei Messer tragen können. Außerdem«, fügte er hinzu, »brauchen dich die anderen hier. Wir müssen noch sehr viel über euch auf der anderen Seite der Grenze in Erfahrung bringen, und du bist einer der wenigen, die uns davon erzählen können. Die meisten anderen sind zu jung, um sich genau daran zu erinnern, und die Erwachsenen reiten mit uns in die Stadt.«

»Oh.« Tomi schaute auf seine Füße.

Gamon nickte. »Das hat nichts mit deiner Fechtkunst zu tun, mein Junge. Du hast dich hervorragend gegen die Worlags geschlagen. Wir brauchen deinen Mut hier dringender als eine weitere Stimme im Dorf.«

Die Röte im Gesicht des Jungen verdunkelte sich. »Nein«, sagte er mit gesenkter Stimme.

Aranur sah ihn fragend an.

»Nein«, wiederholte er. »Ich habe mich nicht gut geschlagen.«

Gamon warf ihm einen finsteren Blick zu. »Keine falsche

Bescheidenheit, mein Junge. Dion sagte, du hast so gut gekämpft, daß es Aranur nicht besser hingekriegt hätte.«

Der Junge wurde noch röter und antwortete dann wutentbrannt: »Hab ich nicht. Sie hat gelogen. Ich habe überhaupt nicht gekämpft!«

Dion schüttelte den Kopf und kniete sich vor den Jungen. »Ich habe die Wahrheit gesprochen«, sagte sie ruhig. »Warum streitest du es ab?«

Der Junge wand sich los, und sie hielt ihn an den Schultern fest; dann drehte sie ihn um, damit er ihr ins Gesicht sah. »Als wir auf dem Felsbrocken waren«, sagte sie, »hast du mit deinem Messer ebenso gegen die Worlags gekämpft wie ich mit meinem Schwert. Du bist nicht vor ihnen zurückgewichen, und das nenne ich mutig, so wahr ich in meinem Leben mutige Taten gesehen habe!«

»Nein.« Der Junge blickte zu ihr auf. »Als du vom Felsen gefallen bist, hast du nach dem Messer gerufen. Du riefst mir zu, ich solle es dir geben. Ich konnte nicht. Ich sah die Worlags, sah, wie sie dich packten, an dir zerrten ... Du hast geschrien ...« Seine Stimme wurde lauter. »Und ... und ich konnte es nicht loslassen. Du hast geschrien, und ich konnte mich nicht davon trennen ...«

Aranur kniete sich neben Dion. »Aber Dion ist hier, Tomi. Sieh doch: sie ist noch gesund und munter und kann immer noch mit den Wölfen laufen, so wie es sein soll. Und du bist hier, gesund und munter, und du hast ein Messer, und Dion hat ein Messer.« Er legte eine Hand unter das Kinn des Jungen und zwang ihn, ihm ins Gesicht zu sehen. »Du hast einen Fehler gemacht, Tomi. Das ist alles. Du hast Dion in Gefahr gebracht, klar. Aber so etwas passiert. Es passiert immer wieder, wenn sich zwei Leute im Kampf aufeinander verlassen müssen. Auch ich mache Fehler«, fügte er zum großen Erstaunen des Jungen hinzu. »Als ich meine zweite Rettungsaktion gegen eine Gruppe von drei Jägern durchführte, lief ich direkt in eine Falle hinein. Meine erste Vergeltungsaktion war so gut gelaufen, daß ich überheblich wurde. Zwei meiner Leute wurden schwer verletzt. Ich kam damit davon ...« Er zog den Ärmel zurück und zeigte Tomi die schmale weiße Narbe, wo ihn eine Klinge am bloßen Arm erwischt hatte. »Das machte mich ein wenig vorsichtiger.« Er zog den Ärmel wieder zurück. »Drei Monate später führte ich wieder einen Trupp an, und ich blieb wie erstarrt stehen, als mich eine Schwertkämpferin dringend brauchte.« Sein Blick versteinerte. »Sie starb. Und das«, stieß er energisch hervor, »lehrte mich, zu handeln. Aber hier« – er nickte zu der Wolfsläuferin – »bist du sicher, und Dion geht es gut.«

Dion lächelte schief. »Mach dir keine Vorwürfe, Tomi. Wie Aranur sagte: jeder macht Fehler.«

Der Junge sah sie an. Dion war eine Heilerin. Welche Fehler machte sie wohl? Er war sich dessen nicht bewußt, daß die Frage offensichtlich war, als sein Blick von Dions Gesicht zu dem Silberreif auf ihrer Stirn wanderte.

»Ja«, sagte sie, »ich auch. Ich schätze nicht immer jede Situation richtig ein«, gab sie zu. »Ich habe schon mehr als einmal sowohl Aranurs als auch Gamons Leben aufs Spiel gesetzt, weil ich andere zur falschen Zeit oder am falschen Ort geheilt habe. Auch im Kampf unterlaufen mir Fehler. Ich verfüge noch nicht über die Erfahrung, immer zu wissen, was zu tun ist, und in welcher Reihenfolge. Einmal, wie bei Aranur, mußte eine Frau sterben, weil ich zu ungeduldig war.« Sie sah auf ihre Hände und blickte dann zu dem Jungen auf. »Es ist keine leichte Entscheidung, wenn dich jemand mitten im Kampf darum bittet, deine Waffe aufzugeben. Ich mache dir deswegen keinen Vorwurf.« Sie berührte seinen Arm. »Jetzt darfst du dir aber auch keine Vorwürfe mehr machen.«

»Aber du hast geschrien«, flüsterte er. »Du hast nicht aufgehört.«

»Ich hatte Angst«, sagte sie leise. »So wie du.«

Der Junge schaute sie ungläubig an.

Aranur nickte. »Das stimmt. Dion fürchtet sich mehr vor einem hundert Meter entfernten Worlag als von einer Feuerspinne auf ihrer Hand. Ich verrate dir ein Geheimnis.« Er senkte die Stimme, beugte sich näher heran, und Tomi hörte ihm unwillkürlich aufmerksam zu. »Die ganze Nacht über hat mich Dion mit ihren Träumen geweckt, und ab und zu schlug sie auf mich ein, als sei ich selbst ein Worlag.«

Gamon stieß ein unterdrücktes Glucksen aus, und Dion zog dem alten Mann eine Grimasse. »Vielleicht schlage ich ja aus Angst davor um mich, noch einmal mit euch beiden losziehen zu müssen«, gab sie zurück, »und nicht, weil ich von Worlags träume.«

Jetzt mußte Gamon laut lachen. »Wenn du mich schon mit einem Worlag verwechselst«, sagte er und rieb sich über das graustoppelige Kinn, wo sein Bart so kratzig wie die Haare auf den Gesichtern der Mörderkäfer waren, »dann sollte ich mich vielleicht mal rasieren.«

Tomi sah Dion an. »Es tut mir leid, daß ich dir nicht geholfen habe.«

Sie lächelte. »Es muß dir nicht mehr leid tun.«

Er zögerte, nickte dann aber ruckartig.

Aranur erhob sich. »So, und da es dir jetzt nicht mehr leid tut, kannst du die Erfahrung objektiv beurteilen und dir dann überlegen, was du daraus gelernt hast.«

Tomi sah ihn verwirrt an.

»Was es bedeutet, ein Messer zu tragen.«

»Was ich gelernt habe?« Der Junge blinzelte. Dann dachte er einen Augenblick nach. »Daß es besser ist, zwei Messer zu haben«, sagte er dann bestimmt. »Besser als eins.«

Gamon klopfte Aranur auf den Rücken, so daß er sich an seinem Lachen verschluckte. »Dann«, sagte er schließlich, »sollst du auch zwei Messer haben.«

Er zog eins der langen Messer aus seinem Gürtel und reichte es dem Jungen.

Tomi starrte die Klinge an. Er zog die Stirn kraus und sah dann zu dem grauäugigen Mann auf. Er gürtete sich das Messer sorgfältig um, schob es akkurat neben das erste und betrachtete sie einen Moment. »Wenn ich zwei Messer habe, kann ich auch morgen mit euch reiten«, sagte er langsam. »Wenn dann Dion ihr Messer noch einmal verliert, kann ich ihr eins von meinen borgen.«

Dion unterdrückte ein Lachen. Aranur, der erkannte, wie sich seine eigene Logik gegen ihn wandte, warf seinem Onkel einen hilflosen Blick zu.

Gamon zuckte mit den Schultern. »Schadet es denn etwas, wenn wir ihn dabei haben?«

Aranur klappte den Mund auf und schloß ihn wieder. Es hatte nicht in seiner Absicht gelegen, dem Jungen einen Grund zu liefern, sich ihnen anzuschließen; und Gamon hatte keine Ahnung davon, wie schwer es war, sich in diesem Lager – und auch außerhalb davon – ein wenig Privatsphäre zu verschaffen. Es würde ihm und Dion nicht möglich sein, ein wenig hinter den anderen Kundschaftern und Ältesten zurückzubleiben, wenn ihnen der Junge morgen genauso an den Fersen klebte wie heute schon den ganzen Tag. Dion blickte Aranur erwartungsvoll an, und Gamon grinste verschlagen, als er den Grund für Aranurs Unmut erahnte. »Wahrscheinlich nicht«, gab er widerstrebend zu.

Tomi gähnte zufrieden. Dion warf ihm einen Blick zu und meinte: »Zeit zum Schlafengehen.«

Gamon nickte. »Hier entlang«, sagte der alte Mann und dirigierte den Jungen entschlossen an der Schulter in Richtung Höhle, wo er es bequemer als in einer der muffigen Hütten haben würde. Die Bäume schützten die Blockhütten vor dem Wind, und das schwüle Frühlingswetter machte die Räume feucht und speicherte den erdig-muffigen Geruch wie ein Schwamm. Die Höhle hingegen wurde vom reflektierten Feuerschein erwärmt und von den in den Stein gehauenen Abzügen, die Rauch und andere Gerüche heraussaugten, gut gelüftet.

Aranur sah den beiden nach, wie sie auf die Höhle zugingen. Sein Gesichtsausdruck entspannte sich erst, als er Dion am Arm nahm und vom Feuer wegführte. Dion zuckte leicht zusammen, als sie den Druck seiner Hand verspürte. Jetzt ist es soweit, dachte sie. Er erinnert sich an das Geständnis ihrer Angst Tomi gegenüber. Jetzt verabreichte er ihr bestimmt seine übliche Was-hast-du-dir-bloß-dabei-gedacht-du-hättest-dich-verletzen-können-Gardinenpredigt. Während sie auf die Dunkelheit der Koppel zugingen, wappnete sie sich innerlich davor. Doch die ärgerlichen Worte blieben aus. Statt dessen drehte Aranur sie zu sich und suchte ihr Gesicht mit seinen grauen Augen. »Du hast mir nichts davon erzählt, Dion«, flüsterte er. »Daß du zwischen diese Viecher gefallen bist. Daß du geschrien hast.«

Ein Schauder lief ihr den Rücken hinunter. »Ich hatte Angst«, gab sie mit leiser Stimme zu.

Und dann lag sie plötzlich in seinen Armen, das Gesicht in sein Wams vergraben, wo die spitzen Kanten der Gemme in seinem Brustbein in ihre Wange drückten. »Bei den Monden, Dion, ich war zu Tode erschrocken«, flüsterte er in ihr Haar.

Sie sah fragend zu ihm auf, berührte zärtlich seine Wange.

»Weil ich Angst hatte, dich zu verlieren«, flüsterte er, als fürchtete er sich davor, die Worte laut auszusprechen.

»Das hast du noch nie gesagt.«

»Das habe ich mich nicht getraut.« Es war die Wahrheit. Erst als er sie unter dem Kadaver des Mörderkäfers herausgezogen und gesehen hatte, daß sie noch am Leben war, seinen Namen rief, als sie wieder zu sich kam, erst da war ihm bewußt geworden, daß er sie eines Tages im Wald verlieren könnte. Bei den Monden! Wie panisch er gewesen war, als er dachte, sie sei tot … Er zitterte und überspielte es mit einem fröstelnden Zucken, als ihn Dion besorgt ansah. Er berührte ihr Gesicht, fuhr mit dem Finger die Narbe entlang, die ihre Wangen verunzierte. Diese Frau hatte etwas Wildes an sich, das ihn anzog und in ihrem violetten Blick gefangen hielt, so wie es einen Nachtschwärmer unweigerlich ins Licht zog. Im

Wald bewegte sie sich wie ein Schatten, glitt wie die Wölfe, mit denen sie lief, zwischen den Bäumen hindurch. Sie war sich ihrer Anmut nicht einmal bewußt, ahnte nicht, wie sie seine Blicke auf sich zog, wenn sie einfach nur so die Schulter anhob oder ihr Haar mit dieser Bewegung nach hinten schüttelte. Ihr Götter, wie sehr er sich wünschte, sich mit ihr sofort in den Wald zu stehlen, ihr das Haar aufzuflechten und seinen schwarzen Glanz über den Weißfarn zu gießen, der im Mondlicht schimmerte … Er knirschte mit den Zähnen. Daß er sie mit den Wölfen teilen mußte, ihnen ihre Sicherheit anvertrauen … soviel konnte er mittlerweile akzeptieren. Dion würde nie soweit sein, für immer in seiner Stadt zu leben; der Ruf des Rudelgesangs war zu stark, holte sie manchmal mitten in der Nacht aus dem Bett, drängte ihre Füße dazu, hinauf auf die Hügel zu jagen, wo die Grauen liefen. Er konnte ihr das nicht wegnehmen, und, wie ihm jetzt klar wurde, er wollte sie auch nicht mehr ändern. Er hatte sich daran gewöhnt, gemeinsam mit ihr durch den Wald zu laufen. Halb in der Stadt, halb außerhalb. Er war Waffenmeister, doch für seine Fähigkeiten gab es auch andere Anwendungen. Hier, mit Dion in seinen Armen, schien es ihm, als gäbe es nicht Wichtigeres, als sie an sich zu drücken, den Rauch in ihrem Haar zu riechen und den moschusartigen Geruch der Wölfe auf ihrer Haut zu schmecken.

»Ich habe gelernt, mit unserem Abkommen zu leben«, sagte er langsam.

Sie lächelte, blickte auf und rieb ihre Wange an seiner. »Ich auch«, gab sie zu.

Überrascht warf er den Kopf zurück. »Hast du denn jemals daran gezweifelt? Du warst doch diejenige, die darauf bestand, daß ich mich mit meinen Befehlen zurückhalte.«

»Das habe ich auch so gemeint.« Sie lächelte, um den Worten ihre Schärfe zu nehmen. »Ich weiß aber auch, daß es deine Aufgabe ist, die Risiken jedes Kampfes einzuschätzen und abzuwägen. Deswegen bist du auch Waffenmeister, obwohl dich die anderen Krieger deines Alters wegen manchmal für ein Wickelkind halten«, zog sie ihn auf. Dann klang ihre Stimme plötzlich wieder nüchtern. »Ich wußte, daß du auf mich zukommen würdest. Ich wußte, daß ich nur lange genug warten muß …«

»Ich hätte dich nicht ziehen lassen, damit du dich allein sieben Worlags in den Weg stellst …«

»Acht.«

Er lachte trocken, und sie wußte, daß er sie absichtlich hereingelegt hatte. »… wenn auch nur, um meinen eigenen Kämpferstolz nicht anzukratzen.«

»Aranur …«

Er zuckte mit den Achseln. »Du bist eine Wolfsläuferin. Dein Leben verläuft anders als meines. Ich werde es wohl nie ganz verstehen, aber ich kann daran glauben. Und ich kann an dich glauben.«

Erst sehr viel später kehrten sie zur Höhle zurück, wo ihr Schlafzeug auf sie wartete. Sie rollten die Schlafsäcke aus, schoben sie aneinander, so daß sie sich beim Einschlafen an den Händen halten konnten. Sobald die Wärme der Höhle Dions Gedanken eingelullt hatte, hörte sie eine leise Bewegung hinter sich und rollte sich schläfrig herum. Es war wieder Tomi, der seinen Schlafsack neben ihren zerrte, im Halbschlaf hineinkroch und sich zusammenrollte. Dion lächelte matt und sank selbst in den Schlaf hinüber. Sie war von so vielen Leuten umgeben, daß die Alpträume es wohl nicht wagen würden, heute nacht ihren Schlaf zu stören.

11

Erzwinge die Jagd, beschleunige den Schritt.
Schlachten wogen in fernen Straßen.
Wie dorthin gelangen –
Wie sie aufhalten?
Wie dem Blutvergießen Einhalt gebieten?
Dem Morden der Jäger entgegentreten?
Dein Wort allein verhindert den Raub
vieler Leben; verhindert den Tod.

Als Dion sich aus der Wärme unter der Decke hinwegstahl, grunzte Aranur, tastete nach ihrem Körper und rollte sich, nachdem er ihn nicht fand, enger zusammen. Als er einige Zeit später aufwachte, schürte er zuerst das Feuer und machte sich daran, das Frühstück zuzubereiten, bevor er sich erneut nach ihr umsah. Als er sie endlich entdeckte, stand sie inmitten einer heftig diskutierenden Menschenmenge. Allein das sollte mir eine Warnung sein, dachte er mißmutig. In was läßt sie sich wohl jetzt wieder hineinziehen? Er schnappte sich einen Apfel aus dem Korb, ging um die eingefaßte Feuerstelle herum, wünschte seinem Onkel einen guten Morgen und schloß sich dann der Gruppe an, die Dion gerade von ihrem Plan zu überzeugen versuchte. Ein schiefes Lächeln umspielte seine Lippen. Dion kämpfte ohne mit der Wimper zu zucken gegen Worlags und Sklavenjäger, wenn es aber um eine halbverhungerte Frau oder ein Kind mit einer Schramme am Auge ging, brachte sie es einfach nicht fertig, sich zu dem Wörtchen ›nein‹ durchzuringen.

» … drei, vier Tage, vielleicht weniger«, schwatzte einer der Ältesten, den sie gestern gerettet hatten, auf sie ein.

Dion schüttelte den Kopf. »Da bin ich anderer Meinung. Wir sollten mindestens einen Ninan verstreichen lassen, eher mehr.« Sobovi, der andere Wolfsläufer, stand neben ihr und nickte zustimmend, wobei sein graues Haar bei der Bewegung zitterte.

Mondwürmer, dachte Aranur, sie hat sich schon breitschlagen lassen, die Aufgabe zu übernehmen. Jetzt ging es nur noch darum, ihr den Zeitrahmen schmackhaft zu machen.

»Wir müssen allerdings *sofort* handeln«, wiederholte einer der Männer.

Dion deutete mit beiden Armen nach Westen, in Richtung Fluß. »Es braucht eine gewisse Zeit, bis das Gebiet ausgekundschaftet ist; bis die Pfade zurückverfolgt, sämtliche Leute befragt worden sind. Diejenigen von euch, die gestern die Grenze überschritten haben«, sagte sie und nickte Moira und einem älteren Mann zu, »kommen als Kundschafter nicht in Frage: ihr gehört zu den Ältesten. Die anderen sind fast noch Kinder. Keiner von euch ist stark genug, um bis zum Schacht und wieder zurück Spuren zu lesen.«

»Wenn man nicht am Schacht, sondern bei den Fällen überwechselt, spart man zwei volle Tage.«

»Und wenn die Jäger merken, daß unsere Spuren an den Fällen beginnen und dort wieder enden, können wir es vergessen, dort jemals wieder Flüchtlinge hindurchzuschleusen«, erwiderte Sobovi gereizt.

Der alte Mann reckte das Kinn vor und brachte die anderen zum Schweigen. »Wir wollen für das, was ihr bereits getan habt, nicht undankbar erscheinen«, sagte er versöhnlich. »Aber wir können hier nicht tatenlos herumsitzen, während woanders immer mehr von uns sterben.«

Dion seufzte. »Ebensowenig können wir wie die Kaninchen vor einer Horde Worlags unentwegt über die Grenze wechseln, uns dort Leute schnappen und mit ihnen zurückkommen.«

Aranur drängte sich durch die Menge und suchte dabei Dions Blick. Sie war voll auf die Auseinandersetzung konzentriert und nickte ihm nur kurz zu.

»Wir könnten sie wenigstens mit Essen und Kleidung versorgen...«, schlug eine der anderen Frauen vor.

»Nachdem sie Ariye erreicht haben, ganz gewiß«, unterbrach sie Sobovi. »Aber vorher? Erwartest du von Dion und mir, daß wir mit der Ausrüstung für ein Dutzend Leute auf dem Rücken durch die Gegend schleichen?«

»Sobovi, du hast gesehen, in welcher Verfassung diejenigen sind, die gestern zu uns gekommen sind. Als sie das Knie erreicht hatten, konnten sie sich kaum noch auf den Beinen halten. Sie brauchen dringend Nahrung, Kleidung – und Hoffnung«, erwiderte die Frau beharrlich.

Neben ihr runzelte ein Mann mit finsterem Gesichtsausdruck die Stirn. »Moira zufolge ist die Himmelsbrücke gelegentlich frei von Jägern. Warum benutzen wir statt dessen nicht diesen Übergang? Wir könnten die Jäger ablenken und die Flüchtlinge dorthin bringen; auf diese Weise sparen wir uns sogar sieben oder acht Meilen Marsch. Wenn wir die Himmelsbrücke nehmen, können wir es uns sogar leisten, Ausrüstung hinüberzuschicken.«

Dion machte eine hilflose Geste. »Kannst du denn garantieren, daß die Himmelsbrücke sicher ist? Und wenn nicht, möchtest du etwa, daß ich eine Handvoll Kinder den Sklavenjägern direkt in die Arme führe und ihnen dann sage: ›Oh, tut mir leid, da hab ich mit diesem Paß wohl einen kleinen Fehler gemacht. Würdet ihr uns trotzdem rasch durchlassen...‹«

»Aber Moira sagte doch ...«

»Ich sagte«, unterbrach ihn Moira sofort, »daß Peyel uns

mitteilte, die Passage über die Himmelsbrücke sei frei. Und sie habe es von den Jägern in der Taverne gehört.«

»Und ich habe die Jäger mit eigenen Augen an der Himmelsbrücke gesehen«, protestierte Dion. »Entweder war der Weg von Anfang an nicht frei gewesen, oder sie haben euch unterwegs zum Übergang überholt.«

Der Älteste neben ihr zuckte ratlos die Achseln. »Peyel könnte sich also geirrt haben. Wären wir zur Brücke gelaufen, wären wir jetzt tot. Oder am Sterben«, fügte er hinzu, und die Bilder toter Kinder verdüsterten seine Gedanken. »Wie gewöhnlich hat Moira die richtige Entscheidung getroffen«, sagte er mit einem Nicken in Richtung der großen Frau. »Wir haben es bis zu den Fällen geschafft, und jetzt sind wir hier. In Sicherheit. Aber sollen wir jetzt ruhig hier in Sicherheit hocken, eure Speisen verzehren, uns an eurem Feuer wärmen und diesen Hort der Sicherheit genießen, während unsere Leute«, an dieser Stelle nahm seine Stimme einen gefährlichen Ton an, »die wir zurückgelassen haben, leiden müssen … verhungern, sterben?«

Moira stieß einen Seufzer aus. »Es mag ja sein, daß die Jäger aufgrund unserer Flucht die Himmelsbrücke sperrten, aber das heißt noch lange nicht, daß andere das gleiche Schicksal erleiden müssen. Peyel hat eng mit unserer Widerstandsgruppe zusammengearbeitet, damit wir entkommen können. Sie hat fünf anderen Gruppen zur Flucht verholfen, die es wohl auch geschafft haben, sonst hätten wir gesehen, daß sie von den Jägern zurückgeschleppt und verbrannt wurden, um uns eine Lektion zu erteilen.«

Aranur runzelte die Stirn. »Warum hat euch dann niemand, mit Ausnahme von einem, eine Nachricht zukommen lassen?« fragte er ruhig. Seine Stimme hob sich von dem aufgeregten Gemurmel klar und deutlich ab, und die Gruppe verfiel in Schweigen.

Moiras Blick hielt dem seinen trotzig stand. »Welcher Kurier riskiert schon sein Leben, nur um uns mitzuteilen, daß unsere Freunde endlich in Sicherheit sind? Hätte euer Botschafter sich nicht der Wölfin bedient, um mir die Karte zukommen zu lassen, wäre er jetzt auch tot. Die Jäger wußten sehr wohl, daß jemand dort war; sie durchsuchten den Wald hinterher zwei Tage lang. Erst kurz vor unserer Flucht brachen sie die Suche ab.«

»Trotzdem verlangst du von Dion, die Grenze auszukundschaften.« Sein Ausdruck war jetzt grimmiger geworden. »Obwohl du weißt, daß die Jäger nur auf eine derartige Aktion warten.«

Die Heilerin ist sicher genug, dachte Moira erschöpft. Ihre dünnen Kraftreserven waren von der Auseinandersetzung ausgelaugt, einer Auseinandersetzung zudem, die nicht viel brachte. Letztendlich stand die Wolfsläuferin im Schutz der Monde. Auch wenn Dions Worte ihren Protest ausdrückten – ihre violetten Augen verrieten sie. Sie war eine Mondkriegerin, und die Monde nahmen die ihren in Schutz.

Rafe, einer der anderen Späher, blickte Aranur von der Seite an. »Dion würde nicht allein losziehen, Aranur. Du kannst sie in meine Obhut geben.« Er versetzte Dion einen kleinen Rippenstoß, und trotz ihrer Prellungen mußte sie über Aranurs Gesichtsausdruck grinsen. Wie bei den meisten Paaren, so war es auch bei ihnen Privatangelegenheit, daß sie sich einander versprochen hatten, doch der Späher hatte bei einem Trainingskampf den Edelstein auf Aranurs Brust bemerkt, und nachdem er ein wenig darauf geachtet hatte, war ihm rasch klar geworden, wer Aranurs Herz gefangenhielt. Er hatte dem Waffenmeister schon vor langer Zeit gratuliert und ließ kaum eine Gelegenheit aus, den hochaufgeschossenen Mann damit aufzuziehen.

Aranur hob die Augenbrauen. »Ich weiß, daß ich sie in deiner Obhut lassen kann, Rafe, doch ich würde niemals wagen, die Monde auf diese Weise herauszufordern. Aber egal, ob du mit ihr läufst oder nicht«, fügte er mit einem leichten Grinsen hinzu, »laß deine Hände immer schön bei dir.«

Dion rollte die Augen. »Jungs, benehmt euch«, kommentierte sie spöttisch.

»Dion«, erwiderte Aranur jetzt voller Ernst, »warum mußt du denn überhaupt gehen? Rafe ist ein guter Späher, er kann ebensogut allein gehen.«

Moira schüttelte den Kopf. »Rafe ist kein Wolfsläufer. Dion kann mit den Wölfen reden. Sie kann besser dafür sorgen, daß sie und Rafe nicht gesehen werden, als es Rafe allein möglich wäre.«

Sobovi strich sich in der morgendlichen Brise durch das ehemals schwarze Haar. Nach einer schlaflosen Nacht, in der er versuchte hatte, seinen geschwollenen Knöchel möglichst ruhig zu halten, war er ein wenig gereizt und mußte sich sehr beherrschen, damit er die anderen nicht anfuhr. »Es besteht überhaupt kein Zweifel daran, daß wir wissen müssen, was auf der anderen Seite vor sich geht«, sagte er schließlich. »Dion und Rafe sind gemeinsam weniger Gefahren ausgesetzt, als wenn Rafe oder ein anderer Späher allein ginge. Ich würde selbst mit ihm gehen, aber …« Er zeigte auf seinen Knöchel. »Es wird noch eine Weile dauern, bis ich mich mit der erforderlichen Geschwindigkeit fortbewegen kann.«

Aranur warf ihm einen raschen Blick zu. »Warum warten wir dann nicht, bis es dir besser geht? Was schadet es, wenn wir mindestens einen Ninan warten, wie Dion bereits vorgeschlagen hat?«

»Die Jäger rechnen nicht damit, daß wir sofort loslegen …« Wieder erhoben sich ringsum Stimmen. »… können nicht warten. Sonst sind alle tot, bis wir unsere Kundschafter ausschicken.«

»… Dion läuft wie eine Wölfin. Sie begibt sich in keine große Gefahr.«

Schließlich trat Moira nach vorn. Trotz ihrer hageren Gestalt wirkte sie durch ihre Größe und ihre ruhige Stimme so imposant, daß alle anderen sofort verstummten. »Innerhalb eines Ninans sterben noch mehr von meinen Leuten«, sagte sie zu Aranur. »Sie werden für unsere Flucht bestraft. Sie haben uns geholfen. Sie haben so hart wie wir darum gekämpft, daß diese Kinder aus Bilocctar herauskommen. Und jetzt beten sie darum, daß wir ihnen rechtzeitig zu Hilfe kommen und sie nicht dem Zorn der Sklavenjäger überlassen.«

Aranur wich ihrem Blick nicht aus. Sie standen einander Auge in Auge gegenüber, und er verspürte einen merkwürdigen kalten Schauder in seinem Herzen, der von den Augen der großen Frau auszugehen schien. Im Gegensatz zu Dions Augen, die im Widerstreit der Gefühle aufblitzten, sich verdunkelten oder wie zu Eis erstarrten, waren Moiras Augen eher matt. Als wäre die Oberfläche ihres Blickes ebenso eine Maske wie die Ausdruckslosigkeit ihres Gesichts. Als hätte sie eine Mauer um ihren Blick errichtet, damit niemand in ihr Herz sah.

Schließlich brach Dion das Schweigen. »Moira, ich bitte dich, ich brauche mindestens einen Ninan, bis ich so weit bin, daß ich auf eurer Seite des Phye auf Spähtrupp gehen kann.«

Sobovi pflichtete ihr bei. »Ich ebenfalls. Wir brauchen beide etwas Zeit, um gesund zu werden, uns ein wenig auszuruhen.«

»Ihr seid doch Wolfsläufer«, warf einer der geretteten Ältesten ein. »Eure Wunden müßten doch schneller heilen.«

»Sobovi hat einen verstauchten Knöchel und ist nach dem Marsch durch den Schacht so dünn, daß ich durch ihn hindurchsehen kann«, fuhr ihn Aranur wütend an. »Dion hat eine Gehirnerschütterung, Stiche im Rücken, in Armen und Beinen. Sie ist vorne und hinten mit blauen Flecken übersät. Ihre Füße sind an mehreren Stellen wundgelaufen. Wenn ihr ihnen weniger als einen Ninan zugesteht, schickt ihr sie mit weniger Ausdauer los, als sie brauchten, um heil wieder zurückzukehren. Begreift ihr überhaupt, was ihr da von ihnen verlangt? Wollt ihr die Last ihres Todes mit zu den Monden schleppen, wenn die Reihe dereinst an euch ist?«

Der Sprecher blickte beschämt zu Boden.

»Es gibt genug andere Späher, die wir losschicken können«, sagte Sobovi versöhnlich.

»Nein.« Moira löste den Blick von Aranur und schüttelte wild den Kopf. »Wer nicht mit den Wölfen reden kann, wird wie ein Blinder gejagt werden.«

»Wir müssen unseren Leuten eine Nachricht zukommen lassen.« Ein anderer geflüchteter Ältester trat nach vorn. »Euer Übergang ist fast fertig. Wenn einer der Wolfsläufer diesen Späher begleitet, könnt ihr den Fluß überqueren, bis zu unserem Dorf vordringen, mittels der Wölfe eine Nachricht hineinschmuggeln und zurückkehren, ohne daß die Jäger etwas davon mitbekommen. Ihr müßt euch nicht unnötig in Gefahr begeben, indem ihr jeden Pfad überprüft. Wenn euch die Wölfe sagen, welche Wege ihr vermeiden sollt, lauft ihr schnell genug, um euch von den Klingen der Jäger fernzuhalten.«

Beide Wolfsläufer fingen an zu reden, doch Aranur bat mit erhobener Hand um Aufmerkamkeit. »So kurz nach der Flucht von Moiras Gruppe sind die Jäger wachsam – und doppelt auf der Hut. Wer jetzt freiwillig dort hingeht, begibt sich direkt in die Höhle des Lepa. Und, wie schon die Alten sagten, man kann einen Lepa nicht hofieren, ohne seine Krallen in Kauf zu nehmen.«

Sobovi ließ seinen Blick über die Gruppe wandern. »Das ist doch der eigentliche Punkt, oder nicht? Daß wir nicht genau wissen können, ob selbst ich, ein Wolfsläufer, mich dort gefahrlos bewegen kann, ob selbst Dion, eine Wolfsläuferin, die nur halb so alt ist wie ich, eine Chance zum Durchkommen hat – und ob sie sicher wieder zurückkehren kann. Mich oder Dion auf die andere Seite zu schicken«, ergänzte er nüchtern, »heißt, unseren Tod oder die Gefangennahme unserer Wölfe zu riskieren – so sicher, wie wir wissen, daß die Jäger uns bereits erwarten.«

Eine der Frauen aus Ariye sah ihn finster an und deutete

auf die drei Späher. »Wie aber sollen wir herausfinden, ob jemand den Phye überquert, um hier zu spionieren?«

»Gebt uns einen Ninan«, beharrte Sobovi. »Einen Ninan zum Gesunden, zum Ausruhen. Dann werden wir gehen. Mit Freuden.«

Rafe nickte. Sein geflochtener brauner Zopf wand sich wie eine Schlange auf seinem Rücken. »Wenn wir einen Ninan warten, ist Dion in der Lage, die Strecke zum Schacht und zurück zweimal zu laufen. Und wenn sie an meiner Seite läuft, sind wir durch die Wölfe geschützt. Die Jäger können ihr nicht auflauern, ohne daß sie es rechtzeitig erfährt.«

Sobovi blickte ihn gereizt an. Hatte denn keiner auch nur einen blassen Schimmer davon, was es hieß, Wolfsläufer zu sein?

Doch Dion wandte sich bereits an den Späher: »Nein! Das stimmt nicht!« erwiderte sie entschieden.

»So einfach ist das nicht«, pflichtete Sobovi ihr bei.

»Ich kann die Wölfe allein durch Gray Hishn hören«, sagte Dion. »Wenn sich das Rudel nicht untereinander verständigt, habe auch ich keine Möglichkeit zu wissen, was die anderen Wölfe tun.«

Aranur wandte sich überrascht um. Auch er hatte gedacht, sie und Sobovi könnten alle Wölfe jederzeit hören.

»Wenn die Wölfe nicht singen, wissen wir nicht, wer hinter uns her ist«, seufzte Sobovi. »Als ich vor einigen Tagen ausgeschlossen war, konnte ich nicht einmal den Gesang des Rudels auf dem Westufer hören. Sogar am selben Flußufer könnten sie sich nur wenige Meter neben mir aufhalten, und ich würde es erst wissen, wenn ich sie mit eigenen Augen erblickte.«

Dion drehte sich zu ihm um und benutzte seine eigenen Worte: »Sie haben dich von ihrem Gesang ausgeschlossen? Mich auch. Sie haben mich abgewiesen, als sei ich ein Worlag, der vor ihrer Höhle herumschnüffelt.«

Sobovi betrachtete Dion nachdenklich. »Der Gesang … er

veränderte sich gestern … kurz nach Mittag. Dann warst du das also?«

»Wahrscheinlich. Es geschah direkt, nachdem wir den letzten dieser Leute hinter den Vorsprung und unter den Wasserfall geschafft hatten. Hishn sang ihnen zu, daß die Flüchtlinge in Sicherheit seien. Die Töne … sie waren zu diesem Zeitpunkt zwar nicht so verbittert, aber sie klangen doch merkwürdig anders …« Ihre Stimme verebbte.

»Das stimmt.« Sobovis Augen blickten ins Leere, und er lauschte einen Moment seinem Wolf, der sich in einiger Enfernung aufhielt.

Als sich sein Blick wieder auf die Anwesenden konzentrierte, sagte er: »So wie ich wurde auch Gray Yoshi, mein Wolf, vom Rudelgesang ausgeschlossen. Später konnten wir wieder zuhören.«

Aranurs Antlitz verdüsterte sich sehr. »Warum sollten euch die Wölfe von ihrer Verbindung trennen? Betrachten sie euch denn nicht als Teil des Rudels?«

Dion nickte bedächtig. »Das schon. Aber die Grauen dort drüben sind gehetzt. Ihr Lied ist so voller … Sorge. Etwas hat sie verändert, und infolge dessen auch ihren Gesang. Selbst durch Hishn gehörte ich ihrer Meute nicht an.«

»Voller Sorge?« Aranur hakte sofort nach. »Ich dachte immer, die Graupelze zählten Kummer nicht zu ihrem Rudelgesang.«

Moira sah sie an, und Dion biß sich nachdenklich auf die Lippen. »Das dachte ich auch. Aber der Gesang des Rudels dort drüben ist mehr als merkwürdig.« Sie suchte Moiras Blick. »Oder etwa nicht?« fragte sie leise.

Die Gruppe wandte sich um und starrte die hagere Frau fragend an.

»Die Grauen laufen mit den Jägern«, sagte Moira leise. »Wenn das nicht ausreicht, um ihren Gesang traurig zu stimmen, dann weiß ich auch nicht, welchen Grund sie noch haben könnten.«

Wieder meldete sich Aranur dringend zu Wort: »Was wir hier diskutieren, muß unbedingt vor den Rat gebracht werden. Die Grauen haben euch verfolgt, na schön, wir glauben das jedenfalls. Aber daß sie mit den Jägern laufen? Diese Behauptung läßt sich nicht so einfach aufstellen.«

Jered, der Älteste der Gruppe, schüttelte den Kopf. »Es widerstrebt mir, so etwas zu sagen, Aranur, aber ich kann nur bestätigen, daß die Wölfe in unserem Land mit den Jägern laufen.«

»Es ist wahr.« Moira spreizte die Finger. »Sie wurden mit ihren Wolfsläufern gefangengenommen, und jetzt werden die Wolfsläufer dazu gezwungen, die Grauen als Helfer der Jäger einzusetzen.«

Aranur beendete die Diskussion mit einer abrupten Geste. »Dion, du wolltest heute morgen ohnehin zum Lloroi in die Stadt reiten. Aber auch du, Sobovi, mußt dem Lloroi sofort davon berichten.«

Dion sah ihn erstaunt an. »Dann hält sich hier niemand mehr auf, der mit den Wölfen sprechen kann.«

Aranur zuckte mit den Achseln. »Der Rat wird euch beide befragen müssen. Hier halten sich inzwischen mehr Wölfe auf als je zuvor – genug jedenfalls, daß sich allein in den vergangenen drei Monaten drei oder sogar mehr unserer Leute mit den Graupelzen verbunden haben, wie du selbst weißt. Was auch immer mit den Wölfen geschieht … dieser Kummer, den du auf der anderen Seite des Flusses verspürt hast …« Er schüttelte den Kopf. »Ihr müßt beide dort vorsprechen und diese Dinge erläutern. Vielleicht bittet ihr einige Wölfe, mit euch zu kommen.«

Rafe, der Späher, warf Dion einen Blick zu. »Glaubst du wirklich, die Wölfe zeigen sich vor dem Rat … vor so vielen Leuten?«

»Ich weiß es nicht. Aber jetzt gibt es so viele in Ariye …« Dions Stimme verebbte. »Sie kommen schon … seit … seit ungefähr einem Jahr.«

Jetzt zeigte sich sogar auf Moiras maskenhaftem Gesicht eine Spur des Erstaunens. »Sie kommen nach Ariye? Was meinst du damit?«

»Genau das.« Dion wies zum Wald hin. »Du sprachst vom letzten Jahr in deinem Land; einem Jahr unter der Herrschaft der Jäger. Nun, auch die Grauen litten unter diesem Joch. Seit einem Jahr verlassen sie Bilocctar, kommen über die Grenze nach Ariye und ziehen weiter nach Norden, Osten, Westen, weg von eurem Land, weg von Bilocctar. Wir – Sobovi und ich – dachten, es handele sich um eine Reaktion auf die Nachwirkungen eures Krieges, daß das Wild überall verjagt wurde, weil sich so viele Leute ihr Essen selbst jagten, durch den Anstieg der Worlags. Aber jetzt …«

»Jetzt sind wir uns da nicht mehr so sicher«, beendete der Wolfsläufer ihren Satz und fuhr sich durch das grausträhnige Haar. »Hishn, Yoshi … unsere Wölfe vernehmen schon seit einiger Zeit einen Ruf im Gesang des Rudels. Und die Wölfe fordern uns auf, ihnen zu folgen, andernfalls ließen sie uns zurück.«

Moira machte einen verdutzten Eindruck. »Sie können nicht einfach so gehen. Sie stehen im Bund mit euch.«

Die anderen Ältesten stimmten ihr eifrig zu. »Wo wollen sie denn hin? Was sollt ihr denn ohne sie anfangen?«

Sobovi zuckte mit den Achseln. »Keine Ahnung.«

»Jedenfalls sammeln sie sich hier in Ariye«, fügte Dion hinzu. »Und sie ziehen nach Norden.«

»Was wir hörten, war noch sehr schwach«, sagte Sobovi. »Aber es wird immer deutlicher.«

Dion nickte. »Die Grauen …« Sie schüttelte den Kopf. »Es herrscht große Verbitterung unter ihnen. Ein Gefühl von Verrat.«

Der andere Wolfsläufer nickte Moira zu. »Der Schlüssel liegt in dem, was gerade in Bilocctar geschieht. Wir brauchen Zeit, Moira. Zeit, um ihren Worten zu lauschen, Zeit, ihren Gesang besser zu verstehen. Das müssen wir zuerst tun, bevor wir wieder nach Bilocctar gehen. Andernfalls riskieren wir weitaus mehr als nur unser Leben.«

Aranurs Blick wanderte von einem zum anderen. »Wir reiten in zwanzig Minuten, Sobovi.«

Der ältere Wolfsläufer neigte den Kopf zur Seite. »Ich werde fertig sein.«

12

Sing die Jagd auf den Hügeln;
Lauf mit dem Elch auf dem Wechsel;
Wo der Wind durch den Pelz fährt,
Wo der Ruf der Meute stark ist,
Lauf mit uns!
Jage mit uns,
Wolfsläufer!

Als Aranur und Dion endlich die Außenbezirke der Stadt erreicht hatten, war Dion im Sattel eingenickt. Der stampfende Schritt des Dnu hatte ihre Prellungen zu einem einzigen großen Schmerz verschmelzen lassen. Ihr Hinterteil hatte schon längst jedes Gefühl für die Härte des Sattels vergessen. Dort, wo sich die feuchten, vom Schweiß erhitzten Seiten des Reittiers an ihre Schenkel drückten, waren ihre Muskeln so fest angespannt, als wären sie verschraubt. Die Prellung auf einer ihrer Fußsohlen hatte sich rings um den Steigbügel verlagert, so daß sie sie nur spürte, wenn sie ihr Gewicht darauf stützte und die Bewegung einen dumpfen Schmerz durch ihren Knöchel jagte. Erst als die Waldwege in die sanfte Gleichmäßigkeit der Wurzelwege übergingen, wurde der Ritt für sie einigermaßen erträglich.

Sie lächelte spöttisch vor sich hin – als wäre es die normalste Sache der Welt, auf Straßen zu reisen, die aus lebenden Bäumen geschaffen waren. Was es für die Ariyaner tatsächlich auch war. Die Hauptwurzelwege waren schon vor Jahrhunderten, als die Alten auf diese Welt kamen, gezogen worden. Die breit und flach wachsenden Wurzeln, die eigens zu diesen Zwecken gezüchtet worden waren, verdickten sich bei jeder Berührung mit Huf, Stiefel oder Rad, so daß sie immer intakt und belastbar blieben, solange sie benutzt wurden. Deswegen setzte man Wurzelwege auch nicht auf Waldpfaden ein; weiche, unebene und schwammige Wege waren geradezu ein Garant für umgeknickte Knöchel. Es gab einen neuen Wurzelweg in Ariye: denjenigen, der in Richtung des Grundstücks angelegt worden war, das sie und Aranur im vergangenen Herbst für sich ausgesucht hatten. Sie würden mit der Erde leben, hatte Aranur ihr gesagt, nicht auf ihr. Bei diesen Worten hatte sie lächeln müssen. Oft schon hatte sie diese Worte von ihrem Vater gehört, damals, als sie in Randonnen aufwuchs und lernte, wie man in den Wäldern lebte. Ihre Finger suchten den Edelstein auf ihrer Brust. Es dauerte ein Jahr, bis sich die Pflanzen so weit ausgedehnt und gehärtet hatten, daß man sie benutzen konnte. Ein Wartejahr. Das ihre war nun beinahe vorüber. Bis dahin würden nicht nur der Weg, sondern auch die Böden ihres Hauses gewachsen sein, und somit ihr Haus so weit, daß man beginnen konnte, die Wände aufzurichten.

Wie eigenartig, dachte sie, daß man eine Straße oder ein Haus wie ein Kräuterbeet heranzüchtete. Vor ihrer Ankunft in Ariye hatte sie noch nie einen Wurzelweg gesehen. In ihrer gebirgigeren Heimat war die Muttererde zu dünn für Bäume; dort baute man Straßen aus Steinen. Sie selbst hatte die Tagbauwürmer ausgesetzt, die die Oberfläche des Weges, der hinter ihrem Vaterhaus entlangführte, geglättet hatten. Sie sah auf die gelbweiße Oberfläche unter den Hufen der Dnu. In ihrem Land bestanden die Straßen aus weißen, grauen und roten Mustern – steinerne Bänder, nirgendwo von Gras oder anderem Bewuchs gedämpft. In ihren Bergen waren die Straßen bei Tag und bei Nacht von Streifen aus Quarz und glitzernden Kristallen beleuchtet. Von Würmern bearbeitete Steinsäulen bewachten die Zugänge zu den Städten und standen auf den Pässen wie Mondkrieger, die die Reisenden stumm und wachsam beobachteten. Dort, wo sich Lava- und Aschekegel vermengten, flossen dunkelglühende Ströme herab, glitzerten im Mondschein wie verborgene Pfade zu den Sternen. Die Leute nannten Randonnen auch ›Das Land der leuchtenden Straßen‹. Das Land aus Stein und Glas. Ein plötzlicher Anflug von Heimweh befiel sie, und sie schloß die Augen. Die Bäume, die über ihr rauschten, hingen voller sattgrüner Blätter; nicht die hartnäckigen, abgehärteten Blätter, die ihr Wachstum eisigen Frühjahren abtrotzten und im Herbst gierig ihren Saft wieder tief in den Stamm zurückziehen mußten. Sie hatte sich so sehnlich gewünscht, ihr kleines Dorf zu verlassen, mit den Wölfen die eigenen Grenzen zu erkunden, zu den Bergen auf der anderen Seite der Wüste zu laufen, zum Ozean, den sie noch nie gesehen hatte …

Sie hatte jedoch stets gewußt, daß sie in die Heimat zurückkehren würde – nach Ramaj Randonnen. Nicht nach Ramaj Ariye. Ihr Blick schweifte in die Ferne, wo sie nicht den Wald vor sich sah, sondern die felsigen Höhen von Randonnen, ihren Vater und ihren Bruder. Sie sah ihre Heimat. Und seufzte. Die Leute hier waren sehr gut zu ihr. Gamon war ihr ein zweiter Vater geworden. Selbst der Lloroi und seine Gattin hatten sie in ihre Familie aufgenommen, damit sie sich nicht einsam fühlte. Und sie hatte Aranur.

Manchmal jedoch, wenn sie mit Hishn allein durch den Wald streifte, stand sie auf einer Hügelkuppe und streckte die Arme aus, als wollte sie die Berge ihrer Heimat berühren, als wollte sie die Grauen erreichen, deren Stimmen sie so gut wie ihre eigene kannte. Hatten sie sich seit ihrem Weggang mit anderen verbündet? Erinnerten sie sich noch so gut an den Klang ihrer Schritte auf den Pfaden wie sie selbst?

Das graue Band zwischen ihr und Hishn straffte sich, und sie öffnete sich bereitwillig, ließ sich von der Grauen trösten. Nicht nur zu Hause, auch in Ariye gibt es Wölfe, rief sie sich ins Gedächtnis. Jetzt, da sie aus Bilocctar über die Grenze flüchteten, sogar mehr als je zuvor. So viele Wölfe …

Der kühle Schatten unter dem Baldachin der Blätter wurde frostiger, je länger Dion mit nachdenklichem Gesicht darunter hinwegritt. Sie spürte die Wölfe in den Wäldern wie ein tief in ihren Gedanken verborgenes Echo. Der Gesang des Rudels brauste wie die Flut heran: näher, tiefer, immer stärker verspürte sie seinen Sog. Und immer neue kamen nach Ariye. Wie die Flüchtlinge, so zogen auch die Grauen als Vagabunden. Wölfe am Rand der Schlucht … Verbindungen des Vertrauens, der Loyalität, der Liebe. Verbindungen, die ihr nicht gestatteten, sich abzuwenden. Abwenden? Sie befragte das Echo, unsicher darüber, ob ihr die Wölfe oder ihr eigenes Unterbewußtsein diesen Gedanken eingepflanzt hatten. Wovon abwenden? Sie konnte dem Heulen, das sie des Nachts heimsuchte, nicht den Rücken zukehren – ein Heulen, das nicht nur von Hishn stammte. Selbst wenn sie es wollte, war sie doch mit Hishn durch die grauen Bänder verbunden, die sich in Momenten der Bedrohung zu festen Tauen verdickten. Sie spürte sie, atmete mit ihnen, ließ ihre Stimme im Lied des Rudels erklingen. Aranur mochte ihr Herz besitzen, doch so sicher wie die neun Monde über den Himmel zogen, so sicher besaßen die Wölfe ihre Seele. Sie war in die Freuden und die Sorgen des Rudels verstrickt wie jedes andere Mitglied der Meute; so sehr, daß Dion jetzt, da der Kummer und der Zorn der Meute auf der anderen Seite des Flusses zum vollen Echo des geistigen Rudelgesangs anschwoll, wie ein Mitglied der Meute reagierte – unfähig, weiter zu sehen, unfähig zu handeln; nur noch dazu in der Lage, ihren Kummer zu fühlen und zurückzugeben, den Zorn zu spüren, der sich tief in ihrem Inneren zusammenbraute.

Es lag nicht in der Macht von Dion, Sobovi oder einem anderen Wolfsläufer, hinter den Verrat zu blicken, der in diesem Echo mitschwang. Sie wußte, und zwar ohne jeden Groll, daß es an Aranur oder einem der Strategen war, vielleicht dem Lloroi selbst, jenseits dieser Grenze zu blicken, durch dieses Echo hindurchzudenken. Da es jemanden gab, der nicht nur fühlte, sondern analysierte, gaben ihr die Grauen Hoffnung. Aranur würde eine Möglichkeit finden, den Wölfen zu helfen. Er mußte es einfach.

»Nachdenklich?« Eine sanfte Stimme ertönte neben ihr. Sie sah zu ihm auf.

Dann nickte sie bedächtig.

»Denkst du an die Wölfe?«

Sie biß sich auf die Lippe. »Heute abend, beim Rat ...«

Er neigte sich zu ihr und berührte ihre Hand. »Du mußt dabeisein«, sagte er, als er ihr Zögern erkannte. Sie hatte sich nie an große Menschenmengen gewöhnen können, nicht einmal an die kleinen in seiner Heimatstadt, doch heute abend mußte es sein – das ganze Dorf würde zusammenlaufen, um die Neuigkeiten zu erfahren. Er sah ihr in die Augen, lächelte und betrachtete ihren Körper, der anmutig im Sattel auf und ab wippte. Sie mußte sich so elend fühlen wie nach einem neuntägigen Kater, doch wie gewöhnlich beschwerte sie sich nicht groß darüber. Sie vergeudete keine Zeit mit derlei Dingen. Nein, statt dessen dachte sie in die Zukunft, ignorierte ihre eigenen Unannehmlichkeiten und machte sich lieber Gedanken über das Schicksal der Wölfe, überlegte sich, wie sie ihm mitteilten sollte, wie sie ihm am besten beschrieb, was sie durch die Grauen gefühlt hatte. Sie fühlte sich in großen Gruppen nicht wohl, schon gar nicht, wenn sie vor ihnen sprechen sollte. Es erstaunte ihn immer wieder, daß diese wortgewandte Frau soviel Angst davor hatte, ihre Gabe vor mehr als einem Zuhörer einzusetzen. Gab man ihr einen geschundenen Körper, heilte sie ihn. Gab man ihr ein Schwert oder einen Stock, konnte sie hervorragend damit umgehen. Aber bat man sie darum, vor einem Raum voller Ältester zu reden, führte sie sich so linkisch auf wie ein pubertierender Junge. Manchmal, dachte er liebevoll, hatte sie es lieber mit Bäumen als mit Menschen zu tun. »Es wird nicht lange dauern«, beruhigte er sie. »Das ist immer so bei derlei Neuigkeiten. Dann gehen alle nach Hause und reden und streiten selbst darüber. Länger müssen wir nicht bleiben.«

Sie nickte widerstrebend. »Es ist nur …«

»Was denn?«

Sie zögerte. »Ich denke die ganze Zeit daran«, sagte sie schließlich, »daß das Problem mit den Wölfen vielleicht größer ist, als ich das im Augenblick überschaue. Meine Gedanken drehen sich im Kreis, und mir fällt absolut nichts Neues ein, trotzdem kaue ich ständig darauf herum wie ein Hund auf einem alten Knochen.«

»Du meinst das, was du vom anderen Flußufer hörst?«

Sie nickte. »Sie rufen mich, als könnte ich ihnen helfen, aber es ist so, als wäre ich … gefesselt.«

Aranur runzelte die Stirn. »Wodurch denn?«

Ihr Blick verlor sich irgendwo im Wald vor ihr, ihr Geist glitt erneut in die Echos, die über Hishns Verbindung zu den Wölfen auf der anderen Seite der Schlucht in ihren Gedanken hallten; der Gesang der Wölfe, von ihren eigenen starken Verbindungen gefesselt und festgehalten. Der Kummer dieser Geschöpfe erstreckte sich bis zu ihr, veränderte das Heulen, bis es wie über einem Abgrund des Schmerzes hing. »Gefesselt«, flüsterte sie leise, »in grauen Bändern.« Dann blickte sie ihn an. »Ich kann nicht klar sehen, kann meinen Verstand nicht von ihrem Geheul trennen.«

»Dion«, sagte er langsam, »laß dich von der Verbindung nicht so sehr gefangennehmen, daß du vergißt, was wir zu tun haben.«

»Aber genau darum geht es doch«, gab sie zurück. »Ich weiß, was du und ich tun wollen, aber ich weiß nicht, was ich tun *sollte.* Ich höre die Wölfe, ich spüre sie. Sie sind ein Teil meiner selbst, sie leiden, und ich tue nichts, um ihnen zu helfen.«

Er schüttelte den Kopf. »Du kannst nicht allein entscheiden, wie ihnen zu helfen ist. Das ist weder deine Aufgabe, noch gehört es zu deiner Pflicht.« Er blockte ihren automatischen Protest ab. »Deine Pflicht besteht vielmehr darin, dem Rat zu unterbreiten, was hier vor sich geht, damit das ganze Land zu Hilfe eilen kann.«

»Aber ich weiß nicht einmal, was überhaupt nötig ist«, platzte sie heraus. »Ich kann die Wölfe nicht selbst erreichen, jedenfalls nicht die auf der anderen Seite des Flusses. Sobovi hatte auch nicht mehr Erfolg als ich. Dabei wächst ihre Qual ständig, Aranur.«

»Einen Ninan noch, Dion, mehr brauchen wir nicht.«

»Neun Tage? Wieviel mehr müssen sie in dieser Zeit erleiden?«

»Haben wir denn eine andere Wahl? Nein, haben wir nicht«, meinte er und beantwortete damit seine eigene Frage. »Du bist noch nicht in der Lage, wieder als Kundschafterin loszuziehen, Sobovi geht es nicht besser. Die einzigen anderen Wolfsläufer, die sich in diesem Jahr mit Wölfen verbunden haben, sind weder Späher noch Krieger – sie könnten es nicht leisten, selbst wenn sie es wollten. Gönne dir einen Ninan zur Genesung. Gewähre uns einen Ninan zum Planen.«

»Was ist, wenn einer der Wölfe stirbt? Was ist, wenn sie bereits für die Jäger gestorben sind?«

»Du hörst dich an wie Moira, wenn sie über ihre Leute redet«, erwiderte er sarkastisch.

Sie bedachte ihn mit einem seltsamen Blick. »Die Grauen sind ebenso meine Leute wie die Randonnens aus meinem Land.«

»Ja, schon«, gestand er ihr zu. »Aber was kannst du denn für sie tun? Wie sollen wir jetzt vorgehen?«

Sie zuckte hilflos die Achseln. »Ich weiß ja, daß du recht hast, Aranur, aber ich habe das Gefühl, daß wir etwas tun müßten, irgend etwas. Sofort.«

»Irgend etwas und das auch noch jetzt gleich wird uns umbringen«, meinte er. »Auch den Wölfen könnte es eher schaden als helfen. Wir müssen darüber nachdenken, Dion. Und du brauchst ein wenig Ruhe, bevor du etwas unternimmst.«

Sie biß sich auf die Unterlippe. »Vielleicht nicht ...« Ihre violetten Augen wurden bei dem finsteren Blick ganz dunkel.

Aranur sah sie mit skeptisch zusammengekniffenen Augen an. »Was heißt das denn?«

»Sobovi und ich sind heute abend in der Stadt. Was aber ist mit den anderen Wolfsläufern?« fragte sie.

»Einer wohnt in der Stadt, die beiden anderen wohnen nördlich und östlich von hier – zu weit, als daß sie es noch rechtzeitig zum Treffen schaffen könnten.«

Nachdenklich kaute sie an der Unterlippe herum. »Was wäre, wenn ...«

»Ja?«

»Was wäre, wenn wir die Wölfe zu uns riefen?«

»Hishn und Gray Yoshi? Du hast doch selbst gesagt, daß du durch sie keine Antworten findest.«

Sie schüttelte den Kopf. »Ich meinte nicht nur die beiden. Ich dachte daran, das ganze Rudel zu rufen.«

»Warum das denn?« fragte er leicht verdutzt. »Hishn läuft in einem Rudel, und erst gestern sagtest du, ein paar Wölfe mehr oder weniger spielen bei den fehlenden Antworten auch keine große Rolle. Was für eine Rolle spielt es dann, wenn sie in die Stadt kommen?«

Dion fuhr sich zögernd mit der Zunge über die Lippen. »Ich meinte nicht nur ein Rudel, Aranur. Ich dachte daran, alle Rudel zu rufen. So wie es die Alten getan haben – und dann ihre Bilder lesen, so deutlich wie auf einem Gemälde.«

»Du willst sie vor den Rat rufen?«

Sie nickte. »Wenn so viele an einem Ort versammelt sind, werden ihre Bilder stärker, und wir können ihre Erinnerungen wie unsere eigenen lesen.«

Aranur schüttelte den Kopf. »Ein solcher Ruf ist schon seit

Jahrhunderten nicht mehr an die Wölfe ergangen. Niemand weiß, wie das geht.«

»Seit achthundert Jahren nicht mehr«, stimmte sie ihm zu. »Aber, Aranur, es lag nie daran, daß man nicht wußte, wie man es anstellen sollte. Mondwürmer! Was soll denn schon groß dabei sein?« Bei seinem Gesichtsausdruck hätte sie fast laut losgelacht. »Um die Wölfe zu rufen, braucht man nicht mehr als eine kräftige Stimme und einen starken Willen, um sich gegen ihre Sinne zu behaupten«, erklärte sie. »Es wurde so lange nicht getan, weil es keinen Grund dafür gab. Die Wölfe genießen ihre Freiheit, wie sie es schon immer getan haben, und nichts bedrohte sie so sehr, daß sie unserer Hilfe bedurft hätten.« Sie wurde wieder ernst. »Bis jetzt.«

»Dion.« Aranur schüttelte wieder den Kopf. »Ein derartiger Ruf ... das bedeutet, sämtliche Wölfe im ganzen Land. Ihre geballte Energie ... auf Ariye konzentriert, auf eine einzige Gemarkung ... was wird das mit dir anstellen? Mit Sobovi? Mit den anderen Wolfsläufern? Ihr versenkt euch tief in die Wölfe, wenn es sich um zehn oder zwölf von ihnen handelt. Was wollt ihr tun, wenn es viel mehr sind?«

»Damals war ich nicht ganz bei mir. Ich war schwach und müde. Wenn wir sie jetzt rufen, bin ich ausgeruht.«

»Mir gefällt die Vorstellung ganz und gar nicht«, gab er unumwunden zu.

Sie blickte ihn hilflos an. »Wie sollen wir sie sonst erreichen? So nah ich bei Hishn auch am Rand der Schlucht war, ich konnte ihr nicht vermitteln, was ich wissen wollte, als ich sie befragte. Wenn wir aber die Wölfe riefen und vor den Rat holten, sie darum bäten, für sich selbst zu sprechen ...«

Aranurs Blick folgte dem Waldsaum. Er fragte sich, ob dort auch in diesem Moment Wölfe verborgen waren, die ihrer Unterhaltung lauschten. »Glaubst du denn, sie würden kommen?«

»Ich weiß es nicht.«

Sie verstummten. Aranurs unbewegter Gesichtsausdruck

verbarg eine tiefe Sorge, die immer wütender in ihm zu nagen begann, je länger er über diese Angelegenheit nachdachte.

In Bilocctar, als das Eis des Winters seine Finger noch zwischen die Wurzeln und Gräser ausstreckte …

Als sie die Frau fanden, mußte sich der Widerstandskämpfer Usu bei dem Anblick übergeben. Sie stand auf der Lichtung und hielt einen Kopf in ihren Händen. Sie starrte auf ihn hinunter, der dazugehörige Körper lag zu ihren Füßen, bildete mit seinen leblosen Armen einen Kreis, in dem sie wie verzaubert stand. Ihre Vorderseite war mit Blut besudelt. Ihr Gesicht war entstellt: die linke Wange so dick geschwollen, daß sie bis an die Nase reichte und das Auge in der Schwellung verschwand. Die ringsum verstreuten Seikerstacheln verrieten, was hier geschehen war. Mit viel Glück, dachte er nüchtern und versuchte, sich nicht noch einmal zu übergeben, würde sie ihr Auge behalten. Sie atmete merkwürdig. Erst als er aus dem Sattel stieg und ihr ins Gesicht sah, merkte er, daß sie schrie. Sie versuchten, sie zu beruhigen, doch sie krümmte sich weiterhin lautlos und hauchte ihre stummen Schreie, bis alle außer Blein die Lichtung verließen. Blein löste die gefesselten Hände der Frau von den Haaren auf dem abgetrennten Kopf und legte das … Ding neben den toten Körper. Die Frau ging nicht weg. Sie blieb einfach wie eine Puppe stehen, starrte weiterhin auf die beiden Teile des Mannes und schrie lautlos, als hätte sie nicht die Stimme, sondern den Verstand verloren.

Es dauerte zwei Stunden, bis Blein ihr das Blut soweit abgewaschen hatte, daß sie ihre Wunden entdeckte und sie behandeln konnte. Als Usu und die anderen zurückkehrten, hatte die Frau aufgehört, sich zu krümmen. Sie blickte sie stumpf an, als würde sie sie nicht richtig wahrnehmen, wandte sich ab, ging ein paar Schritte und setzte sich gehorsam nieder, ignorierte den Schmerz, der ihren Leib martern mußte. Sie zuckte nicht einmal bei den groben Stichen zusammen, mit denen Blein ihre Wunden vernähte. Sie hatten keine Heiler dabei, um sie besser zu kurieren – Blein hatte ihre Lehre bei den Heilern gerade angetreten, als sie von ihrem Elternhaus abgeholt und bei Usu in Sicherheit gebracht wurde. Blein war für das, was sie da tat, noch sehr jung, doch in den sieben Monaten, die sie jetzt schon mit Usu lief, hatte sie genug gesehen, um einen Riß oder einen Schnitt zu behandeln. Aber diese Frau hier … Blein betrachtete sie mit besorgter Miene. Der Anblick war ihr nicht neu. Die Frau stand unter schwerem Schock. Sie nahm das Essen, das ihr gereicht wurde, an, aß jedoch nichts davon, wenn man es ihr nicht in den Mund steckte. Sie trank nur, wenn man ihr den Bota an die Lippen hielt. Die Gruppe, die Usu anführte, gehörte dem Widerstand an. Sie durften es nicht wagen, die Frau in die Nähe einer Stadt zu bringen, wo man sie besser versorgen könnte. Sie war auch nicht in der Lage, allein zu gehen. Wenn man sie hier zurückließ, würde sie einfach auf dem Pfad stehenbleiben, bis ein Raubtier auf sie aufmerksam wurde. Trotzdem ist das wahrscheinlich das einzige, was wir für sie tun können, dachte Usu und sah der jungen Blein bei der Arbeit zu. Das hatten die Sklavenjäger der Frau angetan. In diesem Land gab es sonst niemanden, der zu einer solchen Barbarei fähig wäre. Aber ein Paar aneinanderzubinden und dann einen davon zu töten war eine Ungeheuerlichkeit, die er selbst ihnen nicht zugetraut hätte. Er fluchte leise und gab einem der Männer ein Zeichen, damit er ihm dabei half, den enthaupteten Leichnam ins Unterholz zu ziehen. Eine der Frauen folgte ihnen mit dem Kopf.

Als Usu zurückkehrte, stellte er sich vor die schweigende mißhandelte Frau. »Komm«, sagte er sanft, nickte in Richtung des Dnu, das herangeführt wurde, und bot ihr seine Hand an, um ihr in den Sattel zu helfen. Sie folgte ihm widerstandslos. Ihre verdreckten Kleider waren gegen einigermaßen frische ausgetauscht worden; doch im Gegensatz zu Usus Leuten, die aufrecht und wachsam auf ihren Reittieren saßen, hockte die

Frau vornübergebeugt und mit leerem Gesichtsausdruck im Sattel. Seine Leute sahen wie verwegene Kämpfer aus, und das waren sie auch. Diese Frau sah wie eine Bettlerin aus.

»Nehmen wir sie mit?« Bleins Frage klang eher wie eine Bestätigung.

»Wir können sie hier nicht zurücklassen.«

Blein nickte. »Was ist mit …« Ihre Stimme verlor sich. Die Frau, die sie gefunden hatten, verfügte über keinerlei Stimme mehr. Selbst wenn sie erkennen würde, was Usus Truppe vorhatte, war sie nicht fähig, zu schreien und sie dadurch zu verraten.

Usu berührte sie leicht an der Schulter. »Sie wird sie nicht warnen, selbst wenn sie es könnte.«

Sie stiegen auf und ritten los, Usu ein ganzes Stück vor den anderen, von wo aus er mit wachsamem Blick Bäume und Unterholz beobachtete. Erst nach zwei Stunden und drei Regenschauern erreichten sie ihr Ziel, wo sie vorsichtig abstiegen, ihre Dnu weiter ins Gebüsch führten und ihre Spuren mit Moos bedeckten, das sie weit entfernt von ihrem Pfad unter Farnen herausgerissen hatten. Die Reittiere wurden in eine der kleinen Senken geführt, die es hier überall gab. Sie waren zu wertvoll, um sie den Armbrüsten der Jäger auszusetzen.

»Hei-chu-chu, hei-chu«, ahmte einer der Wächter den Ruf des Chunkovogels nach. Der Ruf pflanzte sich entlang des Weges und in alle Richtungen fort, dunkle Gestalten legten sich auf den Bauch oder duckten sich mit gespanntem Bogen ins Unterholz.

Die Jäger ritten näher. Erst acht, dann zehn von ihnen schoben sich ins Blickfeld. Usu war angespannt. Die Gruppe war größer als erwartet. Abwarten, gab er seinen Leuten lautlos zu verstehen. Warten … Er roch die Dnu, hörte das Knarren der Sättel, das leise Schlagen der Zügel auf den Nacken der Tiere, wenn sie die Hälse in Richtung der frischen grünen Blätter am Wegrand ausstreckten. Warten …

Jetzt! Der Lepa-Schrei ließ die Jäger erstarren, doch die Bolzen flogen bereits von den Armbrüsten. Die beiden Jäger auf Usus Höhe kippten von ihren Dnu. Der vor ihnen sackte im Sattel zusammen, blieb jedoch sitzen, während sein Dnu durchging und davonpreschte. Eine Frau schrie. Jemand fiel und wurde von seinem eigenen Dnu umgerannt, als er nach dem Pfeiltreffer in seine Niere zusammenzuckte.

Usu stürmte mit gezücktem Schwert aus dem Gebüsch. Er durchbohrte den Jäger, der auf allen vieren ins Unterholz kriechen wollte, und riß die Klinge wieder aus dem Leib heraus. Das Dnu des Jägers scheute mit den Mittelbeinen seitlich vom Körper seines Reiters weg. Usu wich seinen nervösen Tritten aus, packte die Zügel und rannte mit ihm einige Meter weg von dem Blutgeruch, wo es einfacher zu beruhigen war. Hinter ihm taten andere aus seiner Gruppe das gleiche. Es war schnell und war rasch vorüber; die einzigen Geräusche waren die Schreie und das Stöhnen der sterbenden Männer. Usu schlang die Zügel des Dnu um einen Baum und sah sich um.

»Bei allen Monden …« Zwischen den sich am Boden krümmenden Körpern bewegte sich die Frau, die sie gerettet hatten, wie eine Schlafwandlerin. Sie hielt ein Messer in der Hand. Ein Jäger hob schwach den von einem Pfeil durchbohrten Arm, um nach ihren Beinen zu stechen, doch einer von Usus Männern schlug dem Jäger mit seiner Schwertklinge über den Rücken. Die Frau nahm keine Notiz davon. Statt dessen kniete sie sich neben den zuckenden Körper eines anderen Jägers und schnitt dem Mann mit zwei schnellen Bewegungen die Kehle durch, bevor Usu einen Ruf ausstoßen konnte.

Sie sah auf, kam wieder hoch und ging zum nächsten Jäger weiter. Usu rannte auf sie zu. Von ihren Händen tropfte das Blut, und auch ihre Tunika war naß und rot. Sie kümmerte sich nicht um den Kampf, der rings um sie wogte. Wieder ging ein Jäger zu Boden, und schon fuhr ihm das Messer in die Kehle. Usu mußte dem Körper aus dem Weg gehen, der im Todeskampf um sich trat. Die Frau ging weiter. Ein Dnu raste in wilder Panik an ihr vorbei und schleuderte sie zur Seite. Sie fiel auf die Knie und kroch weiter zum nächsten Jäger, der mit gebrochenem Rückgrat und gelähmten Armen auf dem Boden lag und sie mit wachsendem Entsetzen anstarrte. Sie packte ihn an den Haaren, starrte ihn einen Augenblick an und schlitzte ihm die Gurgel auf.

Usu blieb stehen. Der Kampf war vorüber. Seine Leute sammelten die Dnu ein, nahmen den Leichen die Waffen ab, auch die Stiefel und die Jacken, wenn sie nicht zu zerrissen waren, und dazwischen ging diese Frau von einem Jäger zum anderen und zerschnitt ihnen die Kehlen. Sogar die bereits toten Jäger entgingen ihrer Klinge nicht. Und als sie damit fertig war, erhob sie sich und ging die Leichen noch einmal ab, wobei sie jede einzelne mit dem Seikerstachel, den sie aus der Tasche zog, kennzeichnete.

Blein stellte sich neben Usu. Er sagte nichts, sondern schüttelte nur den Kopf. »Sieh sie dir an«, sagte er leise. »Sie ist der Tod.«

Blein schauderte. »Dieser Seikerstachel…«

Er nickte. »Sie ist selbst damit gezeichnet worden.« Er versuchte, einen Schauder zu unterdrücken, als die Frau näher kam und den Stachel in die Wangen der toten Jäger drückte. Drei Bewegungen, drei Löcher. Usu sah finster drein. Etwas stimmte nicht bei dieser systematischen Verstümmelung … Er beugte sich vor und betrachtete die Frau mit einem neuen Gesichtsausdruck. »Blein«, sagte er dann. »Wir werden sie bei uns behalten.« Er nickte und wurde sich seiner Entscheidung mit jeder Sekunde sicherer.

Die junge Frau sah ihn erstaunt an. »Ist das klug? Wir wissen nichts von ihr.«

»Sie haßt die Jäger.« Er wies mit dem Kinn in ihre Richtung. »Und das, was sie hier tut, wird ihnen eine klare Botschaft übermitteln. Wir haben in den Kämpfen ihre eigene Taktik gegen sie eingesetzt; jetzt setzen wir auch ihren Terror ein. Diese Frau wird für uns ein Symbol sein – eine Gestalt, die die Furcht in die Herzen der Jäger zurückwirft.«

Blein betrachtete die Frau, die gerade eine weitere Wange durchbohrte. »Und ihr Name?« fragte sie spröde. »Wie sollen wir sie nennen?«

»Sie ist zart wie eine Blume«, antwortete er leise. »Sie ist giftig wie eine Schlange. Wir werden sie nach dem benennen, was sie tut. Wir nennen sie – Seiker.«

Als Aranur und die anderen die Stadtmitte erreichten, war der Himmel noch immer bedeckt, die Sonne ein fahles Abbild dessen, was sie im Sommer werden würde. Die nachmittäglichen Schatten waren lang, und die Luft kühlte sich bereits in den ersten Abendbrisen empfindlich ab. Als sie absaßen, verweigerten Dions Beine für einen Moment den Dienst, und sie mußte sich am Sattel festklammern, bis das Blut wieder zu zirkulieren anfing. Sie verzog das Gesicht. Mit der Zirkulation setzten auch die Schmerzen der zu lange in einer Stellung gehaltenen Muskeln ein. Sie zog ihr Gepäck hinter dem Sattel hervor, ließ es in ihre Hände gleiten und überließ der Stallgehilfin Zügel und Reittier. Müde und erschöpft blickte sie zum Ratskreis hinüber.

»Erst nach dem Abendessen«, sagte Aranur hinter ihrem Rücken. »Die Versammlung findet bei Aufgang des zweiten Mondes statt.«

Tomi trollte mit umständlich in den Armen gehaltener Gepäckrolle hinter Dion her, bis sie sich mitleidig nach ihm umsah. »Tomi, du siehst ja noch mieser aus als ich. Du schläfst gleich im Gehen ein.« Sie wollte ihm gerade zu Hilfe eilen, als ihr Aranur zuvorkam und dem Jungen sein Bündel abnahm, so daß er hinter ihnen herstolpern konnte, ohne im Dämmerlicht etwas zu verlieren.

Essen … warmes Essen und warme Getränke. Bei den Düften, die ihnen aus dem Haus, auf das sie zugingen, entgegenwehten, lief Dion das Wasser im Mund zusammen. Aranurs Onkel war schon vor ihnen eingetreten, hatte die Wirtsleute begrüßt und sie darüber informiert, daß sie einen weiteren Gast, wenn auch einen sehr jungen, mitbrachten.

Die Mahlzeit war recht bescheiden. Gamon folgte seiner Nase in die Küche, wo er Teller für sich und den Jungen vorfand. Innerhalb kürzester Zeit hatte er sie mit gebratenem Schweinefleisch und knusprigen, schwarzgeränderten Wurzeln gefüllt, bei deren Anblick dem Jungen das Wasser im Mund zusammenlief. Tomi verbrannte sich zuerst die Finger und dann die Zunge an den Wurzeln. »Auch wenn du es einen Moment abkühlen läßt, läuft es dir nicht davon«, sagte Gamon mit leisem Tadel, als er sah, daß Tomis Augen vor Schmerz tränten. Der Junge zuckte zusammen und nahm die Finger vom Teller. Gamon runzelte nur die Stirn, sagte aber nichts mehr dazu.

Dion setzte sich zum Essen nicht hin. Ihre Beine waren noch zu steif, und auch ihr Hinterteil spürte noch allzu deutlich die Strapazen des langen Ritts. Sie ging mit dem Teller in der Hand auf und ab, bis Aranur die Arme um sie legte und sie auf seinen Schoß zog. »Immer mit der Ruhe«, flüsterte er ihr ins Ohr. »Ich werde ja müde, wenn ich dir nur zusehe.«

Sie verzog das Gesicht. »Deine Oberschenkel sind so hart wie mein Sattel. Ich kann mich nicht entspannen, wenn sich mein Hintern anfühlt, als hätte das Dnu kräftig hineingebissen.«

»Wenn du kräftigere Hinterbacken haben willst, mußt du weniger laufen und mehr reiten.« Als sie sich über die Bemerkung empören wollte, mußte er lachen. »Außerdem könntest du die doppelte Wegstrecke zurücklegen, wenn du vom Rücken eines Dnu aus kundschaften würdest. Wir könnten uns jeden Tag sehen, und nicht nur jeden zweiten.«

Sie beugte sich nach vorn und stellte den Teller auf den Tisch. »Damit sieht es schlecht aus«, erwiderte sie und versuchte, sich aus seinem Griff zu lösen. »Sobald ich die Wege auf einem Dnu abreite, teilst du mir ein doppelt so großes Gebiet zu.«

Um seine grauen Augen bildeten sich kleine Fältchen, als er gekünstelt mit den Achseln zuckte. »Würdest du mir denn erlauben, dich faul werden zu lassen? Ich würde schon die Rippenstöße der anderen Späher nicht überleben. Ein Waffenmeister meines Standes kann sich nicht erlauben, einem kleinen Späher wie dir Privilegien einzuräumen ...« Er unterbrach sich mit einem lauten Lachen, als sie ihm einen anständigen Schlag verpaßte, sich von ihm löste und sich mit in die Hüften gestemmten Fäusten vor ihm aufbaute.

»Kleiner Späher?« Sie funkelte ihn finster an.

»Sagte ich klein? Ich meinte fein«, erwiderte er grinsend.

Sie hob die Augenbrauen.

»Wirklich. Fein. Das bist du wirklich.«

Dion hatte eine gute Antwort parat, doch da klopfte es an der Außentür. Eine Frau nannte höflich ihren Namen, streckte dann den Kopf durch den Türspalt und forderte sie auf, zur Ratsversammlung zu erscheinen. Einige Minuten später schritt Dion, eingehüllt in ihren Mantel und das Band der Heiler fest auf der Stirn sitzend, zwischen Aranur und Gamon aus dem Haus. Tomi folgte ihnen wortlos.

Der Ratskreis war wie ein Amphitheater im Freien angelegt. Er befand sich in der Stadtmitte und war von Steinwürmern so aus dem Grundgestein herausgefräst, daß er sich bis tief unter die Oberfläche hinabsenkte. In Nachahmung der Kuppeln der Alten wurde heißes Gas von den Bergen bis unter die ausgehöhlten, ansteigenden Sitzreihen geleitet, so daß die Bänke ebenso wie das gesamte eingelassene Rund eine angenehme Wärme ausstrahlte. Im Sommer waren die unterirdischen Verbindungen geschlossen. Da es jedoch Frühling und mithin die Luft noch recht feuchtkalt war, hatte man die Kanäle noch offengelassen. Der einige Zeit zuvor gefallene Regen hatte sich nicht lange auf den Sitzen gehalten, sondern war wie im Hochsommer alsbald verdunstet. Bei anhaltendem Regen hätte man sich in der überdachten Arena getroffen, die aus der Steilwand am Nordwestende der Stadt herausgefräst worden war.

Als sie ankamen, hatte sich bereits eine ansehnliche Menge im Amphitheater versammelt. Dion blickte hinunter und sah, daß der Lloroi bei den anderen Ältesten saß und die Flüchtlinge ganz in ihrer Nähe plaziert waren. Mit Ausnahme der Ältesten nahmen die Leute ihre Plätze ganz nach Belieben ein, sahen sich um, wo eventuell Freunde oder Familienangehörige saßen. Es spielte keine Rolle, wo man saß; die Akustik war überall perfekt. Von einer Seite zur anderen konnte man das Flüstern eines Kindes hören, selbst das Klirren einer fallen gelassenen Münze war deutlich zu vernehmen.

Die Menge traf zusammen, ließ sich nieder, rückte zusammen, wenn noch Kinder nachkamen, die sich neben ihre Mütter, Väter oder Freunde quetschten. Besorgte Eltern suchten nach ihren Sprößlingen, deren kleine flinke Gestalten hier und da in der wogenden Menge größerer Schultern und Köpfe auftauchten. Derweil begrüßten die Ältesten den einen oder anderen Bekannten, winkten Freunden zu oder baten jemanden zu einer kurzen Unterredung herbei. Dion und Aranur hielten sich im Hintergrund, doch sobald der Lloroi sie entdeckt hatte, winkte er sie zu sich in die Mitte. Aranur sah Dion an, zuckte mit den Schultern und stieg die Stufen hinab. Dion folgte ihm widerwillig, und Tomi hielt sich am Saum ihres Umhangs fest, als das Gedränge allzu dicht wurde. Der Lloroi, der sich mit dem Ratsmitglied neben ihm unterhielt und ihr Kommen beobachtete, hätte über die Zurückhaltung, die Dion ausstrahlte, beinahe gelächelt. Ihre Schritte waren leichter als die Aranurs, und ihre Bewegungen so weich wie Schatten, als wäre sie selbst einer der Wölfe. Wo andere die Stufen emporstiegen, glitt sie fast; wo sich seine Leute hinsetzten, verschmolz sie fast mit dem Stein. Doch die Monde gingen auf, und die Leute warteten. Der Lloroi erhob sich mit einem unhörbaren Seufzer. Die Ratsversammlung war eröffnet.

Die Älteste, die schon am längsten lebte, erhob sich ebenfalls. »Wir von Ariye«, begann sie und richtete die Frage offiziell an den Lloroi, »warum sind wir hier?«

Der Lloroi verneigte sich vor ihr, sah sich jedoch ruhig im Rund des Amphitheaters um, bevor er ihre Frage seinerseits mit den rituellen Worten beantwortete. Er war ein hochgewachsener Mann, von der Gestalt her Aranur nicht unähnlich. Seine Augen waren alt und grau wie sein Haar, und in sein Gesicht war die schwere Bürde der Anführerschaft tief eingegraben. Um ihn herum war eine Aura der Nachdenklichkeit, der Pflicht, die seinem Körper mehr Gewicht zu verleihen schien, als er tatsächlich hatte. Dion wußte zu gut, daß sie seine Sorgen mehren würde, und biß sich auf die Lippen, bis sie den besorgten Blick der Gattin des Lloroi auffing. Dions Züge entspannten sich, woraufhin die Frau des Lloroi ihr ermutigend zunickte.

Der Lloroi ließ seinen Blick erneut über die Ränge wandern, bis jeder Mann das Gefühl hatte, von ihm bemerkt worden zu sein, jede Frau begrüßt und jedes Kind registriert und begutachtet war. »Wir von Ariye«, sagte er leise, «sind unter diesen Monden zusammengekommen, um die Worte zu hören, die unsere Weisheit leiten.«

Die älteste Ratsangehörige nickte fürstlich mit dem Kopf. »Dann leite diese Diskussion, Lloroi, und mögen die Monde unsere Entscheidung beurteilen und für recht befinden.« Sie ließ sich behutsam auf das Kissen der Sitzbank hinter ihr nieder.

Der Lloroi blieb stehen. Jetzt lag Erwartung in der Stille ringsum. »Es gibt Neuigkeiten«, sagte er kurz und bündig. »Neuigkeiten aus den Randgebieten. Nachrichten, die sowohl Hoffnung als auch Schmerz bergen können. Gamon«, er wandte sich zu seinem Bruder um, »führte die Gruppe an, die am Teufelsknie im Einsatz war. Er wird kurz erläutern, was er dort tat und was er an der Grenze erfahren hat.«

Gamon erhob sich, ging ein paar Schritte nach vorn, damit

er sich umdrehen und vor die Ränge treten konnte. »Ihr kennt alle unser Projekt am Teufelsknie, wo wir eine Brücke zwischen den Fällen bauen, um dort die Leute aus Bilocctar herüberzuschleusen.« Ringsum wurde beifällig genickt. »Wir sind noch nicht fertig, doch unsere Arbeit läuft nach Plan. Das war soweit in Ordnung, denn erst morgen sollten wieder Flüchtlinge dort eintreffen. Doch die Monde gehen dann auf, wann sie wollen, und nicht, wenn wir es wollen. Und so kamen schon gestern Flüchtlinge an der Grenze an.« Besorgtes Murmeln war zu hören. Er nickte. Die meisten der hier Anwesenden hatten die Fremden gesehen, und die Nachricht vom Übergang hatte rasch die Runde in der Stadt gemacht. »Obwohl der Übergang noch nicht fertig war, waren wir gezwungen, ihn zu benutzen. Also ging Heilerin Dione« – er nickte zu Dion hinüber – »durch die Fälle und führte sie dorthin. Sie und Aranur haben sie durch das Teufelsknie gebracht. Mjau«, fuhr er fort und deutete auf die Bogenschützin zu seiner Linken, »führte sie in die Sicherheit der Wiesen, wo wir sie fanden und zum Lager brachten.« Sein Blick streifte Moira, die in der Nähe der Ältesten von Ariye saß. »Von den achtzehn Leuten, die sich auf den Weg machten, erreichten nur vier Älteste und sieben Kinder Ariye.«

Als Gamon die Kinder erwähnte, sah Dion zu Tomi hinüber. Er saß so still da, daß man ihn für eine Statue hätte halten können; bis auf seine Augen, die von einem Gesicht zum anderen blitzten. Sie legte den Arm um ihn. Er versteifte sich ein wenig, doch sie zog ihn sachte an sich, bis er ihrem sanftem Druck nachgab.

»Elf von achtzehn.« Gamon fuhr sich mit der knorrigen Hand durch das kurzgeschorene Haar. »An unseren Grenzen halten sich immer mehr Jäger auf. Allein das erschwert es immens, Flüchtlinge aus Bilocctar herüberzubringen.«

Einer der Ältesten erhob sich. »Du sagst, es werden immer mehr Jäger. Wo halten sie sich denn auf? Im Norden Bilocctars gibt es keine Städte. Und unseren Informationen zufolge gab es nur zeitweise Lager zwischen der Himmelsbrücke und dem Schacht.«

Gamon nickte. »Das stimmte noch bis vor vier Ninans, doch inzwischen verändert sich alles sehr rasch. Der Wolfsläufer Sobovi«, sagte er mit einem Nicken zu dem Mann hin, »der weiter oben im Norden kundschaftete, war unser Verbindungsmann, der nach Bilocctar wechselte, um Moira und ihren Leuten die Neuigkeiten vom Teufelsknie zu überbringen. Sobovi sagt euch selbst, was er gesehen hat.«

Der grauhaarige Wolfsläufer erhob sich. Der Kontrast zwischen den beiden Männern und dem Lloroi ließ Dion leise lächeln. Sobovi sah wie eine dünnere Version Gamons aus, der wiederum eine schlankere Version des Lloroi zu sein schien. Als würden die Sprecher heute abend im Mondlicht immer dünner werden.

Sobovi begrüßte die Ältesten mit einem kurzen Nicken und sagte: »Ich war mit Ervira und Breen auf Spähtrupp.« Er zeigte auf die beiden anderen Kundschafter. »Da hörte ich, daß ein Läufer gebraucht wurde.« Die beiden anderen Männer waren einen und zwei Tage zuvor in die Stadt zurückgekehrt, wo sie nach Erledigung ihrer Aufgabe wie gewöhnlich Bericht erstatteten. Normalerweise wurde ein Ninan Pause eingelegt, dann sollten die drei wieder zum Schacht zurückkehren und das andere Team ablösen, das während ihrer Erholungspause die Grenze beobachtete.

»Beim Schacht bin ich nach Bilocctar hinübergewechselt«, fuhr er fort. »Als ich mich dem Lager näherte, in dem diese Leute« – er wies mit dem Kinn in Richtung der Flüchtlinge – »auf Nachrichten warteten, beobachtete ich die Bewegungen der Jäger so genau es mir irgend möglich war, doch meine Anwesenheit wurde entdeckt, und mein Rückweg zum Schacht mußte sehr rasch erfolgen.« Die Leute nickten besorgt und zollten ihm für die lediglich angedeuteten Gefahren ihren Respekt. »Ich war dichter dran, als ich erwartet hatte«, gab er zu, als der Lloroi die Augenbrauen hob – von einem überstürzten Rückzug war nicht die Rede gewesen, als der eingefallene, erschöpfte und verwundete Sobovi von Gamons Leuten aufgelesen wurde. Sobovi zuckte die Achseln. »Die Jäger transportieren einen Großteil ihrer Ausrüstung nach Norden. Ich konnte die Straßen unterhalb des Schachts nicht mehr benutzen und mußte statt dessen den Weg über die Klippen nehmen.« Dann wandte er sich um und sprach die Ältesten direkt an: »Man sieht es nicht von den Klippen aus und auch nicht von oben vom Schacht herab, aber das Lager, das sie jetzt errichtet haben, ist alles andere als behelfsmäßig. Es sieht eher so aus, als bauten sie es zu einer permanenten Basis aus. Rings um die Wege werden Wurzelbäume gepflanzt, noch mehr um die Lichtungen. Bei allen Höllen, es sieht eher aus, als errichteten sie dort eine Stadt. Binnen eines Jahres …« Er ließ seine Stimme verebben. Innerhalb eines Jahres würden die Wurzelwege fest sein, und damit hatten die Jäger einen hervorragenden Brückenkopf, um nach Ariye einzufallen. Schon im Frühjahr konnten sie mit der Wucht des Phye nach Ariye fluten, wobei sie sich bis dahin in aller Seelenruhe in ihren Kasernen sammeln konnten, wohingegen die Ariyaner sich durch den Matsch schlagen mußten, um auf sie zu treffen.

Bei Sobovis Worten wurde das schockierte Murmeln in der Versammlung lauter, doch der Lloroi hörte gelassen zu. Gamon, der neben ihm saß, wunderte sich, wie sein jüngerer Bruder der Versammlung gegenüber eine derartige Ruhe bewahren konnte. Dabei wußte er, daß der Lloroi, sobald er wieder zu Hause war, die ganze Nacht auf und ab gehen und Gamon um drei oder vier Uhr morgens zu sich rufen lassen würde, wenn er sich aussprechen wollte. Die Nacht verbarg den Kummer des Lloroi vor den meisten Anwesenden, aber nicht vor Gamon. Er konnte ihn fast greifen und betrachtete seinen Bruder mit Sorge. Das Gesicht des Lloroi war zu lang, die Falten darin tiefer als die von Gamon, und die erzwungene Ruhe eher ein Zeichen für seine Anspannung. Es stand ihm an, sich Kummer zu machen, allerdings stand das, wie Gamon meinte, allen anderen auch zu. Wenn die Jäger nach Norden zum Schacht zogen, konnten sie ungehindert an der einzigen ebenen Stelle nach Ariye eindringen, und wenn sie erst einmal im Land waren, ließen sie sich nicht einmal mehr von den Schwarzen Schluchten aufhalten. Die Jäger würden den ganzen Norden von der Hundekehle bis zum Schacht kontrollieren und die Ariyaner – falls sie den Jägern in die Flanke fallen wollten – dazu zwingen, auf die andere Seite des Schachts nach Bilocctar zu wechseln, mehrere Tage von dem Kampf entfernt, den sie ausfechten mußten. Was aber, wenn die Jäger schon jetzt bis dicht an die Grenze herankamen? Im Norden gab es nur drei Kundschafter. Es schien bisher keine Notwendigkeit bestanden zu haben, mehr dorthin zu entsenden. Doch jetzt mußte er diese Ratsversammlung davon überzeugen, sogar noch mehr Männer und Frauen dort zu stationieren, wo das kalte Winterwetter einem noch zu schaffen machte und wo der Ort der Alten auf dem Boden geduckt wie ein Raubtier lauerte und jedem, der sich zu nahe heranwagte, seine Drohungen zuraunte. Dabei war es weniger die Seuche, die ihm Sorgen bereitete. Schließlich war Dion schon dreimal am Schacht gewesen und hatte ihm nach jeder Reise versichert, daß dort keine Spuren der alten Krankheit mehr zu finden seien. Es lag eher an den Schwierigkeiten, trotz aller Angst und Ehrfurcht, die dieser Ort noch immer erzeugte, dort ein Basislager zu versorgen. Schließlich handelte es sich bei dem Schacht nicht um einen malerischen Berggipfel. Er hockte über den Schwarzen Schluchten wie ein Dachsbär, kam nie in den Genuß der Farben des Sonnenuntergangs, blieb selbst dann finster, wenn die anderen Gipfel weiter im Osten in der Abenddämmerung entflammten. Der Ort war einschüchternd – selbst er mußte zugeben, daß ihn die Furcht packte, wenn er ihn betrachtete. Weder die Dnu noch andere Tiere hielten sich in seiner Nähe auf. Ob die Ariyaner nun den Klippenpfad oder die alte Schachtstraße benutzten, um eine gewisse Höhe für ihre Spähtrupps zu erreichen, sie mußten sich auf alle Fälle zu Fuß fortbewegen.

Gamon legte den Kopf in den Nacken, betrachtete geistesabwesend den Abendhimmel und kaute an einer neuen Idee herum. War den Jägern klar, welche Wirkung der Schacht auf sie und ihre Dnu haben würde? Ihre neuen Wurzelwege führten sie wohl bis an den Schacht heran, aber nicht weiter. Der Klippenpfad war kaum mehr als ein felsiger Vorsprung, der sich an der glatten Felswand des Berges oberhalb der Hundekehle entlangzog; der Schachtpfad verlief an einer Seite des abgeflachten Berges hinauf und auf der anderen wieder hinab, doch er wand sich zwischen den zerklüfteten Felsen auf der Spitze wie ein Fisch in der Hand des Anglers. Auf dem Schacht selbst setzte man keine Wurzelbäume aus – dort wuchs nichts, was die Hüfthöhe eines Mannes überschritt; die Humusschicht war nur sehr dünn, und der Wind wehte alles davon, was dort Halt zu suchen versuchte. Die merkwürdigen magnetischen Verhältnisse dort oben hielten einen davon ab, Werkzeuge aus Stahl mit sich zu führen. Wer auf dem Weg über den Schacht ritt, mußte damit rechnen, daß Schwerter und Messer fest aneinanderklebten, daß die Jackenknöpfe die Jacken unförmig verzerrten und daß das mitgeführte Kochgeschirr die Vorräte in Taschen und Beuteln zwischen zusammenschlagenden Töpfen und Pfannen zerquetschte. Die einzigen Geschöpfe, die dort oben auf den Klippen wohnten, waren die gefräßigen Lepa und einige kleinere Gebirgsnagetiere.

Als echte Straße im Norden war allein eine uralte Route zu bezeichnen, die weit um den Schacht herumführte, so weit, daß sie pro Jahr kaum von einem Dutzend Reisenden benutzt wurde. Nein, falls die Jäger eine Straße nach Ariye hineinbauen wollten, dann würden sie es in der Nähe der Hundekehle tun, der schmalen Ebene nicht weit vom Quellgebiet des Phye. Wenn Ariye nicht wachsam war, konnten die Jäger die Schwarzen Schluchten schnell hinter sich bringen, und wenn sie sich erst einmal festgesetzt hatten, würden sie sich aus diesen zerklüfteten Canyons nur sehr schwer wieder vertreiben lassen. Von dort aus konnten sie die Grenze von Ariye ebenso gut kontrollieren, wie sie es bereits von der anderen Flußseite her taten. Gamon fuhr sich erneut durch das silbrige Haar. Er fragte sich … Falls die Jäger die Hundekehle bereits besetzt hielten, ließ sich das Problem mit den Dnu vielleicht in einen Vorteil verwandeln. Er konnte in der letzten Schlucht, der Goldgräbersenke, mehrere Lager errichten lassen. Von dort aus konnten die Ariyaner sich gegen alle Jäger zur Wehr setzen, die die Kehle zu verlassen versuchten. Außerdem würde es die Jäger dazu zwingen, anstelle des tiefer gelegenen Pfades den Schacht zu benutzen, und wenn die Jäger versuchten, ihre Dnu auf den Berg zu treiben, würden sich die Tiere ganz einfach weigern. Die Jäger wären gezwungen, zu Fuß weiterzugehen … Er klopfte mit dem Zeigefinger auf sein ergrautes Kinn. Es war nicht ganz einfach. So weit im Norden Lager zu unterhalten, zwang die Dörfer, die schon jetzt für die Lager in der Mitte und im Norden aufkommen mußten, zu noch höheren Abgaben. Die Gemeinden in der Mitte und im Süden würden ihre eigenen Lager versorgen müssen, und die nördlichen Städte, wie diese hier, müßten ihre Ressourcen direkt und ausschließlich zum Schacht umleiten.

Er fragte sich kurz, wieviel von Sobovis Informationen wohl durch die Wölfe vermittelt sein mochte und wieviel er mit eigenen Augen gesehen hatte. Er wußte, daß die Wolfsläufer Bilder von den Grauen übermittelt bekamen. Dion hatte versucht, es ihm zu erklären, und ihm war sogar selbst mehrere Male die Ehre zuteil geworden, mit den Wölfen zu reden, doch trotzdem verstand er nur sehr vage, worin eine vollwertige Verständigung zwischen Wolf und Wolfsläufer eigentlich bestand. Sein Blick wurde freundlicher, als er auf Dion fiel. Aranur war ihm wie ein Sohn, und Dion wie eine Tochter. Das Mädchen mit den violetten Augen und den eigenartigen Fähigkeiten war hartnäckig genug, seinem Neffen Paroli zu bieten, und unabhängig genug, um ihn auf Trab zu halten. Wenn Aranur geglaubt hatte, er könnte sie dirigieren wie seine Bogenschützen und Schwertkämpfer, so hatte er sich getäuscht. Dion hatte ihren eigenen Kopf. Gamon betrachtete sie liebevoll. Die Verbindung zu den Wölfen war stark, aber das war die Liebe auch. Wenn sie sich erst in dem Haus niederließen, das sie oben in den Hügeln angelegt hatten, würde er wieder mehr von ihr und Aranur sehen.

»… jetzt vielleicht an die vierzig Mann in dem Lager, und tagtäglich stoßen neue hinzu«, führte Sobovi gerade aus, als Gamon sich wieder auf die Diskussion konzentrierte.

Einer der Ältesten hob die Hand. »Sind das alles Jäger?«

»Es sah wie eine bunte Mischung aus: Soldaten und Jäger durcheinander. Zwischen ihnen besteht eine gewisse Spannung, doch selbst wenn sie nicht davon begeistert waren, arbeiteten sie sehr gut zusammen.«

Das Gesicht der Ältesten sah jetzt sorgenvoll aus. »Es braucht einen starken Anführer, um sie so weit zu bringen.« Sie blickte auf die Sitzreihen, wo die Kundschafter saßen, dann wieder zu dem Wolfsläufer. »Was hältst du von der Anordnung ihrer Lager?«

Sobovi zögerte keine Sekunde: »Sie sind zur Einschüchterung entworfen.«

Die Frau hob eine Augenbraue. »Um wen einzuschüchtern? Uns oder sie?« Sie zeigte auf Moira und die anderen Flüchtlinge.

»Ich schätze: beide.«

Die Frau forderte ihn mit einer Handbewegung auf fortzufahren, doch er schüttelte nur den Kopf. »Sonst habe ich nichts von Bedeutung gesehen. Dion, Rafe und die anderen haben Berichte aus der Mitte und den südlichen Teilen der Grenze mitgebracht.«

Dion erhob sich widerwillig und nahm ihren Platz vor der Versammlung ein. »Ich bin als Kundschafterin in der Gegend rings um das Teufelsknie bis hin zum zweiten Lager unterwegs, zehn Meilen unterhalb der Himmelsbrücke«, sagte sie. Die Ältesten nickten, und sie fuhr fort: »Seit ich diesen Pfad ablaufe, haben die Jäger die Himmelsbrücke völlig in ihrer Hand. Nach dem, was ich gesehen habe, ist sie als Übergang unbrauchbar, denn die Jäger patrouillieren auf der Flußstraße zwischen der Brücke und dem Knie, aber nicht regelmäßig und nicht in großer Zahl. Wenn sie wirklich Nachschub und Ausrüstung nach Norden schaffen, so muß es auf einer der Handelsstraßen geschehen, die durch den Wald führt, weiter hinten bei den Schluchten, nicht so nahe am Phye.«

»Dem ist auch so«, pflichtete ihr Sobovi bei. »Sie benutzen die Straße am Fluß nur dann, wenn sie jemanden entlang der Grenze verfolgen wollen.«

»Am Phye selbst halten sich wesentlich mehr Jäger südlich der Himmelsbrücke auf als nördlich davon«, fuhr sie fort. »Außerdem scheinen sie sich nicht weiter darum zu scheren, ob ihre Lagerfeuer von Ariye aus zu sehen sind.« Ihre Stimme hörte sich verwirrt an, und der Lloroi kniff die Augen zusammen. Davon hatte er noch nichts vernommen. Er betrachtete Dion näher, die ihre Worte mit Bedacht wählte: »Es scheint so, als legten sie es darauf an, daß wir sie sehen und uns dazu verleiten lassen, den Fluß zu überqueren und sie direkt anzugreifen.«

Gamon zog die Stirn in Falten. Wenn die Jäger im Süden kecker waren, so war das womöglich ein Ablenkungsmanöver, um die Aufmerksamkeit der Ariyaner vom Schacht abzulenken. Mondwürmer! Wenn der erste Flüchtling nicht selbst herübergekommen wäre und Kontakt mit ihnen aufgenommen hätte, hätten die Ariyaner wohl keinen einzigen Späher über die Grenze und nach Norden geschickt. Das Lager in Bilocctar könnte ein Ausbildungslager für Jäger sein, bevor Ariye überhaupt bemerkte, was da vor sich ging. Sein finsterer Gesichtsausdruck wurde noch düsterer. Der Ausbruch der Flüchtlinge ... Die Jäger mochten zwar wütend sein, aber sie waren gewiß sehr wachsam. Wenn sie vermuteten, daß Ariye von der Existenz ihres Lagers wußte ... War sich Dion denn darüber im klaren, daß sie damit andeutete, daß die Jäger mit den ariyanischen Spähern Katz und Maus spielten? Höchstwahrscheinlich, sagte er sich. Sie war eine umsichtige Rednerin, scharfsinnig und wohlüberlegt; sie mußte es sich genau zurechtgelegt haben, bevor sie dazu bereit war, es in Worte zu kleiden. Das war einer der Gründe dafür, daß er selbst gelegentlich lieber den zurückhaltenden Meinungsäußerungen der Heilerin als den Ansichten der Ältesten Gehör schenkte. Der andere Grund, rief er sich ins Gedächtnis, war der, daß Dion bislang mehr mit den Jägern zu tun hatte als die meisten Menschen in diesem Land. Außerdem verstand sie das, was sie gesehen und erlebt hatte. Er lächelte leise. Sie dachte vielleicht, daß sie nur deshalb sooft als Rednerin vor die Ratsversammlung zitiert wurde, weil sie eine Heilerin und Wolfsläuferin war, und es war ihr nicht klar, daß ihr der Respekt des Ältestenrats auch dann gewiß wäre, wenn sie weder über den Silberreif noch die Verbindung zu den Wölfen verfügt hätte. Selbst der Lloroi erkundigte sich nach ihrer Meinung, als gehörte sie bereits zu den Ältesten.

Einer der Grauhaarigen hatte wohl ungefähr an das gleiche wie Gamon gedacht und unterbrach Dion mit einer Frage: »Von wie vielen Lagern reden wir überhaupt? Und wie groß sind sie im Durchschnitt?«

Sie schüttelte den Kopf. »Drei Lager? Fünf? Hängt ganz davon ab, in welcher Nacht man Ausschau hält, und auf welchem Abschnitt des Flusses. Je weiter südlich man gelangt, um so mehr gibt es – manchmal ein halbes Dutzend in einem Abschnitt. Ich selbst habe auch Anzeichen für Lager weiter im Norden gesehen. Wie viele Leute sich in jedem dieser Lager aufhalten, ist schwer zu sagen.«

»Aber du hast doch das Ohr der Wölfe. Kannst du ihre Stärke nicht auf diese Weise ausfindig machen?«

Ein seltsamer Ausdruck zeigte sich auf ihrem Gesicht, und

Gamons Augen zogen sich zu schmalen Schlitzen zusammen, als Dion den Kopf schüttelte. »Die Wölfe auf der Westseite des Flusses haben ihre Sinne vor mir verschlossen. Ich kann sie nicht lesen, höchstens als weit entferntes Echo. Deshalb beruht das, was ich jetzt vermute, nur auf dem, was mir meine Augen und Ohren mitteilen.« Gamon hob sich seine Bemerkung auf; er würde sie später danach fragen.

»Die Anzahl in jedem Lager?« fuhr Dion fort. »Bei der Himmelsbrücke vielleicht zehn, vielleicht auch mehr. Südlich der Brücke … zunehmende Zahlen, bis hin zu zwanzig Mann in den Lagern auf meinem Abschnitt, der am tiefsten gelegen ist.« Sie deutete auf eine andere Frau und fügte hinzu: »Rustic kann euch mehr über den nächsten Grenzabschnitt erzählen.«

Die nächste Späherin erhob sich, und so ging es immer weiter, Bericht auf Bericht ergänzte die Beschreibung der Situation an der Grenze des Landes entlang des Flusses und der am tiefsten gelegenen Regionen Ariyes, dort, wo die Ausläufer allmählich in das Wyrenia-Tal übergingen. Dann kam Gamon erneut zu Wort, um eine Zusammenfassung des Gehörten zu geben, was er mit grimmiger Miene auch tat. Er wußte von den Bewegungen nach Norden und konnte sich, wie auch der Lloroi, die Konsequenzen ausrechnen. Es paßte zur Strategie der Jäger: Umlagerungen und Verschiebungen, die das Auge verwirrten, Täuschungsmanöver, die vor der Nase des Feindes durchgespielt wurden. Jede Menge Jäger, die sich arrogant am Unterlauf des Phye zur Schau stellten, während im Norden in aller Heimlichkeit die verborgene Stadt errichtet wurde …

Der Lloroi sah ihn finster an und bemerkte seinen nachdenklichen Blick. »Der Norden?«

Gamon nickte. »Wir müssen mehr Leute hinaufschicken als nur unsere drei Späher«, murmelte er.

Der Lloroi stimmte leise knurrend zu. »Noch ein Lager läßt sich nur schwer akzeptieren.«

»Nur eins?« fragte Gamon. »Nach dem, was Sobovi sagt, täten wir besser daran, an drei oder vier weitere Lager zu denken.«

»Hmm.« Der Lloroi sagte nichts dazu. Gamon setzte sich wieder und lehnte sich mit den Schultern an den steinernen Sitz hinter ihm. Er beneidete seinen Bruder wirklich nicht. Die Aufgabe, die Ariyaner dazu zu bringen, ein oder sogar noch mehr weitere Lager im Norden zu finanzieren, war nicht ganz einfach. Ariye konnte die Last der Unterhaltung verkraften; jede Familie unterstützte die Lager mit ihren Fähigkeiten und Vorräten, so gut sie konnte. Aber es war Frühling, die Höfe mußten bewirtschaftet, die Minenwürmer wieder gesucht und gezüchtet und die erste Fuhre Winterwolle von den Bergziegen eingesammelt und für die Ausfuhr aussortiert werden. Wenn man noch mehr Männer und Frauen zur Beobachtung der Jäger abstellte, wurden diese Tätigkeiten empfindlich gestört. Er schüttelte den Kopf. Die ausgedünnten Reihen seiner Ratsversammlung waren eine unablässige Erinnerung an die dreihundert Leute, die schon jetzt die Grenze im Süden kontrollierten. Noch einmal fünfzig im Norden, plus die Ausrüstung, die sie in die Lage versetzte, sich selbst zu versorgen … Und dann war da immer noch die Frage, wer gehen sollte. Der Krieg – bis zum Auftauchen der Jäger ohnehin nur ein theoretisches Schulfach – war nicht so einfach zu organisieren, wie es einem die Geschichten der Alten weismachen wollten. Dieser Konflikt mit den Jägern laugte Ariye schon jetzt wie eine Seuche aus. Gamon erhob sich erbittert, sagte genau das und verzog gemeinsam mit den Ältesten das Gesicht, als ihnen klar wurde, was es bedeutete wenn man mehr Familien zum Schutz der Grenze abberief.

»Gamon«, sagte einer der Ältesten schließlich, »was sind deiner Meinung nach die Stärken der Jäger?«

»Und was sind ihre Schwächen?« fügte ein anderer hinzu.

Gamon setzte eine düstere Miene auf. »Es wäre mir lieber, wenn ihr euch das von Aranur berichten ließet.«

Aranur erhob sich und trat nach vorn. »Ich habe mich ausführlich mit den Spähern, den Wolfsläufern und mit Gamon darüber unterhalten«, fing er an. »Wir sind uns darin einig, daß die größte Stärke der Jäger darin besteht, daß sie die Leute dahin gebracht haben, ihre Anwesenheit demütig zu akzeptieren. Ihre zweitgrößte Stärke«, hier schob er eine kleine Pause ein, »besteht darin, daß es ihnen irgendwie gelungen ist, die Wölfe dazu zu zwingen, für sie zu kundschaften.«

Schockiertes Murmeln ringsum. Köpfe wandten sich um, drehten sich von den Wolfsläufern zu den Flüchtlingen und wieder zurück. Fragen wurden laut: »Ist das wahr?« Dann skeptischer: »Unmöglich!« Und: »Dion, was hältst du davon?«

Dion zog die Brauen zusammen. »Es ist wahr, daß die Grauen für die Jäger laufen. Die Flüchtlinge wurden den ganzen Weg bis hinunter zum Teufelsknie von den Wölfen gejagt. Aber«, fügte sie rasch hinzu, »ich glaube nicht, daß sie es aus freien Stücken tun.«

Eine der alten Frauen erhob sich. »Wie können die Wölfe kundschaften und jagen und gleichzeitig behaupten, sie wollten es nicht?«

Dion warf Gamon einen raschen Blick zu und holte sich sein stummes Einverständnis ein, bevor sie der Ältesten selbst antwortete: »Der Rudelgesang der Wölfe auf der anderen Seite des Flusses ist kein Lied, in dem sich die Liebe zur Jagd wiederfindet, sondern ein klagendes Jaulen des Kummers, der Enttäuschung – und sogar des Zorns auf die Menschen.«

»Wie ist das denn möglich?« Überall bestürzte Fragen und Rufe. »Was hat das zu bedeuten?«

Der Lloroi erhob sich und bat um Ruhe. »Wie ist das möglich?« Er sah suchend von Dion zu Sobovi, von Sobovi zu den Ältesten der Flüchtlinge. »Kein Wolfsläufer kann einen Graupelz zu etwas zwingen. Die Liebe allein regiert ihr Band.«

»Wenn sich dieses Band aber in den Händen der Jäger befindet?«

Es war Moira, die ihm geantwortet hatte, nicht Dion, und die Älteste der Ariyaner begegnete dem Blick der Frau voller Skepsis. »Wie ist es den Jägern möglich, den Wolfsläufern zu befehlen, was sie zu tun haben?«

»Ja, wie?« Aranur lenkte die Aufmerksamkeit des starren Blicks zwischen Moira und dem Lloroi auf sich, indem er Dion an sich zog. »Wir wissen alle, daß man Wolfsläufer nicht so einfach kontrollieren kann.« Angesichts Dions Verlegenheit wurde hier und da verräterisches Lachen laut, das die Situation zunächst einmal entspannte. »Wenn nun die Jäger die Wölfe oder die Wolfsläufer kontrollieren, fragt man sich natürlich, wie sie das anstellen«, fuhr Aranur jetzt wieder ernst fort. »Haben sie selbst einen Bund mit den Wölfen geschlossen? Sobovi meint, das sei unmöglich. Haben sie die Wolfsläufer und die Wölfe gefangengenommen? Dion sagt, im Lied der Wölfe schwingt eine tiefe Scham in ihrem Kummer mit, aber sie weiß nicht mit Gewißheit – und auch nicht, ob sie überhaupt dazu fähig sein würde, es zu sagen –, ob sich die Bande der Wölfe in den Händen der Jäger befinden.«

»Wölfe können nicht mit Sklavenjägern laufen«, behauptete einer der Ältesten von Ariye.

Aranur drehte sich um und blickte den Mann durchdringend an. »Bist du sicher? Dion fühlte mehr als nur Kummer im Lied des Rudels. Es geht dabei um Verrat, sagte sie, um den Bruch des Vertrauens, das sie uns entgegenbrachten.«

»Wir haben die Wölfe nicht entehrt«, rief der Älteste protestierend. »Das beweisen allein die vier neuen Wolfsläufer in unserem Land.«

Dion hob die Hände. »Es ist ja nicht so, daß die Grauen den Menschen von Ariye ihr Vertrauen aufkündigen. Vielmehr ist ihr Vertrauen in alle Menschen insgesamt erschüttert. Etwas geht da in Bilocctar vor sich, etwas, das die Grauen sehr in Mitleidenschaft zieht. Für sie sind wir einfach nur Männer und Frauen, so wie die auf der anderen Seite des Flusses. Wie sollte ein Wolf zwischen uns unterscheiden? Ihre Erinnerungen sind stark und werden von einem Wolf zum nächsten weitergegeben. Was in Bilocctar geschieht, geschieht – ihrer Wahrnehmung nach – ebenso in Ariye.«

Der Lloroi warf ihr einen grimmigen Blick zu. »Und was genau geschieht in Bilocctar mit den Wölfen?« fragte er leise.

»Ich weiß es nicht«, antwortete sie mit einer Geste der Hilflosigkeit. »Ich weiß nur, daß ich die Wölfe dort drüben nicht erreichen kann, und was es auch sein mag, das ihnen so großen Kummer bereitet, es treibt sie dazu, aus Bilocctar in die umliegenden Gemarkungen zu fliehen. Sieh dich um«, sagte sie mit lauter Stimme, die sich über das allgemeine Gemurmel der Versammlung erhob. »Sieh dir die Wälder an. Beobachte deine Weiden im ersten Licht des Tages. Hast du in deiner Generation, oder auch nur innerhalb der letzten drei Generationen, schon jemals erlebt oder gehört, daß die Wölfe sich so weit vorwagen, um die Mäuse auf den Feldern zu jagen? Elche und Hirsche bis in die Haine rings um eure Dörfer und Städte verfolgen? Sie ziehen wie ein Sturmwind durch Ariye, rufen alle Wölfe auf, mit ihnen zu ziehen, nach Norden – und uns allein zurückzulassen.«

»Aber … sie können uns doch nicht verlassen«, protestierte die Älteste.

»Oh, doch«, gab sie leise zurück, doch in der plötzlich eingetretenen Stille klang ihre Stimme ungewöhnlich laut. »Das können sie.« Als sie sich umschaute, sah sie die verwirrten Blicke der Ratsmitglieder. »Die Wölfe sind nicht mit eisernen Bändern oder stählernen Ketten an uns gebunden. Nur die Liebe bindet sie an uns, und uns an sie. Wird diese Liebe verraten, so entschwinden sie wie der Wind, den man mit Händen zu fassen glaubt. Genau das tun sie jetzt. Sie verlassen uns. Ihr wollt sie aufhalten, wollt wissen, warum sie fliehen? Das möchte ich auch. Doch ich kann es nicht herausfinden, wenn ich nur in die Augen von einigen wenigen grauen Wölfen schaue. Dieser Verrat ist kein Wort und keine Rede, der ich lauschen kann. Er ist in Bildern eingebunden, die ich nicht verstehe, jetzt schon in Erinnerungen begraben, die von einem Rudel zum anderen bis in unsere Gemarkung weitergegeben wurden.«

Der Blick des Lloroi suchte den ihren. »Wie willst du es dann herausfinden?«

Widerstrebend stellte sich Dion seinem Blick. »Wenn wir wissen wollen, warum die Wölfe in Bilocctar Flüchtlinge jagen, müssen wir sie befragen«, antwortete sie einfach.

Ihm wurde klar, daß sie um die Hilfe der anderen Wolfsläufer bat, und er nickte. »Dann tu das, Heilerin Dione.«

Erstaunlicherweise schüttelte sie jedoch den Kopf. »Sie alle«, sagte sie mit noch mehr Nachdruck.

Das Antlitz des Lloroi verdüsterte sich, und Aranur, der noch immer neben Dion stand, ließ den Blick über die Versammlung schweifen. »Was sie damit sagen möchte, Lloroi«, sagte er mit fester Stimme, »ist, daß es an der Zeit ist, die Wölfe zur Versammlung zu rufen.«

Mit einem Mal herrschte lähmende Stille. Dann erhob sich allmählich ein Murmeln, wurde immer lauter, bis sich schließlich jeder mit jedem lautstark und mit aufgerissenen Augen, wildem Kopfschütteln und aufgeregter Stimme unterhielt. Der Lloroi blieb ungerührt sitzen und betrachtete mit in den Nacken gelegtem Kopf den Sternenhimmel über seinem Haupt. Als er sich schließlich erhob, wurde es wieder still im Amphitheater.

»Durch das Gesetz der Alten sind wir durch die Ehre an die Wölfe gebunden, so wie sie an uns.« Ruhig und fest sprach er diese Worte aus, fast wie eine Beschwörung, die die Versammelten beschwichtigte. »In den Jahrhunderten, während derer wir diese Welt zu der unseren machten, haben wir unsere Ehre nicht verletzt, und auch sie haben uns ihr Vertrauen niemals aufgekündigt. Nicht einmal die Jäger haben diese uralten Bindungen angerührt.« Sein Blick schweifte durch das gesamte Rund, bis er schließlich auf Sobovi und dann auf Dion haften blieb. »Es gibt eine Zeit des Nachdenkens, eine Zeit der Entscheidungen, eine Zeit des Handelns und eine Zeit der Urteile. Winde, die einst die unsrigen waren, begnügen sich jetzt nicht mehr mit unseren Gefilden. Sie wehen über die Grenzen hinweg und kehren mit unbekannten Gerüchen zurück. Jetzt kommen diese Leute zu uns.« Er nickte zu Moira und den anderen geflohenen Ältesten, die neben ihr saßen. »Unterstützung, Schutz, Unterschlupf – das können wir ihnen gewähren. Familien für ihre Kinder. Gewerbe für ihre Fertigkeiten. Stimmt mir der Rat hierbei zu?«

Viele Stimmen vereinigten sich zu einem zustimmenden Murmeln: »Jawohl.«

Die Pause dehnte sich wie ein langer Seufzer aus, aber niemand widersprach. »So soll es sein.« Der Lloroi wandte sich an Moiras Gruppe. »Seid willkommen in unserer Mitte«, sagte er ruhig. »Ihr seid uns willkommen wie unsere eigenen Verwandten. Reitet und eßt und kämpft mit uns, und eure Kinder werden wie die unseren sein.«

Ein gehetzter Ausdruck huschte über Moiras Gesicht. Verzweiflung stieg in ihre Augen, als sie nicht mehr den Lloroi vor sich sah, sondern ein winziges, in Fetzen gehülltes Bündel im Mondlicht. Jered berührte sie am Arm. »Wir schließen uns euch an«, sagte sie mechanisch, »und tragen eure Last wie unsere eigene.«

Der Lloroi verneigte sich vor einer seiner Ältesten. »Gleya, du bist mit dieser Aufgabe betraut worden. Du kennst die leeren Häuser, die den Neuankömmlingen freudig und in gutem Zustand offenstehen. Du kennst auch die Familien, die sich Kinder wünschen. Nimm dir alles, was du benötigst, aus den Beständen und frage, wenn du etwas nicht finden kannst.« Die Frau nickte.

Der Lloroi dachte einen langen Augenblick schweigend nach. »Mit diesen Leuten«, sagte er schließlich, »kommt auch eine Entscheidung auf uns zu. Bislang konnten wir die Jäger ein gutes Jahr von unseren Grenzen zurückhalten. Wir halten sie zurück wie einen Sturm, der immer stärker wird und sich gegen uns stemmt, während er sich bereits wie ein Winternebel über Bilocctar gelegt hat. Seht euch diese Leute, die jetzt eure neuen Nachbarn sind, gut an.« Er wartete, und die Ariyaner sahen von einem zum anderen. »Seht sie euch gut an«, wiederholte er, »und denkt an eure eigenen Gefährten, eure eigenen Kinder. Denn jetzt müssen wir die Wahl treffen: bewachen wir weiterhin unsere Grenzen und warten darauf, daß die Jäger den richtigen Zeitpunkt abpassen und uns dann überfallen, wenn sie soweit sind – und wir vielleicht nicht? Oder nehmen wir ihre Herausforderung an und stellen uns dem Kampf, den sie uns aufzwingen? Denkt daran«, fuhr er fort, »daß wir unseren Nachbarn, sollten wir uns für letzteres entscheiden, nicht nur Unterschlupf gewähren, sondern eine neue Hoffnung geben können. Hoffnung, Mut und Vertrauen. Und was wir den Jägern dafür abverlangen, werden sie mit Blut bezahlen – mit Blut und mit der aus Furcht gewonnenen Macht, derer sie sich sosehr rühmen. Aber …« An dieser Stelle machte er eine warnende Pause. »Denkt auch daran, daß wir Blut nicht fordern können, ohne unser eigenes in die Waagschale zu werfen.« Er sah sich langsam in der Versammlung um. »Wenn wir die Leben der Jäger mit der Klinge hinfortnehmen, geben wir im Gegenzug das unsere. Wollen wir das riskieren? Wollen wir diesen Preis zahlen, damit Ariye von ihrem Pesthauch verschont bleibt?« Er blickte zu den Ältesten hinüber. »Wofür entscheiden wir uns? Wir können diesen Jägern unser Blut geben, aber wir können ebenso den Zorn von Ariye über sie bringen. Stimmt mir der Rat hierbei zu?«

Seine Frage hallte lange nach, und eine dünne Frau antwortete mit langsam ausgesprochenen Worten. »Handelte es sich um meine Kinder in Bilocctar«, sagte sie in die Stille hinein, »gäbe es für mich nur eine Antwort. Ich, Bitlia, gebe hiermit bekannt, daß ich dieser Entscheidung zustimme.«

Neben ihr nickten zwei Männer und erhoben sich gemeinsam. »Ich«, sagte einer von ihnen, »Eddon, gebe hiermit bekannt, daß ich dieser Entscheidung zustimme.« Dann: »Ich, Gacic, gebe hiermit bekannt, daß ich …«

Es gab insgesamt achtzehn Älteste; nur sechs wandten sich gegen die Entscheidung, erklärten sich jedoch dazu bereit, mit den anderen zusammenzuarbeiten. Als die Abstimmung beendet war, nickte der Lloroi. »Gamon, setz dich mit den Strategen zusammen und lege uns dann euren Plan vor. Wenn du die entsprechenden Leute hier nicht findest, hole sie dir aus den Lagern draußen.«

Gamon verneigte sich widerstrebend und nahm die Bürde auf sich. »Loube und Tehena brauche ich sofort«, sagte er und zeigte auf die beiden Strategen. Der Erstgenannte, ein feister Mann mit einem ansehnlichen Rundbauch, verfügte über einen Geist, der sich wie ein Wurm um jedes Hindernis herumwand; letztere eine hagere Frau, deren harte, verbissene Züge in starkem Kontrast zu den Gesichtern in ihrer Umgebung standen, verfügte über die bedingungslose Gerissenheit eines hungrigen Wolfs. »Außerdem bitte ich die Späher und die Waffenmeister, die Stadt in den kommenden Tagen nicht zu verlassen.« Er zeigte zur linken Seite des Amphitheaters. »Kommt nach der Versammlung dorthin zu mir, dann können wir gleich überlegen, wann ihr in die Diskussion miteinbezogen werdet.« Er nickte den Ältesten zu und begab sich sogleich an den Rand des Amphitheaters.

Der Lloroi wartete geduldig, bis die Waffenmeister und die Kundschafter sich erhoben und Gamon an den genannten Ort gefolgt waren. Nach wenigen Minuten verstummte das Gemurmel, und der Lloroi hob die Arme.

»Wir treffen Entscheidungen. Wir versprechen Gerechtigkeit.« Die Aufmerksamkeit der Anwesenden war ihm so sicher, als hätte er diese leise gesprochenen Worte laut in die Runde geschrien. »Mit der Gerechtigkeit« – er streckte die Arme weit aus – »kommt auch der Richtspruch. Die Verbindung zu den Wölfen steht auf dem Spiel. Können wir das wissen?« Schweigen war die einzige Antwort. »Die Wolfsläufer hören Kummer aus dem Lied der Wölfe. Wut. Schmerz.« Pause. »Wer brachte all das in den Gesang der Rudel? Wissen wir es?« Er wartete einen Moment. »Die Wölfe fliehen aus Bilocctar. Sie durchstreifen unser Land in solcher Anzahl, wie wir es seit Jahrhunderten nicht mehr erlebt haben. Sie sind hier und rufen uns so laut, als stünden sie in diesem Kreis und heulten – sie rufen uns, nachdem sie so lange geschwiegen haben. Warum? Wissen wir es?«

Als er diesmal in die Runde blickte, war es so, als schaute er jedem einzelnen tief in die Augen, und jeder Mann und jede Frau, jedes Kind, das neben seinen Eltern stand, jeder Jugendliche, der das Geschehen verwundert verfolgte, fühlte sich von diesem Blick durchdrungen. »Wissen wir es?« wiederholte der Lloroi leise. »Und falls nicht – sind wir nicht dazu verpflichtet, die Wölfe zu uns zu rufen und sie zu fragen, was sie brauchen, uns ihnen zu überantworten, so wie sie sich den Alten verpflichteten? Wir sind ihnen verbunden, so wie sie uns verbunden sind: durch das Gesetz des Blutes und das Gesetz der Liebe. Es ist also an uns, zu entscheiden. Ich sage: Wir müssen die Wölfe rufen, damit sie vor uns sprechen. Stimmt mir der Rat dabei zu?«

Eine schlanke Frau erhob sich. »Schon seit Jahrhunderten ist kein Ruf mehr an die Wölfe ergangen. Woher wollen wir wissen, daß sie auch kommen?«

Der Lloroi wies mit dem Kopf auf Dion. »Sie sind bereits hier, in der Gestalt der Wolfsläufer.«

»Dion und Sobovi sind nur zwei. Selbst wenn die anderen ihnen helfen, haben wir hier höchstens sechs Wolfsläufer. Wenn die Alten die Wölfe riefen, waren sie zu Hunderten.«

Der Lloroi nickte. »Das ist wahr. Die Alten sind schon lange nicht mehr, es gibt weniger Wölfe, und die Zeit hat alle Erinnerungen verblassen lassen. Ich bitte jedoch zu bedenken, daß noch nie ein Ruf überhört wurde.« Er ließ den Blick langsam über die Versammelten wandern. »Ich sage es noch einmal: wir müssen die Wölfe herbeirufen, damit sie vor uns sprechen. Stimmt der Rat zu?«

Einige Sekunden lang herrschte Schweigen. Dann erscholl die Antwort: »Jawohl.«

»So soll es sein.« Der Lloroi nickte. »Heilerin Dione! Sobovi!« befahl er.

Langsam, als würden sie von etwas magisch angezogen, traten Dion und der andere Wolfsläufer in den mondhellen Kreis. Unter sieben der neun Monde war es fast so hell wie am Tage. Nur wenige Wolken huschten über den Himmel, was der Helligkeit keinen Abbruch tat. Sobovis Haar stand im Mondlicht wie ein silberner Heiligenschein um seinen Kopf. Dions schwarzes Haar sah aus wie ein schimmernder Ausschnitt der Nacht selbst, und das silberne Stirnband der Heilerin leuchtete wie ein wahrhaftiger Mondstrahl.

»Ruft sie«, sagte der Lloroi. »Ruft sie hierher zu uns. Wenn sie kommen, werden wir ihnen zuhören.« Er berührte zuerst Sobovi feierlich auf der Brust, dann Dion. Dann drehte er sich mit verschatteten Augen und einem seltsam versonnenen Ausdruck auf den Lippen um und trat aus dem Kreis.

Hinter ihm erhoben sich die anderen Männer und Frauen und folgten ihm leise. Fragen aus den Mündern von Kindern wurden gedämpft, als könnten sie Unheil über das bringen, was geschehen sollte. Und dann standen nur noch Dion und Sobovi auf den mondhellen Steinen, blickten einander fragend an …

Aranur stand mit Tomi, der weder zappelte noch quengelte, abwartend am Rande der Arena. Ein merkwürdiges Kind. Es hatte etwas von einem Krieger, der zu viele Geister gesehen hatte, die seinem Schwert folgten. Aranur fragte sich nach dem Alter hinter diesen verschatteten Augen. In gewisser Hinsicht erinnerte ihn Tomi an seinen Onkel Gamon, wobei sein zartes Alter dem, was er erlebt hatte und dem er entronnen war, Hohn sprach. Er warf noch einen Blick auf den

Jungen, sah die Maske seines Gesichts im Mondlicht. Hätte er einen Sohn, der derartiges hätte durchmachen müssen …

Etwas tief in seinem Inneren sprühte wie ein Funke und verwandelte seine grauen Augen in Eis. Was hatte Tomi erlitten, das anderen noch bevorstand? Aranur betrachtete den Jungen, das schmale Gesicht, die hervorstehenden Wangenknochen. War der Hunger, der dem Jungen im Magen grollte, durch ein paar ordentliche Mahlzeiten gestillt worden? Waren die Alpträume dieses Jungen durch zwei Nächte behüteten Schlafs verscheucht? Was träumte dieses Kind, das den Tod gesehen und mit ihm gelebt hatte? Denn Aranur bezweifelte nicht, daß er allein seine Familie überlebt hatte, dazu bedurfte er nicht Moiras Worte. Tomi verhielt sich zu schweigsam, zu still, wenn jemand die Stimme erhob, und sei es nur zum Gruß; sein Gesicht war eine Maske, die keine Angst verriet, keine Schwäche, obwohl seine Augen gehetzt aussahen und sich tiefer in ihre dunklen Höhlen zurückzuziehen schienen, wenn eine Hand erhoben oder ein Dnu leicht mit einem Stock berührt wurde. Genau das war es, was in Aranur brannte. Die Angst in diesem Kind flehte darum, berührt zu werden, daß ihm jemand versicherte, der Alptraum würde nicht von neuem beginnen; die Jäger nicht mehr kommen; daß man ihn nicht mehr zurücklassen würde, um diesem Schrecken noch einmal zu begegnen …

Tomi wandte den Kopf und blickte Aranur an. Der Junge betrachtete ihn aufmerksam und schaute dann wieder in den Ring hinab. Aranur sagte sich mit aufeinandergepreßten Lippen, daß diejenigen, die diesen Jungen um seine Kindheit gebracht hatten, ihren Preis noch bezahlen würden, einen Preis, der sie bis zu den Monden und wieder zurück schicken würde.

Über ihren Köpfen schob sich der siebte Mond hinter einer Wolke hervor; seine Sichel warf ihren Glanz über den Himmel, nicht weit von den anderen sechs Gestirnen, die das Licht der Sterne verblassen ließen. Der zweite Mond eilte wie gewohnt vorüber; der vierte Mond bewegte sich sehr träge. Der fünfte Mond stand über dem Waldrand, verfing sich in den Zweigen, die die Straßen der Stadt säumten.

Drunten im Amphitheater standen sich Dion und Sobovi gegenüber und blickten sich wortlos an. Ein Ruf. Aranur konnte ihre stummen Fragen beinahe hören. Wagten sie, es zu tun? Wie viele Jahre – Jahrhunderte – waren seit dem letzten Ruf vergangen? Und wie viele Wölfe waren der Aufforderung gefolgt? In diesem Jahr gab es mehr Wölfe in Ariye als in sämtlichen Aufzeichnungen der Menschen festgehalten. Aber wie viele gab es im Vergleich zu den Zeiten der Alten? Gab es genug, um die erforderliche Wucht des Rufs zu gewährleisten, deren Dion bedurfte?

Nur einmal, vor langer Zeit, hatte er einer kleineren Anrufung beigewohnt: In dunkler Nacht voller Eis und Schnee hatte ein Dutzend Wölfe geantwortet. Mehr Wölfe hatte er in seinem ganzen Leben nicht auf einem Fleck gesehen. Was ihm Dion in den vergangenen paar Monaten erzählt hatte – daß sich inzwischen mehr als einhundert Wölfe in Ariye aufhielten –, ließ ihn die Kiefer aufeinanderpressen und die Augen voller Sorge zusammenkneifen. Damals hatte die kleine Anrufung einen so tiefen Eindruck in ihm hinterlassen, daß er sich, als er sich unter den Grauen bewegte, fragte, ob er noch auf zwei oder schon auf vier Beinen ginge. Er hatte seine ganze Kraft aufbieten müssen, um ihrem Sog zu widerstehen. Er blickte auf die beiden Wolfsläufer hinunter, die so ruhig, so schweigsam im Mondlicht standen. Konnte er, konnte selbst der Lloroi entscheiden, ob so viel auf dem Spiel stand, daß Dion und Sobovi dieses Unterfangen wagen durften? Der Lloroi, sein Onkel und gemeinsam mit Gamon sein Beschützer seit seiner frühen Knabenzeit, nachdem sein eigener Vater gestorben war; der Lloroi, der jede Entscheidung des Rates abwägen und absegnen mußte – er hatte selbst in die Augen Gray Hishns gesehen, und der Sog der Wölfe war deutlich spürbar gewesen, und trotzdem hatte er Dion angewiesen, die Wölfe zu rufen, die Graupelze hier zu dieser Ratsversammlung zu bitten. Der Lloroi hatte keine Vorstellung davon, was der Sog der Grauen Dion zufügte. Aranur hatte mit eigenen Augen gesehen, wie ein Rudel ihre Sinne ertränkt und allen logischen Verstand aus ihren Gedanken gefegt hatte. Er hatte sie mit diesem verklärten Blick gesehen, mit zurückgezogenen Lippen und mit diesem Knurren aus tiefster Kehle; er hatte ihre ausgestreckten Hände gesehen, als endeten sie in den schwarzen Krallen der Wölfe, die aufgeblähten Nasenflügel, als wollte sie seinen Geruch noch intensiver wittern, den steifen Hals, wenn sie angestrengt versuchte, sich aus diesem unveränderlichen grauen Griff zu lösen und sich ganz und gar in ihrem Lied verlor. Schon als er sie kennenlernte, wußte er, daß sich Dion außer mit Hishn auch mit anderen Grauen unterhalten konnte. Aber konnte sie sie so einfach herbeirufen, wie sie behauptete – und trotzdem noch sie selbst bleiben? Wie stark war ihr Wille, verglichen mit dem Gewicht der Wölfe?

Er beobachtete die beiden Gestalten. Sie hatten sich nicht bewegt. Hatten sie die Wölfe bereits gerufen? Würden die Graupelze antworten? Und wenn die Wölfe antworteten: wie viele von ihnen würden wohl tatsächlich kommen? Vier oder fünf? Ein Dutzend? Zwei? Aranur beanspruchte für sich nicht die gleich Emphase, die Dion verspürte, doch auch er war in das graue Lied hineingezogen worden. Jetzt, da er die Wolfsläufer betrachtete, spitzte er die Ohren, ob nicht bereits ein schwaches Echo des grauen Heulens zu hören war, das die beiden, wie er wußte, in ihren Köpfen empfingen, und seine Augen zogen sich auf der Suche nach den dunklen Pfaden, auf denen sie kommen mußten, zusammen.

Dion sah weder ihn noch den kleinen Jungen an seiner Seite. Sie stand steif und starr wie eine Statue vor Sobovi, ließ die Eindrücke des Amphitheaters ihre Sinne erfüllen und in ihre Haut eindringen. Der Ratskreis war eine Ansammlung von Macht. Über so viele Jahrhunderte hinweg hatten so viele

Leute hier gestanden und gesprochen, gestritten, geweint und andere an diesem Ort überzeugt. So viele Emotionen sind in diese Steine eingedrungen. Sie mußte nicht hinsehen, um zu wissen, daß sich das Mondlicht auf den Steinplatten brach. Ihre weit geöffneten Augen waren von dem Abbild erfüllt, das es zurückließ, ihr verklärter Blick half, die grauen Fäden in ihrem Geist zusammenzufassen.

Sie streckte die Hand aus, und Sobovis Arme berührten die ihren. Sie umarmten einander. Eine unausgesprochene Frage stand zwischen ihnen. Hierbleiben, an diesem Ort menschlicher Geschichte, in dieser Arena mit dem Stempel, den ihm die Menschen aufgedrückt hatten. Oder lieber rasch und geräuschlos in den Wald laufen, wo die Schatten zwischen den Bäumen umherglitten und gelbe Augen im Unterholz glühten? Dion erschauerte. Es gab zuviel Hunger in den Wäldern – sobald sie sich öffneten, konnte sie der Wald selbst hinwegziehen, sie der Gewalt der Grauen überlassen. Nein, die Worte des Lloroi hallten noch von diesen Steinen wider. Sie mußten die Wölfe hierher, an diesen Ort holen. Dion fand den Faden von Hishns Schlaf und rief die Wölfin vorsichtig an. In weiter Ferne durchzuckte es Hishn. Das graue Band zwischen ihnen spannte sich und wurde fester, als das Tier Dions Not spürte. Sobovi und Gray Yoshi, der ebenfalls weit weg war, verbanden ihre Sinne auf die gleiche Weise.

Wolfsläuferin .... Hishns leises Heulen sang in Dions Ohren, als stünde die Wölfin direkt neben ihr.

Meine Graue, gab sie zurück. *Du ehrst mich.*

Ihre Gedanken verschränkten sich ineinander, und Dion wankte. Sobovi faßte sie fester um die Arme, wurde jedoch zugleich in seine eigene Verbindung gesogen. Ihre Köpfe kippten nach hinten. Sie krümmten die Rücken, ihre Finger verkrallten sich ineinander und dehnten Muskeln, die keiner von beiden hatte. Ihre Lippen zogen sich zurück und entblößten die Zähne.

Wolfsläufer, heulte der Wolf.

Wolfsläuferin, heulte die Wölfin.

Du ehrst mich, entgegneten die Menschen. *Kommt, singt mit uns, heult mit uns.*

Lauft mit uns, riefen sie.

Sobovi rührte sich ein Stück zur Seite, seine Füße schienen von ihrem Standpunkt weggezogen zu werden, als würde er jeden Augenblick in einen raschen Lauf verfallen. Dion hielt ihn blind fest. *Lauft mit uns,* erwiderte sie. *Sprecht zu uns von eurem Kummer, eurem Leid. Bindet uns mit eurem Vertrauen.*

Die grauen Fäden verdickten sich, als die Wölfe mit dem Gesang des Rudels konfrontiert wurden. Überall auf den Höhen blieben Wölfe stehen, hielten mitten in der Jagd inne. *Wolfsläufer!* heulten sie.

Kommt! rief Dion freudig zwischen sie. *Wir laufen mit euch. Lauft ihr jetzt mit uns.*

Der Gesang der Meute brauste heran, nahm an Wucht zu, erwischte Dion, als wäre sie ein loses Blatt im Herbstwind. *Wolfsläufer!*

Kommt!

Die Meute zerrte mit aller Macht. Graue Sinneseindrücke wurden übermächtig. Wind fuhr durch Dions Haar, der Geruch feuchter Erde schoß ihr in die Nase. Fell schmiegte sich an ihren Körper, Winterpelz löste sich, verfilzte, wurde hinweggekratzt. Ihre Ballen verhärteten, während sie lief, immer weiterlief. Höhenzüge schoben sich an ihr vorüber. Schatten lockten und winkten. Hunger grollte in ihrem Bauch, Jagdlust vermengte sich mit der schläfrigen Wärme des Baus. Höhlen, eng und dunkel. Wärme, zusammengekauert und zart. Bewegungen im Bauch. Junge Schnauzen an ihren Zitzen …

Dion heulte, ein unmenschliches Heulen. *Kommt!*

Wolfsläufer!

Die graue Flut verlagerte sich. In ihre Richtung. Auf ihre Verbindung zu. Auf den von den Monden beleuchteten Kreis zu, in dem sie stand. Von Bau zu Bau, von Hügel zu Hügel verbreitete sich der Ruf. Wölfe erhoben sich, streckten sich, legten die Köpfe lauschend zur Seite, hörten dem stillen Wind zu. Stimmen verbanden sich. Rudel schlossen sich einander an. Quer durch ganz Ariye verwoben sich die grauen Bänder zu einem festen Teppich aus heulendem Gesang. Tief in der Erde, tief im Wald wuchs dieses Heulen an, erhob sich in den Wind und hallte weit über die Schluchten hinweg, nach Osten in die Wüste, nach Norden in die Berge, nach Süden bis zum Meer.

Heult mit dem Wind, Wolfsläufer! Wir kommen!

13

Rufen, heulen,
Singen, laufen,
Wir bringen die Erregung,
Bringen die Hitze,
Bringen die Wollust der Jagd –
Wir ehren die alte Bindung;
Was verlangt ihr,
Menschen von Ariye?
Was wollt ihr von den Wölfen?

Ein Tag verging, dann noch einer. Wölfe sammelten sich in den Hügeln, jagten in ständig wachsenden Rudeln, wurden immer mehr. Eine graue Flut ergoß sich über Ariye, und mit dieser Flut erfüllte das Geheul der Grauen die Luft wie ein Donnerhall über den Gebirgszügen. Oberhalb der Stadt schlich das Rudel wie ein dichter Schatten durch den Wald. Nicht nur Dion und Sobovi spürten ihre Anwesenheit; ein Dutzend Leute aus der Stadt verspürten den Drang, zum Hügelkamm zu eilen, den steilen Pfad wie im Traum zu erklimmen auf der Suche nach dem Gesang des Rudels, der überall flüsterte, dann deutlich in ihren Köpfen hallte. Eine Schmiedegesellin legte ihre Werkzeuge zur Seite, als sie sah, daß sie nur wolfsähnliche Formen anfertigte; ein untersetzter Mann flüchtete vor seinen Büchern in die Wälder. Ein Junge von nur acht Jahren stimmte einen Singsang an, der eher an ein leises

Jaulen als an menschlichen Gesang erinnerte. Bei Sonnenaufgang versammelten sich die Grauen in den Feldern, kümmerten sich nicht um das Vieh auf der Weide, sondern jagten nur die Nager, die in Nestern und Bauten verschwanden, die auch nicht annähernd tief genug waren. Ihr Hunger erstreckte sich über die kultivierten Flächen bis in die Gedanken der Menschen, die plötzlich ihre Familienmitglieder anfauchten und nach ihnen schnappten.

Dion konnte nicht länger im Krankenhaus arbeiten – sie schwamm förmlich in den grauen Eindrücken. Sie sah Aranur nicht mehr als menschlich an, sondern als das von Wölfen zusammengefügte Bild, das seinen Geruch begleitete, und über Dion an die Grauen, die sie gerufen hatte, weitergeleitet wurde. Drei Tage vergingen. Vier. Dion fand sich durchgeschüttelt auf einem Dnusattel wieder, unterwegs in rasendem Galopp Richtung Berge, als ein Wolf um Hilfe heulte: ein Dachsbär hatte ihn vor einer Klippe in die Enge getrieben. Ein wilder Ritt, aber nicht allein, denn auch andere eilten auf den Ruf herbei, und dann begann der kurze, erbarmungslose Kampf mit dem Dachsbär; kurz darauf wurde der Kadaver von den Wölfen, die sich die Beute teilten, zerfetzt. Knurrend rissen sie an den noch warmen Muskeln, zerrten dem Raubtier die Innereien heraus und verteilten sein Fleisch ringsum auf dem Boden. Sie labten sich, leckten den Schmutz und die Blätter von der blutigen Masse herunter, während Dion und andere, die in ihren Eindrücken gefangen waren, heftig dagegen ankämpften, ebenfalls die Hände in die blutige Masse des Kadavers zu stoßen.

Sechs Tage vergingen in Windeseile unter den Monden. Eine Wölfin, den Bauch voller Junge, rollte sich in einem Bau zusammen und brachte sie zur Welt, und in ganz Ariye wanden sich Menschen unter Krämpfen, hielten sich die Bäuche und krümmten sich im Schlaf. Träume veränderten sich, nahmen eine Intensität an, die nicht allein aus der menschlichen Wahrnehmung rühren konnte. Auf Feldern und Wiesen tummelten sich Wölfe. Bei Tag und Nacht glühten gelbe Augen im saftigen Frühlingsgras, schlichen durch die sprießenden Ähren. Als am siebten Tag der Regen einsetzte, rollten sich die Wölfe in Scheunen zusammen und suchten unter Wagen Schutz, dankbar für jeden trockenen Unterschlupf, den sie finden konnten. Und sie suchten diejenigen heim, die sie spüren konnten. In einem Haus schliefen zwei Brüder auf der Veranda bei den Wölfen, die auch am nächsten Morgen nicht mehr weggehen wollten. Eine junge Mutter bepflanzte ihren Frühlingsgarten, während drei Graupelze die Nagetiere aufspürten, die ihre Gänge unter den frischen Knollen gruben. Ein Redenmaler stieß die Türen weit auf, damit die Wölfe, die ihm dabei zusahen, wie er die Verlautbarungen des Lloroi verzierte, nach Belieben bei ihm ein und aus gehen konnten.

Das Lied der Meute war laut, und der muffige, leicht modrige Geruch der Grauen führte zu einigem Naserümpfen, und mit dem Regen stieg der beißende Uringestank auf, den sie überall in der Erde hinterlassen hatten. Es gab nicht genug Wild rings um die Stadt, um eine derartige Anzahl von Raubtieren zu ernähren. Am achten Tag opferte der Lloroi seinen persönlichen Viehbestand und verteilte ihn an die Wölfe. Am neunten Tag zerrissen sich zwei Männchen im Zweikampf um ein läufiges Weibchen, das sich mit beiden eingelassen hatte. Die Rudel sahen ungerührt zu. Als es vorüber war, trugen Gamon und Aranur den Verlierer zu Dion, die seine Wunden behandelte und seinen verletzten Stolz aufrichtete.

Als an diesem Abend die Sonne hinter den Berggipfeln im Westen verschwand und die Nacht hereinbrach, versammelte sich der Rat. Füße und Pfoten lenkten ihre Schritte zum Amphitheater, Stimmen und Knurren vermischten sich zu einem Lärm, der an Dions Nerven zerrte und ihre dünnhäutige Beherrschung strapazierte. Sie stand in der Mitte der Arena, dicht umringt von einem Dutzend anderer Menschen, die den Sog der Wölfe spürten. Hishn drängte sich an sie. Dion verkrallte sich in die zottelige Halskrause der Wölfin. Hishn war nur einer von einem Dutzend Wölfen, die nervös auf und ab gingen und knurrend beobachteten, wie die Menschen ihre Plätze einnahmen und die Ältesten ihre Plätze auf der untersten Reihe aufsuchten.

Aranur stand hinter Dion, die Hände auf ihren Schultern, als wollte er allein durch die Berührung die Verbindung mit seiner Welt aufrechterhalten. In der zweiten Reihe saß Tomi neben Gamon und sah neben dem hageren älteren Mann noch kleiner als sonst aus.

Der Lloroi trat mit einer der Ältesten vor, und sie standen einander gegenüber. »Wir von Ariye«, fragte die Frau, »warum sind wir hier?«

Ein Tosen antwortete ihr. Sie stand stocksteif da, wie erstarrt durch den betäubenden Schock dieses konzertierten Geheuls. An den Rändern des Amphitheaters tauchten jetzt graue Schatten auf, mit zurückgeworfenen Köpfen, die Schnauzen heulend zu den Monden erhoben. In der Mitte der Arena stießen Dion und die anderen im Bann des Geheuls ihre unmenschlichen Geräusche aus.

Als das Geheul erstarb, zitterte Dions Körper im Nachhall. Ihre Augen waren verklärt, und Aranur spürte, wie sie unter seinen Händen zitterte. Er verstärkte den Druck und versuchte der Wucht der Sinneseindrücke, die von Dion sogar auf ihn übergriffen, seine eigenen Gedanken aufzuzwingen.

Dion öffnete den Mund und rief über das noch immer anhaltende Echo: »Ich spreche für die Wölfe!« Die Stimmen derjenigen, die sich um sie drängten, erhoben sich gemeinsam mit der ihren, ihre Worte donnerten wie das Geheul der Wölfe in der Arena: »Warum ruft ihr uns, Menschen von Ariye?«

Die Älteste, die die formelle Frage ausgesprochen hatte, wich stolpernd zurück und tastete hinter sich nach dem Sitz, bevor sie ihren Beinen vertraute und sich niederließ. Der Lloroi stand allein da, doch als er sprach, erhob sich seine Stimme über das tiefe wölfische Knurren, das noch immer über den Steinen hing. »Ihr ehrt uns, Graue.«

»Wir ehren den Ruf, so wie wir eure Art ehren«, verliehen die Wolfsläufer den Worten der Grauen in rauhem Chor ihre Stimme. Rings um sie und über ihnen wimmelte es von Wölfen, die sich jetzt auf dem äußeren Ring der Arena niederließen. »Aber wir fragen noch einmal«, äußerten sie, »warum ruft ihr uns?«

Der Lloroi verneigte sich. »Auf dem Gesang eurer Rudel lastet eine Bürde. Wir spüren diese Last wie unsere eigene, aber wir verstehen sie nicht. Wir möchten wissen, was wir tun können, um sie von euch zu nehmen.«

Die Sprecher der Wölfe schwiegen einen Moment. Dann erhob sich ein Knurren, steigerte sich zum Geheul. Das Geräusch schwoll an und schlug gegen die Steine des Amphitheaters, bis die Anwesenden zu wanken anfingen und sich die Ohren zuhielten. Aber der Angriff war nicht gegen ihre Ohren gerichtet. Bilder drängten sich in ihre Gedanken, zersplitterten, zerfaserten in die Erinnerungen der Wölfe. Bilder eines Wolfs, der an einem Pfeil verendete. Der heiße Schmerz eines Schwerthiebes in eine Flanke. Die ohnmächtige Wut, als ein ausgepeitschter Wolfsläufer erneut geschlagen wird; und die Wölfe, die sich gegen die Mauern werfen, hinter denen der Mann gefangengehalten wird, und deren Heulen nichts ausrichten kann. Der pfeilartige Schmerz der Agonie, dann das Todesröcheln eines durch einen Schwertstreich getöteten Wolfsläufers, das eine Leere im Lied der Meute hinterläßt. Die brennende Scham, mit der sie die Witterung nackter, verwundeter Füße aufnehmen …

Die Bilder folgten dicht aufeinander, brannten sich Dion ein, senkten sich in Aranurs Sinne. Heulte sie ebenfalls? Sie war tief in der Springflut der Erinnerungen versunken.

Dion wußte nicht, wann sie verblaßten. Sie holte tief Luft und verschluckte sich. Mondwürmer! Was war nur mit ihrer Kehle geschehen? Sie war geschwollen und schmerzte, und sie war so trocken, daß sie heftig und immer wieder gegen das ausgedörrte Gewebe schlucken mußte. Sie sah sich um und sah, daß sich die Versammlung nicht verändert zu haben schien. Die Leute saßen nach wie vor wie versteinert auf den ansteigenden Sitzreihen. Der Kranz gelber Augen brannte noch immer von der obersten Reihe auf sie herab. Das Knäuel aus Menschen und Wölfen, das nach feuchtem Fell und schwitzender Haut roch, umgab sie noch immer, und auch Aranurs Hände hielten sie nach wie vor fest wie Schraubzwingen an der Schulter gepackt. Erst dann fiel ihr auf, was sich verändert hatte: die Wölfe hatten sich aus ihren Gedanken zurückgezogen.

»Hishn«, flüsterte sie.

Wolfsläuferin, erwiderten die Grauen nüchtern.

»Ihr ehrt mich.«

Sie ließ ihren Blick über die Menge wandern. Hatten sie alle gesehen, was sie gesehen hatte? Hatten sie die Macht hinter diesen Erinnerungen gespürt? Sie streckte sich nach den grauen Bändern aus, die jetzt nur noch wie schwache Echos in ihrem Bewußtsein schwebten, doch die Grauen antworteten nicht. Sogar Hishn neben ihr blieb stumm. Sie warteten.

Der Lloroi stand reglos, das Gesicht versteinert von der Wucht der Eindrücke, die sich in seine Gedanken ergossen hatten. Rings um ihn her zitterten Leute und zurrten die eigenen Identitäten wieder um sich wie frierende Greise den wärmenden Mantel. Erst als sich Gamon erhob, wurde das Schweigen gebrochen. Der alte Krieger trat vor und stellte sich vor Dion. Er sah sie einen langen Augenblick an und blickte dann in die gelben Augen ihrer Wölfin. »So wie der Wind in beiden Ländern weht«, sagte er leise, »so fließt das Blut.«

Hishn legte den Kopf zur Seite und stellte die Ohren aufmerksam auf.

»Nicht euer Blut. Nicht unser Blut. Nicht allein das Blut von Ariye, sondern unser aller Blut.« Er hob den Kopf und suchte den gelben Blick der Wölfe am oberen Rand des Theaters. »Was in Bilocctar geschieht, überzieht auch dieses Land wie ein Sturm. Der Geist der Erde, des Wassers, des Feuers und des Windes, von Fels und Baum und Stern – sie sind mit uns verbunden, und wir mit ihnen.« Er deutete auf Hishn, dann auf Dion. »Eure Last ist die unsere«, sagte er ruhig. »Wir werden sie von euch nehmen, selbst wenn wir dafür sterben müßten.«

Hishn knurrte ihn leise an, ein Geräusch, das drohend klang, aber auch wie eine Anerkennung des soeben gemachten Versprechens. Das Knurren setzte sich in der Menge fort, wuchs wieder an, als jeder Wolf es aufnahm und weitergab. Die Wölfe oben am Rand nahmen ihr knurrendes Fletschen mit sich, verschwanden in den Straßen und verließen die Stadt, ließen sich von ihren Pfoten durch die letzten Siedlungen und in die nächtlichen Wälder tragen, wo die Monde nur hin und wieder durch den dichten Blätterbaldachin des Frühlings hindurchzulugen wagten. Die Graupelze in der Arena starrten die Menschen auf den Sitzreihen an, bis sie wußten, daß ihnen niemand folgen würde; dann schlichen sie die Stufen empor, gefolgt von denjenigen, die mit ihnen im Bunde standen. Dion erklomm die Stufen wie im Traum, die Hand in Hishns Nackenfell vergraben. Die Wucht der wölfischen Eindrücke war inzwischen gedämpft, sie sah die Stufen vor sich schon fast aus ihrer eigenen Perspektive. Erst als sie am Waldrand ankam, blieb sie stehen.

»Dion?« sagte Aranur leise. Er war ihr gefolgt. Seine Hände lagen locker auf ihrem Arm und vergewisserten sie ihrer Identität. »Dion?« wiederholte er.

Tomi, der ihm dicht auf den Fersen gefolgt war, starrte Dion staunend, aber aufmerksam an. Sie schauderte. »Es … es ist jetzt nicht mehr so stark«, flüsterte sie. »Sie ziehen weiter. Sie verlassen uns. Ihre Eindrücke verblassen.«

Am Waldrand drehte sich Hishn noch einmal um, blickte sie lange an und verschwand mit einem Satz in der Dunkelheit zwischen den Schwarzherzbäumen. Gray Yoshi folgte ihr geräuschlos. Ohne das Gewicht der anderen Wölfe empfand

Dion Hishns Gesang als kaum mehr als das graue Band, das es zuvor gewesen war.

Die Erde fühlte sich kühl und naß unter ihren Stiefeln an, doch als Dion die Zehen ausstreckte, bemerkte sie, daß es Hishns Pfoten waren, die sie gefühlt hatte. »Bei allen Monden«, keuchte sie. Die schiere Freude ließ sie taumeln, es war, als wäre ihr ein enormer Druck von den Schultern genommen worden. Sie warf den Kopf zurück und lachte laut auf. »Meine Graue!« rief sie freudig.

Wolfsläuferin! heulte Hishn.

Dann zog sie Aranur vom Waldrand weg. Die anderen Grauen mochten sich bis zu den Ausläufern der Berge verteilen, doch sie und Hishn – sie waren noch immer durch ihre Liebe miteinander verbunden. Dion griff noch einmal nach dem grauen Band. Sie wußte, daß ihre violetten Augen jetzt wieder normal aussahen. Sie sah jetzt wieder alles klar und in aller Schärfe vor sich, und die zehrende Anstrengung, mit der sie sich gegen das Gewicht der Wölfe gestemmt hatte, war verschwunden. Im Licht der Monde sah sie sogar jünger aus, geradezu sprühend vor Leben.

»Dion?« sagte Aranur leise.

Sie wandte sich zu ihm um. »Der Wald ist voller lebender Schatten. Spürst du es?«

Er nickte. Sie zögerte. »Komm schon«, sagte sie entschlossen.

Sie suchte sein Gesicht, betastete es einen langen Augenblick, dann gingen sie Hand in Hand und dicht gefolgt von Tomi in die Stadt zurück.

Dion schlief bis zwei Stunden nach Sonnenaufgang. Als Aranur nach ihr sah, lag sie noch immer im Bett. Er betrachtete sie lange und wußte nicht so recht, ob er ihren Schlaf stören sollte. Zum ersten Mal seit einem Ninan sah ihr Gesicht friedlich aus, schien sie nicht von rastlosen Träumen gequält worden zu sein. Er fuhr mit dem Finger ihre Schulter hinab, am Arm entlang, dann kniete er nieder und strich ihr das Haar vom Gesicht.

»Aranur?« murmelte sie schläfrig.

»Ich bin hier«, sagte er leise und ließ eine Strähne des schwarzen glänzenden Haars wie Wasser durch seine Finger gleiten.

»Zeit zum Aufstehen, Schlafmütze. Die Grauen sind verschwunden, und jetzt bist du dran, etwas zu finden, womit sich Tomi beschäftigen kann.«

Sie streckte sich faul. »Mondwürmer! Du siehst ja so ernst aus!«

»Mir ist es auch ernst.« Er setzte ein skeptisches Gesicht auf. »Der Junge läuft mir wie ein Hündchen nach, wenn du nicht da bist. Jedesmal, wenn ich mich umdrehe, steht er hinter mir. Ich kann schon gar nichts mehr tun.«

Sie zog ihre Kleider herbei. »Was ist denn mit der Ältesten, die für die Flüchtlinge verantwortlich ist? Sag ihr doch, daß sie ihm ein paar Aufgaben zuweisen soll.«

Aranur verzog das Gesicht. »Moira hat sie schon vor mir aufgesucht und ihr gesagt, daß der Junge einstweilen bei uns besser aufgehoben ist, als wenn er von einer Familie zur anderen weitergereicht wird, bis er eine endgültige Bleibe gefunden hat.« Dion schnürte sich die Stiefel und blickte sich nach dem Jungen um. Aranur wies auf die Tür: »Er ist draußen. Ich habe ihm gesagt, er soll Gamon eine Weile nachlaufen.«

Dion lächelte matt. »Das hat ihm sicher gefallen.«

»Allerdings«, gab Aranur zurück. Seine Stimme klang leicht verdrossen. »Gamon hat in einer Stunde mehr Sachen gefunden, die der Junge tun kann, als ich gestern den ganzen Tag.«

»Du willst den Jungen aus den Füßen haben, und dann beschwerst du dich, wenn jemand besser mit ihm zurechtkommt als du!« Dion lachte. Sie nahm den Kamm und flocht ihr Haar zu dem üblichen dicken Zopf, den sie anschließend über die Schulter warf. Die Schramme auf ihrem Gesicht war inzwischen kaum mehr als ein langer weißer Strich zwischen Schläfe und Kinn. Bis zum Herbst war dieser Strich bestimmt wieder nachgedunkelt.

Aranur suchte ihren Blick im Spiegel. »Sehr schneidig«, neckte er sie.

Sie schnaubte verächtlich. »Narben sind ein Zeichen dafür, daß man sich nicht schnell genug ducken kann.«

»Habe ich das etwa angezweifelt?« Er grinste. »Nur weil du manchmal nicht richtig zuhörst, wenn Gamon oder ich dir etwas beibringen ...« Er wich ihrem angedeuteten Schlag aus und sprang zur Tür, bevor sie ernst machte.

Draußen schlugen sie den Weg zu den Kampfarenen ein, wo Gamon sie erwartete. »Gestern«, sagte Aranur beiläufig, »brachte ich Tomi hierher und zeigte ihm ein paar grundsätzliche Dinge im Umgang mit dem Messer.« Er schüttelte den Kopf. »Normalerweise unterrichte ich ja keine Kinder, aber ich dachte, ich mache mich ganz gut – bis Gamon auftauchte. Innerhalb von zwei Minuten holte er mehr aus dem Jungen heraus als ich in einer halben Stunde.« Er verzog das Gesicht. »Ich dachte, ich könnte besser mit Leuten umgehen.«

»Tomi ist nicht einfach ›Leute‹«, verbesserte sie ihn und rückte ihr Schwert an der Hüfte gerade. »Er ist ein Kind. Begegne ihm mit dem gleichen Respekt, den du auch anderen gegenüber aufbringst. Dabei mußt du ihm genug Raum zum Ausprobieren zugestehen. Er ist schlau genug, um sich Ärger vom Hals zu halten.«

Aranur zog die Stirn in Falten. »Ich glaube, das ist ein Teil des Problems«, erwiderte er langsam.

»Du meinst, er probiert nichts aus, weil er Angst vor unseren Reaktionen hat?«

Er nickte. »Er vertraut uns noch nicht.«

Sie sah ihn mit einem düsteren Blick an. »Wie sollte er auch? Bei allem, was er durchgemacht hat. Er hat keine Familie mehr, keine Freunde. Er ist einsam hier, ebenso wie die anderen Kinder. Wir haben sie aus ihrer Heimat weggeholt und erzählen ihnen, daß jetzt alles besser wird, daß sie hier in Sicherheit sind. Dabei geben wir ganz offen zu, daß die Jäger vor unseren Grenzen stehen und jederzeit über uns herfallen können. Wundert es dich da, daß Tomi sich noch immer ängstigt? Er malt sich wohl aus, wie es wäre, wenn er uns vertraute und uns dann ebenfalls an die Jäger verlöre.«

Aranur blickte finster drein. Sie gingen weiter, doch er sagte nichts. Dion legte ihre Hand auf seinen Arm. »Du mußt ihm Zeit geben«, sagte sie sanft.

»Das sagst du immer.«

Sie lächelte ihn an. »Dann ist wohl etwas dran.«

Er warf ihr einen säuerlichen Blick zu. »Da ist ja unser Geist«, sagte er flüsternd.

Dion schaute zum Zeughaus hinüber. Dort stand der Junge schweigend neben der Tür. Er rührte sich erst, als sie schon ganz nahe bei ihm waren, dann schloß er sich ihnen wortlos an. Aranur mußte sich beherrschen, damit er sich nicht umdrehte und den Jungen davonscheuchte.

Als sie das Ausbildungsgebäude betraten, blickte Gamon auf und winkte. Dion nickte ihm einen Gruß zu und ließ sich von dem älteren Mann den Arm drücken. »Welchen Anschlag habt ihr denn jetzt auf mich vor?« fragte er neugierig und ließ dabei den Blick über seine Landkarten schweifen.

Er grinste, wobei sich die Falten um Mund und Augen tief eingruben. »Ich sag's dir gleich, Dion: nichts Waghalsiges, nichts Schnelles und nichts Gefährliches. Du weißt, ich würde es auch von dir nicht verlangen – oder dich als Freiwillige dafür aussuchen.«

Sie schnaubte. »Bevor ich das glaube, setze ich lieber auf die Geschwindigkeit des vierten Mondes.«

Er lachte trocken. »Hier …« Er zeigte auf die Karte, die in die Oberfläche des Tisches eingeschnitzt war. »Sobovis Knöchel ist noch nicht geheilt, also reitest du mit Rafe zum Schacht und wieder zurück.« Sie hob eine Augenbraue und nickte. »Auch wenn sich die Jäger nach Norden absetzen, stehen die Chancen, ungesehen auf die andere Seite zu wechseln, an dieser Stelle besser als weiter im Süden. Außerdem könnt ihr auf dem Weg nach Norden ihr Lager auskundschaften, so wie es Sobovi getan hat. Das verschafft uns eine gute Vorstellung davon, wie rasch sie sich ausbreiten.«

Sie nickte.

Neben Gamon blickte eine magere Frau auf: Es war Tehena, die Dion im Kerker von Bilocctar kennengelernt hatte. Nach der Flucht war sie der Wolfsläuferin nach Ariye gefolgt, wo sie sich trotz ihrer Jugend rasch als brillante Strategin erwiesen hatte. »Hier«, sagte sie und zeigte auf die Karte. »Wenn du mit den Wölfen von Bilocctar zurückkehrst, halte auf die Goldgräbersenke zu. Wenn du die Wölfe in die Lichtung führst, können wir die nachfolgenden Jäger in einen Hinterhalt locken.«

Aranur warf einen Blick auf die Karte. »Das einzige Problem ist, wie wir Kontakt miteinander halten. Wir müssen ununterbrochen Späher draußen haben, um auch ja rechtzeitig zu erfahren, wann du wieder zurückkehrst.«

Die hagere Frau schüttelte den Kopf. »Nicht, wenn Dions Graue bei uns bleibt.« Sie hob die Hand und schien mit ihren weißnarbigen Unterarmen Aranurs Protest aufzuhalten. »Die Heilerin sollte die Wölfin ohnehin nicht mit nach Bilocctar nehmen, es sei denn, sie legt es darauf an, daß sie gefangengenommen und gegen sie eingesetzt wird. Aber abgesehen davon haben wir auf diese Weise immer eine klare Vorstellung davon, wo sie sich gerade aufhält.«

Dion nickte langsam. »Aranur, du kannst Gray Hishn doch verstehen.«

Er schüttelte den Kopf. »Und wie gut kommst du wohl ohne sie zurecht? Ich werde nicht erlauben, daß du und Rafe über die Grenze gehen und gegen die Wölfe der Jäger nichts als eure eigenen Ohren ins Feld führen könnt.«

Gamon blickte ihn scharf an. »Dion hat mehr zu bieten als

die Fähigkeiten einer Wolfsläuferin«, rief er seinem Neffen in Erinnerung.

Dion war ein wenig verärgert, nickte jedoch höflich. »Lange bevor ich meine Verbindung mit Hishn einging, wurde ich als Kundschafterin ausgebildet. Ich bin durchaus dazu in der Lage, meinen Weg auch ohne sie zu finden.«

»Was die Wölfe der Jäger angeht, Aranur«, fügte Tehena hinzu, »so kann Hishn Dion auch von deiner Seite aus führen.«

Aranur sah überrascht aus, doch Dion nickte. Aranur vermochte Hishn deutlich zu hören, wenn er in ihre gelben Augen blickte, aber er verstand noch immer nicht genau, was das Tier alles zu leisten imstande war.

»Wenn du in Gefahr gerätst ...« Seine Stimme verlor sich, und Dion berührte seinen Arm.

»Wenn ich in Gefahr gerate, bleibt Hishn trotzdem bei dir. Ich werde es nicht erlauben, daß sie die Grenze überschreitet, egal, was geschieht!«

Tehena nickte, als sei die Angelegenheit damit erledigt, und Gamon rief die restlichen Krieger zusammen, um den allgemeinen Plan noch einmal durchzugehen und die Ausrüstung zu besprechen. Viele der Gesichter waren ihm neu – mindestens zehn Männer und sechs Frauen aus der Gruppe stammten aus einer Stadt viel weiter im Osten. Aranur hörte nur mit halbem Ohr zu, denn seine Gedanken weilten bei Dion. Was für eine dürftige Verbindung von einer Seite des Flusses zur anderen. Dion mußte sich in die Nähe der anderen Wölfe begeben, obwohl sie bereits zugegeben hatte, daß diese sie aufspüren konnten, ohne daß sie etwas dagegen zu unternehmen vermochte. Er wußte nicht, ob er darauf vertrauen sollte, daß Hishn sie beschützte. Wenn die Jäger mehrere Wölfe einsetzten, war ihr Gesang in Dions Kopf ebenso laut wie Hishns Gedanken aus der Entfernung. Wenn Dion sich bei ihnen einklinkte, würde sie zu ihnen hingezogen, auch wenn sie Jagd auf sie machten, und Aranur konnte dann nichts mehr für sie tun.

Zwei Tage später stand Dion vor den Stallungen und zurrte ihre Ausrüstung hinter dem Sattel fest. Rafe, der nicht viel älter als Aranur war, überprüfte sein eigenes Gepäck, klopfte dem Reittier den Hals und stieg hinauf. Neben ihm zerrte Dion ein letztes Mal an ihrem Sattelgurt.

Aranur reichte ihr die Zügel. »Ich wünsche euch einen guten Ritt«, sagte er.

»Mit den Monden«, gab sie nüchtern zurück und schwang sich in den Sattel. Hishn stieß ein tiefes, knurrendes Geräusch aus, und Dion verzog das Gesicht. »Es wird schon alles gutgehen«, versicherte sie ihr. »Achtet nur darauf, daß ihr uns bei unserer Rückkehr abfangt. Es macht mir nichts aus, wie ein Kaninchen vor den Wölfen davonzulaufen, aber ich habe keine Lust, als ihr Abendessen zu enden.«

Er nickte widerstrebend und verbarg sein Unbehagen, bis sie davongetrabt war. Vor Gamon jedoch hielt er mit seiner Sorge nicht hinterm Berg.

Der grauhaarige Mann sah Dion und Rafe nachdenklich hinterher. »Ist dir jemand über deinen Pfad zu den Monden gelatscht?«

Aranur hob die Hand, als Dion sich im Sattel umdrehte und ihm noch einmal zuwinkte, bevor sie den Saum des Waldes erreicht hatte. »Mir ist ganz egal, wie sicher ihr Plan zu sein scheint«, sagte er kurz angebunden. »Ich habe einfach kein gutes Gefühl bei dieser Sache.«

Der ältere Mann warf einen letzten Blick auf Dion und den anderen Späher und meinte: »Dann wird es wohl das beste sein, wenn wir auf alles vorbereitet sind.«

Aranur nickte. Dann machten sie sich entschlossenen Schrittes auf den Weg zurück zum Zeughaus.

14

Als die Alten landeten,
Die Kuppeln errichtet wurden,
Die Luftschiffe herabstiegen,
Die Satelliten leuchteten,
Die Straßen gepflanzt wurden,
Die Tiere befreit –
Was blieb dann noch zu tun,
Als den Samen der Menschheit zu verbreiten?

Dion zog die Zügel auf dem unteren Grat, legte die Handgelenke auf dem Doppelknauf des Sattels übereinander und beugte sich weit nach vorn, um den abgeflachten Berg in Augenschein zu nehmen. Neben ihr brachte Rafe sein Dnu zum Stehen, rückte seine Kriegskappe zurecht, wischte sich mit einem schmutzigen Hemdsärmel den Schweiß von der Stirn und kümmerte sich nicht groß um die Schlieren, die er damit hervorrief. Dion verbiß sich ihr Lachen. Dreck spielte momentan keine besonders große Rolle. Schon bald würden sie beide Schmutz und Blätterfarbstoff in ihre Kleidung schmieren, ihre Haut mit Streifen bemalen, um ihre Umrisse unkenntlich zu machen und die helle Farbe ihrer Gesichter zu verbergen. Mit seiner schon jetzt dunkelbraunen Stirn und dem erdfarbenen Schnurrbart hatte Rafe den ersten Schritt in Richtung Tarnung bereits getan.

Vor ihnen lagen die Schwarzen Schluchten. Die düsteren, steilen Abhänge und die dichtbewachsenen Flanken der Schwarzen Schluchten zerteilten das Land in zackige, hintereinander aufgereihte Scheiben. Am Anfang eines jeden Frühjahrs wuschen die Gewitterstürme die Böden rein. Spätere Regenfälle verklebten sie wieder mit allerlei Dreck und Gesteinsschutt. In dieser schattigen Senke gluckste der klare, kalte Gebirgsbach über Felsbrocken und schäumte über Dutzende umgestürzte Baumstämme. Entlang des ganzen Wasserlaufs verbargen sich Lufttaschen hinter weißen Wasserbögen, die immer tiefer gen Süden stürzten, um ihre Kraft dem mächtig angeschwollenen Phye beizumengen. Wenigstens sind wir weit genug nördlich, dachte Dion erleichtert. Sie konnten diese Bäche auf ihren Dnu durchqueren, und später, wenn sie und Rafe zu Fuß weitergingen, sogar waten oder von einem der Steine, die sich aus dem nassen Pfad erhoben, zum nächsten springen.

Dion beobachtete die beiden Wege, die sich kreuz und quer durch die Schlucht schlängelten. Wenn sie den Weg nahmen, der zunächst hinabging und dann wieder hinaufführte, würden sie bis zu Sobovis Lager auf dem Boden der Schlucht reiten können. Auf dem anderen Weg würden sie sich dem Schacht von Nordosten nähern. Dion zog die Stirn kraus. Der Nordostpfad kostete sie doppelt soviel Zeit wie der steilere Weg. Außerdem verlief er durch offeneres Gebiet. Mit der Aussicht auf über ihnen kreisende hungrige Lepa verspürte Dion nicht viel Lust, auf den Schutz der Schlucht zu verzichten, selbst wenn dadurch ein einfacherer Ritt in Aussicht stand. Sie blickte zur Sonne empor, biß sich auf die Lippen und zeigte dann auf den schmaleren Pfad, der in den Spalt hinein- und auf der anderen Seite wieder hinaufführte.

»Ist das die Abkürzung?« grunzte Rafe.

Sie nickte. »Von hier aus sind wir in knapp zwei Stunden oben auf dem Kamm. Die Hauptstraße ist mindestens sechs

Meilen länger. Aber sie verläuft auch etwas ebener«, fügte sie hinzu.

Rafe schüttelte den Kopf. »Mir ist es auch lieber, wenn wir es möglichst schnell hinter uns bringen.«

Ohne ein weiteres Wort drängte Dion ihr Dnu weg von dem breiten Weg und auf den schmalen Pfad. Sein ehedem gleichmäßiger Schritt wurde jetzt auf dem von Steinen durchsetzten Untergrund holpriger. Als sie an einem Redwood-Wäldchen zu ihrer Rechten vorbeikamen, warf Dion ihr rechtes Bein über die Sattelknäufe, so daß sie jetzt im Damensitz ritt. Auf diese Weise hoffte sie sich vor den scharfen Dornen der Baumrinden zu schützen. Die haarartigen Nadeln enthielten Parasiten, die sich mit dem Saft des Baumes in die Blutbahn spülen ließen und einem das Leben für mehrere Ninans zur Hölle werden ließen. Über die Dnu machte sich Dion keine Gedanken. Ihr Fell war dick genug, daß sich die Nadeln darin verfingen, und sobald die Parasiten der Luft ausgesetzt waren, starben sie rasch ab. Auch Rafe brauchte sie nicht zu warnen. Als der Späher sah, was da am Wegesrand wuchs, schwang er ebenso rasch das Bein über den Sattel.

Auch am Fuß der Senke wurde der Pfad nicht ebener. Statt dessen schien er den Verlauf der Schlucht glatt zu ignorieren, kreuzte an einer schmalen Stelle auf die andere Seite und stieg dort abrupt wieder den Hang hinauf. Die Dnu wogten durch den Bach und kletterten am anderen Ufer wieder hinaus, wobei sich Dions Kriegshaube an einem dürren Ast verfing. Als sie sie wieder aufgesetzt hatte, strichen ihre Hände automatisch über ihre Oberfläche und streiften die zwei Zecken ab, die sich auf die aus Leder und Metall gefertigten Maschen hatten fallen lassen.

Sie fragte sich mißmutig, wie viele wohl schon an ihrer Kappe hinunter- und in ihren Kragen hineingekrabbelt waren.

Tief über den Sattel gebeugt, wich sie den von den steilen Böschungen überhängenen Ästen, so gut es ging, aus.

Unter den meisten von ihnen war der schmale Weg nackt und kahl, doch an einigen Stellen zeigten sich Wühlspuren, die sie aufmerksam im Auge behielt. Diese Spuren waren harmlos, wenn sie von einem jagenden Nagetier herrührten, befand sich jedoch ein Atemloch in nächster Nähe, konnte die aufgewühlte Erde ein Anzeichen dafür sein, daß sich darunter die Falle eines Dachsbären verbarg. Sie hatte schon mehr als einen Dachsbären aus der Erde herausschießen sehen, und wenn man auf einem so steilen Hang vom Dnu gerissen wurde, riskierte man allein durch den Sturz einen gebrochenen Arm oder ein gebrochenes Bein.

Als sich der Pfad wieder eng an den Berghang schmiegte, rutschten sie so im Sattel herum, daß die Neigung ausgeglichen wurde. Erst als sie eine ganze Meile bergauf geritten waren, wurde ihnen der erste freie Ausblick auf die Höhe gewährt. Nachdem sich die Bäume so weit gelichtet hatten, daß sie ihr Ziel sehen konnten, fingen sie trotz der kühlen Temperaturen in der dunklen Schlucht zu schwitzen an. Es ist immer vergleichsweise frisch in den Schwarzen Schluchten, rief sich Dion ins Gedächtnis. Selbst im Sommer schien es der Hitze nicht zu gelingen, die klamme Kühle zu vertreiben. Hier hing noch immer der kalte Hauch geschmolzenen Eises über dem Boden. Wahrscheinlich würden sich die vereinzelten Schneeflecken noch bis zum Ende des Ninans halten.

Als sie sich kurz umdrehte, warf ihr Rafe ein gequältes Lächeln zu. »Als du sagtest, dieser Weg hier sei steil, habe ich eigentlich nicht mit einem vertikalen Anstieg gerechnet!« rief er ihr zu.

Dion grinste, was sie jedoch sogleich bleiben ließ, als ihr ein Zweig über das Ohr schlug. Sie duckte sich weg, zuckte instinktiv zusammen und warf der angriffslustigen Gerte einen mißmutigen Blick zu. »Ich eigentlich auch nicht«, gab sie trocken zurück. »Gray Hishns Vorstellungen vom Zustand eines Pfades unterscheiden sich doch noch ein wenig von meinen.«

»Spürst du sie immer noch?«

Dion nickte. »Auf die Entfernung ist es schwieriger, aber da Aranur nur einen Tag hinter uns ist, fällt es nicht ganz so schwer.« Sie zuckte mit den Schultern. »Wenn ich Einzelheiten über diesen Pfad wissen möchte, kann ich mich jederzeit durch sie daran erinnern.«

Rafe schlängelte sich hinter ihr her. »Das mit diesen Erinnerungen wollte ich dich schon immer mal fragen.«

Dion wich einem weiteren Zweig aus. »Es sind nicht meine Erinnerungen – es sind die der Wölfe. Ich lausche ihnen nur.«

Rafe grunzte zustimmend.

»Sie haben eine Art Stammeserinnerung«, erklärte sie. »Nichts von dem, was sie tun, geht wirklich verloren. Die Einzelheiten ihrer Wege, ihrer Jagden, ihrer Geburten, ihrer Tode ... das wird alles in jedem einzelnen Geist aufbewahrt. Sie tauschen ihre Erinnerungen durch den Rudelgesang aus. Wenn ich also etwas über einen bestimmten Ort wissen will, bitte ich Hishn, sich für mich daran zu erinnern.«

»Hört sich einfach an.«

»Wäre es auch«, gab sie zu, »wenn ich nicht meistens mehr als eine Erinnerung gleichzeitig empfangen würde. Wenn man mit den Grauen läuft, besteht das einzige Problem gerade in dieser gemeinsamen Erinnerung. Ich muß immer mehr als einen Wolf lesen. Wie bei diesem Weg hier ...« Sie zeigte auf den Pfad vor ihr. »Als ich Hishn nach der Abkürzung fragte, erhielt ich nicht nur die Erinnerung an das letzte Mal, als sie diesen Weg hier ging, sondern auch die Erinnerungen der anderen Wölfe.«

Rafe duckte sich unter einem Ast hindurch und lenkte sein Dnu um einen Felsbrocken herum. »Kannst du sie auseinanderhalten?«

»Gewissermaßen schon. Es wird jedoch noch Jahre dauern, bis ich genau weiß, worin sich Hishn von den anderen unterscheidet. Sobovi und Gray Yoshi sind schon seit über einem

Jahrzehnt miteinander verbunden, und noch immer fällt es Sobovi nicht leicht, die Erinnerungen zu unterscheiden.«

»Dann nehme ich alles zurück, was ich hinsichtlich ›einfach‹ gesagt habe«, sagte Rafe mitfühlend. »Ich habe schon genug Probleme mit meiner eigenen Erinnerung; jedenfalls hat mir das meine Mutter immer gesagt, als ich noch klein war.«

Dion lachte. »Siehst du die Stelle da vorn? Im letzten Jahr ist sie unterhöhlt worden. Man sieht den Erdrutsch, der diese Bäume umgerissen hat, noch ganz deutlich. Durch die Witterung in diesem Jahr wurde jedoch so viel Felsgestein freigelegt, daß der Weg wieder passierbar ist. Hishn lief vor einem Monat diesen Pfad entlang; die Erinnerungen der anderen Wölfe teilten mir den Erdrutsch vom vergangenen Jahr mit.«

»Was ist stärker?«

Sie zuckte die Achseln. »Die Eindrücke des Wolfes mit den jüngsten Erinnerungen sind immer auch die stärksten. Doch der Rudelgesang selbst ist wie eine eigene Gruppe von Stimmen im Hintergrund ... wie ein geistiges Echo. Da ich mit Hishn und nicht mit ihnen verbunden bin, sind Hishns Erinnerungen die einzigen, die meine Aufmerksamkeit erregen. Hishn lasse ich einfach in meine Gedanken gleiten. Bei den anderen Wölfen muß ich mich darauf konzentrieren. Nur wenn ich einem in die Augen schaue oder wenn sich viele von ihnen in der Nähe versammelt haben, kann ich sie ohne Anstrengung lesen. Dann werde ich wie Sobovi von ihrem Gesang davongetragen.«

»Wie bei der Ratsversammlung.«

»Es kann manchmal ganz schön verwirrend sein«, gab sie zu. »Deshalb schaue ich, wenn ich mit Hishn unterwegs bin, hin und wieder durch meine Augen und nicht durch ihre und meine gemeinsam.«

Er nickte. Dann verfielen sie wieder in Schweigen und schraubten sich weiter den Steilhang empor. Sie befanden sich jetzt ungefähr eine Stunde entfernt vom Hauptweg oberhalb der Goldgräbersenke, der letzten der Schwarzen Schluchten. Dion gedachte an dieser Stelle den tieferen Pfad zur Hundekehle hinein zu nehmen und den Phye dort an der Furt zu überqueren oder den oberen Weg oberhalb von Lepa Wall zu nehmen und sich selbst über den uralten Schacht durchzuschlagen. Der obere Weg war anstrengender, aber er verschaffte ihnen eine günstige Aussicht auf den Schacht. Die einzige wirkliche Gefahr dort waren die Lepa. Dion kaute nachdenklich an der Lippe. Lepa waren gewaltige Vögel mit einer Flügelspannweite von bis zu dreieinhalb Metern. Sie waren gefiedert, doch ihre Beine waren von schuppiger Haut überzogen. Sie hatten scharfkantige Schnäbel, die obendrein mit Zähnen ausgestattet waren, die Fleisch in Sekundenschnelle zerrissen. Ihre Klauen waren lang, die Spitzen scharf wie Glasscherben. Bewegungen entdeckten sie aus einer meilenweiten Entfernung und schossen wie Blitze von ihren Felswänden hinab. Traten sie in größeren Schwärmen auf, verdunkelte sich der Himmel. Sie fegten wie die Nacht über das Land und versammelten sich zu einer Gewitterwolke des Todes, die alles angriff, was sich bewegte. Dion richtete den Blick nach oben und beobachtete die vor der Sonne kreisende Gestalt. Es war Frühling, und die Lepa fanden sich vor allem im Frühling zu Schwärmen zusammen … Nein, rief sie sich in Erinnerung, die Zeit ihrer Wanderung war bereits vorüber. Bei den einzelnen Vögeln, die dort oben kreisten, konnte es sich nur um Elterntiere handeln, deren Junge außerhalb der Saison geschlüpft waren. Trotzdem lief ihr ein Schauer über den Rücken. Auch vier oder fünf dieser Kreaturen konnten eine tödliche Bedrohung darstellen.

Nachdem sie ein Stück weitergeritten waren, fiel die Nordseite des Berges steiler ab und entblößte die Basaltsäulen, aus denen der felsige Untergrund bestand. Als sie die letzte Schlucht erreicht hatten, konnten sie die gesamten Lepa-Klippen überblicken sowie bis hinunter zum Phye sehen. Die grünen Weiten der Hundekehle erstreckten sich vom Fuße der

Steilwand bis zu dem dunklen Streifen der Bäume, die den Fluß säumten. Obwohl der Fluß selbst vom Baumbestand verdeckt wurde, richtete Dion ihren Blick aufmerksam auf die andere Seite. Dabei kümmerte sie sich weniger um die saftigen Grünschattierungen – sie suchte etwas anderes: den Rauch aus dem Lager der Jäger, einen Farbklecks, der nicht in diese Landschaft gehörte, das Aufblitzen von Metall in der blassen Frühlingssonne. Falls sie wirklich dort waren, würde man ihren Rauch nicht als dünnen Faden oder schnurgerade aufsteigende Säule sehen, sondern vielmehr als kaum wahrnehmbare Wolke – wie ein winziger Nebelfetzen, der sich am Flußufer in den Baumkronen verfangen hat. Das Holz, das sie verwendeten, verbrannte sauber, und das Blätterdach in der Nähe des Flusses verteilte den wenigen Rauch wie ein Filter. Bis der Rauch sich über die Bäume erhob, war er mit dem bloßen Auge kaum mehr zu erkennen. Rafe überließ Dion die Bäume und sah sich statt dessen nach Norden und Süden um und konzentrierte seine Aufmerksamkeit auf die Suche nach unnatürlichen Bewegungen. Als sie ihn fragend ansah, hob er die Schultern. Nichts. Widerstrebend wandte sich Dion dem Gesang der Wölfe zu, öffnete Hishn ihre Gedanken und schmeckte über diese Verbindung die Eindrücke der Grauen, die rings um sie herum durch die Täler und Hügel streiften.

Bei ihrer geistigen Berührung jaulte Hishn sofort leise auf. *Wolfsläuferin!* Ihr Ruf ging hinaus, forderte die anderen Wölfe dazu auf, sich ihr anzuschließen, und schwache Echos hallten in Dions Kopf wider.

Sie lächelte unwilkürlich über die freudige Begrüßung durch die Meute. *Ihr ehrt mich, ihr Grauen.* Die Bilder waren durch keinerlei Hinweise auf Menschen, bei denen es sich um Jäger oder Flüchtlinge handeln könnte, getrübt.

Wolfsläuferin, sang einer der Wölfe. *Beeil dich – der Wind erhebt sich, und der Geruch des Wildes ist stark.*

Dion berührte ihre Wange. Der entfernte Eindruck kühler Luft fuhr darüber hinweg, doch er war nicht wirklich. Sie befand sich auf der Leeseite des Berges, von den niedrigen Zweigen der Bäume gegen den Abwind des Berghanges geschützt. Die Sinneseindrücke, die sie empfing, wurden auf dem Kamm eingefangen. *Ich danke euch,* sandte sie zurück, *aber ich muß weiterreiten. Die Jagd ist voll eröffnet.*

Die Enttäuschung der Grauen war deutlich zu spüren, doch das vorherrschende Element ihrer Bilder war der Hunger. Der Wolf, der sie angerufen hatte, zögerte kurz, bevor er davonstob und sich dem Rudel anschloß, das bereits den Pfad hinaufeilte. Dion verschloß ihren Geist vor den Bildern. Die Spur, die sich in die Bergflanke grub, war eindeutig zu sehen, der Pfad jedoch schwer zu begehen, und sie brauchte alle ihre Sinne auf diesem rauhen Untergrund, nicht nur den springenden Lauf der Wölfe. Das Dnu war eigens für derlei Bergtouren gezüchtet worden und fand seinen Weg allein, doch gab es genügend andere Gefahren, denen es auszuweichen galt – und die Redwoods waren nicht die bedrohlichste.

Weit von ihnen entfernt schwoll der Heißhunger der Wölfe an. Obwohl sie die Verbindung zu den anderen Wölfen abgebrochen hatten, bestand das Band immer noch über Hishn, und Dion schwelgte in dem herrlichen Gefühl sich streckender und anspannender Muskeln. Einen Augenblick ließ sie sich von der Jagd packen. Ein alter Hirsch wurde von der Herde getrennt und in ein von dichtem Unterholz bewachsenes Silberherzwäldchen getrieben. Ringsum glitten die Wölfe durch das Dickicht, schnappten nach den Flanken des Tieres. Eine Wölfin wagte einen Sprung, wich dem Geweih aus und erwischte den Hirsch an der Kehle. Er brüllte auf, taumelte unter ihrem Gewicht, und sofort hingen die anderen Wölfe an seinen Flanken, zogen ihn zu Boden. Dion zwinkerte. Sie erschauerte und verschloß ihre Gedanken noch fester.

Einige Meilen später quälten sie sich die letzte Kehre hinauf und drängten die Dnu über die Äste, die über den Weg gefallen waren. Offensichtlich befanden sie sich kurz vor dem Gipfel. Der Baumbewuchs wurde spärlicher, über ihnen öffnete sich der Himmel. Dion wußte nicht genau, wie nahe sie dem Hauptweg waren, doch konnte es sich höchstens um hundert Meter handeln. Einer der Grauen schnüffelte sich seinen Pfad zum Hauptweg durch, bevor er mit der Meute davonlief, und Dion wußte, daß sie mit dem Nachhall seiner Bilder den Hauptweg innerhalb weniger Minuten finden würde. Vom Gipfel aus war dann auch der Schacht selbst in Sichtweite.

Oben angekommen, hielten sie an und blickten zum Eingang des Schachtes hinüber. Von dort, wo sie standen, sahen sie den breiten, offenen Spalt, der diesen uralten Ort markierte. Der bearbeitete Fels erhob sich steil auf jeder Seite, bis er oben abrupt zu einem glatten Plateau abflachte. Das abgeflachte Trapezoid des Berges teilte sich in zwei Hälften, zwischen denen sich die weite Öffnung zu einem schmalen Kanal verjüngte. Es sah aus, als hätten die Alten den Berg zuerst mit einem Messer abrasiert und dann tief hineingeschnitten, um einen glatten Durchgang zu schaffen. Der Zugang zu diesem Kanal war wulstig abgerundet, wie Lippen, die sich trichterförmig in den dreiseitigen Schnitt einwölbten, und in der Mitte davon verlief eine flache Vertiefung, die immer tiefer und enger wurde wie eine Spurrille für das Messer der Alten.

Der Schacht war uralt. So alt wie die ersten Tage der Alten auf dieser Welt. Er war nicht der einzige seiner Art. Überall in allen Gemarkungen gab es Schächte. Ihre abgeflachten Gipfel waren eine ständige Erinnerung an die Himmelsgefährte, mit denen die Alten aus dem Himmel herabgekommen und wieder zu den Sternen zurückgekehrt waren. Im Gegensatz zu den kuppelförmigen Gebäuden lastete auf dem Schacht nicht der Fluch der Seuche, und doch hielten sich die Leute trotzdem lieber fern von diesem Ort, als brächte sie allein die Nähe zu ihm näher zu ihrem Pfad zu den Monden.

Trotzdem sah Dion das Gebilde wie verzaubert an. Dreimal schon hatte sie den Eingang zum Schacht gesehen. Jedesmal, wenn sie seine Ausmaße vor dem Hintergrund des Himmels erblickte, kam sie sich wie eine Stechmücke vor. Die Öffnung im Berghang sah zunächst nicht so groß aus, bis man sich daran erinnerte, daß sie ein Drittel des Berges ausmachte. Je näher man kam, desto atemberaubender türmten sich die Wände des Schachts über einem auf, erstreckten sich mit einer derartigen Wucht über einem in die Höhe, daß man ihn in seiner Gewaltigkeit eigentlich nicht recht erfassen konnte.

Die uralte Straße, die an dem bearbeiteten Massiv hinaufführte, würde sie zwei Stunden kosten. Oben auf dem abgeflachten Gipfel konnten sie bis zum Rand kriechen, hinunterblicken und in die Tiefe dieser engen, glatten Spalte schauen. Dions Haar stellte sich im Nacken und an den Armen auf, und ihr Zopf zuckte wie eine stachlige Schlange, wenn die losen Enden versuchten, sich gegenseitig beiseite zu schieben. Sie konnte auf diesem weichen, kühlen Rand liegen und in die Vertiefung blicken, die den Boden des Schachts zerteilte, und das Summen des Erdbodens würde ihre Knochen kitzeln und ihren Magen ängstlich erzittern lassen. Im Gegensatz zu anderen, die in der Nähe des Pfades über den Schacht verstohlen das Zeichen des Mondsegens schlugen, hatte sie keine Angst vor der Seuche. Nein, es war nicht die Krankheit, die ihren Magen flattern ließ. Es war das schiere Ausmaß dieses Dings. Wer kann eine derartige Macht verstehen, die sogar eine ganze Bergspitze abschneiden kann? Wer könnte sich je einen Kanal durch solides Felsgestein vorstellen? Dieser Schacht war nicht von Würmern ausgehöhlt worden – auf diese Weise hätte es Jahrtausende gedauert. Die Alten hatten ihre Installationen mit der Macht der Sterne errichtet, nicht mit der langsamen und soliden Kraft der Erde.

»Alles in Ordnung?« erklang Rafes besorgte Stimme. Dion schüttelte sich und blickte den Späher mit einem schiefen Grinsen an.

»Es macht mir zu schaffen«, gab sie zu.

Er nickte. »Ich habe es schon ein dutzendmal gesehen, und jedesmal schwöre ich mir, daß ich den Weg über den Schacht nie mehr nehmen werde, und jedesmal lande ich wieder hier.« Er nickte in Richtung Eingang. »Hier herrscht eine Macht, die man nur an den Stätten der Alten findet.«

Dion mußte sich zwingen, den Blick abzuwenden, und trieb ihr Dnu mit einem scharfen Befehl an.

Sie wanden sich weiter den Berg hinauf, bis dorthin, wo er von der Witterung freigelegt wurde, am Rand der Klippe entlang, und dann wieder erleichtert auf weicherem Erdboden. Eine halbe Stunde verging, dann eine Stunde, bis sie den Eingang des Schachts erreichten, und sie mußten die zunehmend nervöser werdenden Dnu auf den schwindelerregenden Weg zwingen. Aus einer derartigen Nähe gesehen, erstreckte sich der Rand des Schachts eine halbe Meile hinab und maß drei Meilen im Durchmesser. Die Straße, auf der sie sich voranbewegten, verlief direkt an der Kante, dort, wo das Gestein plötzlich endete und der glatte Schacht anfing.

Immer höher und höher lenkten sie ihre Dnu. Dion stand fast im Sattel, lehnte sich so weit nach vorn, daß sie fast auf dem Hals des Dnu lag, von wo sie ihm anfeuernde Schnalzlaute ins Ohr flüsterte. Nach einer weiteren halben Stunde entdeckte sie das Zeichen für die Abzweigung zum Lager der anderen Späher. Es befand sich nicht ganz auf dem Gipfel des Schachts. Dafür konnte es, versteckt unter einer überhängenden Klippe und sowohl vom Felsen als auch von Bäumen geschützt, nicht so leicht von oben entdeckt werden.

Dion stieg ab. Noch während sie sich umschaute, spürte sie einen plötzlichen Stich der Sorge in den Eingeweiden. Sobovi oder einer der anderen hatte sie treffen sollen, damit sich jemand um die Dnu kümmerte, solange sie unterwegs waren. Wo also waren sie? Sie sah sich sorgfältiger im Lager um. Weiter rechts befanden sich mehrere kleine Höhlen, in denen wasserdichte Packstücke aufbewahrt wurden. Vor ihr, dicht an die Felswand geschmiegt, lag die Koppel. Wie die anderen Waldkoppeln auch war sie aus Ästen des Eulenrindenbaums gefertigt. Diese Lager war schon früher benutzt worden, als die Menschen noch von einem Land zum anderen reisten. In den letzten paar Jahren war es reichlich zugewachsen, so daß es jetzt, wie Dion nach einen zweifelnden Blick auf die Koppel feststellte, eher einem Dschungel als einer Lichtung glich. Trotzdem mußten sie und Rafe ihre Dnu irgendwo lassen. Hier in der Koppel gab es zumindest genug Gras, um sie einen Tag lang mit Futter zu versorgen. Bis dahin würde auch Aranur hier eingetroffen sein.

Sie führte ihr Reittier am Zügel, fand die Öffnung der Koppel und schob das Dnu hinein. Sobald sie beide drinnen waren, zog sie ihm Sattel und Decke vom Rücken und klopfte dem Tier auf den Rumpf, um ihm zu signalisieren, daß es nach Belieben grasen durfte. Als sie damit fertig war, kam Rafe mit seinem Dnu heran und wiederholte ihre Handgriffe.

Die beiden sahen sich mißtrauisch um. »Keiner zu Hause«, sagte Rafe leise.

Sie überprüfte eine der Höhlen und sah, daß das Packstück unversehrt war. »Keinerlei Hinweis auf einen Kampf. Sie sind nicht vertrieben worden.«

»Aber wo stecken sie dann?«

Sie zuckte mit den Achseln. »Wir können nicht auf sie warten. Laß eine Ringbotschaft an der Koppel zurück. Sie werden sie sehen, wenn sie zurückkommen.«

Er nickte, zog einen kleinen Holzzylinder aus einer seiner Gürteltaschen und fing an, ein bestimmtes Muster hineinzuritzen. In der Zwischenzeit lud Dion ihr spärliches Gepäck von den Sätteln. Da sie nicht vorhatten, viel Zeit in Bilocctar zu verbringen, würden sie mit leichtem Gepäck reisen: genug Trockennahrung für den ersten Tag und darüber hinaus nur eine Notration; anstelle eines Schlafsacks nur eine dünne Decke, die bei einem Wetterumschwung auch als Cape dienen konnte; dazu pro Kopf einen Botabeutel Wasser; Dions Kräuterbeutel; und Rafes Fährtensucherausrüstung. Mehr brauchten sie nicht. Sie würden nur wenig schlafen und auf dem Rückweg im Gehen essen. Als Dion fertig war, hatte auch Rafe seine Botschaft geschnitzt und verschmierte die frischen Schnittflächen gerade mit einigen Farbstiften, die er stets mit sich führte. Er warf ihr einen Blick zu und reichte es ihr zur Begutachtung.

»Schön«, lautete Dions Kommentar. Die Machart war einfach und direkt, mit raschen Schnitten, die eine Reise entlang der Pfade andeuteten – etwa die Abkürzung zum Schacht hin –, und glattere Schnitte, die den problemlosen Verlauf der Reise bis hierher anzeigten. Die zusätzlichen Farben sagten etwas über das Wetter aus und erstreckten sich über den ganzen Stab, der nicht länger als Dions Mittelfinger war und trotzdem beredtes Zeugnis ihrer Unternehmung ablegte.

Er hielt ihn hoch. »Jede Wette, du würdest auch gerne einen Nachrichtenring wie diesen schnitzen können.«

Sie grinste und fuhr mit der Hand über ihr Heilerband. »Ich verstehe mich nur auf Schnitzereien an lebenden Körpern, und du kannst froh sein, daß diese Fertigkeiten hier nicht gefragt sind.«

»Amen.« Rafe erhob sich, zupfte zwei biegsame Grashalme aus und band den Nachrichtenring an den oberen Balken des Koppeltores. Wenn Sobovi und die anderen Späher zurückkehrten, würden sie die Nachricht lesen und, falls nötig, über Hishn Kontakt mit Dion aufnehmen. Ein schwacher Kontakt, wie Dion sie bereits vorgewarnt hatte, denn er ging durch zwei Wölfe hindurch und über viele Meilen hinweg, aber wenn wirklich Not am Mann war, würde er ausreichen. Der Späher betrachtete seine Arbeit voller Zufriedenheit, warf sich dann seine Marschausrüstung über die Schulter und folgte Dion aus dem Lager. Sie kletterten dort, wo die Dnu lange Schritte gemacht hatten, hinab, und als sie den Hauptweg erreicht hatten, gingen sie dort weiter und marschierten zum Gipfel des Schachts hinauf.

In Bilocctar, einige Ninans zuvor …

Usu starrte auf die Nachwehen des Kampfes. Wieder ein

Überfall. Sechs weitere Sklavenjäger tot. Ein ordentlicher Vorrat an Kleidern und Bauholz, aber nur wenige Lebensmittel.

Die Frau, die er Seiker genannt hatte, ging immer noch von einem Jäger zum anderen, wo einige der Widerstandskämpfer die sich windenden Gestalten auf dem Boden festhielten, bis sie kam und sie tötete. Sie war jetzt schon seit … vier oder fünf Ninans bei ihnen. Sie redete nie. Manchmal vergaß Usu, daß es sie überhaupt gab, aber die Jäger vergaßen sie nicht. Schon jetzt verbreitete ihr Name Angst und Schrecken unter ihnen. Die Strategie, sie in der eigenen Gruppe zu behalten, hatte sich als richtig erwiesen. Er bereitete sich keine Sorgen darum, daß er sie im Kampf verlieren könnte, denn da sie selbst nicht in der Lage war mitzukämpfen, hielt sie sich immer zurück, bis der erste Schlagabtausch erfolgt war. Wenn sie ihre Deckung verließ, schien es fast so, als hielten die Monde ihr sämtliche feindlichen Klingen vom Leib. Nur einmal hatte Usu sie verletzt gesehen, als es einem seiner Männer nicht gelungen war, den Jäger zurückzuhalten, der sein Messer bereits gezückt hatte und ihr einen Kratzer quer über die Rippen zufügte. Seiker schien es nicht einmal bemerkt zu haben. Sie wartete nur geduldig darauf, bis Usus Mann den Jäger entwaffnet hatte, und schlitzte ihm dann so ruhig und gelassen die Kehle auf, als hätte sie sich zu einer Tasse Tee niedergelassen.

Usu hielt Seiker nicht für stumm. Manchmal sang sie leise in der Nacht, wiegte sich dabei ein wenig, und ihre Hände verkrallten sich in der Luft, als wären sie immer noch an das Haar dieses Kopfes gefesselt. Ihre Augen waren jetzt nicht mehr so ausdruckslos, aber auf ihrem Gesicht zeigte sich nicht die geringste Regung.

Es hatte tagelang gedauert, bis die Schwellungen nachließen. Blein behauptete, die Seikerstacheln, die ihr Gesicht durchbohrt hatten, hätten den Augensack verfehlt und der Frau das Augenlicht gelassen. Blaue Augen. Wunderschön, hätte Usu gesagt, aber sie waren ausdruckslos wie Muksimstein im Licht.

Ein Kinee-Vogel zwitscherte, und Usu riß sich bei den gereizten Trillern aus seinen Gedanken. Er gab Anweisung, die Vorräte zu durchsuchen. Was sie selbst nicht gebrauchen konnten, schafften sie weg. Alles, was sie den Jägern wegnahmen, stellte etwas dar, wofür jemand – ihre Brüder, ihre Töchter – gelitten hatte. Alles würde in Sicherheit gebracht werden.

Einer seiner Männer, ein ehemaliger Händler, überprüfte die Halteseile an einem der vollgeladenen Karren. Er schaute nach hinten und suchte Usus Blick. »Welches Versteck?«

Usu biß sich auf die Lippen. »Gray Rocks«, entschied er. »Dort ist es am trockensten, und diese Ladung hier lassen wir lieber nicht feucht werden. Wenn sie naß wird, muß sie ein ganzes Jahr trocknen, und wir brauchen das Zeug bestimmt bald zum Wiederaufbau.«

Der andere Mann nickte. Er sprang auf den Kutschbock, packte die Zügel, schnalzte den Dnu zu und brachte sie dazu umzudrehen. Usu sah ihm nach. Wenn ihnen die Monde ihr Land von den Jägern zurückgaben, wenn sie wieder anfingen, ihre Häuser aufzubauen, dann würde es mittels dieser Werkzeuge, dieses Holzes geschehen. Wenn sie endlich wieder frei waren …

Es dauerte volle zwanzig Minuten, bis Dion und Rafe den Gipfel erreicht hatten. Als sie ganz unerwartet aus dem Schatten der Bäume herausgetreten waren, hätte es der Wolfsläuferin beinahe den Atem verschlagen. Jetzt ließ sie den Blick über das ausgedehnte Land unter ihnen schweifen. Hier herrschte keine Angst. Die Erhebung gab sie den Blicken nicht so preis wie eine Klippe: Die Baumwipfel breiteten sich wie ein sanfter grüner Teppich unter ihnen aus. Die Lepa, die am Himmel gekreist hatten, waren verschwunden. Als sie wieder zu Atem kam, blickte Dion zum Schacht hinüber. Da die Raubvögel nicht mehr jagten, mußten sie und Rafe keinen Angriff aus der Luft befürchten. Statt dessen, dachte sie sarkastisch, können wir uns der Stätte der Alten wegen Sorgen machen.

In einer Meile Entfernung zerteilte der Rand des Schachts den Berg in zwei Hälften. Er war kaum sichtbar, aber sie spürte, wie sich ihre Haare an den Unterarmen aufstellten. Langsam ging sie bis zur Kante vor, wobei sie lose Steine und Gestrüpp mied. Der Wind, der kalt über den abgeflachten Berg fegte, fuhr ihr mit dem Summen des Schachts bis ins Mark, und sie erschauerte. Ihr Schwert und ihr Messer schoben sich langsam am Gürtel aufeinander zu. Rafe stand neben ihr und zog eine Grimasse. Sie zogen beide die Jacken enger um sich, als die nächste Bö über das Plateau fegte und ihre ehemals geröteten Wangen erblassen ließ.

»Kalt wie ein Goldwäschergrab«, murmelte er.

Dion fragte nicht, ob er die Aussicht auf den Schacht lieber gemieden hätte. Wie schon bei dem Wasserfall am Teufelsknie wurde man unwillkürlich von diesem Ort angezogen.

»Mögen die Monde meine Passage sicher begleiten«, flüsterte sie, als die gegenüberliegende Wand des Schachts in Sicht kam. Ihr Schwert und ihr Messer hingen wie festgeklebt aneinander. Sie zuckten in Richtung Boden und ließen Dion im Wind taumeln, bis sie auf die Knie fiel. Als sie die Stelle erreichte, an der Erde und Bodenbewuchs dem weichen Material der Alten wich, wurde die Spitze der Scheide von dem glatten, magnetischen Wulst wie die Motte zur Flamme hingezogen. Die Pfeile in ihrem Köcher klumpten zusammen, ihre stählernen Spitzen drückten wie eine seltsame Beule gegen ihren Rücken. Von hier an mußte sie wohl bis zum Rand kriechen. Rafe hatte sich bereits leichtfüßig auf den Weg gemacht, doch Dion hatte keine Eile. Nachdem die Ausdehnung des Schachts sichtbar wurde, ballte sich die Faust in ihrem Magen fest zusammen, und nur noch mit Mühe konnte sie ihr Zittern unterdrücken. Sie kroch eine weitere Körperlänge vorwärts und schloß einen Moment lang die Augen, um sich auf der Klippe zu behaupten. Das Summen in ihren Knochen schwoll an, bis die bloße Luft rings um sie herum zu vibrieren schien. Dort, wo ihre Tunika an ihrer Haut scheuerte, kitzelten die Härchen, stellten sich gegen den Stoff auf, und Dion hielt den Atem an, zwang sich noch näher heran. Als sie Rafe erreichte, ließ sie sich auf den Bauch fallen und wand sich soweit voran, bis die Passage offen vor ihr lag. Sie mußte ihre Klingen daran hindern, senkrecht in die Luft zu stehen.

»Bei den Göttern«, keuchte sie.

»Und bei noch mehr Göttern«, fügte Rafe hinzu. »Sieh dir das an. Stell dir die Geisteskraft vor, die das hier erschuf.«

Sie nickte und sah hinunter. Von der Stelle aus, an der sie lagen, betrug die Entfernung zur anderen Seite des Schachts fast drei Meilen. Am äußersten Rand war er vier Meilen breit, und er verjüngte sich an seiner schmalsten Stelle bis auf höchstens fünfzig Schritte Durchmesser. Die beiden Seiten des Trichters verschmolzen zu einem schmalen Grat, der im Tageslicht schimmerte, mit nur einer dünnen Lichtspur – dort, wo er sich zur anderen Seite des Berges hin öffnete, dort, wo der Berg senkrecht gespalten war.

Nachdem sie sich aus ihren Tagträumen gerissen hatte, schob sie sich langsam wieder zurück. Ein Stück weiter weg wechselten sie einen langen, fragenden Blick und schüttelten die Köpfe angesichts des gewaltigen Kanals. Es war nicht leicht, diesen Eindruck wieder aus den Gedanken zu verbannen. Nachdem sie ihr Gepäck aufgenommen und ihre verhedderten Pfeile geradegeschüttelt hatten, wurde ihr Blick wieder wie magisch angezogen. Schließlich machten sie sich davon. Das Summen in Dions Knochen wurde schwächer, so daß nur noch das Jucken der Härchen an ihren Armen sie daran erinnerte, daß sie sich an einer Stätte der Alten befand.

Sie überquerte die Rundung der Klippe und stand an der Kante. Einen Moment lang ließ die Höhenangst sie ein wenig taumeln, dann schwächte sie sich jedoch zu einem festen Griff um ihre Eingeweide ab. Sie kämpfte dagegen an und trat auf einen Felsvorsprung, der über den Abgrund hinausragte.

»Du siehst aus wie eine Ziege, die ihr Lieblingsgras auf einem weit entfernten Hang entdeckt hat«, sagte Rafe leise lachend.

»Wenn ich wie eine Ziege aussehe«, sagte sie, »dann siehst du – Mondwürmer!« Sie verstummte, und ihre Augen weiteten sich. Dann warf sie sich auf den Bauch und kroch langsam voran, bis sie über den Rand des Vorsprungs lugen konnte. Rafe war sofort neben ihr.

»Bei den Göttern…«

Sie nickte. »Sieh dir das Lager an. Direkt unter uns … kaum hundert Meter.«

»Jäger«, keuchte er und starrte wie gebannt hinunter. »Wir könnten ihnen auf den Kopf spucken, wenn der Wind die Spucke nicht vorher wegträgt.«

»Du kannst spucken, wenn du willst«, murmelte sie. »Ich würde lieber einen Felsbrocken nehmen.«

»Oder gleich mehrere«, pflichtete ihr Rafe bei. »Was glaubst du, wie viele von denen da unten sind?«

Sie schüttelte den Kopf. »Fünfundfünfzig? Sechzig? Vielleicht sogar mehr als hundert?«

»Haben sie dich gesehen?«

»Keine Ahnung.«

Sie schwiegen einen Moment. »Dort … Richtung Westen.« Rafe zeigte in die Richtung. »Da rollt ein Wagen heran. Vielleicht Nachschub?« vermutete er.

»Oder noch mehr Baumaterial. Das hier sind feste Blockhütten. Ein wenig robuster, und es wären Forts.«

Rafe stieß den Atem aus. »Forts. Und das an dieser Stelle.«

»Direkt an der Furt über den Phye.« Sie beobachtete den Flußlauf aufmerksam. »Hier kommt niemand mehr ohne ihr Wissen hindurch. Dieses Lager hier hat die Nordgrenze verschlossen wie ein Korken eine Flasche.«

»Mit Ausnahme des Schachts selbst.«

»Der Schacht …« Ihre Stimme verlor sich, und dann fuhren sie und Rafe im selben Augenblick herum.

Aber dort war niemand. Mit leicht peinlichem Lächeln widmeten sie ihre Aufmerksamkeit wieder dem Lager.

»Wie also wollen wir die Wölfe und ihre Wolfsläufer aus Bilocctar hinüberschaffen?« Dions Stimme klang besorgt.

»Über den Schacht?« fragte Rafe zweifelnd.

Dion schüttelte den Kopf. »Ich kann mir nicht vorstellen, wie ich diesen Weg mit voller Geschwindigkeit laufe – du etwa? Selbst wenn wir den Weg über den Schacht nehmen, erfahren es die Jäger. Innerhalb weniger Stunden hätten sie uns auf der anderen Seite, wo wir wieder hinunterkommen müssen, einen Hinterhalt gelegt. Wir würden ihnen erneut direkt in die Arme laufen.«

»Mondwürmer«, murmelte er. »Es war doch kein besonders komplizierter Plan. Wie kann eine einzige Sache wie dieses blöde Lager ihn zerstören?«

Dion lachte leise. »Vielleicht ist es ja nicht so.« Sie zeigte auf einen Baumstumpf, der auf dem Fluß heranschaukelte; hundert Meter südlich von der Furt lief er auf Grund, drehte sich langsam, bis sein Wurzelballen feststeckte und der Stamm sich zwischen zwei großen Felsbrocken verkeilte. Dieser Teil des Flusses war noch von anderem Schutt und Geröll verstopft, doch dieser Stamm war ein größeres Hindernis, dessen Körper eine Brücke bildete, die sich über drei Viertel des Wegs über die Stromschnellen erstreckte.

Rafe grinste. »Segnen dich die Monde immer auf diese Art und Weise?«

»Erkennst du denn nicht meine Herkunft an meinen Augen?« Sie blinzelte ihn mit ihren klaren violetten Augen an, und er lachte auf.

»Wenn du eine Mondkriegerin bist, dann bin ich ein Dnu.« Er schüttelte den Kopf. »Aber dieser Baumstamm ist pures Glück. Wenn er dort bleibt …«

Sie beobachteten ihn angespannt. Der Phye gurgelte unter dem Stamm hinweg und hob ihn so weit an, daß er sich zu großen Teilen oberhalb des Wassers befand. Einer der kleineren Stämme riß sich los, schob sich langsam über ihn und nahm dann rasch Geschwindigkeit auf, nachdem ihn der Fluß wieder in der Gewalt hatte und mit sich riß. Die anderen Trümmer verharrten an Ort und Stelle.

Rafe schürzte die Lippen und betrachtete die behelfsmäßige Brücke, als hätte er einen dreibeinigen Vogel vor sich. »Wie lange dauert es hinunter zu Moiras Arbeitslager und wieder zurück?«

»Da sich die Jäger auf den Wegen herumtreiben – einen Tag. Es sind ungefähr sechsundzwanzig Meilen.«

»Und wir können uns nicht darauf verlassen, daß dieser Damm bis zu unserer Ankunft hält.«

»Richtig. Außerdem wissen wir nicht, ob die Wölfe das offene Wasser am anderen Ende überqueren können.«

»Da liegen einige Felsbrocken zwischendrin.«

»Aber sehr weit voneinander entfernt.«

Er seufzte. »Die ganze Angelegenheit ist ein einziges Risiko.«

»Darauf waren wir eingestellt.«

Er nickte. »Aber das hier …«

Dion schüttelte den Kopf. »Haben wir denn eine andere Wahl? Wenn wir die Furt nehmen, entdecken uns die Jäger mit Sicherheit. Nehmen wir diese Seite des Schachts, werden uns die Jäger auf der anderen Seite garantiert erwarten. Wenn wir bis zur Nordseite des Schachts gehen, sind wir nicht nur tagelang unterwegs, sondern durch Raubtiere und Erdrutsche größeren Gefahren ausgesetzt als hier durch die Jäger. Wenn ich mir die Möglichkeiten so ansehe, fällt die Entscheidung für die Stämme leicht.«

»Ich weiß. Aber verdammt noch mal!« erwiderte er vehement. »Was ist, wenn sie nicht mehr hier sind?«

Nach einem langen Blick auf den Flußlauf kroch Dion vorsichtig zurück. »Ich glaube nicht«, sagte sie gedehnt, »daß ich näher darüber nachdenken möchte.«

15

Sturmwolken verdunkeln sich;
Gefangenschaft droht;
Verrat fegt über das Land.
Durch die Schwarzen Schluchten läuft die Meute;
Mit von Verrat entfachtem Geheul.
Die Grauen rufen; fliehend zieht das Rudel vorüber;
Wolfsläuferin, komm mit uns oder stirb.

Am Südrand der Schwarzen Schluchten schritt Aranur ungeduldig auf der Lichtung auf und ab. Sie hatten vor kaum fünf Minuten eine kleine Rast eingelegt, doch er war schon wieder gereizt und hatte es eilig, schleunigst wieder aufzubrechen. Es würde mindestens noch einmal fünf Minuten dauern, denn die Dnu tranken gierig und ausgiebig am Wasser. Er warf einen Blick zur Sonne hinauf und ließ ihn dann über die Gruppe wandern. Zehn Bogenschützen, fünf Schwertkämpfer, dazu er selbst, Tehena und Gamon. Er hätte lieber noch mehr Bogenschützen gehabt, da es sich um einen Hinterhalt und nicht um einen offenen Kampf handeln würde, doch für alle Fälle hatte er auch auf einer Handvoll Schwertkämpfer bestanden – sie hatten keine Ahnung, wie viele Jäger Dion und den anderen Kundschafter über die Grenze verfolgen würden. Tehena, die Strategin, hatte er nur aufgrund von Gamons Unnachgiebigkeit mitgenommen. Sein Onkel war der Meinung, sie solle noch etwas Erfahrung sammeln, und dieser Hinterhalt sei eine gute Gelegenheit. Da Dion – zusammen mit dem anderen Kundschafter – den Lockvogel spielen mußte, war sich Aranur dessen nicht ganz sicher. Wenn er ehrlich war, dachte er säuerlich, mußte er sich den anderen Grund eingestehen, nämlich daß er lieber auf Tehenas Gesellschaft verzichtet hätte; sie war eine anstrengende Frau. Sie war kein bißchen nachgiebig, nicht einmal Dion gegenüber, dem einzigen Menschen, für den sie bedingungslose Loyalität empfand. Sie redete nur sehr selten, und wenn, dann waren ihre Worte so giftig, daß selbst Gamon zusammenzuckte. Warum sein Onkel darauf bestanden hatte …

Er seufzte. Gamon hatte darauf bestanden, weil Tehena trotz all ihrer Mängel eine verdammt gute Strategin war. Da sie Taktik nicht in Schulen studiert hatte, die auf ihr Denken oder ihre Gefühle Rücksicht genommen hätten, verfügte sie über Fähigkeiten, mit denen sie sich um jedes Hindernis herumschlängeln konnte; sie sucht die Ariyaner entsprechend dem Terrain aus, und wenn sie nicht die Krieger bekam, die sie brauchte, wechselte sie das Terrain. Man vergaß allzu leicht, wie jung sie noch war. Mit ihren siebzehn Jahren sah sie aus wie dreißig. Ihr dünnes Haar hing strähnig herunter, und auf ihren dürren Gliedern saß auch nach fast einem Jahr guten Essens so gut wie kein Fleisch. Das hatte ihr die Droge Dator angetan, die sie zuerst abhängig gemacht und dann hatte altern lassen, und selbst Dions Bemühungen waren nicht dazu imstande, ihr auch nur einen einzigen Monat ihrer Jugend zurückzugeben. Wenn er sie jetzt so betrachtete, in ihrer Verschwiegenheit, ihrem argwöhnischen Mißtrauen, fragte er sich ernsthaft, ob sie jemals ein Kind gewesen war.

Kaum waren sie eine Meile weitergezogen, beschlich ihn ein merkwürdiges Gefühl. Er ritt als letzter, hatte Gamon die Führung überlassen und überprüfte ihre Spuren peinlichst genau. Schon zweimal, zuletzt etwa vor einer halben Meile, war, als er sich umgedreht hatte, ein Schatten zwischen den Bäumen verschwunden. Er schaute sich um, doch Hishn war nicht da. Mondwürmer! »Jans«, rief er leise nach vorn. »Achte auf den Wald. Sag's weiter. Da ist etwas hinter uns her.«

Rasch wurde die Nachricht bis nach vorn weitergegeben. Sobald sie die nächste größere Baumgruppe erreicht hatten, blieb Aranur stehen und ließ sein Reittier kehrtmachen. Auch die anderen Reiter hielten auf dieses Zeichen hin an. Er blickte auf den Weg hinter ihnen. Wartete. Geduldig. Wartete.

Dort – er hatte recht gehabt. »Seht!« rief er leise. Zwei Männer und eine Frau stiegen ab und stellten sich neben sein Dnu, wobei sie sich vorsichtig halb hinter den Baumstämmen versteckten. Aus der Entfernung in der sich der sie verfolgende Reiter befand, waren sie nur schwer zu entdecken, zumal in ihren grünbraun gestreiften Kleidern. Wieder erfolgte die Bewegung. Jemand kam hinter ihnen den Weg herauf.

»Was zum ...« Aranurs Augen verengten sich.

»Das ist kein Mann«, sagte die Bogenschützin leise. »Auch keine Frau ... höchstens eine sehr kleine.«

Aranur fluchte heftig. »Verdammte Worlagbrut, elendes Rastin-Ködergeschmeiß.« Er stieg ab. »Halt mein Dnu.« Er reichte einem der Männer die Zügel. »Ich schließe später wieder zu euch auf.«

Der Mann zauderte. »Ich weiß nicht so recht ...«

Aranur grinste trocken. »Mir gefällt die Sache auch nicht besonders, aber wenn ich den Jungen schnappen will, dann muß ich es schaffen, wie ein Geist hinter einem dieser Bäume hervorzutreten, sonst verscheuche ich ihn.«

»Jungen?« fragte die Frau ungläubig und richtete den Blick wieder auf den Weg. Allmählich dämmerte es ihr. »Du meinst Tomi? Er ist dir und Dion wie ein Hündchen hinterhergelaufen ...«

Aranur nickte. Er zog eine Erste-Hilfe-Packung hinter seinem Sattel hervor und legte sie in die Vertiefung zwischen zwei Baumwurzeln. Tomi würde es dort nicht auffallen, und falls die Sache nicht gut ausging, würde Aranur sie vielleicht brauchen.

Der Mann, der sein Dnu hielt, schüttelte den Kopf. »Willst du damit sagen, der Junge folgt uns schon seit der Stadt?«

Aranur nickte knapp. »Und wahrscheinlich ist dort noch niemandem aufgefallen, daß er abgehauen ist.«

»Brauchst du Hilfe? Was ist, wenn dir etwas zustößt, während du uns einholen willst?«

»Nicht nötig. Gray Hishn warnt uns rechtzeitig vor allen Gefahren.«

Der stämmige Krieger nickte langsam. »Hat dich die Graue verlassen und ist zu ihm gelaufen?«

»Dion muß klar gewesen sein, daß Tomi uns nachkommt. Sie steht noch immer in Verbindung mit Hishn, auch wenn die Entfernung ungewohnt groß ist. Falls Hishn den Jungen gewittert hat, dann weiß Dion Bescheid und macht sich bestimmt große Sorgen um ihn, wenn er allein durch die Gegend reitet.« Er schüttelte angewidert den Kopf. »Sie hätte Hishn gebeten zurückzulaufen. Mir fällt kein anderer Grund dafür ein, daß eine Graue mit einem Jungen läuft, der Angst vor Wölfen hat.«

»Warum hat sie Hishn nicht erzählen lassen, daß der Junge uns verfolgt?«

Aranur lächelte grimmig. »Ich kann nicht selbst zu den Wölfen reden, es sei denn, ich konzentriere mich auf Hishn, und so kann ich auch nie wissen, ob es zwischen uns etwas zu bereden gibt. Später werde ich gemeinsam mit Hishn auf unseren Kontakt warten – das brauchen wir für den Hinterhalt –, und zu diesem Zeitpunkt ist die Graue uns beiden räumlich sehr nahe. Auf diese Entfernung hier muß Dions Verbindung sehr schwach sein. Außerdem …« Er zuckte mit den Achseln. »Dion weiß, daß es nicht lange dauert, bis wir merken, daß wir verfolgt werden.«

Die Frau schwang sich wieder in den Sattel. »Wir halten am

Grund der nächsten Schlucht. Wenn du uns bis dahin nicht eingeholt hast …«

»Danke. Jetzt macht euch aber auf den Weg.« Aranur warf einen Blick zurück. »Es wird nicht mehr lange dauern, bis er diese Bäume hier sieht.«

Wieder ging die Nachricht durch die Reihe, und die Reiter trieben ihre Dnu mit Zungenschnalzen an. Innerhalb weniger Minuten waren sie hinter der nächsten Wegbiegung verschwunden. Aranur lehnte sich an den Baumstamm und wartete.

Acht, vielleicht zehn Minuten später hörte er das leise Klingen eines Hufes gegen einen Stein. Nach einer weiteren Minute hörte er das gleiche Geräusch noch einmal, gefolgt vom leisen Kollern anderer losgetretener Steinchen. Als das Geräusch näher kam, riskierte er einen Blick um den Baum herum.

Es war tatsächlich Tomi. Der Junge sah nervös aus, doch Aranur konnte nicht sagen, ob es an dem Wolf lag, der da vor ihm hertrottete, oder an den tanzenden Schatten des Waldes rings umher. Hishn mußte gewußt haben, wo sich Aranur versteckte: die Wölfin witterte ihn einfach. Er konnte sie nicht bitten, ihn zu ignorieren – es bestand keine Möglichkeit, zu ihr Kontakt aufzunehmen, solange sie ihm nicht direkt in die Augen sah. Verdammt, er mußte es riskieren, daß der Junge ihm entwischte.

Die Wölfin verschwand nach dem nächsten Satz im Unterholz und tappte hinter dieser Deckung auf ihn zu. Aranur regte sich nicht. Er drehte sich um und sah die gelben Augen, und ihre Stimme war wie ein grauer Schock in seinem Kopf.

Aranur.

Graue, dachte er ruhig und so klar er konnte. *Du ehrst mich. Das Junge hat Angst vor mir.*

Hishn klang enttäuscht, und Aranur hätte fast gelächelt. *Vielleicht hat er Angst* – er formulierte die Worte vorsichtig – *aber er ist offensichtich fest entschlossen. Laß mich das machen.*

Die Wölfin drehte sich um und trottete weiter, als hätte sie sich lediglich für einen Bau am Wegrand interessiert, und Aranur ließ den Atem geräuschlos entweichen. Tomi ritt jetzt näher. Fast schon konnte er das schnaubende Atmen des Dnu hören … Er wartete noch etwas länger, schätzte die Entfernung ab, und dann …

Er trat auf den Weg und packte das Reittier beim Zügel. »Brrr«, befahl er dem Dnu.

Tomi, der nur eine dunkle Gestalt aus dem Wald treten sah, schrie laut auf. Er zerrte an den Zügeln, und das Dnu bäumte sich auf. Voller Angst schlug es mit den Hufen nach Aranurs Schultern.

»Runter!« Aranurs Stimme knallte wie eine Peitsche. »Tomi, ich bin's, Aranur!«

Der Junge erstarrte, kauerte sich im Sattel zusammen, und Aranur, der ihm gerade noch etwas zurufen wollte, starrte ihn jetzt sprachlos an. Er hatte nicht daran gedacht. Tomis Gesicht war ausdruckslos, seine Schultern krümmten sich unter dem erwarteten Hieb. »Ist ja gut«, besänftigte Aranur das Dnu, wobei er eher zu dem Tier als zu dem Jungen sprach, damit sich Tomi an seine Anwesenheit gewöhnen konnte. »Schsch, ist ja alles in Ordnung.«

Die Lippen des Jungen waren fest zusammengepreßt, und sein Rücken beugte sich erneut.

Aranur machte ein ärgerliches Geräusch. »Ich will dich doch gar nicht schlagen, Junge. Aber ist dir denn nicht klar, in welche Gefahr du dich begeben hast?«

Tomi nickte kaum merklich.

»Warum, bei allen Mondwürmern Ariyes, bist du uns dann gefolgt?«

Der Junge sagte nichts. Mit einem unterdrückten Fluch deutete ihm Aranur an, er solle im Sattel zurückrutschen, dann schwang er sich vor ihm auf das Reittier und legte die dünnen Arme des Jungen um seine Taille. Gray Hishn schaute schweigend zu. Die gelben Augen der Wölfin glühten matt, und Tomi preßte die Lippen aufeinander, aus Angst, Aranur würde spüren, daß er des Wolfes wegen so schrecklich zitterte.

Innerhalb einer halben Stunde hatte Aranur die Gruppe eingeholt. Gamon hatte sie herankommen sehen und auf einer Hügelkuppe anhalten lassen. Der Pfad war zu schmal, als daß er hätte umdrehen können, um allein mit seinem Neffen zu reden, und so winkte ihm der alte Mann nur einfach zu, drehte sich um und setzte sein Dnu wieder in Bewegung.

Es kostete Dion und Rafe fast eine ganze Stunde, den Gipfel des Schachts zu überqueren und auf der anderen Seite wieder hinabzusteigen. Es dauerte nochmals drei Stunden, das zweite Lager der Jäger zu umgehen und den Weg nach Süden einzuschlagen. Inzwischen wurde es allmählich spät, und die kalte Frühlingsluft auf ihrem Schweiß ließ sie unangenehm frösteln. Tief in das Unterholz auf der tiefergelegenen Seite des Schachts geduckt, zeigte Dion auf einen der Pfade, die gen Süden führten. Rafe nickte und bewegte sich wie ein Geist auf den Pfad zu, wobei seine ledernen Leggings geräuschlos an den Zweigen, die sich über den Weg neigten, vorbeistrichen. Einen Augenblick darauf war er verschwunden. Dion erhob sich, um ihm zu folgen; ihre Sinne waren dermaßen geschärft, daß sie Rafes leises Atmen und seinen zurückgebliebenen Geruch aufnahmen.

Sie bewegten sich so lange auf dem Pfad voran, bis sie tief im Dickicht der Bäume waren, wichen seitlich in das immer dunkler werdende Unterholz aus, wenn die Pfade unkenntlich wurden, entdeckten schließlich den Hauptweg und folgten ihm eine lange Strecke Richtung Süden. Sie hielten erst an, als sie mehrere Meilen zwischen sich und das Lager der Jäger gebracht hatten, und das Zwielicht der Dämmerung ließ sie den Weg, den sie weiterhin verfolgten, mehr erahnen als sehen.

Rafe hielt an, schnaufte tief durch und streckte die Beine

aus, bis sie ohne Krämpfe abkühlten. Er sah sich um. »Der Ort hier scheint ein ganz guter Rastplatz zu sein«, schlug er vor.

Dion nickte. Auch sie dehnte und streckte ihre Muskeln, rollte die Schultern und hob schnaufend die Arme in die Luft, bis sich ihre Atmung einigermaßen normalisiert hatte. Ihre Waden schmerzten, ihre Füße fühlten sich geschunden an. Sie hatte nicht damit gerechnet, daß sie vor dem Rückweg so lange laufen mußten, und mehr als einmal war sie höchst unangenehm auf spitze Steine getreten. Als ihr plötzlich die Hitze in die Glieder schoß und sich der Magen mit scharfem Grimmen in Erinnerung brachte, verzog Dion das Gesicht. Sie war näher bei Hishn, als sie vermutet hatte. Auf diese Entfernung war Hishns Heißhunger stärker, als sie ihn empfinden wollte.

Die Nacht verlief ruhig, doch der Schlaf, nach dem es Dions Körper verlangte, stellte sich nicht ein. Statt dessen starrte sie mit schmerzenden Beinen und vor Müdigkeit brennenden Augen in das Blätterdach über ihr. Der verhangene Himmel verdeckte das meiste Mondlicht, so daß nur sehr wenig durch die Blätter sickerte und den feuchten Waldboden ringsum besprenkelte. Ein Stück weiter links von ihr kroch ein Nachtgeschöpf seines Weges; der raschelnde Schwanz versicherte Dion, daß es sich nicht um eine Schlange handelte. Voller Neid betrachtete sie Rafes dunkle Silhouette. Er hatte sich kaum hingelegt, da war er auch schon eingeschlafen. Dion konnte in ihrer weichen Schlafdecke nur mit brennenden Augen in den Himmel starren.

Am Morgen wachte Rafe als erster auf. Er mußte Dion nicht anrufen, denn das leise Rascheln seiner Lederkleidung auf den Wurzeln ließ sie sofort die Augen aufschlagen. Mit einer eleganten Bewegung rollte sie sich aus der kleinen Mulde, in die sie sich gebettet hatte, und erhob sich. Rafe grinste sie an. »Auch dir einen guten Morgen, Heilerin.«

Sie streckte sich. »Er ist gut genug«, stimmte sie ihm zu. Er wäre noch besser gewesen, wenn sie nicht so unruhig geschlafen hätte. Sie verbrachte nur sehr selten eine Nacht im Wald ohne Hishn, und es war ihr nicht bewußt gewesen, wie sehr sie davon abhing, daß die Wölfin sie vor den Bewohnern der Nacht warnte.

Rafe warf einen Blick auf ihre müden Augen und kramte in seinem Bündel. »Warmes oder kaltes Frühstück?«

»Kalt«, erwiderte Dion widerstrebend. »Es ist windig, und die Jäger können mit Hilfe des Wölfe jedes Feuer entdecken.«

Rafe verzog das Gesicht und zog Trockenobst und Trockenfleisch aus dem Tornister, während sie sich an einem Pißbaum, den sie schon am Abend bemerkt hatte, erleichterte. Nachdem die Alten damals gelandet waren, hatten sie diese Bäume auf dem ganzen Kontinent ausgesät. Durch die Vertiefungen zwischen ihren Wurzeln und den darin gedeihenden Bakterien roch es immer sehr angenehm rings um diese Pißbäume, auch wenn sie Exkremente aller Art verarbeiteten. Dion kam mehrere Minuten später zurück, als Rafe erwartet hatte, doch sie hatte beide Hände voller süßer, weißer Lilienknospen.

»Ich habe mir schon Sorgen gemacht«, sagte er ruhig und betrachtete ihre Beute.

Dion reichte ihm die Hälfte der Knospen. »Diese Gelegenheit konnte ich mir einfach nicht entgehen lassen. Sie waren an einem kleinen Hang versteckt, aus dem ein kleiner Quell sickerte – man kann es vom Weg aus nicht sehen, und wenn die Wölfe die Jäger nicht ausgerechnet dorthin führen, wird niemandem auffallen, daß ich dort gegraben habe.«

»Ich hatte nicht vor, mich mit dir deswegen zu streiten«, gab er dankbar zurück. Einer der Vorteile, mit einem Wolfsläufer zu reisen, bestand darin, daß der stets das allerbeste Essen ausfindig machte. Wir laufen bestimmt keine Gefahr, hungern zu müssen, dachte er, selbst im Frühling gibt es hier überall genug zu essen: die zarten Frühlingstriebe der meisten Pflanzen waren genießbar, und die wenigen giftigen konnten unter Verwendung der Entgiftungspflanzen, die die

Alten entwickelt hatten, ausgekocht werden. Wenn man den Sud und den aufgedunsenen Brei der Entgifter wegschüttete, ließ sich sogar aus dem Burberrry-Busch ein nahrhaftes Mahl oder aus Kisacac eine heiße Suppe zubereiten.

Während sich Rafe einen eigenen Pißbaum suchte, schälte Dion die ölige Außenhaut der Knospen ab. Bis er zurückkam, waren die Knollen säuberlich geschält und eßfertig, und die Stengel Fiedlerfarn, die sie inzwischen gesammelt hatte, von den Käfern, die sich in ihren Ranken versteckten, gesäubert.

Sie aßen rasch. Nach wenigen Minuten waren sie schon wieder unterwegs. Es dauerte eine ganze Meile, bis Dions Muskeln warm waren, und kurz darauf war es ihr so heiß, daß sie sich bis auf die leichtere Montur auszog. Sie kamen gut voran. Gegen Abend, vermutete Dion, würden sie das erste der von Moira genannten Lager erreichen. Die geflohene Älteste hatte ihnen erzählt, daß die Wolfsläufer an einer abseits gelegenen Stelle einquartiert waren, als wäre ihre separate Unterbringung ein Privileg. Dion fragte sich jedoch, ob nicht die Jäger vielmehr die abgesonderten Quartiere deshalb eingerichtet hatten, damit die Dorfbewohner nicht sahen, unter welchen Bedingungen die Wölfe und ihre Partner zur Mitarbeit gezwungen wurden. Auf diese Weise mußten die Dörfler davon ausgehen, daß die Wölfe aus freien Stücken mit den Jägern zusammenarbeiteten.

Der Wind wehte heftig, und der Geruch, den er mit sich führte, ließ Dion in der Bewegung erstarren. Rafe folgte sofort ihrem Beispiel.

»Riechst du das?« keuchte Dion so leise, daß Rafe sie nur mit Mühe verstand.

Er zog die Stirn kraus und schloß die Augen, um die Gerüche besser voneinander unterscheiden zu können. Urin, Blut, der scharfe Geruch vergossener Eingeweide – vor ihnen lag der Tod. Dem Geruch nach ein ziemlich alter Tod.

Dion schlich schon weiter, schob sich in geduckter Haltung durch die Büsche, noch unterhalb der Wuchshöhe der Pflanzen, die in dem fauligen Wind hin und her wogten. Sie gab Rafe ein Zeichen; er sollte ein wenig zurückbleiben. Rafe nickte, legte einen Pfeil in den Bogen ein und schlich erst dann weiter, als sie aus seiner Schußlinie heraus war. Sie konnte ihn nicht hinter sich hören, doch seine Gegenwart verlieh ihr ein Vertrauen, das sie sonst nicht verspürt hätte. Sie atmete vorsichtig, hielt das Geräusch, so gut es ging, unter Kontrolle. Das Herz schlug ihr bis zum Hals. Aus der Ferne versuchte Hishn sie zu erreichen, ein langgezogenes leises Jaulen, das sie von den Geräuschen vor ihr ablenkte. Sie verschloß die Gedanken und spitzte die Ohren. Noch ein Meter. Schon konnte sie die Lichtung fast sehen. Dieses Geräusch ... das waren Waldkatzen ... Dion bewegte sich langsamer, setzte nur noch langsam einen Fuß vor den anderen. Nicht weit entfernt saßen mehrere Burbur-Hülsen wie eine Gruppe runzliger alter Männer auf ihren Gesäßknochen und schauten den Katzen mit argwöhnischer Geduld zu. Erst wenn die Katzen fertig waren, würden die Burburs sich auf die Aasreste stürzen, sich die Beutelwangen vollstopfen und damit zu ihren Bauten zurückeilen. Im Gegensatz zu den Wölfen – die zuerst fraßen und das Essen dann für ihre Jungen wieder hervorwürgten –, verstauten die Burburs das Futter nur in ihren Mäulern und ließen das Fleisch für ihre hungrigen Nachkommen vom eigenen Speichel weichmachen. Dion biß sich auf die Lippen, als sie sie erblickte. Wenn sie die fressenden Katzen nicht verärgern wollte, konnte sie nur aus der Ferne einen Blick auf die Lichtung wagen. Nur noch ein Strauch ...

Sie kauerte sich hinter einen Dornbusch und schob vorsichtig zwei stachelige Ranken nach unten.

Bei dem Anblick, der sich ihr bot, mußte sie einen entsetzten Schrei zurückhalten. Die Waldkatzen fraßen gierig, doch was sie da durch den Schmutz und das Gras gezogen hatten, war immer noch eindeutig als Reste von Menschen zu erkennen. Breite Insektenkarawanen zogen sich bereits durch die kleine Lichtung, und die Leichen lagen ringsum verstreut wie abgebrochene Äste nach einem Herbststurm. Sechs, sieben … zählte sie schaudernd. Die Körper waren fast nackt, völlig verdreckt und von den Katzen zerrissen. Aus den Rümpfen, die noch nicht zu blutigen Fleischstreifen verarbeitet waren, ragten abgebrochene Pfeile heraus. Bis auf die zersplitterten Schäfte lagen nirgendwo Waffen herum. Nicht mal ein Stiefelmesser. Die ihrer Stiefel und Wämser beraubten Leichname konnten derlei Objekte kaum irgendwo versteckt haben. Die einzigen Körperteile, die nicht vom Kampf gezeichnet waren, waren die Köpfe. Bei den dreien, die in ihre Richtung wiesen, fielen ihr nur die drei Einstiche jeweils auf der linken Wange auf. Sie zwang sich, die Leichen genauer zu betrachten. Stecher flogen dicht an ihr vorüber, eilten zum Festmahl hin. Largons, die ameisenähnlichen Kriechtiere, die einen Körper bis auf die Knochen abnagen konnten, hielten die Stecher von dem saftigen Fleisch an den aufgeschlitzten Kehlen ab, von wo aus sie sich nach innen durchfraßen und ihre Beute auch auf diesem blutigen Pfad herausschleppten.

Es handelte sich nicht um Flüchtlinge. Soviel verrieten ihr die wenigen übriggebliebenen Kleidungsstücke wie Lederwesten und dicke Leggings. Dion zog sich vorsichtig zurück. Nein, das war ein Trupp Jäger gewesen. Wer hatte sie angegriffen? Und wie lange war das schon her? Nachdem die Waldkatzen ganze Arbeit geleistet hatten, ließen sich nicht mehr viele Rückschlüsse ziehen. Wenn dieser Trupp nicht dort eintraf, wo er erwartet wurde, brach garantiert ein zweiter Trupp auf die Suche nach ihm auf. Und der fand dann auch ihre und Rafes Spuren.

Ein kurzer Anfall von Panik erfaßte sie, und sie zwang sich dazu, vorsichtig weiterzugehen. Hishn meldete sich wieder, jetzt sehr drängend, und sie ließ die graue Wölfin in ihr Bewußtsein ein, beruhigte das Tier, hielt sich jedoch so lange mit Einzelheiten zurück, bis sie eine gewisse Entfernung zwischen sich und den schaurigen Ort gebracht hatte. Rafe warf ihr einen Blick zu. Seine Augen zogen sich zusammen, zuckten in Richtung der Geräusche, doch Dion bedeutete ihm unmißverständlich, sofort mit ihr den Pfad zu verlassen. So gut es ging, verwischte sie ihre Spuren, ebenso Rafe. Einen Augenblick später eilten sie über einen Nebenpfad, wobei sie immer wieder einen Blick über die Schulter warfen. Erst als sie ungefähr eine halbe Meile entfernt waren und einen kleinen Hügel umrundet hatten, der ihre Stimmen aufsaugte, traute sich Dion zu sprechen.

»Ein Kampf«, sagte sie kurz angebunden und wies mit dem Kinn nach hinten. »Überall Raubtiere und Aasfresser.«

»Flüchtlinge?« fragte Rafe. Der Tod von noch mehr Flüchtlingen hätte Dion den Magen umgedreht, hätte sie jedoch nicht so erbleichen und ihre Augen nicht so ängstlich blicken lassen.

»Jäger.« Rafe sah sie an, und sie nickte. »Die Hälfte von ihnen ist durch Pfeile oder Schwerthieb umgekommen, das konnte ich sogar sehen, nachdem sich die Katzen an ihnen gütlich getan haben. Bei den anderen waren die Kehlen aufgeschlitzt.«

»Und sie liegen schon lange genug da, um halb aufgefressen zu sein.« Er hegte die gleichen Befürchtungen wie sie. »Die anderen Jäger werden sich fragen, wo sie geblieben sind.«

»Sie hatten Male auf den Wangen«, fügte Dion nachdenklich hinzu, als hätte sie ihn nicht verstanden. »Drei Einstiche.«

Rafe sah sie verdutzt an. »Von Wurfpfeilen?«

Sie schüttelte den Kopf. »Diese Einstiche wurden ihnen erst zugefügt, nachdem sie bereits tot waren. Aus den Wunden floß kein Blut, und sie sahen aus, als seien sie absichtlich so angebracht worden, alle gleichmäßig, alle leicht konisch geformt … jedenfalls sah es aus der Entfernung so aus.«

»Drei Einstiche …« Rafes Stimme verlor sich. »Das erinnert mich an etwas, aber ich weiß nicht, ob ich es noch richtig zusammenbringe.« Er machte eine Pause. »Gamon hätte es uns gesagt, wenn er jemanden über die Grenze geschickt hätte, um gegen die Jäger zu kämpfen. Aber wie auch immer, er und Aranur führen unsere Krieger zum Schacht hinauf, um dort auf uns zu warten – also können sie es nicht gewesen sein. Bleiben nur noch die Soldaten, die jedoch laut Sobovi gut mit den Jägern zusammenarbeiten – oder die Widerstandsgruppe, die Moira erwähnt hat.«

»Ich tippe eher auf die Widerständler.« Dion fingerte an ihrem Schwertknauf herum. »Diese aufgeschlitzten Kehlen … Ich habe so etwas schon früher gesehen, doch diesmal war es … schaurig.«

Der Kundschafter sagte nichts dazu; er stellte sich die Leichname vor, von den Katzen zerrissen und ausgeweidet, die Wangen von Fingernägeln und dem Dreiklauen-Zeichen der Lepa markiert. Als Dion sich umdrehte und weiterlief, hielt er nicht dagegen. Auch wenn sich unter den Zweigen kein Windchen regte, so spürte er doch, wie es ihm kalt den Rücken herunterlief.

Sie kamen schnell voran. Einmal blieben sie wie erstarrt mitten bei der Überquerung eines Baches stehen, als ein ganzes Nest gefleckter Nattern vorüberschwamm. Eine ringelte sich kurz um Rafes Bein, und er starrte sie an, wünschte sie sich weg und flehte die Monde an, daß sie auf der Suche nach einem sicheren Schlafplatz nicht weiter an seinem Lederstiefel hinaufkroch. Kaum eine Meile später drückten sie sich an einen Baum, als auf der anderen Seite ein Dachsbär vorübertrottete. Sein blinder Kopf pendelte vor ihnen auf dem Pfad von einer Seite zur anderen, nahm Witterung möglicher Beute aus dem Staub auf und umrundete eine freie Stelle, als überlegte er, ob er dort vielleicht seine Falle graben sollte …

Sie legten eine Meile zurück, dann noch eine. Bis auf die wenigen Pausen legten sie ein mörderisches Tempo vor. Es wäre einfacher gewesen, den Weg zu nehmen, auf dem die Jäger gekommen waren, doch damit hätten sie mehr Gefahren heraufbeschworen, als wenn sie am hellichten Tag in ihr Lager hineinspaziert wären. Sie waren auf die Nebenpfade angewiesen, die steiler, steiniger und noch einmal um die Hälfte länger waren. Als die Sonne drei Stunden nach Sonnenaufgang schräg vor ihnen am Himmel stand, erreichte Dion ihren zweiten Atem: ihre langen Beine schritten aus, als wüßten sie nichts von Schmerz und Ermüdung. Diesmal war es Rafe, der eine Pause einforderte, den Tornister vom Rücken schnallte, auf den Füßen vor- und zurückschaukelte und das Gewicht von einem auf den anderen verlagerte, bevor er sich in den Staub setzte. »Ahh ...«, keuchte er erleichtert.

Dion sah ihn an. Hishns Stimme war wie ein fernes Echo in ihrem Geist, dem sie lauschte. Sie erlaubte den grauen Fäden, sich wie Garn um ihre Gedanken zu wickeln. In dem Echo lag eine wachsende Stärke. Auch wenn sie die Wölfe auf dieser Seite des Flusses ausschlossen, so konnten sie ihre Nähe doch nicht vor einem der ihren verbergen. Sie wußte, daß sie nicht weit weg waren. Die Verbindungen wehten wie eine betörende Brise durch ihre Gedanken und schwollen mit jeder Sekunde zu einem kräftigeren Wind an.

Hishn, rief Dion, *wie weit sind sie von uns entfernt?*

Die Graue heulte leise, die Nase voller Gerüche von Männern und Dnu. Aranur war dicht bei ihr. Dion konnte seinen Schweiß fast schmecken, und ihre Lippen zogen sich über die Zähne zurück. Hishn mischte sich in den Gesang der Meute. Nahe, ja, und sie liefen schnell. Sie jagten und witterten die öligen Fette, die von den Köpfen der Gejagten hinab auf den Boden wehten. Ein Bild ... Dion erstarrte. Ein Geruch, der sich wie ihr eigener anfühlte; ein Bild von Wölfen, das eigenartig vertraut war. Aber Dion hatte diese Kreaturen noch nie zuvor gesehen, da war sie sich ganz sicher. Weshalb also ...

»Bei den Monden!« stieß sie hervor und wirbelte herum, um ihren Blick den Pfad hinabzusenden.

Rafe blickte sie mit halbgezücktem Schwert fragend an. »Was ist?«

»Die Wölfe ...«

»Jagen sie?«

Dion warf ihm einen gequälten Blick zu: »Uns!«

Rafe packte seinen Tornister und schlang ihn über die Schulter. »Wohin gehen wir? In welche Richtung?«

Dion lief bereits voraus, ihre Gedanken halb bei den eigenen Eindrücken, halb bei denen der Wölfin. »Hierher!« schrie sie. »Hier entlang!« Sie liefen gegen den Wind, er blies ihnen entgegen. »Mach schnell!«

Sie rannten, so schnell sie nur konnten. Als sich der Weg in einen matschigen Tümpel senkte, machte Dion einen großen Satz über das flache Gewässer und landete sicher auf dem Felsen, der das andere Ufer begrenzte. Von dort sprang sie auf die Steine links und rechts des Pfades und dann wieder in den Staub; dadurch hinterließ sie zwischen den älteren Spuren kaum Hinweise auf ihre eigene Anwesenheit auf dem Weg. Sie umrundeten eine Schlucht und liefen jetzt mit dem Wind im Rücken. *Hishn,* drängte Dion die Wölfin. *Rufe sie. Sag ihnen, sie sollen an uns vorbeilaufen.*

Euer Geruch ist stark in ihren Nasen. Euer Geschmack ist in der Erde. Hishns Antwort hörte sich nicht sehr glücklich an. *Sie können nicht von euch lassen.*

Sie müssen. Sie dürfen keinen Wolfsläufer jagen.

Man wird sie bestrafen.

Dion warf einen Blick zurück. Noch hatten die Wölfe die Schlucht, an der Rafe und sie die Richtung gewechselt hatten, nicht erreicht. Mit etwas Glück könnten sie durch Geschwindigkeit – wenn schon nicht durch List – die Führung behalten. *Wir können sie befreien,* sandte sie verzweifelt aus. *Sag ihnen das.*

Hishns Stimme wurde undeutlich, doch sie gab die Bilder, die ihr Dion übermittelte, in ihrem mentalen Geheul weiter. *Freiheit ...* Die drei Graupelze hinter ihnen heulten so laut, daß Dion die Ohren klingelten. »Rafe«, keuchte sie, »hier durch ...« Rafe mußte abbremsen und mit den Armen rudern, damit sich seine weichen Stiefel nicht in die Erde bohrten.

Sie erstarrte, und auch Rafe bewegte sich nicht mehr. Sie

konnte die Wölfe jetzt fast selbst spüren. Würden sie auf sie hören? Sie und Rafe standen jetzt vom Wind her im rechten Winkel zu ihnen. Jeden Augenblick würden sie die Witterung verlieren.

»Wo sind sie?« fragte Rafe atemlos.

Dion wies schweigend in Richtung Senke. Etwas heulte auf. Rafe versteifte sich. »Sie werden uns ohnehin finden«, flüsterte er.

Wolfsläuferin …

Hishn … wo bist du? Sie waren dicht heran … sie waren da … sie mußten einfach schon da sein. Aber sie konnte sie nicht sehen.

Still, fuhr die Wölfin sie an.

Dion klammerte sich mit einer Hand an Rafes Arm.

Wartet.

Dion hielt den Atem an. Die Wölfe heulten. Dion mußte jetzt nicht mehr durch Hishns Ohren lauschen; der Rudelgesang war jetzt laut genug, daß ihr die Haare im Nacken zu Berge standen. Rafe duckte die Schultern tiefer ins Gebüsch. In kaum fünfzig Metern Entfernung zogen die grauen Schatten auf der anderen Seite der Schlucht vorüber. Die Jäger, die ihnen folgten, schnauften schwer hinter einer schmalen Gestalt an einer langen Leine her. Ein Wolfsläufer …

Hishn, sag ihnen, sie sollen ihnen folgen! Sag ihnen, wir kommen!

Nein! Die Stimme der Wölfin war unnachgiebig. *Geht zurück. Sie müssen eurer Spur folgen. Geht im Bogen zurück und hängt sie in den eigenen Spuren ab, wie ein verwundetes Reh, das weiß, daß es gejagt wird.* Die Graue knurrte in Dions Geist, und das Bild wurde vom hallenden Echo der Wölfe zu ihrer Linken erstickt. Bei allen Göttern! Sie bogen bereits um die Schlucht herum!

Dion sprang auf die Füße. »Los, komm!« blaffte sie Rafe an. »Lauf!«

Mit einer Hand vorgestreckt, um die Zweige abzuwehren, die ihnen ins Gesicht zu peitschen drohten, sprinteten sie los.

Sie umrundeten die Senke, rutschten einen Abhang aus losem Humus hinab, ohne sich groß um ihre Spuren zu kümmern. Die Wölfe wußten ohnehin, wo sie waren. »Hier entlang!« rief Dion, die den Weg bereits erreicht hatte und jetzt wieder in die gleiche Richtung lief, die sie zuvor schon eingeschlagen hatten.

»Nein – da lang!« Rafe drehte sich um und wäre nach Norden gerannt.

»Rafe. Ich kenne die Wölfe. Sie werden uns verlieren, doch wir müssen ihnen dabei helfen. Geh im Kreis, damit wir unsere Spuren wieder zur Schlucht führen.«

Er zögerte.

»Uns bleibt keine Zeit mehr«, fuhr sie ihn an. »Komm jetzt!«

Er nickte kurz und sprintete hinter ihr her.

Sie konnte weder die Jäger noch die Wölfe sehen. *Hishn!* rief sie. *Wir sind jetzt halb um die Senke herum.*

Die Graue heulte, und der Antwortchor ertönte auf der anderen, der südlichen Seite der kleinen Schlucht. Es klang schauerlich. Dion blieb stehen. »Hier«, sagte sie scharf. Sie trat unter einen Farn, wobei sich das Moos an seiner Basis zusammenquetschte und wieder in die ursprüngliche Form zurückfand, nachdem sie ihr Gewicht herunternahm. Von Farn zu Farn bewegte sie sich jetzt vorsichtig weiter in den Wald hinein; nur ihre Beine berührten die Pflanzen, ihre Füße schoben die Farne zur Seite, um den Weg freizumachen. Einige davon waren alte Farne. Das Fett ihrer Hände hätte die Blätter braun gefärbt und ihre Spur wäre so deutlich gewesen, als hätten sie sie mit Farbe in den Wald gemalt.

Rafe folgte dicht hinter ihr und fuhr zusammen, als die Wölfe erneut aufheulten. »Hierher!« Er zeigte auf eine Stelle. »Diese Mulde ist tief genug für uns beide.«

Sie nickte und änderte ihre Laufrichtung.

Wolfsläuferin …

Ich höre dich, Hishn. Ich höre sie alle. Sie ließ sich auf die Knie fallen und drückte sich dann dicht an den Boden, rollte sich, so gut es ging, unter die Farne, so daß die Blätter die Form ihres Körpers möglichst auflösten. Einige Sekunden später drängte sich Rafe dicht neben sie. Sie atmeten schwer und bemühten sich, ihre Lungen unter Kontrolle zu bekommen. Schatten, Umrisse eilten durch den Wald, und allmählich ließ die Anspannung nach. Die feuchte Kühle drang durch Dions Leggings, und dann schlängelte sich etwas an ihrem Oberschenkel entlang. Sie wagte nicht, sich zu bewegen. Von den Farnen ließen sich Spinnen auf Rafes Schulter fallen, und sie beruhigte ihn mit ihren Blicken – es waren nicht die tödlichen hellgrünen Chao, sondern harmlose Insektenfresser von matterer Färbung.

Die Graupelze heulten. Dion machte unbewußt einen Buckel; der Klang schrillte in ihren Ohren und ließ sie leise knurren. Rafe klammerte sich an ihren Unterarm und hinderte sie daran, aufzustehen. Mondwürmer …

Die Graupelze rasten los. Die Jäger folgten ihnen fluchend. Sie zogen den Wolfsläufer an den Stricken näher an sich heran, der Mann stolperte und fiel auf die Knie. Einer der Jäger schlug ihm mit dem Handrücken ins Gesicht, und die Wölfe irrten plötzlich quer durcheinander, knurrten die Jäger wütend an, die jedoch nur lachten und den Wolfsläufer am Arm wieder auf die Füße zogen. Dion verstand nicht, was sie sagten. Sie traten mit den Füßen zwischen die Büsche, schauten sich oberflächlich nach Spuren und Zeichen um, belegten die Wölfe wieder mit Flüchen und hetzten die Meute auf dem Pfad weiter.

Wohin gehen sie jetzt? fragte Dion ihre Graue auf der anderen Seite des Flusses. Hishns Anspannung war deutlich spürbar, und Dion fragte sich, ob Aranur, der dicht neben der Wölfin stand, auch etwas davon mitbekam. Wenn ein Grauer es zuließ, daß seinem Wolfsläufer ein Leid zugefügt wird …

Als Hishn antwortete, klang sie ruhig, ihre geistige Stimme verbarg die Wut in einer unterschwelligen Bilderflut, die von ihren Fängen zerfetzte Jäger zeigten. *Sie laufen bis zu ihrem La-*

ger, teilte sie Dion mit. *Sie haben eure Fährte verloren.* Das verhallende Geheul der anderen Wölfe übertönte Hishns Worte beinahe, und Dion schloß die Augen, konzentrierte sich auf diese einzelne, blasser werdende Stimme.

»Wie weit?« fragte sie.

Nur wenige Minuten. Sie sind hungrig.

»Werden sie dann essen?«

Hishn widersprach energisch. *Sie dürfen nichts essen. Sie haben sich das Essen weder für sich noch für ihre Wolfsläufer verdient.*

Dion sprang mit grimmigem Gesichtsausdruck auf. *Wir werden sie noch heute nacht befreien, Hishn,* teilte sie der Grauen mit, *sag ihnen das.*

Rafe beobachtete sie, rappelte sich ebenfalls wieder hoch und erstarrte dann. Dion suchte den Pfad bereits aufmerksam ab. Auf dem Weg, auf dem die Jäger soeben erst verschwunden waren, stand ein Wolf mit leuchtenden gelben Augen. Er suchte Dions Blick, seine müde Stimme schmolz durch ihre Gedanken wie ein Chinook.

»Grauer«, flüsterte sie. »Du ehrst mich.«

Der Wolf grüßte sie nicht zurück. Statt dessen hechelte er hungrig, wobei sich unter seinen mageren Seiten die Rippen abzeichneten – unter den halb verheilten Narben von Peitschenhieben auf seinem Rücken. *Freiheit,* übermittelte er. *Freiheit für meinen Partner – für meine Brüder – versprichst du das beim Bund des Rudels?*

Rafe blieb stocksteif stehen. Dion sah ihn nicht an. »Wir machen uns jetzt auf den Weg ins Lager. Wenn es uns möglich ist, befreien wir sie selbst, und zwar sofort. Wenn wir die Jäger dort nicht bekämpfen können, lassen wir uns sehen und von euch zurück nach Ariye verfolgen.«

Dann müssen die Wolfsläufer weiterhin Schmerzen erleiden.

»Grauer«, sagte sie leise. »Kannst du mir helfen, mit ihnen zu sprechen? Ich weiß nicht, was am besten ist. Dafür brauche ich ihre Gedanken.«

Der Wolf sah sie einen langen Moment an. *Wolfsläuferin,*

kannst du mein Lied mit der Meute heulen? Seine Frage führte das Bild einer Peitsche mit sich, die auf seinen Rücken niederging, sich durch sein Fell fraß, Wunden schlug. Von einem Halsband, das so eng war, daß er nur würgend atmen konnte. Von einem Hunger, der wie Würmer in seinem Magen wütete. Er trat vor, bis sie nur noch einen Meter voneinander entfernt waren. *Trägst du die Scham in dir, die meine Nase wie ekliger Dreck verstopft?*

Dion fiel auf die Knie. »Grauer«, flüsterte sie, »auch ich empfinde die gleiche Scham.« Er sah sie an, und sie öffnete ihren Geist. Hishn war sofort da und führte den anderen Grauen direkt in ihre eigenen Erinnerungen. Auch Dion hatte einst die Ketten und die Peitsche gespürt … »Strecke dich aus«, flüsterte sie. »Strecke dich, um die Wölfe von Ariye zu hören – hörst du sie? Wir haben eurem Gesang gelauscht. Wir haben ihn als den unseren übernommen. Sieh dich um, sieh nur sechs Tage zurück zur Ratsversammlung in Ariye. Wir gaben unser Wort, euch zu helfen. Ich schwöre bei unserem Bündnis, daß dem so ist.«

Der Graue berührte sie leicht mit der Nase. *Dann heule mit mir, Wolfsläuferin,* sagte er sanft. Je näher sie kam, desto mehr gewann die Stimme in Dions Gedanken an Kraft. Wut, Enttäuschung, Hunger, Schmerz – die Emotionen überfluteten sie wie eine Springflut. Sie wirbelte herum, streckte die Hand nach dem Boden aus. Jetzt stand sie dem Wolf Nase an Nase gegenüber, und der süßlich-ranzige Geruch seines Atems schlug ihr ins Gesicht.

Wolfsläuferin?

Es war ein Ruf aus der Ferne, wie eine beinahe im Wind verlorene Stimme. Dion runzelte die Stirn. Es war kein Grauer. Sie verschloß ihre Ohren vor den Geräuschen des Waldes und sah tief in die Augen des Wolfes. »Wolfsläufer?« fragte sie zögernd. »Kannst du mich verstehen?«

Ich weiß nicht, woher du kommst, aber du mußt umkehren – verlaß dieses Land auf der Stelle. Warte nicht länger. Die Jäger …

Dion nickte und übermittelte ihm ein beruhigendes Bild. »Ich weiß. Deshalb bin ich gekommen.«

Nein … Die graue Stimme verblaßte wieder, und Dion erkannte, daß der Schmerz, der diese Stimme trug, von dem Wolfsläufer stammte, nicht von dem Wolf, der die Worte weiterleitete. Schmerzen und Kälte. Ihre Hand legte sich auf ihre Rippen. Gebrochen, ja – und auch zwei andere Knochen waren gebrochen. Sie spürte die Agonie, mit der der Atem des Mannes in seiner Brust rasselte.

»Ich muß es tun«, sagte sie. »Hör zu. Werden uns die Jäger mit allen Wölfen, die sie haben, verfolgen, wenn wir uns sehen lassen?«

Eine leichte Zustimmung lag in dem grauen Ton, der zurückhallte, doch darunter lag auch Ungewißheit.

»Wie viele von euch sind gefangen? Und wie viele müssen mit den Wölfen auf die Jagd gehen, wenn eine Verfolgung ansteht?«

Drei Wölfe und ein Wolfsläufer werden auf eine Spur angesetzt. Zwei weitere von uns werden hier festgehalten, als Geiseln, damit die anderen nicht zu fliehen versuchen.

Dion biß sich auf die Lippen. »Besteht die Möglichkeit, euch alle auf einmal zu befreien?«

Nein. Aber ich werde ohnehin bald sterben, und Occan ist schon jetzt so schwach, daß er nicht mehr viele Läufe übersteht.

Sie zögerte.

Tu, was du tun mußt, gab er mit plötzlicher Entschlossenheit zurück. *Wir haben uns entschieden. Wilse wird mit den Wölfen laufen; Occan und ich sterben sowieso. Wir sind dazu bereit, wenn du dafür unsere Grauen befreist.*

Dion mußte ihre Anwort förmlich herauswürgen. »Ich schwöre es«, sagte sie. »Sagt euren Wölfen, was sie tun sollen. Wir haben euer Lager bald erreicht. Sobald wir entdeckt werden, sollen sie uns jagen, immer dicht auf unseren Fersen bleiben, damit die Jäger nicht auf den Gedanken verfallen, die Verfolgung abzublasen. Wir sind nur fünf Meilen vom Fluß entfernt. Unterhalb der Furt liegt ein Baumstamm quer über dem Wasser, dorthin werden wir laufen. Ich glaube, daß die Wölfe es auf die andere Seite schaffen.«

Ich verstehe.

»Sobald wir auf der anderen Seite sind, locken wir die Verfolger in einen Hinterhalt. Gray Hishn gibt euren Wölfen das Signal, wann sie fliehen sollen. Euer Wolfsläufer muß sich dann augenblicklich zu Boden fallen lassen. Auf diese Weise wissen unsere Krieger, wer er ist.«

Eine kurze Pause entstand, und Dion spürte den quälenden Husten, der die Stimme des Mannes sofort mit einem grellen Schmerz unterlegte. *Kümmere dich um unsere Wölfe, Dion.*

»Du kennst mich?«

Du kannst deine Stimme nicht vor der Meute verbergen, gab der Mann leise zurück. *Guten Lauf.*

»Möge dein Pfad zu den Monden angenehm verlaufen«, flüsterte sie.

Die schwache Stimme entschwand, und dann sah sie nur noch diese gelben, glimmenden Augen des Wolfes vor sich, der sie anblickte und sich mit der Zunge über die weißschimmernden Zähne fuhr.

16

Ein einzelnes Auge,
In der Zeit isoliert:
Es sieht nichts,
Es sieht nur in der Dunkelheit,
Seitdem die Träume
Erstarben.

Die Frau, die Seiker genannt wurde, kroch im Norden mit den anderen bis dicht an den Vorsprung, legte das Kinn auf die Unterarme und schob den Kopf über den jäh abfallenden Abgrund. Ohne ein Wort zu sagen, beobachtete die abgerissene Gruppe die Baumwipfel tief unter ihnen. Die Sonne stand hoch über dem Schacht hinter ihnen. Wer in ihre Richtung blickte, konnte nicht viel erkennen, nur das helle, flammende Licht, das die Augen tränen und hilflos blinzeln ließ. Sie hatten die Spuren zweier anderer Leute entdeckt, die sich ebenso über den Rand gebeugt hatten, wie es Naminas Gruppe jetzt tat, doch da auch sie das Lager der Jäger beobachtet hatten, handelte es sich nicht um diejenigen, die sie jagten, sondern um Ariyaner.

Naminas Blick huschte pausenlos über den ausgedehnten Wald. Sie suchte nach Bewegung, jeder Art von Bewegung, die den neu angelegten, schlangengleichen Weg der Jäger preisgeben würde, den Weg, auf dem sie immer weiter durch den Wald Richtung Norden vordrangen. Das Lager, das die Jäger in der Hundekehle angelegt hatten, befand sich in der bestmöglichen Position, doch die Wege, die zu ihm hinführten, waren für Angriffe noch immer offen.

Während Namina auf den Waldrand blickte, musterte der Mann neben ihr die Szene direkt unter ihnen. Seinen Unterarm hatte er als Schutz vor der Sonne an die Stirn gelegt. Er katalogisierte die Wagen und Karren der Jäger, ihre Position und ihre Stärke. Er hatte sich nicht getäuscht, als er den anderen erzählt hatte, daß das Lager ein viel zu großes Angriffsziel für sie war. Es war an einer Seite dicht an den Fels gedrängt und wurde von Westen und Süden durch den Fluß abgeschirmt; die Wiesen aus Feuerkraut, die sich nach Osten hin erstreckten, hielten sogar die Worlags von neugierigen Besuchen ab. Der Fluß ließ sich nur am südlichsten Punkt ihres Lagers überqueren; weiter oben und weiter unten schoß der Phye viel zu schnell dahin, so daß selbst ein Dnu darin den Halt verlieren würde. Ein Mensch würde sofort wie ein Blatt davongerissen werden. Usu konnte nicht verhindern, daß sich seine Miene verdüsterte. Wenn ihm doch nur mehr Leute zur Verfügung stünden …

Einer der Männer grunzte, und sowohl Namina als auch Usu sahen zu ihm hinüber und folgten dann seinem ausgestreckten Finger. Namina sah nichts, wartete jedoch geduldig, bis das Metall, das die Aufmerksamkeit des Mannes erregt hatte, erneut aufblitzte. Es war unter den ausgedünnten Baumkronen fast nicht zu sehen und verschwand auch sofort wieder, doch es war da und konnte weder mit der weißen Unterseite einer Schwalbe noch mit der Reflexion von Wasser verwechselt werden.

Usu nickte neben ihr. Die Jäger bringen ihren Nachschub also über die alte Straße heran, dachte er. Darauf wäre er nicht gekommen. Trotzdem bedeutete das für ihn eine glückliche

Fügung, denn der Wurzelweg dürfte noch vom langen Winter, in dem er nicht befahren wurde, feucht und schwammig sein, und die Dnu würden nicht in der Lage sein, bei einem Angriff rasch zu reagieren.

Eine der Frauen auf seiner anderen Seite gestikulierte energisch, und er nickte. Sie zogen sich lautlos von ihrem Aussichtspunkt zurück. Erst als sie der Klippenrand vor den Blicken von weiter unten schützte, erhoben sie sich und spurteten den Pfad hinab.

Dion und Rafe trabten vorsichtig hinter den Wölfen her. Die Jäger kamen ziemlich schnell voran und hätten sie und Rafe, wären sie normal marschiert, weit hinter sich gelassen. Jetzt, da sie nah genug waren, daß sie die Gebäude auf der Lichtung erkennen konnten, ließ sie sich auf alle viere fallen. Rafe war vor ihr, lag bereits auf dem Bauch und kroch bis zum Waldsaum weiter, Hände und Knie naß von der feuchten Erde. Der Waldboden brachte ihren erhitzten, schwitzenden Körpern eine willkommene Abkühlung.

Die Lichtung, der sie sich näherten, war groß genug, um drei Häuser, eine Scheune und mehrere Nebengebäude zu fassen. Zwei dieser Nebengebäude waren Treibhäuser, die anderen drei einfache Schuppen, von denen der eine die Vorräte enthielt. Genau auf diesen lenkte Dion Rafes Aufmerksamkeit. Er nickte, als er den schweren Holzriegel erblickte, der an der Außenseite pendelte. Ungefähr von Schulterhöhe abwärts war die Türverkleidung abgerissen, wie weggekratzt. Die tiefen Rillen, die noch zu sehen waren, zerteilten das Holz in lange vertikale Bahnen. An den anderen Schuppen oder Scheunen waren keine solche Spuren zu sehen; die Wolfsläufer mußten sich also in diesem hier befinden. Gerade trat eine Gruppe Jäger aus einem der Häuser, und Dion und Rafe zogen sich ins Unterholz zurück. Die Männer führten drei Wölfe mit sich. Bei allen Monden … wenn sie in ihre Richtung blickten, würden es die Jäger merken …

Hishn, schickte Dion einen vorsichtigen Gedanken los. *Ich sehe deine Brüder und Schwestern. Kannst du sie für mich erreichen und ihnen mitteilen, daß wir hier sind?*

Ich heule mit dem Wind, Wolfsläuferin, gab Hishn zurück. *Ihr Lied ist das meine.*

Als Hishn durch den Gesang des Rudels hindurch nach ihnen griff, stellten alle drei Wölfe die Ohren auf. Die Woge aus Kummer und Wut, die durch Hishn hindurch zurückschwappte, ließ Dion mit aufgerissenen, auf keinen festen Punkt gerichteten Augen im Unterholz erstarren. Rafe, der von alledem nichts mitbekommen hatte, sah sie finster an. Einen Augenblick darauf wandten sich die Wölfe desinteressiert ab. Rafe stieß den Atem aus, als zwei von ihnen in den Drahtverhau gestoßen wurden. Der dritte Wolf wurde draußen gelassen. Einer der Jäger nahm einen Übungsreif und schob ihn über den Kopf des knurrenden Tieres. Dann zog er den Ring fester zusammen und hielt den Stock zwischen sich und das plötzlich würgende Tier. Dions Hände wanderten sofort zum Hals. Sie holte leise hustend Luft und flüsterte: »Nein.«

»Was tun die da?« wollte Rafe wissen.

Der Wolfsläufer in der Nähe des Schuppens hielt den Arm des Jägers zurück und schrie ihn an, wobei er versuchte, den Griff zu lockern. Er wurde weggestoßen, wobei seine Schultern und sein Kopf gegen die Schuppenwand knallten. Benommen richtete er sich wieder auf.

»Nein«, flüsterte Dion erneut. Rafe blickte sie mit zusammengekniffenen Augen an. Ihr violetter Blick war verklärt, ihre Lippen zähnefletschend zurückgezogen. Einer der Jäger holte eine Peitsche von einem Haken im Schuppen und rollte sie auf. Rafe spannte sämtliche Muskeln an. Die Peitsche knallte, und Dion zuckte zusammen. Rafe drückte ihr die Hand auf den Mund, denn sie wollte gerade losschreien. Er zog sie fest an sich und barg ihr Gesicht an seiner Schulter, während er selbst die Szene weiterhin betrachtete. Die anderen Wölfe warfen sich gegen die Maschen ihres Käfigs. Wieder knallte die Peitsche.

Der graue Wolf jaulte auf und krümmte sich knurrend und zähnefletschend. Dion wehrte sich heftig gegen Rafe. Er rollte sich auf sie, die Hand immer noch auf ihren Mund gepreßt. Wieder das Knallen der Peitsche, die zuerst den Wolfsläufer, dann den Wolf traf. Dion riß sich frei. Sie schrie, robbte zur Seite und sprang auf die Füße. »Nein!« schrie sie.

»Dion!« rief ihr Rafe gedämpft hinterher.

Die Jäger drehten sich um.

Brennende Feuerstreifen versengten ihren Rücken. Dions Ohren waren taub von dem Heulen, das in ihrem Kopf tobte. Sie warf sich auf die Jäger, ihr Schwert flog in ihre Hand und ihr Messer stieß wahllos auf die Gestalten ein, die sie vor sich wahrnahm. Hinter ihr zog sich Rafe tiefer in das Gestrüpp zurück, weg von der Stelle, von der aus sie auf die Lichtung gesprungen war.

»Schnappt sie!« gellte einer der Jäger. »Paßt auf!«

Die Rufe der Jäger bedeuteten ihr nichts. Die Wölfe warfen sich knurrend gegen ihren Käfig, und Dion schrie, schlug um sich, wirbelte ihr Schwert so schnell, daß die Jäger sich selbst im Wege standen, wenn sie sie fangen wollten. Sie wehrte eine Attacke ab, sprang zurück, stolperte und brachte ihr Schwert klirrend gegen die Klinge eines anderen Jägers hoch. Etwas traf sie am Rücken. Sie taumelte nach vorn, die Lippen fauchend zurückgezogen. Eiserne Hände schlossen sich um ihre Unterarme. Das graue Heulen in ihrem Kopf brandete auf, und sie schrie voller Wut, wehrte sich mit aller Kraft. Der Jäger schlug ihr seinen Schwertknauf gegen den Hinterkopf. Sie ließ ihr Schwert fallen, stieß mit dem Messer nach hinten, doch er machte einen Schritt auf sie zu. Sie kam zu weit mit dem Messer hinaus, die Klinge erwischte ihn, ohne viel Schaden anzurichten, unter dem Arm. Jemand packte das Messer und entwand es ihrer Hand. Sie zog den

Jäger an sich, brachte ihn aus dem Gleichgewicht und zog das Knie plötzlich hart an. Als er seinen Körper umdrehte und sie dabei mitzerrte, benutzte sie sein Eigengewicht als Hebel, riß die Frau mit, die es riskiert hatte, ihren anderen Arm zu packen, und rammte dann das Knie des Mannes, der versucht hatte, sie von hinten zu packen. Schreie … ihr Zopf wurde nach hinten gezogen. Eine Faust streifte ihr über die Wange. Dann traf sie. Einmal, zweimal … Beim vierten Mal war das graue Heulen wie ein dumpfes Toben. Sie wehrte sich nur noch schwach. Ihre Lippen wurden gegen die Zähne geschlagen. Sie knurrte mit gurgelndem Unterton. Zwei weitere Schläge. Sie brach zusammen, Blut strömte aus ihrer Nase, die Lippen waren gespalten und tropften ebenfalls vor Blut. Als die Schläge aufhörten, bewegte sie sich nur noch in schlaffen Zuckungen. Die Jäger sahen zu.

»Mondwürmer in der Worlag-Höhle«, fluchte eine der Frauen und hielt sich den zerstochenen Arm an die Brust. »Dafür schneide ich ihr die Augen heraus.« Der Mann, dessen Knie gebrochen war, schleppte sich zur Seite; dann zogen ihn zwei andere unsanft auf die Veranda heraus. Er würde nie mehr gehen können. Nicht seines Knies wegen, sondern wegen seiner Kehle, die durchschnitten wurde, bevor er Protest einlegen konnte: Jäger verschwendeten kein Essen und Trinken an einen Krüppel. Die verwundete Frau schaute mit höhnischem Grinsen auf den Lippen zu, wie der Jäger verröchelte. Doch als sie auf Dion zuging, hielt sie einer der Männer auf.

»Sie gehört mir«, keifte die Frau.

»Noch nicht.« Der andere Jäger kam heran und packte Dion am Kinn, damit er ihr ins Gesicht sehen konnte. Schmutz und Blut verklebten ihre Wangen, Blut tropfte von ihrem Mund auf ihre Tunika. Mit zusammengekniffenen Augen blickte er sie an. »Die hier ist keine Arbeiterin aus dem Lager«, sagte er gedehnt.

»Eine von den Widerständlern vielleicht?« schlug einer der andern vor.

»Könnte sein.« Er drehte ihr Gesicht von einer Seite auf die andere und bemerkte, wie sich ihre Lippen von den Zähnen wegzogen.

»Leg sie um und häng sie mit den anderen zusammen auf«, erwiderte die Frau grob. »Zeig ihnen, was passiert, wenn sie sich zu nahe heranwagen!«

»Ich weiß nicht ...« Der erste Jäger legte den Kopf zur Seite und betrachtete dann ihre ganze Gestalt. »Ihr Kampfhemd ... das stammt nicht aus dieser Gegend. Seht euch nur die Machart an. Das hier ist hervorragend gefertigt ... auf die alte Weise.«

»Dann gib es mir«, sagte ein kleinerer Mann. »Mir müßte es passen.« Der erste Jäger hob die Augenbrauen, und der andere Mann grinste. »Wenn sie tot ist, braucht sie es sowieso nicht mehr.«

»Die hier nicht«, sagte der erste Mann nachdenklich. »Die behalten wir.«

»Was ist denn verdammt noch mal mit dir los?« fuhr ihn die Frau mit dem aufgeschlitzten Arm an. »Seit wann lassen wir Gewürm wie sie am Leben? Außerdem muß sie für das hier bezahlen!« Sie zeigte auf ihren Arm. »Ganz abgesehen von unseren Leuten, die da hinten tot am Wegrand liegen.« Sie zeigte nach Norden.

»Ja, sie schuldet dir und uns eine ganze Menge«, stimmte ihr der Mann zu. »Trotzdem bleibt sie lebendig bei uns. Du darfst ein bißchen mit ihr spielen – aber nicht verstümmeln!«

Die Frau warf ihm einen vernichtenden Blick zu. »Ich will sie haben, weil ich sie töten will, so wie es mir zusteht!« Sie trat einen Schritt vor, die unversehrte Hand fest um den Griff ihres Messers geschlossen.

Der erste Mann streckte seinen massigen Unterarm aus und hielt sie mitten im Gehen auf. »Nein!« Er starrte sie so lange an, bis sie zurückwich, wobei er mit einem Stoß gegen ihren verwundeten Arm nachhalf. »Sieh dir ihre Augen an. Sie ist eine von ihnen.« Er deutete auf den anderen Wolfsläufer.

»Noch ein Wolfsläufer?« keuchte einer der anderen Jäger. »Aber wir haben doch alle aus diesem Land hier bei uns.«

»Dann ist sie ja vielleicht nicht aus diesem Land.« Er betrachtete sie mit finsterer Miene. Diese hier hatte etwas an sich … Er kam nicht darauf, doch er würde freiwillig zum zweiten Mond reisen, wenn Longear ihm für diesen Fang nicht einen Bonus gab.

Dion starrte sie an. Blut rann ihr von der Lippe; sie schmeckte es, ohne es wahrzunehmen. Hishn tobte in ihren Gedanken, und sie konnte kaum etwas sehen. Man zerrte ihr das Wams herunter, zog es ihr aus, ließ ihr nur die Tunika, die an ihrem Körper klebte. Hinter ihr kniete einer der Jäger, riß ihre Arme nach hinten und fesselte sie an Ellbogen und Handgelenken; der Schmerz ließ sie die Schultern weit zurückziehen. Ihr dünnes Hemd schützte sie in keiner Weise vor den Schnüren, die ihr grausam in die Haut schnitten, doch sie gab keinen Laut von sich. Ihre Augen waren von der Mordlust der Wölfe erfüllt, ihre Nase zog sich vom ranzigen Schweiß der Jäger angewidert zurück. Sie rissen sie herum, und ihre Kriegshaube rutschte vom Haar, offenbarte den silbernen Reif.

Der erste Jäger sah sie fassungslos an. Dann riß er ihr die Haube ganz vom Kopf. Direkt darunter befand sich sauberes, schwarzschimmerndes Haar, in dem der Silberreif wie klares Wasser im Mondlicht glänzte. »Seht mal hier«, sagte er. Die anderen sahen genauer hin. »Eine Heilerin.« Erneut packte er sie am Kinn, achtete nicht auf ihren schwachen Widerstand und drückte ihr Gesicht nach oben. »Eine Wolfsläuferin und eine Heilerin. Wißt ihr, was das heißt?« Er grinste böse. »Wir haben hier nicht einfach noch einen Wolfsläufer gefangen. Das hier ist Ember Dione.«

Die anderen Jäger starrten Dion überrascht an. Eine der Frauen ging um sie herum und betrachtete sie so aufmerksam, als könnte sie Dions Namen irgendwo in ihren Kleidern eingebrannt finden. »Sie würden es nicht riskieren, Dion an einen Ort wie diesen gehen zu lassen«, sagte sie langsam.

Der erste Mann schüttelte den Kopf. »Würden sie schon – wenn sie sonst niemanden haben, den sie schicken können.«

»Aber als Kundschafter?«

»Sie bewegt sich wie der Wind selbst; sie geht vorüber, aber sie hinterläßt keine Spuren. Erinnert ihr euch an die Listen, die Longear uns mitgegeben hat? Diese Dion hier stand auch darauf.« Er drehte ihr Gesicht grob in die Richtung der anderen und achtete nicht auf das Blut, das ihm aus ihrer gespaltenen Lippe über die Finger rann. Dion warf den Kopf zurück, doch er grub die Finger so fest in ihren Unterkiefer, daß sie sich vor Schmerzen wand. »Seht euch ihre Augen an«, sagte er leise. »Sie könnte jeder x-beliebige Wolfsläufer sein, wenn nicht diese Farbe wäre: violett. Und was ist mit dem Band der Heiler und dem Schwert? Es gibt nur eine Wolfsläuferin, die beides trägt. Nein.« Er schüttelte den Kopf. »Das ist Ember Dion.« Er ließ Dion den Kopf zur Seite reißen und sah selbstgefällig ihre noch immer auf keinen festen Punkt gerichteten Augen. Allein die Tatsache, daß er noch einen Wolfsläufer gefangen hatte, brachte schon einen Bonus ein. Aber die Gefangennahme von Ember Dion, der Heilerin aus Ariye … Womit würde ihn Longear wohl in diesem Fall belohnen? Sein Blick streifte über den Wald, und plötzlich kristallisierten sich seine Gedanken. »Wir haben heute früh zwei Leute verfolgt«, stieß er hervor. »Jede Wette, die hier ist eine davon gewesen.«

»Wenn wir Dion gejagt haben, erklärt sich auch, weshalb wir sie nicht erwischen konnten«, sagte ein anderer mit zusammengekniffenen Augen.

Der erste Mann nickte. »Während wir im Kreis herumgerannt sind, redete sie mit den Wölfen und befahl ihnen, an ihr vorbeizulaufen.« Angewidert spuckte er aus. Eine der Frauen wandte sich um und blickte zu dem anderen, zerlumpten Wolfsläufer hinüber, der noch immer zusammengekauert und stöhnend am Schuppen lag. »Elender Wurm.« Sie trat ihm heftig in den Unterleib, dann in die Nieren. »Hast du gedacht, wir kommen euch nicht auf die Schliche?« Die Wölfe bellten und heulten wieder am Zaun, und Dion, die noch immer in ihren Emotionen gefangen war, trat um sich, bis die Jäger sie auf die Knie zwangen. Der erste Jäger sah grinsend zu. Hinter ihr stöhnte der Wolfsläufer erneut auf, unfähig, sich gegen die Tritte und Schläge zusammenzukrümmen. Schließlich spuckte ihm die Frau in sein eingefallenes Gesicht. Die Spucke rann langsam und ekelhaft an der Wange des Mannes hinunter.

Der erste Jäger beobachtete das Geschehen unbeeindruckt. »Weißt du, was das heißt?« fragte er nachdenklich. »Wir müssen auch noch den zweiten einfangen. Bring sie«, er nickte zu Dion hin, »und ihn her.« Sein zweites Nicken galt dem reglosen Wolfsläufer am Schuppen.

Er drehte sich um und grinste wölfisch in Richtung Wald. »Du! Ariyaner!« Er zog Dion am Arm, und sie trat instinktiv nach ihm. Er blockte den Schlag mit Leichtigkeit ab, boxte ihr in den Bauch und lachte laut, als sie zusammenklappte. Hinter ihm heulten die Wölfe.

»Ariyaner!« rief er. »Komm raus, dann verspreche ich, diese hier nicht zu töten. Ich habe immer noch zwei andere Wolfsläufer. Auf einen von ihnen kann ich verzichten, und deiner ist in einer weitaus besseren Verfassung als meiner.«

Tief im Gesträuch verborgen und an die knotigen Wurzeln geduckt, ballte Rafe die Fäuste.

Der Jäger zeigte auf die Wolfsläufer, die vorwärtsgezerrt wurden. »Sieh doch, was dein Zögern diesem armen Mann antut!« rief er. Er gab den Jägern, die den schlaffen Körper des Wolfsläufers stützten, ein Zeichen, und mit einem breiten Grinsen zog einer von ihnen sein Messer und stieß es dem Wolfsläufer in den Arm. Der Mann schrie auf, wehrte sich gegen den Schmerz, und die Luft war vom Bellen und Knurren der Wölfe erfüllt. »Und noch mal«, befahl der erste Jäger. Das Messer bohrte sich ins Fleisch. Dion schrie mit dem anderen Wolfsläufer, krümmte sich genau wie er. Der erste Jäger suchte den Waldrand mit Blicken ab. Nirgendwo war eine Bewegung festzustellen. »Und noch mal«, sagte er kalt. Blut quoll aus dem mißhandelten Fleisch des Wolfsläufers und benetzte die Hand des anderen Jägers, der sie lässig an der zerfetzten Tunika des Wolfsläufers abwischte. Die Messerspitze kratzte gegen den Knochen, und der Jäger drehte sie, kratzte damit am Armknochen des Mannes auf und ab, bis der Wolfsläufer, dessen Schreien nur nur ein heiseres Flüstern war, zusammenbrach. Seine Augen flatterten, schlossen sich, und er sackte zu Boden; sein Unterkiefer mahlte und klapperte im zerrissenen Atem. Seine Leggings waren an der Vorderseite durchnäßt.

Dion spürte eine Schwärze, eine Leere in ihre Seele kriechen. Sie stieß ein unmenschliches Geräusch aus, und der Jäger, der sie am Arm hielt, fühlte, wie es ihm eiskalt den Rücken herunterlief. »Halt's Maul!« zischte er und schlug ihr mit dem Handrücken über das Gesicht. Ihre Stimme verklang zu einem erstickten Knurren. Er starrte in ihre verschleierten Augen, deren violetter Blick ihn suchte, durch ihn hindurchblickte und ihn nicht sah. Etwas Gruseliges lag darin, und der Jäger riß sie am Arm, fuhr sie fluchend an, endlich still zu sein.

Und plötzlich schrie die Stille so 1aut, wie die Wölfe noch einen Augenblick zuvor geheult hatten. Kein Knurren, keine menschlichen Stimmen durchschnitten die Luft. Die Jäger blickten einander unsicher an. Derjenige, der den Wolfsjäger mit dem Messer malträtiert hatte, ließ den erschlafften Körper ganz auf den Boden fallen. »Er ist tot«, sagte er achselzuckend.

Der Jäger, der Dion hielt, nickte. »Na schön«, sagte er kalt. »Dann machen wir mit ihr weiter.«

Dions Gedanken wirbelten wild durcheinander. Die Abwesenheit der Grauen wirkte in der Leere ihrer Gedanken wie ein Schock. Ein Wolfsläufer war gestorben. Die Worte waren ihre eigenen, nicht die der Wölfe. Sie starrte auf den Körper, der da neben ihr lag. Die Blutlache, die sich über seiner Brust ausbreitete, durchnäßte seine Tunika, wurde immer größer, als deckte man ihn mit einer roten Decke zu. Sie schluckte. Der Jäger gab ein warnendes Grunzen von sich, als sie versuchte, sich aufzurichten, doch da sie wankte und durch den pochenden Schmerz in ihrem Gesicht das Gleichgewicht nicht richtig fand, ignorierte er ihre Bewegungen.

Statt dessen wandte er sich wieder dem Wald zu. »Hast du gesehen, Ariyaner? Ein toter Wolfsläufer – nur wegen dir. Willst du auch den zweiten töten?« Er riß das eigene Messer aus der Scheide. »Ich verspreche dir, ich lasse sie am Leben, wenn du herauskommst. Ich brauche sie – und dich – lebend. Das weißt du auch ohne ein Ehrenwort von mir!« rief er mit grimmigem Gesicht. Seine Augen suchten ununterbrochen den Waldsaum ab. »Kommst du nicht?« Er hob das Messer. »Sei nicht blöd«, stieß er hervor. »Ich kann sie auch als Krüppel noch gebrauchen.« Er senkte das Messer vor Dions Brust, schlitzte durch den Stoff ihrer Tunika, als sei er nicht vorhanden. Die Klinge schnitt in ihre Brust, quer über ihr Brustbein und weiter bis zu den Rippen hinunter. Sie schrie. Sie konnte es einfach nicht zurückhalten.

Rafe sprang auf. »Halt!« Leise fluchend trat er zwei Schritte heran. »Hör auf, hier bin ich.«

»Nein«, stöhnte Dion. »Rafe …«

Das Messer zum nächsten Schnitt angesetzt, betrachtete der Jäger den Späher mit einem gehässigen Lächeln. »Na, los«, sagte er dann leise, »gesell dich zu uns.«

Rafe kam widerstrebend auf die Lichtung und wurde sofort eingekreist. Man zog ihm den Bogen von der Schulter, gürtete das Schwert ab, entriß ihm das Messer. Dann wurde er auf den Boden geworfen, mit dem Gesicht grob in den festgebackenen Erdboden gestoßen, und sein Schmerzensgrunzen wurde ignoriert. Hände tasteten ihn ab, suchten nach anderen Waffen. Die Stiefelmesser wurden entdeckt. Man bog ihm die Arme nach hinten, band sie so fest, daß er erneut erstickt aufgrunzte und die Zähne vor Schmerz zusammenbiß. Seine Hände waren im Nu taub.

»Hört auf«, flüsterte Dion.

»Halt's Maul.« Der erste Jäger schlug ihr wieder ins Gesicht. Er betrachtete den Kundschafter einen Augenblick und sagte dann: »Tötet ihn.« Er drehte sich auf dem Absatz um und zog sie mit sich auf den Schuppen zu.

»Nein!« stieß Dion hervor. »Rafe ...«

Hinter ihr war ein gurgelnder Schrei zu hören, gefolgt vom abgehackten Trommeln zuckender Füße auf dem Boden. Dion riß sich aus dem Griff des Jägers, drehte sich um und starrte mit angehaltenem Atem auf Rafes sich windenden Körper. Blut spritzte aus seinem Hals. Ein winselndes Blubbern entwich ihm. Sein Körper zuckte, seine Beine scharrten im Staub, bis sie schwächer wurden, ruhig waren, noch einmal zuckten und dann erschlafften. Dion konnte sich nicht bewegen. Rafe, ihr Späherpartner, war tot. Tot wegen ihr. So sicher wie die Monde über den Himmel wanderten, hatte sie ihn umgebracht.

Als die Jäger sie wieder bei den Armen packten und zum Schuppen zerrten, leistete sie keinen Widerstand mehr. Die Tür fiel krachend zu, und der Riegel polterte mit einem dumpfen hölzernen Knall herab. Wie erstarrt hockte sie dort auf den Knien, wo man sie fallen gelassen hatte, mit völlig leerem Bewußtsein, leer bis auf den einen Gedanken, der sie unablässig anschrie: Sie selbst habe Rafe getötet.

Weiter im Süden, am anderen Ufer des Phye, hatte Aranur die Hände fest in Hishns Fell gekrallt. Er kämpfte mit dem grauen Tier, zwang die Wölfin, ihm in die Augen zu sehen. »Hishn«, knurrte er, »wo ist sie?«

Die graue Wölfin schnappte nach ihm, legte ihre schimmernden Fänge um seinen Unterarm, aber er ließ sie nicht los. *Dunkel.* Plötzlich winselte sie leise. *Dunkel wie eine Höhle um Mitternacht. Der Tod fault in ihrer Nase ...*

»Ist sie bei Bewußtsein?« drängte er und knirschte vor Anspannung mit den Zähnen. »Kannst du sie erreichen?«

Sie hört nicht …

»Bring sie dazu«, fuhr er sie an. »Zwing sie, dir zuzuhören.«

Hishn knurrte kehlig und schüttelte den Kopf, befreite sich aus seinem Griff. Gereizt ging sie auf und ab, drehte auf den Hinterbeinen um, als sie nur einen Meter entfernt war.

Aranur sah auf, als sich eine Hand auf seine Schulter legte. »Dion ist gefangen worden«, sagte er schroff. »Rafe ist tot.«

Gamons Züge verhärteten sich. »Steigt auf!« rief er der Gruppe zu. »Wir reiten sofort weiter! Jetzt schaffen wir es in drei Stunden bis zur Goldgräbersenke!«

Weiter im Norden wartete Usu immer noch ungeduldig am Wegesrand. Hinter ihm stand Seiker, stumm und reglos wie ein Stein. Bald schon … Die Karren rumpelten. Die Dnu schnaubten. Jeden Moment mußten sie um die Ecke …

»Jetzt!« Usus Pfeil zischte davon. Zwei Jäger ritten voraus, hinter ihnen folgten zwei Karren, drei weitere Jäger bildeten die Nachhut. Usus Pfeil erwischte einen der vorderen Jäger. Zwei andere Pfeile rissen den zweiten Mann aus dem Sattel. Sein Schrei wurde sofort erstickt, als die Dnu hinter ihm in Panik gerieten, lospreschten und ihn unter ihren Hufen begruben. Der Kutscher schnappte sich die Zügel und trieb die Dnu noch heftiger an. Ein Pfeil riß seine Seite auf, ein zweiter durchbohrte seinen Arm, er schrie auf und krümmte sich über den Kutschbock. Eine von Usus Frauen sprang den Karren an. Mit der aus Adrenalin geborenen Behendigkeit schwang sie sich hinauf, packte die Zügel, die noch immer in den Händen des Kutschers lagen, und beförderte den Mann mit einem Fußtritt seitlich vom Bock hinunter. Weitere Bolzen erwischten die anderen Jäger, holten sie aus Sätteln und Sitzen.

Nach zwei Minuten war alles vorbei. Die Dnu waren eingefangen und beruhigt, die Karren geentert, und säckeweise waren Nahrung, Kleidung und Waffen aussortiert. Usu nickte zufrieden. Noch ein Überfall von dieser Sorte, dann hatte seine Gruppe bis zum Mittsommer ausgesorgt. Inzwischen mußten die Jäger seine Aktionen empfindlich spüren. Usu hatte allein im vergangenen Monat drei komplette Karawanen gekapert. Peyel, ihre Kontaktfrau in einer der Städte, hatte ihnen erzählt, daß die Jäger jedem, der Usus Gruppe aufbrachte, versprachen, er dürfe sie einen ganzen Monat für sich haben, bevor sie sie töteten. Nach langer Folter. Er schauderte. Was würden die Jäger wohl dafür geben, um herauszufinden, daß er, Usu, der Anführer des nördlichen Waldes, sich bei ihnen einen zweiten Sold als ihr Scharfrichter verdiente …

Er sah sich um und stellte erneut fest, daß er kein Mitleid mit den Jägern empfand. Was sie diesem Land angetan hatten, war unsäglich. Sogar Peyel, die eine einfache Arbeit als Tavernenwirtin verrichtete, hatte unter ihrer Hand schon so einiges zu leiden gehabt. Zweimal im letzten Jahr war sie für mehrere Ninans verschwunden … wurde für ihre Bemerkungen bestraft. Usu preßte die Lippen zu dünnen Strichen zusammen. Er würde sie rächen, als wäre sie seine eigene Schwester.

Mehrere seiner Leute hielten die Jäger fest, drückten ihre Gesichter ohne Rücksicht auf ihre Wunden in den Waldboden, doch Usu kümmerte sich nicht darum. Ihr Schmerz spielte keine Rolle. Sie würden nicht lange leiden müssen. Er bekämpfte das Unwohlsein, das seinen Magen immer dann heimsuchte, wenn er Seiker beobachtete.

Ohne Hast ging Seiker, die schweigende Frau, von einem sich windenden Jäger zum nächsten. Ohne ein Wort zu sagen, ohne sie nur anzusehen, beugte sie sich einfach nur nieder und schnitt ihnen mit ruhiger Gelassenheit die Kehlen durch, als schnitte sie Blumen für ein Bouquet. Dann blieb sie geduldig neben ihnen in der Hocke, bis ihre Fersen aufhörten, gegen die Erde zu schlagen und das Blut sich zu einem kleinen

Rinnsal abschwächte. Sobald sie tot waren, zog sie den Seikerstachel aus ihrer Tasche und markierte sie. Drei tiefe Stichwunden. Nur in die linke Wange.

Wie damals bei ihr.

Usu lief es kalt den Rücken herunter. Er wandte sich ab.

Dion würgte in der Dunkelheit. Das Licht, das durch die Ritzen und Spalten in der Wand hereinfiel, ließ die Körper wie Gespenster erscheinen. Ein flüchtiger Eindruck eines grinsenden Gesichts … das Funkeln eines geöffneten Auges …

Mochten die Götter sie davon abhalten zu schreien.

Graue Stimmen schwollen in ihrem Bewußtsein an und klangen wieder ab. Die Verzweiflung der Wölfe prasselte wie stumpfe Keulen auf sie. Zu ihrer Rechten streifte ein Lichtstrahl einen baumelnden Körper. Ihr Hirn war völlig ausgebrannt.

Wolfsläuferin, schrien die Stimmen. *Höre uns. Lauf mit uns …*

Oh, ihr Götter. Oh, ihr Götter. Ihr Monde, die ihr das zarte Licht malt … Ein kalter Hauch stieg vom Boden auf, und Dion erschauerte unwillkürlich. Der Gestank des Todes drang tief in ihre Nase – ein so abscheulicher Geruch, so konzentriert, in diesem Schuppen …

Ein Schuppen. Die Wölfe. Dion blinzelte. Ihre Wangen waren faltig. Sie bäumte sich gegen die Riemen auf, die ihre Arme aneinanderbanden. Das Blut kribbelte ihr bereits in den Schultern. Bald schon würde sie ihre Arme überhaupt nicht mehr spüren. Sie fragte sich, ob das noch eine Rolle spielte. Die Wölfe …

Wolfsläuferin!« rief Hishn.

Nein, dachte sie dumpf, diese Stimme ist nicht mein Wolf. Das ist ein Mensch, weit entfernt, ein Mann.

Dion!

Sie hob den Kopf. Jetzt sah sie den Schuppen deutlicher. Die wenigen Lichtstreifen zeigten ihr, was sie roch. Oh, ihr Götter, diese Körper …

Das tun sie, um dich zu erniedrigen, rief die Stimme. Weit weg, weit jenseits ihrer Gedanken bestand die Stimme darauf, daß sie ihr ihre Aufmerksamkeit schenkte.

»Wolfsläufer«, flüsterte sie.

Ja. Hörst du sie?

»Die Wölfe …«

Lauf davon, Dione. Du kannst die Wölfe immer noch mit dir nehmen.

Entschlossenheit klang in dieser Stimme, und Dion blinzelte. Die Dunkelheit, die Toten … Sie kämpfte gegen die aufsteigende Galle in ihrer Kehle an. Dann neigte sie sich nach vorne, übergab sich, verlor das Gleichgewicht und versuchte, die Beine so auszustrecken, daß sie nicht in das eigene Erbrochene fiel.

»Oh, ihr Monde«, flüsterte sie. »Hishn …«

Die graue Wölfin glitt in ihr Bewußtsein. *Ich giere. Mordlust in meinen Zähnen. Wolfsläuferin …*

»Hishn.« Dion schaffte es, sich mit einiger Anstrengung auf die Füße zu stellen. Ihre Lippen schwollen schon mächtig an. »Hishn, ich bin hier.« Sie sprach die Worte langsam aus, als wollte sie sich selbst überzeugen, und als sie sie vernahm, wußte sie, daß es der Wahrheit entsprach. Rafes Tod … der andere Wolfsläufer … Der Schock der Wölfe wütete noch immer in ihr, und sie mußte ihn ausblenden. Sie bemühte sich, die Verbindung zwischen ihnen zu schließen, nur noch das dünne graue Band zuzulassen, das sie mit Hishn verband.

Sie schob sich zwischen zwei der hängenden Körper durch. Einer schaukelte, berührte sie, und sie schrie auf. Ihr Magen hob sich. »Oh …« Sie warf sich gegen die Schuppenwand, übergab sich wieder, hustete und spuckte Reste von Galle und Blut heraus.

Dann wischte sie sich den Mund, so gut es ging, an der Schulter ab; die Fesseln hielten die Arme brutal zurück. Sie mußte etwas finden, mit dem sie das Leder zerschneiden konnte. Sie kroch im Schuppen herum, schauderte, als sie wieder einen Körper streifte. Außer den Toten gab es nichts in diesem Schuppen. Sie drückte gegen das Holz der Wände. Die Tür befand sich auf dieser Seite; also mußte sie versuchen, an der anderen Seite herauszukommen. Das Holz war teilweise verrottet, doch insgesamt war der Schuppen recht stabil. Sie versuchte nachzudenken. Was würde Aranur tun? Die Wände eintreten. Bei diesem Gedanken hätte sie beinahe gelächelt, zuckte jedoch mit einem leisen Winseln zusammen, als ihr der Schmerz in das mißhandelte Gesicht fuhr. Na schön: was würde Gamon tun? Jedes einzelne Brett überprüfen, sagte sie sich, und dann die Wände eintreten. Diesmal lächelte sie nicht.

Wolfsläuferin, drängte die graue Stimme in sie. *Hörst du mich? Ich bin hier.* Es war Hishn und nicht Hishn. Es war die Stimme des Wolfes aus dem Wald.

»Du ehrst mich, Grauer.«

Ich grabe.

Die scharrenden Geräusche, das Kratzen in der Erde, der plötzliche Geruch nassen Waldbodens über toten Körpern … Dion würgte erneut, doch sie hatte nichts mehr in sich. Sie lehnte sich neben der Stelle, an der gegraben wurde, gegen die Wand und riß dann die Augen weit auf. Licht … die Wände waren viel zu dick zum Eintreten. Jedenfalls würde sie es nicht in einer Stunde schaffen; aber der Boden …

»Grauer«, flüsterte sie aufgeregt, »es könnte klappen!«

Warte.

Zeit. Wie lange? Würden es die Jäger sehen? Schritte näherten sich dem Schuppen, und der Graue rührte sich nicht mehr, lag in sein Loch gekauert, so daß sein Körper nicht über den Erdboden hinausragte. Dion sank an der Wand zusammen. Der Riegel wurde hochgeschoben, die Tür ging auf, und sie blinzelte mit tränenden Augen hinüber. Der Jäger warf einen Blick auf den Boden, sah ihr Erbrochenes und grinste. »Gefällt dir dein Quartier? Hier hast du noch ein wenig Gesellschaft.« Er zog Rafes Leichnam herein und befestigte ihn mit der Hilfe zweier anderer Jäger am Hals an einem Ring unter einem der Dachbalken. »Laß dir von denen keine Widerrede gefallen, hörst du?« Er lachte trocken.

Die beiden anderen grinsten sie anzüglich an. »Nicht weglaufen«, ermahnte sie einer von ihnen. »Wir brauchen dich noch, zum … Reden«, betonte er bösartig. »Später.«

Dion wandte das Gesicht ab, weigerte sich, sie anzusehen. Sie erwarteten keine Antwort, sondern gingen ohne Eile hinaus und verriegelten die Tür. Dion konnte ihre Schritte noch hören, da fing der Graue hinter dem Schuppen schon wieder zu graben an.

»Sei vorsichtig«, flüsterte Dion. »Wenn sie dich sehen, stecken sie dich wieder in den Käfig.«

Er gab keine Antwort, nur Hishn heulte in Dions Kopf. Ihre Ungeduld und ihre Enttäuschung wuchsen mit jedem Moment. *Kratzen, die Klauen im Erdreich. Nach hinten scharren und wieder graben …* Seine Klauen kratzten über das Holz, und Dion hielt den Atem an, aber er hörte nicht auf. Jetzt drang bereits graues Licht durch die Ritzen, doch sie konnte seine Gestalt kaum erkennen. Sie wand sich in ihren Fesseln. Sie war zu benommen gewesen, um die Muskeln anzuspannen, als sie sie fesselten, und hatte so jetzt kaum Spielraum. Halt – die Schlaufe über ihrem linken Handgelenk … Sie verdrehte das Gelenk, was den Strick an ihrem linken Arm fester zusammenzurrte, so daß sie fast aufgeschrien hätte. Aber der rechte war jetzt lockerer. Wieder drehte sie das Gelenk. Haut riß. Hishn heulte in ihrem Kopf. »Aahhh«, stieß Dion leise hervor. Sie drängte die Finger eng aneinander und zog sie unbeholfen durch die Schlinge, Haut und Blut zurücklassend. Ihr Arm war noch nicht frei, aber sie konnte jetzt immerhin die Schlinge um ihr linkes Handgelenk lösen, und sobald diese Hand frei war, brauchte sie nur einen Augenblick, um sich aus den Stricken um ihre Arme herauszuwinden. Als ihre Schultern endlich wieder nach vorn rutschten, hätte sie vor Erleichterung fast aufgeschrien. Dann fing das Blut brennend zu zirkulieren an; sie biß die Zähne zusammen, bewegte die Schultern, um wieder Gefühl in sie zu bekommen. Ebenso tat sie es mit den Handgelenken. Rollen, hin und her drehen, dabei nicht auf das Blut achten, das über die eine Hand lief. Der Graue kratzte wieder über Holz, und diesmal drückte Dion mit ihrem Gewicht dagegen. Sie prallte leicht davon ab, spürte jedoch, daß es ein wenig nachgab. Sie warf einen Blick über die Schulter. »Wie tief ist es jetzt?«

Bald ... Der Wolf war zu beschäftigt, grub wie wild an seinem Loch weiter, sein Körper streckte sich, zog sich zurück, wenn sich die Erde unter seinem Bauch anhäufte; dann mußte er aus dem Loch heraus und den Haufen erst unauffällig verteilen, bevor er sich wieder ans Graben machte. Dion schauderte. Ihre dünne Tunika wärmte sie kaum. Sie stand an die Wand gelehnt und lauschte, bis der Lichtsplitter, der jetzt auf eine Leichenhand fiel, sie auf einen Gedanken brachte. Das Seil war lang genug ... Sie hob den Strick vom Boden auf, bewegte sich zur Tür und band ein Ende an den Griff. Das andere Ende zog sie quer durch den Schuppen, schlang es einmal um das Handgelenk eines Toten und zurrte es mit einem Händlerknoten fest. Mit einem bösen Lächeln betrachtete sie die undeutlichen Formen. Wenn die Jäger versuchten, die Tür zu öffnen, würden sie eine schöne Uberraschung erleben. Wahrscheinlich rechneten sie nicht damit, daß sie sie von innen zuhielt.

Der Wolf grub noch immer. Ungeduldig ging sie auf und ab. »Jetzt?«

Bald.

Sie knirschte mit den Zähnen. Ihre Handgelenke pochten, und ihre Hände und Knöchel fühlten sich an, als hätte man sie in Säure getaucht. Die Stricke der Jäger waren ausgesprochen rauh.

»Jetzt?« fragte sie erneut.

Jetzt.

Sie überprüfte die Bretter ein zweites Mal, spürte, wie sie

nachgaben, und wich einen Schritt zurück. Dann trat sie dagegen. Ihr Fuß prallte vom Holz ab. Sie sagte nichts, atmete tief ein, zielte wieder und entspannte sich. Als sie diesmal zutrat, hörte sie ein scharfes Knacken. Sie erstarrte.

Weiter. Nicht aufhören.

Sie trat erneut zu. Das Knacken wiederholte sich. Beim dritten Versuch zerbrach das Brett. Scharfzackige Splitter bohrten sich in ihr Bein, als ihr Fuß nach außen durchstieß, und sie biß sich in den Unterarm, um nicht vor Schmerz zu brüllen.

Wolfsläuferin, heulten die Grauen. *Schmerz … brennende Beine …*

»Mir geht's gut«, knurrte sie. »Alles bestens.«

Sie verlagerte ihr Gewicht auf das zerbrochene Brett, und die Splitter gaben ihre Leggings frei. Nachdem sie ihr Bein herausgezogen hatte, zitterte sie. Mit kalter Wut ging sie einen Schritt zurück und trat erneut zu. Eine Minute. Zwei. Jetzt hatte sie schon drei Bretter dicht oberhalb des Schuppenbodens zertreten. Schließlich gelang es ihr, sie aus der Wand zu reißen, wodurch eine Lücke entstand, die so hoch war, wie ihr Unterarm lang. Sie starrte das Loch an, auf das graue Tageslicht, das rings um eine schwarze Nase hereinströmte. Eine Nase zwängte sich herein. Dion streckte die Hand aus und berührte die Schnauze des Grauen.

Schnell, drängte der Wolf.

Sie stellte die herausgebrochenen Planken gegen die Schuppenwand. Dann kroch sie, mit dem Kopf voran, in das Loch. Holzsplitter raspelten über ihren Rücken, doch es gelang ihr, ihre schlanke Gestalt in den engen Graben zu zwängen, bis ihr Kopf auf der Außenseite herausschaute. Ihre Augen tränten von der plötzlichen Helligkeit. Sie konnte sie nicht trockenwischen. Ihre Schenkel schienen festzustecken. Sie wand sich hin und her, drehte sich ein wenig, bis zunächst das eine Bein, dann auch das andere eine Handbreit freikamen. Als ihre Waden gegen die Splitter scheuerten, wußte sie, daß sie es geschafft hatte.

Schnell, wiederholte der Graue. Er stand dicht gegen die Rückseite des Schuppens gepreßt und sah sie mit glühenden Augen an. Die grauen Stimmen aus dem Hintergrund wurden immer drängender, und Hishn heulte.

Beeil dich, Wolfsläuferin. Der Jäger ist an der Tür. Die Höhle ist nicht mehr sicher.

Dion kam hoch, preßte wie der Wolf den Rücken gegen den Schuppen. Die Jäger standen an der Vorderseite. Wollten sie in den Schuppen hinein? Sie wußte es nicht. Die Dnu …. wo standen sie? Bevor sie davonlief, mußte sie sie auseinandertreiben. In der größeren Scheune? Sie schlich sich bis zur nächsten Schuppenecke. Von ihrem Standort aus konnte sie die Scheune erreichen, ohne daß die Jäger sie entdeckten …

Der Graue hielt sie mit den Zähnen am Bein fest. *Meine Brüder und Schwestern, …*

»Ich muß zuerst die Dnu auseinandertreiben«, flüsterte sie. »Dann müssen mich die Jäger zu Fuß verfolgen. Und sie werden die Wölfe mitnehmen.«

Er ließ sie widerstrebend los. Wie zwei Schatten liefen, krochen und schlichen sie zur Scheune. Dion kroch hinein. Nur sehr wenige Dnu befanden sich hier, doch dann fiel ihr ein, daß es auch nicht viele Jäger gewesen waren. Wahrscheinlich stammten diejenigen, die sie und Rafe abseits des Weges gefunden hatten, aus diesem Lager. Sie band die vier Dnu, die sie fand, zusammen und besänftigte sie mit leiser Stimme, denn der Geruch von Blut und Erbrochenem, der an ihrem Körper haftete, beunruhigte die Tiere. Dann führte sie alle gleichzeitig leise zur Hintertür hinaus, immer weiter besänftigend auf sie einredend, bis sie den Waldsaum erreicht hatte. Dort ließ sie sie los, doch die Tiere zeigten kein Interesse daran, weiter in den Wald hineinzulaufen. Als sie einem von ihnen einen Klaps auf die Flanke gab, drehte es sich nur um und glotzte sie an. Erst als der Graue nach seinen Fersen schnappte, machte das Dnu einen erschrockenen Satz. Der

Wolf biß auch die anderen leicht in die Beine, doch sie quiekten nur auf, und Dion fluchte. »Jetzt, Grauer«, murmelte sie, »heißt es laufen.«

»Sieh in der Scheune nach!« gellte die Stimme eines Jägers. Dion und der Wolf rannten bereits. Dion setzte ins Unterholz, trampelte Farne nieder und zerbrach kleine Äste. Wenn sie diesem Pfad nicht folgten, verdienten sie nicht einmal den Namen Jäger.

»Alle hierher! Die Wolfsläuferin ist abgehauen! Laßt den Schuppen sein! Sie ist hinten raus!«

»Holt die Wölfe«, knurrte der Anführer, »und bringt einen der Wolfsläufer mit, damit die Viecher auch spuren!«

Dion warf einen Blick zurück, lief gegen einen Zweig in Halshöhe und stieß einen unterdrückten Fluch aus. Zwei Jäger hatten die Verfolgung bereits aufgenommen. Sie lief schneller. Der Graue neben ihr duckte sich plötzlich nach rechts weg. Dion folgte ihm. Ein Pfad tat sich vor ihnen auf.

Wolfsläuferin, heulte Hishn. *Lauf!*

Wolfsläuferin, sangen die Grauen, endlich aus den Käfigen befreit. *Wir kommen!*

Sie heulten so laut, daß Dions Ohren klingelten. Die Jäger hatten sie jetzt entdeckt und riefen: »Hier lang!« und: »Da drüben ist sie!«

Der Graue vor ihr schlug einen Haken nach links, und Dion folgte ihm. Sie schlug sich auf allen vieren durch den Tunnel aus Gestrüpp, zog sich an der anderen Seite wieder hinauf und duckte sich auf dem neuen Pfad nieder. Sie bemerkte sofort, wie weich die Erde hier war, und drückte die Zehen tief hinein, als wäre sie auf die Füße gesprungen. Nach einem weiteren Blick zurück hielt sie den Atem an, drehte sich um und rannte los.

Auf der ersten Meile waren die Pfade flach. Die Wölfe hatten inzwischen ihre Fährte aufgenommen, und als sie sie vor sich sahen, heulten sie. Die Jäger liefen schweigend hinter ihnen her und rissen am Halsband des Wolfsläufers, wenn er ihnen zu langsam wurde. Nach zwei Meilen stieg der Pfad allmählich an. Dion atmete stoßweise und verlangsamte ihr Tempo; sie drückte die Fäuste in die Seiten, damit das Stechen nicht schlimmer wurde. Drei Meilen. Vier. Graue führte sie auf den Hauptweg, und sie lief weiter, immer in dem Wissen, daß die Jäger so dicht hinter ihr waren, daß sie sie ab und zu sehen, doch weit genug, damit sie keinen Gebrauch von ihren Bogen machen konnten.

Lauf, Wolfsläuferin, heulte Hishn in ihrem Kopf. *Wir hören deine Jagd. Wir warten …*

Aranur, Gamon … sie alle waren dort, auf der anderen Seite des Flusses. Erleichterung durchströmte sie. Sie mußten weder Mensch noch Dnu geschont haben, um den Übergang so rasch zu erreichen. Aranur …

Die fünfte Meile verrann, da vertrat sich Dion den Knöchel und fiel hin. Sie rappelte sich hoch, doch die Jäger hatten es gesehen. Mit lautem Gebrüll stürzten sie näher.

Weiterrennen. Über Hindernisse auf dem Weg springen. Wind setzte ein, und Dion wurde schneller. Nur noch eine Meile. Vielleicht mehr? Sie hörte bereits den Fluß und wußte, daß die Jäger sie deutlich sehen konnten. Schnell. Schneller. Ihre Rufe wurden vom Rauschen des Phye nicht ganz übertönt. Der Pfad brach unter ihren Füßen ein und sie sprang zur Seite, als ein beträchtliches Stück davon seitlich die Klippe hinunterkollerte. Weiter – weiter zur Furt.

Heul mit uns, Wolfsläuferin, sangen die Wölfe hinter ihr. *Lauf mit dem Wind.*

Kommt, drängte sie. *Bleibt dicht hinter mir.* Der Graue, der mit ihr lief, rannte im Wald, nicht auf dem Pfad. Die Jäger hatten seine Anwesenheit noch nicht bemerkt.

Dort … ein Stück weiter noch. Die Flußbiegung … ob die Baumbarrikade noch da war? Sie wußte es nicht. Das Ufer war zu hoch. Bitte, ihr Götter, betete sie. Ihr Knöchel verdrehte sich, verdrehte sich noch einmal, und sie fiel zur Seite, schlug heftig mit dem Knie auf dem Boden auf. Nicht jetzt, schrie sie stumm. Sie rappelte sich wieder hoch, ignorierte den stechenden Schmerz in ihrem Bein. Wie Sobovi und die anderen konnte auch sie damit weiterlaufen. Die Grauen würden sie stützen.

Bitte, ihr Monde, nur ein Quentchen Glück. Sie lief um die Biegung. Der Fluß rauschte an ihr vorbei. Dort lagen die Baumstämme. Hishn knurrte in ihren Gedanken, schritt auf und ab, wütete schweigend neben der dunklen Gestalt Aranurs. Sie warteten. Ganz nah. Sie mußte nur noch über die …

Hier! schrie sie den Wölfen zu. *Hier ist es. Ihr müßt mit mir kommen!*

Sie sah sich nicht um. Sie waren da, das konnte sie hören. Die Füße der Jäger trommelten wie ihre eigenen auf der Erde. Sie riefen sich etwas zu, denn jetzt hatten auch sie die Stämme entdeckt.

Kommt, forderte sie die Wölfe auf. *Kommt mit hinüber nach Ariye.*

Sie rutschte den Hang hinunter, verlor den Halt an den Wurzeln und schlidderte in den Uferschlamm, landete auf der Seite und spürte sofort die eisige Kälte durch die dünne Tunika. Rasch erhob sie sich, rutschte noch einmal aus, kletterte mühsam auf die Stämme.

»Knallt sie ab!«

»Nein! Wir brauchen sie lebend. Fangt sie. Sie kommt nicht mehr weit.«

Sie kroch ein Stück auf dem Stamm entlang und stellte sich dann auf, legte die Strecke in gebücktem Lauf zurück. Der Graue, der sie begleitet hatte, folgte ihr nicht. Er konnte warten. Er konnte die Freiheit im Mund seiner Gefährtin beinahe schmecken.

Wolfsläuferin, rief er sie an. *Lauf mit dem Wind.*

»Du auch, Grauer.« Sie hielt inne und wandte sich um. »Die Ehre wird immer mit dir sein.«

Sie gelangte zehn Schritte weiter und mußte zum nächsten

Stamm springen. Er bewegte sich unter ihr, und sie erstarrte. Bei den Göttern … wenn der Damm nicht hielt … Doch die Kraft des Flusses hatte einen weiteren Baumstumpf in den Haufen getrieben, der den ganzen Damm sogar noch fester zusammenhielt. Sie sah bereits den Eingang zur Senke vor sich. Nur noch dreißig Meter, dann war sie in Ariye, und Aranur würde ihr die Jäger vom Hals schaffen …

Sie war so nahe, daß die Jäger nicht mehr zögerten. Sie schrien auf ihren Wolfsläufer ein, zwangen die Wölfe, hinter Dion her über den Stamm zu klettern und bestiegen arglos den Damm. Die Wölfe zögerten wieder, der Wolfsläufer erhielt einige Peitschenhiebe, rutschte aus und wäre wohl in den Phye gefallen, hätte er nicht das Band um den Hals gehabt. Würgend und hustend wurde er wieder heraufgezogen, sein Gesicht lief dunkelrot an, bis er wieder festen Grund unter den Füßen hatte. Die Jäger fluchten.

Das Wasser rauschte. Mehr Wind kam auf, ließ Dion unter ihrer Tunika erschauern – und sie rutschte aus.

Wolfsläuferin! ertönte Hishns Stimme in höchster Panik.

Alles in Ordnung, Hishn. Sie balancierte vorsichtig weiter, ignorierte die Wölfe, die jetzt nur noch wenige Meter von ihr entfernt waren. Als sie sprang, vernahm sie die Freude der Tiere wie einen gewaltigen Windstoß in ihrem Kopf. Sie landete auf dem Felsen, mit einem Fuß im Wasser. Kurz darauf stand sie schon auf dem nächsten Steinbrocken, von dem aus das Ufer mit einem leichten Sprung zu erreichen war. Sie sprang. Ihre Knöchel versanken im Schlamm, so daß sie sich armrudernd nach vorne werfen mußte, um wieder freizukommen. Sie mußte das Steilufer erreichen, bevor die Wölfe sie eingeholt hatten. Hinter ihr setzte der erste Wolf auf den Felsen. Die Jäger schrien triumphierend.

Vor ihr lag das Steilufer. Sie machte einen Satz, erwischte einige Wurzeln und zog sich hinauf. Dann lief sie wieder, kalter Schweiß rann an beiden Seiten hinunter, und ihre Füße waren schwer von Schlamm. *Hishn … wie weit noch?*

In die Senke hinein, direkt hinter dem Rispengras. Dion entging das Drängen in der Stimme der Wölfin nicht; sie saugte sie in sich hinein, ließ sich von ihr neue Geschwindigkeit verleihen. Sie konnte Aranur neben der Wölfin beinahe spüren, wie er gleich der Grauen auf und ab ging, knurrend und leise vor sich hinfluchend.

Sie fing an zu schwanken, ihr Atem kam stoßweise, die Hände waren in die Seiten gedrückt. Sie warf einen raschen Blick zurück und stolperte. Ihr Götter! Ihre Verfolger waren nur noch vierzig Meter hinter ihr. Weiter sprintete sie, die Fäuste vor Anstrengung fest geballt. Die Senke war nur noch eine halbe Meile entfernt. Nur noch ein Stückchen weiter. Wieder verdrehte sich ihr Knöchel, und sie fiel wieder. Die Jäger setzten mit langen Sprüngen nach. Dion fuhr taumelnd hoch und floh weiter.

Voll verzweifelter Ungeduld verfolgte Aranur das Rennen vom Saum der Senke aus. Dion holte das Allerletzte aus sich heraus. Wie weit war sie schon gelaufen? Vier Meilen? Fünf? Und dabei die ganze Strecke in vollem Tempo? Komm schon, feuerte er sie leise an. Nur noch bis zum Rispengras. Nur bis zum Rand. Ihr Gesicht war geschwollen, an einer Seite verfärbt. Ihre Tunika klaffte an der Vorderseite auf. Aranurs Zorn schwoll an, doch er hielt ihn im Zaum. Zuerst mußte Dion in Sicherheit sein. Dann war die Zeit der Rache gekommen. Sie stolperte, und sein Kinn versteifte sich. Steh auf! rief er stumm. Hishn knurrte, und sein stiller Ruf schien davonzuhallen. Als Dion sich erneut den Knöchel vertrat, schlug sie hart auf und rollte sich zur Seite.

Neben Aranur preschte einer der Schwertkämpfer los. »Los, Leute!« rief er. »Sie ist gestürzt!«

»Nein!« zischte Aranur und hielt ihn energisch am Arm fest. »Warte noch.«

Der Krieger funkelte ihn an, als halte er ihn für einen der Jäger. »Was bist du bloß für ein Mann?« fragte er.

Aranur hielt die Luft an. Dann wandte er sich dem Krieger langsam und mit einem eisigen Blick aus seinen grauen Augen zu. Der Krieger taumelte zurück, die Hand zur Abwehr halb erhoben. Aranur starrte ihn einen Moment lang an und drehte sich dann wieder zur Seite. Nur noch eine Viertelmeile entfernt kam Dion auf sie zugerannt.

Der andere Mann war wie betäubt und stieß einen unterdrückten Fluch aus. Gamon verwies ihn wieder auf seine Position, und der Mann fluchte erneut. »Was ist denn mit ihm?« murmelte er und warf einen wütenden Blick auf Aranurs Rücken. »Will er sie umbringen? Sie kann sich doch kaum mehr auf den Beinen halten! Bedeutet ihm ihr Leben so wenig?«

Gamon, der Dions taumelnden Lauf beobachtete, überprüfte in aller Ruhe die Sehne seines Bogens und zog einen Pfeil aus dem Köcher. »Sie ist seine Versprochene.«

Der Mann starrte ihn ungläubig an. Als Gamon ihm den Rücken zuwandte, fing der junge Krieger erneut leise, aber heftig zu fluchen an.

Aranur verfolgte das Rennen schweigend. Dion stolperte noch einmal, fing sich wieder und lief weiter. Die Wölfe streckten sich hinter ihr. Sie gab keinen Laut von sich, nur die Jäger brüllten triumphierend hinter ihr her, sich ihrer Beute schon so gut wie sicher. Dions Gesicht verzerrte sich vor Anstrengung, ihre Fäuste ballten sich. Aranur mußte sich dazu zwingen, reglos im Versteck zu verharren. Nur die Muskeln, die unter den Wangen spielten, und das Knirschen der Zähne verrieten Gamon, was sein Neffe jetzt durchmachte. Er berührte Aranur kurz am Arm, bevor er sich auf seinen Posten begab. Hishns Jaulen ging in tiefes Knurren über. Die Wölfe waren Dion jetzt dicht auf den Fersen. Die Jäger feuerten sie an, sie zu packen und aufzuhalten, doch statt dessen liefen die Grauen um sie herum. Sie strauchelte, streckte die Hand aus und fand einen flauschigen, grauen Halt. Jetzt war Rispengras unter ihren Füßen. Rispengras ... Sie wirbelte herum und verhöhnte die Jäger. »Jaaah!« schrie sie nach hinten.

»Du elende Lepahure!« brüllte einer von ihnen. »Du bist eine …«

Bevor er den Satz beenden konnte, bohrte sich ein Pfeil in seinen Hals. Dion und der andere Wolfsläufer warfen sich zu Boden, die Wölfe liefen auseinander. Der Pfeilhagel ergoß sich lautlos und überraschend über sie. Jemand schrie. Ein anderer gab obszön gurgelnde Laute von sich. Dion duckte sich tief ins Gras. Wenn die Jäger auch nur einen Schuß anbringen konnten …

Aranur stürmte durch das Gras heran. Er erreichte Dion, lief gleich zu dem anderen Wolfsläufer weiter, zerschnitt die Leine, so daß er sich vor den sich windenden Körpern der sterbenden Jäger in Sicherheit bringen konnte. Der gequälte Wolfsläufer kroch weg von ihnen, hielt sich an dem Wolf fest, der zurückgekehrt war. Gamon und die anderen holten Aranur ein, und der hochgewachsene Mann, der noch immer voll unter Adrenalin stand, wirbelte herum. Einer der Männer kniete neben Dion und deckte sie mit seinem Wams zu. Als Aranur auf ihn zuschritt, wich er eilig zurück, ließ sein Wams liegen und schloß sich den anderen Kriegern an, die bereits dabei waren, die Jäger tiefer in die Senke zu treiben.

Aranur zog Dion auf die Füße. »Bei den Göttern«, flüsterte er zerrissen und drückte sie fest an sich. »Tu so etwas nie wieder.«

Sie legte ihm die Hände um den Nacken und barg ihr Gesicht an seiner Schulter. Sie hielten sich einen langen Moment umfangen und ließen erst los, als Hishn die Schnauze gegen Dions Schenkel stieß.

Wolfsläuferin, sagte sie und machte sich voller Freude beim Gedanken an ihren Namen in ihrem Bewußtsein breit.

»Hishn«, flüsterte sie zärtlich.

Wolfsläuferin, hallte das Echo der anderen Wölfe. *Die Jagd gehört uns!*

Vier Stimmen riefen sie, und Dion blickte zum Fluß zurück. Der Graue, der ihr geholfen hatte, überquerte gerade den Damm, und der Graue, der ihm entgegenlief, zeigte die Freude einer Gefährtin. Sie lächelte. »Sieh nur«, sagte sie zu Aranur, »jetzt sind sie wieder frei.«

Die Wölfe drehten sich um und heulten. Ihr Schrei erfüllte die ganze Senke. Hishn warf den Kopf nach hinten und sandte ein langes Heulen zum Himmel empor. Dion schauderte. Das Geräusch blendete sie, bis es allmählich nachließ. Und dann wandten sich die Wölfe um und liefen von der Wiese davon, ließen nur noch ihre Echos in Dions Bewußtsein zurück.

Aranur schob Dion auf Armeslänge von sich und betrachtete sie mit grimmigem Gesichtsausdruck. Sie senkte den Blick. Seine Hand hielt sie am Kinn fest und zwang sie, ihm in die Augen zu sehen. »Bei allen neun Monden«, flüsterte er. »Wie schön du bist.« Zu ihrem Erstaunen nickte er. »Du bist in Sicherheit.« Er nahm sie bei der Hand und ging mit ihr langsam in die Senke hinein. Er war nicht einmal erstaunt darüber, daß sich der junge Tomi aus dem Schatten des Waldrandes löste und ihnen in einiger Entfernung folgte.

Sie erreichten ihr Lager zur selben Zeit, als auch der von den Jägern gefangengehaltene Wolfsläufer hineingeführt wurde. Er ließ sich dankbar auf einen Baumstamm sinken und trank mit langen Schlucken aus einem Bota-Beutel. Dann fiel sein Blick auf Dion und Aranur, und er erhob sich langsam.

»Dion«, sagte er leise.

Sie streckte die Arme aus, und die beiden Wolfsläufer hielten einander fest an den Unterarmen. »Wilse.« Sie schüttelte den Kopf, brachte jedoch kein Wort heraus, und der Wolfsläufer antwortete mit einem traurigen Lächeln. Es gab keine Wolfsläufer mehr in Bilocctar. Der einzige, den sie zurückgelassen hatten, war tot. Doch die Wölfe waren wieder frei. Mochten die Monde die Jäger bis in die siebte Hölle verdammen.

17

Versteckt im Schlamm des Flusses,
Versammelt euch, Ariyaner!
Schleicht euch durch das Feuerkraut,
Versammelt euch, Ariyaner!
Klettert die Lepa-Klippen hinab,
Versammelt euch, Ariyaner!
Der Morgen dämmert,
Der Tag ist nah;
Eure Pfeile hungern, eure Schwerter dürsten;
Eure Herzen schlagen laut in eurer Brust.
Versammelt euch, Ariyaner!

Usu beobachtete alles vom Schacht aus. Die Läuferin, die Wölfe, die Jäger. Die Jäger rückten immer näher, und die Läuferin ging zu Boden, fiel, stand wieder auf und war den Wölfen inzwischen kaum noch einen Meter voraus. Als sie in die Senke eintauchte, verlor Usu sie aus den Augen. Sie mußte inzwischen tot sein, dafür würden die Jäger schon sorgen. Er wollte sich gerade zurückziehen und den Schachtweg hinablaufen, da hielt er kurz inne. Etwas stimmte nicht bei dieser Verfolgungsjagd …

Er zog die Stirn kraus. Die Jäger waren nicht wieder aufgetaucht, auch die Läuferin nicht. Langsam zog sich ein grimmiges Lächeln über sein Gesicht, grimmig wie der Tod, und Usu blickte mit gewandeltem Gesichtsausdruck zum Einschnitt der Senke hinab. Diese Läuferin hatte ein Ziel vor Augen gehabt, als sie den Fluß hinter sich ließ. Sie war ohne Zögern auf die kleine Schlucht zugelaufen. Weshalb? Wenn sie die Jäger hätte abhängen wollen, wäre sie besser am Flußufer entlang nach Süden gelaufen, in die tieferen Schluchten hinein, wo die Wölfe ihr nicht so leicht folgen konnten und sie bessere Chancen gehabt hätte, den Jägern zu entwischen. Nein. Sie hatte gewollt, daß sie ihr folgten, sagte er sich mit grimmiger Befriedigung. Und in der Senke konnte es nur eine Sache geben, die sie erwartet hatte.

Ein Hinterhalt.

Also waren die Ariyaner nach Norden gezogen. Er nickte bedächtig. Entweder hatten sie diese Läuferin ausgesandt, oder sie wußten, daß sie kam. Die Jäger waren nicht wieder aufgetaucht, weil sie tot waren. Plötzlich zog er die Augen zu schmalen Schlitzen zusammen. Jetzt rannten die Grauen aus der Senke, teilten sich und liefen davon, begleitet von einem anderen, der den Damm aus Baumstämmen nach ihnen überquert hatte. Die Wölfe …

War das möglich? Hatte die Läuferin sie etwa befreit? Wenn das stimmte … wenn die Jäger nicht mehr über ihre Spürhunde verfügten … und wenn die Ariyaner hier waren, so weit im Norden, in ausreichender Stärke …

Er schlängelte sich vom Klippenrand zurück, sprang auf die Füße und eilte den Pfad hinab. Er wechselte einige Worte mit dem Mann, der ihn dort erwartete, und als er den Schacht hinunterstieg, nahm er nicht den westlichen Pfad, so wie es der andere Mann tat, sondern den nach Osten – um diejenigen zu finden, die von Ariye erschienen waren.

Der Abend tauchte die Klippen von Westen her bereits in tiefe Schatten, als sich Usu Aranurs Lager näherte. Er war erstaunt darüber, daß man ihn nicht anrief. Einen langen Augenblick blieb er stehen und betrachtete das Lager, unsicher darüber, daß man ihn so nahe herangelassen hatte. Wenn sie es nicht besser verstanden, überlegte er sich, dann waren sie wahrscheinlich doch nicht gut genug …

»Hast du eine gute Aussicht?«

Die gelassene Stimme ließ Usu erstarren. Dann wanderten seine Finger vorsichtig in Richtung Messer.

»Das ist keine gute Idee«, sagte eine Stimme trocken. »Außerdem dachte ich, wir wären Freunde.«

Usu wandte den Kopf langsam um, wobei er sich so wenig bedrohlich wie möglich bewegte. »Ariyaner?«

Eine dunkle Gestalt löste sich aus dem Schatten eines Baumes. Als sie auf ihn zuschritt, sah Usu, daß es sich um einen älteren Mann handelte, schlank und grauhaarig. »Komm schon. Wir haben dich erwartet.«

»Die Wölfe …«

Der alte Mann nickte. »Sie übersehen so gut wie nichts …«

Ein paar Minuten später betraten sie das Lager. Neugierige Blicke verfolgten sie bis zu dem gedämpften Schein, der die geschützte Feuergrube umgab. Bei dem wenigen Licht, das auf die Gesichter und Bäume fiel, mußte Usu sich anstrengen, Einzelheiten zu erkennen. Diese Leute hier waren Krieger, das war ihm jetzt klar; Krieger, die ihr Geschäft verstanden. Bogenschützen, Schwertkämpfer, durchtrainierte Körper, feste Muskeln. Einen Moment lang gestattete er sich, davon zu träumen, wozu sie in der Lage wären, wenn sie auf sein Kommando hörten.

Der ältere Mann blieb vor einer jüngeren Ausgabe seiner selbst stehen, und Usu nickte ihm kurz zu. Aranur sah ihn an, als blickte er direkt in seine Seele hinein, und der Widerstandskämpfer mußte ein Zittern unterdrücken. Der hochgewachsene Mann lächelte. »Ich habe so einiges von deiner Arbeit gehört«, sagte er ruhig. »Sei willkommen.«

Usu riß sich zusammen. »Mein Name ist Usu.« Er machte eine Pause. »Hier an der Grenze habe ich keinen anderen Namen«, entschuldigte er sich.

Der alte Mann, der ihn hereingeführt hatte, nickte. »Das ist Aranur.« Er wies auf die große, grauäugige Gestalt. »Das ist Tehena, unsere Strategin; Dion …«

Der Widerstandskämpfer erkannte sie wieder. »Die Läuferin.«

Sie nickte.

Er zog verwirrt die Stirn in Falten. »Heilerin?«

Dion nickte erneut und hob die Hand selbstbewußt zu dem Silberreif auf der Stirn.

Gamon bot ihm von dem Eintopf an, der noch immer in mehreren Töpfen über dem Feuer brodelte, doch obwohl Usu das Wasser im Mund zusammenlief, lehnte er ab. Solange sein eigenes Volk hungerte, nahm er kein Essen von diesem Feuer an. Er hatte geschworen, bis zu dem Tag, an dem sein Land wieder frei war, nicht mehr zu essen, als er unbedingt mußte, und den Rest für andere aufzusparen.

Aranur warf einen Blick auf Usus Hände und sah, daß sie leicht zitterten. Die eingefallenen Wangen legten beredtes Zeugnis von Hunger und dem Verlangen nach einem ordentlichen Bissen ab, doch es war nicht an Aranur, die Beweggründe dieses Mannes in Frage zu stellen.

»Vergebt meine Direktheit«, sagte Usu statt dessen, »aber wie viele seid ihr hier?«

Tehena wollte schon protestieren, doch Aranur schüttelte unmerklich den Kopf und antwortete: »Knapp achtzig.«

Usu schwieg eine Zeitlang. »Das Lager der Jäger in der Hundekehle«, sagte er dann.

Aranur lächelte verhalten, sagte aber nichts.

Usu suchte Aranurs Blick. Dieser große Mann wußte, was in ihm vorging, sagte er sich argwöhnisch. Konnte er ihm vertrauen? Wenn er sich täuschte, konnte es sie alle das Leben kosten.

»Die Stärke der Jäger beträgt dreihundert Leute«, sagte Tehena. Ihre Stimme war ausdruckslos, als redete sie über eine Warze oder ein Geschwür, und nicht die Zerstörung ihres Landes. Usu warf ihr einen skeptischen Blick zu.

»Sie sind unentschlossen«, erwiderte er. »Sie haben in der letzten Zeit drei Versorgungskarawanen verloren.«

»Eure Arbeit, wie ich vermute?« Die Frage kam von Gamon.

Usu nickte. »Wir würden gerne …«

»Die Kräfte vereinen«, beendete Tehena seinen Satz. »Wie viele seid ihr? Ungefähr dreißig?«

Usu sprang auf und trat einen Schritt zurück.

»Wir haben uns nicht mit den Jägern darüber unterhalten«, sagte sie unbeteiligt. »Ich habe es durch die Größe der Trecks, die ihr überfallt, abgeschätzt.«

Er nickte widerwillig. Wenn sie wirklich gut war, konnte sie darauf geschlossen haben. »Ungefähr dreißig«, gab er zu, »aber es gibt noch einige mehr, die nicht aktiv kämpfen.«

Tehena schürzte die Lippen. »Das heißt, wir haben es mit einer dreifachen Übermacht zu tun.« Ihre harten Züge stimmten Usu nervös, und der Geruch des Eintopfs lenkte ihn so ab, daß er zusammenfuhr, als sie erneut zu sprechen anfing.

»Drei Angriffe gleichzeitig?« Sie wandte sich an Aranur. »Ich brauche diesen Mann – Usu; außerdem Dion, Sobovi und, wenn es irgend möglich ist, auch Wilse, Gamon und die Karten.«

Aranur nickte kurz. Zehn Minuten später, nachdem sie die Späher knapp und zielgenau befragt hatte, legte sie ihren Plan dar. Usu nickte erneut, als er ihr antwortete, mit grollender Bewunderung in der Stimme, trat dann einen Schritt zurück und wartete, bis sie die Einzelheiten mit Gamon und Aranur abgestimmt hatte. Diese Ariyaner kamen so rasch wie seine eigene Truppe zur Sache, stellte er zufrieden fest. Nach dem letzten Angriff auf einen Versorgungszug heute morgen waren die Jäger auf der Hut, aber einen weiteren Angriff, noch dazu auf ihr eigenes Lager, erwarteten sie mit Sicherheit nicht so bald. Sie waren zu viele, ihr Lager zu stark. Und Usu hatte noch nie zuvor zweimal im selben Ninan angegriffen. Wenn die Ariyaner jedoch ganz unerwartet über sie herfielen …

Aranur warf vor dem Widerstandskämpfer noch einen

Blick auf die Listen. Unsere Truppe ist recht klein, dachte er, doch Größe ist nicht unbedingt mit Schlagkraft gleichzusetzen. Nachdenklich betrachtete er die sich versammelnde Gruppe. Die Krieger begrüßten einander mit schweigendem Nicken. Ihm standen über zwanzig Bogenschützen zur Verfügung, außerdem doppelt so viele Schwertkämpfer. Sie hatten drei Wolfsläufer: Dion, Sobovi und denjenigen, den sie aus Bilocctar gerettet hatten; plus fünf weitere Späher. Tehena nickte ihm zu, zeigte ihm damit an, daß sie mit den letzten paar Namen fertig war, und Aranur ließ seinen Blick nüchtern von einem zum anderen wandern.

»Wir haben etwas dergleichen noch nie zuvor getan«, stellte er fest und erkannte damit ihre Besorgnis an. »Die meisten von euch sind nach Norden gekommen, um hier ein Lager einzurichten, wie wir es zuvor im Süden getan haben. Doch die Jäger haben bereits ariyanischen Boden betreten. Usus Gruppe hat heute morgen ihren Versorgungszug überfallen, deshalb erwarten sie so rasch bestimmt keinen weiteren Überfall. Das« – hier schob er eine kurze Pause ein – »ist die Chance, die uns die Monde gewähren. Entweder wir schlagen jetzt zu, oder wir warten, bis sich die Jäger eingeigelt haben. Wenn wir warten …« Er zuckte mit den Achseln.

»Dann kriegen wir sie hier nie mehr raus«, ergänzte Gamon. – Der alte Mann hielt einen langen Botschaftsring in die Höhe. Er reckte den Stab empor und gab ihn dann durch die Reihe. Die darauf verzeichnete Karte zeigte für jeden erkennbar die Schwarzen Schluchten, den Schacht, den Phye. Er nickte in Richtung des hölzernen Rings. »Sie befinden sich schon lange genug im Norden, um das Terrain so gut wie wir zu kennen. Sie sind ebenso an die Winter gewöhnt wie wir. Wir können die Unbilden der Jahreszeiten nicht gegen sie verwenden, ebensowenig, wie sie gegen uns. Wenn wir zulassen, daß sie sich hier eingraben, so geben wir diesen Teil von Ariye auf. Sie bilden hier einen Brückenkopf, von dem aus sie dann …«

Aranur blickte jedem einzelnen seiner Männer und Frauen in die Augen, bevor er erneut das Wort ergriff. »Ihr wißt, was wir zu tun haben. Seid ihr bereit?«

Eine der Bogenschützinnen reckte ihm das Kinn entgegen. »Haben wir denn eine Wahl?« fragte sie trocken.

Er lächelte. »Allerdings«, erwiderte er. »Willst du zur Bodentruppe oder zum Pfadteam?«

»Dann wähle ich die Bodentruppe«, grinste sie zurück. »Wenn wir kämpfen und nicht kampieren, dann wirst du mich nicht ohne einen Mondkrieger an meiner Seite dort oben auf dem Schacht finden.«

Die anderen lachten. »Wo setzen wir die Wolfsläufer ein?« erkundigte sich einer.

Aranur warf Dion einen Blick zu und nickte dann zu den beiden anderen hinüber. »Wilse hat sich bereit erklärt, mit Usu auf die andere Seite des Lagers zu wechseln; Sobovi bleibt bei mir, und Dion wird oben auf der Klippe sein. Aber zählt nicht auf sie oder darauf, daß die Wölfe eure Angriffe koordinieren«, warnte er sie, als er die Hoffnung in ihren Augen aufblitzen sah. »Wir haben die Grauen weggeschickt.«

Überraschte Blicke trafen ihn. »Sie können sich nicht in der Nähe eines Kampfes aufhalten«, erklärte Dion. »Die Jäger haben sie zur Menschenjagd benutzt. Jetzt dürfen sie nicht auch noch zum Töten eingesetzt werden.«

»Aber Hishn und du …« Die Worte eines der Männer verloren sich in Verlegenheit, und Dion blickte ihn nüchtern an.

»Zur Verteidigung, ja … wenn mein Leben auf dem Spiel steht. Auch wenn es um die anderen Wolfsläufer geht. Das hier jedoch …« Sie wies auf die Hügelkuppe, über die sie bei Morgengrauen hinabschleichen würden. »Das hier ist keine Verteidigung. Es ist ein geplanter Kampf – ein Angriff gegen Menschen, der auf rationalen Entscheidungen fußt, nicht auf unvorhersehbaren Handlungen. Hier geht es nicht um Selbstverteidigung. Das ist … Krieg.«

Das letzte Wort ging ihr nur sehr schwer über die Lippen.

Aranur trat neben sie und drückte ihre Schulter. Krieg. Dieses uralte Wort schien von Grund auf böse zu sein. Die Alten hatten den Krieg als Kunstform studiert, als Handlungsmöglichkeit, als Politik oder einfach als Geschäftemacherei. Doch die Kriege, die sie gekannt hatten, gehörten in die Weiten der Sterne. Niemals zuvor war etwas dergleichen nach Ariye oder eine der anderen Gemarkungen gekommen. So etwas hier anzuzetteln … Er unterdrückte ein Schaudern. Wenn es soweit war, würde er eine große Last mit sich zu den Monden schleppen. Hoffentlich fand seine Seele Gnade vor ihnen.

Dions Worte hingen noch in der Luft, und Aranur blickte von einem Gesicht zum anderen. »Krieg.« Er wiederholte ihr Wort. Männer und Frauen senkten die Blicke, bevor sie ihn wieder ansahen. »Wir bringen den Krieg nach Ariye«, sagte er leise. »Das sollten wir nicht vergessen. Es geht nicht mehr um einfache Rache, bei der ein Dutzend von uns einer Handvoll Jäger hinterherreitet, um sie zur Rechenschaft zu ziehen. Was wir hier tun, ist etwas Größeres. Wenn wir erfolgreich sind …«, wieder wartete er einen Moment, bis sich die Worte drohend gesetzt hatten, »werden wir den Jägern eine Lektion erteilen, die sie so schnell nicht vergessen.« Als er ihre Verblüffung sah, nickte er. »Wir lehren sie die Organisation kriegerischer Handlungen, nicht die einfache Inbesitznahme von Land. Wir greifen hier mit einer Streitmacht an, wie sie auf dieser Welt noch nie zuvor gesehen wurde. Wenn uns kein Erfolg beschieden sein sollte«, wiederholte er, »werden sie unsere Taktik übernehmen, verbessern und sie schon bald gegen uns verwenden. Wir werden schwächer sein, und die Taktik wird wirksamer gegen uns durchschlagen, als wir sie jetzt gegen sie einsetzen können.«

Einer der Männer rührte sich. »Woher weißt du, daß sie überhaupt bemerken, was wir da tun?«

Aranur sah ihn an. »Weil es zumindest einen in Bilocctar gibt, der es versteht. Und diese Person kontrolliert nicht nur den Lloroi, sondern auch die Jäger.«

Der andere Mann setzte eine finstere Miene auf. »Das mit den Jägern verstehe ich sehr wohl – aber jemand, der die Jäger kontrolliert?«

Aranur nickte. »Longear.«

Obwohl er wußte, daß der Name fallen würde, lief es Gamon kalt den Rücken hinunter. Longear. Die Frau, die Bilocctar schon seit langen Jahren im Griff hatte. Sie war die Macht hinter der Expansion des alten Lloroi gewesen. Sie war das Genie hinter den Aktionen der Jäger. Er und Aranur zeigten ihr mit diesem Plan eine neue Waffe, die sie nicht nur gegen Ariye, sondern gegen alle anderen Länder, nach denen sie trachtete, einsetzen konnte. Gamons Augenbrauen zogen sich zusammen. Er hatte schon einmal gegen sie gekämpft und dabei den kürzeren gezogen. Diesmal …

Aranur folgte seinen Gedanken, als wären es seine eigenen. Seine grauen Augen blitzten kalt. »Es muß uns einfach gelingen«, sagte er unumwunden. »Wir schaffen es. Wir sind zwar weniger, doch wir sind besser ausgebildet als die Jäger. Außerdem stehen uns die Widerstandskämpfer zur Seite, ebenso das Moment der Überraschung. Wir haben ein Ziel, und wir sind fest entschlossen, es zu erreichen. Die meisten Schlachten in den Zeiten der Alten wurden durch Überraschung und mit Entschlossenheit gewonnen.« Er blickte zu der abgeflachten Bergkuppe hinauf. »Rodt, sobald der erste Schatten auf den Klippenpfad fällt, nimmst du deine vier Schützen so weit wie möglich mit hinunter. Dort gibt es einige grobe Säulen mit abgeflachten Spitzen, fast wie Betten. Sei vorsichtig. Der Pfad ist schmal, und bei Tag jagen die Lepa dort oben.« Er grinste, als sie die Gesichter verzogen. »Keine Bange. Nach einer gemütlichen Nacht oben auf der Klippe seid ihr gegen alles gewappnet.« Er zog die Kriegshaube vom Kopf und fuhr sich durchs Haar; dann fügte er ernsthaft hinzu: »Die Nacht wird lang werden, aber eure Position ist absolut wichtig. Wir greifen im Morgengrauen an, wenn die Klippen halb in der Sonne und halb im Schatten liegen. Dort unten seid ihr so weit im Dunkeln, daß ihr euch darin verbergen könnt, doch es wird schon hell genug sein, daß wir unbehindert kämpfen können.«

Gamon zeigte auf eine kleine Gruppe Schützen. »Es ist der beste Ausgangspunkt, den wir euch bieten können.«

»Wir werden unsere Bolzen zählen«, versicherte ihm einer der Schützen.

Aranur deutete auf den Mann, der schweigend hinter ihm stand und sich fast in der Dunkelheit verbarg. »Tehena, du folgst mit deinen Schützen Usu. Er bringt dich zu den Schlammbetten, wo eine Hälfte von euch wartet, bis wir euch die Jäger in die Arme treiben; die andere Hälfte greift das Lager an. Alle anderen«, sagte er mit kaum merklichem Lächeln, »folgen mir.« Allgemeines Stöhnen erhob sich ringsum.

»Nur nicht gleich übers Ziel hinausschießen!« rief er ihnen mit funkelndem Blick zu. »Diejenigen, die mit mir kommen, werden noch heute abend die Südseite der Goldgräbersenke hinunterkriechen. Mit der Abenddämmerung schleichen wir uns, so lange es eben dauert, in die Nacht hinein, bis wir nur noch hundert Meter vom Lager der Jäger entfernt sind. Dort verstecken wir uns bis zum Morgen. Wenn wir das Signal der Schützen vom Pfad her sehen, greifen wir von Osten aus an.«

»Aber«, unterbrach ihn einer der Männer, »die Ostseite des Lagers ist von Feuerkraut umgeben. Niemand, der …«

»Niemand, der recht bei Trost ist, würde in einer Feuerkrautwiese kampieren«, beendete Aranur den Satz für ihn und grinste breit. Die Männer und Frauen starrten ihn an.

»Falls es euch tröstet«, sagte Gamon säuerlich, »ich bin auch dabei.«

Dion gluckste. Trotz ihrer Höhenangst wollte sie ihre Aufgabe an der Steilwand nicht gegen Aranurs Auftrag eintauschen. Auch die anderen Schützen waren offensichtlich ihrer Meinung. Die Nacht auf den Basaltsäulen nahm sich immer vorteilhafter aus.

Gamon zuckte die Achseln. »Von Osten her werden wir aus

der Dunkelheit angreifen, denn wenn das Signal gegeben wird, ist die Sonne noch nicht über die Baumkronen gestiegen. Wieder haben diejenigen auf der Felswand einen Vorteil, denn die Schluchten halten die Sonne bis zwei Stunden nach ihrem Aufgang von eurer Stellung fern. Usus Leute werden nicht von der Sonne, sondern vom Schlamm geschützt sein. Ihr braucht erst kurz vor Morgengrauen in Position zu gehen, denn ihr könnt flußabwärts lagern, dann heraufwaten und am frühen Morgen in den Schlamm kriechen. Ihr seid unsere Schocktaktik«, sagte er leise lächelnd. »Aus der Perspektive der Jäger seid ihr unsichtbar. Die dunklen Schatten der Uferböschung lassen euch mit dem Schlamm verschmelzen, und die Jäger werden nicht erkennen können, woher die Pfeile fliegen. Wenn ihr die Furt für sie dichtmacht, können die Schwertkämpfer von Osten her über sie kommen, sie flußaufwärts treiben, dorthin, wo die Böschung noch steiler wird und man sie auf die darunterliegenden Felsen stoßen kann. Das werden wohl kaum sehr viele ohne den einen oder anderen gebrochenen Knochen überstehen.«

Aranur blickte sie an. »Eine Sache noch«, sagte er bedächtig. »Trotz unserer zahlenmäßigen Stärke, unserer Strategie und der Hilfe der Widerstandsgruppe können wir nicht sicher sein, ob wir es schaffen, die Jäger zu vernichten. Unser dringlichstes Ziel bleibt es also, sie nach Bilocctar zurückzudrängen. Wagt euch nicht zu weit in ihre durcheinanderlaufenden Haufen vor – damit schwächen wir nur unsere Position und riskieren, von den eigenen Pfeilen getroffen zu werden. Wir wollen sie möglichst beieinanderhalten und wie eine Ochsenherde zum Fluß treiben. Auf diese Weise können wir sie am besten vernichten. Andernfalls töten wir wenigstens so viele wie möglich, bevor wir sie wieder über die Grenze zurückgetrieben haben.«

Auch Gamon ließ den Blick von einem Kämpfer zum anderen wandern. »Unser Erfolg hängt davon ab, daß jeder einzelne weiß, worauf es uns ankommt.«

»Der Kampf wird ziemlich konfus werden«, fügte Aranur hinzu. »Es wird nicht sehr hell sein. Bleibt also zusammen. Kämpft in Gruppen. Treibt die Jäger zusammen. Versucht nicht, ihnen Mann gegen Mann gegenüberzutreten. Wer von seiner Gruppe getrennt wird, läßt sich zu Boden fallen, schleicht sich zurück oder bleibt an Ort und Stelle liegen, bis er wieder weiß, wo die eigenen Linien sind. Auch das ist ein entscheidender Punkt«, sagte er schneidend, als eine der Frauen gelangweilt nickte. »Wenn ihr getrennt und von den Jägern erwischt werdet, seid ihr tot.« Das unangenehme Schweigen, das dieser Bemerkung folgte, zeigte ihm, daß sie ihm wieder ihre volle Aufmerksamkeit schenkten. »Die meisten von euch haben noch nie an einem Vergeltungszug teilgenommen«, sagte Dion, deren ruhige Stimme stark mit Aranurs Befehlen kontrastierte. »Viele von euch haben noch nie zuvor außerhalb eines Rings mit festen Regeln gekämpft.« Sie zeigte auf sich. »Beim ersten Mal ist es nicht so schlimm … man merkt nicht mal, daß es jetzt ernst ist. Aber dann …« Sie zuckte mit den Achseln. »Dann kann man leicht in Panik geraten. Vor Schreck stocksteif werden. Man kann wütend werden und wie ein Wilder zwischen den Feinden herumrennen. Ihr müßt vor allem begreifen, daß ihr erst dann wißt, wie ihr reagiert, wenn es soweit ist«, fügte sie so ernst wie Aranur einen Moment zuvor hinzu. »Hört auf Aranurs Rat. Bleibt zusammen. Bleibt am Leben.«

Die Frau, die vorher nicht so recht zugehört hatte, nickte jetzt ernüchtert. Aranur nahm Dion am Arm und dankte ihr schweigend. »Wir haben heute abend die Monde auf unserer Seite«, sagte er leise. »Sie werden auch morgen mit uns sein. Wenn wir an uns glauben, werden wir gewinnen.«

18

Nacht,
Die die Einsamkeit bringt
und die Dunkelheit,
Bringt auch die Dämmerung.

Es dämmerte. Dion schob sich zum Rand der Klippe. Das Herz schlug ihr bis zum Hals. Unter ihren Füßen rutschten Basaltscherben weg. Sie betrachtete die schwarzen Säulen mit Schweißperlen an den Schläfen und dem Summen des Schachts in den Knochen. Hinter ihr folgten die Schützen. Der Pfad war gerade eben sichtbar. Wenn sie nur mehr Licht gehabt hätten. Aber dann hätten die Jäger sie beim Abstieg entdeckt. So verhieß ihr das Zwielicht sowohl Schutz als auch Gefahr. Ein falscher Tritt …

Wolfsläuferin. Hishn rief. Die Wölfin befand sich auf dem Höhenzug und jagte mit der Meute. Die Bilder jagten durch Dions Kopf.

Dion blieb mit verschleiertem Blick stehen, eine Hand auf die Säule neben ihr gestützt. Das Klopfen eines Herzens. War es ihres? Das der Wölfin? *Du ehrst mich, Hishn,* sagte sie.

Die Jagd – lauf mit uns! Heule mit dem Rudel, Wolfsläuferin! Freude erfüllte ihre Stimme, und Dion klammerte sich am Gestein fest, rammte die Faust in eine der Spalten in den zerfurchten Säulen.

»Dion?«

Einer der Schützen sah sie mit besorgtem Gesichtsaudruck an. Hinter ihr stand Tomi, der sie ebenfalls beobachtete, aber nichts sagte. Dion war nicht begeistert davon, daß der Junge mit ihr kam, aber sie hatte sich eingestehen müssen, daß er hier oben auf den Klippen sicherer war als bei Aranur oder Gamon.

»Schon gut«, sagte sie. »Nur die Wölfe.«

Weiter ging es den sich windenden Pfad hinab. Hinunter durch den Staub. Sie schlichen an ein paar Haufen Lepa-Kot vorbei, und Dion konnte es sich nicht verkneifen, nach oben zu sehen und im Zwielicht nach einem Hinweis auf die Lepa-Höhlen zu suchen, nach den Raubvögeln, die sie wie ein trockenes Blatt von den Klippen klauben konnten.

Wie viele Atemstöße kann man in eine Sekunde packen? Bei jedem Schritt pochte ihr Knöchel – der Verband verlieh ihm zwar eine Stütze, aber keine Linderung –, und ihre Wangenknochen schmerzten. Das Messer hatte die Haut quer über ihrer Brust geritzt, und jetzt brannte der Riß bei jeder Dehnung, bei jedem Schritt. Der Pfad fiel steil ab, wich nur dort aus, wenn ihm überstehende Säulen den Weg versperrten. Einige Säulen waren locker; entsprechende Warnungen wurden nach hinten weitergegeben: hier nicht anlehnen, diesen Stein nicht berühren. Bleiches Mondlicht erhellte die Wand. Spalten krochen tief in das Gestein hinein. Spalten, in denen sich Nagetiere und Schlangen verbargen. Enge Höhlen, so schwarz wie eine mondlose Nacht, in denen Augenpaare glitzerten, die durch ihre Hände aufgeschreckt worden waren … und Dion hielt sich an den scharfen Kanten fest, kletterte immer weiter, immer weiter nach unten.

Dehnten sich diese Minuten zu Stunden? Die Monde am

Himmel rückten kaum weiter. Sie atmete rauh, aber nicht der Anstrengung wegen. Die Dunkelheit verbarg den Abgrund zu ihrer Linken nicht; er stürzte jäh hinab, glatt wie Glas. Sie tastete sich weiter. Ihre Knie taten weh. Plötzlich wurde der Pfad ebener, und Dion eilte vorsichtig darüber, ihre Füße rutschten weiter, suchten den Pfad, bevor das Gewicht folgte. Der vierte Mond ging auf, stieg über den Wald und schob sich vor den fünften. Noch ein Schritt, noch eine Kurve, noch ein Steilhang. Sie rutschte im Staub aus, fing sich wieder am Rand einer Säule. Doch jetzt war der Boden des Pfades bereits in Sicht. Die geborstenen Felsen, zwischen denen sich die Klippe in die Erde bohrte, waren nur noch zehn Meter entfernt. Zwanzig Minuten, schätzte sie. Es hatte zwanzig Minuten gedauert, um von oben bis zu der Stelle zu gelangen, an der sie angehalten hatte.

Hinter ihr reichten die Schützen den Jungen nach vorn, und Dion zeigte auf eine abgeflachte Mulde, in die er kriechen und dort schlafen konnte.

Sie legte sich neben ihn, drehte sich hin und her, bis sie endlich eine Stellung gefunden hatte, in der ihre Hüfte zwischen zwei gewölbten Stellen eingekeilt war und ihr Kopf einigermaßen bequem auf einem zerbrochenen Flachstück zu liegen kam. Rings um sie herum machten es sich die anderen Schützen auf den Felsen bequem. Der Wind, der über die Klippe heulte, erreichte sie nicht, doch er bedeckte sie nach und nach mit einer feinen Staubschicht. Einer der Schützen würgte und unterdrückte ein Niesen. Tomi schreckte auf. Dion streckte die Hand nach ihm aus und beruhigte ihn. Sie mußten unter allen Umständen leise sein, denn ihre Geräusche würden in das Lager der Jäger getragen werden, als bewerfe sie jemand mit Steinen.

Die Monde krochen dahin. Tomi kuschelte sich in Dions Schoß. Ihre linke Hinterbacke wurde taub. Dann ihre Schulter. Sie bewegte sich leicht, wobei ihr Blick die Sterne suchte, um herauszufinden, wie spät es inzwischen war. Eine Stunde.

Zwei. Sie döste eine Weile, dann weckte sie das Kollern eines Steins. Sie erstarrte, doch es war nur ein neugieriger Nager, der zwischen den reglosen Menschen herumkroch, in vollstem Vertrauen darauf, daß sie zwar auf der Jagd waren, es aber nicht unbedingt auf ihn abgesehen hatten. Dion döste wieder ein, rückte mit dem Kopf schläfrig zur Seite, bis ihr Kopf gegen eine scharfe Kante der Säule stieß. Minuten .... Stunden ... Langsam erwachte sie, sah noch immer nichts als Dunkelheit um sich, wußte jedoch, daß der Morgen nicht mehr fern war. Sie weckte den Jungen, zeigte ihm, wo er pinkeln konnte. Das leise Plätschern vermengte sich mit dem böigen Wind, der über den Pfad blies. Auch die anderen Schützen rührten sich und verzogen sich einer nach dem anderen an die wenigen geschützten Orte, wo sie ihre Morgengeschäfte verrichteten.

Im Osten wurde der Himmel bereits hell. Der violettblaue Schimmer verfärbte sich im leicht bedeckten Himmel allmählich rosa und streckte dann versengte orange- und rotfarbene Finger aus. Dion und die anderen blickten zum Lager der Jäger hinunter. Das Licht dort unten war noch sehr fahl, die Feuer glommen in geschützten Gruben, und die dunklen Umrisse der Wagen und der Blockhütten entzogen die Schlafsäcke der Jäger ihren Blicken. Dion und die Schützen konnten ihre Umgebung jetzt einigermaßen gut erkennen. Sachte stiegen sie den Pfad weiter hinunter, wählten dabei Stellen aus, an denen Basaltsäulen von der Steilwand abstanden. Zweimal mußten sie über schmale Spalten steigen, und Dion fürchtete schon, daß Tomi aufschreien würde; doch der Junge blickte beim Übergang in ihre Augen und gab nicht den geringsten Laut von sich. Kaum zwanzig Meter über den Jägern gingen sie in Deckung.

Die Morgendämmerung entzündete die Bergspitze wie ein düsteres Feuer. Schattensplitter fielen quer über zerbrochene Säulen, und weiter unten fingen die ersten Jäger an, sich zu regen. Rodt, der beste Schütze, hockte neben Dion und wartete auf das Signal; die Hand mit der geöffneten Handfläche erhoben, womit er anzeigte, daß es noch nicht zu sehen war. Die Sonne kroch aus ihrer Höhle im Osten heraus, und plötzlich waren die schwarzen oder grauen Säulen über ihnen in helles Sonnenlicht getaucht. Dion kauerte sich in den Schatten. Schwarze Steine im Morgenlicht, dunkle Steine am Tag. Die Basaltsäulen ragten aus der geborstenen Erde am Fuße der Klippe auf. Über einhundert Meter, steil hinauf. Zweihundert, dann dreihundert. Herausgebrochene Höhlen verdunkelten die Wand und verbargen die Lepa, die dort schliefen und von blutigem Fleisch träumten. Die hellgraue Morgendämmerung würde sie nicht herauslocken; sie warteten auf die Sonne. Unterhalb ihrer Höhlen verliefen die Pfade im Zickzack über die Felswand. Nur ein einziger Pfad verlief von oben nach unten. Ein Pfad ohne Kehren. Ein fast gerader Aufstieg, der nur von den schwarzen Säulen unterbrochen wurde, die in ihn hineinragten und ihn nach links und rechts springen ließen.

Die Jäger erhoben sich. Schlafsäcke wurden eingerollt und in leere Karren geworfen. In den Gruben flammten die Feuer auf. Aus den Hütten kamen noch mehr Jäger heraus, um ihre morgendlichen Verrichtungen zu erledigen. Rodts Hand zeigte noch immer ihre Fläche. Tomi blickte von Dion zu Rodt und dann wieder zu Dion. Die Wolfsläuferin machte einen entspannten Eindruck, doch ihre wachen Augen registrierten jede Bewegung dort unten, notierten jede Position, jede einzelne Deckung, die den Jägern zur Verfügung stand.

Rodt stieß ein Zischen aus. Seine Handfläche schloß sich zur Faust. Plötzlich erhob sich vom Rand des Feuerkrauts ein Gebrüll, und die Jäger schreckten wie ein Mann hoch. Die Schützen feuerten. Schreie antworteten. Aranurs Leute schossen zuerst ihre Pfeile ab, dann erhoben sie sich und stürmten vorwärts. Das Lager der Jäger war im Nu in wildem Aufruhr. Zwei von Dions Schützen schossen mit Feuerpfeilen die Dächer der Hütten und die Wagen in Brand. Rauch wirbelte auf. Sie feuerten erneut, und die Flammen breiteten sich rasch aus, erfaßten den Wald und rasten an seinem Saum entlang, als sei der Wald ein steiler Hügel und das Feuer ein Schwall Wasser. Wie viele hatten sie bereits ausgeschaltet? Der Rauch stieg in einer Säule auf, die sich in den Windstößen immer mehr verteilte und die Sicht versperrte. »Runter!« rief Dion, als ein Pfeilregen von unten auf sie zuflog. Die Schützen zogen sich zurück, doch einer war nicht schnell genug. Rings um sie herum klatschten hölzerne Schäfte gegen die Felsen, und eine Pfeilspitze traf eine Frau in die Wange. Sie schrie auf, doch ihr Partner trennte die Spitze blitzschnell ab und zog sie auf der anderen Seite der Wange heraus. Die Frau stöhnte, spuckte Blut, wischte sich die blutnassen Hände an den Hosenbeinen ab – und griff wieder nach ihrem Bogen.

Dion schoß auf eine der Gestalten, die hinter einer Hütte hervorlief, und schickte einen zweiten Pfeil hinterher, nachdem der erste getroffen hatte. Als eine zweite Gestalt über die Veranda eilte, geriet ihr eine Windbö in die Quere. Ihr dritter Pfeil bog vom Weg ab und schrammte über eine der Wassertonnen neben der Veranda.

Jetzt leckten die Flammen bereits an mehreren Außenwänden der Hütten empor, und die Jäger stürzten aus dem Inneren heraus. Aranurs Männer hatten das Lager erreicht. Verwirrt vom Lärm und der Dunkelheit wichen die Jäger zurück. Mit einem wilden Kampfschrei stürmte Aranur heran. Dion hielt den Atem an, als der Rauch gegen die Klippe geweht wurde, ihr in die Augen biß und jegliche Sicht nahm. Aus dem ganzen Lager liefen die Jäger zusammen, um der Bedrohung von der östlichen Seite entgegenzutreten. Da erhoben sich hinter ihnen zwei Dutzend Gestalten aus der Dunkelheit, schickten ihre Pfeile in die Rücken der Jäger und ließen sich wieder zu Boden fallen. Die Hälfte der Widerstandskämpfer kroch vorwärts wie Hunde, versteckt im grün-schwarzen Gestrüpp, während sich die andere Hälfte zurückhielt und darauf wartete, bis sie an der Reihe war. Die Jäger drehten sich um und brüllten ihren Kameraden zu, daß jetzt auch vom Fluß her ein Angriff erfolge. Ihre verwirrte Streitmacht teilte sich, einige rannten nach Westen, einige nach Osten, und es gab niemanden, der ihre panische Energie koordinierte. Die Widerstandsgruppe erreichte das Lager in weniger als einer Minute. Ein Haufen Jäger hörte auf einen wild herumbrüllenden Kerl und schoß ihre Pfeile blindlings in die Dunkelheit. Das Feuer hinter ihnen machte ihre Silhouetten zu hervorragenden Zielscheiben für die Widerständler und verwirrte die Jäger selbst durch die tanzenden Schatten, die sich bis in die Dunkelheit erstreckten. Ein Dutzend Männer aus dem Lager gab auf und suchte sein Heil in der Flucht. Noch mehr liefen vor dem unsichtbaren Tod davon. Zwei, drei Sekunden darauf erhob sich die Widerstandsgruppe und warf sich ins Getümmel. Schweigend stürmten sie in das Lager und teilten nach links und rechts tödliche Hiebe aus. Einer der Kämpfer ging unter zwei Jägern zu Boden. Ein anderer taumelte mit einem Pfeil im Oberschenkel, der bei seinem Sturz abbrach. Der Mann schrie auf und schleppte sich in den dürftigen Schutz eines zerbrochenen Fasses, wobei er im Kriechen den nächsten Pfeil in den Bogen einlegte. Große Lücken klafften im Lager, als die Jäger planlos hin und her liefen, um die Angreifer zu packen. Dann flohen sie in Richtung Fluß. Die Ariyaner ergossen sich hinter ihnen ins Lager. Als sich der Rauch ein wenig verzog, erblickte Dion Aranur. Er führte eine Gruppe zwischen den Karren hindurch, umkreiste einen kleineren Haufen Jäger und stellte ihn vor einer brennenden Hüttenwand. Er schlug um sich, stieß zu, und sie hielt den Atem an. Gamon war neben ihm; seine wirbelnde Klinge war nicht zu verwechseln. Sie umklammerte den Pfeil mit den Fingern, doch momentan gab es für ihn kein eindeutiges Ziel. Zwei, dann drei Jäger fielen vor Gamon und einem anderen Schwertkämpfer nieder. Mittlerweile lagen fast ebenso viele Männer auf dem Boden, wie noch umherliefen. Aranur stolperte. Klingen blitzten auf. Dann machte er einen

Satz zur Seite und ließ nach einer blitzschnellen Bewegung einen weiteren Leichnam hinter sich. Die anderen schlossen sofort zu ihm auf.

»Sieh nur!« Tomi zeigte auf etwas.

»Was?« Dions Blick folgte seinem ausgestreckten Finger, sah jedoch nur Jäger im Lager.

»Peyel!«

»Peyel?« Dion suchte ihre Gestalt in dem Abschnitt, auf den Tomi zeigte. Die Frau aus der Taverne? Die Frau, die Moira geraten hatte, die Kinder zur Himmelsbrücke zu führen?

»Die Jäger …« Seine Stimme klang gehetzt. »Sie haben sie.«

»Wo?« Dion suchte alles rastlos ab. Zwischen den Windböen konnte sie diejenigen beschießen, die die Frau festhielten, sie freischießen, damit sie in die Reihen der Widerständler zurücklaufen konnte, falls sie nicht verwundet war.

»Dort! Nein!« rief Tomi schadenfroh. »Sie hat sich losgerissen!«

Dion starrte hinunter. Dunkles Haar, schlanke Figur – das war keine Widerstandskämpferin. Das war …

»Longear«, flüsterte sie. »Longear!« schrie sie geblendet vor Wut.

Die Frau unter ihr hörte sie nicht, doch Dion war schon unterwegs. »Du bleibst hier«, blaffte sie den Jungen an. Sie kletterte den Pfad hinab, vorbei an den drei anderen Bogenschützen. Sie sahen erstaunt auf, doch sie hatte keine Zeit für Erklärungen. Sie wollte nur möglichst rasch in den Tumult dort unten gelangen, sprang über die Klüfte zwischen den Säulen und landete wie eine Ziege, wobei sie den Schmerz, der durch ihren angeschlagenen Knöchel schoß, einfach ignorierte. Longear. Es war wie ein Gesang in ihrem Blut. Die geraubten und getöteten Kinder … die ausgepeitschten und geschlagenen Wölfe. Sie rutschte und schlitterte einen staubigen Hang hinunter, hielt ihren Körper nur dadurch auf dem Pfad, indem sie ihre Faust in eine Spalte stieß oder wild an einer Säule abbremste, wobei sie halb dagegenprallte. Einen Moment lang wurde ihr schwarz vor Augen. Sie richtete sich wieder auf und sprang weiter. Longear. Wenn auch nur einer der Jäger den Block des Henkers erreichte, dann, so schwor sie sich, mußte sie es sein. Dion würde allen neun Höllen widerstehen, um Longear daran zu hindern, mit den anderen den Fluß zu überqueren. Sie warf sich fast den Pfad hinunter. In ihren Gedanken schwoll das graue Echo an. Hishn feuerte sie an. Graue Kraft durchflutete alle ihre Sinne, ließ sie dem zustoßenden Kopf einer aufgeschreckten Nachtschlange ausweichen, bevor sie überhaupt wußte, daß sie sie bemerkt hatte. Ihre Nase war voll Rauch und Blutgeruch. Ihre Füße tanzten auf den Rändern der geschwärzten Säulen, setzten von einer zur anderen, bevor ihr Gleichgewichtssinn sich melden und sie nach vorn schleudern konnte.

Sie setzte über den letzten Felsbrocken, um keine Sekunde dabei zu verlieren, ihn zu umrunden. Sie landete hart, starrte vor sich, den Blick auf Longears dünne Gestalt fixiert. Das Schwert flog in ihre Hand. Ein Stich nach links. Parieren. Unter dem Arm des Jägers wegducken und weiterlaufen. Longear sah sie noch immer nicht. Auf halbem Weg zur Gruppe der Widerständler hatte Dion sie fast schon erreicht. Longear drehte sich nicht um. Die Frau wich den Jägern aus, und Dion folgte ihr. Niemand stellte sich Longear in den Weg – denn sowohl die Widerstandskämpfer als auch die Jäger erkannten sie als eine der ihren. Jemand stolperte aus der Dunkelheit heraus und versetzte Dion wahllos einen Hieb gegen die Rippen. Sie taumelte, rollte sich seitlich ab und kam mit Staub in den Augen wieder auf die Beine. Sie schüttelte den Kopf und riß ihr Schwert wieder an sich, wobei sie die kämpfenden Gestalten rings umher nicht einmal beachtete und erneut mit tödlicher Entschlossenheit die Verfolgung aufnahm. Longear blieb stehen, warf einen Blick zurück, doch ein Jäger versperrte ihr die Sicht auf Dion. Sie sah auch nicht, wie Dion dem kräftigen Mann das Schwert in den Bauch stieß, es wieder herausriß und über ihn setzte, um die verlorenen Sekunden wieder aufzuholen.

Blutrausch, blanke Fänge … Hishns Gedanken vermengten sich mit Dions Gefühlen. *Reiß das Fleisch und bring die Beute zu Fall …*

Dion vollführte einen gewaltigen Satz und erwischte Longear bei den Haaren. »Longear!« schrie sie und zog die Frau mit sich in den Staub.

Longear reagierte sofort. Sie trat und schlug um sich, kämpfte wie eine Wasserkatze. Dion achtete nicht auf die Schläge. Sie rammte Longear den Ellbogen gegen das Brustbein, dann in den Unterleib. Die Frau klappte japsend zusammen, trat Dion gegen die Knie, und die Wolfsläuferin wich zurück, wirbelte jedoch seitlich herum und landete einen Axtkick am Hals der Gegnerin. Longear fiel wie ein Stein um.

Dion packte sie bei den Haaren und rollte sie auf die andere Seite. Es dauerte einen Moment, bis sie der Frau die Hände gefesselt hatte, einen weiteren, um sie sich über die Schulter zu werfen. Obwohl Longear nicht sehr schwer war, wankte Dion unter dem Gewicht. Dann war Sobovi neben ihr, und Dion blickte zu ihm auf.

»Geh!« rief er mit verschleiertem Blick. »Ich schütze dich.«

Ein Jäger sprang ihnen in den Weg, doch Sobovi spürte ihn kommen, duckte sich plötzlich und zog ihm die Messerklinge über die Waden. Der Mann schrie auf, Sobovi wirbelte herum, zerschnitt dem humpelnden Mann die Kniesehnen, worauf er heulend zu Boden ging. Dion lief weiter.

Die Jagd, riefen die Wölfe. *Der Hunger wird stärker …*

Dion stakste auf den ersten der Felsbrocken zu. Sobovi war noch immer neben ihr. Er überholte sie, zog sich an der ersten zerbrochenen Säule hoch und streckte von dort aus die Hand nach Longear aus. Dicht neben ihr zersplitterte ein feindlicher Pfeil am Gestein. Dion erstarrte. Sobovi warf sich nach hinten.

»Laß sie fallen!« rief er.

»Nein!« widersprach ihm Dion. Sie schob Longear hinauf. Er fluchte, packte die Frau dann bei den Armen und zog sie zu sich hoch. Dion kletterte hinterher. Longear kam allmählich wieder zu sich, wehrte sich gegen Sobovis Griff. »Beeil dich«, fuhr er Dion an.

Dion blickte zurück. Jemand – eine Frau – aus der Widerstandsgruppe lief auf sie zu, doch dann klatschte wieder ein Pfeil gegen den Fels, und es blieb ihr keine Zeit mehr, um auf die Frau zu warten.

»Geh«, sagte Sobovi. »Ich werde ihr helfen.«

Dion widersprach nicht. Sie packte Longear am Arm und zerrte sie über die Steinbrocken. Die kleinere Frau fluchte, als ihre Schienbeine gegen den Fels prallten. Dion grub ihre Finger so fest zu einem Druckgriff in Longears Ellbogen, daß die Frau vor Schmerz zusammenfuhr. »Stell dich auf die Beine, oder du verlierst sie«, fauchte Dion.

Weiter unten erreichte die andere Gestalt die Felsen, und Sobovi zog sie rasch herauf. Dion war schon auf der nächsten Säulenplattform angekommen; Longear taumelte hinter ihr her, wurde förmlich mitgerissen. Dion ging nicht gerade sanft mit ihr um. Longear rutschte aus, ihr Knie verdrehte sich in einem Felsspalt. »Verdammt, Dione«, fluchte Longear. »Dafür brenne ich dir jeden Finger einzeln ab!«

»Vorher brutzelst du selbst in der Hölle«, blaffte Dion zurück. »Weiter jetzt!«

Sie kletterten weiter hinauf. Dions Brust ging bei dem steilen Aufstieg heftig auf und ab. Hinunterzukommen hatte nur wenige Sekunden gedauert, doch es dauerte um ein Vielfaches länger, wieder hinaufzugelangen. In ihrem Hinterkopf schwoll erneut das graue Echo an, so daß sie es abrupt abstellen mußte.

Dort, wo die heißen Quellen von unten am Fels nagten, sprang die Steilwand ein Stück zurück. Longear verbarg ihr Gesicht und ging absichtlich langsamer. Dion riß sie weiter.

Longear warf einen Blick zurück. Jetzt rannten auch einige Jäger auf den Klippenpfad zu, und sie lachte leise, als sie sie heranstürmen sah. Dions Kiefer versteifte sich. Sie schlug Longear gegen die Felswand und krallte eine ihrer Hände in den Stein. Longear schrie auf, und Dion zog sie höher. »Beweg dich!«

Von unten stieg lautes Gebrüll herauf, als sich die erste Welle Jäger daran machte, die Säulen zu erklimmen. Von oben plazierten Dions Bogenschützen ihre Pfeile sehr genau, durchbohrten Leder und Fleisch, bevor sie wieder in Deckung gingen. Die Wölbung des Klippenvorsprungs nahm ihnen jedoch die Sicht auf den Fuß des Pfades, und so gelang es über einem Dutzend Jäger, innerhalb weniger Sekunden die ersten geborstenen Säulen zu erreichen. Dion wagte nicht mehr, sich umzuschauen; Longear faßte abschätzend den Rand des Pfades ins Auge. »Daran solltest du nicht einmal denken«, fuhr Dion sie an.

»Und weshalb nicht?« knurrte Longear. »Du kannst sie dir nicht ewig vom Hals halten. Sie kommen immer näher, und du wirst immer langsamer, bis sie dich schließlich kriegen. Dann stirbst du, und ich gewinne, so wie ich immer gewonnen habe.«

Dion bohrte die Finger in Longears Ellbogen und zog sie weiter, doch diesmal grinste die andere Frau nur; der Schmerz und die Anstrengung zeigten sich nur im Schweiß, der auf ihrer Stirn perlte. »Hast du vergessen, daß ich immer gewinne, Dione«, höhnte sie. »Wie lange ist es her, daß wir uns zum letzten Mal begegnet sind? Ein Jahr?«

Vor einem Jahr hatten sich Longears Peitschen tief in Dions Rücken gegraben. Vor einem Jahr hatte Longear einen Jungen zum Sterben in die Kampfarena geschickt. Vor einem Jahr … Sie starrte Longear an, und ihr Kiefer zitterte, sosehr biß sie die Zähne zusammen. Longear lachte. Dion machte einen weiteren Schritt, zog sie mühsam hinter sich her, blieb dann stehen, drehte sich rasch um und stieß Longear erneut den

Ellbogen in den Unterleib. Die Frau keuchte, und Dion zog sie rastlos weiter.

Sie erreichten die Stellung der Bogenschützen, und Dion zerrte Longear an ihnen vorbei in Sicherheit. Tomi sprang auf und starrte die beiden an. Dion achtete nicht auf ihn, sondern schleuderte Longear in ein Loch zwischen den Säulen. Ihre Brust ging heftig, ihre Augen waren dunkel vor Zorn.

»Peyel?« fragte der Junge zögernd.

»Blödes Kind«, murmelte die Frau und funkelte ihn wie eine Schlange aus dunklen Augen an.

»Sie ist keine Freundin, Tomi«, sagte Dion harsch. »Das ist Longear, die Anführerin der Jäger.«

Hinter ihr rührte sich jemand, und Dion sah sich um. »Longear«, flüsterte die leise, heisere Stimme.

Dion wirbelte herum. »Namina?« hauchte sie verwirrt.

Als Longear den Neuankömmling erblickte, kam sie mühsam auf die Beine. »Du …«, knurrte sie.

Namina sah sie nur an, ergötzte sich an ihrem Anblick. Die drei halbverheilten Wunden auf ihrer Wange pulsierten rot.

»Seiker«, zischte Longear.

Dion blickte von einer zur anderen. Die kreisrunden Male. Seiker. Namina. Die toten Jäger mit den durchschnittenen Kehlen … Longears Nemesis. Namina?

Tomi schlich sich von den drei Frauen weg. Longear warf ihm einen Blick nach und funkelte dann wieder die andere, schweigende Frau an. »Namina, die Gemahlin des verblichenen Lloroi«, höhnte sie. »Welche Überraschung. Beim nächsten Mal muß ich wohl sorgfältiger vorgehen.« Dann wanderte ihr Blick zur Wolfsläuferin. »Willst du wissen, was ich dann mit ihr mache, Dione? Oder mit dem Kind? Und alles deinetwegen?«

Dions Hand rutschte ungewollt aus, und sie schlug der Frau ins Gesicht.

Longear lachte, leise und bösartig. »Siehst du, wie leicht es ist, jemanden zu schlagen, dessen Hände gefesselt sind? Es verleiht einem ein herrliches Gefühl der Macht, habe ich recht?«

Dion wurde schlecht. Ein Stück weit unter ihr beschoß Rodt die Jäger und schloß zwischen zwei Schüssen zu ihr auf. »Dion, du mußt weiter. Den Pfad hinauf!« schrie er. »Wir können sie nicht aufhalten.«

»Nein«, sagte Longear frohlockend. »Ihr könnt sie nicht aufhalten.«

»Sei still!« fuhr Dion sie an.

»Dione, du hast nicht das Zeug dazu, mich zum Schweigen zu bringen. Weder jetzt noch sonst irgendwann.«

Dion ballte die Fäuste, zerrte Longear an den Armen hoch und zog sie auf den Pfad. Tomi kroch hinter ihnen her, und Namina folgte dem Jungen wie ein Geist, schweigend und entschlossen.

Jemand schrie von unten herauf. Dion wandte sich halb um, wirbelte jedoch sofort wieder herum, als sie spürte, wie Longear die Muskeln anspannte. Longear entspannte sich wieder, grinste angesichts Dions ängstlichem Gesichtsausdruck, und Dion fluchte leise. Aranur, flehte sie innerlich, sieh herauf zu mir …

Wolfsläufer! Das Heulen zog sich lange durch ihre Gedanken, und Dions Lippen zogen sich zurück. *Wir sind begierig darauf …*

Longear sah Dion an und grinste angesichts ihres verschleierten Blicks. Nur einen Meter weiter wurde der Pfad besonders schmal …

Dion stolperte. Longear gab ihr einen Stoß. Namina warf sich nach vorn …

»Verdammt seist du«, fluchte Dion. Sie kroch ein Stück weiter den Pfad hinauf, außer Reichweite von Longear. Longear hob eine Augenbraue. Naminas linke Hand klammerte sich um den Arm der Frau, die rechte lag auf dem Knauf ihres Messers. Dion kam wieder auf die Beine. »Kannst du sie festhalten?« fragte sie Namina. Die blauäugige Frau nickte nicht, doch ihre Augen signalisierten brennende Zustimmung. »Dann geh.« Dion zeigte den Pfad hinauf. »Ich folge dir mit dem Jungen.«

Wieder schrie jemand laut, und dann rannte Rodt den Pfad herauf, dicht gefolgt von Sobovi und zwei Bogenschützen. »Lauft!« rief er gehetzt, winkte die drei Männer an sich vorbei, blieb stehen und wandte sich dem letzten Schützen zu. Die letzte Frau in der Reihe wirbelte herum, legte einen Pfeil in den Bogen ein und zog die Sehne kaum zurück, bevor sie den Pfeil abschickte. Sein dumpfer Aufprall wurde von einem Schrei abgelöst, und schon drehte sie sich rasch um und lief hinter den anderen her. Sie legte nur wenige Meter zurück, als sie plötzlich erstarrte, noch ein paar Meter weitertorkelte, den Mund in einem lautlosen Schrei aufgerissen. Rodt sprang auf. Sie fiel der Länge nach auf den Pfad. Rodt nahm sie bei den Schultern, drehte sie um und sah ihr in die Augen, bis ihre Beine zu strampeln anfingen. »Mögen die Monde dir eine sanfte und sichere Passage bereiten«, murmelte er erstickt. Er wartete nicht, bis das Todesröcheln verloschen war, bevor er ihr den halbvollen Köcher vom Rücken zog, seine Ungeschicktheit verfluchte und schließlich einen Pfeil in den Bogen spannte. Er zog die Sehne zurück, wartete einen Moment, bis der erste Jäger um die Kurve stürmte, und schickte ihm den Pfeil tief in die Brust. Der nächste in der Reihe warf sich fluchend zurück, Rodt sandte ihm einen Pfeil hinterher, dann wandte er sich ebenfalls um und hetzte weiter den Pfad hinauf.

Von unten sah Aranur, wie die Reihe der Jäger sich duckend, laufend, zurückweichend und wieder vorwärtsdrängend den Steilpfad hinaufbewegte. Außer Dion hatte Rodt nur drei Bogenschützen bei sich gehabt. Zwei von ihnen waren bereits tot; ihre Leichen hatten die Jäger in den Abgrund geworfen. Sobovi, der, wie er gesehen hatte, Dion zu Hilfe geeilt war, befand sich mit dem Jungen weiter oben, doch jetzt konnte Aranur noch zwei weitere Gestalten auf dem Pfad sehen. Im Gegenlicht der Morgensonne konnte er sie nicht deutlich genug erkennen. Fluchend lief er auf den Pfad zu. Inzwischen folgten ihnen fast zwei Dutzend Jäger auf dem Felspfad. Die drei oder vier, die bereits gestorben waren, verringerten die Zahl von Dions Verfolgern nur unwesentlich. Er riskierte einen Blick um die Ecke einer Hütte, warf sich jedoch gleich wieder zurück, als ein Jäger einen raschen, wütenden Hieb mit dem Schwert gegen ihn ausführte. Dort, wo sich soeben noch Aranurs Brust befunden hatte, splitterte das Holz. Aranur setzte ihm nach, verfolgte ihn. Nach einem raschen Schlagabtausch duckte sich Aranur unvermutet und rammte dem Mann das Schwert in den Bauch, drehte es mit einer schnellen Drehung und zog es wieder heraus. Neben ihm parierte Gamon eine andere Klinge und ließ dem Schlag einen Stoß mit dem Ellbogen gegen den Kopf des zweiten Jägers folgen. Sie trieben die Jäger zurück, trieben sie auf den Fluß zu, während hinter ihnen das Lager lichterloh brannte. Das Prasseln des Feuers war vom Krachen der Balken aus dem Inneren der einstürzenden Hütten durchsetzt. Rauch stach in Gamons Augen und zog ihm die Luft aus den Lungen, dann stolperte er hinter Aranur her. Nur noch ein Stock weiter, dann hatten sie wieder freie Sicht auf den Fuß des Steilpfades. Jemand rief Gamons Namen, und Aranur warf einen Blick über die Schulter zurück. Es war Tehena, die dürre Frau, die eine Gruppe Schwertkämpfer hinter ihnen her Richtung Pfad dirigierte. Sie blieb stehen, wartete auf Aranur und Gamon, die einer Gruppe Krieger auswichen, um sich ihr anzuschließen.

»Sie sind schon halb oben.« Sie deutete mit dem Finger auf die Klippe. »Wenn wir nicht gleich gehen, haben uns die Jäger im Blick, bevor wir die ersten Felsbrocken erreichen.«

Aranur nickte und drängte sich nach vorn. »Ich gehe als erster«, sagte er kurz und bündig. Die anderen scharten sich hinter ihm. Er sprang mit einem Satz auf den ersten Brocken, zog sich zur nächsten geborstenen Säule hinauf und hatte den etwas glatteren Teil des Pfades erreicht. Dann stürmte er mit gezücktem Schwert los.

Viel weiter oben stieß Rodt Sobovi vorwärts. »Ich halte sie hier auf«, knurrte er. »Nimm die Heilerin und lauf zum Gipfel!«

»Nein«, widersprach Dion eigensinnig. »Wir bleiben bei dir.«

»Laß mir nur deine Pfeile da, Heilerin. Diese Mulde hier ist gut geschützt.«

Sobovi warf ihm einen langen Blick zu, zog dann den Köcher von der Schulter und reichte ihn Rodt. Dion sah ihn ungläubig an und schloß den Mund. Wenn sie bei Rodt blieb, waren Tomi und Namina in noch größerer Gefahr. Auch sie reichte Rodt ihren Köcher, legte Rodt sanft die Hand auf die Brust. »Wir sehen uns oben«, sagte er mit einem schiefen Grinsen. Dion drehte sich um und war auch schon verschwunden. Sobovi folgte ihr wortlos.

Rodt sah ihnen mit schweißbedeckter Stirn nach. Dann senkte er den Blick zu seinem Wams. Der rote Fleck fing schon an, das Leder hinter dem kleinen Loch zu verfärben. »Wir sehen uns wieder«, flüsterte er, »auf dem Pfad zu den Monden, Heilerin.«

Namina trieb Longear an. Longear kniff die Augen zusammen, als sie sich nach Dion und Sobovi umdrehte und bemerkte, daß der Bogenschütze nicht mehr bei ihnen war. »Ihn hat's erwischt, was?« fragte sie zufrieden.

Dion grinste sie breit an, gab ihr jedoch keine Antwort.

»Du kannst auch gleich aufgeben, Dione«, schlug die dunkelhaarige Frau vor. »Du hast nicht genug Grips, um mich zu schlagen, und nicht genug Mumm, um mich zu erledigen. Meine Jäger sind euch auf den Fersen – glaub doch nicht, daß ein einzelner erbärmlicher Bogenschütze sie aufhalten kann.«

Dion fluchte unterdrückt, und Longear lachte. »Sie lassen mich nicht im Stich, Dione«, höhnte sie. »Ich bin ihr ein und alles, ihre Macht, ihr Wohlstand. Ohne mich sind sie nichts, und das wissen sie. Sie werden dich bis ans Ende dieser Welt verfolgen, um mich zurückzuholen.«

Tomi starrte sie an, und Dion berührte ihn sanft an der Schulter. »Sie war niemals die Peyel, die du gesehen hast«, sagte sie leise. »Sie war immer Longear.«

»Das ist Peyel«, erklärte er hartnäckig. »Sie sagte den anderen, wann sie fliehen sollten.«

Longears Augen blitzten. »Ich sagte ihnen, wann sie loslaufen sollten«, gab sie voller Schadenfreude zu. »Und ich sagte meinen Jägern, wo sie sie finden würden.« Als sie grinste, breitete sich ihre Boshaftigkeit mit dem Grinsen über ihr ganzes Gesicht aus. »Sie haben mir so leicht vertraut«, sagte sie und schüttelte ungläubig den Kopf über so viel Einfalt. »Für sie bin ich Peyel, eine Frau, die mit ihnen im Grenzland aufgewachsen ist; für einige dieser Narren sogar eine Cousine.« Sie lachte. »Hast du dich nie gefragt, woher ich das Terrain so gut kenne, Dione? Ich bin auf diesen Pfaden schon gelaufen, als du deine Zeit damit verschwendetest, Heilerin zu werden.« Sie sprach das Wort wie eine Beleidigung aus, und Dions Fäuste ballten sich. »Mach nur. Schlag mich.« Longear lachte erneut.

Dion blickte sie wütend an; der Atem brannte ihr in der Lunge. *Graue Wut. Blut in meinen Fängen. Wind in meinen Zähnen, der Hunger in meinem Magen wächst. Wut auf die Jäger, die ihr Feuer über meinen Rücken zogen …*

Sie schleppten sich über die nächste herausgebrochene Säule, wanden sich um sie herum und stiegen dann über einen Felsspalt. Die letzten beiden Bogenschützen blieben stehen. Sie duckten sich hinter die Säule. Sobovi und Dion gingen weiter. *Wolfsläufer!* riefen die Grauen über die Höhe. Dions Augen verklärten sich. Der Pfad wurde breiter, dann wieder schmaler, während sie versuchte, die fremden Bilder aus ihrem Kopf zu verbannen. Sie preßte die Hände gegen die Schläfen, holte japsend Luft. Vor ihnen trottete Tomi hinter Namina her.

Wie weit waren sie schon gelaufen? Den halben Weg? Mehr? Dion hörte einen Schrei und warf sich auf den Rand, nur um zu sehen, wie der von einem Pfeil durchbohrte Körper eines der Bogenschützen in den Tod stürzte. Kurz darauf folgte der zweite Schütze mit wehendem Haar und leblos vom Körper baumelnden Armen. Er war schon vor dem Sturz tot gewesen. Die Jäger hatten ihn einfach hinabgeworfen. Sobovi stieß in aller Ruhe einen kräftigen Fluch aus. Dann zog er sein Schwert und fing an zu laufen – den Pfad hinab.

»Nein!« rief Dion hinter ihm her.

Sobovi hörte nicht auf sie. Die graue Woge war in ihm, stieg gewaltig mit seiner eigenen Wut an. Tod – bei dieser Jagd gab es nur den Tod zu gewinnen. Er traf frontal auf die Jäger. Sie prallten zusammen. Einer der Jäger rutschte aus und stürzte von der Klippe ab. Sobovi stolperte. Der dröhnende Sturm klingelte in Dions Kopf, und sie blickte durch Gray Yoshis Augen. Das Schwert, das durch Sobovis Rippen drang, bohrte sich in ihren eigenen Körper, und sie taumelte. »Weiter!« schrie Namina. »Geh schon!« Sie packte sie am Arm, spürte den heftigen Schlag, mit dem Sobovis Knochen von dem Schwert zertrümmert wurden. Sie lief. Sie stolperte. Hinter ihr ging Sobovi zu Boden. Sie warf den Kopf zurück und heulte. Sobovi starb.

Namina blieb schwankend und mit pumpender Brust stehen. Longears Haar klebte schweißnaß auf ihrer Stirn. Tomi hockte sich auf dem Pfad nieder. »Gib auf, Dione«, krächzte Longear. »Dieser andere Wolfswurm ist tot. Du hast wieder verloren.«

»Von allen Jägern auf dieser … Klippe«, keuchte Dion hervor, »wirst du … als einzige … nicht ungeschoren … davonkommen, das … schwöre ich.«

Longear fing an zu lachen. »Dummes Weib. Verstehst du denn nicht? Die Männer, die hinter dir her sind, sind die meinen. Das Lager dort unten war meins, und es wird wieder meins sein. Das ganze Land nach Westen hin – meins. Und das nach Osten, Ariye, wird mir auch bald gehören. Der Trick, den ihr im Morgengrauen angewendet habt, war, jetzt weiß ich es, eine Art der Kriegsführung, wie sie die Alten betrieben haben. Ich hatte bislang nicht daran gedacht, diese Methoden einzusetzen, aber jetzt ...« Sie machte eine grimmige Pause. »Wenn eure tapferen Ariyaner beim nächsten Mal in großen Horden angreifen, werden sie auf die gleiche Weise untergehen.« Sie zeigte mit dem Kinn nach Osten. »Niemals kriegst du mich auf die Anklagebank. Du kannst mich nicht einmal hier verurteilen, wo du weißt, wer ich bin und was ich deinem wunderschönen Ramaj Ariye antun werde.« Sie lachte kalt. »Du kannst einen Mann im Kampf töten, aber du kannst es nicht kaltblütig tun, Dione. Und du«, höhnte sie zu Namina hin, »hast nie auch nur den Mumm gehabt, deinen Namen in einem stillen Raum auszusprechen. Was du hier tust, spielt überhaupt keine Rolle. Noch heute abend werde ich in meinem Basislager zurücksein, und ihr seid alle tot.«

»Nein«, protestierte Dion.

»Die Jäger, die dir auf den Fersen sind, werden nicht zulassen, daß du den Gipfel dieses verdammten Bergs erreichst, Dione. Selbst wenn – was willst du dann tun? Glaubst du, du kannst ein Dutzend Schwerter mit deinen Heilerhänden abwehren? Du bist zwar dumm genug, um es zu versuchen, aber was macht das schon? Du wirst niedergemacht, wie die anderen Narren auf diesem Pfad, und dann bin ich dich endlich los – dich und das einzige Kind, das weiß, daß ich sowohl Peyel bin als auch ...« Sie zögerte. »Longear. Ich werde alles haben, was ich bereits zuvor hatte, abgesehen von ein paar Jägern.« Sie zuckte pikiert mit den Schultern. »Die sind leicht zu ersetzen.«

Dion starrte sie an.

»Oh«, fügte Longear hinzu, »und der Junge, Dione? Nur damit du es weißt: ich glaube, den behalte ich für mich.« Ein breites Grinsen zog sich über ihr Gesicht, wie das Grinsen eines Totenschädels. Tomi schreckte zurück.

Dion konnte sich vor Schreck nicht bewegen. »Ich kann nicht zulassen, daß es so weitergeht«, murmelte sie unter Höllenqualen.

Namina sah Dion an und blinzelte. Ihr Griff um Longears Arm wurde fester.

Longear blickte ihr ins Gesicht und lachte. »Du bist schlimmer als Nichts, Namina. Dione kann wenigstens kämpfen. Du kannst noch nicht einmal reden.«

Naminas blaue Augen durchbohrten Longears Seele. »Bis jetzt gab es keinen Grund dafür«, sagte sie. Ihre weiche, heisere Stimme war kaum mehr als ein Flüstern. Sie trat vor. Ihre Hand schloß sich fester um Longears Arm. Als sie sich von der Klippe abstieß, geschah es wiederum schweigend, ohne ein einziges Wort.

Dion machte einen Satz an den Felsenrand. »Nein!« schrie sie. »Namina!«

Die beiden Körper fielen auf seltsame Weise; einer still und wie ein Vogel in der Luft ausgestreckt, der andere um sich tretend und schlagend und schreiend. Die einzige Verbindung zwischen ihnen war Naminas Hand an Longears Arm. Longears Schrei ließ die Luft erstarren. Dann kehrte wieder Stille ein.

Dion sah ihnen nach. Der erste ihrer Verfolger kam vorsichtig um die Kehre des Pfades. Als er die Wolfsläuferin oben stehen sah, stürzte er sofort los. Tomi schrie auf. Dion kam auf die Beine, vollführte einen Schlag mit dem Schwert und warf dem Angreifer in der gleichen Bewegung eine Handvoll Staub ins Gesicht. Der Jäger brüllte wutentbrannt. Jemand hielt sie am Arm fest, führte sie unnachgiebig davon, und sie folgte, rannte blindlings hinter dem Jungen her. *Wolfsläuferin,* tobte die graue Woge. *Die Jagd – die Jagd ist auf dem Höhepunkt. Lauf mit uns! Lauf rasch!*

Dion und Tomi taumelten um die nächste brüchige Säule, die wankte, als sie sich daran abstützten. »Geh!« Dion stieß den Jungen von sich. Sie warf sich auf die Klippe, klemmte sich selbst zwischen Felswand und Stein. Der Junge blieb stehen, drehte sich um und stand vor Anspannung unentschlossen da. Ihre Lippen verzerrten sich; die Muskeln an ihrem Hals standen hervor. »Ihr Götter!« schrie sie. Die Säule wankte nach vorn, dann wieder zurück – Dion keuchte, ihre Beine wurden gegen sie gedrückt – und dann, ganz langsam, begann sie umzustürzen.

Die Säule polterte laut. Felsen krachten auf den Pfad. Der gewaltige Steinbrocken fiel über den Pfad und fing an zu rollen. Ein Mann schrie auf, gefolgt von dem grausig erstickten Schrei eines zweiten. Dion und Tomi rannten los, ohne sich umzublicken.

Graue Stürme fegen über die Höhen. Wolfsläuferin! Wir kommen!

Ihr Grauen … Sie konnte die Augen vor der herannahenden Welle der Kraft nicht verschließen. Sie blendete sie, und sie stolperte, der Junge krallte sich an ihrem Arm fest, als sie auf Hände und Knie fiel. Sie kroch weiter. Laut fluchend kletterten die Jäger über den Stein und folgten ihr unerbittlich den Pfad hinauf.

»Hier«, schrie Tomi Dion an und zog sie zur Seite. Ihre tastenden Hände fanden eine Lücke im Stein. »Hoch jetzt.« Er drückte vergeblich in ihren Rücken.

Dion ballte die Fäuste und versuchte wieder klar zu sehen. Der Schlitz einer Höhle lockte direkt über ihr. Jede Sekunde konnten die Jäger um die Ecke stürmen. Und sobald die Jäger sie endeckt hatten, würden die schwarzen Pfeile sie und den Jungen vom Pfad fegen. Selbst wenn die Pfeile sie verfehlten, würden Tomi und sie den Sturz nicht überleben. Wieder sah sie den Schlitz an, die Eindrücke der Wölfe ertränkten ihre Nase, die zertrampelten Blätter, der Moschusgeruch der Männchen, die Lepa …

Die Lepa. Sie erstarrte. Die Höhle war ein Lepabau. Dion packte Tomi am Arm. Wenn sie das Untier aufscheuchten … Sie blickte zum Himmel empor. Es war ungefähr eine Stunde nach Sonnenaufgang. Eine Stunde. Am Himmel war kein Schatten zu sehen. Schlief es etwa noch? Oder war es schon zum Jagen ausgeflogen? Bei den Göttern, jeden Augenblick würden die Jäger hier sein. Zitternd fuhr sie sich mit der Zunge über die Lippen. Sie schob ihre Faust in den Spalt und zog sich hoch. Oh, ihr gnädigen Monde, Monde des Lichts, betete sie. Ihr Fuß fand einen Halt zwischen den Säulen. Geleitet mich durch finstre Nacht … Ihre Hände fanden die Schwelle zur Höhle. Behütet mich vor böser Macht … Sie zog sich weiter hinauf.

Dort war nichts.

Rasch schlüpfte sie hinein, drehte sich um und streckte die Hand nach dem Jungen aus. »Schnell«, keuchte sie. Er war leicht wie ein trockener Zweig, ihre Kraft durch die Stärke der Wölfe vervielfacht. Seine Knie schlugen gegen den Stein, er wimmerte kurz, gab sonst jedoch kein Geräusch von sich, als sie ihn heraufzog, in die Arme nahm und sich mit ihm an die Höhlenwand kauerte. Der Geruch machte ihnen beiden schwer zu schaffen.

Nach kaum einer halben Minute waren der rasselnde Atem und die gemurmelten Flüche der Jäger zu hören. Kratzende Geräusche folgten, als ihre Hände nach einem Halt an der Wand neben dem schmalen Pfad suchten. Dann waren sie vorüber. Eine Sekunde später flog ein Pfeil am Eingang der Höhle vorbei. Dion duckte sich. Das graue Tosen in ihrem Kopf erschwerte es ihr, ein klares Bild einzufangen, und sie schob sich vorsichtig nach vorne, um einen Blick auf den Pfad zu werfen. Ihr Götter, es war …

»Aranur«, rief sie laut.

Der Mann sprang herbei und streckte ihr beide Hände entgegen. »Bei den Monden, ihr seid in Sicherheit!«

»Aber die Jäger …«

»Zwanzig Meter vor mir, mehr nicht.« Er gab ihr Zeichen herabzuklettern. Als sie über den Rand glitt, trat er zurück, hielt sich fest, damit er nicht selbst abrutschte, und gab ihr

Halt, als sie auf dem Pfad landete. Dann ließ sich der Junge in seine Arme fallen. Hinter Aranur blickte Gamon auf, die Hände schwer atmend in die Seiten gestemmt. Während Aranur den Jungen hielt, ging Dion auf Gamon zu, und der alte Mann rümpfte die Nase. Der Gestank der Höhle haftete ihr noch an, und er erschauerte. Lepa. Er blickte erneut auf. Wußte sie denn nicht, daß sie sich dem Tod ausgeliefert hatte? Er sah ihr ins Gesicht, das im grauen Licht des Morgens weiß und verschwitzt glänzte. Doch. Sie wußte es.

»Kommt schon«, befahl Aranur. »Wir können sie noch einholen.«

Dion hielt ihn fest. »Nein«, sagte sie mit einer Stimme, die keinen Widerspruch duldete.

»Sie schaffen es bis zum Gipfel, und dann laufen sie bis nach Bilocctar.«

»Sie werden nirgendwo hingehen.« Ihr Blick wanderte zum Rand der Klippe und trübte sich. »Die Wölfe erwarten sie«, flüsterte sie.

Aranur starrte sie an.

Wut, Wolfsläuferin. Hungriger Tod. Menschengeruch, scharfer Geruch, Schweißgestank im Wind …

Sie nickte vor sich hin. Wut. Die Bilder verschoben sich, blendeten ineinander über und teilten sich wieder, so daß sie mit hundert Augen gleichzeitig sah. Die dunklen Wolfsgestalten kauerten auf der abgeflachten Bergspitze, warteten, lauschten, hoben die Nasen in den Wind. Das Summen brannte ihnen in den Knochen. Der erste Jäger erreichte den Gipfel und wankte auf die Ebene. Der Wind fegte ihm den Schweiß vom Gesicht. Keuchend kämpfte er sich vom Rand der Klippe weg. An dieser Stelle war der Berggipfel recht schmal, kaum breiter als dreißig Meter. Flach und glatt reichte das Material des uralten Schachtes quer durch das Gestein. Schwert und Messer des Jägers klebten aneinander, die Knöpfe seiner Leggings hefteten ihm die Klingen an den Oberschenkel.

Die Grauen warteten

Der zweite Jäger zog sich hinauf. Ein dritter. Dann eine vierte. Die achte lachte, und Dion hörte das Echo, als wäre der Mund der Frau dicht an ihrem Ohr. Neun und zehn. Zwölf. Vierzehn. Sie krochen vom Rand weg, stellten sich auf und sahen sich mißtrauisch um. Der Wind blies ihnen Sand in die Augen. Sie hielten die Hände schützend vor die Gesichter, ihre Brustkörbe gingen auf und ab, und ihre Münder waren weit aufgesperrt, um Luft in die ausgepumpten Lungen zu saugen.

Die Grauen setzten sich in Bewegung.

Die nichtsahnenden Jäger wankten auf dem Pfad entlang, der sich über den Gipfel zog. Dann blieben sie stehen.

Eine Woge grauer Schatten huschte über den Schacht auf sie zu. Nackenhaare stellten sich auf. Zähne wurden gefletscht. Die Jäger griffen nach ihren Schwertern, konnten sie jedoch nicht aus den Scheiden ziehen. Die Grauen glitten näher. Mit wedelnden Armen brüllten die Menschen auf die Wölfe ein, um sie zu verscheuchen. Die Tiere hörten nicht. Oder sie hörten es und kümmerten sich nicht darum. Ihr Zorn steckte tief und rot in ihnen. Sie schwärmten aus, und die Jäger zogen sich in Richtung des Schachts zurück. Eine Frau geriet zu dicht an den Abgrund und hielt sich an einem Mann fest. Die Wölfe zauderten nicht lange. Brüllend liefen die Jäger auf die Grauen zu, kämpften gegen den Wind an, um diese Flut aus Grau zu durchbrechen. Fänge schlitzten. Ein Grauer jaulte auf. Jemand schrie. Einer der Jäger fiel und rutschte über den Rand des Schachts in den summenden Spalt hinab.

Heule, Wolfsläuferin, tosten die wilden grauen Tiere. *Die Jagd ist auf dem Höhepunkt!*

Zwei Jäger gingen unter dem grauen Aufprall zu Boden, zwei weitere fielen über den Rand. Eine andere starrte voller Entsetzen auf die Fänge an ihrer Kehle und sprang, hielt sich an der Grauen fest und nahm sie mit in die Tiefe. Die Wölfe heulten wütend. Die Flut verwandelte sich in Raserei.

Dann kehrte Stille ein.

Der Wind heulte über die Ebene. Die Grauen schlichen davon. Bis auf die Leichen war der Berggipfel leer. Tief unten, auf den glatten Fliesen der Alten, lagen winzig die verrenkten Gestalten der Abgestürzten – ein Geschenk aus der Erinnerung der Wölfe. Die einzige Bewegung stammte von dem Schatten des Lepa, der über dem Schacht schwebend hoch droben am Himmel kreiste.

Epilog

Aranur und Dion standen auf dem Hügelkamm hinter ihrem neuen Zuhause und blickten einander an. Neben Dion stand Gamon, und Aranurs anderer Onkel, der Lloroi, stand neben seinem Neffen. Im Sommerwind warteten ein Junge, zwei Jugendliche, die hartgesichtige Frau Tehena, die Gemahlin des Lloroi sowie drei weitere Männer. Zwischen den Bäumen am Rand der Wiese, die sich über den Hügelkamm zog, zeigte sich ein Rudel Wölfe mit gelb leuchtenden Augen.

»Möge dieser Stein meine Liebe zu dir widerspiegeln«, sagte Aranur leise. Seine Tunika war über seiner Brust zur Seite gezogen, ebenso wie die Dions. Seine langen Finger berührten den blauen Edelstein, der noch locker in der provisorischen Einfassung an ihrem Brustbein lag. »Und möge dieses Versprechen ebenso dauerhaft sein. Beim Wind und« – er lächelte ein wenig – »den Wölfen; bei den neun Monden; bei den Sternen; wisse, daß meine Liebe, mein Respekt und mein Heim dir gehören.«

Dions sanfte Stimme wiederholte seine Worte, ihre Hand berührte seine Brust so zärtlich, wie es seine bei ihr getan hatte. Dann ließen sie die Hände sinken und verschränkten die Finger ineinander. Sie hielten sich fest umschlossen und blickten einander tief in die Augen. Gamon und Tehena traten vor. Sie nickten einander zu und drückten dann gleichzeitig die Einfassungspistolen gegen Aranurs und Dions bloße Brustbeine. Der Stoß der Pistolen überwältigte die beiden mit einem plötzlichen, doch rasch wieder nachlassenden Schmerz, und die Wölfe am Waldrand legten die Köpfe in den Nacken und heulten.

Gamon grinste voller Zufriedenheit. »Mögen diejenigen, die uns hören, und diejenigen, die heulen, Zeugen dieser Vermählung sein.«

Tehena nickte kurz. Der Lloroi und seine Gemahlin wechselten einen langen, freudig strahlenden Blick. Aranur zog Dion das Hemd über die Schultern, und sie tat das gleiche für ihn. Graue Augen trafen auf violettfarbene. Einen langen Augenblick blieben sie so stehen, spürten die ungewohnten neuen blauen Edelsteine über den purpurfarbenen. Die Einfassungen schmerzten noch heftig, reichten mit ihren Korallengewächsen, die sie auf Dauer mit ihren Knochen verbanden, bis in ihre Körper hinein. Die jetzt verborgenen Steine, einer purpurfarben, der andere blau, schimmerten über ihren Herzen und schabten unter ihren Hemden. Ein ganzes Jahr lang hatten sie auf diesen Moment gewartet.

Gamon, Tehena, der Lloroi – sie alle, die sich hier versammelt hatten, wandten sich um und entfernten sich langsam. Aranur und Dion merkten es nicht einmal. Sie standen im Wind, einer von der Gegenwart des anderen erfüllt. So blieben sie auf dem Hügel über ihrem Zuhause eine ganze Weile stehen und hielten einander in den Armen.

Tomi schaute sie mit dunklen, tief im Gesicht versunkenen

Augen an. Als er sich umdrehte, stolperte er. Gamon streckte einen Arm aus, um ihn festzuhalten, doch er riß sich los.

»Tomi«, sagte Gamon.

Der Junge blieb stehen.

»Wo willst du hin?«

»Sie sind vermählt«, sagte Tomi mit finsterer Stimme. »Sie sind jetzt eine Familie.«

»Stimmt«, erwiderte Gamon.

Der Junge drehte sich weg, seine Augen schwammen in Tränen, und seine Füße fanden den Pfad nur mit größten Schwierigkeiten.

»Tomi«, sagte Gamon leise.

Der Junge blieb erneut stehen, blickte sich aber nicht um.

»Warum gehst du denn weg?«

»Sie wollen mich nicht mehr haben«, flüsterte er. »Und Moira sagt, ich muß mir jetzt eine Familie suchen.«

»Die hast du doch schon gefunden.« Gamon wies auf Dion und Aranur. »Gib ihnen einen Ninan Zeit, Junge. Dann ist ihr neues Haus auch für dich bereit.«

Der Junge reagierte nicht. Doch als Gamon die Hand ausstreckte, suchten seine kleinen Finger den derben Griff des alten Waffenmeisters. Er sagte nichts, schloß nur die Hand über den Fingern des Jungen, und Tomi ging mit immer noch ein wenig argwöhnischem Gesichtsausdruck mit dem alten Mann zu seinem Haus zurück.